Der Insel Verlag legt das unsterbliche Lederstrumpf-Epos nun in geschlossener Form als Kassette vor. Der Romanzyklus des ersten bedeutenden amerikanischen Autors James Fenimore Cooper wird in der von Rudolf Drescher überarbeiteten Kolbschen Übersetzung vollständig und ungekürzt wiedergegeben.

Es ist ein gewaltiges Prosa-Epos, die immer wieder fesselnde Saga aus der frühen amerikanischen Pionierzeit mit dem Helden Nathaniel Bumppo im Mittelpunkt der Handlung, die von der Kolonisierung des amerikanischen Kontinents erzählt: *Der Wildtöter* (The Deerslayer – 1841), *Der letzte Mohikaner* (The Last of the Mohicans – 1826), *Der Pfadfinder* (The Pathfinder – 1840), *Die Ansiedler oder Die Quellen des Susquehanna* (The Pioneers or the Sources of Susquehanna – 1823) und *Die Prärie* (The Prairie – 1827). In dieser Reihenfolge sind die Romane nach Inhalt und Zeitangabe zu ordnen. Entstanden sind sie allerdings, wie die Daten der Erstausgabe zeigen, in einer anderen Reihenfolge. Mit den Lederstrumpferzählungen führt uns Cooper 60 Jahre der amerikanischen Gründerperiode vor Augen, den Zeitraum von den 40er Jahren des 18. Jahrhunderts bis hin zum beginnenden 19. Jahrhundert.

»Keine literarische Gestalt begleitet mich so lange wie *Natty Bumppo*. Mit acht Jahren vernarrte ich mich in ihn, lief ihm nach in Landschaften, deren Weite und Unberührtheit für mich bis heute den Anschein von Utopie bewahren.« *Peter Härtling* insel taschenbuch 760

Cooper

Der Lederstrumpf

James Fenimore Cooper

DER LEDER-STRUMPF

In der Bearbeitung der Übersetzung von C. Kolb u. a. durch Rudolf Drescher
Mit Illustrationen von O. C. Darley
Vollständige Ausgabe
Mit einer Nachbemerkung von Peter Härtling

Vierter Band

James Fenimore Cooper

DIE ANSIEDLER

Insel Verlag

insel taschenbuch 760
Erste Auflage 1983
Lizenzausgabe mit freundlicher Genehmigung
des F. W. Hendel Verlages, Meersburg am Bodensee
Vertrieb durch den Suhrkamp Taschenbuch Verlag
Umschlag nach Entwürfen von Willy Fleckhaus
Druck: Nomos Verlagsgesellschaft, Baden-Baden
Printed in Germany

3 4 5 6 7 – 94 93 92 91 90

Die Ansiedler

Erstes Kapitel

Der Winter kommt, am Jahresschluß zu üben
Sein eigensinnig trübes Regiment
Samt allen seinen Nebeln, Wolken, Stürmen.
Thomson

Fast im Herzen des Staates Neuyork liegt ein ausgedehnter Landstrich, dessen Fläche durch eine Reihe von Bergen und Tälern gebildet wird. In diesem Gebirgslande nimmt der Delaware seinen Ursprung, und aus den silberklaren Seen, wie aus den tausend Quellen dieser Gegend schlängeln sich die zahlreichen Quellen des Susquehanna durch die Täler, bis sie durch die Vereinigung ihrer Wasser einen der stolzesten Ströme der Vereinigten Staaten bilden. Die Berge sind fast allgemein bis zu den Spitzen in anbaufähigem Stande, obgleich nicht selten an ihren Seiten Felsenpartien hervorspringen, welchen die Gegend ihren in so hohem Grade romantischen und malerischen Charakter verdankt. Durch die schmalen, üppigen und urbar gemachten Täler zieht sich fast immer ein Flüßchen oder ein Bach, während schöne, blühende Dörfer zerstreut an den kleinen Seen oder an jenen Punkten der Wasserströmungen liegen, die sich vorteilhaft für Manufakturen benutzen lassen. Man findet allenthalben durch die Täler bis zu den Spitzen der Berge hinan hübsche und bequeme Meiereien mit allen Abzeichen des Wohlstandes, und in jeder Richtung begegnet man Wegen, dic von den ebenen, anmutigen Talgründen bis zu den höchsten und verwickeltsten Gebirgsketten hinanführen. Akademien und niedere Bildungsanstalten begegnen dem Auge des Fremden, der durch das unebene Gebiet seinen Weg sucht, alle paar Meilen; in der Menge der Orte, welche der Gottesverehrung geweiht sind, bekundet sich ebensosehr der nachdenkliche und sittliche Charakter des Volkes, wie sich in der Mannigfaltigkeit ihrer Formen und des um dieselbe waltenden Geistes die unbedingte Gewissensfreiheit ausspricht. Kurz, der ganze Distrikt ist der sprechendste Beleg, wie viel sich – selbst in einem wenig kultivierten und rauhen Landstriche – unter der Herrschaft milder Gesetze tun läßt, sobald der einzelne für das Wohl des

Ganzen, von dem er ein Teil zu sein sich bewußt ist, ein unmittelbares Interesse fühlt. Den Bemühungen des Ansiedlers, die Wildnis zu lichten, folgte der unermüdliche Fleiß des Grundbesitzers, das mit saurem Schweiß Errungene zu verbessern, – ein Umstand, der wohl den Wunsch rege machen kann, seiner Zeit unter dem Rasen, den er bebaute, zu schlummern, oder nicht minder den im Lande geborenen Sohn zu veranlassen vermag, aus kindlich frommem Sinne dem Grabe des Vaters nahe zu bleiben. Vor etwa vierzig Jahren[1] noch war das ganze Gebiet eine Wildnis.

Bald nach der durch den Frieden von 1783 anerkannten Unabhängigkeit der Vereinigten Staaten richtete sich der Unternehmungsgeist ihrer Bürger auf eine Untersuchung der natürlichen Vorteile ihres weitausgedehnten Gebiets. Vor dem Revolutionskriege beschränkten sich die bewohnten Teile der Kolonie Neuyork nur auf ein Zehntel ihres Gesamtumfangs. Ein schmaler Landgürtel, der sich auf beiden Seiten des Hudsons hinzog – mit einem ähnlichen, der etwa 50 Meilen weit den Ufern des Mohawk folgte, nebst den Inseln Nassau und Staten, und einige abgeschlossene Ansiedlungen auf besonders gutem Boden längs der Flußränder, bilden das ganze Land, welches damals nicht einmal zweimalhunderttausend Seelen barg. In dem erwähnten kurzen Zeitraume hat sich die Bevölkerung über fünf Breiten- und sieben Längengrade ausgedehnt und ist zu anderthalb Millionen Einwohnern[2] angeschwollen, die behaglich von ihrem Besitze leben und in Jahrhunderten nicht zu besorgen haben, daß der Ertrag des Bodens in ein ungünstiges Mißverhältnis mit ihren Bedürfnissen treten könnte.

Unsere Erzählung beginnt mit dem Jahre 1793, ungefähr sieben Jahre nach dem Entstehen einer der frühesten jener Niederlassungen, welche den erwähnten fast märchenhaften Umschwung in der Macht und dem ganzen Zustande des Landes herbeiführen halfen.

An einem schönen kalten Dezembertage um die Zeit des Sonnenuntergangs bewegte sich in dem beschriebenen Distrikte ein Sleigh[3] langsam den Abhang eines Berges hinan. Der Tag war für die Jahreszeit schön gewesen, und nur zwei oder drei große Wolken, welche in dem Lichte, das von den die Erde bedeckenden Schneemassen widerstrahlte, blendend weiß erschienen, segelten in dem reinen Blau des Himmels dahin. Der Weg wand sich längs eines Absturzes um den Gipfel eines Felsens hin und wurde auf der einen Seite durch übereinander geschichtete Holzstämme geschützt, während man auf der anderen den Felsen so weit ausgesprengt hatte, um dem Straßenzug die für die gewöhnlichen Fuhrwerke der damaligen Zeit nötige Breite zu geben. Aber Holzstämme, Felsenaussprengung – kurz alles, was nicht mindestens etliche Fuß Höhe hatte, lag unter dem Schnee begraben. Eine einzige Fährte, kaum weit genug, um den Sleigh aufzunehmen, bezeichnete den Zug der Landstraße, die mit einer fast ellenhohen Schneeschicht bedeckt war. In dem um etliche hundert Fuß tiefer gelegenen Tale bemerkte man eine sogenannte Lichtung und die gewöhnlichen Vorkehrungen zu einer neuen Niederlassung, welche sich sogar bergan bis zu einem Punkte erstreckten, wo der Weg nach einem auf dem Gipfel des Berges liegenden Flachlande abbog, während weiter oben alles Wald war. Die Atmosphäre glitzerte, als wäre sie mit Myriaden von Lichtkörperchen erfüllt, und die edlen Rosse vor dem Sleigh waren fast ganz von einer Reifschicht bedeckt. Man sah den Dampf ihrer Nüstern wie Rauch aufsteigen, und jeder im Gesichtskreise liegende Gegenstand, wie auch die Vorkehrungen der Reisenden ließen auf die Strenge des Winters im Gebirge schließen. Das trübe tiefschwarze Pferdegeschirr, welches sich allerdings sehr von den glänzend gefirnißten unserer Tage unterschied, war mit ungeheuern Platten und Schnallen von Messing verziert, die in den flüchtigen Sonnenstrahlen, welche ihren Weg schräg durch die Baumgipfel fanden, wie blankes Gold erglänzten. Gewaltige, mit Nägeln beschlagene und mit Schabracken unterlegte Sättel trugen vier hohe viereckige Türmchen, durch welche die starken Zügel nach der Hand des Lenkers, eines Negers von ungefähr zwanzig Jahren, liefen. Sein Gesicht, das die Natur mit einem glänzenden Schwarz ausgestattet hatte, war jetzt scheckig vor Kälte, und in seinen großen leuchtenden Augen glänzten Tränen – ein und anhaltendes Geheul, ähnlich dem Bellen eines zahlreichen Rudels von Jagdhunden, vernehmen ließ, das durch die hohen Bogen des Waldgewölbes hertönte. Sobald diese Laute das Ohr des alten Herrn erreichten, rief er laut dem Schwarzen zu:

»Halt, Aggy, der alte Hektor ist dort; ich würde sein Bellen unter Zehntausenden heraus kennen. Lederstrumpf hat an diesem schönen Tag seine Hunde herausgeführt, und gewiß sind sie jetzt hinter einem Wilde her. Dort, einige Klafter vor uns, läuft eine frische Hirschspur; – und nun, Beß, wenn du dich vor dem Feuer nicht fürchtest, so verspreche ich dir eine herrliche Zugabe zu deiner Christfesttafel.«

Der Schwarze hielt an, und ein heiteres Grinsen überflog seine erstarrten Züge, während er zugleich die Arme übereinander zu schlagen begann, um wieder einige Zirkulation nach den Fingerspitzen hin herzustellen. Der alte Herr richtete sich inzwischen auf, warf seine Verhüllung ab und stieg aus dem Sleigh auf eine Schneebank, welche seine Last trug, ohne zu weichen.

Nach einigen Augenblicken kam er damit zustande, aus einer Masse von Schachteln und Koffern eine doppelläufige Vogelflinte hervorzuholen, und nachdem er sich seiner dichten Fäustlinge, unter denen er ein paar andere mit Pelz gefütterte Lederhandschuhe trug, entledigt und das Schloß seiner Gewehrs untersucht hatte, schickte er sich an, vorwärts zu eilen, als sich das leichte Rauschen eines durch das Gehölz stürzenden Tieres vernehmen ließ und unmittelbar darauf nur wenige Schritte vor ihm ein schöner Bock die Straße kreuzte. Das Auftauchen des Wildes war rasch, und seine Flucht geschah mit der Eile des Windes; aber der Reisende schien ein zu geübter Jäger zu sein, um sich dadurch außer Fassung bringen zu lassen. Sobald er des Tieres ansichtig wurde, erhob er mit sicherem Auge und stetiger Hand seine Flinte und gab Feuer. Das Tier schoß jedoch nicht erschreckt und scheinbar unverletzt weiter. Ohne sein Gewehr sinken zu lassen, wandte der Schütze aufs neue die Mündung seinem Opfer zu und feuerte abermals. Aber auch dieser Schuß schien seine Wirkung verfehlt zu haben.

Der ganze Auftritt war mit einer Geschwindigkeit vor sich gegangen, welche das Mädchen in hohem Grade verwirrte, und sie freute sich bereits unwillkürlich über das glückliche Entkommen des Tieres, als es plötzlich wie ein Meteor wiederauftauchte, und abermals über den Weg setzte, worauf ein scharfer, rascher Ton, ganz verschieden von dem runden, vollen aus der Waffe ihres Vaters, in dem sich aber der Knall eines Feuergewehres ebenfalls nicht verkennen ließ, an ihr Ohr schlug. In demselben Augenblicke machte der Bock einen Sprung in die Höhe, und als dem ersten Schuß rasch ein zweiter folgte, stürzte das Tier kopfüber zur Erde, wo es sich auf der Schneerinde einigemal überkugelte. Ein lautes Hallo erscholl aus dem Munde des unsichtbaren Schützen, und unmittelbar darauf traten ein paar Männer aus einem Versteck hinter zwei Tannenstämmen hervor, wo sie augenscheinlich dem Zuge des Hirsches aufgelauert hatten.

»Ha! Natty, wenn ich gewußt hätte, daß Ihr im Hinterhalt läget, so hätte ich meine Schüsse sparen können«, rief der Reisende, indem er sich nach der Stelle hinbewegte, wo das Tier lag, in dessen Nähe ihm auch der entzückte Schwarze mit dem Sleigh folgte, »aber das Bellen des alten Hektor war zu ermutigend, um ruhig zu bleiben. Und doch bin ich nicht überzeugt, ob nicht eine meiner Kugeln den Burschen niederwarf.«

»Nein – nein – Richter«, entgegnete der Jäger mit einem stillen Kichern und jenem frohlockenden Blicke, der das Bewußtsein einer höheren Kunstfertigkeit verkündet. »Sie haben Ihr Pulver nur abgebrannt, um sich an diesem kalten Abend die Nase zu wärmen. Glauben Sie denn, einen ausgewachsenen Bock, dem Hektor und die Slut auf der Ferse sind, mit dieser Schlüsselbüchse da zum Halten zu bringen? Es gibt ja Fasanen genug an dem Moor, und die Schneevögel fliegen um Ihr Haus, so daß Sie dieselben mit Brotkrumen füttern können. Derartiges Wildbret ist etwas für Ihre Flinte; wenn Sie's aber nach einem Bock oder einem Bärenschinken gelüstet, Richter, so müssen Sie eine langläufige Büchse mit eingefettetem Pfropfen mitnehmen, sonst werden Sie, denke ich, mehr Pulver verschwenden, als Sie Mägen füllen.«

Nach diesen Worten fuhr der Sprecher mit der bloßen Hand unter seiner Nase weg und verzog seinen breiten Mund abermals zu einer Art innerlichen Lachens.

»Das Gewehr streut gut, Natty, und hat seinerzeit wohl auch einem Hirsch den Garaus gemacht«, entgegnete der Reisende mit einem gutgelaunten Lächeln. »Der eine Lauf war mit Hirschposten geladen, – freilich der andere nur mit Vogeldunst.

Da sind zwei Schüsse, der eine durch den Hals und der andere gerade durch das Herz. Es ist nicht ausgemacht, Natty, ob nicht einer davon von mir herrührt.«

»Nun, mag ihn erlegt haben, wer will«, versetzte der Jäger verdrießlich: »es handelt sich jetzt, denke ich, nur noch darum, von wem er gegessen wird.« Mit diesen Worten zog er ein großes Messer aus einer ledernen Scheide, die in seinem Gürtel stak, und durchschnitt dem Hirsch die Gurgel. »Wenn zwei Kugeln in dem Tiere stecken, so möchte ich doch fragen, ob nicht etwa auch zwei Büchsen abgefeuert wurden? – Außerdem, wer hat je ein so zerrissenes Loch an dem Hals wie dieses durch ein nicht gezogenes Gewehr machen sehen? Sie werden mir zugeben, Richter, daß der Bock erst bei dem letzten Schuß fiel, und der kam aus einer sicheren und jüngeren Hand, als die Ihrige und die meinige ist. Ich für meinen Teil kann zwar, obgleich ich ein armer Mann bin, ohne dieses Wildbret leben, aber doch mag ich nicht gerne in einem freien Lande meine gerechten Ansprüche fahrenlassen. Freilich muß ich, was das anbelangt, leider sehen, daß hier so gut wie in dem alten Land Gewalt vor Recht geht.«

Ein Zug von Verdruß und Unzufriedenheit begleitete diese Rede des Jägers, obgleich er es für klug hielt, den Schluß derselben so leise auszusprechen, daß er sich in ein unverständliches Murmeln verlor.

»Nein, Natty«, entgegnete der Reisende, ohne sich seine gute Laune trüben zu lassen, »ich wehre mich nur um der Ehre willen. Mit einigen Dollars ist dieses Wildbret bezahlt, aber was kann mich dafür entschädigen, daß mir die Ehre, einen Hirschschwanz auf der Mütze zu tragen, entgeht? Bedenkt nur, Natty, wie ich über den hämischen Hund, den Dick Jones triumphieren könnte, der bereits siebenmal in dieser Saison gefehlt und nichts heimgebracht hat als ein Waldhuhn und ein paar graue Eichhörnchen.«

»Ach, das Wild wird freilich immer seltener, Richter, je weiter diese Lichtungen und Verbesserungen um sich greifen«, erwiderte der alte Jäger mit einer Art erzwungener Resignation. »Es hat eine Zeit gegeben, wo ich dreizehn Hirsche, die Hirschkälber nicht mitgezählt, aus der Türe meiner Hütte schießen konnte! Und wenn's einen nach einer Bärenkeule oder etwas der Art gelüstete, so durfte er nur eine Nacht wachen, um einen solchen Burschen beim Mondschein durch die Ritzen, welche die Baumstämme in den Wänden ließen, zu erlegen; es hatte dabei keine Gefahr mit dem Einschlafen; denn das Geheul der Wölfe konnte schon die Augen offen halten. Da ist der alte Hektor –« er streichelte während dieser Worte einen hohen, schwarz- und gelbgefleckten Jagdhund mit weißem Bauch und weißen Beinen, der eben im Geleit der schon erwähnten Slut von einer Fährte zurückkehrte, – »sehen Sie, wie ihm die Wölfe die Kehle zerbissen haben – in jener Nacht, als ich sie von dem Wildbret vertrieb, das sie mir aus dem Rauchfang holen wollten. Der Hund ist zuverlässiger als mancher Christ; denn er vergißt nie einen Freund und liebt die Hand, welche ihm sein Brot reicht.«

Es lag etwas Eigentümliches in dem Benehmen des Jägers, was die Aufmerksamkeit des jungen Frauenzimmers an sich zog, wie sie denn auch von dem ersten Augenblick an, seit sie seiner ansichtig geworden, sein Äußeres und seine Tracht mit der gespanntesten Aufmerksamkeit betrachtete. Er war hoch und so mager, daß er sogar noch länger aussah als die sechs Fuß, die er genau vom Scheitel bis zur Sohle maß. Auf dem mit dünnen, schlichten, rötlichen Haaren bedeckten Kopfe trug er eine Fuchsmütze, die der des Reisenden an Gestalt ähnelte, aber ihr an Eleganz weit nachstand. Sein Gesicht war fleischlos, fast abgezehrt, aber ohne Spur von Krankheit; denn im Gegenteil deutete alles bei ihm auf die kräftigste und ausdauerndste Gesundheit. Kälte und häufiger Aufenthalt in Wind und Wetter hatten seine Haut gleichförmig gerötet. Seine grauen Augen blitzten unter einem Paar zottiger Brauen hervor, in deren natürliche Farbe sich ziemlich viel Grau gemischt hatte. Der magere Hals war bloß und so rot wie sein Gesicht, und wo er sich an das Oberkleid anschloß, zeigte sich der schmale Streifen eines gewürfelten Hemdkragens. Eine Art Rock aus nicht enthaarten Hirschfellen wurde mittels eines Gürtels von farbigem Wollzeug um seinen Körper zusammengehalten. An seinen Füßen hatte er Mokassins aus Hirschhäuten, die nach der Sitte der Indianer mit Stachelschweinstacheln verziert waren, und an verschossene hirschlederne Hosen schlossen sich über den Knien Gamaschen von demselben Material an, – eine Kleidung, welche ihm unter den Ansiedlern den Beinamen Lederstrumpf erworben hatte. Über seine linke Schulter lief ein Riemen von

Hirschleder, an dem ein ungeheures Ochsenhorn hing, welches so dünn ausgeschabt war, daß man das darin enthaltene Pulver durchscheinen sehen konnte; das breitere Ende desselben enthielt einen kunstvoll, sicher schließenden hölzernen Boden, während das andere sorgfältig mit einem kleinen Pfropfen verwahrt war. Vor ihm hing eine lederne Jagdtasche, aus welcher er bei dem Schlusse seiner letzten Worte ein kleines Maß hervorzog, es mit Pulver füllte, und dann seine Büchse, die von dem Schneeboden an fast bis zu der Spitze seiner Fuchskappe reichte, wieder zu laden begann.

Der Reisende hatte, während der Jäger in dieser Weise beschäftigt war, die Wunden des erlegten Hirsches sorgfältig un-

tersucht und rief jetzt, ohne sich an die üble Laune des anderen zu kehren:

»Es wäre mir gar zu lieb, wenn ich die Ehre, dieses Tier erlegt zu haben, in Anspruch nehmen könnte; und gewiß, wenn der Schuß durch den Hals aus meinem Gewehr kam, so kann ich es mit Recht tun; denn der durchs Herz war unnötig – wir nennen etwas der Art einen Akt der Supererogation, Lederstrumpf.«

»Sie mögen es mit was immer für einem gelehrten Namen belegen, Richter«, sagte der Jäger, indem er die Büchse mit seinem linken Arm unterstützte, einen Messingdeckel in seiner Jagdtasche aufdrückte, ein kleines Stück gefetteten Leders herausnahm, eine Kugel darein wickelte und beides während des Sprechens mit kräftiger Faust in den Gewehrlauf auf das Pulver hinuntertrieb, »denn es ist weit leichter, irgendein Wort zu ersinnen, als einen Bock im Sprung zu erschießen. Aber dieses Tier hier kam, wie ich bereits vorhin sagte, durch eine jüngere Hand als die Ihrige oder die meinige zu seinem Ende.«

»Was sagt Ihr dazu, mein Freund?« rief der Reisende, indem er sich scherzend gegen Nattys Begleiter umdrehte. »Wollen wir um die Ehre losen und diesen Dollar aufwerfen? Das Silber ist Euer, wenn Ihr verliert. Was sagt Ihr dazu, mein Freund?«

»Daß *ich* den Hirsch schoß«, sagte der junge Mann etwas stolz und legte den Arm auf seine Büchse, welche ziemlich dieselbe Form wie die seines Gefährten hatte.

»Hier sind zwei gegen einen«, sagte der Richter mit einem Lächeln, »ausgestochen – überstimmt, wie wir vor Gericht sagen. Der Aggy da darf als Sklave nicht zeugen, und Beß ist minderjährig – nun, so muß ich eben zum schlimmen Spiel eine gute Miene machen. Ihr verkauft mir aber doch das Wildbret? Ah, es müßte mit dem Henker hergehen, wenn ich nicht aus dem Tode dieses Hirsches ein gutes Geschichtchen drechselte.«

»Ich habe hier nichts zu verkaufen«, antwortete Lederstrumpf, ein wenig von dem hohen Tone seines Begleiters annehmend, »denn ich für meinen Teil habe Tiere gesehen, die mit einem Halsschuß noch tagelang sprangen, und ich bin keiner von denen, welche irgend jemandem das abspannen möchten, was ihm rechtlich gebührt.«

»Ihr beharrt an diesem kalten Abend sehr zäh auf Eurem

Rechte, Natty«, entgegnete der Richter in unverwüstlich heiterer Stimmung. »Aber was sagt Ihr denn, junger Mann? Sind drei Dollar genug für den Bock?«

»Laßt uns zuerst die Rechtsfrage zur gegenseitigen Zufriedenheit abmachen«, antwortete der Jüngling bescheiden, aber mit Festigkeit und in einer Weise des Ausdrucks, welche weit über seine unscheinbare Außenseite erhaben schien. »Mit wieviel Posten hatten Sie Ihr Gewehr geladen?«

»...Mit fünfen, Sir«, sagte der Richter, durch das Benehmen des anderen etwas verblüfft. »Sind fünf nicht genug, um einen Bock wie diesen zu erlegen?«

»*Einer* schon würde hinreichen; aber – er bewegte sich nach dem Baume hin, hinter dem er hervorgetreten war – »Sie erinnern sich, Sir, daß Sie nach dieser Richtung abfeuerten. Hier stecken vier der Kugeln im Baume.«

Der Richter untersuchte die frischen Spuren in der Rinde der Tanne, schüttelte den Kopf und entgegnete mit Lachen:

»Ihr liefert den Beweis gegen Euch selber, mein junger Advokat. Wo ist die fünfte?«

»Hier!« sagte der Jüngling, indem er den groben Mantel, welchen er trug, zurückschlug und auf ein Loch in seinen Unterkleidern deutete, aus dem große Tropfen Blutes hervordrangen.

»Guter Gott!« rief der Richter entsetzt, »habe ich hier wegen einer wertlosen Großtuerei die Zeit vergeudet, während ein Nebenmensch durch meine Hand leidet, ohne eine Klage laut werden zu lassen? Aber schnell – geschwinde – in den Sleigh – es ist nur eine Meile bis zum Dorf, wo man wundärztlichen Beistand haben kann. Alles Nötige soll auf meine Kosten besorgt werden, und du sollst bei mir bleiben, bis deine Wunde geheilt ist – ja, und auch nachher noch – für immer!«

»Ich danke für die gute Absicht, aber ich muß das Anerbieten ablehnen. Ich habe einen Freund, der sich sehr beunruhigt fühlen würde, wenn er erführe, daß ich verwundet und fern von ihm bin. Die Beschädigung ist nur leicht und hat keinen Knochen verletzt; aber ich denke, Sir, Sie werden jetzt meine Ansprüche auf das Wild gelten lassen.«

»Gelten lassen?« wiederholte der bewegte Richter. »Ich gebe dir hiermit auf immer das Recht, Hirsche, Bären und was dir beliebt, in meinen eigenen Wäldern zu schießen. Lederstrumpf war bis jetzt der einzige Mann, dem ich dieses Privilegium erteilte, und die Zeit ist wohl nicht mehr fern, wo es von Wert sein wird. Aber ich will euch den Hirsch abkaufen – da, diese Note wird dich für deinen und meinen Schuß bezahlen.«

Der alte Jäger richtete sich während dieser Unterredung stolz auf, wartete jedoch, bis der andere ausgeredet hatte, und sprach dann vor sich hin:

»Es leben viele, welche behaupten, daß Nathanael Bumppos Recht, auf diesen Bergen zu schießen, älter sei als Marmaduke Temples Recht, es ihm zu verbieten«, waren seine Worte. »Aber wenn es überhaupt hierüber ein Gesetz gibt, – und wer hätte je von einem gehört, welches einem Manne untersagt, einen Hirsch zu schießen, wo es ihm beliebt? – aber wenn es überhaupt ein solches Gesetz gibt, so sollte es vorzugsweise auf Gewehre ohne Züge angewendet werden. Niemand kann wissen, wohin das Blei fliegen wird, wenn man einmal an einer so unzuverlässigen Waffe den Drücker berührt hat.«

Ohne auf Nattys Selbstgespräch zu achten, verbeugte sich der Jüngling in dankbarer Anerkennung des Anerbietens und versetzte:

»Entschuldigen Sie mich, Sir; ich brauche das Wildbret.«

»Aber für *dieses* könnt Ihr Euch manches Wildbret kaufen«, entgegnete der Richter. »Nehmt es, ich bitte –« und seine Stimme zu einem Flüstern ermäßigend, fügte er bei – »es sind hundert Dollar.«

Nur einen Augenblick schien der Jüngling zu schwanken, dann aber erglühte er selbst durch das Rot, welches die Kälte seinen Wangen gegeben hatte, als schäme er sich seiner vorübergehenden Schwäche, und lehnte das Anerbieten aufs neue ab.

Während dieser Szene stand das Frauenzimmer auf, schlug, ohne auf die kalte Luft Rücksicht zu nehmen, die Mantelkappe, welche ihr Antlitz verhüllt hatte, zurück und sprach dann mit großem Ernste: –

»Gewiß, gewiß, junger Mann – Sir – Ihr werdet meinen Vater nicht so sehr kränken, daß Ihr ihm das Bewußtsein auf die Seele laden möchtet, einen Mann, den seine Hand beschädigte, so im Walde zurückzulassen. Ich bitte Euch, kommt mit uns und laßt Euch ärztlichen Beistand gewähren.«

Mochte nun in diesem Augenblicke seine Wunde sehr

schmerzen, oder lag vielleicht in der Stimme und dem Wesen der schönen Sachwalterin etwas Unwiderstehliches – wir wissen es nicht: genug, das Zurückhaltende in dem Benehmen des jungen Mannes wurde durch diese Anrede wesentlich gemildert, und er schwankte augenscheinlich, ob er ihrer Bitte entsprechen solle oder nicht, da ihm beides gleich schwer zu werden schien. Der Richter – denn diesen Titel müssen wir ihm in Zukunft geben, da er ein solches Amt bekleidete – gewahrte nicht ohne lebhaften Anteil diesen Zwiespalt in den Gefühlen des Jünglings; er trat daher auf ihn zu, nahm ihn freundlich bei der Hand, schob ihn sanft nach dem Sleigh hin und drängte ihn einzusteigen.

»Du findest keine nähere Hilfe als in Templeton«, sagte er, »und Nattys Hütte ist wenigstens drei Meilen entfernt. Komm – komm, junger Freund – geh mit uns, und laß den neuen Doktor nach deinem Arme sehen. Natty wird die Kunde von deinem Wohlbefinden deinem Freunde überbringen; und wenn du es verlangst, so lasse ich dich morgen in deine Heimat führen.«

Es gelang dem jungen Manne, sich dem herzlichen Händedruck des Richters zu entziehen, aber den Blick vermochte er nicht von dem Mädchen zu wenden, das, ohne der Kälte zu achten, noch immer mit unverhülltem Gesicht dastand und durch den beredten Ausdruck seiner Züge die Bitte des Vaters aufs nachdrücklichste unterstützte.

Lederstrumpf lehnte inzwischen an seiner langen Büchse, und hatte den Kopf etwas zur Seite gedreht, wie in ernstes Nachsinnen vertieft, als er auf einmal – augenscheinlich über seine Bedenklichkeiten beruhigt und bei einem Entschluß angelangt – das Schweigen unterbrach.

»'s ist im Grunde doch das beste, du gehst mit ihnen, Junge; denn wenn der Posten noch drinnen ist, so taugt meine alte Hand nicht mehr so gut wie ehedem dazu, ins menschliche Fleisch zu schneiden. Vor etwa dreißig Jahren, im alten Krieg, als ich unter Sir William diente, wanderte ich sechzig Meilen allein durch die heulende Wildnis mit einer Büchsenkugel in meinem Schenkel, und dann erst schnitt ich sie mit einem Taschenmesser heraus. Der alte Indianer John erinnert sich der Geschichte noch gut. Ich traf ihn mit einem Trupp Delawaren, welche einem Irokesentrupp nachsetzten, die unten gewesen waren und am Schoharie fünf Skalpe geholt hatten. Ich habe bei dieser Gelegenheit einer Rothaut einen Denkzettel gegeben, den sie wahrscheinlich mit ins Grab schleppte. Ich nahm den Burschen – mit Ehren vor der Dame zu vermelden – von hinten aufs Korn, und als er aus seinem Hinterhalt auftauchte, jagte ich ihm drei gute Hirschposten in seine nackte Haut, so nahe beieinander, daß man alle mit einem Dollar hätte bedecken können.«

Natty dehnte nun seinen langen Hals aus, streckte seinen Körper und öffnete seinen Mund, in welchem sich nur noch ein einziger gelber Hauer blicken ließ, während seine Augen, sein Gesicht, ja seine ganze Gestalt zu lachen schien, obgleich man keinen anderen Ton vernahm als eine Art starken Zischens, wenn er in Tremulationen die Luft einatmete.

»Ich hatte, als ich über die Mündung des Oneida setzte, meine Kugelform verloren«, fuhr er fort, »und mußte mich daher mit Hirschposten behelfen; aber die Büchse war treu und streute ihren Inhalt nicht umher wie die zweibeinigen Dinger da, Richter, die es, wie ich merke, nicht geraten machen, mit ihrem Eigner auf die Jagd zu gehen.«

Nattys auf das Zartgefühl der jungen Dame berechnete Apologie war unnötig; denn sie war, während er sprach, zu sehr damit beschäftigt, ihrem Vater in Wegräumung einiger Gepäckstücke zu helfen, um auf seine Worte achten zu können. Unfähig, dem freundlichen Drängen der Reisenden länger zu widerstehen, ließ sich der Jüngling doch endlich – wiewohl noch immer mit unerklärlichem Widerstreben – zum Einsteigen bewegen. Der Schwarze warf unter Beihilfe seines Gebieters das erlegte Wild zu dem übrigen Gepäck, und als sie wieder in dem Sleigh saßen, lud der Richter den Jäger ein, gleichfalls hereinzukommen.

»Nein, nein«, sagte der alte Mann kopfschüttelnd, »ich habe am Christfestabend daheim etwas zu tun – fahrt nur mit dem Jungen zu, und laßt Euren Doktor nach seinem Arm sehen. Zwar braucht er nur den Posten herauszuschneiden; denn wenn dies geschehen ist, so habe ich Kräuter, welche die Wunde schneller heilen werden als seine fremden Schmieralien.« Er wandte sich um und wollte weiter, als er nach einem plötzlichen Besinnen das Gesicht wieder der Schlittengesellschaft zuwandte und beifügte: »Wenn Ihr unten am See den Indianer John trefft, so werdet Ihr gut tun, ihn mitzunehmen, daß er dem

Doktor an die Hand geht; denn so alt er ist, so versteht er sich doch gut auf Hieb- und Schußwunden, und er ist höchstwahrscheinlich mit Besen drunten, um Euren Weihnachtsbackofen auszukehren.«

»Halt! halt!« rief der Jüngling, den Schwarzen am Arm fassend, als dieser sich anschickte, seine Pferde anzutreiben, »Natty, wenn Ihr mich liebhabt, so sagt nichts von dem Schusse, – verschweigt auch, wohin ich gehe. Merkt es Euch!«

»Verlaßt Euch auf den alten Lederstrumpf«, versetzte der Jäger mit einem Blick des Verständnisses. »Er hat nicht fünfzig Jahre in den Wäldern gelebt, ohne von den Indianern schweigen zu lernen – verlaßt Euch auf mich, Junge, und vergeßt mir den alten Indianer John nicht.«

»Und Natty«, fuhr der Jüngling lebhaft fort, indem er immer noch den Schwarzen am Arm hielt, »sobald die Kugel herausgezogen ist, so bringe ich Euch ein Viertel von dem Bock zum Christfestessen.«

Er wurde jetzt von dem Jäger unterbrochen, der mit ausdrucksvoller Miene den Finger erhob, um ihn zum Schweigen aufzufordern, dann langsam an dem Saume des Weges weiterging und seine Augen unablässig auf die Zweige einer Rottanne geheftet hielt. Als er eine geschickte Stellung aufgefunden, hielt er inne, spannte den Hahn seiner Büchse, ließ sich auf ein Knie nieder, streckte den linken Arm seiner ganzen Länge unter dem Gewehrlauf aus und begann die Mündung desselben langsam und in *einer* Linie mit dem Stamme des Baumes zu erheben. Die Augen der in dem Sleigh befindlichen Gruppe folgten natürlich der Bewegung der Büchse, und bald entdeckten sie den Gegenstand von Nattys Zielen. Auf einem kleinen dürren Aste, welcher in einer Entfernung von etwa siebzig Fuß über den Boden waagerecht von dem Stamme abbog, unmittelbar unter den lebendigen Zweigen des Baumes saß ein Vogel von jener Gattung, welches das Landvolk dieser Gegend ohne Unterschied mit dem Namen Fasan oder Rebhuhn belegt. Das Tier war nur wenig kleiner als ein gewöhnliches Haushuhn. Erschreckt durch das Bellen der Hunde und die Unterhaltung in der Nähe des Baumes, den er zum Ruheort erkoren, hatte sich der Vogel mehr gegen den Stamm hin zurückgezogen, wo er dasaß, Kopf und Hals so ausgereckt, daß sie mit den Beinen nur *eine* gerade Linie zu bilden schienen. Sobald sich der Büchsenlauf in gleicher Richtung mit dem Opfer befand, drückte Natty ab und das Feldhuhn fiel mit solcher Gewalt von seinem hohen Standpunkte herunter, daß es ganz vom Schnee begraben wurde.

»Leg dich, alter Schelm«, rief Lederstrumpf, Hektor mit dem Ladestock winkend, als dieser nach dem Fuß des Baumes hineilen wollte, »leg dich, sag' ich dir!«

Der Hund gehorchte, und Natty schickte sich an, in aller Eile, obgleich mit der äußersten Pünktlichkeit, sein Gewehr wieder zu laden. Als dies geschehen war, nahm er sein Wild auf, zeigte der Gesellschaft, daß dem Vogel der Kopf abgeschossen war, und rief:

»Das ist ein ganz leckerer Weihnachtsbraten für einen alten Mann – laßt es daher nur gut sein mit dem Wildbret, Junge, und vergeßt mir den Indianer John nicht; seine Kräuter sind besser als alles ausländische Gesalbe. – Da, Richter« – er hielt den Vogel wieder in die Höhe – »glauben Sie wohl, Ihre Schlüsselbüchse würde auch einen Vogel von seiner Stange herunterholen, ohne eine Feder zu verletzen?«

Der alte Mann verzog wieder den Mund zu seinem eigentümlichen Lachen, das Triumph, Heiterkeit und Ironie in gleicher Weise ausdrückte, nahm seine Büchse auf die Schulter und ging raschen Schrittes in den Wald hinein. Bei jedem Tritte verkürzte sich sein Körper um einige Zolle, da die Knie des alten Mannes im Gehen einwärts knickten; als der Sleigh sich aber in einer Straßenbiegung umwandte und der Jüngling wieder spähend nach seinem Begleiter blickte, war dieser bereits fast ganz durch die Baumstämme verborgen, während ihm die Hunde ruhig auf der Ferse folgten und nur hin und wieder nach einer Wildspur auf den Boden hinschnupperten, als lehre sie ihr Instinkt, daß es dermalen von keinem Nutzen sei, ihr weitere Aufmerksamkeit zu erweisen. Eine abermalige Wendung des Sleigh, und Lederstrumpf war verschwunden.

Zweites Kapitel

> Ein jeder Platz, vom Himmelslicht beleuchtet,
> Verwandelt sich zum Glückesport dem Weisen.
> Denk' ja nicht, daß der König dich verbannt,
> Nein, du den König! –
>
> *Richard II.*

Ungefähr hundertundzwanzig Jahre vor dem Beginn unserer Erzählung ließ sich ein Vorfahr Marmaduke Temples, ein Freund und Glaubensgenosse des großen Gründers dieser Kolonie, in Pennsylvanien nieder. Der alte Marmaduke – denn dieser halsbrechende Vorname war eine Art Familienprärogativ – brachte nach diesem Asyl der Verfolgten einen schönen Anteil an Gütern dieser Welt mit, durch welche er sich zum Herrn von vielen tausend Acker unbewohnten Landes und zum Versorger einer großen Anzahl mittelloser Ansiedler machte. Er wurde wegen seiner Frömmigkeit sehr geachtet und als Sektenführer ausgezeichnet, so daß ihm seine Glaubensgenossen manche wichtige Ämter anvertrauten. Zum Glücke starb er jedoch noch gerade zur rechten Zeit, um der Kunde von seiner eigenen Verarmung zu entgehen – ein Los, welches er mit vielen teilte, die Reichtümer in die neuen Ansiedlungen der mittleren Kolonien gebracht hatten.

Die Bedeutung eines Ansiedlers in diesen Provinzen ließ sich hauptsächlich aus der Zahl seiner weißen Dienstleute und Abhängigen und aus der Beschaffenheit der öffentlichen Ämter, welche er verwaltete, ermessen. Wenn man diese Regel zur Leitschnur nimmt, so mußte der Vorfahr unseres Richters ein sehr angesehener Mann gewesen sein.

Es ist indes bis auf den heutigen Tag nicht ohne Interesse, von den kurzen Berichten jener frühen Periode Einsicht zu nehmen, in denen man regelmäßig und fast ohne Ausnahme auf der einen Seite die Reichen allmählich zur Armut heruntersinken, auf der anderen die Diener derselben Vermögen und Reichtümer erwerben sieht. An alle Bequemlichkeiten des Lebens gewöhnt und unfähig, die Kämpfe, welchen eine Gesellschaft in ihrer Kindheit anheimfällt, zu bestehen, blieb der reiche Einwanderer kaum imstande, seinen Rang durch das persönliche Übergewicht seiner Erziehung und Kenntnisse zu behaupten; sobald er aber die Augen schloß, sahen sich seine trägen und ungebildeten Nachkommen genötigt, der rührigen Tatkraft einer Klasse, die durch die Not arbeiten gelernt hatte, den Vorrang einzuräumen. Dies ist der gewöhnliche Gang der Dinge in den Vereinigten Staaten sogar noch in unseren Tagen; vornehmlich war es aber das Schicksal der Reichen und Armen in den friedliebenden, wenig unternehmenden Kolonien von Pennsylvanien und New Jersey.

Marmadukes Nachkommen hatten das gleiche Los mit so vielen, die sich lieber auf ihre ererbte Habe als auf ihre persönlichen Kräfte verließen, und in der dritten Generation waren sie auf einem Punkte angelangt, unter den in einem so glücklichen Lande ehrbare, verständige und nüchterne Leute kaum heruntersinken können. Aber derselbe Familienstolz, der durch seine selbstzufriedene Indolenz ihren Fall herbeigeführt hatte, wurde nun auch zu einem Hebel, ihren Wiederaufschwung zu bewerkstelligen. Das frühere kränkelnde Gefühl wandelte sich in das gesunde, tatkräftige Verlangen um, das Ansehen ihrer Vorfahren und womöglich auch ihren Reichtum wiederzugewinnen. Der Vater des Richters war der erste, der sich wieder auf der Leiter der bürgerlichen Gesellschaft zu heben begann; eine Heirat unterstützte ihn hierin wesentlich und gab ihm auch die Mittel, seinen einzigen Sohn weit besser erziehen zu lassen, als es bei dem schlechten Zustande der Schulanstalten in Pennsylvanien möglich oder in den zwei oder drei vorangehenden Generationen seiner Familie üblich war.

Der junge Marmaduke lernte in dem Erziehunghause, dessen Vorteile er dem wiederauflebenden Glücke seines Vaters verdankte, einen Jüngling kennen, der mit ihm in gleichem Alter stand, und schloß mit ihm eine innige Freundschaft. Dies war ein glücklicher Bund für unsern Richter, er bahnte ihm den Weg zu seinem künftigen Ansehen.

Edward Effinghams Familie war nicht nur sehr reich, sondern hatte auch einen nicht unbedeutenden Einfluß bei Hofe. Sie gehörte unter die wenigen in den Kolonien, welche eine Erniedrigung ihrer Glieder darin erblickten, wenn sie Handelsgeschäfte betrieben, und trat deshalb nur aus der Zurückgezogenheit ihres häuslichen Lebens hervor, wenn es galt, in den

Kolonieversammlungen zu präsidieren oder in Kriegszeiten die Waffen zu führen. Letzteres war von Jugend auf das Gewerbe von Edwards Vater gewesen. Unter der Krone Großbritanniens und vor sechzig Jahren mußte militärischer Rang durch einen weit längeren und beschwerlicheren Dienst erkauft werden als heutzutage. Jahre wurden ohne Murren in den niedrigeren Graden hingebracht; dagegen glaubten aber auch die in den Kolonien stationierten Soldaten, wenn sie sich einmal bis zu dem Kommando einer Kompanie emporgeschwungen hatten, von den friedlichen Bewohnern der Scholle die tiefste Verehrung fordern zu dürfen. Jeder unserer Leser, der über den Niagara kommt, wird nicht nur die Wichtigkeit, welche jeder, selbst der unbedeutendste Diener der Krone seiner Stellung beilegt, sondern auch die wirkliche Achtung gewahren, welcher er sich allseitig – sogar in dieser Polargegend des königlichen Sonnenscheins – erfreut. Mit welcher Achtung wurde vor nicht gar zu langer Zeit auch der Krieger in einem Staatenverbande behandelt, wo jetzt glücklicherweise keine Spur von Krieg mehr zu sehen ist, wenn nicht die freie und furchtlose Stimme des Volkes sich für einen solchen entscheidet. Als daher der Vater von Marmedukes Freund sich nach vierzigjähriger Dienstzeit mit dem Rang eines Majors in den Privatstand zurückzog und ein verhältnismäßig glänzendes Haus machte, wurde er natürlich in seiner heimatlichen Kolonie Neuyork als ein Mann von hoher Bedeutung betrachtet. Er hatte mutig und treu gedient und war daher nach allgemeinem Brauch in den Provinzen mit einer Auszeichnung behandelt und mit Aufträgen beehrt worden, die weit über seine Stellung hinausgingen. Als er der Gebrechlichkeit des Alters weichen mußte, trat er mit Würde ab und wies sogar den üblichen halben Sold, wie auch jede andere Belohnung für Dienste, die er nicht länger mehr versehen konnte, zurück.

Das Ministerium bot ihm mehrere Zivilämter an, die neben der Ehre auch materielle Vorteile eintrugen; er schlug sie jedoch mit dem ritterlichen Unabhängigkeitsgefühl, welches sein ganzes Leben hindurch seinen Charakter bezeichnet hatte, unter ehrfurchtsvollem Danke aus, und bald nach diesem Akte patriotischer Uneigennützigkeit übte er in seinem eigenen Hause eine Handlung der Großmut, welche, sowenig sie auch der Klugheit gemäß zu sein schien, doch in vollkommenem

Einklang mit dem redlichen wohlwollenden Sinne des Veteranen stand.

Marmadukes Freund war sein einziges Kind, und bei Gelegenheit der Vermählung dieses Sohnes mit einer Dame, welchen der Vater besonders wohlwollte, trat ihm der Major sein ganzes Vermögen ab, welches aus bedeutenden Kapitalien, einer Wohnung in der Stadt, einem Landhause, einigen wertvollen Gütern in den alten Teilen der Kolonie und großen Strichen unbebauten Landes in den neuen bestand, – ein Schritt, der seinen künftigen Unterhalt ausschließlich von der kindlichen Liebe seines Sohnes abhängig machte. Schon als Major Effingham die freigebigen Anerbietungen des britischen Ministeriums ablehnte, meinten die Jäger nach Hofgunst, von denen es auch in diesen abgelegenen Teilen des weiten Reiches wimmelte, daß es mit seinem Verstande nicht ganz richtig sein müsse; als er sich aber gar freiwillig aller seiner großen Reichtümer begab, folgerte alles, daß der gute Mann kindisch geworden sei. Diesen Umständen war es zuzuschreiben, daß sein Ansehen rasch dahinschwand, und wenn er mit seinen Schritten ungestörte Zurückgezogenheit bezwecken wollte, so sah er bald seine Absicht erreicht.

Wie auch die Welt über die Handlungsweise des Majors urteilen mochte, den beiden Beteiligten erschien sie als nichts anderes denn das Abgeben gewisser Gerechtsame, die der Vater weder genießen noch erweitern konnte, an einen Sohn, der durch seine Erziehung sowohl als auch vermöge seines Charakters zu beidem paßte. Der jüngere Effingham hatte nichts gegen die Schenkung einzuwenden; denn er fühlte, daß er sich selbst nur einer schweren Last befreite, wenn er den Vorbehalt seines Vaters, die moralische Leitung seiner Handlungen zu führen, anerkannte; wie denn überhaupt zwischen beiden ein so inniges Vertrauen herrschte, daß ihnen der so gehässig gedeutete Schritt nicht anders erschien, als wenn einer sein Geld aus einer Tasche in die andere steckt.

Sobald der junge Mann in den Besitz seines großen Vermögens gekommen war, gehörte es unter seine ersten Handlungen, seinen Jugendfreund aufzusuchen und ihm den Beistand anzubieten, den er jetzt zu leisten imstande war.

Der Tod von Marmadukes Vater und die daraus erfolgende Teilung seines kleinen Vermögens machten dieses Anerbieten für den jungen Pennsylvanier doppelt annehmbar. Er fühlte seine eigenen Kräfte, und sah nicht nur die schönen Eigenschaften, sondern auch die Mängel in dem Charakter seines Freundes. Effingham war eine weiche Natur, zutraulich, bisweilen aber auch ungestüm und unbesonnen, während Marmaduke mit einem ruhigen Gleichmut scharfen Verstand, Tätigkeit und Unternehmungsgeist verband. Ihm erschien daher der ihm angebotene Beistand, richtiger die Geschäftsgemeinschaft als vorteilhaft für beide Parteien, weshalb er mit Freuden darauf einging und auch leicht über die Bedingungen mit seinem Freund eins wurde. Mit Effinghams Gelde wurde ein Handlungshaus in der Hauptstadt von Pennsylvanien etabliert und die Leitung des Geschäftes Marmaduke übertragen, der öffentlich als der einzige Eigentümer genannt wurde, obgleich der andere insgeheim zur Hälfte an dem Gewinne des Unternehmens beteiligt war. Diese Verbindung sollte aus zwei Gründen nicht ruchbar werden, deren einen Effingham seinem Freunde offen zugestand, während er den anderen tief in seinem Innern verbarg, da derselbe auf nichts mehr und nichts weniger als auf dem Stolze beruhte. Der Abkömmling einer Reihe von Kriegern betrachtete nämlich sogar eine derartige mittelbare Beteiligung bei einem Handelsgeschäft als eine Herabwürdigung. Den Hauptgrund zur Geheimhaltung derselben bildeten aber immer die Vorurteile des alten Majors.

Es wurde bereits mitgeteilt, daß Major Effingham ruhmvoll gedient hatte. Als er einmal an der Westgrenze von Pennsylvanien ein Kommando gegen die verbündeten Franzosen und Indianer hatte, wurde nicht nur sein Ruhm, sondern auch sein Leben und das seiner Truppe durch die friedliche Politik dieser Kolonie ungemein gefährdet, – allerdings ein Vergehen, das kein Soldat verzeiht. Er focht zu ihrem Schutze und wußte wohl, daß die milden Grundsätze dieses Völkchens praktischer Christen von den schlauen und arglistigen Feinden nicht berücksichtigt werden würden, weshalb er auch die Kränkung um so tiefer empfand; denn er sah, daß der Grund, welchen die Kolonisten für die Verweigerung ihres Beistandes geltend machten, nur dazu führen konnte, seine Mannschaft dem Untergange preiszugeben, ohne daß er den Frieden zu bewahren vermochte. Es gelang zwar dem Soldaten, sich mit einer Handvoll seiner Leute durch den mörderischen Feind zu schlagen, aber er vergab den Leuten, die ihn im Kampfe nicht unterstützt und daher dieser Gefahr ausgesetzt hatten, nie wieder. Es half nichts, daß man ihm sagte, sie wären nicht schuld daran gewesen, daß er an die Grenze gesetzt wurde; denn er stand ja augenscheinlich nur zu ihrem Besten dort, und es war »ihre religiöse Pflicht« – so pflegte sich nämlich der Major auszudrücken – »es war ihre religiöse Pflicht, ihren Beschützern Beistand zu leisten.«

Der alte Soldat war nie ein Freund von Fox' friedlichen Schülern. Ihre geordnete Lebensweise und ihre Gemütsruhe konnten nicht verfehlen, auch vorteilhaft auf ihre physischen Verhältnisse einzuwirken; wenn der Veteran den riesigen Körperbau der Kolonisten betrachtete, so konnte er sich nicht enthalten, in seinem Blicke die tiefe Verachtung, welche er gegen ihre moralische Schwäche hegte, auszudrücken. Auch war er ein wenig der Meinung zugetan, daß eine so strenge Beobachtung von Förmlichkeiten unmöglich mit dem gesunden Kerne wahrer Religiosität vereinbar sei. – Wir haben uns übrigens nicht zur Aufgabe gesetzt, hier das Wesen des Christentums zu erörtern, sondern führen nur einfach Major Effinghams Ansichten auf.

Da der Sohn die Ansichten seines Vaters über diese Leute kannte, so war es kein Wunder, daß er Anstand nahm, seine Verbindung mit einem Quäker und sein unbedingtes Vertrauen auf dessen Redlichkeit zuzugestehen.

Man hat gesehen, daß Marmaduke von Zeitgenossen und Freunden Penns abstammte. Sein Vater hatte zwar, weil er eine nicht seiner Kirche Angehörige geheiratet hatte, einige Privilegien, welche an seinem Stamme hafteten, verwirkt. Da jedoch der junge Marmaduke in einer Kolonie und in einer Gemeinschaft erzogen wurde, wo selbst der gewöhnliche Verkehr zwischen Freunden und Verwandten die Färbung jener milden Religion trug, so erhielten natürlich auch seine Gewohnheiten und seine Sprache etwas von den Eigentümlichkeiten derselben. Seine spätere Verehelichung mit einer Dame, die nicht nur dem Kreise seiner Kirche nicht angehörte, sondern auch jeden Einfluß von seiten dieser Sekte zurückwies, trug allerdings einiges dazu bei, die früheren Eindrücke zu schwächen; sie verwischten sich aber bis zur Stunde seines Todes nie ganz, und die Sprache seiner Jugend trat vornehmlich in Augenblicken der

Wallung oder einer regen Teilnahme besonders lebhaft hervor. – Doch wir greifen unserer Erzählung vor.

Zur Zeit, als Marmaduke mit dem jungen Effingham in Geschäftsverbindung trat, war er in seinem Äußeren noch ganz Quäker, und da es der Sohn für zu gefährlich hielt, den Vorurteilen seines Vaters offenen Widerstand zu leisten, so sollte diese Vereinigung für alle Nichtbeteiligten ein tiefes Geheimnis bleiben.

Einige Jahre lang leitete Marmaduke den Handelsbetrieb seines Hauses mit so viel Scharfblick und Sachkenntnis, daß ein reicher Ertrag erzielt wurde: dann heiratete er die bereits erwähnte Dame, Elisabeths Mutter, und auch die Besuche seines Freundes wurden allmählich häufiger. Überhaupt hatte es, da die Vorteile des Geschäfts Effingham mit jedem Augenblicke mehr einleuchteten, ganz den Anschein, als ob der Schleier, welcher die wirklichen Verhältnisse umhüllte, sich bald lichten sollte; aber nun begannen die Unruhen, welche dem Revolutionskriege vorangingen, immer ernster und bedrohender zu werden.

In der unterwürfigsten Treue gegen das angeborene Herrscherhaus erzogen, hatte Effingham vom Beginn der Zwistigkeiten zwischen den Kolonisten und der Krone an für die nach seiner Meinung heiligen Rechte seines Fürsten warm Partei genommen, während andererseits Temple durch seinen hellen Verstand und seinen Unabhängigkeitssinn veranlaßt wurde, sich auf die Seite des Volkes zu schlagen. Beide mochten hier durch frühere Eindrücke geleitet werden; denn wenn sich der Sohn eines tapferen und loyalen Offiziers in unbedingtem Gehorsam unter den Willen seines Herrschers beugte, so konnte der Abkömmling eines verfolgten Anhängers von Penn nicht ohne Bitterkeit auf die unverdienten Leiden zurückblicken, die auf die Häupter seiner Vorfahren gehäuft worden waren.

Die Meinungsverschiedenheit der beiden Freunde hatte oft Anlaß zu unverfänglichen Wortwechseln gegeben, aber endlich wurde die Sache doch zu ernsthaft, um sich bei Marmaduke immer nur auf politische Kannegießerei zu beschränken, um so weniger, da sein scharfer Blick bereits jetzt einiges von den wichtigen Ereignissen ahnte, mit denen die Zeit schwanger ging. Die Funken der Uneinigkeit flammten rasch in heller Lohe auf, und die Kolonien oder vielmehr die *Staaten* – denn sie erklärten sich bald für solche – wurden für manche Jahre der Schauplatz des Kampfes und des Blutvergießens.

Kurze Zeit vor der Schlacht bei Lexington übergab Effingham, der bereits seine Gattin verloren hatte, seine Papiere und alles, was er Wertvolles besaß, an Marmaduke zur Aufbewahrung und verließ ohne seinen Vater die Kolonie. Kaum hatte jedoch der Krieg ernstlich begonnen, als er in der Uniform seines Königs wieder zu Neuyork erschien und in kurzem an der Spitze einer Provinzialtruppenabteilung im Felde stand. Marmaduke hatte sich inzwischen ganz für die Sache der Rebellion – wie man sie damals nannte – erklärt. Natürlich hörte nun aller Verkehr zwischen den Freunden auf, da ein solcher von seiten Oberst Effinghams nicht gesucht wurde und Marmaduke sich in der Sache mit vorsichtiger Zurückhaltung benahm. Letzterer sah sich bald genötigt, die Hauptstadt Philadelphia zu verlassen; er hatte jedoch die Vorsorge getroffen, seine ganze Habe, mit Einschluß der Papiere seines Freundes, aus dem Bereich der königlichen Streitkräfte zu bringen. Er fuhr fort, während des Kampfes seinem Vaterlande in verschiedenen Zivilämtern Dienste zu leisten, denen er stets mit Eifer und Würde vorstand. Während er sich jedoch den ihm anvertrauten Obliegenheiten mit Aufopferung und Treue unterzog, schien er seinen eigenen Vorteil nie aus dem Gesichte zu verlieren; denn als vermöge der Konfiskationsakte die Güter der königlich Gesinnten zum Verkauf ausgeboten wurden, erschien er in Neuyork und kaufte sehr ausgedehnte Besitzungen zu verhältnismäßig sehr niedrigen Preisen.

Es ist wahr, daß Marmaduke durch den Ankauf von Gütern, die andern gewaltsam entrissen worden waren, sich dem bitteren Tadel jener Sekte aussetzte, die ihre Kinder, wenn sie dieselben auch hin und wieder von der vollen Teilnahme an ihrem Familienverband ausschließt, doch nie gerne der Welt ganz abtreten zu wollen scheint. Doch kam dieser Makel seines Charakters – sei es infolge des glücklichen Ergebnisses seiner Spekulation, oder weil derartige Versündigungen allzuhäufig wurden – bald wieder in Vergessenheit; obgleich es einige gab, die – mit ihrem eigenen Lose unzufrieden oder im Gefühle ihres persönlichen Unwertes – gehässige Andeutungen über das plötzliche Reichwerden des armen Quäkers fallen ließen, so entschwanden diese doch frühzeitig in Anerkennung seiner geleisteten Dienste, vielleicht auch, weil er jetzt für reich galt, wieder aus dem Gedächtnis der Menschen.

Als nach Beendigung des Krieges die Unabhängigkeit der Vereinigten Staaten anerkannt war, richtete Temple wegen des schwankenden und unsicheren Zustandes im Handelsverkehr seine Aufmerksamkeit auf die Urbarmachung der von ihm gekauften Landstriche. Seine Geldmittel und sein praktischer Blick ließen diese Unternehmung in einem Grade gedeihen, wie man es von dem bergigen Boden nie erwartet hatte. Der Wert seines Besitzes verzehnfachte sich, und er wurde bereits den reichsten und bedeutendsten Männern des Landes beigezählt. Die einzige Erbin dieser Reichtümer war die oben erwähnte Tochter, die der Vater aus dem Erziehungshause abgeholt hatte, damit sie seinem Haushalte vorstehe und die Stelle der nur zu lange vermißten Gebieterin ersetze.

Als der Distrikt, in welchem seine Besitzungen lagen, hinreichend bevölkert war, um als Bezirk gezählt zu werden, wurde Herr Temple dem in den neuen Ansiedlungen geltenden Brauche gemäß zum ersten Richter derselben ernannt. Ein Londoner Rechtsgelehrter wird vielleicht hierüber lachen, aber ein solcher Beamter war einmal notwendig, und in Talenten und Erfahrungen liegt an sich schon eine Würde, die unter allen Verhältnissen den, welcher sich dieser Vorzüge erfreut, unterstützt. Marmaduke, der hinsichtlich der Klarheit des Verstandes höher begünstigt war als der Richter des Königs Karl, entschied nicht nur richtig, sondern wußte in der Regel auch seine Entscheidungen durch die triftigsten Gründe zu belegen. Überhaupt war es in jener Zeit eben nicht anders Landesbrauch, und der Richter Temple gehörte nicht nur zu den bedeutendsten Männern, welche in den neuen Bezirken diese Würde bekleideten, sondern er wurde sogar einstimmig den Ersten derselben beigezählt, ein Vorzug, den zu verdienen, er sich bewußt war.

Wir schließen übrigens hier diese kurze Einleitung in unsere Geschichte und die Charakterschilderung einiger Hauptpersonen, da es wohl besser ist, wenn wir sie von jetzt an für sich selbst sprechen und handeln lassen.

Drittes Kapitel

Was ringsum ist, hat die Natur geschaffen,
Die Felsen, hebend ihre moos'gen Häupter
Gleich Schlosseszinnen einer alten Zeit!
Die stolzen Stämme, deren breite Äste
Der Winterstürme Wut durchschüttert!
Das eis'ge Feld, das in der Sonne Strahl
Die Weiße einer Marmorbrust verspottet!
Doch wie der Jungfrau Ruf bekleckst die Schmähsucht
Also dies Bild des Menschen Ungeschmack.

Duo

Es verging eine Weile, ehe Marmaduke Temple sich von seiner Bestürzung so weit erholt hatte, um seinen neuen Begleiter näher betrachten zu können. Jetzt aber bemerkte er, daß derselbe ein Jüngling von ungefähr zwei- oder dreiundzwanzig Jahren und etwas mehr als mittlerer Größe war. Weiter ließ sich durch den groben Mantel, welcher, gleich dem des alten Jägers, durch einen Gürtel von Wollzeug an dem Leibe festgehalten wurde, nichts erkennen. Die Augen des Richters erhoben sich, nachdem sie einen Moment auf der ganzen Gestalt des jungen Mannes geruht hatten, prüfend zu dessen Antlitz, in dem sich, als der Fremde den Sleigh bestieg, ein Zug von Widerwillen ausgesprochen hatte, welcher nicht nur Elisabeths Aufmerksamkeit auf sich zog, sondern auch ihre geheime Neugierde nach dem Grunde desselben weckte. Am lebhaftesten erschien seine Verlegenheit, als er seinem alten Begleiter Verschwiegenheit einschärfte, und selbst, nachdem er sich entschlossen, – oder vielmehr: sich hatte drängen lassen, den Reisenden nach dem Dorfe zu folgen, zeigten seine Blicke keinen besonders hohen Grad von Selbstzufriedenheit über diesen Schritt. Doch wurden die Linien seines ungewöhnlich ansprechenden Gesichts allmählich ruhig, und jetzt saß er schweigend, in tiefes Nachsinnen versenkt, da. Der Richter blickte ihn eine Weile ernst an und begann dann mit einem Lächeln, das wohl seiner Vergeßlichkeit gelten mochte:

»Ich glaube, mein junger Freund, daß der Schrecken mich Euren Namen vergessen ließ. – Euer Gesicht ist mir bekannt, aber ich kann mich Eures Namens nicht entsinnen, und wenn ich mir dadurch ein ganzes Schock Hirschenschwänze auf die Mütze verdienen könnte.«

»Ich bin erst seit drei Wochen in dieser Gegend«, versetzte der Jüngling kalt, »und dem Vernehmen nach sind Sie wohl zweimal so lange abwesend gewesen.«

»Morgen werden's fünf Wochen. Aber doch muß ich Euer Gesicht schon gesehen haben, obgleich es mich nach dem gehabten Schrecken nicht wundernehmen würde, wenn Ihr mir heute nacht im Traume vorkämet und in Leintücher gehüllt an meinem Bette auf- und abspaziertet. Was sagst du, Beß? Bin ich compos mentis oder nicht? – Hältst du mich für geeignet, in einer großen Jury den Vorsitz zu führen, oder – was im gegenwärtigen Augenblicke noch dringlicher ist – diesen Abend die Weihnachtshonneurs in der Halle von Templeton zu machen?«

»Für beides weit geeigneter, lieber Vater«, erwiderte eine neckische Stimme aus der Umhüllung des Kapuzenmantels, »als einen Hirsch mit der Vogelflinte zu erlegen.«

Es folgte nun eine kleine Pause, nach welcher dieselbe Stimme, jedoch mit ganz verschiedenen Akzenten, fortfuhr:

»Wir haben heute allen Grund, aus mehr als einer Rücksicht Gott dankbar zu sein.«

Die Pferde hatten bald eine Stelle erreicht, wo ihnen der Instinkt zu sagen schien, daß die Reise bald ein Ende nehmen werde. Sie bissen daher in die Zügel, warfen die Köpfe in die Höhe, jagten mit dem Sleigh über den ebenen Grund auf der Höhe des Berges und gelangten rasch zu dem Punkte, wo der Weg zwar plötzlich, aber in weiten Windungen talabwärts führte.

Der Richter wurde aus seinen Betrachtungen geweckt, als er die vier Rauchsäulen, welche über seinem eigenen Schornstein aufstiegen, gewahrte. Er war kaum seines Landhauses im Tal ansichtig geworden, als er seiner Tochter freudig zurief:

»Sieh, Beß, dort ist dein Ruheplätzchen fürs ganze Leben – und auch das deinige, junger Mann, wenn du bei uns wohnen willst.«

Die Augen seiner Zuhörer begegneten sich unwillkürlich,

und wenn das hohe Rot, das Elisabeths Antlitz umflog, im Widerspruche mit dem kalten Ausdruck ihrer Augen stand, so schien nicht minder das zweideutige Lächeln, das wieder um den Mund des Fremden spielte, die Wahrscheinlichkeit von dessen Einwilligung, einen Teil des Familienkreises zu bilden, in Abrede zu stellen. Die Szene, welche sich vor dem Auge auftat, war übrigens großartig genug, um sogar ein weniger menschenfreundliches Herz, als das des alten Marmaduke Temple zu erwärmen.

Die Seite des Berges, an welcher unsere Reisenden hinunterfuhren, war – wenn auch nicht gerade senkrecht – doch steil genug, um große Sorgfalt nötig zu machen, wenn man auf dem rauhen und engen Pfade, der sich an dem Absturze hinwand, nicht verunglücken sollte. Der Neger zügelte seine ungeduldigen Rosse, und Elisabeth erhielt dadurch Zeit, eine Landschaft näher zu betrachten, die sich unter den rührigen Händen der Menschen so schnell verwandelt hatte, daß das Mädchen nur an den allgemeinen Umrissen den Schauplatz ihrer Kinderjahre wiedererkannte, dessen Bild sie sich so oft mit Entzücken vergegenwärtigt hatte. Unmittelbar unter ihnen lag eine weiße Ebene, scheinbar ununterbrochen und ganz von Bergen umschlossen. Diese waren hauptsächlich gegen den Talgrund hin abschüssig und mit Wald bedeckt. Lange Einschnitte in das Gebirge unterbrachen hin und wieder die Gleichförmigkeit der Umrisse, während an anderen Stellen Vorsprünge in das lange und weite Schneefeld hereinragten, welches ohne Haus, Baum oder einen sonstigen augenfälligen Gegenstand einer fleckenlosen Wolke ähnelte, die über der Erde lagerte. Nur einige dunkle bewegliche Punkte ließen sich auf der ebenen Fläche unterscheiden, die Elisabeths scharfes Auge als ebenso viele Schlitten erkannte, welche zu oder nach dem Dorfe fuhren. An dem westlichen Rande des Talgrundes war das Gebirge – obschon gleich hoch – doch weniger schroff und hatte unregelmäßige Taleinschnitte, Terrassenbildungen und Vertiefungen, welche anbaufähig waren. Obgleich das Immergrün der Nadelhölzer noch auf vielen der Berge, welche auf dieser Seite des Tales in die Höhe stiegen, vorherrschend war, so boten doch die wellenförmigen Umrisse des mit Buchen- und Ahornwäldern bedeckten ferneren Gebirges dem Auge einen angenehmen Wechsel und ließen einen milderen Boden hoffen. Hin und wieder waren mitten in den Forsten der entgegengesetzten Berge weiße Stellen zu sehen, welche durch den Rauch, der über den Spitzen der Bäume emporwirbelte, kundtaten, daß dort Menschen wohnten und der Feldbau seinen Anfang nähme. Diese Stellen, obgleich meistens nur klein und inselartig, waren doch bisweilen durch die vereinte Bemühung von Menschenhänden erweitert und zu einem Umfang gediehen, den man eine Ansiedlung zu nennen pflegt; wie denn überhaupt der Wechsel, welchen die ausdauernde Anstrengung von Menschen hervorbrachte, die sich von dem Erfolg ihres Unternehmens ihr ganzes Glück versprachen, so überraschend schnell weitergriff, daß es Elisabeths Einbildungskraft nicht schwer wurde, sich vorzustellen, die Veränderungen, welche die kurze Frist von einigen Jahren in dem Aussehen dieses Landstriches geschaffen, nähmen unter ihren Augen zu, während sie dieselben mit stummer Verwunderung betrachtete. Die Grenzpunkte auf der Westseite dieser merkwürdigen Fläche, auf denen keine Pflanze Wurzel gefaßt hatte, waren weit größer und zahlreicher als die im Osten, und besonders einer derselben schob sich in einer Weise vor, daß er auf jeder Seite schöne, gekrümmte Schneebuchen bildete. An seinem äußersten Ende breitete eine herrliche Eiche ihre Zweige aus, als wolle sie mit ihrer Krone eine Stelle überschatten, aus der ihre Wurzeln keine Nahrung holen durften. Sie stand frei von dem Joche gesondert da, das ein Nachwuchs von Jahrhunderten den Ästen der benachbarten Bäume aufgelegt, und streckte ihre knorrigen Arme phantastisch hinaus in die wilde Freiheit. Nur ein dunkler Fleck – wenige Morgen im Umfang – an dem südlichen Ende dieser schönen Ebene, der unmittelbar unter den Füßen unserer Reisenden lag, zeigte durch eine gekräuselte Oberfläche und die Dünste, welche davon ausgingen, daß das, was im Anfang als ebener Grund erschienen, einer von den Bergseen in seinem Wintergewande war. Ein schmaler Strom brach an der erwähnten offenen Stelle hervor und ließ sich meilenweit in seinem Laufe nach Süden durch den eigentlichen Talgrund an den Schierlingstannen und Fichten, welche seine Ufer umsäumten, wie auch an den feuchten Dünsten erkennen, die sich von seiner wärmenden Oberfläche in die kältere Atmosphäre der Berge erhoben. Die Ufer dieses einsamen Beckens waren an dem Ausflusse des Stroms oder an seinem südlichen Ende zwar abschüssig, aber nicht hoch, und in derselben Richtung fort, so weit das Auge reichen konnte, bildete der Boden ein schmales, anmutiges Tal, in dem die Ansiedler ihre bescheidenen Wohnungen in einer Anzahl aufgeschlagen hatten, welche am besten für die Vortrefflichkeit des Grundes und für die verhältnismäßige Leichtigkeit des Verkehrs Zeugnis ablegte. Hart an dem Ufer des Sees und seines Dammes lag das Dorf Templeton. Es bestand im ganzen aus ungefähr fünfzig, meist aus Holz gebauten Häusern, deren Architektur keinen besonders gewählten Geschmack verriet, sondern im Gegenteil schon durch das unvollendete Äußere der Wohnungen die Raschheit bekundete, womit sie aufgeführt worden waren. Dem Auge bot sich bei dieser Gelegenheit eine große Mannigfaltigkeit der Farben dar. Einige der Häuser waren vorn und hinten weiß angestrichen, andere aber trugen diese kostspielige Farbe nur an der Vorderseite, indem ihre weniger ehrgeizigen, aber sparsamen Besitzer die übrigen mit einem schmutzigen Rot übertüncht hatten. Ein paar hatten allmählich das Nußbraune des Alters angenommen; aber die unbeworfenen Balken, die sich durch die zerbrochenen Fenster in den Gelassen des zweiten Stockes blicken ließen, bewiesen, daß entweder der Geschmack oder die Eitelkeit ihre Eigentümer zu einem Unternehmen veranlaßt hatte, das sie nicht zu vollenden imstande waren. Die Gruppierung des Ganzen war eine Nachäffung der Straßen einer Stadt, wobei man augenscheinlich die Anleitung eines Mannes befolgt hatte, dem es mehr um die Bedürfnisse der Nachkommen als um die Bequemlichkeit der gegenwärtigen Generation zu tun gewesen. Drei oder vier bessere Gebäude mit einem gleichförmigen Anstrich waren mit grünen Jalousien versehen, welche, in dieser Jahreszeit wenigstens, seltsam gegen den erkältenden Anblick des Sees, der Berge, der Wälder und des weiten Schneegefildes abstachen. Vor den Türen dieser anspruchsvollen Wohnungen standen einige junge Bäume, die entweder zweiglos oder doch nur mit den schwachen Schößlingen einiger Sommer – wie ebenso viele Grenadiere aussahen, die an dem Portale eines Fürstenbaus Wache stehen. In der Tat waren diese Gebäude auch der Sitz des Adels von Templeton, dessen König Marmaduke war. Es wohnten da zwei rechtskundige junge Männer, eine gleiche Anzahl von Krämern, die unter dem Titel von Kaufleuten für die Bedürfnisse der Gemeinde sorgten, und ein

Schüler des Äskulap, der sich des seltenen Glücks erfreute, mehr Menschen in die Welt als aus der Welt gefördert zu haben. In der Mitte dieser wunderlichen Häusergruppe erhob sich der Wohnsitz des Richters, alle seine Nachbarn bei weitem überragend und von einem mehrere Morgen haltenden eingezäunten Obstgarten umgeben. Die Bäume desselben stammten noch zum Teil von den Indianern her und bildeten deshalb in ihrer Hinfälligkeit und mit ihren moosbewachsenen Rinden einen merkwürdigen Gegensatz zu den jugendlichen Anpflanzungen, die im Dorfe fast über jeden Pfahlzaun blickten. Neben dieser Zurschaustellung von Kultur säumten zwei Reihen junger lombardischer Pappeln (einer erst neuerdings in Amerika eingeführten Baumart) die Seiten eines Fußpfads, der von der nach der Straße zu liegenden Türe des Gutes zu der Vordertüre des Wohnhauses führte. Das letztere war ganz unter der Leitung eines gewissen Richard Jones gebaut worden – eines Mannes, den wir bereits erwähnten. Er verdankte seiner Gewandtheit in den kleineren Angelegenheiten des Haushalts, wie auch der Bereitwilligkeit, womit er seine Talente in Anspruch nehmen ließ, endlich dem Umstande, daß er Geschwisterkind Marmadukes Temple war, das Amt der Aufsicht über die untergeordneten Zweige in seines Vetters Hauswesen. Richard sprach gerne von diesem Kinde seines erfinderischen Geistes und meinte, es hätte wie eine Predigt seine zwei Teile, deren einen er im ersten Jahre ihres dortigen Aufenthalts in der Form eines hohen, schmalen, mit dem Giebel nach der Straße blickenden Blockhauses ausgeführt hätte. Unter diesem Obdache; denn anders konnte man es nicht nennen, hauste die Familie drei Jahre, nach deren Ablauf Richard mit seinem zweiten Teile zustande gekommen war. Er hatte bei diesem schwierigen Unterfangen die Erfahrungen eines wandernden europäischen Zimmergesellen benutzt, der ihm ein paar besudelte architektonische Zeichnungen aus England vorgelegt und so gelehrt von Friesen, Getäfeln und zumal von der zusammengesetzten Ordnung gesprochen hatte, daß er einen sehr ungebührlichen Einfluß auf Richards Geschmack in allem, was zu diesem Zweige der bildenden Künste gehörte, geübt hatte. Zwar gab sich Herr Jones den Anschein, als betrachte er Hiram Doolittle als einen bloßen Empiriker in seiner Kunst, indem er dessen Abhandlungen über Architektur nur mit einer Art nachsichtigen Lächelns Gehör schenkte; demungeachtet unterwarf er sich jedoch stets, sei es, weil er seinem Gehilfen nichts Stichhaltiges aus dem Bereich seines eigenen Willens entgegenzustellen wußte oder weil er den Mann im stillen bewunderte, dessen Ansichten und Gründe. So hatten sie gemeinschaftlich nicht nur eine Wohnung für Marmaduke Temple errichtet, sondern auch den Ton für den Baustil der ganzen Umgegend angegeben. Herrn Doolittles zusammengesetzte Ordnung war ein Gemisch von vielen anderen und wurde bald für die nützlichste von allen gehalten, weil sie alle Veränderungen gestattete, welche durch die Gemächlichkeit oder sonstige Umstände gefordert wurden. Solchen Ansichten gab Richard natürlich seine Zustimmung; wenn wetteifernde Genies, die sich nicht nur auf die Anerkennung, sondern auch auf das Geld ihrer Umgebung ein Monopol sichern wollen, eines Sinnes sind, so sieht man sie nicht selten auch in ernsteren Dingen den Ton angeben. In dem gegenwärtigen Falle wurde das Schloß, wie man Richter Templetons Wohnung gemeiniglich nannte, in der einen oder der anderen seiner zahlreichen Vollkommenheiten ein Modell für jedes anständigere Gebäude auf zwanzig Meilen im Umkreise.

Das Haus selbst oder der beste Teil von Richards so betitelter Predigt war aus Stein, groß, ins Geviert gebaut und sehr bequem – vier Erfordernisse, auf denen Marmaduke mit etwas mehr als gewöhnlicher Hartnäckigkeit bestanden hatte; alles andere blieb gutwillig Vetter Richard und seinem Gehilfen überlassen. Die beiden Künstler fanden freilich das Material ein wenig zu fest für die Werkzeuge ihrer Zimmerleute, die kaum an die Bearbeitung anderer Substanzen als der Weißtanne von den nahen Bergen gewöhnt waren, eines Holzes, welches – wie das Sprichwort sagt – so weich ist, daß es die Jäger gewöhnlich als Kopfkissen brauchen; ohne diesen ärgerlichen Umstand hätte uns der hochstrebende Geschmack der beiden Baumeister sicherlich noch weit mehr Stoff zum Beschreiben gegeben. Da sich aber an den harten Steinmauern nichts von Verschönerungen anbringen ließ, so nahm ihr ästhetischer Sinn seine Zuflucht zu dem Portal und zu dem Dache. Das erstere sollte entschieden klassisch ausfallen, und das letztere ein Musterbild der Vorzüge der zusammengesetzten Ordnung abgeben.

»Das Dach«, räsonierte Richard, »ist ein Teil des Gebäudes, den die Alten gewöhnlich zu verbergen pflegten, weil er in der

Architektonik ein Auswuchs ist, den man nur seines Nutzens wegen bestehen läßt. Außerdem«, fügte er scharfsinnig bei, »ist es ein Hauptverdienst für ein Gebäude, wenn es eine Front bietet, von welcher Seite aus man es auch ansehen mag. Da ferner das gegenwärtige nach allen Himmelsgegenden dem Auge zugänglich ist, so dürfen die Seiten nicht schmal sein, um der neidischen Tadelsucht der Nachbarn keinen Stoff zu bieten.« Es wurde daher entschieden, daß das Dach eine Plattform und vier Fassaden haben müsse. Dagegen hatte freilich Marmaduke einzuwenden, daß der Schnee, welcher die Erde nicht selten in einer Höhe von drei bis vier Fuß bedecke und monatelang liegen bleibe, durch seine Schwere nachteilig einwirken dürfe. Die Leichtigkeit, womit sich jedoch die zusammengesetzte Ordnung in alles zu fügen wußte, führte zu einem Vergleich, demgemäß die Dachränder verlängert wurden, um eine schiefe Ebene hervorzubringen, mittels deren das erstarrte Element in einiger Entfernung von dem Hause abfallen könne. Unglücklicherweise war jedoch bei der Bemessung dieses wesentlichen Teils ein Mißgriff vorgegangen, dessen Wirkung man, da Hirams größter Vorzug in seiner Fähigkeit, den Winkelhaken zu handhaben, bestand, erst entdeckte, als das schwere Gebälk auf die vier Mauern des Gebäudes aufgesetzt wurde, wobei denn freilich alle Welt sah, daß, allen Regeln Trotz bietend, das Dach bei weitem der augenfälligste Teil des ganzen Gebäudes geworden war. Richard und sein Gehilfe trösteten sich mit der Hoffnung, dieser Übelstand werde durch die Bedeckung versteckt werden; aber jede Schindel vermehrte das Unangenehme des Anblicks. Richard versuchte nun, durch Malerei den Schaden zu heilen, und legte eigenhändig vier verschiedene Farben auf. Die erste war himmelblau, wodurch man vergeblich das Auge täuschen und zu dem Glauben veranlassen wollte, der Himmel selbst hänge so ausdrucksvoll über Marmadukes Wohnung; dann wurde der Versuch mit einer sogenannten Wolkenfarbe gemacht, die indes nichts weiter als eine Nachahmung des Rauchs war; die dritte war eine Mischung, welche Richard ein unsichtbares Grün betitelte – ein Experiment, das wegen des Hintergrundes der Wolken nicht gelang. So wurde denn die Hoffnung, die Sache zu bemänteln, aufgegeben, und die beiden Architekten boten nun ihren ganzen Erfindungsgeist auf, das, was sich nicht verbergen ließ, zu verschönern. Nach reiflicher

Erwägung und einigen Versuchen bei Mondschein beendigte Richard die Angelegenheit durch eine kühne Bedeckung mit einer Farbe, die er ›Sonnenschein‹ taufte, eine wohlfeile Methode, wie er seinem Vetter, dem Richter, versicherte, immer schönes Wetter über dem Kopfe zu haben. Die Plattform sowohl als die Dachrinnen wurden mit lustig bemalten Geländern umgeben, und Hirams hoher Geist übte sich in Anfertigung verschiedener Urnen und Simse, die reichlich an diesem Teile ihrer Arbeit angebracht wurden. Richard hatte gleich anfangs den schlauen Einfall gehabt, die Schornsteine so niedrig zu halten und so geschickt zu verteilen, daß sie zu den Ornamenten der Balustraden zu gehören schienen; aber die Bequemlichkeit forderte, daß sie sich mit dem Dache erhöhten, um gegen den Rauch sichern zu können, wodurch sie denn zu weithin in die Augen fallenden Türmchen angewachsen waren.

Da dieses Dach das erste wichtige architektonische Werk war, das Herr Jones je unternommen, so hatte das Mißlingen desselben auch einen entsprechenden Grad von Verdruß zur Folge. Anfangs flüsterte er seinen Bekannten ins Ohr, der Grund davon liege in dem Umstande, daß Hiram mit dem Winkelhaken nicht umzugehen wisse; aber als sich sein Auge allmählich an den Anblick seines Werkes gewöhnte, so gefiel es ihm immer besser, und statt dessen Mängel zu entschuldigen, begann er die Schönheiten des Landhauses herauszustreichen. Er gewann bald Anhänger, und da Reichtum und Wohlstand zu allen Zeiten Anbeter finden, so wurde das Schloß, wie bereits gesagt, ein Modell für die Nachahmung in kleinem Stile. Ja, es stand kaum zwei Jahre an, so hatte Ehren Richard das Vergnügen, von der hohen Plattform aus auf drei demütige Abbilder seines Meisterstückes herunterzusehen. – So geht es immer mit der Mode, die sogar den Mängeln und Fehlern der vornehmen Welt Bewunderung verschafft.

Marmaduke ertrug die Unförmlichkeit seiner Wohnung mit großem Gleichmut und suchte derselben durch eigene Verbesserungen ein behagliches und den Rang ihres Besitzers bekundendes Äußeres zu verschaffen. Demungeachtet fehlte es aber allenthalben an der gehörigen Harmonie; denn obgleich zur Verzierung der Wiesengründe Pappeln aus Europa verschrieben worden waren und allmählich in der Nähe des Schlosses Weiden neben noch anderen Bäumen emporschossen, so deutete doch noch mancher Schneehaufen auf das Vorhandensein eines Tannenstumpfes, während hin und wieder die schwarzgebrannten Überreste eines Baumes, dunkeln Säulen gleich, zwanzig bis dreißig Fuß über das blendende Weiß des Schnees emporragten. An solchen Gegenständen, die man in der dortigen Gegend ›Stubben‹ nennt, wimmelte es auf den freien Feldern in der Umgebung des Dorfes, auf denen nur hin und wieder eine ihrer Reize beraubte Fichte oder Schierlingstanne eine Abwechslung bot, deren erstorbene Äste – Gerippe ihrer vormaligen Herrlichkeit – dürr in dem Winde rasselten. Aber diese und noch viele andere störende Beigaben der Szenerie wurden von der entzückten Elisabeth ganz übersehen, die während ihrer Fahrt an der Seite des Berges nach dem Tale hinunter für nichts ein Auge hatte als für die Häusergruppen, welche wie ein Teppich unter ihren Füßen lagen; für die Menge von Rauchsäulen, die von dem Tal aus gegen die Wolken wirbelten; für den übereisten See, der zwischen immergrünenden Bergen eingebettet und dessen weiße Oberfläche von den in der Abendsonne sich verlängernden Schatten riesiger Tannen anmutig umdüstert war; für das dunkle Wasserband, das sich gegen die Mündung des Sees hinzog und sich nach dem fernen Chesapeake seinen gewundenen Weg bahnte – mit einem Worte: für die veränderten, aber doch noch wohlbekannten Tummelplätze ihrer Kinderjahre.

Fünf Jahre hatten größere Wandlungen hervorgebracht, als man in einem Lande, wo Zeit und Mühe den Werken der Menschen Dauer verleiht, in einem Jahrhundert sieht. Für den jungen Jäger und den Richter hatte die Szene weniger Neues, obgleich wohl niemand aus den düstern Forsten des Gebirges auftauchen und mit einem Male die herrliche Szenerie des Tales überschauen konnte, ohne ein inneres Entzücken zu fühlen. Der erstere ließ seinen Blick bewundernd von Norden nach Süden gleiten und senkte sein Antlitz wieder in die Falten seines Mantels, während der letztere mit philanthropischer Lust die Fortschritte des Wohlstandes, die um ihn her sichtbar wurden, betrachtete. War doch alles die Folge seines Unternehmungsgeistes und viel davon die Frucht seines eigenen Fleißes.

Das lustige Klingeln von Schlittengeläute lockte jedoch plötzlich die Aufmerksamkeit der Reisenden an, und der lebhafte Ton desselben ließ auf das rasche Annähern eines Sleighs schließen, dessen man übrigens des Gebüsches wegen, welches die Straße säumte, erst ansichtig wurde, als beide Gespanne ganz nahe beieinander waren.

Viertes Kapitel

Was soll's? Wem fiel das Roß? Was gibt's denn?
Falstaff

Endlich zeigte sich durch das laublose Gehege an der Seite der Straße ein großer Sleigh, der von vier Pferden – zwei Grauschimmeln vorn und zwei pechschwarzen Rossen an der Deichsel – gezogen wurde. Zahllose Schellen waren so dicht, als sie nur Platz finden konnten, an den Geschirren angebracht, und die rasche Bewegung des Gespanns trotz der jähen Steigung zeigte, daß es dem Lenker vorzugsweise um die lustige Musik seines Geläutes zu tun war. Der erste Blick auf den Sleigh ließ den Richter die darin enthaltene Gesellschaft, welche aus vier Männern bestand, erkennen. Einer jener Stühle, die man gewöhnlich vor Schreibpulten braucht, war fest an die Vorderseite des Schlittens gebunden, und auf der Höhe dieses improvisierten Bockes saß ein kleiner Mann, der in einen großen mit Pelzwerk verbrämten Mantel gehüllt war und von seiner Gestalt weiter nichts als ein unveränderlich rotes Gesicht blicken ließ. Die Augen dieses Herrn waren immer aufwärts gerichtet, als sei ihr Besitzer unzufrieden mit der Nachbarschaft der Erde, während seine Züge den Ausdruck emsiger Geschäftigkeit trugen. Er war der Lenker des Gespanns und trieb die feurigen Tiere mit furchtlosem Auge und sicherer Hand den Absturz entlang. Unmittelbar hinter ihm, das Gesicht den beiden andern zugekehrt, befand sich eine hohe Gestalt, der nicht einmal der mit einem doppelten Kragen versehene Mantel und eine darüber geworfene Pferdedecke den Anschein von Beleibtheit zu verleihen vermochte. Sein Gesicht sprang unter einer wollenen Nachtmütze hervor und schien, als er es bei der Begegnung der beiden Sleighs Marmaduke zuwandte, von der Natur in einer Weise gebildet zu sein, daß es die Atmosphäre mit möglichst geringem Widerstand durchschnitt. Die Augen allein schienen hier einiges Hindernis zu finden, da sie zu jeder Seite seines Oberkopfes in lichtblauen, glasichten Kugeln hervorsprangen. Blässe war zu sehr die Leibfarbe des Mannes, als daß sein Antlitz sogar durch die in Mark und Bein einschneidende Kälte des Abends hätte eine Veränderung erleiden können. Diesem Herrn gegenüber saß eine kleine, gedrungene, viereckige Gestalt, von der sich durch die Oberkleider gleichfalls nur das Gesicht unterscheiden ließ, in welchem die funkelnden, schwarzen Augen die übrigen ernsten Züge Lügen zu strafen schienen. Eine zierliche Perücke begrenzte die Umrisse eines angenehmen, runden Antlitzes, während – wie bei den anderen Herrn – eine Mardermütze die Kopfbedeckung bildete. Das vierte Glied dieser Gesellschaft war ein Mann mit einem langen, sanften Gesichte, der sich keines anderen Schutzes gegen die Kälte erfreute als eines schwarzen, ziemlich fadenscheinigen und etwas ins Rötliche spielenden Überrocks von nicht sehr modernem Schnitte. Er trug einen Hut von sehr anständiger Form, obgleich die Haare unter dem vielen Bürsten ausgegangen waren. Sein blasses Antlitz hatte einen nachdenklichen etwas melancholischen Ausdruck und war für den Augenblick infolge der Kälte leicht gerötet, wie man es wohl bei Fieberbewegungen sieht. Der kummervolle Ausdruck in seinen Zügen bildete einen besonders schroffen Gegensatz zu der launigen Heiterkeit seines Nachbarn vorn, des Rossebändigers. Dieser war dem anderen Sleigh kaum nahe genug gekommen, um verstanden werden zu können, als er mit lauter Stimme ausrief:

»Stelle dich auf in dem Steinbruch – stelle dich auf, du König der Griechen! Fahre in den Steinbruch, Agamemnon, oder ich werde nicht imstande sein, an dir vorbeizukommen. Willkommen in der Heimat, Vetter Duke – willkommen, willkommen, schwarzäugige Beß. Du siehst, Marmaduke, daß ich dir zu Ehren mit einer ausgesuchten Ladung ins Feld rücke. Monsieur Le Quoi hat nur eine einzige Mütze mitgenommen, der alte Fritz ließ die Flasche halbgeleert stehen, und Herr Grant mußte es vor der Hand beim Studium des ›ersten Teils‹ seiner Predigt bewenden lassen. Auch die Pferde mußten samt und sonders mit – Apropos, Richter, die Schwarzen kann ich nicht mehr behalten, ich werde sie dir nächstens verkaufen; denn sie tun nicht nebeneinander gut. Ich löse vielleicht –«

»Verkaufe, meinetwegen, was du willst, Dick«, unterbrach ihn die frohe Stimme des Richters, »wenn du mir nur meine Tochter und meine Ländereien läßt. Ah, Fritz, du alter Freund, ich weiß die Ehre zu schätzen, wenn du, ein Siebziger, einem

Fünfundvierziger entgegengehst. Monsieur Le Quoi, Ihr gehorsamster Diener. Herr Grant« – er lüftete dabei seine Mütze – »ich fühle mich Ihnen sehr verbunden für Ihre Aufmerksamkeit. Meine Herrn, ich habe die Ehre, ihnen meine Tochter vorzustellen. Ihre Namen sind ihr bereits hinreichend bekannt.«

»Willkommen, willkommen, Richter«, sagte der Ältere von der Gesellschaft mit auffallend deutschem Akzent. »Miß Betty wird mir doch einen Kuß erlauben?«

»Mit tausend Freuden, mein guter Sir«, rief die weiche Stimme des Mädchens, die in der reinen Luft der Berge trotz Richards lautem Schreien wie ein Silberglöckchen tönte. »Ich habe immer einen Kuß für meinen alten Freund, Major Hartmann.«

Inzwischen hatte sich der Herr auf dem Vordersitze, der von Marmaduke als Monsieur Le Quoi angeredet worden, nicht ohne Mühe und unter Beihilfe des Bockes, auf den er seine Hand stützte, samt seiner Masse von Unterkleidern in dem Sleigh aufgerichtet und lüftete nun mit einer höflichen Verbeugung gegen den Richter und einer tiefen gegen Elisabeth die Mütze.

»Bedecke deinen Schädel, Franzmann, bedecke deinen Schädel«, rief der Rossebändiger, der niemand anders als Herr Richard Jones war, »bedecke deinen Schädel, sonst erfrieren dir die paar Locken, die noch auf demselben vegetieren. Wäre Absaloms Kopf so dünn mit Haaren besät gewesen wie der deinige, so könnte er heutigentags noch leben.«

Richards Scherze verfehlten nie, ein Gelächter zu veranlassen; denn gewöhnlich erwies er schon in eigener Person seinem Witze diese Ehre, und auch diesmal begleitete er seine Worte mit einem herzlichen Lachen, während Monsieur Le Quoi mit einer höflichen Erwiderung dieses Heiterkeitsausbruchs seinen früheren Platz einnahm. Der Geistliche; denn ein solcher war das als Herr Grant bezeichnete Glied der Gesellschaft, begrüßte die Ankömmlinge gleichfalls, zwar bescheiden, aber herzlich, und Richard schickte sich nun an, die Köpfe seiner Pferde der Heimat zuzuwenden.

Nur der Steinbruch setzte ihn instand, diese Bewegung auszuführen, ohne daß er ganz den Berg herauffahren mußte. Eine sehr beträchtliche Vertiefung, die an jenem Teile des Berges lag, wo Richard die Gespanne hatte haltmachen lassen, und von wo aus die Bauten des Dorfes gewöhnlich mit dem nötigen Gestein versehen wurden, diente zur Ausführung dieses Versuchs, welcher jedoch nicht ganz leicht und des engen Pfades wegen mit einiger Gefahr verbunden war, um so mehr, da Richard mit vieren umzuwenden hatte. Der Neger bot daher seine Dienste an, um die Vorderpferde auszuspannen, – eine Maßregel, die von dem Richter sehr ernstlich unterstützt, von Richard aber mit großer Verachtung abgelehnt wurde.

»Warum und weswegen, Vetter Duke?« rief er etwas unmutig. »Die Pferde sind so sanft wie die Lämmer. Du weißt ja, daß ich die Vorderen selbst eingefahren habe, und die an der Deichsel sind meiner Peitsche zu nahe, um nicht bewältigt werden zu können. Frage nur den Monsieur Le Quoi, der doch etwas vom Kutschieren verstehen muß, weil er so oft mit mir gefahren ist; er soll sagen, ob auch nur die mindeste Gefahr zu befürchten ist.«

Es lag nicht in der Natur des Franzosen, so zuversichtlich ausgesprochene Erwartungen zu täuschen, obgleich er, als Richard mit den Grauschimmeln nach dem Steinbruch einlenkte, mit ein paar Augen, welche ihm wie die eines Hummers aus dem Gesichte hervorstanden, in den vor ihm liegenden Abgrund hinunterblickte. Die Gesichtsmuskeln des Deutschen blieben ruhig, aber sein rascher Blick bewachte jede Bewegung. Herr Grant stemmte seine Hände an die Wände des Sleighs, um sich für den Sprung bereit zu halten, aber seine natürliche Schüchternheit hielt ihn ab, diesen Schritt in Ausführung zu bringen, obgleich ihn die Angst stark dazu drängte.

Inzwischen war es Richard durch eine plötzliche Anwendung der Peitsche gelungen, die Vorderpferde nach dem Schneedamm zu drängen, der den Steinbruch bedeckte; sobald aber die ungeduldigen Tiere fühlten, daß sie bei jedem Schritt tiefer einsanken, weigerten sie sich entschieden, in dieser Richtung auch nur einen Zoll weiter vorwärts zu gehen, indem sie sich im Gegenteil, durch das verdoppelte Rufen und Drauflosschlagen ihres Treibers in Verwirrung gebracht, gegen die Deichselpferde zurückbäumten, welche ihrerseits den Sleigh hinter sich drängten. Nur ein einziger Holzpflock lag gegen das Tal hin als Schranke an dem Wege, und dieser war jetzt im Schnee begraben. Der Sleigh wurde leicht über ein so schwaches Hindernis weggeschoben, und noch ehe Richard sich der Gefahr bewußt wurde, ragte bereits die Hälfte des Schlittenkarrens über einem Abgrunde, der mehr als hundert Fuß senkrecht abfiel. Der Franzose, der von dem Rücksitze aus die volle Gefahr des drohenden Sturzes vor Augen hatte, schob unwillkürlich seinen Körper so weit vor als möglich und rief:

»Ah, mon cher Monsieur Dihk! mon Dieu! que faites-vous!«

»Donner und Blitz, Richard«, rief der deutsche Veteran in ungewöhnlicher Bewegung über die Seite des Sleigh hinaussehend, »wollen Sie denn den Schlitten samt den Pferden in den Abgrund werfen?«

»Lieber Herr Jones«, sagte der Geistliche, »seien Sie doch klug – nehmen Sie sich in acht.«

»Vorwärts, ihr störrischen Teufel!« rief Richard, der sich aus der Vogelperspektive von der ganzen Gefahr seiner Lage überzeugte und, in ungeduldiger Hast, vorwärts zu kommen, mit den Füßen an dem Bock, auf dem er saß, trommelte, »vorwärts, sag' ich – Vetter Duke, ich werde die Grauschimmel auch verkaufen müssen; sie sind die am schlechtesten eingefahrenen Pferde, die mir je vorgekommen. Monsieur Le Quaw« – Richard war zu aufgeregt, um es mit der Pronunziation genau zu nehmen, auf die er sich sonst ein bißchen zugute tat – »Monsieur Le Quaw, ich bitte, lassen Sie mein Bein los; wenn Sie es so fest anfassen, so ist es kein Wunder, daß die Pferde zurückgehen.«

»Barmherziger Himmel!« rief der Richter, »wir sind alle verloren.«

Elisabeth stieß einen durchdringenden Schrei aus, und der Schwarze, der die Pferde des andern Sleighs lenkte, veränderte seine Farbe zu einem schmutzigen Weiß.

In diesem bedenklichen Augenblicke sprang der Jäger, der während der gegenseitigen Begrüßung in stummem Schweigen dagesessen, aus Marmadukes Schlitten und eilte zu den widerspenstigen Grauschimmeln. Die Pferde, auf welche Richard noch immer unbarmherzig und unverständig lospeitschte, drängten noch immer zurück und drohten, der Quälerei ein schleuniges und schreckliches Ende zu machen. Der Jüngling versetzte denselben einen kräftigen Schlag vor den Kopf, daß sie zur Seite prallten und wieder in den frühern Weg einbogen. Der Sleigh wurde dadurch seiner gefährlichen Lage entrissen, schlug aber nichtsdestoweniger um, so daß der Deutsche und der Geistliche ohne viele Umstände, jedoch auch ohne Gefährdung ihrer Knochen, auf die Landstraße geworfen wurden. Richard beschrieb ein Kreissegment durch die Luft, von dem die Zügel die Radien bildeten, und langte in einer Entfernung von ungefähr fünfzehn Fuß mit in die Höhe gestreckten Beinen auf demselben Schneedamme an, vor dem die Pferde gescheut hatten. Da er bei dieser Luftfahrt, wie Ertrinkende den Strohhalm, instinktiv die Zügel festgehalten hatte, so entsprach er auf eine bewundernswürdige Weise dem Zweck eines Ankers. Der Franzose, der sich in dem Schlitten sprungfertig gemacht hatte, kam fast in der Stellung der Knaben, wenn sie Laubfrosch spielen, gleichfalls zum Fliegen, geriet in die Tangente zur Bogenlinie seiner Flugbahn und fuhr mit seinem Kopf in den Schneedamm, wo er liegenblieb und seine dünnen Beine wie eine in einem Kornfelde stehende Vogelscheuche in die Höhe reckte. Major Hartmann, der während des ganzen Vorganges seine Geistesgegenwart auf eine bewundernswürdige Weise bewahrt hatte, war der erste in der Gesellschaft, der wieder auf seine Beine und zum Gebrauch seiner Stimme kam.

»Den Teufel, Richard!« rief er in halb ernstem, halb komischem Tone, – »Ihr habt ja eine saubere Methode, Euren Schlitten auszuladen!«

Es ist zweifelhaft, ob die Lage, in welcher Herr Grant einen Augenblick nach seinem Umsturz verblieb, eine Folge des stattgehabten Unfalls oder eine freiwillig angenommene war, um sich vor der Macht, die er verehrte, zu beugen und ihr für seine Rettung zu danken. Als er sich aber von seinen Knien erhob, begann er ängstlich und am ganzen Leibe bebend um sich zu blicken, um sich von dem Zustand seiner Gefährten zu überzeugen. Auch Herrn Jones' Geistesvermögen war in einiger Verwirrung; als sich aber der Nebel vor seinen Blicken allmählich klärte und er gewahr wurde, daß niemand Schaden genommen hatte, rief er mit großer Selbstzufriedenheit aus:

»Nun, wir sind doch ordentlich davongekommen. Es war ein glücklicher Gedanke von mir, die Zügel nicht fahren zu lassen, sonst wären die wilden Teufel schon lange den Berg hinuntergerumpelt. Habe ich mich nicht wacker gehalten, Duke? Im nächsten Augenblicke wäre es zu spät gewesen; aber ich wußte wohl den rechten Fleck, wo ich die Vorderpferde treffen mußte.

Der Schlag in die rechte Seite und der plötzliche Ruck an den Zügeln brachte sie schnell wieder in Ordnung; das wird mir niemand streitig machen.«[4]

»Es hat sich wohl mit deinem Ruck und deinem Wackerhalten, Dick«, sagte der Richter. »Ohne jenen wackeren Jungen dort wäre weder von dir noch von deinen – oder vielmehr von meinen Pferden ein Stück ganz geblieben. Aber wo ist Monsieur Le Quoi?« –

»Oh! mon cher juge! Mon ami!« rief eine erstickte Stimme, »gottlob! ich leb'; woll' Sie, liebster Agamemnon, so gefällig sein, su komm ici und su helf mir auf die Bein?«

Der Geistliche und der Neger ergriffen den mit Schnee bedeckten Gallier an den Füßen und zogen ihn aus dem drei Fuß tiefen Damme heraus, aus dem seine Stimme wie aus einem Grabe hervorgequollen war. Herrn Le Quois Gedanken unmittelbar nach seiner Befreiung waren nicht sehr gesammelt, und als er wieder ans Licht gelangte, schlug er zuerst seine Augen auf, um die Entfernung seines Fluges zu messen; seine gute Laune kehrte jedoch mit der Überzeugung, nicht beschädigt worden zu sein, zurück, obgleich es einige Zeit dauerte, ehe er darüber ins klare kam.

»Wie, Monsieur?« sagte Richard, der dem Neger emsig beim Abspannen der Vorderpferde an die Hand ging, »sind Sie da? Ich dachte, ich hätte Sie eben gerade gegen die Bergspitze hinauffliegen sehen.«

»Gott Dank! daß ich nicht hinunterflog in der See«, entgegnete der Franzose mit einem Gesichte, in welchem sich ein Gemisch von Schmerz, veranlaßt durch ein paar schwere Schrammen, die er beim Durchzwängen seines Kopfes durch die Schneekruste erhalten, mit dem Ausdrucke der Höflichkeit, die seinen schmiegsamen Zügen natürlich schien, aussprach: »Ah, mon cher Mister Dihk, was woll Sie anfang zunächst? Es is nichts, was Sie nicht versuch.«

»Das nächste, ich stehe dafür, wird sein, daß er fahren lernt«, erwiderte der Richter, indem er den Hirsch nebst mehreren Artikeln seines Gepäcks aus dem eigenen Sleigh in den Schnee warf. »Da sind Sitze für euch alle, meine Herren. Der Abend wird schneidend kalt und die Stunde rückt heran, wo Herr Grant durch sein Amt in Anspruch genommen wird. Wir wollen es unserem Freund Jones überlassen, unter Agamemnons Beistand den Schaden wiedergutzumachen, und dem warmen Feuer zueilen. Da, Dick, ist einiges von Elisabeths Siebensachen, die du auf deinen Schlitten werfen kannst, wenn du ihn wieder in den gehörigen Stand gesetzt hast; auch werde ich es dir Dank wissen, wenn du diesen Hirsch, den ich geschossen, mitbringst. – Aggy! vergiß nicht, daß heute abend der Santaklaus[5] einkehrt.«

Der Schwarze grinste bei der Erwähnung des Lohnes, der ihm für sein Schweigen über den eigentlichen Erleger des Tieres in Aussicht gestellt wurde, während Richard, ohne im mindesten den Schluß von den Worten seines Vetters abzuwarten, seine Erwiderung begann:

»Fahren lernen, sagst du, Vetter? Gibt es einen Menschen, der sich besser auf die Leitung der Pferde versteht als ich? Wer ritt das Fohlen zu, das niemand zu besteigen wagte? Dein Kutscher ist zwar anmaßend genug zu behaupten, er habe es vorher gezähmt, ehe ich es unter die Hände bekam; aber alle Welt konnte sehen, daß es erlogen war, denn wer kennt nicht Johns Lügenzunge? Was ist das – ein Hirsch?« – Richard verließ die Pferde und eilte zu der Stelle, wo Marmaduke das Tier abgeworfen hatte. »Wahrhaftig, ein Hirsch! Ja, da sind zwei Löcher; er hat zwei Läufe abgefeuert und ihn jedesmal getroffen. Tausend alle Welt, wie wird jetzt Marmaduke dicktun! Er zieht bei geringeren Anlässen schon die große Glocke – wie nicht erst jetzt, da er noch vor Weihnachten einen ausgewachsenen Bock geschossen! Nun ist vollends gar kein Auskommen mehr mit ihm. Es sind indessen ein paar schlechte Schüsse – reiner Zufall, reiner Zufall. Ich habe in meinem Leben nie zweimal nach einem Spalthüfler geschossen – entweder getroffen oder gefehlt – tot oder durchgebrannt. Ja, wenn es noch ein Bär oder eine wilde Katze gewesen wäre; da mag man wohl beide Läufe in Anwendung bringen. He, Aggy! wie weit stand der Richter ab, als er diesen Bock schoß?«

»Ei, Massa Richard, mag sein gewesen zehn Ruten«, rief der Schwarze, indem er sich unter die Pferde beugte, als wolle er dort eine Schnalle befestigen, in der Tat aber, um das Grinsen zu verbergen, das ihm den Mund von einem Ohr bis zum anderen verzog.

»Zehn Ruten?« erwiderte der andere. »Aggy, der Hirsch, den ich letzten Winter schoß, war zwanzig – ja, eher dreißig als zwanzig entfernt. Ich möchte kein Tier schießen, das nur zehn Ruten von mir absteht; – außerdem, du weißt, Aggy, daß ich nur einmal feuerte.«

»Ja, Massa Richard, weiß noch. Natty Bumppo feuern das andere Gewehr. Ihr wissen, Sir, alle Leute sagen, Natty ihn haben geschossen.«

»Die Leute lügen, du schwarzer Schlingel«, rief Richard aufgebracht. »Ich habe in diesen vier Jahren nicht einmal ein graues Eichhörnchen schießen können, ohne daß dieser alte Schuft oder ein anderer für ihn Anspruch auf die Ehre gemacht hätte. Verwünschte neidische Welt, in der wir leben! Immer wollen die Leute von dem Ruhm, den einer verdient, etwas abfangen, damit er in ihre gemeine Sphäre herabgezogen werde. Da tragen sie sich in dem Patent[6] mit einer Geschichte, daß Hiram Doolittle mir zu dem Plane des St.-Paulus-Kirchturmes geholfen habe, obgleich Hiram weiß, daß es nicht wahr ist. Ich gebe zwar zu, daß ich den Riß des Paulsturms in London dabei benutzte, aber im wesentlichen ist er doch nur das Ergebnis meines eigenen Erfindungsgeistes.«

»Ich nicht wissen, wo er herkommen«, sagte der Schwarze, indem er jeden Zug von Heiterkeit in einen Ausdruck von Bewunderung umwandelte. »Aber jedermann sagen, er wunderbar schön sein.«

»Das darf man auch, Aggy«, rief Richard, indem er von dem Hirsche wegtrat und mit der Miene eines Mannes, in dem ein neues Interesse geweckt worden ist, auf den Neger zuging. »Ich denke, ich darf ohne Ruhmredigkeit sagen, daß es die schönste und am wissenschaftlichsten konstruierte Provinzialkirche in Amerika ist. Die Ansiedler von Connecticut sprechen zwar viel von ihrem Versammlungshause in Wethersfield, aber ich glaube ihnen kaum die Hälfte davon; denn sie sind heillose Prahlhänse. Kaum hat man etwas zustande gebracht, dessen Wert sie anerkennen müssen, so kommen sie gleich mit etwas dazwischen; und dann ist zehn gegen eins zu wetten, daß sie sich die Hälfte, wo nicht gar das Ganze des Ruhms zueignen. Du erinnerst dich noch, Aggy, wie ich das Schild des kühnen Dragoners für den Kapitän Hollister malte; da kam denn ein Kerl, der in dem Dorf die Häuser mit Rötel anstrich, eines Tages zu mir und erbot sich, mir das Haarschwarz, das ich so nenne, weil es gerade wie Roßhaar aussieht, für den Schwanz und die

Mähne zu mischen. Hinterdrein geht er hin und erzählt aller Welt, daß das Schild von ihm und Squire Jones gemalt worden sei. Wenn Marmaduke diesen Schuft nicht aus dem Patent jagt, so kann er meinetwegen in Zukunft sein Dorf mit eigenen Händen ausschmücken.«

Richard hielt einen Augenblick inne und klärte seine Kehle durch ein lautes Hem, während der Neger, der die ganze Zeit über mit Zurichten des Schlittens beschäftigt gewesen war, sein Geschäft mit respektvollem Schweigen fortsetzte. In Gemäßheit der religiösen Bedenklichkeiten des Richters war Aggy nur Richards zeitweiliger Sklave[7], weshalb indes der Gebieter natürlich mit Recht die Achtung des jungen Negers ansprechen konnte. Doch wenn irgendein Streit zwischen seinem gesetzlichen und seinem eigentlichen Herrn vorfiel, so fühlte der Schwarze zuviel Verehrung für beide, um einer eigenen Meinung Worte zu leihen. Inzwischen fuhr Richard fort, den Neger zu beobachten, wie dieser eine Schnalle nach der anderen anzog, bis er mit einem Blicke nach seinem Gehilfen, in dem sich einiges Schuldbewußtsein aussprach, fortfuhr:

»Nun, wenn der junge Mann, der in jenem Sleigh war, ein echter Ansiedler aus Connecticut ist, so wird er jedermann erzählen, daß er meine Pferde gerettet, obgleich ich sie mit der Peitsche und dem Zügel weit besser vorwärts gebracht hätte, und zwar, ohne umzuwerfen, wenn er mich nur noch eine halbe Minute hätte warten lassen; denn ein Pferd hat's nicht gerne, wenn man ihm eins auf den Kopf gibt. Es sollte mich nicht wundernehmen, wenn mir durch diesen Schlag der ganze Zug so verdorben wäre, daß ich die Rosse samt und sonders verkaufen müßte.«

Richard hielt inne und hustete abermals; denn sein Gewissen schlug ihm stärker wegen des Tadels über einen Mann, der ihm eben das Leben gerettet hatte.

»Wer ist der junge Mensch, Aggy?« fügte er bei. »Ich kann mich nicht erinnern, ihn je vorher gesehen zu haben.«

Der Schwarze gedachte der Hindeutung auf den Santaklaus und erstattete einen kurzen Bericht, wie sie die fragliche Person auf dem Gipfel des Berges getroffen, wobei er es aber vermied, der zufälligen Verwundung zu erwähnen, und nur beifügte, daß er glaube, der Jüngling sei ein Fremder. Richard war mit dieser Erklärung völlig zufrieden; denn es kam oft vor, daß Leute vom ersten Rang Fremde, die sie im Schnee hinwaten sahen, in ihre Schlitten nahmen. Er hörte Aggy mit großer Aufmerksamkeit an und bemerkte sodann:

»Nun, wenn der junge Mensch nicht durch die Leute in Templeton verdorben worden ist, so läßt er sich vielleicht bescheiden an, und da seine Absicht ohne Zweifel eine gute war, so will ich einige Notiz von ihm nehmen. Vielleicht ist er ein Landjäger, Aggy – meinst du nicht?«

»Ei, ja, Massa Richard«, entgegnete der Schwarze ein wenig verwirrt; denn ihm schwebte bereits die Peitsche seines Gebieters vor, die einen nicht geringen Schrecken in ihm weckte: – »ja, Sir, ich glaube, er so sein.«

»Hatte er einen Pack und eine Axt?«

»Nein, Sir, nur eine Büchse.«

»Büchse?« rief Richard, als er die zum Entsetzen sich steigernde Verwunderung des Schwarzen gewahrte. »Beim Jupiter, so hat er den Hirsch erlegt! Ich wußte ja, daß Marmaduke keinen Bock im Sprunge schießen kann. Wie war es, Aggy? Erzähl mir alles! Wie ich meinen Vetter aufziehen will! Heraus damit, Aggy – nicht wahr, der junge Mensch hat den Bock geschossen und der Richter ihn gekauft? Ha, ha, ha! Nicht wahr? – und jetzt nimmt er ihn mit hinunter, um ihm das Geld auszuzahlen?«

Die Freude über diese Entdeckung versetzte Richard in eine so gute Laune, daß die Furcht des Negers einigermaßen verschwand und er sich wieder an die Strümpfe des Santaklaus erinnern konnte. Nach einigem Würgen schickte er sich zu der Erwiderung an:

»Ihr vergeßt, daß zwei Schuß da sein, Sir.«

»Lüge nicht, du schwarzer Schlingel!« rief Richard, indem er auf den Schneedamm stieg, um den Rücken des Negers mit seiner Peitsche erreichen zu können. »Sprich die Wahrheit, oder du sollst mir's büßen.«

Mit diesen Worten erhob Richards Rechte langsam den Peitschenstock, und er wichste die Schnur mit der Linken, wie es der Profos machte, ehe er die ›Katze‹ wissenschaftlich appliziert, worauf Agamemnon, nachdem er jede Seite seines Körpers seinem Herrn zugewendet, aber nicht für rätlich gefunden hatte, eine derselben der beabsichtigen Züchtigung auszusetzen, nachgab. Er bekannte in wenigen Worten den wahren

Sachverhalt, indem er zugleich Richard dringend beschwor, ihn gegen den Unwillen des Richters in Schutz zu nehmen.

»Das will ich, Junge – das will ich«, rief der andere, sich entzückt die Hände reibend. »Sage nichts, und überlasse es mir, meinen Vetter zu bearbeiten. Ich hätte gute Lust, den Hirsch hier liegen zu lassen und den alten Knaben selbst heraufzuschicken, um ihn abzuholen. Doch nein, Marmaduke soll mir zuvor ein bißchen dicktun, ehe ich über ihn her will. Beeil dich, Aggy, ich muß den jungen Mann verbinden helfen. Dieser Yankeedoktor[8] versteht nichts von der Chirurgie, – ich habe doch auch des alten Milligans Bein halten müssen, während er es amputierte.«

Richard setzte sich nun wieder auf den Bock, der Schwarze nahm den Hintersitz ein, und die Pferde trabten der Heimat zu. Während sie so den Berg hinunterfuhren, wandte der Rossebändiger sein Gesicht von Zeit zu Zeit nach dem Schwarzen zurück und fuhr fort zu sprechen; denn ungeachtet ihres kürzlichen Zerwürfnisses herrschte doch jetzt wieder die vollkommenste Eintracht zwischen Herr und Diener.

»Ein neuer Beweis, daß ich mit meinen Zügeln die Pferde in das rechte Geleise brachte; denn ein Mensch, der in seinen rechten Arm geschossen ist, hat unmöglich Kraft genug, solche störrische Teufel herumzubringen. Ich wußte es gleich anfangs, aber ich wollte gegen Marmaduke nicht so viele Worte darüber verlieren. – Was, du willst beißen, Bestie? – Hü! Und noch der alte Natty dazu, das ist das beste an der ganzen Geschichte! – Nun, nun – Duke soll mir nur wieder etwas von meinem Hirsch sagen! Feuert er da beide Läufe ab, ohne etwas anderes zu treffen als einen armen Jungen, der hinter einer Tanne steht, und hinterdrein muß ich dem Quacksalber die Rehposten herausnehmen helfen.«

In dieser Weise langte Richard im Tale an. Die Schellen klingelten, und Herrn Jones' Zunge schwatzte, bis sie das Dorf erreichten, wo der Rossebändiger seine ganze Aufmerksamkeit auf eine gehörige Entfaltung seiner Kutscherkünste verwendete, um die Bewunderung aller gaffenden Weiber und Kinder auf sich zu ziehen, die sich an die Fenster gedrängt hatten, um Zeugen der Ankunft des Richters und seiner Tochter zu sein.

Fünftes Kapitel

Der Rock Nathanaels war noch nicht fertig
Und Gabriels Schuhabsatz nicht zugeschnitten
Kein Band war da zu Peters Hutkokarde,
Und Walters Dolch war ins Besteck gerostet.
Nur Adam, Ralph und Gregor waren gut.
Shakespeare

Der Weg, der sich an der Seite des Berges heruntergewunden hatte, führte zu einer sanfteren Ansteigung an dem Fuße desselben, wo er unter einem rechten Winkel abbog und auf einer geneigten Fläche unmittelbar in das Dorf von Templeton führte. Über den bereits erwähnten reißenden kleinen Strom war aus Baumstämmen eine Brücke gebaut, die durch das Rohe ihrer Zusammensetzung und durch den unnötigen Umfang ihres Materials ebensowohl den Überfluß des letzteren als den Wert, welchen hier Arbeiten von Menschenhänden besaßen, bekundete. Das Flüßchen, dessen dunkle Wogen über den Kalkfels seines Beckens dahinschossen, war nichts anderes als eine von den vielen Quellen des Susquehanna, – eines Flusses, zu dessen Bewillkommnung selbst der Atlantische Ozean einen Arm ausgestreckt hat. An dieser Stelle war es, wo Herrn Jones' feuriges Gespann die ruhigeren Rosse unserer Reisenden einholte. Nur noch ein kleiner Hügel, – und Elisabeth befand sich auf einmal in der Mitte der unsymmetrischen Wohnungen des Dorfes. Die Straße hatte die gehörige Breite, ungeachtet das Auge mit *einem* Blicke Tausende und Zehntausende von Morgen überschauen konnte, die nur von den Tieren des Waldes bewohnt waren. Ihr Vater hatte es indes so gewollt, weshalb sich auch diejenigen, welche ihm hierher gefolgt waren, darein fügten. Erhoben sie sich ja durch einen angelegten Weg mit reißender Schnelle zu dem Zustande des alten Landes, wodurch für sie am meisten gewonnen war; denn sicher deutete nichts mehr auf Zivilisation als ein zugänglicher, stadtähnlicher Ort, selbst wenn er in einer Wildnis liegt. Die Breite der Landstraße, denn so nannte man sie, mochte hundert Fuß betragen; aber demungeachtet war die Bahn für die Schlitten sehr beschränkt, da zu beiden Seiten hohe Holzhaufen aufgetürmt waren, die sich mit jedem Tag trotz der hohen Feuer, die man durch die Fenster erblickte, eher zu vergrößern als zu mindern schienen.

Der letzte Gegenstand, auf den Elisabeth sah, als sie nach ihrem Zusammentreffen mit Richard ihre Reise wiederaufnahm, war die Sonne, wie sie eben den Horizont berührte und, von dem schwarzen Schatten einer Tanne verdüstert, langsam hinter die westlichen Berge hinuntersank. Aber noch ergossen sich ihre Strahlen durch die Berglücken und beleuchteten die schimmernde Birkendecke, bis allmählich ihre zarten, glänzenden Rinden mit den dunkleren Farben der Gebirgsseite wetteiferten. Der Umriß jeder dunkeln Tanne ließ sich weithin bis in die Tiefe des Forstes verfolgen, und die Felsen, zu glatt und zu senkrecht, um dem gefallenen Schnee eine Unterlage zu gewähren, glänzten, als ob sie dem scheidenden Lichte zulächelten. Aber mit jedem Schritte, den die Pferde vorwärts taten, bemerkte Elisabeth, daß sie den Tag mehr hinter sich ließ. Wie vermißte sie sogar die kalten, freilich aber auch glänzenden Strahlen einer Dezembersonne, als sie in das eisige Dunkel des Tales hinabglitten! Allerdings weilte das Licht noch auf den Spitzen der östlichen Berge, aber Schritt für Schritt zog es sich mehr von der Erde nach den Wolken zurück, welche über den Abendnebeln den Horizont umgrenzten. Nur der gefrorene See lag hell und ungetrübt in der Taltiefe; die Wohnungen wurden bereits schattenhaft und unbestimmt, und die Holzhauer nahmen ihre Äxte auf die Schulter, um sich an dem langen Winterabend des behaglichen Feuers zu erfreuen, das ihrer Mühe seinen Brennstoff verdankte. Sie blieben nur stehen, um die vorüberziehenden Schlitten zu betrachten, vor Marmaduke ihre Mützen zu lüften oder mit Richard ein vertrauliches Nicken zu wechseln, und verschwanden sodann in ihren Häusern. An jedem Fenster sanken hinter unsern Reisenden die Papiervorhänge nieder, um selbst die leuchtenden Feuer der gemütlichen Stuben gegen jeden Blick von außen zu schützen. Als die Pferde ihres Vaters rasch in das offene Gartentor des Landhauses einfuhren und ihr hinter der jungen entblätterten Pappelallee nichts als die kalten Steinmauern des Gebäudes entgegentraten, da war es Elisabeth, als sei die ganze liebliche Aussicht, die sie vom Gebirge aus gehabt, wie die Schattengestalt eines Traumes verschwunden. Marmaduke hatte, der früheren Gewohnheit treu, das Schlittengeläut von seinen Rossen ferngehalten; aber Herrn Jones' Equipage, welche gerade hinterdrein fuhr, schickte ihr lustiges Klingeln durch jede Ritze des Gebäudes, und in einem Nu war alles im ganzen Hause in Bewegung.

Auf einer steinernen Plattform von ziemlich kleinen Proportionen hatte Richard in Vereinigung mit Hiram vier kleine hölzerne Säulen errichtet, auf denen ein Schindeldach ruhte, – ein einfacher, bedeckter Eingang, welchen Herr Jones Portikus zu nennen beliebte. Zu dieser Plattform führten fünf oder sechs in der Eile übereinander gelegte steinerne Stufen, die bereits infolge der Kälte aus ihrer symmetrischen Lage gewichen waren. Aber hiermit hatten die Nachteile eines kalten Klimas und einer oberflächlichen Konstruktion noch kein Ende; denn mit den Stufen mußte zugleich die Plattform sich senken – ein Umstand, dem es zuzuschreiben war, daß der obere Teil des Machwerks in der Luft schwebte und die Basis der Säulen ungefähr um einen Schuh von ihrer Unterlage abstand. Zum Glück hatte der Zimmermann, dem die Ausführung dieses Geschäfts übertragen war, den Himmel dieses klassischen Eingangs so gut an der Seite des Hauses befestigt, daß das Dach, als es von unten nicht mehr gestützt wurde, sogar die Säulen, welche es tragen sollten, in der Luft schwebend erhielt. Das bildete allerdings einen unglücklichen Riß in Richards Säulenornament; aber wie das Fenster in Aladins Palast schien er nur vorhanden zu sein, um dem fruchtbaren Genie der Baukünstler ein neues Feld zu öffnen. Auch hier erwiesen sich die Vorteile der zusammengesetzten Ordnung, und es wurde nun eine zweite Ausgabe des Säulenfußes – mit Zusätzen und Verbesserungen, wie die Buchhändler sagen, – veranstaltet. Natürlich wurde er größer und mit geeignetem Schnitzwerk verziert; da aber die Stufen zu weichen fortfuhren, so mußten in dem Augenblicke, als Elisabeth in ihres Vaters Haus zurückkehrte, ein paar Keile eingetrieben werden, um die Säulen gerade zu halten und zu verhindern, daß sie sich nicht vermöge ihrer Schwere von dem Dache, das sie unterstützen sollten, trennten.

Aus der großen Türe, welche von dem Portikus ins Haus führte, tauchten zwei oder drei weibliche und ein männlicher Diener auf. Letzterer hatte keine Kopfbedeckung, war aber augenscheinlich sorgfältiger als gewöhnlich gekleidet und zeichnete sich durch seine Figur und seinen Anzug auf eine so eigentümliche Weise aus, daß er wohl eine genauere Beschreibung verdient. Er war ungefähr fünf Fuß hoch, ungemein vierschrötig gebaut, und hatte ein paar Schultern, die einem Grenadier Ehre gemacht haben würden. Seine kleine Gestalt wurde noch augenfälliger durch ein Vorwärtsbiegen seines Körpers, das er wohl aus keinem andern Grunde annahm, als um seinen Armen mehr Freiheit zu gestatten, die auf eine eigentümliche Weise hin und her pendelten, wenn ihr Besitzer in Bewegung war. Sein Gesicht war lang, von schöner, feuerrot gebrannter Farbe, mit eines Nase, die wie bei einem alten Mops aufgestülpt war, einem ungeheuren Mund voll schöner, weißer Zähne und ein Paar blauen Augen, welche die ganze Umgebung mit gewohnter Verachtung zu betrachten schienen. Sein Kopf betrug ein volles Viertel seiner ganzen Länge, und der Haarzopf, welcher hinten hinunterfiel, mochte wohl ebenso viel ausmachen. Er trug einen Rock von sehr lichtbraunem Tuche mit Knöpfen von der Größe eines Talers, auf denen ein »unklarer Anker« abgeprägt war. Die außerordentlich langen Schöße von entsprechender Breite reichten bis über die Waden hinunter. Unter diesem Kleidungsstück bargen sich eine Weste und Hosen von rotem Plüsch, aber freilich etwas beschmutzt und abgetragen. Auf den Schuhen staken große Schnallen und in denselben weiß und blau gestreifte Strümpfe.

Diese wunderlich aussehende Figur bezeichnete sich selbst als einen Eingeborenen der Grafschaft Cornwall auf der Insel Großbritannien. Seine Knabenzeit hatte er in der Nachbarschaft der Zinnminen und seine Jünglingsjahre als Kajütenjunge auf einem Schmugglerschiff zwischen Falmouth und Guernsey zugebracht. Aus diesem Gewerbe wurde er in den königlichen Dienst gepreßt und in Ermangelung eines Besseren zuerst als der Bediente und später als der Proviantmeister des Kapitäns in die Kajüte genommen. Hier machte er sich die Kunst zu eigen, das eine und das andere Seemannsgericht zu bereiten, und hatte dabei zugleich, wie er sich selbst rühmte, Gelegenheit die Welt zu sehen, obschon er in Wirklichkeit mit Ausnahme einer Fahrt nach einem oder zwei französischen Häfen mit einem gelegentlichen Besuch von Portsmouth, Plymouth und Deal nicht mehr von den Menschen erblickt hatte, als wenn er auf einem Esel nach einer seiner heimatlichen Minen geritten wäre. Als er jedoch nach dem Frieden von Dreiundachtzig aus dem Seedienst entlassen wurde, erklärte er, da er nun alle zivilisierten Teile der Erde gesehen habe, auch einmal einen Abstecher zu den Wilden in Amerika machen zu wollen. Wir mögen ihm weder auf seinen kurzen Wanderungen folgen noch untersuchen, was die Auswanderungslust in ihm weckte, sintemal dieselbe bekanntlich imstande ist, bisweilen ein zartes Stadtkind zu veranlassen, die Heimat mit dem Rükken anzusehen und bei dem Gebrülle des Niagarafalles anzulangen, ehe noch die Stundenglocke auf dem Bow in London ganz in seinen Ohren ausgeklungen hat, sondern fügen nur noch bei, daß er eines frühen Morgens, noch ehe Elisabeth in die Pension gegeben wurde, seinen Weg in Marmaduke Temples Familie fand, wo er in Gemäßheit der vielen Fähigkeiten, die im Verlaufe unserer Erzählung ans Licht treten werden, unter Herrn Jones das Amt eines Majordomo erhielt. Der Name dieses Ehrenmannes war, wie er ihn selbst aussprach, Benjamin Penguillan; in Gemäßheit einer wunderbaren Geschichte jedoch, die er sehr gern zu erzählen pflegte und welcher zufolge er nach Rodneys Sieg sein Schiff durch unablässiges Pumpen rettete, hatte er allgemein den Spitznamen Ben Pump erhalten.

An Benjamins Seite drängte sich, als sei sie eifersüchtig, ihre Stellung zu behalten, eine weibliche Figur von mittlerem Alter vor, deren buntes Kattunkleid mit dem scharfen Schnitte ihrer Züge, ihrer keifenden Physiognomie und ihrem hohen, mageren und formlosen Körper in schroffem Gegensatze stand. Die Zähne waren bis auf einige gelbe Überreste dahin, und die Haut ihrer Nase spannte sich straff über diesem Organ, während die Bedeckung des übrigen Gesichts in tiefen Furchen um Mund und Wangen hing. Sie schnupfte so fleißig, daß man hätte auf die Vermutung kommen können, sie habe die Safranfarbe ihrer Lippen und der benachbarten Teile nur der Tabaksdose zu verdanken, wäre nicht das ganze Gesicht von der gleichen Farbe gewesen. Sie war eine Jungfrau, hieß Remarkable Pettibone und stand dem weiblichen Teile des Gesindes in der Eigenschaft einer Haushälterin vor. Elisabeth kannte sie nicht, da die Dame erst nach dem Tode ihrer Mutter ins Haus gekommen war.

Außer diesen zeigten sich noch drei oder vier andere untergeordnete dienstbare Geister, meist Schwarze, unter dem Hauptportal, deren einige von dem Ende des Gebäudes, wo der Eingang zu der Küche im Kellergeschoß war, herzueilten.

Dann ließ sich auch von Richards Hundezwinger her ein arges Getöse vernehmen, in welchem sich alle Arten Stimmen von dem Geheul des Wolfshundes an bis zu dem Kläffen des Terriers unterscheiden ließen. Herr Jones erwiderte diese geräuschvolle Begrüßung mit einer wechselnden Nachahmung aus seiner eigenen Kehle, worauf die Hunde, wahrscheinlich aus Scham, übertroffen worden zu sein, ihren Lärm einstellten. Nur ein stattlicher, mächtiger Bullenbeißer, der ein mit den Buchstaben M. T. versehenes Messinghalsband trug, hatte sich ruhig verhalten. Er verfügte sich mitten in dem Lärm seiner Brüder majestätisch an die Seite des Richters, von wo er sich, nachdem er einige freundliche Klapse erhalten, an Elisabeth wandte, welche sich auf ihn niederbeugte, ihn küßte und ihn als ihren lieben »Old Brave« begrüßte. Das Tier schien sie zu erkennen, als sie, auf Monsieur Le Quoi und ihren Vater gestützt, um auf dem Eise nicht auszugleiten, die Stufen hinanstieg. Es sah ihr aufmerksam nach, und als sich die Türe hinter der ganzen Gesellschaft geschlossen hatte, legte es sich in einer nahestehenden Hütte nieder, als sei es sich bewußt, daß das Haus nunmehr einen neuen Schatz berge, den es zu bewachen habe.

Elisabeth folgte ihrem Vater, der einen Augenblick anhielt, um die flüsternde Botschaft eines Domestiken zu vernehmen, nach einer großen Halle, die durch zwei auf hohen altmodischen Messingleuchtern steckende Kerzen nur düster erhellt war. Die Türe schloß sich, und die Gesellschaft sah sich mit einem Male aus einer Atmosphäre, die das Thermometer fast auf Null stellte, in eine Wärme von über sechzig Grad Fahrenheit versetzt. In der Mitte der Halle stand ein ungeheurer Kamin, dessen Seiten von der Hitze beinahe glühten, und von dem aus eine weite gerade Röhre den Rauch durch die Decke abführte. Ein eisernes mit Wasser gefülltes Becken befand sich in der Nähe dieses Ofens; denn so mußte man ihn wohl nennen, um in dem Raume die gehörige Feuchtigkeit zu erhalten. Die Halle war mit Teppichen belegt und mit bequemen soliden Möbeln ausgestattet, welche zum Teil aus der Stadt mitgebracht, zum Teil von den Handwerkern Templetons verfertigt worden waren. Da stand ein Seitentisch von Mahagoni, mit Elfenbein eingelegt und mit ungeheuern blanken Messinghandgriffen versehen, der unter der Last des Silbergeschirrs fast zusammenbrach.

In der Nähe desselben befand sich eine Reihe ungeheurer Tische aus wildem Kirschbaum, passende Seitenstücke zu dem vorhin erwähnten, aus dem teuren eingeführten Holze gefertigten, aber einfach und ohne Verzierungen. Gerade gegenüber war eine kleinere Tafel von lichter gefärbtem Holze, durch das sich die Adern des Gebirgsahorns in schönen Wellenlinien hinzogen. Nahe dabei stand in einer Ecke des Saals eine schwere, altmodische Wanduhr mit einem Messingzifferblatt, die in einen hohen, aus dem Walnußbaume der Seeküste gefertigten Kasten eingeschlossen war. Ein ungeheures Kanapee oder Sofa mit hellbedrucktem indianischem Kattun ausgeschlagen, nahm fast zwanzig Fuß an der Seitenwand der Halle ein, während gelb bemalte hölzerne Sessel, von nicht sehr sicherer Hand mit schwarzen Linien verziert, nebst anderen Möbelstücken auf der entgegengesetzten Seite aufgestellt waren. Ein Fahrenheitsches Thermometer nebst beigefügtem Barometer in einem Mahagoni-Gehäuse hing in einiger Entfernung von dem Ofen an der Wand und wurde von Benjamin jede halbe Stunde mit bewunderungswürdiger Genauigkeit zu Rate gezogen. Zwei kleine gläserne Kronleuchter waren in gleichen Entfernungen zwischen dem Ofen und den Türen, welche sich oben und unten an der Halle befanden, aufgehängt, und vergoldete Wandleuchter staken in dem Schnitzwerk der zahlreichen Seitentüren, die nach benachbarten Zimmern führten. Richards Architektonik hatte hier Nischen mit Spitzbögen angebracht, in deren Mitte sich je ein Piedestal mit einer kleinen aus schwarzem Stuck geformten Büste befand: – die Wahl des Stils, wie die der Büsten waren ganz Herrn Jones anheimgefallen. In der einen Nische stand ein Homer in sprechender Ähnlichkeit, die, wie Richard versicherte, »jeder sehen mußte, war doch das Abbild blind«. In einer anderen befand sich das Bild eines sanft aussehenden Herrn mit einem spitzig zulaufenden Barte, welchen Herr Jones Shakespeare nannte. Eine dritte Verzierung wurde durch eine Urne gebildet, welche, wie Richard zu sagen pflegte, durch ihre Form andeutete, daß sie den Aschenkrug der Dido repräsentierte. Eine vierte Vertiefung barg unverkennbar den alten Franklin mit seiner Kappe und seiner Brille, und in einer fünften befand sich, gleichfalls unbestreitbar, Washingtons würdevolles Antlitz. Eine sechste enthielt einen Ungenannten –, »einen Mann mit offenem Hemdkragen und einen

Lorbeerkranz um den Kopf«, wie Richard zu sagen pflegte, »der entweder Julius Cäsar oder den Doktor Faust vorstellte, da er für beide Annahmen gleich gute Gründe hätte.«

Die Wände waren mit dunkeln, bleifarbigen Papiertapeten behangen, auf denen die über Wolfes Grabe weinende Britannia abgebildet zu schauen war. Der Held selbst stand in einiger Entfernung von der trauernden Göttin an dem Rande der Tapete. Jeder Streifen enthielt die gleiche Zeichnung, mit der kleinen Ausnahme, daß der eine Arm des Generals stets auf das Nachbarstück hinüberlief – ein Übelstand, dem zwar Richard eigenhändig abzuhelfen versuchte, wobei indes für eine genaue Verbindung immer noch viel zu wünschen übrigblieb. Britannia hatte daher alles Recht zu klagen, nicht nur über den Verlust des Lebens ihres Lieblings, sondern auch über zahllose grausame Amputationen seines rechten Armes.

Der unglückselige Urheber dieser unnatürlichen Trennungen kündigte nun seine Ankunft in der Halle mit lautem Peitschenknall an.

»Ei, Benajmin oder Ben Pump, ist das die Art, wie Ihr die Erbin empfangt?« rief er. »Entschuldige ihn, Bäschen Elisabeth. Solche Zurüstungen sind freilich zu umfassend, um jedermann anvertraut werden zu können; aber da ich nun hier bin, soll es bald besser gehen. Geschwind, mehr Lichter, Penquillan, mehr Lichter, damit wir doch gegenseitig unsere Gesichter sehen. Nun, Duke, ich habe deinen Hirsch mitgebracht, was soll damit geschehen, he?«

»Beim Himmel, Squire«, begann Benjamin seine Erwiderung, nachdem er zuerst den Mund mit dem Rücken seiner Hand abgewischt hatte, »wenn Sie Ihre Aufträge etwas früher am Tage gegeben hätten, so würde wohl alles nach Ihrem Wunsche ausgeführt worden sein. Ich habe alle Hände in Bewegung gesetzt und steckte eben die Kerzen auf, als die Sleighs zurückkamen. Sobald aber die Weibsleute die Schellen hörten, so ging's mit ihnen fort, als ob sie des Bootsmanns Füllen ritten, und ist jemand im Hause, der einen Haufen Weibervolk, wenn sie sich einmal vorwärts in Bewegung gesetzt haben, zum Halten bringen kann, eh' ihr Kabel abgelaufen ist, so heißt er wenigstens nicht Benjamin Pump. Doch müßte sich Miß Betsey, seit sie die Kinderschuhe ausgetreten, verwandelt haben wie ein maskierter Korsar, wenn sie einem alten Burschen um des unbedeutenden Umstandes willen zürnen wollte, daß er zuwenig Lichter angezündet hat.«

Elisabeth und ihr Vater schwiegen auf Meister Pumps Entschuldigung; denn beide wurden bei ihrem Eintritt in die Halle durch die gleichen Gefühle überwältigt. Ersterer hatte, ehe sie in die Pension kam, noch ein Jahr in diesem Gebäude gewohnt, und die früh hingeschiedene Hausfrau wurde jetzt von beiden, dem Gatten und der Tochter, schmerzlich vermißt.

Indes waren bereits die Kerzen auf den Kron- und Wandleuchtern aufgesteckt worden, und das Dienstpersonal hatte sich so weit von seiner Überraschung erholt, um sich des Grundes, warum dies geschehen, zu erinnern. Das Verabsäumte wurde eiligst nachgeholt, und in einer Minute strahlte die Halle im glänzendsten Lichte.

Die wehmütige Stimmung unserer Heldin und ihres Vaters wurde durch diese flimmernde Unterbrechung verscheucht, und die ganze Gesellschaft begann nun, die zahllosen Überkleider, welche sie zum Schutze gegen die Kälte getragen, abzulegen.

Während dieses Geschäftes besprach sich Richard flüchtig mit den verschiedenen Domestiken und ließ gelegentlich gegen den Richter eine Bemerkung über den Hirsch fallen; da sich aber in solchen Augenblicken seine wirren Worte nur wie eine Klavierbegleitung, d. h. wie etwas, das man hört, ohne daß man darauf achtet, ausnahmen, so wollen wir uns die Mühe ersparen, dieselben hier aufzuführen.

Sobald Remarkable Pettibone ihren Anteil an dem Beleuchtungsgeschäfte ausgeführt hatte, kehrte sie unter dem Vorwande, die abgelegten Kleider in Empfang zu nehmen, zu Elisabeth zurück, obgleich sie eigentlich dabei mehr von ihrer Neugierde und dem von Eifersucht nicht freien Wunsche geleitet wurde, das Äußere der Dame zu beaugenscheinigen, welche sie nunmehr ihrer Oberherrlichkeit in der Hauswirtschaft berauben sollte. Die Haushälterin fühlte sich nicht wenig betroffen, als nach Beseitigung der Überschuhe, des Oberkleids und der Schale, endlich die große schwarze Kapuze abgelegt wurde und die schwarzen Ringeln, glänzend wie das Gefieder des Raben, das schöne Haupt und die gewinnenden Züge der jungen Dame umspielten. Nichts konnte schöner und fleckenloser sein als Elisabeths Stirne, auf der sich Frohsinn und Gesundheit ausdrückten. Ihre Nase hätte man eine griechische nennen können, wäre nicht durch eine sanfte Krümmung dem Antlitz an Charakter beigelegt worden, was ihm dadurch an Schönheit benommen wurde. Ihr Mund schien dem ersten Blicke nur für die Liebe geschaffen, aber sobald sich dessen Muskeln bewegten, mischte sich der ganze Ausdruck frauenhafter Würde in das leichte Spiel weiblicher Anmut: er sprach nicht für das Ohr allein, sondern auch für das Auge. Ihre Gestalt war von etwas mehr als mittlerer Größe, ein Erbstück ihrer Mutter, und für ihr Alter erschienen ihre Formen ziemlich voll und gerundet. Auch die Farbe der Augen, die gewölbten Brauen und die langen seidenen Wimpern verdankte sie derselben Quelle, während der Ausdruck des Blickes von dem Vater auf sie übergegangen war. Im ruhigen, untätigen Zustande war er sanft, wohlwollend und gewinnend, obgleich er leicht feurig werden konnte, und in solchen Augenblicken mischte sich sogar etwas strenger Ernst in ihre Züge. Als das letzte Halstuch fiel, stand das Mädchen in einem reichen blauen Reitkleide da, das ihre Formen auf das anmutigste umschloß; ihre Wangen glühten wie die Rosen, eine Glut, die durch die Hitze der Halle noch erhöht wurde; die leicht schwimmenden Augen verliehen ihrer gewöhnlichen Schönheit noch mehr Glanz, und jeder Zug ihres sprechenden Antlitzes, unter dem blendenden Schimmer der zahlreichen Kerzen leuchtend, ließ Remarkable fühlen, daß ihre Macht zu Ende war.

Das Geschäft des Ablegens hatte bei allen gleichzeitig stattgefunden. Marmaduke erschien in einem einfachen, aber hübschen schwarzen Anzug; Monsieur Le Quoi trug einen schnupftabakfarbigen Rock, eine gestickte Weste, Kniehosen, seidene Strümpfe und – wie man allgemein glaubte – mit unechten Steinen besetzte Schuhschnallen. Major Hartmanns Anzug bestand aus einem himmelblauen Rock mit großen Metallknöpfen, einer Perücke und Stiefeln, und Herr Richard Jones hatte seine bewegliche kleine Figur in einen flaschengrünen Rock mit kugelförmigen Knöpfen gehüllt, welche das Kleidungsstück über dem wohlgerundeten Leibe zusammenhielten, oben aber eine Öffnung ließen, damit man die rote Tuchweste, unter welcher er ein mit grünem Samt eingefaßtes, flanellenes Unterleibchen trug, sehen konnte; seine Beine waren mit hirschledernen Hosen und hohen schmutzigen, weißstulpigen

Stiefeln nebst Sporen bekleidet, obgleich einer von diesen infolge der kürzlichen Angriffe auf den Schlittenbock etwas umgedrückt war.

Erst als sich die junge Dame aus ihren Überkleidern herausgewunden hatte, wurde es ihr möglich, um sich zu blicken und nicht nur den Haushalt, dem sie jetzt vorstehen sollte, sondern auch die Art und Weise, wie die häuslichen Einrichtungen getroffen waren, zu mustern. Obgleich sich in der Konstruktion und der Möblierung der Halle viel Unsymmetrisches vorfand, so konnte man doch nichts darin schlecht nennen. Der Boden war bis in die entferntesten Ecken mit Teppichen belegt: die verschiedenen Arten von Leuchtern gehörten zwar nicht zu den modernen und geschmackvollen, waren aber blank und entsprachen ihrem Zwecke vollkommen, indem sie den Raum sehr lebhaft erhellten. Im Vergleich mit der draußen herrschenden kalten Dezembernacht übten die Wärme und Helle des Saales einen eigentümlichen Zauber. Ihr Auge hatte noch nicht Zeit gehabt, die kleinen Geschmacksverstöße, welche in Wahrheit vorhanden waren, in ihrer Gesondertheit zu entdecken; denn noch streifte es in Entzücken umher, als es plötzlich durch einen Anblick festgehalten wurde, der einen starken Gegensatz zu den lächelnden Gesichtern und zu den zierlich gekleideten Personen bildete, welche sich zu Ehren der Gebieterin von Templeton versammelt hatten.

In einer Ecke der Halle unfern dem Haupteingang stand der junge Jäger, unbeachtet und für den Augenblick unstreitig vergessen. Aber die Zerstreutheit des Richters, dem unter dem Einfluß einer lebhaften Gemütsbewegung die Erinnerung an die Wunde des Fremden völlig entschwunden war, schien durch die Geistesabwesenheit des Jünglings sogar noch übertroffen zu werden. Er hatte beim Eintreten in den Saal maschinenmäßig seine Mütze abgenommen und zeigte dadurch einen Lockenkopf, der an Farbe und Glanz mit Elisabeths Haaren wetteiferte. Nichts hätte eine größere Veränderung an ihm hervorbringen können als dieser einzige Akt der Beseitigung seiner unscheinbaren Fuchsmütze. Es lag viel Gewinnendes in dem Gesichte des jungen Jägers und sogar etwas Edles in den abgerundeten Umrissen seines Kopfes und seiner Stirne. Die Miene und der Ausdruck dieses stolz über den rauhen und sogar wilden Anzug, der die übrige Gestalt verbarg, hervorragenden

Körperteils verkündigten nicht nur Vertrautheit mit einem Glanze, den man in diesen neuen Ansiedlungen für unübertrefflich hielt, sondern schien sogar einige Verachtung über die prunkvolle Umgebung auszudrücken.

Die Hand, in der er die Mütze hielt, ruhte leicht auf Elisabeths kleinem, mit Elfenbein ausgelegtem Piano – eine Stellung, in welcher sich weder bäurische Blödigkeit noch anstößige Dreistigkeit ausdrückte. Nur ein einziger Finger berührte das Instrument, als fühle er sich vor einem solchen heimisch. Sein anderer Arm war der ganzen Länge nach ausgestreckt, und die Hand umfaßte den Lauf seiner langen Büchse mit fast konvulsivischer Kraft. Diese Haltung war eine unwillkürliche und beruhte augenscheinlich auf einem Gefühl, das weit tiefer lag als eine gewöhnliche Verwunderung. Sein Äußeres zeichnete ihn, namentlich um der unscheinbaren Bekleidung willen, ganz von der geschäftigen Gruppe der übrigen aus, die sich an dem anderen Ende der Halle hin und her bewegten, um die Ankömmlinge mit Willkommensgrüßen zu empfangen, wie denn auch Elisabeth die einzige zu sein schien, welche ihn beachtete. Die Falten auf der Stirn des Fremden mehrten sich, während sich seine Augen langsam von einem Gegenstand nach dem andern bewegten. Für Augenblicke überflog sein Gesicht ein trotziger Zug, der aber dann schnell wieder irgendeiner schmerzlichen Erregung Raum zu geben schien. Er beugte den ausgestreckten Arm, brachte die Hand vor sein Gesicht und ließ den Kopf auf dieselbe sinken, wodurch seine wunderbar sprechenden Züge bedeckt wurden.

»Aber lieber Vater, wir vergessen ganz und gar den fremden Herrn, den wir mitgenommen haben, um ihm Beistand leisten zu lassen, und dem wir jede Aufmerksamkeit schuldig sind«, sagte Elisabeth.

Aller Augen wandten sich auf einmal nach der Richtung, wohin die Sprecherin blickte, während der Jüngling, der jetzt etwas stolz seinen Kopf wieder erhob, antwortete:

»Meine Wunde ist nur unbedeutend, und ich glaube, daß Richter Temple gleich nach unserer Ankunft nach einem Arzt schickte.«

»Gewiß«, sagte Marmaduke. »Ich habe ebensowenig den Zweck deines Besuches als den Umfang meiner Verpflichtung außer acht gelassen, junger Mann.«

»Oh!« rief Richard mit einem schalkhaften Seitenblicke, »du bist, denke ich, dem Jungen für das Wildbret verpflichtet, das du erlegtest, Vetter Duke. Marmaduke! Marmaduke! das ist eine wunderliche Geschichte mit deinem Bock da. Hier, junger Mann, sind zwei Dollar für den Hirsch, und Richter Templeton kann nicht weniger tun als den Doktor bezahlen. Ich will meine Dienste nicht in Rechnung bringen, aber Ihr sollt deshalb nicht schlechter dabei fahren. Ei, Duke, laß dir's nicht so zu Herzen gehen; wenn du auch den Bock fehltest, so traf dein Schuß doch diesen armen Menschen durch eine Tanne hindurch. Hierin hast du mich, ich gestehe es gerne, ausgestochen; denn in meinem ganzen Leben habe ich nie eine solche Heldentat geübt.«

»Und wirst es auch, wie ich hoffe, nie«, entgegnete der Richter, »wenn du dich nicht dem Kummer, den ich erduldet habe, aussetzen willst. Doch sei guten Muts, mein junger Freund; die Verletzung kann nicht bedeutend sein, da du den Arm so frei zu bewegen vermagst.«

»Verschlimmere die Sache nicht, indem du dir herausnimmst, etwas von der Chirurgie zu verstehen«, unterbrach ihn Herr Jones mit einer verächtlichen Handbewegung. »Sie ist eine Wissenschaft, die sich nur durch Übung erlernen läßt. Du weißt, daß mein Großvater ein Arzt war, aber du hast nicht einen Tropfen medizinischen Bluts in deinen Adern. So etwas vererbt sich, und meine ganze Familie väterlicherseits hat etwas von den Kunstgriffen der Heilkunst erwischt. Da war z.B. mein Onkel, der in der Schlacht bei Brandywine fiel – er starb so leicht als irgendein anderer Mann in dem Regiment, nur weil er seinen Atem kunstgerecht auszuhauchen wußte. Wenige Leute verstehen etwas von der Theorie des Atmens.«

»Ich zweifle nicht, Dick«, entgegnete der Richter, das Lächeln erwidernd, welches unwillkürlich die Züge des Fremden überflog, »daß sich deine ganze Familie gut darauf verstand, den Leuten zu ihrem letzten Atemzuge zu verhelfen.«

Richard hörte ihm ruhig zu, streckte die Hände in die Taschen seines Rockes, um die Schöße vorwärtszudrücken, und begann, ein Liedchen zu pfeifen; aber das Verlangen, etwas zu erwidern, überwältigte seine Philosophie, und so rief er: »Lächle meinetwegen, soviel du willst, über meine Theorie der Erbtugenden, Richter Temple; aber es gibt gewiß keinen zweiten in unserem Patent, der es nicht besser weiß. Selbst dieser junge Mann hier, der vielleicht nie etwas anderes als Bären, Hirsche und Waldhühner sah, wird gut genug unterrichtet sein, um an die Fortpflanzung von Tugenden in Familien zu glauben – nicht wahr, mein Freund?«

»Ich glaube wenigstens, daß es bei den Fehlern nicht der Fall ist«, versetzte der Fremde abgebrochen, indem er sein Auge von dem Vater nach der Tochter gleiten ließ.

»Der Quire hat recht«, bemerkte Benjamin mit einem schlauen Kopfnicken gegen Richard, welches die zwischen ihnen bestehende Vertraulichkeit bekundete. »Irgendwo in dem alten Lande berührt des Königs Majestät nur die Skrofeln, und das ist doch eine Krankheit, die der geschickteste Doktor in der Flotte, ja, nicht einmal der Admiral zu heilen vermag; nur des Königs Majestät kann es oder ein Gehenkter. Ja, der Squire hat recht; denn wenn dem nicht so wäre, wie käme es denn, daß der siebente Sohn immer ein Doktor wird, habe er nun eine Schule durchgemacht oder nicht? Als wir's mit den Monschürs unter de Grosse zu tun hatten, war ein Doktor bei uns an Bord – –«

»Schon gut, Benjamin«, unterbrach ihn Elisabeth, indem sie ihre Augen von dem Jäger auf Monsieur Le Quoi wandte, der mit der äußersten Höflichkeit auf jedes Wort, das nach der Reihe gesprochen wurde, achtete: »Ihr könnt mir diese Geschichte, wie auch überhaupt alle Eure unterhaltenden Abenteuer ein andermal erzählen. Jetzt ist es aber vor allem nötig, daß ein Zimmer zugerichtet werde, um dem Arme dieses Herrn einen Verband anlegen zu können.«

»Das muß unter meiner Leitung geschehen, Base Elisabeth«, bemerkte Richard etwas hochmütig: »der junge Mann soll es nicht zu büßen haben, wenn es Marmaduke beliebt, ein wenig hartnäckig zu werden. Folgt mir, mein Freund, ich will die Verletzung selber untersuchen.«

»Ich denke, es ist besser, wenn ich auf den Arzt warte«, sagte der Jäger kaltblütig, »er kann nicht mehr lange ausbleiben.«

Richard schwieg und sah, ein wenig betroffen von dieser Sprache und nicht wenig ob der Zurückweisung gekränkt, den Fremden an. Er betrachtete die letztere als einen Akt der Feindseligkeit, steckte seine Hände wieder in die Taschen und ging auf Herrn Grant zu, dem er leise ins Ohr flüsterte:

»Denken sie an mich, man wird sich jetzt unter den Ansiedlern erzählen, daß wir alle ohne diesen Burschen da den Hals gebrochen hätten. Als ob ich nicht zu fahren verstünde! Sie selbst hätten die Pferde herumbringen können, Sir; denn nichts war leichter, da es nur eines Rucks an dem Zügel der Deichselpferde und eines Peitschenhiebs in die Seite eines der Grauschimmel bedurfte. Ich hoffe, mein lieber Herr, Sie haben doch bei dem Sturze, den dieser Mensch herbeiführte, keinen Schaden genommen.«

Die Antwort des Geistlichen wurde durch den Eintritt des Dorfwundarztes verhindert.

Sechstes Kapitel

und auf den Gesimsen
Die bettelhafte Reihe leerer Büchsen,
Die grünen Töpfchen, Blasen, taube Samen,
Bindfaden-Endchen, alte Rosenkuchen,
Das alles dünn verteilt, zur Schau zu dienen.
Shakespeare

Doktor Elnathan Todd, denn dies war der Name des Heilkünstlers, galt unter den Ansiedlern als ein Herr von hohen Geistesgaben, wie er denn auch, was den Körper anbelangte, hinsichtlich der Höhe von der Natur nicht spärlich bedacht war. Er maß genau sechs Fuß vier Zoll, und seine Hände, Füße und Knie entsprachen in jeder Hinsicht dieser seltenen Größe, obgleich die übrigen Teile seines Körpers für einen Mann von kleinerem Umfang berechnet zu sein schienen. Seine Schultern waren viereckig, aber so nahe beieinander, daß die langen schlottrigen Arme aus dem Rückgrat herauszuwachsen schienen. Sein Hals besaß in einem ausgezeichneten Grade die der gemeldeten Höhe entsprechende Länge und stützte einen kleinen kugelrunden Kopf, dessen hintere Seite mit einem Busche borstiger, brauner Haare bedeckt war, während sich vorn ein kurzes bewegliches Gesicht zeigte, das sich alle Mühe zu geben schien, recht gelehrt auszusehen. Der Doktor war der jüngste Sohn eines Landwirts im westlichen Teile von Massachusetts, welcher sich in ziemlich wohlhabenden Verhältnissen befand und daher in der Lage war, diesen Spätling seiner Ehe zu der vorerwähnten Höhe aufschießen zu lassen, ohne dessen Wuchs durch Feldarbeit, Holzhacken und sonstige derartige Arbeiten, die seinen Brüdern zuteil wurden, zu hemmen. Er verdankte diese Befreiung von der Arbeit einigermaßen seinem außerordentlichen Wachstum, welches, indem es ihn blaß, leblos und träge machte, seine zärtliche Mutter zu der Erklärung veranlaßte, er wäre ein kränklicher Junge, der zu keiner Arbeit tauge und sich einen leidlichen Unterhalt als Advokat, Geistlicher, Doktor oder durch ein sonstiges leichtes Gewerbe verdienen könne. Nun war aber die große Frage, für welchen dieser Berufe sich der Junge wohl am besten eigne. Da er unterdessen nichts zu tun hatte, so schlingelte er in der Nachbarschaft herum und aß unreife Äpfel und suchte Sauerampfer – ein Umstand, in welchem dasselbe scharfblickende Auge, welches bereits seine verborgenen Talente ausgespürt hatte, einen Fingerzeig für seinen künftigen Pfad durch die Mühen des Erdenlebens erkannte. »Elnathan ist zu einem Doktor gemacht«, räsonierte die Mutter, »denn er sucht immer nach Kräutern und kostet alles, was in der Nachbarschaft wächst.« Dann hatte er auch eine natürliche Vorliebe für Arzneistoffe; denn als sie einmal abführende Pillen für ihren Mann zugerichtet und mit Ahornzucker bestreut hatte, kam Elnathan herein und verschluckte sie, als ob sie gar nichts wären, während Ischabod, ihr Gatte »auch nicht eine einzige hinunterbringen konnte, ohne so verzweifelte Gesichter zu schneiden, daß man es nicht ohne Entsetzen mitansehen konnte.«

Diese Entdeckung gab den Ausschlag. Elnathan wurde, als er ungefähr fünfzehn Jahre alt war, ziemlich wie ein wildes Füllen eingefangen, herausgestriegelt und seine buschigen Haare geschnitten; dann erhielt er einen neuen, selbstgewirkten Anzug, der mit der Rinde der Butternuß gefärbt war, wurde mit einem Neuen Testament und Websters A-B-C-Buch ausgestattet und nach einer Schule geschickt. Da der Knabe nicht ohne natürliche Anlagen und schon in früherer Zeit bei ihm mit Lesen, Schreiben und Rechnen ein Grund gelegt worden war, so zeichnete er sich bald durch seine Fortschritte aus. Die glückliche Mutter hatte die Freude, aus dem Munde des Lehrers selbst zu hören, daß ihr Sohn »ein wahrer Wunderknabe sei und die übrigen Knaben seiner Klasse weit übertreffe.« Auch meinte der Pädagog, »der Junge habe eine natürliche Anlage für die Arzneikunst; denn es sei ihm nicht entgangen, daß er die kleineren Kinder öfter vor dem zuviel Essen verwarne, wie er denn auch einigemal bemerkt habe, daß Elnathan, wenn die unwissenden Rangen seinem Rat hartnäckig Widerstand entgegensetzten, eigenmündig die Schulkörbe leerte, um sie vor den verderblichen Folgen einer Magenüberladung zu bewahren.«

Bald nach dieser tröstlichen Erklärung von seiten des Schulmonarchen wurde der Junge in das Haus eines Dorfchirurgen verpflanzt, der so ziemlich mit unserem Helden die gleiche

Schule gemacht hatte. Hier sah man ihn bisweilen ein Pferd zur Tränke führen oder andere Tränke, blaue, gelbe und rote anfertigen; dann saß er auch hin und wieder mit Ruddimans lateinischer Grammatik in der Hand oder einem Teil von Denmans Hebammenkunst in der Tasche unter einem Apfelbaum; denn sein Lehrer hielt es für abgeschmackt, seinen Zögling die Patienten regelrecht aus der Welt befördern zu lehren, ehe er wußte, wie der Mensch in die Welt gebracht würde.

So verlebte er ungefähr ein Jahr, als er plötzlich in einem sehr langen schwarzen Rock, wozu das Zeug in der Heimat gewoben, und in kleinen Schnürstiefeln, die in Ermangelung von rotem Maroquin ungefärbte kalbslederne Riemen hatten, vor den Leuten erschien.

Bald nachher wurde er mit einem stumpfen Rasiermesser aufs Rasieren ausgeschickt, und ehe noch weitere drei oder vier Monate verflossen, sahen ihn mehrere ältliche Damen nach dem Hause einer armen Frau im Dorfe eilen, während andere Personen augenscheinlich in großer Bestürzung ab und zu gingen. Einige Knaben wurden auf sattellose Pferde gesetzt und in aller Hast nach verschiedenen Richtungen ausgeschickt. Man stellte verschiedene indirekte Fragen, wo der Wundarzt zuletzt gesehen worden, aber alles war umsonst, und endlich sah man Elnathan mit einer ungemein gravitätischen Miene aus der Türe treten, während ein kleiner flachsköpfiger Knabe atemlos vor ihm hertrabte. Des anderen Tages zeigte er sich im Dorfe, und sämtliche Bewohner waren höchlich erbaut von seiner nun so würdevollen Miene. Dieselbe Woche kaufte er ein neues Rasiermesser, und am darauf folgenden Sonntag betrat er mit einem rotseidenen Taschentuch in der Hand und einem ungemein gesetzten Gesichte die Kirche. Am Abend machte er bei einem jungen Frauenzimmer aus der niederen Volksklasse, denn andere waren keine vorhanden, einen Besuch, und nachdem er sich eine Weile allein mit der Schönen unterhalten hatte, nannte ihn die kluge Mutter derselben zum erstenmal Doktor Todd. Jetzt war das Eis mit einem Male gebrochen, und von nun an wurde Elnathan aus jedem Munde nur noch mit diesem Titel begrüßt.

Er brachte noch ein Jahr unter der Leitung desselben Lehrherrn zu, während welcher Zeit der junge Heilkünstler in dem Rufe stand, daß er immer »mit dem alten Doktor die Kranken besuchen müsse«, obgleich man beide stets verschiedene Wege einschlagen sah. Nach Ablauf dieser Periode hatte Doktor Todd das Alter der Mündigkeit erreicht. Er machte nun einen Ausflug nach Boston, um Arzneien einzukaufen und, wie einige wissen wollten, das Spital zu besuchen. Wir wissen nicht, wie es sich mit dem letzteren verhielt, da uns nur so viel bekannt ist, daß dieser Besuch ein sehr kurzer gewesen sein muß; denn er kam schon nach vierzehn Tagen wieder zurück und brachte eine verdächtig aussehende Büchse mit, die gewaltig nach Schwefel roch.

Sonntags darauf ließ er sich trauen, und am folgenden Morgen bestieg er mit seiner jungen Gattin einen einspännigen Schlitten, der zugleich mit der vorerwähnten Büchse, einer Kiste voll selbstgefertigter Leinwand, einem mit Papier beklebten Koffer, einem darangebundenen roten Regenschirm, einem Paar ganz neuen Sattelranzen und einem Verbandzeug bepackt war. Die nächste Nachricht, die seine Freunde von dem neuen Ehepaar erhielten, lautete, daß sich Doktor Todd in der Absicht, seine Kunst auszuüben, zu Templeton, im Gebiete von Neuyork niedergelassen hätte.

Wie ein Londoner Student der Rechte Marmadukes Befähigung zum Richteramte belächelt haben würde, so dürfte es wohl ein Graduierter von Leyden oder Edinburg ebenso belustigend finden, wenn er diese wahrhaftige Geschichte von Elnathans Dienste in dem Tempel Äskulaps hört. Aber der Richter und der Aderlasser konnten sich damit trösten, daß Doktor Todd mit seinem im Lande ansässigen Kunstgenossen ebensowohl auf einer gleichen Höhe stand wie Marmaduke mit seinen Brüdern auf der Gerichtsbank.

Zeit und Erfahrung übten Wunder an dem Heilkünstler. Er war von Natur menschenfreundlich, was indes seinem moralischen Mute durchaus keinen Eintrag tat, oder mit anderen Worten: er hielt das Leben seiner Patienten wert und machte keine unnötigen Versuche an solchen Gliedern der Gesellschaft, die man als nützlich betrachtete; wenn ihm aber hin und wieder ein unglücklicher Landstreicher unter die Hände kam, so war er nicht abgeneigt, die Wirkung jeder Flasche seiner Sattelranzen, an der Konstitution des Patienten zu erproben. Glücklicherweise waren jedoch seine Vorräte klein und meist ziemlich unschuldiger Natur. Mit Hilfe derselben hatte sich Elnathan ziemliche Erfahrung in den Wechselfiebern erworben und konnte mit vieler Gelehrtheit von intermittens, remittens, Tertiana, Quotidiana usw. sprechen. In gewissen Hautkrankheiten, die in den neuen Ansiedlungen vorherrschend sind, galt er als unfehlbar, und das weibliche Geschlecht in dem Patent hätte eher daran gedacht, ohne Gatten Mutter als ohne Doktor Todds Beistand entbunden zu werden. Mit einem Worte, er strebte auf so sandigem Grunde als ein Gebäude himmelan, das die Erfahrung zum Bindemittel hatte, obgleich es auch hier hin und wieder etwas brüchig aussah. Gelegentlich griff er auch wieder zu seinen Elementarstudien, und mit der Fassungsgabe eines erleuchteten Kopfes wußte er leicht seine Praxis seiner Theorie anzupassen.

Da er in der Chirurgie am wenigsten Erfahrung hatte und diese auch ein Geschäft war, über deren Erfolg der Augenschein allein belehren konnte, so wagte er es nicht, in dieser Beziehung seine Kräfte allzuhoch anzuschlagen; er behandelte jedoch Brandwunden mit Ölen und Salben, riß schadhafte Zähne mit der Wurzel aus und hatte die Hiebwunden zahlloser Holzfäller mit beträchtlichem Eklat wieder zusammengenäht, bis einmal einem unglücklichen Jobber[9] durch einen stürzenden Baum ein Bein zerbrochen wurde. Bei dieser Gelegenheit wurden die Nerven und das moralische Gefühl unseres Helden in einer Weise heimgesucht, wie er es vorher nie erlebt hatte. In der Stunde der Not ließ er sich jedoch nie vergeblich suchen. Die meisten Amputationen, die in diesen neuen Niederlassungen gerade nicht zu den Seltenheiten gehörten, wurden durch einen Praktiker vorgenommen, der sich von Anfang an eines großen Rufes erfreute und diesem Umstande eine Summe von Erfahrungen zu danken hatte, die es ihm möglich machten, seinen Ruhm zu verdienen. Elnathan war bei einer oder zweien dieser Operationen zugegen gewesen. Da nun bei dem gegenwärtigen Anlasse der erfahrenere Wundarzt nicht zu haben war, so fiel dieses Geschäft natürlich dem Doktor Todd anheim. Er ging dabei mit einer Art von blinder Verzweiflung ans Werk, obgleich er es nicht unterließ, in seinem Äußern wenigstens die Würde des geschickten Arztes zu bewahren. Der Name des Patienten war Milligan, derselbe, den wir bereits Richard nennen hörten, als er des Beistandes erwähnte, den er bei Gelegenheit einer Amputation dem Doktor durch Halten des Beines geleistet hatte. Das Glied wurde auch wirklich abgetrennt, und der Kranke überlebte die Operation. Zwei oder drei Jahre fuhr aber der arme Milligan fort, sich zu beklagen, daß man sein abgenommenes Bein in einem zu engen Behälter begraben hätte, so daß dasselbe eingezwängt würde; denn er fühlte deutlich den Schmerz aus dem begrabenen Bruchstück nach den gesunden Gliedern hinaufschießen. Marmaduke meinte, der Grund werde in den Arterien und Nerven liegen; aber Richard, der die Amputation teilweise für sein eigenes Werk hielt, bestritt diese Ansicht lebhaft, indem er zugleich erklärte, er habe schon oft von Leuten gehört, die aus dem Gefühl in den Zehen ihrer abgenommenen Glieder einen kommenden Regen prophezeien konnten. Nach zwei oder drei Jahren wurde daher, ungeachtet sich Milligans Klagen allmählich verminderten, das Bein ausgraben und in einem größeren Sarg wieder eingescharrt, und von jener Stunde an hörte man nie wieder eine Klage aus dem Munde des Amputierten. Dieser Umstand vermehrte das öffentliche Vertrauen zu dem Doktor Todd, dessen Ruf mit jeder Stunde wuchs, während sich zum Glück für seine Patienten auch seine Erfahrung erweiterte.

Aber trotz seiner vielseitigen Praxis und des glücklichen Falles mit dem Beine war Herr Todd nicht wenig beängstigt, als er in die Halle des Landhauses trat. Sie war taghell beleuchtet, und alles sah, in Vergleichung mit den hastig gebauten und sparsam möblierten Stuben, in welche ihn sein Beruf gewöhnlich führte, sogar prächtig und imponierend aus; auch waren so viele wohlgekleidete Personen mit ängstlichen Gesichtern zugegen, daß seine sonst kräftigen Nerven etwas in Verwirrung gerieten. Er hatte den Bedienten, der ihn in das Landhaus berief, von einer Schußwunde sprechen hören, weshalb er seine Sattelranzen auf dem Rücken durch den Schnee einherschleppte und auf dem ganzen Herwege nur an zerrissene Arterien, verletzte Lungen und beschädigte Eingeweide dachte, als ginge er unmittelbar nach dem Walplatze einer blutigen Schlacht und nicht nach Richter Temples friedlicher Wohnung.

Der erste Gegenstand, der beim Eintritt in die Halle seinem Auge begegnete, war Elisabeth in ihrem reich mit goldenen Schnüren besetzten Reitkleide, die ihm mit dem Ausdruck tiefer Besorgnis in ihren Zügen entgegenging. Die ungeheuren Knochenknie des Arztes schlugen hörbar zusammen; denn in seiner Verwirrung glaubte er in der Dame einen von Kugeln durchlöcherten Stabsoffizier zu sehen, der von dem Schlachtfelde weggeeilt sei, um seine Hilfe in Anspruch zu nehmen. Die Täuschung war jedoch nur momentan, und sein Auge schweifte rasch nach dem ernsten und würdevollen Angesicht des Vaters, sodann nach dem umherstolzierenden Richard, der, um seinen Unmut über die Zurückweisung des Jägers abzukühlen, mit langen Schritten in der Halle hin und her ging und mit seiner Peitsche knallte; von diesem auf den Franzosen, der seit mehreren Minuten, mit einem Stuhle für die Dame in der Hand, unbeachtet dastand; dann auf den Major Hartmann, der ganz kaltblütig eine drei Fuß lange Pfeife an der Kerze eines Kronleuchters anzündete; dann auf Herrn Grant, der bei einem der Seitenlichter in das Lesen eines Manuskripts vertieft war; dann auf Remarkable, der mit gekreuzten Armen dastand und mit einem Blicke voll Bewunderung und Neid den Anzug und die Schönheit der jungen Dame musterte; dann auf Benjamin, der mit in die Seite gestemmten Armen seinen viereckigen kleinen Körper auf den gespreizten Beinen balancierte und dabei die Gleichgültigkeit eines Mannes an den Tag legte, der mit Wunden und Blutvergießen vertraut war. Aber alle Personen schienen unverletzt, und der Operateur begann wieder frei zu atmen. Ehe er jedoch seine Musterung zum zweiten Male vornehmen konnte, trat der Richter auf ihn zu, schüttelte ihm freundlich die Hand und sprach:

»Du bist willkommen, lieber Doktor, in der Tat sehr willkommen. Hier ist ein Jüngling, der deines Beistandes bedarf, weil ich so unglücklich war, ihn heute abend zu verwunden, als ich nach meinem Hirsch geschossen.«

»Du nach einem Hirsch geschossen, Duke?« unterbrach ihn Richard – »ha, ha! nach einem Hirsch geschossen! Meinst du, man könne etwas verordnen, ohne daß man den ganzen Tatbestand weiß? Aber so geht es immer mit gewissen Leuten; sie meinen, man könne einen Arzt ebenso ungestraft hintergehen als einen anderen Menschen.«

»Allerdings habe ich nach dem Hirsch geschossen«, entgegnete der Richter lächelnd, »und es ist keineswegs ausgemacht, ob ich bei der Erlegung desselben nicht Beihilfe leistete. Sei dem aber, wie ihm wolle, der junge Mann wurde durch meine Hand verletzt, und es ist nun deine Sache, ihn zu kurieren, und die meiner Tasche, dich für deine Bemühung zu belohnen.«

»Swei Sach, auf die man sich kann verlaß sehr gut«, bemerkte Monsieur Le Quoi mit einer höflichen Verbeugung gegen den Richter und den Praktiker.

»Danke, Monsieur«, entgegnete der Richter, »aber wir halten den jungen Mann unnötig auf. Remarkable, du wirst so gut sein, für Leinwand und Scharpie zu sorgen.«

Diese Bemerkung bewirkte eine Beendigung der Komplimente und veranlaßte den Arzt, einen spähenden Blick in der Richtung seines Patienten zu werfen. Der junge Jäger hatte während des eben berührten Gesprächs seinen Mantel abgeworfen und stand nun in einem einfachen Anzug von dem hellfarbigen selbstgewirkten Zeuge der Gegend da, welcher augenscheinlich noch ganz neu war. Er hatte bereits die Hand an den Kragen seines Rocks gelegt, um auch dieses Kleidungsstück abzulegen, als er plötzlich wieder innehielt; denn sein Blick fiel auf die bekümmerte Elisabeth, die unbeweglich und zu sehr von Angst überwältigt dastand, um seine Bewegungen zu beobachten. Ein leichtes Rot färbte die Stirn des Jünglings.

»Der Anblick von Blut könnte die Dame beunruhigen. Gehen wir daher lieber, bis die Wunde verbunden ist, in ein anderes Zimmer!«

»Nicht doch«, sagte Doktor Todd, dessen ganze Keckheit wiedergekommen war, sobald er bemerkte, daß sein Patient kein Mann von Bedeutung sei, »die helle Beleuchtung des Saales ist der Operation günstig, – ein Vorteil, den wir um so weniger aus dem Auge lassen wollen, da man sich desselben so selten zu erfreuen hat.«

Während Elnathan so sprach, steckte er eine große eiserne Brille in sein Gesicht, die langjähriger Gewohnheit zufolge auf der äußersten Spitze seiner Mopsnase sitzenblieb und, wenn sie den Augen auch keinen wesentlichen Dienst leistete, doch auch kein Hindernis für das Sehen bildete; denn seine kleinen grauen Beobachtungsorgane funkelten wie zwei Sterne, die aus einer neidischen Wolkenhülle hervorblicken, über das optische Instrument weg. Diese Bewegung blieb von allen unbeachtet, Remarkable ausgenommen, welche gegen Benjamin bemerkte:

»Herr Todd ist ein recht hübscher Mann, der seine Worte gut zu setzen weiß. Wie prächtig ihm nur seine Brille steht! So ein

Ding gibt einem doch gleich ein großartiges Aussehen; ich habe gute Lust, mir selber auch eine anzuschaffen.«

Die Worte des Fremden hatten Miß Temple wieder zur Besinnung gebracht. Sie fuhr wie aus einer tiefen Zerstreuung auf, errötete hoch, winkte einer jungen Weibsperson, die ihr in der Eigenschaft eines Kammermädchens diente, und entfernte sich mit der Miene weiblicher Zurückhaltung.

Das Feld blieb nun dem Arzte und seinem Patienten überlassen, während die übrigen noch anwesenden Personen sich mit Gesichtern, welche die verschiedenen Grade ihres Anteils ausdrückten, um den letzteren sammelten. Major Hartmann war der einzige, der auf seinem Sitze blieb, indem er fortfuhr, große Rauchwolken von sich zu stoßen, und bald die Augen nach der Decke gleiten ließ, als stelle er Betrachtungen über die Ungewißheit des menschlichen Lebens an, bald mit einem Ausdrucke, der einiges Bewußtsein von der Lage des jungen Mannes verriet, nach dem Fremden hinblickte.

Inzwischen begann Elnathan, dem eine Schußwunde etwas Nagelneues war, seine Vorbereitungen mit einer Sorgfalt und Feierlichkeit, wie sie des Anlasses würdig waren. Benjamin hatte ihm ein altes Hemd eingehändigt, welches er mit einer Miene, die sowohl seine Geschicklichkeit als die Wichtigkeit der Operation bezeichnete, in mehrere lange Streifen riß.

Als diese Einleitung getroffen war, wählte sich Herr Todd mit großer Sorgfalt einen der Streifen aus und händigte ihn Herrn Jones ein, indem er mit größter Kaltblütigkeit sagte:

»Da, Squire Jones, Sie verstehen sich auf derartige Dinge und sind wohl so sorgfältig, die Scharpie zu zupfen. Sie muß fein und weich sein, wie Sie ja selber wissen, mein lieber Sir! Nehmen Sie sich aber in acht, daß Sie keine Baumwolle hineinbringen; sie möchte sonst die Wunde vergiften. Nur der Zettel ist Leinwand, Sie können daher beides leicht sondern.«

Richard übernahm diesen Dienst mit einem Nicken gegen seinen Vetter, in welchem deutlich zu lesen war: »Du siehst, der Kamerad kann nichts ohne mich ausrichten«, und begann, mit großer Emsigkeit auf seinem Knie Scharpie zu zupfen.

Ein Tisch wurde nun mit Arzneiflaschen, Salbtöpfchen und verschiedenen chirurgischen Instrumenten belegt. Sooft der Doktor eines davon aus seinem roten Maroquinfutteral hervorlangte, hielt er es gegen das lebhafte Licht des Kronleuchters, in dessen Nähe er stand, und untersuchte es mit der pedantischsten Sorgfalt. Dabei fuhr er oft mit einem rostseidenen Taschentuch über den blanken Stahl, als wolle er auch das mindeste Hindernis, das einer so delikaten Operation im Wege stehen könnte, von der polierten Oberfläche entfernen. Nachdem das ziemlich spärlich ausgestattete Futteral geleert war, öffnete der Doktor seine Sattelranzen und brachte verschiedene Phiolen zum Vorschein, die mit Flüssigkeiten von den verschiedensten Farben gefüllt waren, stellte sie in gebührender Ordnung an der Seite der mörderischen Sägen, Scheren und Messer auf, nahm dann eine ganz aufrechte Stellung ein, wobei er die Hand auf den Rücken legte, als wolle er die Bedeutsamkeit seiner Attitüde dadurch verstärken, und blickte umher, was für einen Eindruck diese Zurschaustellung seines Kunstapparates auf die Zuschauer übte.

»Auf mein Wort«, bemerkte Major Hartmann mit einem schelmischen Rollen seiner kleinen schwarzen Augen, während jeder übrige Zug seines Gesichts vollkommen ruhig blieb; »Ihr habt da einen schönen Vorrat von Werkzeugen, und Eure Medikamente glänzen, als wären sie besser für die Augen als für die Gedärme.«

Elnathan ließ ein Hem vernehmen, – man hätte es vielleicht ebensogut für das Räuspern eines Verzagten, der sich dadurch Mut zusprechen will, als für einen natürlichen Versuch, die Kehle zu klären, halten können; wenn indes das letztere der Fall war, so entsprach es vollkommen seiner Absicht; denn der Doktor wandte sich jetzt mit den Worten an den deutschen Veteran:

»Sehr wahr, Herr Major, sehr wahr; ein kluger Mann gibt sich immer Mühe, seine Heilmittel dem Auge angenehm zu machen, obgleich sie hin und wieder dem Magen nicht sonderlich zusagen mögen. Es gehört indes wesentlich mit zu unserer Kunst, Sir« – und nun sprach er mit der Zuversicht eines Mannes, der über seinen Gegenstand vollkommen im klaren ist –, »den Kranken mit dem, was zu seinem eigenen Besten dient, zu versöhnen, wenn sich auch der Gaumen etwa dagegen sträuben sollte.«

»Gewiß, Doktor Todd hat recht«, sagte Remarkable, »denn die Bibel erzählt uns von Dingen, die, wie süß sie auch dem Munde sein mögen, in dem Bauche grimmen.«

»Mag sein, mag sein«, fiel der Richter etwas ungeduldig ein, »aber hier ist ein Jüngling, der nicht nötig hat, sich in seinem eigenen Interesse täuschen zu lassen! Ich entnehme aus seinem Auge, daß ihm nichts mehr zuwider ist als Zögerung.«

Der Fremde hatte ohne weiteren Beistand seine Schulter entblößt, in der ein kleines Loch, veranlaßt durch das Eindringen eines Hirschpostens, deutlich sichtbar war. Die starke Kälte des Abends hatte die Blutung gehemmt, und Doktor Todd, der einen verstohlenen Blick auf die Wunde warf, begann nun zu glauben, daß er es keineswegs mit einem so schrecklichen Falle zu tun bekomme, als er gefürchtet hatte. So ermutigt, näherte er sich seinem Patienten und ließ seine Absicht merken, den Gang, welchen das Blei genommen hatte, zu verfolgen.

Remarkable nahm in späteren Tagen oft Anlaß, diese berühmte Operation mit allen Einzelheiten zu erzählen, und wenn sie im Laufe der Geschichte bei jenem Punkt anlangte, so pflegte sie folgendermaßen fortzufahren:

»Und dann nahm der Doktor ein langes Ding, wie eine Stricknadel, an dessen Ende sich ein Knopf befand, aus seinem Futterale; und dann schob er es in die Wunde, und dann machte der junge Mann ein schreckliches Gesicht; und dann meinte ich, in Ohnmacht sinken zu müssen, so griff mich die Sache an; und dann stieß es der Doktor gerade durch seine Schulter und schob die Kugel auf der anderen Seite heraus, und so kurierte der Doktor Todd den jungen Mann von einer Kugel, die ihm der Richter in den Leib geschossen hatte – in der Tat so leicht, wie wenn ich einen Splitter mit der Nähnadel herausnehme.«

Dies war der Eindruck, den der ganze Vorgang auf Remarkable und ohne Zweifel auf alle diejenigen gemacht hatte, welche sich gedrungen fühlten, Elnathans Geschicklichkeit mit einer religiösen Verwunderung zu betrachten; die Sache verhielt sich indes anders.

Als der Arzt versuchte, das von Remarkable beschriebene Instrument einzubringen, wurde dieses von dem Fremden mit Entschiedenheit, ja sogar mit einer kleinen Beimischung von Verachtung abgelehnt.

»Ich glaube, Herr, daß kein Sondieren nötig ist«, sagte er, »die Kugel hat keinen Knochen verletzt und ist gerade durchs

Fleisch gegangen; sie steckt auf der anderen Seite unmittelbar unter der Haut, und ich dächte, sie ließe sich da leicht herausschneiden.«

»Der Herr muß das am besten wissen«, entgegnete Doktor Todd, indem er die Sonde mit der Miene eines Mannes, der sie nur der Form wegen zu Hilfe genommen hatte, beiseite legte. Dann wandte er sich an Richard und befühlte die Scharpie mit großer Bedachtsamkeit.

»Prächtig gezupft, Squire Jones, – so ziemlich die beste, die ich je gesehen habe. Jetzt aber bedarf ich Ihres Beistandes, mein guter Sir: wollen Sie den Arm des Patienten halten, während ich den Einschnitt mache. Tut mir zwar leid, daß ich Sie darin unterbrechen muß; denn es ist niemand im Zimmer, der Scharpie so gut zu zupfen verstände als Squire Jones.«

»So etwas verpflanzt sich in der Familie«, bemerkte Richard, der rasch aufstand, um die gewünschte Handreichung zu tun. »Mein Vater und schon mein Großvater waren wegen ihrer chirurgischen Kenntnisse berühmt; sie hatten sich nicht mit solchen Zufälligkeiten zu brüsten, wie Marmaduke in jenem Falle, als er dem Manne, der vom Pferde gestürzt war, sein Hüftgelenk wieder zurechtbrachte. Das war indes, ehe Ihr in die Ansiedlung kamet, Doktor. Ja, ja, meine Vorfahren waren Männer, die alles regelmäßig anzugreifen gelernt hatten und ihr halbes Leben auf das Studium solcher kleinen Fertigkeiten verwendeten; zudem war mein Großvater ein an einer medizinischen Schule gebildeter Arzt und der beste in der Kolonie – das heißt in der ganzen Nachbarschaft.«

»So geht es in der Welt, Squire«, rief Benjamin, »wenn man mit Ehren und mit regelmäßig gebauten Schwabbern auf seinen Schultern einen ehrenvollen Spaziergang über das Achterdeck zu machen denkt, so darf man nicht glauben, daß es da nur geschwind durch die Kajütfenster gehe. Es gibt außer dem Soldatengatt zwei Wege auf das Mars zu kommen, und am ehesten kommt man rückwärts, wenn man gleich vorwärts anfängt. Jedermann muß von unten auf dienen, wie aus meiner eigenen bescheidenen Laufbahn erhellt. Anfangs war ich nur Handlanger bei den Bramsegeln, dann kam ich an den Klüver, bis mir endlich des Kapitäns Schlüssel übertragen wurden.«

»Benjamin hat ganz recht«, fuhr Richard fort. »Ich darf wohl sagen, daß er auf den verschiedenen Schiffen, auf denen er diente, manche Kugel hat ausziehen sehen. Ich denke, wir können ihn das Becken halten lassen; denn er muß wohl an den Anblick des Blutes gewöhnt sein.«

»Das bin ich auch, Squire, das bin ich auch«, fiel der vormalige Schlüsselbewahrer ein. »Ich habe die Doktors an mancher schönen Schußwunde sich abarbeiten sehen. So war ich einmal in einem Boot neben dem Schiff, wo sie dem Kapitän des Foody-Rong, einem von Munschür Ler Quaws Landsleuten, einen Zwölfpfünder aus dem Schenkel schnitten[10].«

»Einen Zwölfpfünder aus dem Schenkel eines menschlichen Wesens?« rief Herr Grant mit vieler Einfalt, indem er die Predigt, die er eben studierte, sinken ließ und seine Brille gegen die Stirne zurückschob.

»Ja, einen Zwölfpfünder!« wiederholte Benjamin mit kecker Miene umhersehend. »Doch, was will das heißen? Man kann ebensoleicht einen Vierundzwanzigpfünder aus einem menschlichen Leibe herausschneiden, wenn's der Doktor nur anzugreifen weiß. Da ist Squire Jones. Fragen Sie ihn, Sir; er liest Bücher genug – fragen Sie ihn, ob ihm nie eine Stelle vorgekommen, wo über solche Dinge Bericht erstattet wird.«

»Gewiß, man trifft da oft auf so merkwürdige Operationen, daß sie unmöglich ausgeführt worden sein können«, bemerkte Richard. »Die Enzyklopädie erwähnt noch weit unglaublichere Fälle, wie Euch sicher bekannt sein wird, Doktor Todd.«

»Allerdings! Es steht manches Unglaubliche in den Enzyklopädien«, entgegnete Elnathan, »obgleich ich nicht sagen kann, daß ich je etwas Größeres als eine Musketenkugel ausschneiden sah.«

Während dieses Gesprächs hatte der Wundarzt an der Schulter des jungen Jägers einen Einschnitt in die Haut gemacht und das Blei bloßgelegt. Er nahm nun eine glänzende Zange und war im Begriff, sie auf die Wunde zu applizieren, als eine plötzliche Bewegung des Patienten Anlaß gab, daß die Kugel von selbst herausfiel. Der lange Arm und die lange Hand des Operateurs kamen ihm nun sehr zustatten; denn die letztere breitete sich rasch aus und faßte das Blei, während eine geschickte Bewegung des anderen die Umstehenden in Zweifel ließ, inwieweit Elnathan bei der Entfernung der Kugel selbst tätig gewesen. Richard bereinigte indessen die Sache, indem er rief:

»Prächtig, Doktor! Ich habe nie eine Kugel so schön herausnehmen sehen. Und Ihr, Benjamin, werdet das gleiche sagen müssen.«

»Ja, was das anbelangt, so muß ich sagen«, entgegnete Benjamin, »daß er sich wie ein echter Schiffsdoktor benommen hat. Jetzt braucht er nichts mehr zu tun, als die Löcher mit ein paar Pfröpfchen zuzustöpseln, und der junge Mann kann hinsegeln, wohin ihn der Wind in diesen Bergen bläst.«

»Ich danke Euch, Sir, für die geleisteten Dienste«, sagte der Jüngling mit einigem Stolze, »aber hier ist ein Mann, der mich in seine Pflege nehmen und Ihnen, meine Herren, jede weitere Unruhe um meinetwillen ersparen wird.«

Die ganze Gruppe wandte sich jetzt überrascht um und erblickte an der Türe der Halle die Person des Indianers John.

Siebentes Kapitel

> Von Susquehannas fernster Quelle,
> (Wo lustig haust ein wilder Stamm,)
> Den Leib gehüllt in rauhe Felle –
> Des Waldes Hirte zu uns kam.
>
> *Freneau*

Ehe die Europäer, oder – um uns eines bezeichnenderen Ausdrucks zu bedienen – die Christen den ursprünglichen Eigentümern ihren Boden abgenommen hatten, war der ganze Landstrich der Staaten von Neu-England, wie auch derjenige, welcher nach der Mitte hin östlich von dem Gebirge liegt, von zwei großen indianischen Völkerschaften bewohnt, die in zahllose kleine Stämme zerfielen. Diese beiden Völker, die eine verschiedene Sprache redeten und ohne Unterlaß im Kriege miteinander lebten, hatten sich nie miteinander vermischen können, bis die um sich greifende Gewalt der Weißen einige der Stämme in einen Zustand von Abhängigkeit versetzte, welche nicht nur ihre politische, sondern auch – da hier nur von den Bedürfnissen und Gewohnheiten eines wilden Stammes die Rede ist – ihre leibliche Existenz ungemein gefährdete. Die beiden großen Abteilungen bestanden auf der einen Seite aus den fünf, oder wie sie nachher genannt wurden, aus den sechs großen Nationen mit ihren Verbündeten, auf der anderen aus den Lenni-Lenapen oder Delawaren mit den zahlreichen und mächtigen Horden, welche von ihnen abstammten; die Angehörigen der ersteren wurden von den Angloamerikanern allgemein Irokesen, oder die sechs Nationen, bisweilen auch Mingos genannt, während ihnen ihre Feinde den Namen Mengwes oder Maquas beizulegen pflegten. Sie wurden aus den Stämmen oder – wie sie ihre Verbündeten, um ihre Bedeutsamkeit zu erhöhen, lieber nannten – aus den verschiedenen Nationen der Mohawks, der Oneidas, der Onondagas, der Cayugas und der Senecas gebildet, die wir hier nach ihrer Macht und Verbreitung geordnet haben. Beinahe ein Jahrhundert nach der Gründung dieses Verbandes wurden auch noch die Tuskaroras aufgenommen, wodurch sich ihre Zahl auf sechs vermehrte.

Die Lenni-Lenapen oder die Delawaren – wie sie von den Weißen wegen des Umstandes genannt wurden, daß sie ihre großen Beratungsfeuer an dem Ufer des gleichnamigen Flusses hielten – bestanden nebst den eigentlichen Delawaren aus den Stämmen der Mahicannis, Mohicans oder Mohegans und der Nanticokes oder Nentigos. Die letzteren hatten ihre Wohnsitze links von der Chesapeakbai und der Meeresküste, während die Mohegans den Strich zwischen dem Hudson und dem Meere, also den größten Teil von Neu-England einnahmen. Natürlich wurden diese beiden von den Europäern zuerst aus ihrem Besitz vertrieben.

Die Kriege mit einem Teil der letzteren sind unter uns berühmt, zum Beispiel die Kriege des Königs Philipp; aber die friedliebende Politik William Penns oder Miquons, wie er von den Eingeborenen genannt wurde, erreichte ihren Zweck mit weit weniger Schwierigkeiten, obgleich nicht minder sicher. Da die Eingeborenen allmählich aus den Wohnsitzen der Mohegans verschwanden, suchten einige zerstreute Familien einen Zufluchtsort an dem Beratungsfeuer des Mutterstammes oder der Delawaren.

Dieses Volk mußte sich von seinen alten Feinden, den Mingos oder Irokesen, den Schimpfnamen *Weiber* gefallen lassen, nachdem letztere ihre Zuflucht zur List genommen hatten, um über ihre Nebenbuhler zu siegen, da sie durch öffentliche Feindseligkeiten nicht zu ihrem Zwecke gelangt waren. Dieser Erklärung gemäß sollten die Delawaren die Künste des Friedens üben und ihre Verteidigung ausschließlich den *Männern* oder den kriegerischen Stämmen der sechs Nationen überlassen.

Dies war der Stand der Dinge bis zum Ausbruch des Revolutionskrieges – ein Zeitpunkt, in welchem die Lenni-Lenapen förmlich ihre Unabhängigkeit beanspruchten und furchtlos erklärten, daß sie wieder Männer wären. Aber bei einer so eigentümlich republikanischen Regierungsform wie der indianischen war es nicht immer leicht, ihre Angehörigen in den Banden gesetzlicher Ordnung zu halten. Mehrere kühne und berühmte Krieger der Mohegans suchten, als sie den Kampf mit den Weißen vergeblich gefunden hatten, einen Zufluchtsort bei dem Hauptstamme und verpflanzten in denselben Gefühle und Grundsätze, durch welche sie sich so lange bei ihrem eigenen

Volke ausgezeichnet hatten. Diese Häuptlinge hielten den kriegerischen Geist der Delawaren einigermaßen wach und führten hin und wieder kleine Feldzüge gegen ihre alten Feinde oder gegen sonstige Gegner, die ihren Zorn gereizt hatten.

Unter diesen Kriegern zeichnete sich besonders ein Geschlecht durch Tapferkeit und alle jene Eigenschaften aus, die einem indianischen Helden Berühmtheit zu verschaffen imstande sind. Aber Krieg, Zeit, Krankheit und Entbehrung hatten die Glieder desselben gelichtet, und der einzige Überrest dieser einst so gefeierten Familie stand nun in Marmadukes Halle. Schon seit langer Zeit hatte er sich den Weißen, namentlich in ihren Kriegen, angeschlossen und durch seine bisweilen ungemein wichtigen Dienste sich Beachtung und Auszeichnung erworben. Der Umgang mit Christen hatte ihn gleichfalls zum Christentum bekehrt, und in der Taufe war ihm der Name John beigelegt worden. Von seiner ohnehin im Laufe des Krieges schwer heimgesuchten Familie und allem Anhang war er durch einen Einfall der Feinde getrennt worden, und als der letzte Überrest seiner Nation seine Feuer an den Ufern des Delaware auslöschte, blieb er allein zurück, mit dem Entschlusse, sich in dem Lande begraben zu lassen, wo seine Väter so lange gelebt und geherrscht hatten.

Er war indes erst seit wenig Monaten in dem Gebirge, das Templeton umgab, erschienen. In der Hütte des alten Jägers schien er besonders willkommen zu sein, und da ›Lederstrumpfs‹ Gewohnheiten ziemlich die gleiche Färbung mit denen der Wilden trugen, so erregte ihre Verbindung keine Überraschung. Sie bewohnten dieselbe Hütte, aßen miteinander aus einer Schüssel und beschäftigten sich meistens in derselben Weise.

Wir haben den Taufnamen dieses alten Häuptlings bereits erwähnt; in seinem Verkehr mit Natty aber, der in der Sprache der Delawaren geführt wurde, pflegte er sich gewöhnlich Chingachgook zu nennen, was in unsere Sprache übertragen ›die Große Schlange‹ bedeutet. Er hatte sich in seiner Jugend diesen Namen durch die Behendigkeit und Tapferkeit erworben, welche er in den Kriegen an den Tag legte; doch als sich seine Stirn mit der Zeit zu furchen begann und er allein als der letzte von seiner Familie dastand, gab ihm sein Stamm, das heißt die wenigen Delawaren, welche noch an den Ufern ihres heimatlichen

Stromes weilten, die an schmerzlichen Erinnerungen so reiche Benennung ›Mohegan‹. Vielleicht fühlte sich aber das Herz dieses Waldbewohners zu tief bewegt bei dem Klange eines Namens, der ihm nur den Untergang seiner Nation ins Gedächtnis rief; denn er bediente sich desselben selten, eigentlich nie, ausgenommen bei besonders feierlichen Anlässen; die Ansiedler hatten jedoch, der christlichen Sitte gemäß, seinen Taufnamen mit seinem Nationalnamen vereinigt, und so war er allgemein als John Mohegan oder im vertraulicheren Verkehr als Indianer John bekannt.

Infolge seiner langen Verbindung mit den Weißen hatte Mohegans Lebensweise eine Mischung von Zivilisation und dem Urzustande des Wilden angenommen, obgleich der letztere sicher entschieden vorherrschend blieb. Wie alle seines Volkes, welche unter den Anglo-Amerikanern wohnten, war er mit neuen Bedürfnissen bekannt geworden, und sein Anzug bestand aus einem Gemenge seiner Nationaltracht und der europäischen Sitten. Ungeachtet der draußen herrschenden Kälte war sein Haupt unbedeckt, aber eine Masse langer, schwarzer, grober Haare bedeckte seinen Kopf, die Stirne und sogar die Wangen, so daß jemand, der den Mann früher gekannt hatte, wohl auf die Vermutung kommen konnte, er begünstige diese Fülle, damit sie ihm als Schleier diene, um die Scham einer edlen Seele, welche um den entschwundenen Ruhm trauert, zu verbergen. Die Stirn erschien, soweit sie gesehen werden konnte, stolz, breit und edel; die Nüstern der langen römisch geschnittenen Nase dehnten sich noch in seinem siebenundsiebzigsten Jahre mit derselben Freiheit aus, die man an dem Jüngling gewahrt hatte; sein großer, zusammengepreßter Mund besaß viel Ausdruck, und wenn er ihn öffnete, so zeigte sich eine undurchbrochene Reihe kleiner und regelmäßiger Zähne; sein Kinn war voll, aber nicht hervorragend, und sein Gesicht trug den unverkennbaren Stempel seines Volkes in den hohen eckigen Backenknochen; seine Augen waren nicht groß, aber die schwarzen Äpfel leuchteten in den Strahlen der Kerzen wie ein paar Feuerkugeln, wenn er sich spähend in der Halle umsah.

Sobald Mohegan sich von der den jungen Fremden umringenden Gruppe bemerkt sah, ließ er die Decke, welche den oberen Teil seines Körpers verhüllte, von den Schultern fallen, so daß sie jetzt einen Mantel um die ungegerbte Hirschhaut seiner Beinkleider bildete, während sie von einem Rindengürtel, der die Hüfte umfing, festgehalten wurde. Die Anwesenden wurden nicht wenig durch den würdevollen und bedächtigen Schritt des Indianers überrascht, als er langsam vorwärts trat. Schulter und Oberleib waren ganz unbedeckt, eine silberne Medaille mit Washingtons Bildnis ausgenommen, die ihm an einem hirschledernen Riemen von dem Halse herunterhing und zwischen vielen Wunden und Narben auf der hohen Brust ruhte. Seine Schulter waren ziemlich breit und voll, aber die Arme entbehrten, obgleich sie gerade und nicht plump waren, doch des muskulösen Aussehens, das der Mensch allein durch ausdauernde Arbeit gewinnt. Die Medaille war der einzige Schmuck, den er trug, obgleich große Schlitze in den fast um zwei Zoll verlängerten Ohrläppchen augenscheinlich darauf hindeuteten, daß in früheren Tagen auch hier eine Verzierung angebracht gewesen war. In der Hand hielt er ein kleines aus Eschenzweigen geflochtenes Körbchen, auf dem verschiedene phantastische Figuren, in welchen sich das Rot und Schwarz der Malerei mit dem Weiß des Holzes mischte, angebracht waren.

Als dieser Sohn des Waldes näher kam, trat die ganze Gruppe auseinander und gestattete ihm, den Gegenstand seines Besuches zu begrüßen. Er sprach jedoch nicht, sondern betrachtete nur eine Weile die Schultern des jungen Jägers, worauf er seinen Blick nach dem Richter gleiten ließ. Der letztere war nicht wenig betroffen über diese ungewöhnliche Abweichung von dem sonst so ruhigen und unterwürfigen Benehmen des Indianers; er streckte indes seine Hand aus und sagte:

»Du bist willkommen, John. Dieser junge Mann hat ein großes Vertrauen zu deiner Geschicklichkeit; denn er scheint deine Behandlung sogar der unseres Freundes, des Doktor Todd, vorzuziehen.«

Mohegan entgegnete nun in leidlichem Englisch, aber in einem leisen einförmigen Kehltone:

»Die Kinder von Miquon lieben nicht den Anblick des Blutes, und doch wurde ›der junge Adler‹ durch eine Hand beschädigt, die nichts Übles tun sollte!«

»Mohegan! alter John!« rief der Richter, »glaubst du, daß meine Hand je mit Absicht Menschenblut vergoß? Schäme dich, schäme dich, alter John! Deine Religion hätte dich etwas Besseres lehren sollen.«

»Der böse Geist wohnt bisweilen in dem besten Herzen«, versetzte John, »aber mein Bruder spricht die Wahrheit. Seine Hand hat nie wissentlich ein Leben geraubt, – nein, nicht einmal damals, als die Kinder des großen englichen Vaters die Ströme mit dem Blute seines Volkes röteten.«

»Du erinnerst dich gewiß«, sagte Herr Grant mit hohem Ernste, »des göttlichen Gebotes unseres Erlösers: ›Richtet nicht, damit ihr nicht gerichtet werdet.‹ Welcher Grund hätte den Richter Temple veranlassen können, diesen jungen Mann zu beschädigen, einen Menschen, den er gar nicht kennt, und von dem er sich weder einer Gunst noch eines Nachteils zu versehen hat?«

John horchte achtungsvoll auf den Geistlichen und streckte, als derselbe ausgesprochen hatte, seinen Arm aus, indem er mit Nachdruck die Worte sprach:

»Er ist unschuldig – mein Bruder hat nicht so tun wollen.«

Marmaduke ergriff die dargebotene Hand des andern mit einem Lächeln, welches zeigte, daß er ihm den Argwohn, sosehr er ihn auch gekränkt haben mochte, nicht nachzutragen gedenke, während der verwundete Jüngling mit einer Teilnahme, die sich unverkennbar in seinen Zügen aussprach, bald auf seinen roten Freund, bald auf seinen Wirt blickte. Der Friede war indes kaum wiederhergestellt, als sich John anschickte, das Geschäft, um dessentwillen er gekommen, auszuführen. Doktor Todd war weit entfernt, einen Verdruß über diesen Eingriff in seine Rechte an den Tag zu legen, sondern machte dem neuen Arzte mit einer Miene Platz, welche seine Bereitwilligkeit ausdrückte, der Laune seines Patienten nachzugeben, da doch einmal der wichtigste Teil seines Amtes beendigt und nichts mehr zu tun übrig war, als was ein jedes Kind hätte ausführen können. Er flüsterte dies auch Monsieur Le Quoi mit den Worten ins Ohr:

»Ein Glück, daß die Kugel herausgezogen war, ehe dieser Indianer kam; jetzt kann jedes alte Weib die Wunde verbinden. Der junge Mann wohnt, dem Vernehmen nach bei John und Natty Bumppo, und es ist immer das beste, sich in die Grillen eines Patienten zu fügen, sofern es ohne Nachteil geschehen kann – ich sage ohne Nachteil, Monsieur.«

»Certainement«, entgegnete der Franzose, »Sie schein sehr glücklich, Monsieur Todd, in Ihr pratique. Ich denk, die alte dame könnt serr wohl beendigen, was Sie so geschickt angefang.«

Richard hatte übrigens im Grunde doch eine große Verehrung für Mohegans Kenntnisse, zumal in Behandlung äußerlicher Verletzungen; er unterdrückte daher seinen Wunsch, sich eine wichtige Beteiligung bei der Operation beizulegen, und näherte sich dem Indianer mit den Worten:

»Schön, schön, mein lieber Mohegan, es freut mich recht, daß du hierherkommst. Ich liebe einen regelmäßigen Arzt wie den Doktor Todd, wo es gilt, ins Fleisch zu schneiden, und einen Eingeborenen, wo es an das Heilen der Wunde geht. Erinnerst du dich noch der Zeit, John, wo ich und du den Knochen von Natty Bumppos kleinem Finger einrichteten, den er beim Sturze von dem Felsen gebrochen hatte, als er es versuchte, das auf die Klippen gefallene Rebhuhn zu holen? Es ist mir noch immer nicht klar, ob ich oder Natty den Vogel schoß. Er feuerte zuerst, und der Vogel duckte, kam aber wieder auf, als ich den Drücker rührte. Jedenfalls würde ich die Ehre beansprucht haben, wenn nicht Natty gesagt hätte, das Loch sei zu groß für Schrott, und er habe aus seiner Büchse nur eine einzige Kugel abgefeuert; dies ist aber noch kein Beweis, denn das Gewehr, welches ich damals hatte, zerstreute seine Ladung nicht, und ich habe es schon beim Scheibenschießen ein Loch, gerade wie das einer Büchsenkugel, durch ein Brett bohren sehen. Soll ich dir helfen, John? Du weißt, ich habe einiges Geschick in solchen Dingen.«

Mohegan hörte diese Auseinandersetzung ruhig an. Als Richard geschlossen hatte, hielt er ihm das Körbchen hin, in welchem sich seine Arzneikräuter befanden, indem er ihm durch eine Handbewegung zu verstehen gab, daß er es halten möchte. Herr Jones fügte sich bereitwillig in diesen Dienst, und sooft er nachher von diesem Falle sprach, pflegte er zu sagen: »Doktor Todd und ich schnitten die Kugel heraus, und ich und Indianer John verbanden die Wunde.«

Der Patient konnte allerdings unter Mohegans Händen viel eher so heißen, als während er unter denen des Doktors zu leiden gehabt hatte. In der Tat gab ihm der Indianer wenig Anlaß zu einer Geduldsprüfung, denn da er gehörig vorbereitet kam, so war der Verband bald angelegt; die Mittel, die er dabei anwendete, bestanden nur aus etwas zerquetschter Baumrinde, die mit dem Safte einiger ausgepreßter Waldpflanzen angefeuchtet war.

Unter den eingeborenen Bewohnern der amerikanischen Urwälder gab es immer zwei Klassen von Ärzten, von denen die einen vermittelst übernatürlicher Kräfte zu heilen vorgaben und daher in weit größerem Ansehen standen, als durch die Erfolge ihrer Kunst gerechtfertigt wurde, während die andern in der Tat mit einer großen Geschicklichkeit in Linderung der gewöhnlichen üblen Zufälle, die dem Menschen begegnen, begabt waren, wobei sie sich namentlich, wie Natty sagte, in Heilung von Hieb- und Quetschwunden auszeichneten.

Während John und Richard den Verband anlegten, durchspähte Elnathan wißbegierig den Inhalt von Mohegans Korb, welchen Herr Jones in seinem Diensteifer dem Doktor übergeben hatte, um selbst das eine Ende der Bandage halten zu können. Er entdeckte darin einige Bruchstücke von Holz und Rinde, welche er ganz kaltblütig einsteckte, wahrscheinlich in der Absicht, diese Aneignung ganz mit Stillschweigen zu übergehen, wenn er nicht dabei dem vollen blauen Auge Marmadukes begegnet wäre, der seine Bewegungen beobachtete. Er flüsterte daher dem Richter zu:

»Es kann nicht in Abrede gezogen werden, Richter Temple, daß die Wilden in den untergeordneten Teilen der Arzneikunst manche Kenntnisse besitzen. Derartige Dinge sind durch Tradition auf sie gekommen, und zumal was den Krebs und die Wasserscheu anbelangt, so haben sie es da außerordentlich weit gebracht. Ich will diese Rinde mit nach Hause nehmen und sie untersuchen; denn obgleich sie für die Schulter des jungen Mannes keinen Pfennig wert sein kann, so dient sie doch vielleicht gegen Zahnweh, Rheumatismen oder sonstige Beschwerden. Der Mensch sollte sich nie des Lernens überheben, und wäre es auch nur von einem Indianer.«

Es war ein Glück für Doktor Todd, daß seine Grundsätze so liberal waren; denn ihnen und seiner Praxis hatte er ausschließlich alle seine Kenntnisse zu verdanken, und auf diese Weise war er nachgerade instand gesetzt worden, sein Gewerbe als ein respektierter Heilkünstler zu treiben. Der Prozeß, welchem er später das entwendete Arzneimittel unterwarf, harmonierte jedoch nicht besonders mit den gewöhnlichen Regeln der Chemie; denn statt der Analyse komponierte er vielmehr die verschiedenen Teile von Mohegans Spezifikum, wodurch es ihm möglich wurde, den Baum zu erkennen, von welchem es der Indianer genommen hatte.

Etwa zehn Jahre nach diesem Ereignis, als die Zivilisation wirklich mit reißender Schnelle um sich gegriffen hatte, ereignete sich in den Ansiedlungen unter diesen wilden Bergen ein Ehrenhandel, bei welcher Gelegenheit Elnathan auf die Wunde, welche die Folge desselben war, eine Salbe anwandte, welche ganz wie die damals gebrauchte Rinde oder Wurzel roch. Abermals zehn Jahre später, als England und die Vereinigten Staaten sich aufs neue bekriegten und die Truppen des Westens von Neuyork ins Feld zogen, begleitete Elnathan, vermutlich infolge des Rufs, den er den beiden Operationen verdankte, den Nachtrab einen Milizbrigade als Regimentswundarzt.

Sobald Mohegan die Rinde aufgelegt hatte, überließ er bereitwillig Richard die Nadel und den Faden, um die Bandagen zusammenzunähen, da dies Dinge waren, mit denen der Eingeborenen nicht sonderlich umzugehen wußte; er trat daher mit ernster Würde zurück und wartete die Beendigung des Geschäfts durch einen andern ab.

»Gebt mir die Schere«, sagte Herr Jones, nachdem er die Bandage in jeder möglichen Richtung um das verletzte Glied geschlungen und endlich mit seinem Geschäfte zustande gekommen war, »gebt mir die Schere; denn hier ist ein Faden, der abgeschnitten werden muß; er könnte sonst unter den Verband geraten und die Wunde entzünden. Siehst du, John, ich habe Scharpie zwischen zwei Leinwandlagen angebracht; denn wennschon die Rinde sicherlich das Beste für das Fleisch ist, so tut doch die Scharpie gute Dienste, um die Kälte von der Wunde abzuhalten. Wenn von einer Scharpie etwas zu hoffen ist, so ist es von dieser; ich habe sie selbst gezupft und nehme es in diesem Geschäft mit jedem im ganzen Patent auf. Wenn einer weiß, wie man damit umzugehen hat, so muß ich's wissen; denn mein Großvater war ein Doktor und auch mein Vater hatte eine natürliche Anlage für die Heilkunst.«

»Hier, Squire, ist die Schere«, sagte Remarkable, indem sie ein geschwärztes derartiges Instrument aus den Falten ihres grünen Wollmoirékleides hervorbrachte. »In der Tat, Sie haben die Fetzen so hübsch wie ein Frauenzimmer zusammengenäht.«

»So hübsch wie ein Frauenzimmer?« wiederholte Richard unwillig. »Was wissen Weiber von solchen Dingen? Ihr selbst gebt mir da den Beweis für die Wahrheit meiner Worte. Wer hat je eine solche Schere bei einer Wunde anwenden sehen? Doktor Todd, wollt Ihr so gut sein und mir die Schere aus Eurem Etui geben? Nun, junger Mann, wird es, glaube ich, gut sein. Die Kugel wurde ganz hübsch herausgenommen, obgleich ich das eigentlich nicht sagen sollte, weil ich selbst dabei die Hand im Spiel hatte, und die Wunde ist erstaunlich gut verbunden. Ihr werdet bald wieder gesund sein. Zwar hat ohne Zweifel der Schlag, den Ihr meinem Grauschimmel versetztet, eine Neigung zur Entzündung zurückgelassen; aber es wird demungeachtet gehen, ja, es wird gehen. Ihr wart ohne Zweifel etwas verwirrt und versteht Euch nicht auf die Behandlung der Pferde, doch vergebe ich euch Euer Einschreiten um der Absicht willen, die ohne Frage eine gute war. So – jetzt wäre es recht.«

»So will ich denn, meine Herrn«, erwiderte der Verwundete, indem er aufstand und seine Kleider wiederanlegte, »nicht länger Ihre Zeit und Geduld in Anspruch nehmen. Es bleibt mir jetzt nichts mehr übrig, als Ihre respektiven Rechte auf den Hirsch ins gleiche zu bringen, Richter Temple.«

»Ich gebe zu, daß er dir gehört«, sagte Marmaduke, »auch stehe ich noch tiefer in deiner Schuld als für dieses Stück Wildbret. Kehre indes morgen hier ein; wir wollen sodann diese und die noch wichtigere Angelegenheit ins reine bringen. Elisabeth«, – die junge Dame war nämlich, sobald sie gehört hatte, daß die Wunde verbunden sei, wieder in die Halle getreten – »du wirst, ehe wir in die Kirche gehen, für diesen jungen Mann einen Imbiß besorgen, und Aggy soll einen Sleigh bereithalten, um ihn zu seinem Freunde zu führen.«

»Aber, Sir, ich kann nicht ohne einen Teil des Hirsches gehen«, versetzte der Jüngling, augenscheinlich mit seinen Gefühlen kämpfend.

»Ich habe Ihnen bereits gesagt, daß ich das Wildbret für mich selber brauche.«

»Oh, auf das sind wir gerade nicht sehr versessen«, erwiderte Richard. »Der Richter wird Euch morgen das ganze Tier bezahlen, und Remarkable kann Euch alles davon wieder mitgeben bis auf den Ziemer. So könnt Ihr Euch, meine ich, im ganzen für einen sehr glücklichen jungen Mann halten; Ihr habt einen Schuß erhalten, ohne dadurch zum Krüppel zu werden; Eure Wunde wurde hier in den Wäldern so gut, wo nicht besser verbunden, als es in dem Spital von Philadelphia der Fall gewesen wäre; Ihr habt Euren Hirsch zu gutem Preis verkauft und dürft doch den größten Teil desselben nebst der Haut behalten. Marky, sagt Tom, er soll ihm die Haut auch geben. Wenn Ihr sie mir morgen wiederbringt, so zahle ich Euch einen halben Dollar oder meinetwegen auch drei Schillinge und sechs Pence dafür; ich brauche eben eine solche Haut zu dem Reitkissen, das ich für Base Elisabeth zu machen gedenke.«

»Ich danke Ihnen, Sir, für Ihre Freigebigkeit, wie ich auch dem Himmel dafür dankbar bin, daß ich nicht zu größerem Schaden kam. Sie behalten sich aber gerade jenen Teil des Tieres vor, den ich für meinen eigenen Gebrauch wünsche. Ich muß den Ziemer selbst haben.«

»*Muß?*« wiederholte Richard. »*Muß* ist eine harte Nuß, noch härter als die Geweihe des Bocks.«

»Ja, *muß*«, entgegnete der Jüngling, indem er sein Haupt stolz erhob, als wolle er den sehen, der es wage, seine Rechte zu schmälern; er traf indes dabei auf den erstaunten Blick Elisabeths und fuhr nun mit mehr Milde fort: »das heißt, wenn ein Mann das Recht hat, Besitz von dem zu nehmen, was er erlegte, und er durch das Gesetz in diesem seinem Eigentumsrechte geschützt wird.«

»Das Gesetz schützt dich«, sagte Richard Temple mit einer Miene, in der sich Kränkung mit Überraschung mengte. »Benjamin, sorge dafür, daß der ganze Hirsch auf den Sleigh gebracht und dieser junge Mann nach Lederstrumpfs Hütte geführt wird. Aber du hast doch wohl einen Namen, junger Mann, und ich werde dich wiedersehen, um den Schaden, den ich dir zugefügt, ausgleichen zu können?«

»Ich heiße Edwards«, entgegnete der Jäger, »Oliver Edwards. Ich bin leicht zu sehen; denn ich wohne in der Nachbarschaft und scheue mich nicht, mein Gesicht zu zeigen, da ich nie jemand ein Leid getan habe.«

»Das Leid widerfuhr Euch von uns«, sagte Elisabeth, »und das Bewußtsein, daß Ihr unsern Beistand ablehnt, muß meinem Vater sehr schmerzlich fallen. Es würde ihn freuen, Euch morgen zu sehen.«

Der junge Mann sah die Sprecherin an, bis sein ernster Blick ihr das Blut nach den Schläfen trieb; dann verbeugte er sich, als ob er sich jetzt erst gesammelt hätte, senkte das Auge gegen den Boden und erwiderte:

»So will ich denn morgen den Richter Temple besuchen und inzwischen das Anerbieten des Sleighs als ein Zeichen der Freundschaft annehmen!«

»Freundschaft!« wiederholte Marmaduke. »Der Beschädigung, die ich Euch zufügte, lag keine böse Absicht zugrunde, junger Mann, und Ihr hättet einen solchen Gedanken nicht von fern aufkommen lassen sollen.«

»Vergib uns unsere Schuld, wie wir vergeben unsern Schuldigern«, bemerkte Herr Grant; »das sind Worte, die uns der göttliche Meister selbst empfahl, und sie sollten für seine demütigen Jünger stets eine goldene Regel bleiben.«

Der Fremde blieb noch einen Augenblick in Gedanken verloren stehen; dann blickten seine dunkeln Augen etwas wild in der Halle umher, er verbeugte sich tief gegen den Geistlichen und entfernte sich aus dem Saale mit einer Miene, die an kein Zurückhalten denken ließ.

»Sonderbar, daß ein so junger Mensch so unversöhnliche Gefühle in seinem Innern verbirgt«, begann Marmaduke, als sich die Türe hinter dem Fremden schloß; »doch der Schmerz ist noch zu neu, und das Gefühl für die ihm zugefügte Beschädigung zu frisch, um ihn nicht aufgeregter fühlen zu lassen, als es bei kälterer Überlegung der Fall wäre. Ich zweifle nicht, daß man morgen, wenn er wiederherkommt, eher mit ihm sprechen kann.«

Elisabeth, an welche diese Worte gerichtet waren, gab keine Antwort, sondern ging langsam und mit zur Erde gesenkten Blicken die Halle hinauf, während Richard, sobald der Fremde verschwunden war, laut mit seiner Peitsche knallte und ausrief:

»Duke, ich bewundere deine Selbstbeherrschung, aber ich für meinen Teil hätte wegen des Ziemers das Gesetz in Anspruch genommen, ehe ich ihn dem Kerl hingegeben hätte. Gehören dir die Berge nicht ebensogut als die Täler? Sind nicht die Wälder dein Eigentum? Welches Recht hat dieser Bursche, oder welches Recht hat Lederstrumpf, ohne deine Erlaubnis in deinen Forsten zu schießen? Hörte ich doch von einem Gutsbesitzer in Pennsylvanien, der den unberufenen Jäger mit ebensowenig Umständen aus seinem Bann fortjagte, als ich etwa den Benjamin ein Stück Holz in den Kamin legen heiße. Apropos, Benjamin, seht, wie das Thermometer steht! – Wenn nun ein Mann das Recht hat, dies auf einem Grundbesitz von hundert Morgen zu tun, um wieviel mehr muß dies nicht der Fall sein bei dem Besitzer eines Grundes von sechzigtausend? – was sage ich – nein von hunderttausend, denn so viele sind es mit Einschluß des letzten Ankaufs. Unser Mohegan da mag vielleicht ein Recht haben, weil er ein Eingeborener ist; der alte Knabe tut aber mit seiner Büchse wenig Schaden. Wie wird es in Frankreich gehalten, Monsieur Le Quoi? Laßt Ihr dort auch jedermann über Eure Felder laufen und das Wild wegschießen, so daß wenig oder nichts für die Jagd des Grundbesitzers bleibt?«

»Eh diable, non, Monsieur Dihk«, versetzte der Franzose, »wir geben en France keine Freiheit, ausgenommen die Dames.«

»Ja, ja, den Damen, ich weiß es«, versetzte Richard, »das ist Euer salisches Gesetz. Ich lese Bücher aller Art – über Frankreich, England, Griechenland und Rom. An Dukes Stelle würde ich aber gleich morgen Plakate aushängen, welche allen Personen die Jagd auf meinen Gütern oder jede Versündigung an meinen Forsten verböten. In einer Stunde wollte ich ein solches Verbot geschrieben haben; das müßte der Sache auf einmal ein Ziel setzen.«

»Richard«, sagte Major Hartmann kaltblütig, indem er die Asche seiner Pfeife in den zu seiner Seite stehenden Spucknapf ausklopfte, »ich habe nun schon fünfundsiebzig Jahre unter den Mohawks und in den Wäldern gelebt, aber man verkehrt weit leichter mit den Teufeln als mit den Jägern. Sie sind stets mit ihrer Waffe versehen, und eine Büchse gilt ihnen mehr als ein Verbot.«

»Ist Marmaduke nicht ein Richter?« rief Richard unwillig. »Was nützt es, ein Richter zu sein oder einen Richter zu haben, wenn man sich nicht an Gesetze und Verbote kehrt? Hole der Henker den Kerl! Ich hätte gute Lust, ihn morgen vor Squire Doolittle gerichtlich zu belangen, weil er sich an meinen Grauschimmeln vergriffen! Was schere ich mich um seine Büchse? Ich kann auch schießen und habe oft einen Dollar auf fünfzig Ruten getroffen!«

»Aber noch weit öfter ihn verfehlt, Dick«, fiel der Richter heiter ein. »Doch wenden wir uns jetzt unserem Nachtessen zu, das, wie ich aus Remarkables Physiognomie entnehme, bereit ist. Monsieur Le Quoi, Miß Temple hat ein Recht auf Ihren Dienst. Willst du den Zug anführen, liebes Kind.«

»Ah! ma chère Demoiselle, comme je suis enchanté!« sagte der Franzose. »Il ne manque que les dames de faire un paradis de Templeton.«

Herr Grant und Mohegan blieben in der Halle, während der Rest der Gesellschaft sich nach dem Speisezimmer begab, Benjamin ausgenommen, der artigerweise den Nachtrab hinter dem Geistlichen bildete und dem Indianer die Haustüre öffnen wollte.

»John«, begann der Geistliche, als die Figur des Richters Temple – des Letzten der sich Entfernenden – verschwunden war, »morgen ist das Fest der Geburt unseres göttlichen Erlösers; die Kirche hat daher eine Dankfeier ausgeschrieben, und alle ihre Angehörigen sind zur Teilnahme an dem heiligen Geheimnis eingeladen. Da du dich nun zum Kreuze bekehrt hast und den guten Pfad wandeln willst, ohne dich mehr nach dem schlimmern zu kehren, so hoffe ich dich mit zerknirschtem Herzen und demütigem Geiste am Altar zu sehen.«

»John wird kommen«, sagte der Indianer, ohne eine Überraschung zu verraten, obgleich er die Ausdrücke des Mannes der Kirche nicht ganz verstand.

»Ja«, fuhr Herr Grant fort, indem er seine Hand auf die lohfarbige Schulter des betagten Häuptlings legte. »Aber es ist nicht genug, in der Kirche zu sein, du mußt auch im Geiste und in der Wahrheit gegenwärtig sein. Der Erlöser ist für alle gestorben, für den Indianer wie für den weißen Mann; der Himmel kennt keinen Unterschied der Farben, und auch die Erde soll nicht Zeuge einer Trennung sein. Es ist gut und heilsam, John, in der Feier heiliger Festtage neue Erkenntnis und eine Stütze gegen den Wankelmut zu holen; aber alle Formen sind nur unnützes Räucherwerk vor dem Heiligen, wenn sie nicht von einem frommen und demütigen Sinne begleitet werden.«

Der Indianer trat ein wenig zurück, richtete seinen Körper der ganzen Länge nach auf, erhob seinen rechten Arm und zeigte mit seinem Vorderfinger gen Himmel, worauf er die andere Hand auf die nackte Brust legte und mit Nachdruck sprach:

»Das Auge des großen Geistes schaut durch die Wolken, – Mohegans Herz ist offen.«

»Das ist wohl gut, John, und ich hoffe daher, daß du in der Übung dieser Pflicht Heil und Trost finden wirst. Der Große Geist übersieht keines seiner Kinder, und der Mann in den Wäldern ist ebensogut Gegenstand seiner Vatersorge wie die Bewohner der Paläste. Ich wünsche dir gute Nacht und Gottes Segen auf dein Haupt.«

Der Indianer senkte den Kopf, und beide schieden – der eine, um seine Hütte aufzusuchen, der andere, um sich der Abendtafelgesellschaft anzuschließen. Während Benjamin dem sich entfernenden Häuptling die Türe öffnete, rief er ihm in einem Tone, der ihn ermutigen sollte, nach:

»Der Pfarrer hat die Wahrheit gesprochen, John. Wenn man im Himmel auf die Farbe der Haut Rücksicht nähme, so könnte man aus den Musterungsbüchern recht leicht ein gutes Christenkind, wie mich, ausstreichen, weil die meinige durch das Kreuzen unter heißen Breitegraden etwas rot geworden ist. Allerdings wäre aber dieser verwünschte Nordwester imstande, auch die Haut eines Mohren zu bleichen. Reffe deine Decke ein, Mann, oder dein rotes Fell wird kaum durch die Nacht segeln können, ohne in der Kälte Schaden zu nehmen.«

Achtes Kapitel

Hier einen sich Verbannte aller Zonen
Und sprechen friedlich in den fremdsten Lauten.
Campbell

Wir haben unsere Leser in den Hauptpersonen dieser Geschichte bereits mit verschiedenen Charakteren und Nationalzügen bekannt gemacht; um jedoch die Glaubwürdigkeit unserer Erzählung fest zu begründen, wollen wir in Kürze die Ursache auseinanderzusetzen versuchen, die uns veranlaßt, hier ein so buntes Gemisch von handelnden Personen zusammenzustellen.

In der Zeit, zu der unsere Geschichte spielt, begann in Europa jene Bewegung, welche nachher seine politische Institutionen bis ins Mark erschütterte. Ludwig XVI. war enthauptet, und eine Nation, die sonst für das gesittetste unter den zivilisierten Völkern der Welt galt, hatte ihren Charakter so weit geändert, daß an die Stelle der Schonung, der Hochherzigkeit und des Mutes Grausamkeit, Hinterlist und Wildheit getreten waren. Tausende von Franzosen sahen sich genötigt, Schutz in fernen Ländern zu suchen. Unter den vielen, welche sich aus Frankreich und den dazugehörigen Inseln nach den Vereinigten Staaten von Amerika flüchteten, befand sich auch Monsieur Le Quoi. Er war dem Richter Temple durch das Haupt eines angesehenen Handelshauses in Neuyork, mit dem Marmaduke in einiger Verbindung stand und nicht selten gute Geschäfte abschloß, empfohlen worden. Bei dem ersten Zusammentreffen mit dem Franzosen hatte unser Richter in ihm einen Mann von Bildung entdeckt, der in seiner Heimat glücklichere Tage gesehen hatte. Einige Andeutungen, die Monsieur Le Quoi entschlüpften, ließen in ihm einen westindischen Pflanzer vermuten, deren eine große Anzahl San-Domingo und die übrigen Inseln verlassen hatte und jetzt in den Staaten der Union in einem Zustande verhältnismäßiger Verarmung, bisweilen auch in völliger Dürftigkeit lebte. Letzteres war indes bei Monsieur Le Quoi nicht der Fall. Er besaß zwar, wie er selber zugestand, nur wenig, doch reichte dies zu, um ihm einen leidlichen Unterhalt zu verschaffen.

Marmaduke besaß viele praktische Kenntnisse, namentlich in allem, was sich auf das Leben in den neuen Ansiedlungen bezog. Auf seinen Rat hatte Monsieur Le Quoi einige Einkäufe gemacht, bestehend aus Leinwand, Spezereien, Schießpulver und Tabak, einer Quantität Eisenwaren, darunter in verhältnismäßiger Menge Messer, Suppenkessel und dergleichen, einem tüchtigen Vorrat von Töpfergeschirr gröbster Qualität und in den unzierlichsten Formen, dazu sonstigen Erfordernissen des gewöhnlichen Lebens, worunter als Luxuswaren Spiegel und Maultrommeln nicht vergessen waren. So eingerichtet, trat Monsieur Le Quoi hinter seinen Ladentisch und fügte sich vermöge seiner wunderbaren Temperamentschmiegsamkeit in diese neue Stellung, als ob er nie etwas anderes getrieben hätte. Seine Höflichkeit und Gesprächigkeit machten ihn ungemein populär, wie denn auch außerdem die Frauen bald entdeckten, daß er Geschmack hatte. Seine Kattune waren die schönsten, mit anderen Worten die modernsten, die in der Gegend aufzufinden waren, und unmöglich konnte man mit einem so höflichen Manne lange wegen der Preise markten. Durch solche Mittel gewannen Monsieur Le Quois Angelegenheiten bald eine günstige Wendung, so daß er von den Ansiedlern als der zweitreichste Mann in dem Patent betrachtet wurde.

Der Ausdruck »Patent«, der in diesen Blättern schon mehrere Male vorgekommen ist und wohl auch noch öfter gebraucht werden wird, bezeichnete den Distrikt, der ursprünglich dem alten Major Effingham durch ein königliches Patent übertragen worden und nun, nach Anwendung der Konfiskations-Akte, durch Kauf an Marmaduke Temple gekommen war. Man bediente sich in den neuen Teilen des Staates häufig dieser Bezeichnung und fügte ihr gewöhnlich auch noch den Namen des Grundbesitzers bei, wie z.B. in dem gegenwärtigen Falle, Temples- oder Effinghams-Patent.

Major Hartmann war der Abkömmling eines Mannes, der in Gemeinschaft mit einer Anzahl seiner Landsleute und ihren Familien von den Ufern des Rheins nach denen das Mohawk ausgewandert war. Diese Übersiedlung hatte schon unter der Regierung der Königin Anna stattgefunden, und die Abkömmlinge der ursprünglichen Auswanderer lebten nun sehr verbreitet und friedlich an den fruchtbaren Ufern des schönen Flusses.

Die Deutschen oder Hochländer, wie man sie nannte, um sie von den niederländischen Kolonisten zu unterscheiden, waren ein eigentümliches Volk. Sie besaßen den ganzen Ernst dieser letztern ohne ihr Phlegma und standen ihnen an Fleiß, Ehrlichkeit und Genügsamkeit nicht nach.

Fritz oder Friedrich Hartmann war ein Inbegriff aller Fehler, Schwächen und Vorzüge seines Vokes. Trotz seiner Wortkargheit war er doch leidenschaftlich, dazu eigensinnig und recht mißtrauisch gegen Fremde, zeigte übrigens dabei einen unbeugsamen Mut, eine unbestechliche Redlichkeit und eine treue Anhänglichkeit an seine Freunde. Seine einzige Wandelbarkeit bestand darin, daß er leicht vom Ernste zur Heiterkeit überging, obgleich der erstere Zug bei weitem der vorherrschende war. Marmaduke Temple hatte sich schon in der ersten Zeit ihrer Bekanntschaft seine Zuneigung erworben, wie er denn auch der einzige Mann war, der, ohne deutsch sprechen zu können, sich sein ganzes Vertrauen gewonnen. Viermal im Jahr, jedesmal zur Zeit der Sonnenwende, verließ er sein niedriges steinernes Haus an den Ufern des Mohawk und wanderte dreißig Meilen durch die Berge nach der Türe des Herrenhauses in Templeton. Hier blieb er gewöhnlich eine Woche und stand dabei im Rufe, einen großen Teil dieser Zeit mit Herrn Richard Jones in lustiger Schwelgerei zu verbringen. Aber jedermann liebte ihn, selbst Remarkable Pettibone, obgleich sein Besuch ihre wirtschaftlichen Mühen vermehrte. Er hatte das seiner Offenheit, Aufrichtigkeit und zeitweiligen Heiterkeit zu danken. Er stattete dermalen seinen regelmäßigen Weihnachtsbesuch ab und hatte sich noch keine Stunde im Dorf befunden, als ihn Richard aufforderte, den Sleigh mitzubesteigen, um dem Richter und seiner Tochter entgegenzufahren.

Ehe wir uns über den Charakter und die Stellung des Herrn Grant weiter auslassen, wird es nötig sein, einen Rückblick auf eine frühere Periode der kurzen Geschichte dieser Ansiedlung zu werfen.

Es scheint eine Eigentümlichkeit der menschlichen Natur zu sein, zuerst für die Bedürfnisse dieser Welt zu sorgen, ehe sich ihre Aufmerksamkeit auf eine andere lenkt. In den ersten paar Jahren dieser Ansiedlung dachte man nur wenig daran, unter den Baumstümpfen von Temples-Patent einen förmlichen Gottesdienst einzurichten; aber da die meisten Bewohner aus den sehr religiösen Staaten Connecticut und Massachusetts abstammten, so begannen sie, sobald für die leiblichen Bedürfnisse gesorgt war, allen Ernstes ihre Aufmerksamkeit darauf zu verwenden, die religiösen Sitten und Gebräuche, an denen ihre Vorfahren so treulich gehangen, ins Leben zu rufen. Es ließ sich allerdings nicht leugnen, daß unter Marmadukes Pächterschaft eine große Meinungsverschiedenheit hinsichtlich der Gnadenwahl und des freien Willens herrschte; wenn man jedoch die Verschiedenheit der religiösen Bildung, welche die einzelnen genossen, ins Auge faßt, so wird leicht begreiflich, daß es nicht wohl anders sein konnte.

Sobald die Niederlassung mit ihren Straßen und ihren Häusern einigermaßen ein stadtartiges Aussehen gewonnen hatte, wurden die Einwohner zu einer Versammlung eingeladen, um die Zweckmäßigkcit der Errichtung einer Akademie zu beraten. Der Gedanke war in Richards Kopf gewachsen, der sich in der Tat sehr geneigt fühlte, das beabsichtigte Institut, wo nicht gerade zu einer Universität, so doch zu einer höheren Schule zu stempeln. Er ließ zu diesem Ende mehrere Jahre lang eine Versammlung nach der anderen abhalten. Die solchen Versammlungen entsprossenen »Beschlüsse« erschienen jedesmal in den Hauptspalten einer kleinen Zeitung, die bereits jede Woche in dem Dachstübchen eines Hauses im Dorf auf blaues Papier gedruckt wurde, und die der Reisende oft in dem Spalte eines Pfahles erblicken konnte, der als Postamt für irgendeinen Ansiedler an einer Stelle eingeschlagen war, wo der Fußweg von einem seitab gelegenen Blockhause in die Hauptstraße einlenkte. Hin und wieder mußte ein solcher Pfahl wohl auch eine kleine Schachtel tragen, mittels deren eine stärkere Bewohnergruppe ihre wöchentlichen literarischen Bedürfnisse erhielt, da dies die Orte waren, wo der sogenannte »Postreiter« jedesmal ein Bündel von diesen kostbaren Waren niederlegte. Diese pomphaften Versammlungsbeschlüsse enthielten gewöhnlich eine Darlegung der Ansprüche Templetons an die Gunst der Universitätsbehörden, indem man zugleich in Kürze den Nutzen der Erziehung auseinandersetzte und die Vorteile hervorhob, die der Ort besonders wegen seiner gesunden Luft, des gesunden Wassers, der Wohlfeilheit der Lebensmittel und der hohen Sittlichkeit der Bewohner für einen derartigen Zweck biete, – Dokumente, denen stets die Namen Marmaduke Temples als des Präsidenten und Richard Jones' als des Sekretärs in großer lateinischen Kapitalschrift beigedruckt waren.

Zum Glück für den Fortgang des Unternehmens waren die Regierungsbehörden nicht gewöhnt, solchen Aufrufen an ihre Großmut zu widerstehen, wenn auch nur die mindeste Aussicht auf irgendeine Schenkung vorhanden war, welches das Unternehmen fördern konnte. Eventualiter entschloß sich daher der Richter Temple, das nötige Land herzugeben und das erforderliche Gebäude auf eigene Kosten errichten zu lassen. Die Geschicklichkeit des Herrn oder, wie er nun von dem Umstande, daß er das Amt eines Friedensrichters bekleidete, genannt wurde, des Squire Doolittle, wurde nun abermals in Anspruch genommen, und Jones' Kenntnisse mußten aufs neue aushelfen.

Wir unterlassen es, hier von den bei dieser Gelegenheit vorgelegten verschiedenen Baurissen zu sprechen, da wir eine solche Anmaßung nicht zu verantworten wüßten, sintemal eine Versammlung der Gesellschaft der alten und ehrenwerten Freimaurerbrüderschaft, an deren Spitze Richard in der Eigenschaft eines Logenmeisters stand, ohne Zweifel in ihrer Weisheit denjenigen auswählte, der ihr als der beste erschien. Der schwierige Punkt war daher bald entschieden, und an dem bezeichneten Tage begab sich die achtbare Brüderschaft in stattlicher Prozession mit kleinen symbolischen Schurzfellen angetan, unter Entfaltung einiger Banner und geheimnisvoller Symbole, aus einer sinnreich gewählten Dachstube des »Kühnen Dragoners«, eines von Hauptmann Hollister bedienten Wirtshauses, nach dem beabsichtigten Bauplatz. Hier legte Richard, umringt von mehr als der halben männlichen und der ganzen weiblichen Bevölkerung eines Umkreises von zehn Meilen um Templeton, mit geziemender Würde des Grundstein.

Im Laufe der folgenden Woche fand abermals eine Volksversammlung, wobei Schwärme des zarten Geschlechts nicht ausgeschlossen waren, statt, und nun sollten Hirams Fähigkeiten in Handhabung des Winkelhakens die Probe des Experimentes bestehen. Es paßte alles prächtig zusammen, und das hölzerne Gerippe des Gebäudes wurde ohne den mindesten

Unfall aufgerichtet, ein paar Stürze von den Pferden ausgenommen, die bei dem abendlichen Heimritte einem und dem andern Arbeiter zustießen. Von dieser Zeit an schritt die Arbeit mit reißender Schnelle voran und wurde noch im Laufe desselben Sommers beendigt. Das Gebäude stand nun in all seiner Schönheit und in seinem Ebenmaße da, ein Stolz des Dorfes, eine Studie für junge, Ruhm anstrebende Baukünstler und die Bewunderung jedes Ansiedlers in dem Patent.

Es war ein langes, schmales, hölzernes, weiß übertünchtes Haus, welches mehr als zur Hälfte aus Fenstern bestand, und wenn sich der Beobachter nur ein wenig westlich stellte, so konnte er ohne sonderliches Hindernis durch das Gebäude hindurch sich des Aufgangs der Sonne erfreuen. Es bildete in der Tat einen sehr unbequemen, offenen Platz, der dem Gestirne des Tages durchaus nie ein Hindernis in den Weg legte. Vorn befanden sich verschiedene von Richard gezeichnete und von Hiram ausgeführte Holzverzierungen; aber ein Fenster in der Mitte des zweiten Stockwerkes unmittelbar über der Türe oder dem Haupteingange bildete nebst dem Turme den Stolz des Gebäudes. Das erstere war, wie wir glauben, nach der zusammengesetzten Ordnung konstruiert; denn es umfaßte eine große Menge Verzierungen und einen großen Wechsel in den Proportionen. Es bestand aus einem Spitzbogen in der Mitte und einer kleinen viereckigen Abteilung an jeder Seite; das Ganze war von einem schweren Fichtenrahmen mit tiefen und mühsamen Verzierungen umfaßt, während das Licht durch eine Menge runder Scheibchen, nach der Größe gewöhnlich »acht zu zehn« genannt, aus grünem, trüb aussehendem Glase einfiel. Eine grün angestrichene Jalousie gewährte dem Fenster Schutz, und wahrscheinlich wäre diese Farbe, um den Effekt des Ganzen zu heben, auch auf alle übrigen angewendet worden, hätte nicht der Mangel an öffentlichen Fonds, der immer bei derartigen Unternehmungen einzutreten pflegt, die Notwendigkeit herbeigeführt, es bei dem ursprünglichen Grundanstrich zu lassen. Der Turm war eine kleine Kuppel und erhob sich in der Mitte des Daches auf vier hohen fichtenen Säulen, die kanneliert und mit Schnitzwerk überladen waren. Auf den Säulenkapitälen ruhte eine Kuppel, die einer umgekehrten Teetasse ohne Boden glich, ob der sich ein hölzerner Schaft mit zwei eisernen Querstäben befand, an deren Enden die lateinischen

Buchstaben W.S.O.N. aus dem gleiche Metalle staken. Über dem Gange schwebte die Nachahmung eines Tieres aus den Flossenzünftlern, das von Richard aus Holz geschnitzt und mit der von ihm so betitelten Schuppenfarbe angestrichen war. Nach Herrn Jones' Versicherung hatte das Tier eine wunderbare Ähnlichkeit mit dem Lieblingsgericht der nordamerikanischen Epikureer, welche sie Seefisch nennen, und ohne Zweifel durfte man ihm aufs Wort glauben; denn obgleich der Fisch den Zweck eines Wetterhahns erfüllen sollte, so bemerkte man doch, daß er den sehnsüchtigen Blick ohne Unterlaß nach dem schönen Wasserbecken richtete, das zwischen den Bergen von Templeton eingebettet lag.

Bald nach dem Eintreffen des von der Regierung bewilligten Beitrags stellen die Gründer dieser Anstalt einen Lehrer an, der auf einem der östlichen Kollegien einen Grad erhalten hatte und nun die lernbegierige Jugend innerhalb der Mauern des oben beschriebenen Gebäudes unterrichten sollte. Der obere Teil des letztern bestand aus einem einzigen Gemach, das zu öffentlichen Prüfungen und besonderen Feierlichkeiten dienen sollte, während das Erdgeschoß zwei Zimmer barg, welche für den Zweck der beiden großen Erziehungszweige, das Erlernen des Lateinischen und des Englischen, bestimmt waren. Die Zöglinge des einen waren nie sehr zahlreich, obgleich man bald durch die Fenster des Zimmers zur großen Freude und zur augenscheinlichen Erbauung der Vorübergehenden Töne wie: Nominativ, pennaa, Genitiv, penny vernehmen konnte.

Nur ein einziger Arbeiter in diesem Tempel der Minerva hat es jedoch, dem Vernehmen nach, bis zu einer Übersetzung des Vergil gebracht. Er trat bei einer Jahresprüfung zum ungemeinen Entzücken aller seiner Verwandten, einer Pächtersfamilie in der Nachbarschaft, auf, und sagte die ganze erste Ecloge auswendig her, wobei er die Intonationen des Dialogs mit ungemein viel deklamatorischem Takt und lebhafter Wirkung auf das Auditorium einhielt. Die Töne:

»Titty-ree too patty-lee rec-coo-bans sub teg-mi-neefaa-gy Syl-ves-trem ten-oo-i- moo-sam medi-taa-ris aa-ve-ny« – wie sie in dem Munde des jungen Gelehrten klangen, wurden indes zum letzten Male in diesem Gebäude gehört, wie es auch wahrscheinlich hier oder anderswo das erstemal in dieser Pronunziation war. Bei dieser Gelegenheit entdeckten die Vorstände des

Instituts, daß sie der Zeit vorgegriffen hätten, und der lateinische Lehrer oder Instruktor wurde durch einen Schulmeister ersetzt, der dem Grundsatze: »Eile mit Weile« getreu, den gewöhnlichen englischen Elementarunterricht erteilte.

Von dieser Zeit an bis zu der Periode unserer gegenwärtigen Geschichte war die Akademie nichts weiter als eine gewöhnliche Landschule, und das große Zimmer des Gebäudes wurde nur des Abends hin und wieder bei außerordentlichen Anlässen als Gerichtssaal, bisweilen aber auch zu religiösen Konferenzen gebraucht; nachmittags mußte es wohl auch zu einem unter Richards Auspizien gegebenen Balle dienen, und jeden Sonntag morgen wurde daselbst der Gottesdienst abgehalten.

Kam ein reisender Prediger der Methodisten, Baptisten, Universalisten oder der noch zahlreicheren Presbyterianer zufällig in die Gegend, so wurde er gewöhnlich eingeladen, in Templeton Gottesdienst zu halten, wofür sodann, ehe die Gemeinde auseinanderging, in einem Hut für ihn eingesammelt wurde. Wenn sich kein regelmäßiger Geistlicher auffinden ließ, so wurde von etlichen der begabteren Mitglieder ein und das andere Gebet – aus dem Herzen, wie man es nannte – gehalten und durch Herrn Richard Jones eine Predigt von Sterne vorgelesen.

Die Folge dieses Mangels einer eigentlichen Seelsorge war, wie bereits oben angedeutet, eine große Meinungsverschiedenheit in den schwerer begreiflichen Glaubenspunkten. Jede Sekte hatte ihre Anhänger, obgleich keine regelmäßig organisiert und diszipliniert war. Von der religiösen Erziehung Marmadukes ist bereits Meldung geschehen; übrigens trug dessen Vermählung keineswegs dazu bei, den unbestimmten Charakter seines Glaubens ganz zu beseitigen. Elisabeths Mutter, wie auch die Mutter des Richters waren Anhängerinnen der bischöflichen Kirche gewesen, und Marmadukes richtiger Sinn empörte sich gegen die vertraulichen Zwiegespräche, welche die Häupter der Versammlungen bei ihren nächtlichen Zusammenkünften mit der Gottheit pflogen; er hielt es daher, wenn auch nicht dem Wesen, so doch der Form nach, mit der Hochkirche. Auf der anderen Seite war Richard ein strenger Eiferer für die Dogmen und Zeremonien dieser Glaubensform; wie er es denn auch einige Male, wenn an einem Sonntage gerade die Kanzel leerstand, versucht hatte, das bischöfliche System geltend zu machen. Da aber Richard alles gern übertrieb und sich gewissermaßen eine päpstliche Autorität anmaßte, so sah er sich an dem zweiten Sonntage von den größten Teile seiner Zuhörer verlassen, und am dritten Sonntage bestand sein ganzes Auditorium nur noch aus Ben Pump, in dem sich die ganze Hartnäckigkeit und Rechthaberei eines orthodoxen Hochkirchlers vereinigte.

Vor dem Ausbruch des Revolutionskrieges wurde die englische Kirche in den Kolonien von einigen ihrer Abhänger in dem Mutterlande mit großen Interesse unterstützt, und einige von ihren Kongregationen hatten sich wirklich großer Fonds zu erfreuen. Aber sobald die Unabhängigkeit der Vereinigten Staaten erklärt war, erschlaffte diese christliche Sekte, da es in ihrem Klerus an der gehörigen Ordnung und an einem leitenden Oberhaupte fehlte. Um diesen Nachteil zu beseitigen, wurden endlich fromme und begabte Geistliche auserlesen und nach England geschickt, um daselbst die bischöflichen Weihen zu holen, die, wie man meint, nur dem einen von dem andern erteilt werden können, indem man auf diesem Wege jene Einheit der Kirchen zu erhalten hoffte, die einem Volke von dem gleichen Stamme ziemte. Hier gab es jedoch unerwartete Hindernisse wegen der Beeidigungen, mit denen Englands Politik ihr Grundprinzip festhalten wollte, und so verging viel Zeit, ehe sich die englischen Prälaten in ihrem gewissenhaften Pflichtgefühl dazu herabließen, eine so eifrig gesuchte Würde auf die amerikanischen Sendlinge zu übertragen. Zeit, Geduld und Eifer beseitigten jedoch jedes Hindernis, und die hochwürdigen Herrn der amerikanischen Gemeinden kehrten endlich als erste Würdenträger der sichtbaren Kirche zu ihren harrenden Diözesen zurück. Nun wurden Priester und Diakone ordiniert und Missionare ausgeschickt, um die erlöschende Flamme der Andacht bei denjenigen Kirchenangehörigen, die durch ihren Aufenthalt in neuen und doch unorganisierten Distrikten des gewöhnlichen Kultes beraubt waren, wieder anzufachen.

Zu der Zahl der letzteren gehörte Herr Grant. Er war in den Strich geschickt worden, dessen Hauptort Templeton war, und Marmaduke hatte ihn freundlich eingeladen, seinen Wohnsitz in dem Dorfe zu nehmen, ein Ansinnen, welches durch Richards glaubenseifriges Drängen sehr unterstützt wurde. Man errichtete für den Geistlichen und seine Familie eine kleine bescheidene Wohnung, und sein Einzug in dem Dorfe hatte nur einige Tage vor dem Augenblicke stattgefunden, welcher ihm den Leser zum ersten Male vorführte. Da seine Doktrin den meisten Einwohnern noch ganz neu war und zufällig ein Geistlicher von einem andern Bekenntnis, der einen Zögling an die Akademie geliefert, das Feld vorher eingenommen hatte, so mußte der neue Ankömmling am ersten Sonntage schweigend zusehen; aber als nun sein Nebenbuhler einem Meteore gleich, die Luft mit dem Licht seiner Weisheit erfüllend, wiederverschwunden war, erhielt Richard den Auftrag, der Gemeinde zu verkündigen, daß der hochwürdige Herr Grant am Vorabende des heiligen Christfestes in dem Saale der Akademie zu Templeton öffentlichen Gottesdienst nach dem Ritus der englischen protestantischen Kirche abhalten werde. Diese Ankündigung veranlaßte eine große Bewegung unter den Anhängern der verschiedenen Sekten. Einige waren neugierig, was wohl dabei herauskommen würde; andere spöttelten darüber; bei weitem der größere Teil aber hielt es, eingedenk der bereits von Richard gemachten Versuche und der Toleranz oder vielmehr der Lauigkeit von Marmadukes Grundsätzen hinsichtlich des Sektenwesens, für das beste zu schweigen. Demungeachtet blieb aber der anberaumte Abend ein Gegenstand der gespanntesten Neugierde, die keineswegs vermindert wurde, als man am Morgen des ereignisvollen Tages Richard und Benjamin, jeden mit einem schweren Bündel von Immergrün auf dem Rücken, aus dem benachbarten Walde nach der Akademie zurückkehren sah. Man gewahrte auch, das das würdige Paar die Türe sorgfältig hinter sich verschloß, weshalb das, was dort vorging, den Dorfbewohnern ein tiefes Geheimnis blieb. Herr Jones hatte vor dem Beginne dieses geheimnisvollen Geschäftes dem Schulmeister zur großen Freude seiner flachsköpfigen Herde angekündigt, daß an diesen Tage keine Schule gehalten werden könne. Marmaduke war über die Vorbereitungen brieflich unterrichtet, und demgemäß hatte er es so eingerichtet, daß er und Elisabeth noch zeitig genug ankamen, um an den Festlichkeiten des Abends teilzunehmen.

Nach dieser Abschweifung kehren wir zu dem Gange unserer Geschichte zurück.

Neuntes Kapitel

O Wunder! Auf dem reichbedeckten Tisch
Dampft jede Art von Fleisch – Geflügel – Fisch;
Der Gäste Reih' ist nach dem Rang zu schauen,
Indes sie sich im Vorgenuß erbauen
Und mit den Augen schon das Mahl verdauen.
Heliogabaliade

Das Zimmer, nach welchem Monsieur Le Quoi Elisabeth führte, stand durch die unter Didos Aschenkruge befindliche Türe mit der Halle in Verbindung. Es war geräumig und ziemlich proportioniert, aber in den Ornamenten und der Verzierung ließen sich dieselbe Verschiedenheit des Geschmacks und die gleiche Unvollkommenheit unterscheiden, die wir in der Halle wahrgenommen haben. Das Möbelwerk bestand aus einem Dutzend grün angestrichener Armstühle, die mit demselben Wollmoiré ausgeschlagen waren, welchen wir bereits als den Stoff von Remarkables Rock bezeichnet haben. Die Tische waren mit Tafeltüchern belegt, so daß man ihr Material und die Kunstfertigkeit des Tischlers nicht sehen konnte, obgleich sich die Schwerfälligkeit der umfangreichen Konstruktion nicht verkennen ließ. Ein ungeheurer Spiegel mit vergoldetem Rahmen hing an der Wand, und ein lustiges Feuer, unterhalten mit dem Holze des Zuckerahorns, flackerte auf dem Herde. Letzteres erregte zuerst die Aufmerksamkeit des Richters, der, sobald er es erblickte, Richard etwas unwillig zurief:

»Wie oft habe ich dir verboten, in meiner Wohnung den Zuckerahorn als Brennmaterial zu verwenden? Der Anblick des Saftes, der aus dem erhitzen Holze austritt, tut mir in der Seele weh, Richard. In der Tat, es ziemt dem Besitzer so ausgedehnter Waldungen, wie die meinigen sind, achtzuhaben, welch ein Beispiel er den Leuten gebe, da sie ohnehin nur zu bereitwillig sind, die Wälder abzuholzen, als ob des Schatzes kein Ende zu finden wäre und der Forst keine Grenze hätte. Wenn es so fortgeht, ist in zwanzig Jahren das Brennmaterial aufgebraucht.«

»Das Brennmaterial in diesen Bergen aufgebraucht, Vetter

Duke?« rief Richard spottend. »Was du nicht für ein herrlicher Prophet bist! Ebenso gut könntest du sagen, die Fische unseres Sees würden aus Wassermangel sterben, weil ich willens bin, mit dem Beginn des Frühjahrs ein paar der Quellen durch Deiche nach dem Dorfe zu führen. Aber du hast immer etwas ungereimte Begriffe von solchen Dingen, Marmaduke.«

»Ist es eine Ungereimtheit«, entgegnete der Richter mit vielem Ernste, »einen Mißbrauch zu verdammen, der diese Edelsteine des Waldes, diese köstlichen Gaben der Natur, diese Fundgruben des Wohlstands und des Reichtums zu einem gewöhnlichen Brennmaterial herabwürdigt? Ich will daher, sobald der Schnee weg ist, Leute ausschicken und in den Bergen nach Steinkohlen graben lassen.«

»Steinkohlen?« wiederholte Richard. »Und wer, zum Teufel, meinst du, wird nach Kohlen graben, wenn man, bis man auf einen Scheffel derselben stößt, mehr Baumwurzeln findet, als man in einem Jahr verbrennen kann? Pah, pah, Marmaduke; überlaß derartige Dinge mir, als einem Manne, der eincn angeborenen Takt dafür hat. Ich habe heute dieses Feuer anzünden lassen, damit das Blut meines hübschen Bäschens durch etwas Edleres erwärmt werde.«

»Nun, diesen Grund lass' ich als Rechtfertigung gelten«, sagte der Richter. – »Aber meine Herren, wir lassen auf uns warten. Elisabeth, liebes Kind, setze dich oben an den Tisch; ich sehe, Richard will mir die Mühe des Vorschneidens ersparen, da er sich unten hat decken lassen.«

»Allerdings habe ich das im Sinne«, sagte Richard. »Hier ist ein Truthahn zu zerlegen, und ich schmeichle mir, daß ich einen Truthahn, eine Gans oder etwas der Art so gut als einer zu tranchieren verstehe. Herr Grant! wo ist Herr Grant! Wollen Sie so gut sein und das Gebet sprechen, Sir? Ah, es ist schon alles wieder kalt. Man darf bei diesem Wetter nur etwas vom Feuer nehmen, so ist es in fünf Minuten schon gefroren. Herr Grant, das Tischgebet: ›Für alles, was uns Gott gnädig beschert, wolle er uns mit aufrichtigem Danke erfüllen.‹ Setzen Sie sich, meine Herrn. Willst du Flügel oder Brust, Bäschen Elisabeth?«

Aber Elisabeth hatte sich weder niedergesetzt, noch war sie bereit, Flügel oder Brust anzunehmen. Ihre lachenden Augen musterten das Arrangement der Tafel neben der Art und der Auswahl der Speisen, bei welchem Geschäft sie bald mit dem

Blicke ihres Vater zusammentrafen, der unter einem Lächeln sagte:

»Du siehst, mein Kind, wie sehr wir Remarkable für ihre Geschicklichkeit in der Haushaltung verpflichtet sind; sie hat uns in der Tat einen köstlichen Imbiß aufgetischt, der wohl imstande ist, das Bellen des Magens zu beschwichtigen.«

»Ist nur meine Pflicht«, versetzte Remarkable, »indes freut es mich, den Richter zufrieden zu sehen. Ich fürchtete freilich, Sie möchten die Tafel etwas zu überladen finden; ich dachte aber, bei Elisabeths Heimkehr könnte ich nicht weniger tun, um ihr den Eintritt ins Haus recht angenehm zu machen.«

»Meine Tochter ist nun erwachsen und von diesem Augenblicke an Herrin in meinem Hause«, entgegnete der Richter. »Ich finde es daher in der Ordnung, daß jegliche Person, die unter meinem Dache lebt, sie als Miß Temple anredet.«

»Wie Sie befehlen«, rief Remarkable, ein wenig erschrokken, »aber wer hat je ein so junges Frauenzimmer Miß nennen hören? Wenn der Richter noch eine Frau hätte, so fiele es mir nicht ein, sie anders als Mistreß Temple zu nennen, aber –«

»– Da ich jetzt nur noch eine Tochter habe, so wißt Ihr nun, wie Ihr in Zukunft mit ihr sprechen müßt«, fiel ihr Marmaduke ins Wort.

Da der Richter bei diesen Worten allen Ernstes mißvergnügt aussah und bei derartigen Anlässen etwas eigentümlich Gebieterisches in seinen Mienen lag, so hielt es die kluge Haushälterin für das geratenste, zu schweigen. Nun trat auch Herr Grant ins Zimmer, und die ganze Gesellschaft hatte bald an dem Tische Platz genommen. Da das Arrangement der Tafel ganz in dem landesüblichen Geschmack jener Zeit und Gegend gehalten war, so wollen wir es versuchen, eine kurze Beschreibung dieses Festmahles zu geben.

Das Tafelzeug bestand aus der schönsten Damastleinwand, und Teller und Schüsseln waren echtes chinesisches Porzellan – ein in dieser frühen Periode des amerikanischen Handels wirklich kostbarer Luxusartikel. Die Messer und Gabeln waren vom feinsten polierten Stahl mit Heften vom reinsten Elfenbein versehen. So weit verriet alles nicht nur den Reichtum, sondern auch den Geschmack des Richters. Was jedoch den Inhalt der verschiedenen Schüsseln und die Aufstellung derselben betraf, so blieben diese ausschließlich Remarkables Weisheit überlassen. Vor Elisabeth stand ein großer gebratener Truthahn, während Richard einen gekochten Vogel derselben Spezies vor sich hatte. Im Mittelpunkt der Tafel befanden sich ein paar schwere silberne Aufsätze, von vier Platten umgeben, deren eine ein Frikassee von grauen Eichhörnchen, eine andere gebackenen Fisch, die dritte Fisch in Soße und die letzte Wildbretschnitten enthielt. Zwischen diesen Gerichten und den Truthühnern stand auf der einen Seite eine ungeheure Porzellanplatte mit Schwarzwildbret und auf der anderen eine köstliche Schöpsenkeule. Unter dieser Menge von Fleischsorten waren alle Arten von Gemüse, welche das Land und die Jahreszeit boten, aufgestellt. Die vier Enden der Tafel waren mit Kuchentellern garniert. Der eine enthielt eine mit wunderlichen Figuren hoch aufgeputzte Masse, welche »Nußkuchen« hieß; ein anderer war mit einer schwarz aussehenden Substanz besetzt, die ihre Farbe wohl einer Beimischung von Sirup verdankte, und »Süßkuchen« genannt wurde, – ein Lieblingsgericht in Remarkables Kränzchen; der dritte beherbergte das, was sie als »Pfefferkuchen« betitelte, und auf dem vierten präsentierte sich eine Substanz von ziemlich verdächtiger Farbe, die von der großen Anzahl Rosinen, die allenthalben ihre bräunlichen Bäuche in die Höhe reckten, den Namen »Fruchtkuchen« erhalten hatte. Neben diesen Gerichten standen Schalen mit einer dicken Flüssigkeit von etwas zweideutiger Färbung, aus der kleine, schwarze Brocken von einer Substanz, die sich nur mit sich selbst vergleichen ließ, hervorsahen – eine Komposition, welche Remarkable »Eingemachtes« betitelte. Vor jedem der mit dem Boden nach oben gekehrten Teller, welche den zierlich in Kreuzforn gelegten Bestecken zur Unterlage dienten, befand sich ein anderer von geringerem Umfange, auf dem sich je eine scheckige Pastete befand, die mit dreieckigen Äpfelschnitzchen, Fleischschnitten, Puddingmasse, Brombeeren und Eierrahm gefüllt war und mit dem übrigen Arrangement ein prunkvolles Ganzes bildete. In die noch freien Stellen waren Branntwein-, Rum-, Wacholder- und Weinflaschen, nebst einigen Krügen von Zider, und eine mit dem dampfenden Naß des »Flip«[11] gefüllte Bowle eingeschoben. Ungeachtet des Umfangs der Tafel war kaum ein Fleckchen des reichen Damastes zu sehen, so sehr drängten sich die Schüsseln mit ihren verbündeten Flaschen, Platten und Schalen. Dieser Überfluß konnte jedoch nur auf

Kosten der Ordnung und der Eleganz zur Schau gestellt werden.

Alle Gäste mitsamt dem Wirte schienen in dem Beschriebenen lauter bekannte Gerichte zu finden; denn jeder begann mit einem Appetit zu essen, der Remarkables Geschmack und Geschicklichkeit zu hohen Ehren gereichte. Zwar mochte dies bei dem Deutschen und bei Richard ein wenig auffallen, da sie unmittelbar vorher, ehe sie dem Richter entgegenfuhren, einen kräftigen Imbiß zu sich genommen hatten; doch Major Hartmann war gewohnt, sich bei seinen Ausflügen an keine Regel im Essen und Trinken zu halten, und Herr Jones betrachtete es als eine Ehrensache, dem Gaste in allem, was er tat, treulichen Beistand zu leisten. Der Wirt schien es für nötig zu halten, sich wegen der Aufwallung, die er bei Gelegenheit der unwürdigen Verwendung des Zuckerahorns kundgegeben hatte, einigermaßen zu entschuldigen, und als er die ganze Gesellschaft emsig mit ihren Gabeln und Messern beschäftigt sah, bemerkte er:

»Es ist erstaunlich, von welcher Zerstörungswut die Ansiedler gegen die edlen Bäume dieser Gegend besessen sind, Monsieur Le Quoi, wie Sie ohne Zweifel selbst auch bemerkt haben. So sah ich einmal einen Mann eine Fichte fällen, weil er eines Zaunpfahls bedurfte, wozu ein Ast aus der Krone zugereicht haben würde; das übrige rollte er in eine Kluft, wo es jetzt verfaulen darf, obgleich ihm der Stamm auf dem Markte zu Philadelphia wohl zwanzig Dollars eingebracht haben würde.«

»Und wie, zum Teufel, ich bitte um Verzeihung, Herr Grant–« fiel Richard ein, »aber wie um Gottes willen, hätte der arme Mann sein Holz in Philadelphia auf den Markt bringen können? Hätte er es etwa in die Tasche stecken sollen, wie man es mit einer Handvoll Kastanien oder Wacholderbeeren tun könnte? Ich möchte dich wohl mit einem Fichtenstamme in jeder Tasche, die Straße hinziehen sehen! – Pah! pah! Vetter Duke, es gibt genug Bäume für uns alle, und es bleibt noch obendrein ein ansehnliches Häufchen übrig. Stehen die doch, sobald man aus den Lichtungen kommt, so dicht und hoch, daß man kaum weiß, woher der Wind bläst; – ich wenigstens möchte mich nicht vermessen, es zu sagen, wenn ich es nicht aus dem Laufe der Wolken entnehmen könnte, obgleich ich die Striche des Kompasses von Grund aus kenne.«

»Ja, ja«, rief Benjamin, der eben eingetreten war, und sich etwas seitlich von dem Stuhle des Richters aufgestellt hatte, um gleich bei einer Bemerkung, wie die gegenwärtige, einfallen zu können, »man muß in die Höhe sehen, Sir, in die Höhe. Die alten Matrosen sagen, ›selbst der Teufel würde nur einen schlechten Seemann abgeben, wenn er nicht nach dem Himmel blicken dürfte‹. Und was den Kompaß anbelangt, so ist ohne diesen schon vornweg an kein Steuern zu denken. Sooft ich den großen Mars, wie ich den Ausguck des Squires auf dem Dach nenne, aus dem Gesicht verliere und mir die Baumkronen die Aussicht nach dem Himmel benehmen, so ziehe ich meinen Kompaß aus der Tasche und ermesse darnach die Richtung und Entfernungen, um meinen Kurs fortzusetzen. Seit der Turm von St. Paul ausgebaut ist, gibt er einen guten Anhaltspunkt für die Fahrt durch die Wälder; denn als ich bei Lord Harry war –«

»Schon gut, Benjamin«, fiel Marmaduke ein, als er bemerkte, daß seine Tochter einiges Mißvergnügen über die Vertraulichkeit des Majordomo an den Tag legte, »aber du vergißt, daß eine Dame in unserer Gesellschaft ist und daß es die Frauenzimmer vorziehen, in der Unterhaltung das Wort selbst zu führen.«

»Der Richter sagt da ein wahres Wort«, entgegnete Benjamin mit einem grobianischen Gelächter, »man darf nur der Zunge der Jungfer Remarkable Pettibone den Zügel schießen lassen, und man wird im Augenblick ein Geplapper hören, wie wenn man in das Lee eines französischen Kaperschiffs oder in die Nähe eines Sacks kommt, in welchen man ein Dutzend Meerkatzen gepackt hat.«

Wir können nicht sagen, inwieweit die Haushälterin einen Beleg zu Benjamins Behauptung geliefert haben würde, wenn sie es hätte wagen dürfen; aber der Richter warf ihr einen strengen Blick zu, und da sie unter solchen Umständen nicht gleich Rache nehmen konnte und auch ihren Ärger nicht zu unterdrücken vermochte, so schoß sie mit einem Ungestüm aus dem Zimmer, welches beinahe ein Zerfallen ihrer gebrechlichen Gestalt befürchten ließ.

Als Marmaduke merkte, daß die Äußerung seines Mißfallens die gewünschte Wirkung hervorgebracht hatte, fuhr er fort:

»Richard, kannst du mir keine Auskunft über den jungen Menschen geben, den ich zu verwunden das Unglück hatte? Ich fand ihn auf dem Gebirge, wo er gemeinschaftlich mit Lederstrumpf jagte, als ob er zu derselben Familie gehörte, und doch ist ein augenfälliger Unterschied in ihrem ganzen Benehmen. Der Jüngling drückt sich sehr gewählt aus, wie man es selten in diesen Bergen hört, und es nimmt mich wunder, wie ein Mensch in so armseliger Kleidung und bei einem so rauhen Gewerbe dazu kommen konnte. Mohegan kennt ihn gleichfalls; er wohnt daher ohne Zweifel in Nattys Hütte. Haben Sie auf seine Sprache achtgegeben, Monsieur Le Quoi?«

»Certainement, Monsieur Temple«, versetzte der Franzose, »er konversiert in exzellent Englis.«

»Mir kommt er als kein solches Wundertier vor«, rief Richard. »Ich habe Kinder, die man früh in die Schule schickte, gekannt, die weit besser sprachen, ehe sie zwölf Jahre zählten. Da war Zared Coe, der Sohn des alten Nehemia, der sich zuerst an der Biberdammwiese niederließ, – er schrieb in seinem vierzehnten Jahre fast so schön wie ich selber; freilich habe ich ihm in den Abendstunden ein bißchen nachgeholfen. Aber dieser jagdliebende Herr verdiente, in den Stock gespannt zu werden, wenn er sich je wieder unterfängt, einen Zügel in die Hand zu nehmen. Ich habe nie einen Menschen so ungeschickt mit Pferden umgehen sehen, und ich wette, daß er in seinem Leben nie etwas anderes als Ochsen getrieben hat.«

»Du tust, meine ich, dem jungen Mann unrecht«, sagte der Richter, »denn er zeigte in kritischen Augenblicken viel Besonnenheit. Bist du nicht auch der Ansicht, Beß?«

Es lag gerade nichts in der Frage, was ein Erröten hätte rechtfertigen können; demungeachtet aber erglühte Elisabeth bis zur Schläfe, als sie in dieser Weise aus ihren Träumereien geweckt wurde.

»Mir kam er ungemein gewandt und mutig vor, lieber Vater«, antwortete sie. »Aber vielleicht sagt Vetter Richard, ich sei in derartigen Dingen so unwissend wie der Gentleman selbst.«

»Gentleman?« wiederholte Richard. »Nennt man solche Kunden in der Pension Gentlemen, Elisabeth?«

»Jeder Mann hat Anspruch auf diesen Titel, der die Frauen mit Achtung und Anstand zu behandeln weiß«, entgegnete die junge Dame rasch und etwas scharf.

»Das kommt daher, weil er Anstand nahm, von der Erbin in

seinen Hemdärmeln zu erscheinen«, rief Richard mit einem Blinzeln gegen Monsieur Le Quoi, welcher dasselbe mit einem Auge erwiderte und das andere mit dem Ausdruck der Beistimmung der jungen Dame zuwandte. »Doch meinetwegen, mir kam er wenigstens nicht wie ein Gentleman vor, obgleich ich zugeben muß, daß er eine gute Büchse führt. Er hat doch den Bock gut getroffen, Marmaduke? Ha, ha!«

»Richard«, begann Major Hartmann, indem er sein würdevolles Antlitz mit vielem Ernste dem genannten Herrn zuwandte, »der Junge ist wacker. Er hat Ihnen, dem Domino Grant und dem Franzosen das Leben gerettet, und es soll ihm nicht an einem Bette fehlen, um darin zu schlafen, solange der alte Fritz Hartmann nur noch eine Schindel auf seinem Dache hat.«

»Das steht ganz in Ihrem Belieben, alter Herr«, erwiderte Jones, indem er es versuchte, eine gleichgültige Miene anzunehmen. »Sie können ihn ja in Ihr steinernes Haus mitnehmen, Major; denn ich wette darauf, der Bursche hat in seinem ganzen Leben nie auf etwas Besserem als auf einem Holzblocke geschlafen, wenn er nicht allenfalls in einer Hütte, wie der Lederstrumpfs, eine Streu fand. Sie werden ihn indes bald verwöhnt haben; denn man sah ja, wie ihm schon in der kurzen Zeit, die er bei den Köpfen meiner Pferde stand, als ich mit ihnen in den Weg einlenkte, der Kamm schwoll.«

»Nein, nein, mein alter Freund«, rief Marmaduke, »es soll meine Aufgabe sein, auf irgendeine Weise für den Jüngling zu sorgen. Ich habe eine eigene Schuld an ihn abzutragen, abgesehen von dem Dienste, den er mir in der Rettung meiner Freunde erwiesen. Es wird indes einige Mühe kosten, ihn zu der Annahme meines Angebots zu bewegen. Es schien mir, er zeigte einen entschiedenen Widerwillen, als ich ihm für die Dauer einen Aufenthalt in diesen Mauern anbot. Was meinst du, Beß?«

»In der Tat, lieber Vater«, sagte Elisabeth, ihre schöne Unterlippe ein wenig aufwerfend, »ich habe die Züge des Herrn nicht so genau studiert, um seine Gefühle darin lesen zu können. Es kam mir indes ganz natürlich vor, daß die Wunde ihm Schmerz verursachte, und deshalb bemitleidete ich ihn; aber ich glaube« – ihr Auge glitt während dieser Worte mit unterdrückter Neugierde nach dem Majordomo – »ich glaube, lieber Vater, Benjamin kann dir weitere Auskunft über ihn geben; denn der junge Mann ist bestimmt nicht in dem Dorfe gewesen, ohne daß er von Benjamin gesehen worden wäre.«

»Ja, ich habe ihn schon früher gesehen«, erwiderte Benjamin, der nur einer geringen Ermutigung bedurfte, um zu sprechen. »Wenn Natty Bumppo nach einem Hirsche durch die Berge zieht, so schleppt er ihn immer in seinem Kielwasser nach wie eine Albanyschaluppe, die ein holländisches Langboot im Schlepptau hat. Auch führt er eine gute Büchse; ich hörte erst letzten Dienstagabend Lederstrumpf in Betty Hollisters Schenkstube sagen, daß der junge Mann dem Wilde sichern Tod bringe. Wenn er übrigens nur die wilde Katze schießen könnte, die man kürzlich an den Ufern des Sees hat mauen hören, denn da haben der Frost und der harte Schnee die Hirsche in Rudeln zusammengetrieben – und so würde er wenigstens doch etwas tun, was nützlich wäre. So eine wilde Katze ist ein böser Schiffskamerad und sollte nie das Fahrwasser eines Christen kreuzen.«

»Wohnt er in Bumppos Hütte?« fragte Marmaduke mit einigem Anteil.

»Wang' an Wange, Herr. Am Mittwoch werden es drei Wochen, daß er sich zum ersten Male in Lederstrumpfs Gesellschaft sehen ließ. Sie brachten einen erlegten Wolf ins Dorf, dessen Haut sie als Geschenk ins Herrenhaus brachten! Dieser Meister Bumppo hat eine große Geschicklichkeit im Hautabziehen, und es gibt Leute im Dorf, welche sagen, er habe dieses Handwerk an Christenskalpen gelernt. Wenn das wahr wäre und ich an dieser Küste das Kommando hätte, wie es bei Euer Gestrengen der Fall ist, so sollte er mir dafür jetzt noch auf die Laufplanke; da steht ein gar hübscher Pfahl vor den Blöcken, und was die Katze anbelangt, so wollte ich ihre neune Schwänze recht hübsch eigenhändig zusammendrehen – ja, und in Ermangelung eines Besseren auch führen.«

»Ihr müßt nicht allem, was Ihr über Natty hört, Glauben beimessen. Er hat eine Art natürliches Recht, sich seinen Unterhalt in diesen Bergen zu suchen, und wenn die Müßiggänger des Dorfes ihm eine Unbill zufügen wollten, wie sie es hin und wieder bei anerkannten Landstreichern machen, so werden sie finden, daß er unter dem Schutze des starken Arms der Gesetze steht.«

»Die Büchse schützt besser als das Gesetz«, sagte der Major lakonisch.

»Ich gebe nicht so viel für seine Büchse«, rief Richard, mit seinen Fingern schnippend. »Ben hat recht, und ich – –«

Hier wurde ihm durch das Läuten einer gewöhnlichen Schiffsglocke Halt geboten, die von dem Glockenturm der Akademie herunterbimmelte und der Gemeinde anzeigte, daß die Stunde für den Gottesdienst gekommen sei.

»›Für diesen und jeden andern Beweis Seiner Güte‹ – ich bitte um Verzeihung, Herr Grant, wollen Sie so gefällig sein und das Dankgebet sprechen? Es ist Zeit zum Aufbruche, da wir die einzigen Bischöflichen in der Gegend sind – das heißt ich, Benjamin und Elisabeth; denn ein Halbgläubiger wie Marmaduke ist so schlimm wie ein Ketzer.«

Der Geistliche stand auf und sprach in demutsvoller Andacht das Gebet, worauf sich die ganze Gesellschaft zu dem Gange nach der Kirche – oder vielmehr nach der Akademie anschickte.

Zehntes Kapitel

Und zum Gebet ruft Evas sündige Kinder
In ernsten Tönen der metallne Mund.
Scotts Bürger

Richard und Monsier Le Quoi schlugen, von Ben begleitet, einen mit Schnee bedeckten Fußpfad nach der Akademie ein, während der Richter, der Geistliche und der Major den zwar weiteren, aber betreteneren Weg durch das Dorf wählten.

Der Mond war aufgegangen, und seine Scheibe goß ihren Lichtstrom über die dunklen Umrisse der Fichten, welche das östliche Gebirge krönten. Der Himmel war so klar und hell wie in manchen andern Gegenden zur Mittagszeit. Die Sterne blinkten in der leuchtenden Atmosphäre wie das letzte Flimmern eines ersterbenden Feuers, und die Strahlen des Mondes, die sich auf der weißen, glatten Oberfläche des Sees und der Felder brachen, warfen ein Licht zurück, das durch die fleckenlose Farbe der unermeßlichen Schneemassen, welche die Erde bedeckten, noch erhöht wurde.

Während der Sleigh sich leicht und stetig durch die Hauptstraße bewegte, beschäftigte sich Elisabeth mit dem Lesen der Inschriften, die fast über jeder Türe angebracht waren. Mit jedem Schritte, den die Pferde machten, begegneten ihre Augen nicht nur neuen Gewerben, sondern auch Namen, die ihr fremd waren. Sogar die Häuser schienen verändert. Das eine hatte einen neuen Anbau erhalten, das andere war frisch angestrichen, und ein drittes stand an der Stelle eines bekannten, das ebensoschnell von der Erde wieder verschwunden war, als man es aufgebaut hatte; aber alle schienen sich ihrer Bewohner entledigt zu haben, denn Männer, Weiber und Kinder strömten nach der Stelle, wo ihrer ein Schaugericht aus Richards und Benjamins Kunstküche harrte.

Nachdem unsere Heldin die Gebäude, welche sich allerdings in dem hellen und weichen Mondlichte ziemlich vorteilhaft ausnahmen, genugsam betrachtet hatte, wandte sie ihre Blicke nach den verschiedenen Gestalten, ob sie nicht irgendeinen Bekannten fände. In ihre Mäntel, Kapuzen, Überröcke und Kragen gehüllt, schienen sich jedoch alle zu gleichen, und Elisabeths Augen spähten um so vergeblicher, da die schnell dahingleitenden Personen größtenteils hinter den Schneehaufen, welche man vor den Häusern aufgeschaufelt hatte, um einen Weg zu bahnen, verborgen waren. Ein- oder zweimal kam es ihr vor, als bemerkte sie einen bekannten Gang oder eine Figur, deren sie sich erinnern konnte, aber dann verlor sich dieselbe schnell wieder hinter einem jener ungeheuern Holzhaufen, die fast vor jeder Türe lagen. Erst als sie von der Hauptstraße in eine zweite einbog, welche die erstere in einem rechten Winkel kreuzte und geradezu nach dem Versammlungsplatz führte, traf sie auf ein Gesicht und ein Gebäude, die ihr beide nicht fremd waren.

Das Haus stand an einer der Hauptecken des Dorfes und bekundete sich durch den zertretenen Weg vor dem Eingange sowohl als durch das Schild, das unter den vom See herkommenden Windstößen mit ächzenden Tönen hin und her pendelte, als eines der besuchtesten Wirtshäuser in der Gegend. Das Gebäude war nur einen Stock hoch, aber die Dachfenster, der Anstrich, die Fensterläden und das lustige Feuer, das durch die Türe sichtbar war, gaben ihm ein behagliches Aussehen, dessen sich nicht viele seiner Nachbarn erfreuten. Das Schild hing an einem gewöhnlichen Bierhausbalken und stellte auf einem Rosse, das sich bäumte, einen mit Säbel und Pistolen bewaffneten Reiter vor, der eine Bärenmütze auf den Kopf trug.

Alle diese Einzelheiten ließen sich nebst einer etwas unleserlichen schwarzgemalten Inschrift, aus der jedoch Elisabeth, welche mit der Sache vorher schon vertraut war, ohne viele Mühe die Worte »Zum Kühnen Dragoner« entziffern konnte, leicht im Mondlichte unterscheiden.

Als der Sleigh vorüberfuhr, traten eben ein Mann und eine Frau aus der Türe des Hauses. Der erstere schritt in seiner steifen militärischen Haltung, welche durch ein hinkendes Bein noch auffallender gemacht wurde, einher, während die Frau sich mit einer Miene vorwärts bewegte, die keine sonderliche Ehrfurcht vor dem, was ihrer wartete, ausdrückte. Die Strahlen des Mondes fielen gerade auf ihr rotes, breites und volles Gesicht und ließen unter einer lächerlich verzierten Haube, welche die Linien eines nicht sehr ängstlichen Gesichtes mildern sollte, ziemlich männliche Züge erkennen. Auf dem Hinterteile ihres Kopfes saß ein kleiner, schwarzer, seidener Hut, ohne jedoch das liebenswürdige Antlitz zu beschatten, das sich im Mondlichte fast wie eine im Westen aufgehende Sonne ausnahm. Sie eilte mit männlichen Schritten vorwärts, um den Sleigh einzuholen; der Richter befahl daher dem Namensvetter des griechischen Königs, der die Zügel hielt, mit den Pferden zu halten, worauf sich nun folgendes Gespräch entspann:

»Wünsche Glück und guten Willkomm in der Heimat, Richter«, rief das Weib mit hartem, irischem Akzent, »mir wenigstens seid ihr immer willkommen. Und da ist auch Miß Lizzy – aber was das für ein hübsches Frauenzimmer geworden ist! Welch ein Herzweh würde sie nicht den jungen Männern machen, wenn wir so etwas wie ein Regiment im Orte hätten! Doch sollte man nicht von solche eitlen Dingen reden, wenn uns die Glocke zur Kirche ruft, da sie einen, ehe man sich's versieht, zur letzten Rechenschaft abrufen kann. Guten Abend, Major! Soll ich Euch diesen Abend eine Bowle Wacholderpunsch bereithalten, oder wollt Ihr die erste Nacht Eures Hierseins, die noch obendrein die Weihnacht ist, in dem großen Hause zubringen?«

»Es freut mich, euch zu sehen, Frau Hollister«, sagte Elisabeth, »ich habe mich durch das ganze Dorf nach einem bekannten Gesichte umgesehen und kein einziges bis auf Euch gefunden. Auch Euer Haus ist noch das alte, während alle übrigen so verändert sind, daß ich sie nur noch an ihren Plätzen zu erkennen vermag. Ihr scheint auch das Schild sehr in Ehren zu halten, das ich meinen Vetter Richard malen sah, und auch den Namen untenherum, über den es, wie Ihr wißt, zwischen Euch und ihm zum Streite kam.«

»Ah, Ihr meint den kühnen Dragoner? Und welchen Namen wollte er denn haben, da mein seliger Mann nie unter einem andern bekannt war, wie mein Mann da, der Hauptmann, bezeugen kann? Er machte sich ein Vergnügen daraus, die Gäste zu bedienen, und war immer der vorderste, wo es galt. Aber ach, das hat alles ein plötzliches Ende genommen. Ich hoffe indes, daß er Gnade gefunden hat, wenn es mir der Pfarrer Grant auch hundertmal in Abrede stellen will. – Ja, ja, der Squire wollte das Schild malen, und da hielt ich es für das beste, das Gesicht des Verstorbenen zu verewigen, der so oft Gutes und Schlimmes mit uns geteilt hatte. Freilich sind die Augen nicht so groß und so feurig wie die seinen, aber Bart und Mütze gleichen sich wie ein Ei dem andern. Doch ich will Euch nicht länger mit Schwatzen in der Kälte aufhalten, sondern morgen nach dem Gottesdienst einkehren und mich nach Eurem Befinden erkundigen. Es ist unsere Pflicht, von dem Augenblicke den besten Gebrauch zu machen und das Haus zu besuchen, welches allen offensteht. Gott behüte Euch und bewahre Euch vor allem Übel! Soll ich den Wacholderpunsch zurichten oder nicht, Major?«

Auf diese Frage antwortete der Deutsche einfach mit Ja, und nachdem noch einige Worte zwischen dem Richter und dem Gatten der Dame mit dem roten Gesicht gewechselt worden waren, bewegte sich der Sleigh weiter. Er erreichte bald die Türe der Akademie, wo die Gesellschaft ausstieg, um sich in das Gebäude zu verfügen.

Da Herr Jones und seine zwei Gefährten einen weit kürzern Weg eingeschlagen hatten, so waren sie einige Minuten vor dem Sleigh an Ort und Stelle angelangt. Aber anstatt nach dem Saale zu eilen, um sich an dem Erstaunen der Ansiedler zu weiden, spazierte Richard mit den Händen in den Taschen seines Überrocks vor der Akademie auf und ab, als wäre er bei all den prunkvollen Vorbereitungen nicht im mindesten beteiligt.

Die Dorfbewohner begaben sich mit einem Anstand und einem Ernste, der ihnen bei solchen Anlässen nie fehlte, aber auch mit einer Hast, welche wahrscheinlich in der Neugierde ihren Grund hatte, in das Gebäude. Nur die aus der Nachbarschaft Herbeigekommenen zögerten noch eine Weile, um ihre blauen und weißen Decken über die Pferde zu legen, ehe sie dem Verlangen, das Innere des Hauses zu beaugenscheinigen, nachgaben. Richard näherte sich den meisten dieser Leute und fragte sie nach dem Befinden ihrer Familien. Er kannte sogar die Namen ihrer Kinder, woraus sich entnehmen ließ, wie vertraut er mit ihren Verhältnissen war, und die Art der Antworten bezeichnete ihn als den allgemeinen Liebling.

Endlich trat ein Fußgänger aus dem Dorfe gleichfalls herbei und musterte ernsten Blickes ein neues Backsteingebäude, welches unter den Strahlen des Vollmondes in schöner Abstufung einen langen Schatten über die Schneefelder warf. Vor der Akademie befand sich ein großer, freier, viereckiger Platz, an dessen Ende die neue und noch unvollendete St.-Pauls-Kirche stand. Das Gebäude war während des letzten Sommers auf Subskription – wie man es nannte – errichtet worden, obgleich bei weitem die Mehrzahl des Geldes aus Templetons Kasse floß. Es hatte seine Entstehung der Überzeugung von der Notwendigkeit zu danken, einen schicklicheren Ort als den Saal der Akademie für die Gottesverehrung zu besitzen, wobei man der gemeinsamen Hoffnung lebte, daß nach Vollendung der Kirche die Entscheidung der Frage, welchem Glaubensbekenntnisse sie zufallen sollte, dem Volke anheimgegeben würde. Natürlich veranlaßte diese Aussicht eine lebhafte Aufregung unter einigen Sektierern, die sich bei der Sache für wesentlich beteiligt erachteten, obgleich öffentlich nur wenig darüber gesprochen wurde. Hätte sich der Richter Temple entschieden für irgendeine der verschiedenen Sekten erklärt, so wäre der Streit schnell abgetan gewesen, da sein Einfluß zu mächtig war, um mit Erfolg gegen ihn ankämpfen zu können. So aber enthielt er sich jeder Einmischung, indem er sich sogar entschieden weigerte, den Einfluß Richards durch das Gewicht seines Namens zu verstärken, trotzdem daß dieser dem entsprechenden Bischof bereits die geheime Mitteilung gemacht hatte. Kirche und Gemeinde würden sich glücklich schätzen, in den Schoß der protestantischen bischöflichen Kirche aufgenommen zu werden. Sobald indes die Neutralität des Richters öffentlich bekannt war, fand Herr Jones, daß er gegen ein störrisches Volk anzukämpfen hatte. Er versuchte es daher zunächst, die Bewohner des Dorfes durch Vernunftgründe für seine Ansicht zu gewinnen, indem er sie in ihren Häusern besuchte und theologische Kontroverspredigten hielt, welche auch geduldig und ohne ein Wort der Erwiderung angehört wurden, so daß Richard am Schlusse seiner Wanderung der Ansicht war, die Sache stehe entschieden zu seinen Gunsten. Um daher das Eisen zu schmieden, solange es noch heiß wäre, ließ er durch den Templetoner Anzeiger eine Versammlung ausschreiben, damit die Frage mit einem Male durch die Abstimmung bereinigt würde. Aber keine Seele erschien, und so wurde einer der drückendsten Nachmittage, den Richard je erlebt hatte, in einer zu nichts führenden Diskussion des genannten Herrn mit Frau Hollister verbracht, welche steif und fest behauptete, die methodistische Kirche (zu der sie selbst gehörte) sei die beste und verdiene daher am allerehesten in den Besitz des neuen Gotteshauses zu kommen. Richard bemerkte jetzt, daß er zu sanguinisch in seinen Hoffnungen gewesen und in den Irrtum verfallen sei, dem sich alle diejenigen leicht aussetzten, welche ohne gehörige Sachkenntnis mit diesem klugen und vorsichtigen Volke verkehrten. Er suchte sich daher so gut als möglich zu verstellen, um auf diesem Wege Schritt für Schritt seinem Ziele näherzukommen.

Das Geschäft der Errichtung des Gebäudes war einstimmig Herrn Richard und Herrn Hiram Doolittle übertragen worden. Aus ihren Händen waren bereits das Haus des Richters, die Akademie und das Gefängnis hervorgegangen, und sie allein wußten den Plan zu einem Gebäude und die Ausführung desselben zu leiten. Gleich anfangs hatten die beiden Architekten ihre Obliegenheiten in der Weise geteilt, daß der erstere die Anfertigung der Pläne übernahm, während dem letzteren das Amt anheimfiel, den materiellen Teil, nämlich das Bauwesen selbst, zu leiten.

Richard nahm seinen Vorteil wahr und entschloß sich ganz in der Stille, als ersten entschiedenen Schritt zur Durchführung seiner Wünsche die Fenster im römischen Stile konstruieren zu lassen. Da das Gebäude in Backsteinen aufgeführt wurde, so konnte er seinen Plan verhehlen, bis der Augenblick kam, da die Rahmen eingelegt werden sollten. Nun wurde es aber in der Tat nötig zu handeln. Er teilte mit großer Behutsamkeit Hiram seine Absicht mit, ohne jedoch auf den spirituellen Teil desselben einzugehen, indem er der Sache bloß von seiten der architektonischen Schönheit mit Wärme das Wort redete. Hiram hörte ihm geduldig zu, ohne sich eine Gegenrede zu erlauben, – ein Umstand, der Herr Jones über die wahren Ansichten seines Gegners hinsichtlich dieses wichtigen Gegenstandes ganz im unklaren ließ. Da indes das Entwerfen des Planes ausdrücklich Richard zugewiesen war, so durfte natürlich keine Einsprache dagegen statthaben, obgleich ihm bei der Ausführung zahllose unerwartete Hindernisse in den Weg gelegt wurden. Das erste bestand in der Seltenheit des rechten Materials, dessen man für die Fensterrahmen bedurfte. Dem wurde jedoch augenblicklich dadurch abgeholfen, daß Richard ihre Länge um zwei Fuß verkürzte. Dann kam der Kostenpunkt zur Sprache, aber er erinnerte Hiram an die Kassen seines Vetters, denen *er* als Schatzmeister vorstand, – eine Andeutung, die das gehörige Gewicht hatte, und so nahm denn nach einer stummen und in die Länge gezogenen, wiewohl fruchtlosen, Opposition das Werk seinen Fortgang nach dem ursprünglichen Plan.

Eine weitere Schwierigkeit veranlaßte der Turm, welchen Richard nach dem Modell eines der kleineren Türme, welche die große Londoner Kathedrale zieren, erbaut haben wollte. Die Nachahmung sah allerdings etwas verkrüppelt aus, da man es mit den Proportionen nicht sehr genau genommen; aber nach vielen Schwierigkeiten hatte Herr Jones endlich die Freude, einen Gegenstand aufgerichtet zu sehen, der in seinen Umrissen die schlagendste Ähnlichkeit mit einem Essigfläschchen nachwies. Hiergegen hatte man weniger einzuwenden als gegen die Fenster; denn die Ansiedler liebten das Neue, und ihr Turm hatte sicherlich nicht seinesgleichen.

So weit waren die Arbeiten des Sommers gediehen, und die schwierige Frage über die innere Einrichtung blieb für eine weitere Beratung ausgesetzt. Richard sah wohl ein, daß sein Geheimnis verraten wäre, sobald er die Kanzel und den Chor zur Sprache brächte, da derartige Vorkehrungen in keiner anderen Kirche des Landes als in der bischöflichen üblich waren. Er verfolgte indes die bereits erwähnten Vorteile weiter und nannte das Gebäude kühn St.-Pauls-Kirche – was sich Hiram klüglich gefallen ließ, indem er sie nur mit einem kleinen Zusatze, zur »neuen St.-Pauls-Kirche« umgewandelt sehen wollte; denn er fühlte weniger Abneigung gegen den von der englischen Kathedrale genommenen Titel als gegen den Namen des Heiligen.

Der oben erwähnte Fußgänger, welcher sich das Gebäude betrachtete, war niemand anders als der von uns so häufig namhaft gemachte Herr oder Squire Doolittle. Er war ein hoher, kräftiger Mann mit scharfgeschnittenen Zügen und einem Gesichte, in dem sich äußerlicher Anstand und gemeine Verschmitztheit ausdrückten. Richard trat nebst Monsieur Le Quoi und dem Majordomo auf ihn zu.

»Guten Abend, Squire«, sagte Richard mit dem Kopfe nikkend, ohne jedoch die Hände aus den Rocktaschen zu ziehen.

»Guten Abend, Squire«, entgegnete Hiram, indem er sich umwandte und gleichfalls mit dem Kopfe nickte.

»Es gibt eine kalte Nacht, Herr Doolittle.«

»Allerdings etwas frisch«, meinte Hiram, – »verwünscht frisch!«

»Ihr betrachtet unsere Kirche? Ja, sie nimmt sich im Mondlicht nicht übel aus. Wie prächtig die Zinnbedeckung der Kuppel glänzt. Ich wette, die der andern St. Paul macht sich in Londons Rauch nie so lieblich.«

»Ja, das Versammmlungshaus ist recht hübsch anzusehen«, entgegnete Hiram, »ich denke Monschür Ler Quaw und Herr Penguilliam werden das zugeben.«

»Gewiß«, rief der höfliche Franzose; »es is serr schön.«

»Ich dachte mir's, daß der Monschür so sagen würde. Der letzte Sirup, den wir von Euch hatten, war ausgezeichnet gut. Es wird davon wohl noch mehr zu bekommen sein?«

»Ah! oui, ja, Sir«, entgegnete Monsieur Le Quoi mit einem leichten Achselzucken und einer nichtssagenden Gebärde, »es gibt noch mehr. Ich fühl mich serr glücklich, daß er is nach Ihr Geschmack. Ich hoffe, daß Madame Dolicht sich befind wohl?«

»Wenigstens rührig genug«, erwiderte Hiram. »Hat der Squire die Pläne für das Innere des Hauses noch nicht beendigt?«

»Nein – nein – nein«, versetzte Richard rasch, indem er jedoch zwischen jeder Verneinung eine bedeutungsvolle Pause machte. »Das fordert Nachdenken. Es gibt viel Raum auszufüllen, und ich fürchte, wir werden nicht wissen, wie er vorteilhaft verwendet wird. Wir haben einen großen freien Platz um die Kanzel herum, die ich übrigens nicht an der Wand anzubringen beabsichtige wie ein Schilderhaus an der Seite eines Forts.«

»In der Regel wird der Stuhl des Hilfsgeistlichen unter der Kanzel angebracht«, sagte Hiram. Dann aber fügte er, als hätte er sich bereits zuviel herausgenommen, bei: »Doch jedes Land hat seine besondere Sitte.«

»Da haben Sie recht«, rief Benjamin. »So kann man zum Beispiel an der Küste von Spanien und Portugal an jeder Ecke ein Nonnenkloster sehen, das mehr Türme und Wetterfahnen hat, als man an Bord eines dreimastigen Schoners Stengen findet. Wenn man einmal eine gutgebaute Kirche will, so ist es im Grunde doch am besten, in Altengland die Modelle zu holen, und sich nach der dortigen Sitte zu richten. Die Paulskirche habe ich freilich nie gesehen, weil sie von der Ratcliffestraße und von den Docks zu entfernt liegt; aber doch weiß jedermann, daß es das herrlichste Gebäude der Art in der ganzen Welt ist. Was übrigens unsere Kirche hier betrifft, so will ich nicht gerade sagen, daß sie der dortigen nachsteht; denn ich glaube nicht, daß sie ihr an einem Ende so ähnlich sieht wie der Schwertfisch einem grönländischen Walfisch, und doch ist hier der ganze Unterschied nur in der Größe. Monschür Ler Quaw hier hat sich in fremden Ländern umgesehen, und obgleich dies etwas anderes ist, als wenn man immer zu Hause bleibt, muß er doch in Frankreich auch Kirchen gesehen haben und sich daher einen kleinen Begriff davon machen können, was eigentlich zu einer Kirche gehört. Ich frage daher den Monschür, ob sie nicht ein ganz hübsches kleines Ding ist.«

»Es is serr geeignet für die Umständ«, sagte der Franzose – »sehr viel Umsicht – aber es gibt in die katholische Land, daß sie bau die – wie heißt's – a – a – a – la grande Cathédrale – die groß Dom. Saint Paul à Londres is serr schön – très belle, très grande – was sie nenn groß; aber Monsieur Ben, pardonnez-moi, sie is nich so viel wie Notre-Dame.«

»Ah, Monschür, was sagen Sie da!« rief Benjamin – »die St.-Pauls-Kirche nicht so viel als ein Damm? Vielleicht glauben Sie auch, der königliche Billy sei kein so gutes Schiff wie der Billy von Paris? Und doch schmiert er zwei solche aus, sei das Wetter, wie es wolle.«

Da Benjamin eine ziemlich drohende Stellung angenommen hatte und mit seiner Hand, an der er ein Überbein, halb so groß wie Monsieur Le Quois Kopf hatte, in der Luft umherfuchtelte, so hielt es Richard für zeitgemäß, sein Ansehen geltend zu machen.

»Still, Benjamin, still!« sagte er, »Ihr habt Monsieur Le Quoi nicht recht verstanden und vergeßt Euch. – Doch da kommt Herr Grant. Gehen wir hinein, ehe der Gottesdienst anfängt!«

Der Franzose, welcher Benjamins Erwiderung in der humoristischen Weise des guten Tones hingenommen hatte, die kein anderes Gefühl als das des Mitleids mit der Unwissenheit in ihm aufkommen ließ, verbeugte sich zustimmend und folgte seinem Begleiter.

Hiram und der Majordomo bildeten den Nachtrab. Letzterer brummte übrigens noch, als er das Bethaus betrat:

»Wenn der König von Frankreich eine Residenz hat, die sich mit Sankt Paul messen kann, so will ich sie fressen. Nein, es ist mehr, als Fleisch und Blut ertragen kann, wenn ein Franzose so abfällig über eine englische Kirche spricht. Squire Doolittle, ich habe einmal zwei von ihnen an einem Tage auspeitschen helfen – hübsch gebaute, nette Fregatten mit stehenden Bramsegeln und neumodischem Geschütz vor ihren Pforten – mein Seel, wenn sie nur Engländer an Bord gehabt hätten, sie hätten's mit dem Teufel aufnehmen können.«

Mit diesen ominösen Schlußworten im Munde trat Benjamin in die Kirche.

Elftes Kapitel

Und Toren, nur der Spottlust wegen hier,
Ergriff der Andacht heilige Gewalt.
Goldsmith

Ungeachtet Richards und Benjamins vereinter Bemühungen war der Raum immer nur ein äußerst schmuckloser Tempel. Roh gezimmerte und äußerst unbequeme Bänke standen in Reihen da, um die christliche Versammlung aufzunehmen, während in der Mitte der Seitenwand ein schlechter, unbemalter Kasten stand, der die Kanzel vorstellen sollte. Eine Art Lesepult befand sich an der vordern Seite dieser Rednerbühne, und ein kleiner, mit schneeweißer Damastleinwand bedeckter Mahagonitisch aus dem Hause des Richters stand ein wenig seitlich, um die Stelle eines Altars zu vertreten. Fichten- und Tannenzweige staken in den Ritzen umher, welche sich allenthalben in dem zur Unzeit gefällten und hastig zusammengesetzten Holzwerk des Gebäudes und der Kirchenstühle zeigten, während Girlanden und hieroglyphische Bilder in üppiger Verschwendung die rauh beworfenen braunen Wände bedeckten. Da der Raum nur durch zehn oder fünfzehn armselige Talglichter erleuchtet war und die Fenster noch der Scheiben entbehrten, so wäre es allerdings nur ein trauriger Ort für die Feier des Christabends gewesen, hätten ihm nicht die großen Feuer, die an allen Enden flackerten, durch ihr Licht, welches sie auf das Buschwerk und die Gesichter warfen, ein behagliches Aussehen gegeben.

Beide Geschlechter waren durch einen Quergang unmittelbar vor der Kanzel getrennt, an dessen Seiten die Hauptpersonen des Dorfs und der Umgebung ihre Sitze hatten. Diese Auszeichnung war jedoch eher die Folge eines freiwilligen Zurücktretens der ärmeren und anspruchsloseren Bevölkerungsklasse als ein Recht, welches die vom Glücke Begünstigteren ansprechen konnten. Die eine Bank wurde von Richter Temples Gesellschaft, seine Tochter miteingeschlossen, besetzt, und mit Ausnahme des Doktor Todd schien niemand geneigt zu sein, sich dem Vorwurf des Stolzes auszusetzen, indem er nach einem der Sitze getrachtet hätte, welche buchstäblich die höchsten des Gotteshauses waren.

Richard nahm in der Eigenschaft eines Küsters den Platz hinter einem andern Tisch ein, während Benjamin, nachdem er den Feuern einige Holzblöcke zugedacht hatte, sich in seiner Nähe aufpflanzte, um jeden Augenblick bereit zu sein, falls seine Beihilfe für nötig erachtet werde.

Wir kämen zu weit von unserem Thema ab, wenn wir es versuchen wollten, eine Beschreibung der ganzen Gemeinde zu geben, da die Anzüge ebenso verschieden wie die Individuen waren. Nur einzelne Artikel von mehr als gewöhnlicher Schönheit – vielleicht Überbleibsel aus früheren Tagen – ließen sich neben dem groben Anzug der Wälder an den meisten Frauen erblicken. Die eine trug ein verschossenes seidenes Kleid, das wenigstens schon drei Generationen durchgemacht hatte, über schwarzen grobwollenen Strümpfen, die andere einen Schal, dessen Farben so zahlreich waren wie die des Regenbogens, über einem schlecht zugeschnittenen Kleide von rohem braunem selbstgewirktem Stoffe. Mit einem Worte, jede trug einen Lieblingsschmuck zur Schau, und sowohl Männer als Frauen erschienen in ihrem besten Anzug, wozu übrigens bei beiden Geschlechtern vorzugsweise die eigene Hausindustrie den Stoff geliefert hatte. Ein einziger Mann kam in der Uniform eines Artilleristenfreikorps, bei welchem er früher in den Küstengegenden gedient hatte, – wahrscheinlich aus keinem andern Grunde, als weil sie seine beste Kleidung war. Mehrere, zumal die jüngeren Männer, trugen blaue Beinkleider mit rottuchenen Seitenstreifen: diese gehörten zu Templetons leichter Infanterie und wollten wohl zeigen, daß sie nicht bloß Hausleinwand, sondern auch gekaufte Kleider hätten. Auch war ein Mann in einem schneeweißen und mit Falten versehenen sogenannten Überhemd zugegen, bei dessen Anblick einen schon ein Frostschauder überlief, obgleich der dicke braune Hausrock, der darunter verborgen war, den Eigentümer gegen Kälte schützte.

In den Gesichtern, zumal jener Hälfte der Versammlung, welche nicht zu den eigentlichen Dorfbewohnern gehörte, sprach sich ein ziemlich gleichförmiger Ausdruck aus: allenthalben die gelbe Hautfarbe, die auf Anstrengung in Wind und

Wetter deutete, Anstand und Aufmerksamkeit, in die sich fast durchgängig ein Zug von Verschmitztheit mischte, und im gegenwärtigen Falle die gespannteste Neugierde. Hin und wieder zeigten sich auch ein Gesicht und ein Anzug, die hiervon eine Ausnahme machten. Jener pockennarbige Mann mit der blühenden Gesichtsfarbe und den Gamaschen an den Beinen, nebst einem Rocke, der genau dem Besitzer auf den Leib paßte, war sicherlich ein englischer Emigrant, der sich nach diesem abgelegenen Erdwinkel verloren hatte. Dort die harten, farblosen Züge mit den hohen Backenknochen ließen auf einen schottischen Auswanderer schließen. Der kleine schwarzäugige Mann mit einem Anflug von der dunkeln Gesichtsfarbe des Spaniers, der alle Augenblicke aufstand, um den Schönen des Dorfes Platz zu machen, war ein Sohn Erins, der erst kürzlich sein Bündel abgeworfen und sich als Handelsmann in Templeton niedergelassen hatte. Kurz, die Hälfte der in Europas Norden wohnenden Nationen war in dieser Versammlung repräsentiert, obgleich sich alle, den Engländer ausgenommen, zu der amerikanischen Ansiedlertracht bequemt hatten. Doch hing dieser nicht nur hinsichtlich seiner Lebensweise und seines Anzugs an den Bräuchen seines Mutterlandes, sondern er handhabte auch unter den Baumstümpfen seinen Pflug in derselben Weise, wie er es im Flachland von Norfolk getan hatte, bis ihm eine teuer erkaufte Erfahrung die Lehre gewonnen hatte, daß ein verständiges Volk besser weiß, was zu seiner Umwelt paßt, als ein zufälliger Beobachter oder ein Fremder, der vielleicht zu vorurteilsvoll ist, um zu vergleichen, oder sich zu hoch dünkt, um etwas zu lernen.

Elisabeth entdeckte bald, daß die Augen der Versammlung ebenso aufmerksam auf ihr wie auf Herrn Grant ruhten. Eine mädchenhafte Schüchternheit gestattete ihr daher nur, verstohlene Blicke auf das von uns eben vorgeführte Gemälde zu werfen. Als jedoch das Stampfen mit den Füßen weniger häufig wurde und auch das Husten und andere kleine Einleitungen, die bei derartigen Versammlungen der Andacht vorausgehen, nachgelassen hatten, so faßte sie sich ein Herz umherzusehen. Das Geräusch verminderte sich mehr und mehr, bis endlich das unterdrückte Hüsteln bekundete, daß es nötig sei, sich jetzt ein wenig zusammenzunehmen, und die tiefste Stille herrschte nun in dem Raume. Man hörte nur noch das Knistern der Feuer, die eine mächtige Hitze verbreiteten, und jedes Gesicht, jedes Auge war jetzt dem Geistlichen zugekehrt. In diesem Augenblicke ließ sich ein schweres Stampfen der Füße an dem Eingang vernehmen, als ob ein neuer Ankömmling seine Bewegungsorgane von dem Schnee befreie, der notwendig den Beinen eines Fußgängers anhaften mußte. Dann folgten lautlose Tritte, und man gewahrte Mohegan, der – von Lederstrumpf und dem jungen Jäger begleitet – in das Gotteshaus kam. Die Schritte, mit denen sie den Raum in ihren Mokassins betraten, wurden überhaupt nur gehört, weil die Stille bereits eingetreten war.

Der Indianer bewegte sich mit feierlichem Ernste durch den Raum, und da er neben dem Richter einen leeren Sitz bemerkte, nahm er denselben mit einer Miene ein, welche das Bewußtsein seiner eigenen Würde bekundete. Hier blieb er, die Wolldecke so dicht um sich schlagend, daß sie einen Teil seines Gesichtes verbarg, den ganzen Gottesdienst über unbeweglich und in tiefer Aufmerksamkeit sitzen. Natty ging an dem Stuhle vorbei, dessen sich sein roter Gefährte so unumwunden bemächtigt hatte, und setzte sich auf das Ende eines Holzblockes, der in der Nähe des Feuers lag, wo er, die Büchse zwischen seinen Beinen, anscheinend nicht sehr erfreulichen Betrachtungen nachhing. Der Jüngling fand einen Sitz unter der Versammlung, und das frühere Schweigen trat wieder ein.

Herr Grant stand nun auf und begann den Gottesdienst mit dem erhabenen Ausspruch des Propheten:

»Der Herr ist in seinem heiligen Tempel, laßt die ganze Erde vor ihm schweigen.« Richards Beispiel war unnötig, um die Gemeinde zu lehren, daß sie aufstehen solle, da schon der feierliche Ernst des Geistlichen wie eine Zaubergewalt diese Wirkung hervorbrachte. Nach einer kurzen Pause fuhr Herr Grant in seiner ernsten und erhebenden Mahnung fort. Man hörte nichts als die tiefen und eindringlichen Worte des Redners, wie er langsam seinen Text erklärte, bis unglücklicherweise Richard etwas Vergessenes einfiel und er auf den Zehen seinen Platz und das Schiff der Kirche verließ.

Als der Geistliche im Gebete seine Knie beugte, ahmte die Gemeinde insoweit das Beispiel nach, daß sie ihre Sitze wiedereinnahm; aber keine Bewegung desselben konnte sie vermögen, im Laufe dieses Abends zum zweiten Male in Masse aufzustehen. Einige taten es wohl hin und wieder, aber bei weitem die Mehrzahl rührte sich nicht. Sie ließ es zwar nicht an Aufmerksamkeit fehlen, aber es war eine Art von Aufmerksamkeit, welche die Handlung eher für ein Schauspiel ansah als für eine Gottesverehrung, an der man teilnehmen müsse. Von seinem Küster verlassen, fuhr Herr Grant fort zu lesen, ohne daß sich übrigens eine Antwort vernehmen ließ. Er hielt die kurzen und feierlichen Pausen, die jeder Bitte folgten, ein, aber keine Stimme respondierte dem beredten Gebet des Geistlichen.

Elisabeths Lippen bewegten sich, aber sie brachten keine Worte hervor. An den Gottesdienst der Kirchen in Neuyork gewöhnt, wurde ihr das Störende dieses Umstands ungemein peinlich, als auf einmal eine leise, sanfte Frauenstimme die Worte des Priesters wiederholte: »Wir haben unterlassen diejenigen Dinge, welche wir hätten tun sollen.« Verwundert, eine Person ihres eigenen Geschlechts an diesem Orte zu finden, die sich über die angeborne Schüchternheit erheben konnte, wandte Miß Temple ihre Augen nach der Betenden und bemerkte in kleiner Entfernung von sich selbst ein junges Frauenzimmer auf den Knien, das sein Gesicht demütig auf sein Gebetbuch senkte. Das Äußere dieser Fremden – denn für Elisabeth war sie dies im buchstäblichen Sinne des Wortes – war leicht und zart, ihr Anzug nett und anständig, und ihr Gesicht weckte trotz seiner Blässe und Ergriffenheit durch seinen angenehmen und wehmütigen Ausdruck eine tiefe Teilnahme. Bei einer zweiten und dritten Bitte vertrat sie gleichfalls die Stelle des Chors, als auf einmal die kräftigen Töne einer Männerstimme von der andern Seite des Betsaales miteinstimmten. Miß Temple erkannte im Augenblick die Stimme des jungen Jägers, und ihre Mutlosigkeit bekämpfend, vereinigte sie ihre schwachen Laute mit denen der beiden andern Beter.

Diese ganze Zeit über hatte Benjamin emsig in seinem Gebetbuche geblättert, aber unglücklicherweise die rechte Stelle nicht finden können. Ehe jedoch der Geistliche zu dem Schlusse der Beichtformel kam, erschien Richard wieder in der Türe und nahm, während er sich leichten Trittes durch den Raum bewegte, die Antwort mit einer Kraft auf, welche keine andere Besorgnis verriet, als daß sie nicht gehört werden könnte. In seiner Hand trug er ein kleines offenes Kästchen mit den schwarzgemalten Zahlen »8 zu 10« auf der einen Seite, welches er, augenscheinlich als einen Fußschemel für den Geistlichen, in die Kanzel stellte, worauf er zu seinem Platze zurückkehrte und gerade noch zeitig genug daselbst anlangte, um mit einem volltönigen »Amen« einfallen zu können. Als Herr Jones mit seiner seltsamen Last eintrat, waren die Augen aus einem leicht erklärlichen Grunde nach den Fenstern gerichtet; sie kehrten sich jedoch bald wieder in gespannter Aufmerksamkeit dem Prediger zu, da man bereits an die Tätigkeit des »Aushelfers in allen Dingen« gewöhnt war.

Langjährige Erfahrung hatte Herrn Grant instand gesetzt, sein dermaliges Amt auf eine bewundernswürdige Weise durchzuführen. Er kannte den Charakter seiner Zuhörer, die als ein noch ungebildetes Volk, welches eifrig an den Spitzfindigkeiten seiner verschiedenen religiösen Ansichten hielt, die Einführung eines so zeitlichen Beiwerks, wie Formeln, in ihre geistige Gottesverehrung nicht nur mit Eifersucht, sondern oft sogar mit Widerwillen betrachteten. Einen großen Teil seiner Kenntnisse hatte er in dem Studium des großen Buches der Natur, das in der Welt offen vor uns daliegt, gefunden, und da er wußte, wie gefährlich es sei, mit der Unwissenheit zu streiten, so bemühte er sich durchweg, alles einem Befehl Ähnliche zu vermeiden, wo seine Vernunft es für rätlich erachtete zu überzeugen. Seine Rechtgläubigkeit hing nicht mit seinem Priesterrocke zusammen. Er konnte, wenn es die Umstände erforderten, auch ohne den Beistand seines Küsters mit Glut und Andacht beten, wie man ihn auch oft einen sehr evangelischen Vortrag mit der vollen Kraft seiner Beredsamkeit halten hörte, ohne daß ihm dabei die Mithilfe eines weißen batistenen Tuches zu Gebote gestanden hätte.

In dem gegenwärtigen Falle sah er der Menge seiner Zuhörerschaft manches nach, und als er mit seiner Rede zu Ende kam, war auch nicht einer in der ganzen Versammlung, dem die Feierlichkeit nicht weniger papistisch und anstößig und weit mehr im Einklang mit seinen eigenen Begriffen von wahrer Andacht erschienen wäre, als man ihn das von einem Formengottesdienste glauben gemacht hatte.

Richard erblickte in dem Geistlichen während des ganzen Abends einen äußerst mächtigen Verbündeten für die Ausführung seiner religiösen Entwürfe. Herr Grant hatte sich in seiner Predigt bemüht, die Mittelstraße zwischen den mystischen

Doktrinen jener sublimen Glaubensbekenntnisse, welche ihre Bekenner ohne Unterlaß in die abgeschmacktesten Widersprüche verwickeln, und den üblichen Vorschriften einer sittlichen Lebensnorm zu halten, welche unseren Erlöser in *eine* Reihe mit den Moralpredigern früherer und späterer Jahrhunderte stellen. Er mußte allerdings über Dogmen predigen, da sonst der Kontroversensucht seiner Zuhörer nicht gedient gewesen und ein Schweigen in dieser Hinsicht für eine stillschweigende Anerkennung der Oberflächlichkeit seines Glaubensbekenntnisses genommen worden wäre. Wir haben bereits gesagt, daß die Ansiedler bei der Unzahl ihrer verschiedenen Religionslehrer gewöhnt waren, von jedem Glaubensbekenntnis bestimmte, unterscheidende Lehrsätze zu verlangen, und eine Gleichgültigkeit in dieser Hinsicht hätte auf einmal den ganzen Einfluß des Geistlichen vernichtet. Aber Herr Grant verband die allgemein anerkannten Lehrbegriffe der Christusreligion so glücklich mit den Dogmen seiner eigenen Kirche, daß wohl keiner von seinen Gründen unbewegt blieb und nur wenige an der Neuerung Anstoß nahmen.

»Wenn wir betrachten, wie verschieden sich der Charakter des Menschen unter dem Einfluß der Erziehung, der Verhältnisse und der natürlichen und sittlichen Anlagen entwickelt, meine lieben Zuhörer«, schloß er seinen feierlichen Vortrag, »so kann es nicht überraschen, daß Glaubensbekenntnisse von so verschiedenen Richtungen aus einer Religion entstehen konnten, die allerdings eine geoffenbarte ist, deren Offenbarungen aber im Laufe der Zeit verdunkelt wurden, um so mehr, da ihre Lehrsätze nach der Sitte der Länder, in denen man sie zuerst vortrug, häufig in Parabeln und in eine von Bildern wimmelnde Sprache gekleidet waren. In Punkten, wo die Forscher bei aller Reinheit ihres Herzens zu verschiedenen Ansichten gelangten, muß sich notwendig auch unter den Ungelehrten eine Spaltung herausstellen. Aber zum Glücke für uns, liebe Brüder, entspringt der Brunnen der göttlichen Liebe aus einer zu reinen Quelle, als daß er in seinem Laufe getrübt werden könnte. Er gibt denen, die von seinem Lebenswasser trinken, den Frieden des Gerechten und das ewige Leben; er fließt fort durch alle Zeiten und durchdringt die ganze Schöpfung. Wenn etwas Geheimnisvolles in einem solchen Walten liegt, so ist es das Geheimnis der Gottheit. Eine umfassende Kenntnis der

Natur, der Macht und der Majestät Gottes kann allerdings Überzeugung gewähren, aber dann ist noch von keinem Glauben die Rede. Wenn man also von uns verlangt, an Lehrsätze zu glauben, welche mit den Folgerungen *menschlicher* Weisheit nicht im Einklange zu sein scheinen, so laßt uns nie vergessen, daß wir dabei nur ein Gebot befolgen, das von der *unendlichen* Weisheit ergangen ist. Es muß uns genügen, daß uns ein Fingerzeig gegeben ist, der uns den rechten Weg kennenlehrt und den Erdenpilger nach der Pforte weist, hinter der sich uns das Licht des ewigen Lebens auftut. Wenn wir nun diesen Weisungen folgen, so dürfen wir demütig hoffen, daß die Nebel, welche die Spitzfindigkeiten der menschlichen Vernunft geschaffen haben, vor dem geistigen Lichte des Himmels verfliegen und daß wir, wenn wir einmal unsere Prüfungszeit, unter Beihilfe der göttlichen Gnade, siegreich überstanden haben, die Größe Gottes schauen und die Seligkeit der Heiligen genießen dürfen. Alles, was jetzt dunkel ist, wird vor unserm erweiterten Gesichtskreise klar werden, und alles, was sich mit unseren dermaligen beschränkten Begriffen von Gnade, Gerechtigkeit und Liebe nicht vereinigen läßt, sehen wir dort in dem hellen Lichte der Wahrheit, wo es sich als das Ergebnis der ewigen Weisheit und als das Wirken einer allmächtigen Liebe herausstellen wird.

Welch eine ernste Aufforderung zur Demut, meine Brüder, kann nicht ein jeder schon darin finden, wenn er auf die Tage seiner Kindheit zurückblickt und sich seiner jugendlichen Leidenschaften erinnert! Wie verschieden erscheint nicht dieselbe Handlung elterlicher Strenge in den Augen des leidenden Kindes und in denen des gereiften Mannes! Wenn der Mensch, der sich weise dünkt, die wirren Sätze seiner weltlichen Weisheit an die Stelle einer unmittelbaren höheren Eingebung pflanzen will, so möge er bedenken, wie beschränkt sein eigener schwacher Verstand ist, und er wird sich nicht weiter überheben; ja, er muß die Weisheit Gottes in dem, was teilweise verhüllt ist, ebensogut erkennen wie in dem, was offen vor ihm daliegt. An die Stelle seines Vernunftstolzes lasse er unterwürfige Demut, Glauben und wahres, inneres Leben treten!

Die Betrachtung dieser Frage, meine Zuhörer, enthält viel Tröstliches und hat ernste Aufforderungen zur Demut in ihrem Gefolge, die, in reinem Sinne geübt, das Herz bessert und den Kleinmut des Erdenpilgers auf seiner Wanderschaft verscheucht. Es ist ein köstlicher Trost, die Zweifel unserer anmaßenden Natur an der Schwelle unserer ewigen Heimat niederlegen zu dürfen, von wo sie, sobald die Türe sich öffnet, wie Morgennebel vor der aufsteigenden Sonne verschwinden. Oh, es liegt eine heilige Lehre in der Unzulänglichkeit unserer Kräfte; denn sie macht uns auf viele schwache Seiten aufmerksam, an denen wir von dem großen Feinde unseres Geschlechtes angegriffen werden können; sie zeigt uns, daß wir am ehesten der Gefahr ausgesetzt sind zu fallen, wenn unsere Eitelkeit uns eben mit dem Gefühle der Stärke einschläfern will; sie macht uns gebieterisch aufmerksam auf den eiteln Ruhm unseres Verstandes und läßt uns den großen Unterschied zwischen einem beseligenden Glauben und den Auswüchsen einer sogenannten philosophischen Gotteslehre erkennen; sie lehrt uns unser Inneres in dem Schmelztiegel der guten Werke erkennen. Unter den guten Werken sind aber die Früchte der Buße zu verstehen, die sich hauptsächlich in der Liebe äußern, – nicht in jener Liebe allein, die uns veranlaßt, dem Bedürftigen zu helfen und den Leidenden zu trösten, sondern in der Liebe, welche alle Menschen umfängt und uns lehrt, den Nächsten mit Milde zu beurteilen; die den Baum der Selbstgerechtigkeit mit der Wurzel ausrottet und uns warnt, andere zu verdammen, solange wir des eigenen Heils nicht versichert sind.

Die Nutzanwendung, welche ich aus der Beleuchtung dieses Gegenstandes ziehen will, meine Brüder, ist nichts weiteres als eine ernste Einschärfung der Demut. In den Hauptpunkten unseres Glaubens ist ein geringer Unterschied, sobald man nur die Haupteigenschaften des Erlösers anerkennt und alle Hoffnungen auf sein göttliches Mittleramt baut. Aber Ketzereien haben von jeher den Schoß der Kirche befleckt und Spaltungen herbeigeführt. Um den daraus entspringenden Gefahren vorzubeugen und die Einheit seiner Jünger zu sichern, hat Christus seine sichtbare Kirche gegründet und das Predigtamt eingesetzt. Weise und heilige Männer, die Väter unserer Religion, haben alle ihre Mühe aufgeboten, das, was das Dunkel der Sprache verbirgt, ans Licht zu ziehen, und die Ergebnisse ihrer Forschungen und Erfahrungen wurden in der Form evangelischer Kirchenordnungen auf uns fortgepflanzt. Wie heilsam diese sein müssen, erhellt aus dem Blicke, den wir eben in die Schwäche der menschlichen Natur getan haben, und daß sie förderlich für uns und alle werden mögen, die auf ihre Vorschriften und ihre Ausübung achten, das gebe Gott in seiner unendlichen Weisheit. – und nun noch usw.«

Mit dieser verständigen Hindeutung auf seine eigene Weise des Gottesdienstes schloß Herr Grant seine Rede. Die Gemeinde hatte in tiefer Aufmerksamkeit zugehört, obgleich die Gebete nicht mit dem gleichen Beweise von Achtung aufgenommen worden waren. Das letztere entsprang jedoch keineswegs aus absichtlicher Geringschätzung der Liturgie, auf welche der Geistliche anspielte, sondern vielmehr aus der Gewohnheit eines Volkes, welches seine dermalige Existenz als Nation dem doktrinären Charakter seiner Vorfahren verdankte. Zwar wurden einige mißvergnügte Blicke zwischen Hiram und einem oder dem andern Sektenführer gewechselt, doch teilten nur wenige diese Stimmung, und die Gemeinde zerstreute sich, nachdem Herr Grant den Segen gesprochen, schweigend und mit vielem Anstande.

Zwölftes Kapitel

> Die Glaubenssatzungen gelehrter Kirchen
> Sind wohl vielleicht ein sittlich schön Gebäu;
> Doch scheint's, als ob nur Gottes starke Hand
> Den Teufel könne aus dem Herzen reißen.
>
> *Duo*

Während die Gemeinde den Betsaal verließ, näherte sich Herr Grant dem Platze, wo Elisabeth mit ihrem Vater saß, und stellte der ersteren in dem jungen Frauenzimmer, das wir im vorigen Kapitel erwähnten, seine Tochter vor. Elisabeth empfing sie so herzlich und offen, wie man es von den Sitten des Landes und dem Werte, den man auf gute Gesellschaft legte, nur erwarten konnte, und die beiden Mädchen fühlten im Augenblicke, wie notwendig sie sich gegenseitig sein würden. Der Richter, welchem die Tochter des Geistlichen gleichfalls fremd war, freute sich sehr, jemand zu finden, dessen Geschlecht, Gewohnheiten und Alter ohne Zweifel viel dazu beitragen konnten, seinem Kinde den Aufenthalt in dem einsamen Templeton angenehm zu machen und sie die Trennung von dem geselligen Leben der Hauptstadt verschmerzen zu lehren, während Elisabeth, die sich durch die holde Anmut und die Andacht der jugendlichen Beterin mächtig angezogen fühlte, die Verlegenheit der schüchternen Fremden durch die Leichtigkeit ihres eigenen Benehmens zu verscheuchen suchte. So waren sie schnell miteinander bekannt, und schon während der zehn Minuten, in welchen sich die Leute aus der Akademie verliefen, wurden zwischen den jungen Mädchen Verabredungen nicht nur für den folgenden Tag getroffen, sondern diese würden sich auf den ganzen Winter erstreckt haben, hätte sie nicht der Geistliche durch die Worte unterbrochen:

»Gemach, gemach, meine liebe Miß Temple, oder Sie machen mir mein Mädchen zu zerstreut. Sie vergessen, daß sie meine Haushälterin ist, und daß meine wirtschaftlichen Angelegenheiten unbesorgt bleiben müßten, wenn Luise nur die Hälfte der gütigen Einladungen annehmen wollte, die Sie zu machen so gefällig sind.«

»Und warum sollten sie denn nicht überhaupt unbesorgt bleiben, Sir?« fiel Elisabeth ein. »Sie sind Ihrer nur zwei, und meines Vaters Haus hat nicht nur Raum für Sie, sondern wird auch seine Türe gerne öffnen, um solche Gäste zu empfangen. Gesellschaft ist ein Gut, das man in dieser Wildnis nicht um bloßer Formen willen zurückweisen darf, und ich habe oft meinen Vater sagen hören, daß Gastfreundlichkeit in den neuen Landen keine Tugend sei, da im Gegenteil der Wirt dem Gaste für den Besuch verpflichtet ist.«

»Die Art, wie Richter Temple diese Tugend übt, dient zur Bekräftigung seines Ausspruchs, aber es steht uns nicht zu, daraufhin zu sündigen. Zweifeln Sie indes nicht daran, daß Sie uns oft sehen werden, zumal mein Kind, da ich nicht selten veranlaßt sein werde, die entlegeneren Teile des Landes zu besuchen. Um übrigens auf ein solches Volk Einfluß zu gewinnen«, fuhr er fort, indem er auf ein paar Nachzügler blickte, die neugierig zurückgeblieben waren, »darf ein Geistlicher keinen Neid und Mißtrauen erwecken, was notwendig herbeigeführt werden müßte, wenn er unter einem so prunkvollen Dach, wie das des Herrn Temple, wohne würde.«

»Das Dach gefällt Ihnen also, Herr Grant?« rief Richard, der inzwischen das Auslöschen der Feuer befohlen und einige andere Obliegenheiten besorgt hatte und nun gerade zu rechter Zeit herantrat, um noch die Schlußworte des Geistlichen zu vernehmen. »Es freut mich unendlich, einen Mann von Geschmack gefunden zu haben. Mein Vetter Duke da nimmt sich heraus, es mit allen nur erdenklichen Ekelnamen zu belegen, obgleich ich ihm immer sage, daß er nichts von der Zimmermannskunst versteht, so erträglich er auch als Richter sein mag. Nun, Sir, ich glaube, wir können ohne Großsprecherei sagen, daß der Gottesdienst diesen Abend so gut als einer ausgefallen ist – wenigstens so gut, als ich es je in Old-Trinity gesehen habe, die Orgel natürlich ausgenommen. Da ist der Schulmeister, der seinen Psalm recht gut vorzusingen weiß; ich tat es sonst selbst, aber in der letzten Zeit habe ich nichts als Baß gesungen, da mehr Kunst darin liegt und sich dabei eine schöne Gelegenheit bietet, die volle Kraft einer tiefen Stimme zu entwickeln. Auch Benjamin singt einen guten Baß, obgleich er oft mit den Worten nicht ganz zurechtkommt. Haben Sie ihn nie das Lied: ›Die Bai von Biskaya, oh‹ singen hören?«

»Ich glaube, er gab uns diesen Abend einen Teil davon zum besten«, sagte Marmaduke lachend. »Er ließ wenigstens hin und wieder einen furchtbaren Triller hören, und es scheint, daß Penguillian so vielen anderen gleicht, welche nichts üben, als was sie besonders verstehen; denn er war in der Tat wunderbar auf *einen* Ton versessen und entwickelte dabei eine merkwürdige Selbstzuversicht, indem er ihn dahinbrausen ließ wie ein Nordwester, der über den See hinfliegt. Doch kommen Sie, meine Herren, der Weg ist frei, und der Sleigh wartet. Gute Nacht, junge Dame, und vergessen Sie nicht, daß Sie morgen mit Elisabeth unter dem korinthischen Dache zu Mittag speisen.«

Man trennte sich nun, und Richard unterhielt sich, indem sie die Treppen hinunterstiegen, ganz eifrig mit Monsieur Le Quoi über den stattgehabten Psalmengesang, wobei er mit einem gewaltigen Lobspruch auf das Lied »Die Bai von Biskaya, oh«, schloß, da dies natürlich mit den Leistungen seines Freundes Benjamin in enger Verbindung stand.

Während des mitgeteilten Gesprächs blieb Mohegan, den Kopf in seiner Wolldecke begraben, auf seinem Platze sitzen und schien das, was um ihn vorging, ebensowenig zu gewahren, als die sich Entfernenden die Anwesenheit des alten Häuptlings beachteten. Auch Natty verließ den Holzblock, auf dem er sich niedergelassen hatte, nicht, sondern stützte den Kopf auf die eine Hand, während die andere die Büchse hielt, welche er nachlässig auf seinen Knien liegen hatte. Sein Gesicht drückte Unruhe aus, und die unsteten Blicke, die er während des Gottesdienstes umhergleiten ließ, bekundeten deutlich, daß sein Inneres betrübt war. Sein Verbleiben auf dem Sitze geschah jedoch aus Achtung vor dem indianischen Häuptling, dem er bei allen Gelegenheiten eine hohe Verehrung zollte, obgleich sich ihr etwas von der rauhen Sitte des Jägers beimischte.

Der junge Begleiter dieser zwei bejahrten Waldbewohner schien gleichfalls nicht ohne seine Kameraden aufbrechen zu wollen und blieb vor einer der ausgelöschten Feuerstellen stehen. Der Tempel barg nur noch diese Gruppe, den Geistlichen und seine Tochter. Sobald sich übrigens die Bewohner des Herrenhauses entfernt hatten, stand auch John auf, ließ die Decke vom Gesichte fallen, schüttelte die Masse schwarzer Haare aus seiner Stirn und näherte sich Herrn Grant, welchem er die

Hand entgegenstreckte, indem er ihn zugleich feierlich anredete:

»Vater, ich danke dir. Die Worte, die du gesprochen hast, seit der Mond aufgegangen ist, sind aufwärts gestiegen, und der Große Geist ist erfreut. Was du deinen Kindern gesagt hast, werden sie nicht vergessen und gut sein.« Er hielt einen Augenblick inne; dann richtete er sich mit der ganzen Würde eines indianischen Häuptlings auf und fuhr fort:

»Wenn Chingachgook so lange lebt, um der untergehenden Sonne nachzuziehen zu seinem Stamme, und der Große Geist ihn über die Seen und Berge führt mir dem Atem in seinem Körper, so wird er seinen Leuten die Worte sagen, die er gehört hat, und sie werden ihm glauben; denn wer kann sagen, daß Mohegan je gelogen?«

»Verlaß dich ganz auf die göttliche Gnade«, erwiderte Herr Grant, dem das stolze Selbstgefühl des Indianers ein wenig unpassend schien, »und sie wird dich nie verlassen. Wenn das Herz mit der Liebe zu Gott erfüllt ist, so kann die Sünde keine Wurzel fassen. – Doch Ihnen, junger Mann, bin ich nicht nur in Gemeinschaft mit denen, welchen Sie diesen Abend auf dem Berge das Leben gerettet, zu Dank verpflichtet, sondern Sie verbinden mich auch aufs neue durch Ihr anständiges und frommes Benehmen, durch das Sie mir während des Gottesdienstes in einem sehr drückenden Augenblicke zu Hilfe kamen. Es ist so selten, in diesen Wäldern einen Mann von Ihrem Alter und Äußern zu finden, der mit unserer heiligen Liturgie so ganz vertraut ist, daß dieser Umstand auf einmal die Entfernung zwischen uns aufhebt und ich Sie nicht länger als einen Fremden betrachten kann. Sie scheinen den Gottesdienst ganz genau zu kennen; denn ich bemerkte, daß sie nicht einmal ein Buch hatten, obgleich der gute Herr Jones an mehreren Stellen welche auflegen ließ.«

»Es wäre sonderbar, wenn ich mit dem Gottesdienst unserer Kirche nicht bekannt wäre, Sir«, entgegnete der Jüngling, »denn ich wurde in ihrem Schoße getauft und habe nie einer andern öffentlichen Gottesverehrung beigewohnt. Ich würde mich ebensowenig in die Formen einer andern Konfession fügen können, als dies heute abend bei den Leuten hierherum mit der Ihrigen der Fall war.«

»Ihre Bekanntschaft gewährt mit große Freude, mein Lieber«, rief der Geistliche, indem er die Hand des Jünglings ergriff und herzlich schüttelte. »Sie werden jetzt mit mir nach Hause gehen. In der Tat, Sie müssen es tun, – mein Kind hat Ihnen noch für die Rettung des Lebens ihres Vaters zu danken. Ich nehme keine Entschuldigung an. Dieser würdige Indianer und mein Freund hier werden uns begleiten. Ach, du mein Himmel! Ich darf nicht daran denken, daß er in dieser Gegend das Mannesalter erreicht, ohne sogar einen Betsaal der Dissenters[12] besuchen zu können!«

»Nein, nein«, unterbrach ihn Lederstrumpf, »ich muß zurück zu meinem Wigwam; ich habe dort etwas zu tun, was nicht unterbleiben darf, und würde auch noch soviel von Euren Kirchensachen und Lustbarkeiten gesprochen. Der Junge da mag mit Ihnen gehen; er ist daran gewöhnt, mit Geistlichen zu verkehren und von solchen Dingen zu reden; das gleiche ist auch der Fall bei dem alten John, der zur Zeit des alten Kriegs von den Mährischen Brüdern bekehrt wurde. Aber ich bin nur ein einfacher, ungelehrter Mann, der seinerzeit sowohl dem König als seinem Lande gegen die Franzosen und gegen die Wilden gedient, aber seine Lebtage nie in ein Buch gesehen oder auch nur einen Buchstaben daraus gelernt hat. Ich habe nie den Nutzen solchen Stubensitzens einsehen können, und doch ist mein Haupt jetzt bald kahl. Nein, da lobe ich mir das Freie! Habe ich doch vordem in einem einzigen Sommer meine zweihundert Biber erlegt, das andere Wild gar nicht mitgerechnet. Wenn Sie meinen Worten nicht glauben wollen, so mögen Sie den Chingachgook fragen; denn dies geschah im Herzen des Delawarenlandes, und der alte Mann weiß, daß ich keine Unwahrheit rede.«

»Ich zweifle nicht, mein Freund, daß Ihr in Eurer Jugend sowohl ein rüstiger Soldat als ein geschickter Jäger gewesen seid; aber es ist noch mehr nötig, um Euch für das herannahende Ende vorzubereiten. Ihr habt doch wohl von dem Sprichwort gehört: ›Junge *können*, Alte *müssen* sterben‹?«

»Nein, ich bin kein so großer Tor, um zu hoffen, daß ich ewig leben dürfe«, entgegnete Natty mit seinem stummen Lachen. »Auch kommt ein solcher Gedanke niemand zu Sinne, der die Fährten der Wilden durch die Wälder verfolgt und die heißen Monate an den Strömen der großen Seen zugebracht hat, wie es bei mir der Fall ist. Ich habe zwar eine kräftige Konstitution, was ein jeder, ohne daß ich es selber sage, sehen kann; und habe zu Hunderten Malen aus den Fluten des Onondaga getrunken, wenn ich an den Hirschlecken lauerte, in einer Zeit, wo der Sassafras dort noch so häufig war wie heutzutage die Klapperschlangen an dem alten Crumhorn; aber nie habe ich gehofft, ich werde für immer aushalten. Es gibt Leute, welche die Garman-Ebenen noch als eine Wildnis kannten und dabei Gelehrte sind, die sich gewaltig auf Religion verstehen; aber jetzt kann man sich eine ganze Woche darauf umsehen und nicht einmal einen Fichtenstumpf darauf finden, und doch war es ein Wald, der über ein halbes Jahrhundert noch in dem Boden steckte, nachdem die Bäume schon tot waren.«

»Das fällt alles der *Zeit* anheim, mein guter Freund«, versetzte Herr Grant, der an dem Wohl seines neuen Bekannten ein Interesse zu finden begann, »aber ich wünschte, Ihr würfet auch einen Blick nach der *Ewigkeit*. Es ist Eure Pflicht, die Orte öffentlicher Gottesverehrung zu besuchen, und es machte mir Freude, daß ich Euch diesen Abend hier getroffen. Würde es nicht unvernünftig von Euch sein, wenn Ihr auf eine mühsame Jagd ausgehen wolltet und Euren Flintenstein und Ladestock zurückließet?«

»Das müßte ein Anfänger in den Wäldern sein«, unterbrach ihn Natty mit einem zweiten Lachen, »der nicht einen Ladestock aus einem Eschenzweig schnitzen oder einen passenden Stein in den Bergen finden könnte. Nein, nein, ich habe nie gehofft, immer zu leben; aber ich sehe, die Zeiten ändern sich in diesen Bergen, und seit dreißig Jahren – nein, was diesen Punkt betrifft, seit zehn Jahren schon hat alles eine ganz andere Gestalt bekommen. Doch Macht gibt Recht, und das Gesetz ist stärker als ein alter Mann, sei er nun ein Gelehrter oder meinesgleichen. Man hält's jetzt freilich für bequemer, dem Wild an den Engpässen aufzulauern, als ihm mit den Hunden nachzusetzen, was mir vordem niemand wehren konnte. Habe ich doch nie einen Prediger in eine Ansiedlung kommen sehen, ohne daß das Wildbret rarer geworden und das Pulver im Preise gestiegen wäre; und doch geht das lange nicht so leicht wie das Schnitzen eines Ladestocks oder das Einsetzen eines indianischen Flintensteins.«

Der Geistliche bemerkte, daß er durch seine unglücklich gewählte Vergleichung dem Gegner in die Hände gearbeitet hatte, und ließ daher klüglicherweise von seiner Kontroverse ab, obgleich er entschlossen war, sie bei günstigerer Gelegenheit wiederaufzunehmen. Er wiederholte sein Gesuch angelegentlich gegen den jungen Jäger, und dieser, nebst dem Indianer, willigte ein, ihn und seine Tochter zu der Wohnung zu begleiten, welche Herrn Jones's Sorgfalt für ihn hergestellt hatte. Lederstrumpf beharrte jedoch auf seiner Absicht, nach der Hütte zurückzukehren, und so trennten sie sich an der Türe des Bethauses.

Nachdem sie eine Weile auf der Straße, welche nach dem Dorfe führte, fortgegangen waren, bog Herr Grant, der den Zug anführte, durch ein Paar offene Schranken in einen Fußpfad ein, der nicht breiter war, als daß eine Person hinter der andern darauf fortkommen konnte. Der Mond stand so hoch, daß er seine Strahlen senkrecht über das Tal goß, und die scharf begrenzten Schatten der kleinen Gesellschaft glitten an den silberweißen Schneedämmen wie lustige Gestalten dahin. Trotz der vollkommenen Windstille war die Nacht noch immer schneidend kalt. Der Pfad war so fest getreten, daß sich selbst das zarte Mädchen, welches bei der Gesellschaft war, mit Leichtigkeit in seinen Windungen fortbewegte, obgleich selbst unter ihren elastischen Tritten der hartgefrorene Schnee laut aufknarrte.

Der Geistliche in seinem dunkelfarbigen Gewande, welcher das milde wohlwollende Antlitz, in dem sich der den Mann charakterisierende demütige Eifer nicht verkennen ließ, zu wiederholten Malen nach seinen Gefährten umwandte, bildete den Anführer dieser vereinzelten Gruppe. Hinter ihm kam der Indianer, dessen üppige Haare das unbedeckte Haupt umflogen, während der übrige Teil seines Körpers durch die Wolldecke verhüllt war. Wenn man das dunkle Gesicht mit seinen unbeweglichen Muskeln im Lichte des Mondes betrachtete, wie es von der Seite einfiel, so mochte er wohl als das Bild des resignierten hohen Alters erscheinen, an dem sich die Stürme des Winters seit mehr als einem halben Jahrhundert vergeblich versucht hatten; sobald John aber den Kopf umwandte und die Strahlen unmittelbar auf seine schwarzen feurigen Augen fielen, so konnte man deutlich eine ganze Geschichte ungezügelter Leidenschaften und eines an keine Grenzen sich bindenden Gedankenfluges darin lesen. Miß Grants leichte Gestalt, welche nun folgte und wohl etwas zu luftig für die Strenge der Jahreszeit gekleidet war, bildete einen schroffen Gegensatz zu dem wilden Anzug und den unsteten Blicken des Delawarenhäuptlings. Mehr als einmal fühlte sich während dieses kurzen Spazierganges der junge Jäger, welcher nicht als die unbedeutendste Person in der Gruppe erschien, veranlaßt, über die menschliche Form Vergleichungen anzustellen, wenn Mohegans Gesicht und Miß Grants zartes Antlitz mit Augen, welche mit der sanften Bläue des Himmels wetteiferten, seinen Blicken begegneten, sooft eines der beiden nach der glänzenden Scheibe, die ihren Pfad beleuchtete, aufsah. Sie kürzten sich den Weg, welcher über die hinter den Häusern liegenden Felder führte, durch ein Gespräch, das, je nach dem Gegenstande, bald flau, bald lebhaft geführt wurde. Der Geistliche begann die Unterhaltung.

»Es ist in der Tat ein so eigentümlicher Umstand«, sagte er, »hier in diesem Orte einem Manne Ihres Alters zu begegnen, der sich nie durch eitle Neugierde bewegen ließ, eine andere Kirche als die, welcher er seine sittliche Erziehung verdankt, zu besuchen, daß ich ein starkes Verlangen fühle, die Geschichte eines so glücklich geregelten Lebens kennenzulernen. – Sie müssen eine sehr gute Erziehung genossen haben, wie aus Ihrem Benehmen und Ihrer Sprache hervorzugehen scheint. In welchem Staate sind Sie geboren, Herr Eduard? – denn das ist, glaube ich, der Name, den sie dem Richter Temple angaben.«

»In diesem.«

»Ihrem Dialekt nach wäre ich nicht auf diese Vermutung gekommen, da er in der Tat nichts von den Eigentümlichkeiten aller der Landstriche trägt, in denen ich bekannt bin. Sie haben wohl viel in den Städten gewohnt? Denn kein anderer Teil dieses Landes ist so glücklich, unsere ausgezeichnete Liturgie beharrlich geübt zu sehen.«

Der junge Jäger lächelte, als er hörte, wie der Geistliche so deutlich verriet, aus welchem Teile des Landes er selber stammte, unterließ es jedoch, vermutlich aus Gründen, welche mit seiner dermaligen Lage in Verbindung standen, zu antworten.

»Ich bin ungemein erfreut, Sie kennengelernt zu haben, mein junger Freund; denn ich denke, ein edler Sinn, wie der Ihrige es ohne Zweifel ist, wird alle diejenigen Früchte bringen, die aus einer wohlbegründeten Lehre und einer die Andacht hebenden Liturgie fließen. Sie haben wahrgenommen, wie ich mich diesen Abend in die Laune meiner Zuhörer fügen mußte. Der gute Herr Jones wünschte, daß ich die Kommunionformel und in der Tat sogar den ganzen Morgengottesdienst verlesen sollte, aber zum Glück verlangen dies die Kirchengesetze am Abend nicht, wie es denn überhaupt auf meine neue Gemeinde unangenehm eingewirkt haben würde. Aber ich gedenke, morgen das Sakrament zu administrieren. Werden Sie an der Kommunion teilnehmen, mein junger Freund?«

»Ich glaube nicht, Sir«, erwiderte der Jüngling mit einiger Verlegenheit, die sich keineswegs verminderte, als Miß Grant plötzlich unwillkürlich stehenblieb und überrascht die Augen auf ihn heftete. »Ich fürchte, daß ich nicht vorbereitet bin. Ich habe mich noch nie dem Altar genähert und möchte es auch nicht tun, solange ich finde, daß noch so viel Irdisches mein Herz gefangenhält.«

»Jeder muß sich selbst am besten kennen«, sagte Herr Grant, »obgleich mich dünkt, daß ein Jüngling, der sich nie von falschen Lehren hat hinreißen lassen und der sich so viele Jahre hindurch der Reinheit unserer Liturgie erfreute, getrost kommen dürfe. Doch ist die Handlung zu heilig, Sir, und niemand sollte sie begehen, wenn er nicht die Überzeugung in sich trägt, daß es ihm völlig ernst damit ist. Ich bemerkte diesen Abend in Ihrem Benehmen gegen den Richter Temple eine Reizbarkeit, die nahe an eine der schlimmsten Leidenschaften des Menschen grenzt. – Wir wollen hier über diesen Bach gehen; das Eis ist, denke ich, fest genug, um uns zu tragen. – Nimm dich in acht, liebes Kind, daß du nicht ausgleitest.«

Bei diesen Worten bog er in eine kleine Versenkung des Pfades nach einem der kleinen Bäche ein, welche ihr Wasser in den See ergossen, und als er sich umwandte, um nach seiner Tochter zu sehen, bemerkte er, daß der Jüngling vorgetreten war und ihr den Arm gereicht hatte. Sobald sie alle wohlbehalten auf der andern Seite standen, stieg er an dem Ufer wieder hinan und setzte sein Gespräch fort.

»Es war nicht recht, mein lieber Herr, es war unter keinen Umständen recht, solche Gefühle aufkommen zu lassen; am allerwenigsten aber in einem Falle, wo von keiner absichtlichen Beschädigung die Rede sein konnte.«

»Es ist etwas Gutes in den Worten meines Vaters«, sagte Mohegan, indem er stehenblieb und dadurch auch diejenigen, welche ihm nachfolgten, zum Haltmachen nötigte; »denn ebenso spricht Miquon. Der weiße Mann mag tun, wie ihm seine Väter gesagt haben; aber der junge Adler hat das Blut eines Delawarenhäuptlings in seinen Adern; es ist rot, und der Flecken, den es macht, kann nur durch das Blut eines Mingo ausgelöscht werden.«

Herr Grant wurde durch die Unterbrechung des Indianers so überrascht, daß er sich umwandte und den Sprecher ansah. Seine milden Züge waren auf das stolze und wilde Antlitz des Häuptlings gerichtet und sprachen das Entsetzen aus, welches er fühlte, als er eine solche Ansicht aus dem Munde eines Mannes vernahm, der sich zu der Religion seines Heilandes bekannte. Er erhob die gefalteten Hände und rief:

»John, John! ist das die Religion, die du von den Mährischen Brüdern gelernt hast? Doch nein – ich will mir keine solche lieblose Voraussetzung erlauben. Sie sind fromme, sanfte und milde Leute und würden solche Leidenschaften nicht dulden, – ›ich aber sage Euch, liebet Eure Feinde; segnet die, so Euch fluchen; tut Gutes denen, die Euch hassen, und betet für die, welche Euch beleidigen und verfolgen‹! – Dies ist das Gebot Gottes, John, und wer sich nicht Mühe gibt, demselben nachzukommen, wird das Reich der Seligen nicht schauen.«

Der Indianer hörte dem Geistlichen mit Aufmerksamkeit zu; die ungewöhnliche Glut seines Auges sänftigte sich allmählich, und seine Gesichtsmuskeln nahmen die gewöhnliche Ruhe wieder an; dann aber schüttelte er leicht das Haupt, winkte Herrn Grant mit Würde, weiterzugehen, und folgte selbst schweigend nach. Die Aufregung veranlaßte den Geistlichen, mit ungewöhnlicher Schnelle in dem tiefen Pfade fortzueilen, und der Indianer hielt, augenscheinlich ohne daß es ihn Anstrengung kostete, gleichen Schritt mit ihm; der junge Jäger aber bemerkte, als bereits ein kleiner Zwischenraum zwischen den beiden Vorderen und den Folgenden lag, daß das Mädchen nicht nachzukommen vermochte, weshalb er ihr seinen Beistand anbot.

»Sie sind ermüdet, Miß Grant«, sagte er. »Man gleitet auf dem Schnee leicht aus, und Sie sind nicht imstande, es uns Männern gleichzutun. Ich bitte, treten Sie ein wenig auf die Seite und nehmen Sie den Beistand meines Armes an. Jenes Licht dort kommt, wie ich glaube, aus dem Hause Ihres Vaters, aber es scheint noch ziemlich weit entfernt zu sein.«

»Ich kann noch recht gut gehen«, erwiderte sie mit leiser, bebender Stimme, »aber das Benehmen des Indianers hat mich erschreckt. Ach, sein Auge war fürchterlich, als er es gegen den Mond erhob, während er mit meinem Vater sprach. Doch, ich vergesse, Sir, daß er Ihr Freund und, seinen Reden nach zu schließen, vielleicht Ihr Verwandter ist; und doch habe ich keine Angst vor Ihnen.«

Der junge Mann trat auf die Schneerinde, welche fest genug war, um sein Gewicht zu tragen, und veranlaßte seine Gefährtin mit sanfter Gewalt, ihm zu folgen. Er legte ihren Arm in den seinigen, nahm die Mütze von seinem Kopfe, so daß die dunkeln Locken in reichen Ringeln um seine offene Stirn wallten, und ging mit einer Miene selbstbewußten Stolzes neben ihr her, als wolle er sie auffordern, die Gedanken in seinem Innersten zu lesen. – Luise warf nur einen verstohlenen Blick auf den Jüngling und schritt, gestützt von seinem Arme, rasch und ruhig voran.

»Sie kennen die Eigentümlichkeiten dieses Volkes nur wenig, Miß Grant«, sagte er, »sonst würden Sie wissen, daß Rache dem Indianer als eine Tugend gilt. Man hat sie von Kindheit auf gelehrt, es für eine Pflicht zu halten, jede Unbill zu vergelten, und nichts als die höheren Ansprüche der Gastfreundlichkeit kann gegen ihre Rache schützen, wenn die Macht dazu in ihre Hand gegeben ist.«

»Aber Sie sind doch nicht zu so unheiligen Grundsätzen erzogen worden?« entgegnete Miß Grant, indem sie unwillkürlich ihren Arm aus dem seinigen zog.

»Für Ihren vortrefflichen Vater bedürfte es keiner andern Antwort, als daß ich in dem Schoß der Kirche erzogen wurde, aber gegen Sie will ich hinzufügen, daß mir die Lehre von der Vergebung tief und nachdrücklich durch das Leben selbst eingeschärft wurde. Ich glaube, daß mir in dieser Hinsicht nur wenig vorgeworfen werden kann, und ich will mir Mühe geben, auch dieses wenige noch zu vermindern.«

Er hatte bei diesen Worten haltgemacht und ihr aufs neue seinen Arm angeboten, den sie auch, sobald er geendet, ruhig hinnahm und weiterging. Herr Grant und Mohegan hatten inzwischen die Türe der Pfarrwohnung erreicht und harrten nun an der Schwelle ihrer nachkommenden Begleiter. Der erstere war eifrig bemüht, durch seine Gründe die üblen Neigungen zu vertilgen, die er eben bei dem Indianer entdeckt hatte, während der letztere in tiefer Aufmerksamkeit zuhörte. Sobald die Dame und der junge Jäger anlangten, traten sie in das Gebäude.

Das Haus lag vom Dorfe ab in der Mitte eines Feldes, aus dessen weißer Fläche Baumstümpfe mit fast zwei Fuß hohen Schneekappen hervorragten. Kein Baum, kein Gesträuch war in der Nähe, und das Haus gewährte äußerlich jenen reizlosen Anblick, den man gewöhnlich bei den hastig errichteten Häusern eines neu angebauten Landes wahrnimmt. Für den wenig einladenden Eindruck der Außenseite boten jedoch zum Glück die ausgesuchte Nettigkeit und die behagliche Wärme im Innern einen hinreichenden Ersatz.

Sie traten in ein Gemach, das sich ganz zu einem Wohnzimmer eignete, obgleich der große Kamin nebst dem dabei befindlichen Küchengerät verriet, daß es hin und wieder auch zu wirtschaftlichen Zwecken dienen mußte. Die lodernde Flamme des Herdes machte das Licht, welches Luise aufsteckte, unnötig, da sie hinreichte, die sparsame Möblierung des Zimmers sichtbar werden zu lassen. Der Boden war in der Mitte mit einem aneinander gestückten Teppich belegt – ein Artikel, der damals im Innern des Landes häufig in Anwendung gebracht wurde und auch noch heutzutage nicht selten zu finden ist – so daß nur in den Ecken des Zimmers die ungemein reinlich gehaltenen Dielen sichtbar waren. Der Tee- und Arbeitstisch nebst einem altmodischen Mahagonibücherschrank bekundeten, daß die Insassen den bessern Ständen angehörten, obgleich die Stühle, der Speisetisch und das übrige Möbelwerk von der einfachsten und wohlfeilsten Art waren. An den Wänden hingen ein paar Handzeichnungen und Stickereien, von denen die letzteren mit großer Zierlichkeit, obgleich nicht nach den besten Mustern, ausgeführt waren, während erstere nach Anlage und Vollendung viel zu wünschen übrigließen. Eine der Stickereien zeigte auf einem Hintergrunde, in welchem sich eine gotische Kirche blicken ließ, ein über einem Grabmale weinendes Frauenzimmer. An dem Grabmale befanden sich nebst den Geburts- und Todestagen die Namen mehrerer Individuen, welche alle Grant hießen. Ein flüchtiger Blick darauf reichte hin, den junge Jäger über die Familienverhältnisse des Geistlichen zu belehren; denn er entnahm daraus, daß Herr Grant Witwer war und daß das unschuldige schüchterne Mädchen, welches er herbegleitet, ihre fünf Geschwister überlebt hatte. Das Bewußtsein, wie sehr das Glück dieser beiden demütigen Christen auf ihrer gegenseitigen Liebe und Anhänglichkeit beruhe, erhöhte den Zauber der zarten und innigen Aufmerksamkeit, welche die Tochter dem Vater weihte.

Der junge Jäger stellte diese Beobachtungen an, während die Gesellschaft vor dem lustigen Feuer Platz nahm, was eine Unterbrechung des Gesprächs zur Folge hatte. Sobald aber alle sich's bequem gemacht und Luise das dünne verblichene Seidenkleid und den Strohhut, der allerdings mehr zu ihrem bescheidenen edlen Antlitze als für die rauhe Jahreszeit paßte, abgelegt und gleichfalls einen Stuhl zwischen ihrem Vater und dem Jüngling genommen hatte, begann der erstere aufs neue:

»Ich hoffe, mein junger Freund, daß die Erziehung, welche Sie erhielten, die meisten jener rachsüchtigen Grundsätze ausgerottet hat, welche Sie wohl Ihrer Abkunft verdanken mögen; denn wenn ich Johns Ausdrücke recht verstehe, so strömt einiges von dem Blute des Delawarenstammes in Ihren Adern. Ich bitte, mich nicht mißzuverstehen; denn weder die Farbe noch die Abkunft gibt ein Verdienst, und ich weiß nicht, ob nicht diejenigen, die dem Blute nach den ursprünglichen Eigentümern dieses Bodens entsproßten, das beste Recht haben, diese Berge mit leichtem Gewissen zu betreten.«

Mohegan wandte sich feierlich und mit den ausdrucksvollen Gebärden eines Indianers zu dem Sprecher und entgegnete:

»Vater, du hast den Sommer deines Lebens noch nicht zurückgelegt; deine Glieder sind jung. Geh auf den höchsten Berg und blick um dich. Alles, was du siehst, vom Aufgang der Sonne bis zum Niedergang, von den Hauptwassern der großen Quelle bis dahin, wo sich der gekrümmte Fluß[13] in den Bergen verbirgt, ist sein. Er stammt aus dem Blute der Delawaren, und sein Recht ist stark. Aber der Bruder von Miquon ist gerecht. Er wird das Land in zwei Teile schneiden, wie es der Fluß in den Niederungen tut, und wird zu dem Jungen Adler sagen: ›Kind der Delawaren, nimm es – behalte es, und sei ein Häuptling in dem Lande deiner Väter‹.«

»Nimmermehr«, rief der junge Jäger mit einer Heftigkeit,

welche die gespannte Aufmerksamkeit plötzlich vernichtete, womit der Geistliche und seine Tochter dem Indianer zuhörten. »Der Wolf des Waldes ist nicht gieriger auf seine Beute als dieser Mann nach Gold, und doch ist sein Schleichen nach dem Besitz so leise wie die Bewegung der Schlange.«

»Gott bewahre dich, Gott bewahre dich, mein Sohn«, unterbrach ihn Herr Grant. »Solche ungestüme Leidenschaftlichkeit darf man nicht aufkommen lassen. Die zufällige Beschädigung, die dir von dem Richter Temple zugefügt wurde, hat das Gefühl der Kränkung wegen Beeinträchtigung deines Erbes gesteigert. Aber vergiß nicht, daß die eine unabsichtlich war und die andere eine Wirkung des politischen Wechsels ist, welcher in seinem Laufe den Stolz von Königen demütigte und mächtigen Nationen den Untergang gebracht hat. Wo sind nun die Philister, die so oft die Kinder Israels ihr Joch fühlen ließen? Wo ist die Stadt Babylon, die in Üppigkeit und Lastern schwelgte und sich in ihrem Stolze die Königin der Völker nannte? Erinnere dich der Bitte in unserer heiligen Litanei, in der wir die Allmacht anflehen – ›daß es ihr gefallen möge, unsern Feinden, Verleumdern und Verfolgern zu vergeben und ihre Herzen umzuwenden‹. Das Unrecht, das den Eingeborenen zugefügt wurde, hat Richter Temple mit einem ganzen Volke gemein, und was deinen Arm anbelangt, so wird er bald wieder die frühere Kraft besitzen.«

»Dieser Arm?« wiederholte der Jüngling, indem er mit heftiger Aufregung im Zimmer auf und ab schritt. »Glauben Sie, Sir, ich halte den Mann für einen Mörder? – O nein, er ist zu schlau und zu feige zu solch einem Verbrechen. Aber mögen immerhin er und seine Tochter in seinem Reichtum schwelgen – der Tag der Vergeltung bleibt nicht aus. – Nein, nein, nein«, fuhr er ruhiger auftretend fort – »nur Mohegan konnte auf die Vermutung kommen, daß die Verletzung absichtlich geschah; doch diese Kleinigkeit ist nicht wert, daß ich weiter daran denke.«

Er setzte sich, stemmte die Arme auf seine Knie und verbarg sein Gesicht mit den Händen.

»Es ist das erbliche Ungestüm der Leidenschaft eines Eingeborenen, mein Kind«, sagte Herr Grant leise zu seiner Tochter, welche sich entsetzt an seinen Arm geklammert hatte. »Er hat, wie du hörtest, indianisches Blut in den Adern, und weder die

Macht der Erziehung noch die Vorteile unserer ausgezeichneten Liturgie sind imstande gewesen, das Übel mit der Wurzel auszurotten. Doch können Sorgfalt und Zeit noch viel für ihn tun.«

Obgleich der Geistliche leise gesprochen hatte, so war er doch von dem Jüngling nicht unbeachtet geblieben; denn dieser erhob jetzt sein Haupt und fuhr mit einem unbestimmten Lächeln in seinen Zügen ruhiger fort:

»Sie brauchen sich weder durch die Wildheit meines Benehmens noch durch die Rauheit meines Äußern beunruhigen zu lassen, Miß Grant. Eine Leidenschaftlichkeit hat mich hingerissen, die ich hätte unterdrücken sollen, und ich muß sie mit Ihrem Vater dem Blute beimessen, das in meinen Adern fließt, obgleich ich meinem Stamme deshalb keinen Vorwurf machen will; denn es ist das einzige mir verbliebene Erbe, dessen ich mich rühmen kann. Ja, ich bin stolz auf die Abkunft von einem Delawarenhäuptling, von einem Krieger, der der menschlichen Natur zur Ehre gereichte. Der alte Mohegan war sein Freund und der Zeuge seiner Tugenden.«

Herr Grant nahm jetzt das Gespräch auf, und als er den jungen Mann ruhiger und den betagten Häuptling aufmerksam fand, erging er sich in einer weiten theologischen Erörterung über die Pflicht der Vergebung. Die Unterhaltung dauerte über eine Stunde, bis endlich die Gäste aufstanden und sich aufs freundlichste verabschiedeten. An der Türe trennten sie sich, und Mohegan schlug den Weg nach dem Dorfe ein, während der Jüngling dem See zuging. Der Geistliche blieb vor seinem Hause stehen und sah der dahingleitenden Gestalt des alten Häuptlings nach, der sich mit einer für seine Jahre erstaunlichen Geschwindigkeit in dem tiefen Pfade hinbewegte; sein schwarzes, starres Haar war noch über dem durch die Wolldecke gebildeten Ballen sichtbar, der sich bisweilen in dem Silberlichte des Mondes kaum von dem Schnee unterscheiden ließ. An der hintern Seite des Hauses befand sich ein Fenster, welches sich nach dem See hin öffnete; hier wurde Luise von ihrem Vater gefunden, wie sie aufmerksam in der Richtung der östlichen Berge nach irgendeinem Gegenstand blickte. Er näherte sich ihr und bemerkte die Gestalt des jungen Jägers in der Entfernung von einer halben Meile, wie sie mit großen Schritten über das weite Schneefeld, welches das Eis bedeckte, gerade nach der Stelle hinstreifte, wo, wie er wußte, Lederstrumpfs Wohnung am Rande des Sees unter einem Felsen lag, dessen Gipfel mit Fichten und Tannen bedeckt war. Im nächsten Augenblick verloren sich die Umrisse des Fremden in dem Schatten überhängender Bäume und kamen nicht wieder zum Vorschein.

»Es ist wunderbar, wie lange sich die Neiungen des Wilden in diesem merkwürdigen Geschlechte fortpflanzen«, sagte der gute Geistliche, »aber wenn er fortfährt, wie er angefangen, so wird er dennoch zuletzt Herr darüber werden. Erinnere mich daran, Luise, daß ich ihm bei seinem nächsten Besuche die Predigt ›gegen die Gefahren des Götzendienstes‹ leihe.«

»Gewiß, lieber Vater, Sie glauben nicht, daß er je zu der Gottesverehrung seiner Vorfahren zurückkehrt?«

»Nein, mein Kind«, entgegnete der Diener der Kirche, indem er seine Hand mit einem liebevollen Lächeln auf ihre gelben Locken legte, »sein weißes Blut schon würde das verhindern; aber es gibt auch noch einen andern Götzendienst, – den unserer Leidenschaften.«

Dreizehntes Kapitel

So gebt mir einen Humpen doch –
Die Gerstenernte lebe hoch!
Trinklied

An einer Ecke des Dorfes, wo die zwei Hauptstraßen von Templeton sich kreuzten, stand das Wirtshaus »Zum Kühnen Dragoner«. Dem ursprünglichen Plane zufolge hätte sich das Dorf links des kleinen Stromes, welcher das Tal durchfloß, hinziehen sollen, so daß durch die Straße, welche von dem See zu der Akademie führte, die westliche Grenze gebildet worden wäre. Aber Bequemlichkeit vereitelt oft die besten Entwürfe. Das Haus des Herrn – oder wie er infolge seines Kommandos über das Militär des Patents genannt wurde – des Hauptmanns Hollister, das schon in früheren Tagen mit der Front gerade gegen die Richtung der Hauptstraße erbaut worden, schob dem Verlauf derselben eine sehr augenfällige Barriere in den Weg, weshalb Reiter und nachher auch Ochsentreiber sich eines Durchgangs an dem Ende des Gebäudes bedienten, um den westlichen Weg abzukürzen, bis endlich die regelmäßige Landstraße fortgesetzt war und allmählich an beiden Seiten Häuser entstanden, so daß eine nachherige Verbesserung des Übelstandes unmöglich wurde.

Diese Abweichung von Marmadukes regelmäßigen Plänen war von zwei wesentlichen Folgen begleitet. Die Hauptstraße wurde nämlich in der Hälfte ihrer Länge plötzlich genau um die Hälfte ihrer Breite geschmälert, und der »Kühne Dragoner« ward um seiner Lage willen, mit Ausnahme des Herrenhauses, bei weitem das augenfälligste Gebäude des Ortes.

Dieser Umstand, durch den Charakter der Wirtsleute unterstützt, gab der Schenke über alle zukünftigen Konkurrenten einen Vorteil, der sich durch keine sonstigen Verhältnisse mindern ließ. Das letztere wurde zwar versucht und dem »Kühnen Dragoner« gegenüber ein neues Gebäude errichtet, welches den Nebenbuhler über der Straße bei weitem überbieten sollte. Es war ein hölzernes Haus mit den Verzierungen des im Orte üblichen architektonischen Stils und, was das Dach und die Balustraden anbelangte, eine der drei Nachahmungen des Herrenhauses. Die oberen Fenster waren mit ungehobelten Brettern vernagelt, um den Wind abzuhalten; denn das Gebäude war noch unvollendet, obgleich die Scheiben in den untern Gemächern und das Licht der mächtigen Feuer im Innern bekundeten, daß es bereits Einwohner barg. Das Äußere desselben hatte an der Front und dem Ende, welches sich der Straße zukehrte, einen weißen Anstrich; aber die Hinterseite nebst derjenigen, an welche sich ein Nachbarhaus anschmiegen sollte, war roh mit spanischem Braun beschmiert. Vor der Türe standen zwei hohe, oben mittelst eines Querbalkens verbundene Pfosten, zwischen denen ein ungeheures, mit wunderlichem Schnitzwerk von Fichtenholz versehenes und mit Freimaurer-Emblemen überladenes Schild hing. Über den geheimnisvollen Figuren befanden sich mit großen Buchstaben die Worte: ›Kaffeehaus für Templeton und Gasthof für Reisende‹, und unten las man die Namen der Eigentümer ›Habakuk Foote und Josua Knapp‹, wie unsere Leser leicht begreifen werden, wenn wir beifügen, daß dieselben volltönenden Namen schon über der Tür eines im Dorfe neu errichteten Vorratshauses, der eines Hutmacherladens und über den Toren einer Lohgerberei standen. Mochte übrigens zuviel versucht worden sein, um gut ausgeführt werden zu können, oder war der Ruf des »Kühnen Dragoners« zu fest begründet, um sich so leicht erschüttern zu lassen, – nicht nur der Richter Temple und seine Freunde, sondern auch die meisten Dorfbewohner, welche nicht in den Kreditbüchern der mächtigen Firma standen, pflegten, sooft irgendeine Gelegenheit den Besuch eines solchen Hauses notwendig machte, in dem Wirtshause des Kapitän Hollister einzusprechen.

Der hinkende Veteran nebst seiner Ehegenossin war an jenem Christabende kaum von der Akademie zurück nach Hause gekommen, als das Stampfen an der Türschwelle bereits die Annäherung von Gästen verkündigte, welche wahrscheinlich diesen Sammelplatz aufsuchten, um ihre Bemerkungen über die Feierlichkeiten, denen sie soeben beigewohnt, auszutauschen.

Die Gaststube des »Kühnen Dragoners« war ein geräumiges Gemach, das an drei Seiten mit Bänken ausgeschlagen war, während die vierte zwei mächtigen Kaminen vorbehalten blieb, welche fast die ganze Wand einnahmen und kaum noch Raum genug für ein paar Türen und einen kleinen Eckverschlag ließen, der durch ein winziges Palisadenwerk von dem übrigen Gelasse getrennt und reichlich mit Flaschen und Gläsern garniert war. An dem Eingange in dieses Heiligtum saß mit würdevoller Miene Frau Hollister, während ihr Gatte mit einem großen Pfahl, der an dem einen Ende ganz spitzig zugebrannt war, die Holzpflöcke des Feuers nachschob.

»Nun, lieber Sergeant«, sagte die Wirtin, als sie glaubte, der Veteran habe nunmehr das Holz gehörig zurechtgelegt, »leg deine Schürstange beiseite; denn sie ist nimmer nötig, indem es jetzt behaglich genug brennt. Auf dem Tische dort stehen noch die Gläser und der Krug, aus denen der Doktor seinen Zider und sein Ingwerbier trank – dort, gerade bei dem Feuer. Stelle sie in den Verschlag; denn wir kriegen heute abend Besuch von dem Richter, dem Major und Herrn Jones, Benjamin Pump und die Advokaten nicht mitgerechnet. Du mußt daher das Zimmer zeitig herrichten. Setze die beiden Flipwärmer auf die Kohlen und sage Judith, dem faulen, schwarzen Biest, daß ich sie aus dem Haus jagen will, wenn sie die Küche nicht reinhält. Sie kann dann zu den Herren gehen, die das Kaffeehaus halten; ich wünsche ihnen Glück zu dieser Erwerbung. – Ach, Sergeant, man hat es doch gewiß recht gut, wenn man in ein Bethaus gehen darf, wo man ruhig sitzenbleiben kann und nicht nötig hat, so oft niederzuknien und wieder aufzustehen, wie es heute Herr Grant getan.«

»Ein Bethaus kommt einem allezeit zustatten, Frau, mögen wir nun darin stehen oder sitzen oder, wie der gute Herr Whitefield nach einem beschwerlichen Tagemarsch zu tun pflegte, auf die Knie niederfallen und mit aufgehobenen Händen zum Himmel beten, nach dem Beispiele Moses', als zur Rechten und zur Linken seine Scharen standen«, erwiderte Herr Hollister, der mit aller Ruhe die Befehle seiner Gattin ausführte. »Ach, das war ein schönes Treffen, Betty, das die Israeliten damals mit den Amalekitern schlugen. Es scheint, sie fochten in einer Ebene; denn es steht geschrieben, Moses habe die Höhen bestiegen, um den Kampf mitanzusehen und im Gebete zu ringen. Wenn ich mich recht auf die Sache verstehe, so müssen sich die Israeliten hauptsächlich auf ihre Reiterei verlassen haben; denn wir lesen in der Schrift, daß Josua den Feind hauptsächlich mit der Schärfe des *Schwertes* schlug, woraus ich entnehme, daß nicht nur von Reiterei, sondern auch von wohldisziplinierten Truppen die Rede ist. Es müssen in der Tat ganz ausgesuchte Streiter gewesen sein – wahrscheinlich Freiwillige; denn unexerzierte Dragoner schlagen selten mit der *Schärfe* des Schwertes zu, zumal wenn ihre Waffe nach Weise der Säbel gekrümmt ist.«

»Pah, Mann! Was wirfst du da wegen einer solchen Kleinigkeit mit Schriftstellen um dich?« unterbrach ihn die Wirtin. »So viel wenigstens ist gewiß, daß der Herr mit ihnen war; denn er hielt es immer mit den Juden, solange sie nicht von ihm abfielen. Es kommt wenig darauf an, was für Leute Josua kommandierte, wenn er es nur im Namen des rechten Befehlshabers tat. Dieselbe verwünschte Miliz, der Herr verzeih mit den Fluch, die sein Tod war, weil sie davonlief, hätte wohl in den alten Zeiten das Feld behaupten können. Ich sehe gar keinen vernünftigen Grund ein, anzunehmen, daß die Leute exerziert waren.«

»Ich muß sagen, Frau, daß ich unexerzierte Truppen nicht oft so gut habe fechten sehen, wie es der linke Flügel in der von dir erwähnten Zeit tat. Sie hielten schön zusammen, und zwar ohne Trommelschlag, was im Feuer gewiß keine Kleinigkeit ist; auch wichen sie nicht vom Platze, bis er fiel. – Aber die Schrift enthält keine unnötigen Worte, und ich behaupte daher, daß eine Reiterei, welche mit der *Schärfe* des Schwertes zu schlagen weiß, eine gut disziplinierte sein muß. Es ist schon manche gute Predigt über weit unwichtigere Dinge als über dieses *eine* Wort gehalten worden. Wenn nicht etwas Besonderes damit gemeint ist, warum steht denn nicht geschrieben mit dem Schwerte, sondern mit der Schärfe des Schwertes? Nun fordert aber ein Schlag mit der Schärfe eine lange Übung. Ach, welch eine schöne Anwendung wüßte nicht Herr Whitefield aus dem einzigen Worte ›Schärfe‹ zu ziehen! Was den Kapitän anbelangt – wenn er nur, als er das Fußvolk sammelte, die Gardedragoner angerufen hätte, sie würden dem Feinde gezeigt haben, was die Schärfe eines Schwertes ist; denn obgleich kein eigentlicher Offizier unter ihnen war, so glaube ich doch, sagen zu dürfen« – der Veteran richtete sich bei diesem Wort hoch auf und zog mit der gravitätischen Miene eines Exerziermeisters seine Halsbinde fester – »so glaube ich doch, sagen zu dürfen, daß sie von einem Manne angeführt wurden, der sie trotz des Hohlwegs vorwärtszubringen gewußt hätte.«

»Was hätte er tun sollen?« rief die Wirtin. »Weißt du nicht selbst, Hollister, daß die Bestie, welche er ritt, nicht sonderlich geeignet war, von einem Felsen zum andern zu springen, obgleich sie so rührig war wie ein Eichhörnchen? Doch was nützt es, davon zu reden, da er schon so lange heimgegangen! Ich wollte nur, daß er es erlebt hätte, das wahre Licht zu sehen; aber eine brave Seele, die im Kampf für die Freiheit im Sattel starb, muß doch auch Gnade finden. Wenn sie ihm und so manchem Tapfern, der, wie er starb, nur nicht einen so armseligen Grabstein gesetzt hätten! Aber das Schild ist sehr ähnlich, und ich will es erhalten, solange der Schmied noch einen Haken machen kann, um es zu tragen – allen ›Kaffeehäusern‹ zwischen hier und Albany zum Trotze.«

Wir können nicht sagen, auf welche Abschweifungen diese Unterhaltung das würdige Paar noch geführt haben würde, wenn nicht die Männer vor der Türe dem Abstampfen des Schnees von ihren Füßen plötzlich ein Ende gemacht hätten und in die Wirtsstube getreten wären.

Es vergingen zehn oder fünfzehn Minuten, bis sich die verschiedenen Individuen, welche Erbauung geben oder holen wollten, vor den Feuern des »Kühnen Dragoners« niedergelassen und so ziemlich alle Bänke der Gaststube besetzt hatten. Die behaglichste Ecke des Zimmers nebst einem hochlehnigen hölzernen Kanapee hatte Doktor Todd mit einem schmutzig aussehenden, schäbig-eleganten jungen Mann eingenommen, der fleißig Tabak schnupfte, einen Rock von ziemlich modischem Schnitte trug und oft eine große silberne Uhr, die an einer Haarkette hing und mit einem silbernen Schlüssel versehen war, herauszog: er schien so ziemlich zwischen den Handwerkern in seiner Nähe und einem wirklichen Mann von Stand die Mitte zu halten.

Mehrere braune Krüge mit Zider oder Bier wurden zwischen die Feuerböcke gesetzt, und unter den Gästen bildeten sich kleine Gruppen, sobald einer einen Vortrag hielt oder die Flüssigkeit ihre Runde machte; denn niemand hatte ein besonderes Glas, wie denn auch überhaupt für jede Gattung von Getränk nur ein einziges Gefäß für nötig erachtet wurde; das Glas oder

der Krug ging daher von Hand zu Hand, bis die Reihe zu Ende war oder eine gewisse Achtung vor den Rechten des Spenders die Neige des Trankes dem wieder zuschob, welcher denselben bezahlt hatte.

Gewöhnlich wurden dabei Toaste getrunken, und hin und wieder versuchte einer, der von der Natur vorzugsweise mit Witz bedacht zu sein vermeinte, seine Dankgefühle in Phrasen auszudrücken, wie zum Beispiel: »Er hoffe, daß der Festgeber es weiter bringen möge als sein Vater«, oder »er möge leben, bis alle seine Freunde ihm den Tod wünschten«; während sich die bescheideneren Zechgenossen begnügten, mit gravitätischem Ernste auf »gut Glück« oder einen anderen gleich kurzen und inhaltsreichen Wunsch zu trinken. Stets wurde aber der invalide Wirt aufgefordert, die Sitte der königlichen Mundschenke nachzuahmen und das Glas, welches er präsentierte, vorher zu kosten – eine Aufforderung, welcher er gewöhnlich dadurch willfahrte, daß er seine Lippen benetzte, nachdem er zuvor den Toast: »was wir hoffen«, ausgebracht hatte, bei welch klüglichem Ausweg es dem Gutdünken der Gäste überlassen blieb, den umfassenden Wunsch nach eigenem Sinne zu deuten. Während dieses Treibens war die Wirtin emsig beschäftigt, eigenhändig die von ihren Kunden verlangten Getränke zu mischen, wobei sie hin und wieder einen der Dorfbewohner, welcher sich dem Verschlage näherte, grüßte und sich nach dem Befinden seiner Familie erkundigte.

Als endlich der Durst der Gäste einigermaßen gestillt war, gewann das Gespräch einen mehr allgemeinen Charakter, wie er gerade für die Stunde paßte. Der Arzt nebst seinem Gefährten, einem der zwei Advokaten des Dorfes, – die man am meisten für geeignet hielt, das Wort zu führen, waren die Hauptsprecher, obgleich sich auch hin und wieder Herr Doolittle, welchen man nur in dem beneidenswerten Punkte der Erziehung als jenen nachstehend betrachtete, eine Bemerkung erlaubte. Ein allgemeines Stillschweigen trat ein, als der Rechtsgelehrte folgendermaßen begann:

»Dem Vernehmen nach, Doktor Todd, habt Ihr diesen Abend eine wichtige Operation vorgenommen, indem Ihr Lederstrumpfs Sohne einen Hirschposten aus der Schulter schnittet?«

»Ja, Sir«, erwiderte der andere, indem er seinen kleinen

Kopf mit einer wichtigtuenden Miene erhob. »Ich hatte ein derartiges kleines Geschäft bei dem Richter, doch will es nicht viel heißen. Etwas anderes wäre es gewesen, wenn der Schuß durch den Körper gegangen wäre. Die Schulter ist kein zum Leben unbedingt nötiger Teil, und ich denke, der junge Mann wird bald wieder gesund sein. Ich wußte jedoch nicht, daß der Patient ein Sohn von Lederstrumpf ist; denn ich hörte nie, daß Natty ein Weib hatte.«

»Das folgt auch nicht notwendig daraus«, entgegnete der andere, indem er sich mit einem pfiffigen Blinzeln umsah. »Ich denke, Ihr wißt, daß es so eine Art Ding gibt, was der Jurist einen filius nullius nennt?«

»Sagt uns das in gutem königlichem Englisch, Mann«, rief die Wirtin. »Für was soll es gut sein, in einem Zimmer ehrlicher Christenmenschen indianisch zu sprechen, und wenn es sich auch nur um einen armen Jäger handelte, der nicht viel besser ist als die Wilden selbst? Doch dürfen wir hoffen, daß die Missionare seinerzeit die armen Teufel bekehren, wo dann wenig darauf ankommt, von welcher Farbe ihre Haut ist, oder ob sie Wolle oder Haare auf dem Kopfe tragen.«

»Es ist lateinisch, nicht indianisch, Frau Hollister«, entgegnete der Rechtsgelehrte, indem er sein pfiffiges Blinzeln wiederholte, – »und Doktor Todd versteht Lateinisch, – wie wollte er sonst die Aufschriften auf seinen Apothekerbüchsen und Schubladen lesen? Nein, nein, Frau Hollister, der Doktor versteht mich – nicht wahr, Doktor?«

»Hem – nun, ich vermute, daß ich nicht weit davon bin«, versetzte Elnathan, indem er sich mühte, den Gesichtsausdruck des andern nachzuahmen. »Lateinisch ist eine wunderliche Sprache, meine Herren, – und ich will wetten, es ist nicht einer in dem Zimmer, Squire Lippet ausgenommen, welcher glauben könnte, daß ›Far.Av.‹ Hafermehl bedeutet.«

Nun kam die Reihe, ob dieser Zurschaustellung von Gelehrsamkeit verlegen zu werden an den Advokaten; denn obgleich er auf einer der öffentlichen Universitäten promoviert hatte, so war er doch etwas verblüfft über den von seinem Gefährten gebrauchten Ausdruck. Indes war es gefährlich, in einem öffentlichen Wirtshause und vor so vielen seiner Klienten, den Anschein zu gewinnen, als werde er an Gelehrsamkeit übertroffen, weshalb er die beste Miene zu der Sache machte und in ein schlaues Gelächter ausbrach, als stecke irgendein guter Witz dahinter, der nur von dem Arzte und ihm selbst verstanden werde. Die Zuhörer wechselten indessen Blicke des Beifalls, und Ausdrücke, wie »Versteht sich auf Sprachen«, und: »Ja, wenn's einer weiß, so muß es Squire Lippet wissen«, ließen sich als Zoll der Bewunderung in den verschiedenen Teilen des Zimmers vernehmen. So ermutigt, erhob sich der Rechtsgelehrte von seinem Stuhl, wandte den Rücken dem Feuer zu, faßte die Trinkgesellschaft ins Auge und fuhr fort:

»Nun, mag er jetzt Nattys Sohn oder der Sohn von niemand sein – ich hoffe wenigstens, daß der junge Mann die Sache nicht ruhen lassen wird. Wir leben in einem Lande der Gesetze, und da möchte ich doch sehen, ob das Gericht der Ansicht ist, daß ein Mann, der hunderttausend Morgen Landes besitzt oder zu besitzen vorgibt, mehr Recht hat, auf seinen Nebenmenschen zu schießen als ein anderer. Was haltet Ihr davon, Doktor Todd?«

»Oh, Sir«, entgegnete der Doktor, »ich bin, wie bereits gesagt, der Ansicht, daß die Verletzung keinen lebensgefährlichen Teil getroffen hat. Auch wurde die Kugel bald herausgezogen und die Schulter, wie ich wohl behaupten darf, gut verbunden; ich glaube daher nicht, daß die Sache so gefährlich ist, als sie hätte werden können.«

»Ich berufe mich auf Euch, Squire Doolittle«, fuhr der Advokat mit verstärkter Stimme fort. »Ihr seid eine Magistratsperson und wißt, was Rechtens und was nicht Rechtens ist. Ich frage Euch daher, Sir, ob ein Schuß auf einen Menschen eine Sache ist, die man so gar leicht nehmen darf? Gesetzt, Sir, der junge Mann hätte Weib und Familie, und gesetzt, er wäre ein Techniker wie Ihr selbst, Sir, und gesetzt, seine Familie hinge wegen ihres Unterhalts nur von ihm ab; und gesetzt, die Kugel hätte ihm, statt bloß ins Fleisch zu dringen, das Schulterblatt zerschmettert und ihn für immer zum Krüppel gemacht; – ich frage euch alle, meine Herren, gesetzt, all dieses wäre der Fall, müßte die Jury nicht auf eine bedeutende Entschädigung antragen?«

Da der Schluß dieser gesetzen Fälle an die Gesellschaft insgesamt gerichtet war, so fühlte sich anfänglich Hiram nicht berufen, eine Erwiderung zu geben; als er aber fand, daß die Augen aller Anwesenden erwartungsvoll auf ihm hafteten, so gedachte er seines richterlichen Charakters und begann daher mit dem gebührenden Grade von Bedächtigkeit und Würde:

»Freilich, wenn einer auf einen andern schießt, – ich meine nämlich, wenn er es mit Vorsatz tut, und wenn das Gericht davon Meldung erhält, und wenn ihn eine Jury schuldig findet, so ist es wahrscheinlich ein Fall, der den Täter ins Staatsgefängnis liefert.«

»Allerdings ist es so, Sir«, erwiderte der Advokat. »Das Gesetz, meine Herren, erkennt in einem freien Lande kein Ansehen der Person. Es ist eine der großen Segnungen, welche uns von unsern Vorfahren überantwortet wurden, daß alle Menschen in den Augen des Gesetzes ebenso gleich sind, als sie durch die Natur gleich geschaffen wurden. Mögen auch einige, weiß Gott, wie, zu einem großen Vermögen gekommen sein, so werden sie dadurch doch nicht berechtigt, die Gesetze eher übertreten zu dürfen als der ärmste Bürger in den Staaten. Dies ist meine Ansicht, meine Herren, und ich denke, wenn jemand diese Angelegenheit vor Gericht bringen wollte, so dürfte sich wohl so viel herausstellen, daß die Salben bezahlt würden. Was meint Ihr, Doktor?«

»Ei, Sir«, erwiderte der Arzt, den diese Wendung des Gesprächs augenscheinlich ein wenig beunruhigte, »ich habe das Versprechen des Richters Temple vor Zeugen, – nicht als ob mir sein Wort nicht ebensolieb wäre, als hätte ich's schriftlich von ihm, – aber es geschah vor Zeugen. Laßt mich einmal sehen – es waren Monschier Ler Quow und Squire Jones und Major Hartmann und Jungfer Pettibone und einer oder zwei Schwarze dabei, als er sagte, seine Tasche würde mich reichlich für meine Bemühungen belohnen.«

»Wurde das Versprechen vor oder nach dem geleisteten Dienste gegeben?« fragte der Advokat.

»Ich weiß das nicht mehr so genau«, antwortete der vorsichtige Arzt, »so viel ist mir aber noch gegenwärtig, daß es geschah, ehe ich den Verband anlegte.«

»Aber es scheint, daß er sagte, seine Tasche würde Euch belohnen«, bemerkte Hiram. »Ich glaube nicht, daß das Gesetz einen Mann zur Erfüllung eines solchen Versprechens anhalten kann. Vielleicht gibt er Euch seine Tasche mit sechs Pence darin und sagt, Ihr sollet Euch Eure Bezahlung daraus nehmen.«

»Dies gälte in den Augen des Gesetzes nicht als eine Belohnung«, fiel der Advokat ein – »nicht als ein so betiteltes quid pro quo. Die Tasche kann nicht als handelnd, sondern muß als ein Teil von des Mannes eigener Person betrachtet werden, – das heißt, in diesem besondern Falle. Ich bin der Ansicht, daß man auf dieses Versprechen ein Prozeßverfahren einleiten kann, und bin erbötig, es kostenfrei durchzuführen, wenn der Kläger verlieren sollte.«

Der Arzt gab auf diesen Vorschlag keine Erwiderung, obgleich man bemerkte, daß er seine Augen umhergleiten ließ, als wolle er die Zeugen aufzählen, um seinerzeit die Einhaltung dieses Versprechens fordern zu können, falls es nötig werden sollte. Ein so wichtiger Gegenstand wie die Erhebung einer Klage gegen den Richter Temple war indes nicht ganz nach dem Geschmacke der Gesellschaft, zumal da der Punkt an einem so öffentlichen Platze verhandelt wurde; es folgte nun ein allgemeines Schweigen, welches erst durch das Aufgehen der Türe und das Eintreten Nattys unterbrochen wurde.

Der alte Jäger hatte seine ihm nie von der Seite kommende Gefährtin, die Büchse, in der Hand; und obgleich die ganze Gesellschaft, den Rechtsgelehrten ausgenommen, der seinen Hut ein bißchen verwegen aufs Ohr gedrückt hatte, mit unbedeckten Häuptern dasaß, so ging Natty doch auf eines der Feuer zu, ohne auch nur im mindesten irgendeinen Teil seines Anzugs oder seines Äußern zu verändern. Man richtete verschiedene auf das Weidwerk bezughabende Fragen an ihn, die er bereitwillig und mit einigem Interesse beantwortete, und der Wirt – Nattys alter Freund, weil beide in ihrer Jugend Soldaten gewesen, – bot ihm ein Glas Branntwein, das, wenn wir aus dessen Aufnahme eine Folgerung ziehen dürfen, keine unwillkommne Gabe war. Als sich der Waldbewohner gelabt hatte, setzte er sich ruhig auf das Ende eines der Holzblöcke, die in der Nähe des Feuers lagen, und bald schien die durch seinen Eintritt veranlaßte kleine Störung vergessen zu sein.

»Das Zeugnis der Schwarzen hat freilich keinen Wert, Sir«, fuhr der Rechtsgelehrte fort, »da sie samt und sondern das Eigentum des Herrn Jones sind. Aber es gibt noch einen andern Weg, auf welchem man dem Richter Temple oder irgendeinem andern Mann das Schießen auf seinen Nebenmenschen verleiden und ihn zur Zahlung der Kurkosten veranlassen kann. Ich sage, es gibt noch einen andern Weg, ohne daß man gerade vor den ›Gerichtshof der Irrungen‹ geht.«

»Die größte Irrung würde es aber sein, Mister Todd«, rief die Wirtin, »wenn Ihr den Richter gerichtlich belangen wolltet, der da einen Beutel hat so lang wie eine von den Fichten auf den Bergen, und mit dem sich's gut genug umgehen läßt, wenn man sich ein bißchen in seine Launen fügt. Richter Temple ist ein wackrer Mann, der es gut mit den Leuten meint und nicht durch Drohungen geschreckt zu werden braucht, um rechtlich zu handeln. Ich wüßte nichts an dem Manne auszusetzen, als daß er zu gleichgültig in betreff seines Seelenheils ist. Er ist weder Methodist noch Papist noch Presbyterianer, – nein, nichts von alledem, und ich kann nicht wohl glauben, daß er, der in dieser Welt den guten Kampf unter dem Banner einer regelmäßigen Kirche nicht fechten will, einst in der Musterrolle der Erwählten gefunden werden wird, wie mein Mann, der Kapitän da, sagt – obgleich es meines Wissens nur einen Kapitän gab, der diesen Namen verdiente. Ich hoffe, Lederstrumpf, Ihr seid nicht so töricht, dem Jungen einzureden, daß er vor dem Gerichte Hilfe sucht; denn es wird euch beiden einen schlimmen Tag bereiten, wenn ihr die Haut eines friedlichen Schafes abstreift und eine hadernde Bestie zum Vorschein kommen laßt. Der Junge soll umsonst seinen Trunk bei mir holen dürfen, bis seine Schulter die Büchse wieder tragen kann.«

»Bravo, das ist generös!« hörte man von verschiedenen Lippen; denn die Gesellschaft bestand aus lauter Leuten, bei welchen ein so liberales Anerbieten nicht weggeworfen war. Natty aber, statt etwas von der Entrüstung auszudrücken, die man bei ihm vermutete, öffnete, als er auf die Verletzung seines jungen Gefährten anspielen hörte, seinen Mund nur zu dem bekannten stummen Lachen und erwiderte nach einer Weile:

»Ich wußte wohl, daß der Richter nichts ausrichten würde, als er mit seiner Schlüsselbüchse aus dem Sleigh stieg. Ich habe erst eine einzige Vogelflinte gesehen, mit der sich etwas machen ließ, und zwar auf den Großen Seen: es war ein französisches Gewehr, mit einem Lauf halb so lang wie meine Büchse, und schoß auf hundert Ellen eine Gans sicher herunter; es zerfetzte aber sein Opfer auf eine schreckliche Weise, so daß man es fast zusammenkehren mußte. Als ich mit Sir William am Fort Niagara gegen die Franzosen marschierte, bedienten sich alle Jäger der Büchse, – einer fürchterlichen Waffe in den Händen von Männern, welche sie zu laden und sicher damit zu zielen verstehen. Der Hauptmann muß das wissen; denn er sagt, er habe in Shirleys Regiment gedient; und obgleich dieses meist nur mit Bajonetten focht, so hat er doch gewiß davon gehört, wie wir den Franzosen und Irokesen in den Scharmützeln jenes Krieges zu Leibe gingen. Chingachgook, was soviel als ›Große Schlange‹ besagen will, oder der alte John Mohegan, der sein Nachtlager neben dem meinigen aufgeschlagen hat, war damals ein großer Krieger und focht mit uns; er kann auch ein Geschichtchen davon erzählen, obgleich er lieber mit dem Tomahawk zuschlug und nie mehr als ein- oder zweimal feuerte, ohne hinzulaufen und sich den Skalp zu holen. Ach! die Zeiten haben sich seither schrecklich verändert. Ja, Doktor, damals gab es nichts als einen Fußweg oder höchstens einen Pfad für Packpferde am ganzen Mohawk hin, von den Jarman-Ebenen an bis zu den Forts hinauf. Nun sprechen sie gar von einer jener breiten Straßen mit Geländern am ganzen Fluß hin. Ha, ha, zuerst einen Weg machen und dann ihn einzäunen! Ich jagte vor einiger Zeit auf den Höhen von Kaatskills in der Nähe der Ansiedlungen, und die Hunde verloren oft, wenn sie an die Landstraße kamen, die Witterung, weil so viel darauf gereist wird, obgleich ich nichts anderes sagen kann, als daß die Bestien von ganz vortrefflicher Zucht sind. Der alte Hektor schlug im Herbst an auf einen Hirsch über die breiteste Stelle des Otsego, und das ist doch anderthalb Meilen, wie ich selbst auf dem Eis mit Schritten abgemessen habe, als unter Zustimmung der Indianer der Strich zum erstenmal aufgenommen wurde.«

»Es scheint mir ein schlimmes Kompliment zu sein, Natty, daß Ihr Eurem Kameraden nach dem Argen seinen Namen gebt«, sagte die Wirtin, »und doch kommt mir der alte John nichts weniger als wie eine Schlange vor. Nimrod würde wohl besser für den alten Knaben passen und wäre doch zum mindesten ein christlicher Name, da er in der Bibel vorkommt. Der Sergeant las mir jenes Kapitel den Abend vor meiner Aufnahme in die Gemeinde vor, und es gereichte mir zu einer mächtigen Beruhigung, etwas aus dem Buch zu hören.«

»Der alte John und Chingachgook sind zwei ganz verschiedene Leute«, entgegnete der Jäger, indem er in trüben Erinnerungen den Kopf schüttelte. – »In dem Kriege von achtundfünfzig stand er in der Blüte seiner Manneskraft und war wohl auch um drei Zoll höher. Wenn Ihr ihn, wie ich es tat, an jenem Morgen gesehen hättet, als wir von unsern Mauern aus den Dieskau schlugen, so würdet Ihr ihn wohl für die hübscheste Rothaut, die Euch je vorgekommen ist, erklärt haben. Er war nackt bis auf die Hüft- und Beinbekleidung, und Ihr habt sicher nie einen Menschen so schön bemalt gesehen: die eine Seite seines Gesichts rot, die andere schwarz. Sein Kopf war glatt geschoren mit Ausnahme eines Haarbüschels auf dem Scheitel, in dem er einen Busch von Adlerfedern trug, so schön, als kämen sie aus einem Pfauenschweife. Seine Brust war gefärbt, so daß sie wie ein Skelett mit seinen Rippen aussah; denn Chingachgook hatte viel Geschmack in solchen Dingen, und wenn er so mit seinem kühnen feurigen Gesichte, seinem Messer und seinem Tomahawk dastand, so konnte man sich kaum einen trotzigeren Krieger vorstellen. Er spielte auch seine Rolle wie ein Mann; denn ich sah ihn des andern Tages mit dreizehn Skalpen an seinem Gürtel. Auch muß ich der Großen Schlange nachsagen, daß sie ehrlich zu Werke ging und nie einem den Skalp nahm, den sie nicht eigenhändig getötet hatte.«

»Nun, nun«, rief die Wirtin; »Fechten ist Fechten, so oder so, und auch hierin gibt's verschiedene Moden; obgleich ich nicht sagen kann, daß ein Christ so etwas tun darf. Ich hoffe, Sergeant, daß du nie bei so argen Werken Beihilfe geleistet hast?«

»Meine Obliegenheit war, in Reih und Glied zu bleiben und mit dem Bajonett und der Muskete zu kämpfen oder zu fallen«, erwiderte der Veteran. »Ich war damals in dem Fort, und da ich selten meinen Platz verließ, so sah ich nur wenig von den Wilden, die vorn auf den Flanken plänkelten. Ich kann mich jedoch erinnern, von der Großen Schlange, wie man ihn nannte, gehört zu haben; denn er war ein berühmter Häuptling. Damals ließ ich's mir freilich wenig träumen, ihn dereinst unter der Benennung des alten John als Christen kennenzulernen.«

»Ja, ja; er wurde von den Mährischen Brüdern bekehrt, die immer viel auf die Delawaren hielten«, sagte Lederstrumpf. »Aber hätte man sie nur sich selbst überlassen, so gäbe es jetzt nicht so viel Hantierens um die Quellen der beiden Ströme, und diese Berge wären gute Jagdgründe für ihren rechtmäßigen Eigentümer, der noch nicht zu alt ist, um eine Büchse zu führen, und dessen Blick so scharf ist wie der des Fischadlers, wenn er – –«

Er wurde durch ein neues Stampfen an der Tür unterbrochen, und unmittelbar darauf trat die Gesellschaft aus dem Herrenhause ein, welcher der Indianer selbst folgte.

Vierzehntes Kapitel

Der Schoppen, die Halbe, die Maß,
Der Humpen, der Stiefel, das Glas
Und die braune Bowle –
Laßt Lieder, ihr Jungen, erschallen –
Ein Vivat der Gerste vor allen!
Trinklied

Durch das Eintreten der neuen Gäste wurde eine kleine Verwirrung veranlaßt, während welcher der Rechtsgelehrte sich unsichtbar gemacht hatte. Die meisten der Männer näherten sich Marmaduke, schüttelten seine dargebotene Hand und drückten ihre Freude aus, »daß der Richter wohl sei.« Major Hartmann, der inzwischen Hut und Perücke beiseite gelegt und dafür eine warme wollene Zipfelkappe aufgesetzt hatte, nahm ruhig auf einem Ende des Kanapees Platz, das von dem Doktor und dem Advokaten verlassen worden war, worauf er seinen Tabaksbeutel zum Vorschein brachte, sich durch den Wirt eine neue Pfeife reichen ließ und bald in eine dichte Rauchwolke gehüllt dasaß; dann wandte er den Kopf dem Schenkstübchen zu und rief:

»Betty, den Toddy herein!«

Inzwischen hatte der Richter mit den meisten der Anwesenden Begrüßungen gewechselt und nahm nun Platz an der Seite des Majors, während Richard sich's in dem behaglichsten Sitze der Stube bequem machte. Monsieur Le Quoi ließ sich erst zuletzt nieder; denn er wagte es nicht, von seinem Stuhle Besitz zu nehmen, bis er nach unterschiedlichem Hin- und Herrücken desselben die Überzeugung gewonnen hatte, daß er keinem der Anwesenden einen Strahl Wärme entziehe. Mohegan fand ein Winkelchen an dem Ende einer Bank in der unmittelbaren Nähe des Schenkverschlags, und als die Ruhe wiederhergestellt war, bemerkte der Richter scherzend:

»Nun, Betty, ich finde, daß Ihr Eure Popularität bei jedem Wetter, gegen alle Nebenbuhler und unter allen Sekten zu behaupten wißt. – Wie hat Euch die Predigt gefallen?«

»Die Predigt?« rief die Wirtin. »Nun, ich kann nicht anders

sagen, als daß sie ganz räsonabel war; aber die Gebete wollten mir gar nicht einleuchten. Es ist keine Kleinigkeit für eine neunundfünfzigjährige Person, sich in der Kirche so viel bewegen zu müssen. Herr Grant scheint übrigens ein gottesfürchtiger Mann zu sein, und sein Mädchen ist eine fromme und andächtige Dirne. – Da, John, ist ein Krug Zider, mit Whisky versetzt. Ein Indianer kann Zider trinken, wenn es ihn auch nicht dürstet.«

»Ich muß sagen«, bemerkte Hiram nach gehöriger Überlegung, »daß die Predigt nicht übel war, und ich vermute fast, daß sie mit beträchtlichem Beifall aufgenommen wurde. Nur hätte er manches weglassen und dafür etwas anderes einschalten können. Da es aber eine geschriebene Rede war, so ließ sich wahrscheinlich nicht so leicht etwas ändern, als wenn ein Geistlicher aus dem Herzen predigt.«

»Ja, das ist's eben, Richter«, rief die Wirtin. »Wie kann ein Mann aufstehen und predigen, wenn alles, was er sagen will, niedergeschrieben ist und er sich daran binden muß wie ein Dragoner an seinen Tagesbefehl?«

»Schon gut, schon gut«, rief Marmaduke, mit der Hand zum Stillschweigen winkend, »es ist genug darüber gesprochen worden. Herr Grant sagte ja selbst, es gebe verschiedene Meinungen über derartige Gegenstände, und meiner Ansicht nach hat er eine sehr verständige Rede gehalten. – Ah, Jotham, wie ich höre, habt Ihr Euer Anwesen an einen der neuen Siedler verkauft und Eure Wohnung in dem Dorfe aufgeschlagen, um eine Schule zu errichten. Habt Ihr die Zahlung in Geld oder in Papier erhalten?«

Der Angeredete saß unmittelbar hinter Marmaduke, und wer des Richters Beobachtungsgabe nicht kannte, hätte wohl auf die Vermutung kommen mögen, daß der Mann sich dessen Aufmerksamkeit habe entziehen wollen. Es war eine magere, unförmliche Gestalt von unzufriedener Miene und ungemein unbehilflichem Äußern. Nach einem vorbereitenden Rücken und Drehen erwiderte er:

»Je nun, zum Teil in klingender Münze, zum Teil in Papier und Naturalien. Der Käufer ist ein Mann aus Pumfret und schon ein bißchen in das Geschäft eingeschossen. Unserem Abfinden gemäß zahlt er mir zehn Dollar für einen Acker gelichteten Landes und einen Dollar über den Ankaufspreis für den Acker

Waldgrund, wobei wir die Baulichkeiten einer gemeinschaftlichen Schätzung unterwarfen. Ich wählte zu diesem Ende den Asa Montagu und er den Absalom Bement, welche sodann den alten Squire Naphtali Green beizogen und die Gebäude zu achtzig Dollar abschätzten. Es waren zwölf Acker ausgeholzten Landes, je zu zehn Dollar und achtundachtzig zu einem Dollar. Das Ganze betrug also zweihundertsechsundachtzig und einen halben Dollar nach Abzug der Schätzungsgebühren.«

»Hm!« sagte Marmaduke. »Was kostete Euch der Platz?«

»Je nun, ich gab außer dem, was dem Richter zufällt, meinem Bruder Tim hundert Dollar dafür; aber jetzt steht ein neues Haus darauf, das mich weitere sechzig kostete, und an Moses zahlte ich hundert Dollar für Ausholzung und Anbau, so daß mich das Ganze ungefähr auf zweihundertundsechzig Dollar zu stehen kommt. Ich habe jedoch eine schöne Ernte in der Scheune liegen, und da ich sechsundzwanzig und einen halben Dollar über meine Unkosten erhielt, so glaube ich, einen sehr guten Handel gemacht zu haben.«

»Ja, aber Ihr vergeßt, daß die Ernte auch ohne den Handel Euch gehörte, und daß Ihr für sechsundzwanzig Dollar nunmehr obdachlos geworden seid.«

»Was da der Richter nicht wieder weiß«, erwiderte der Mann mit einer schlauen Berechnungsmiene, »bin ich doch mit einem Gespann Rosse und einem neuen Wagen, die unter Brüdern hundertundfünfzig Dollar wert sind, fünfzig Dollar in Geld, einem guten Wechsel für weitere achtzig und einem Seitensattel, der zu sieben und einem halben Dollar angeschlagen war, abgezogen. Er hatte darauf noch zwölf Schillinge herauszubekommen, und da meinte ich, er solle noch die Kuh und die Melktröge nehmen und mir das Pferdegeschirr geben. Das wollte er aber nicht, – und ich durchschaute ihn wohl; denn er dachte, ich müsse ihm doch das Geschirr abkaufen, ehe ich Roß und Wagen brauchen könne. Ich hatte jedoch ein paar andere Auswege im Sinne, und da er das Fahrgerät doch zu nichts brauchen kann, so bot ich ihm Pferd und Wagen wieder zu hundertundfünfundfünfzig Dollar an. Mein Weib sagte, daß sie ein Butterfaß brauche, und so wurden wir für ein Butterfaß vollends einig.«

»Und was gedenkt Ihr diesen Winter mit Eurer Zeit anzufangen? Ihr wißt doch, daß Zeit Geld ist?«

»Ei, der Schulmeister ist ja bei seiner Mutter auf Besuch, die dem Vernehmen nach an der Küste drunten auf den Tod liegt, und ich bin mit ihm eins geworden, die Schule zu übernehmen, bis er wieder zurückkommt. Wenn die Zeiten aufs Frühjahr nicht schlimmer werden, so bin ich willens, einen Kram anzufangen oder vielleicht nach Genessee zu ziehen, wo namentlich mit einem solchen Geschäfte etwas zu machen sein soll. Kommt übrigens das Ärgste zum Argen, so kann ich wieder in meiner Profession arbeiten, da ich ein gelernter Schuhmacher bin.«

Es wollte scheinen, als ob Marmaduke den Mann nicht hoch genug anschlage, um ihn zum Bleiben an Ort und Stelle zu bereden; denn er ließ sich nicht weiter mit ihm ein, sondern wendete seine Aufmerksamkeit anderen Anwesenden zu. – Nach einer kurzen Pause wagte es Hiram, eine Frage aufzuwerfen.

»Welche Neuigkeiten bringt der Richter von dem Gesetzgebenden Körper mit? Es scheint nicht, als ob der Kongreß in der jüngsten Sitzung viel getan hätte. Haben vielleicht die Franzosen in der letzten Zeit weitere Schlachten geliefert?«

»Die Franzosen stehen, seit sie ihren König enthauptet haben, ohne Unterlaß im Feuer«, erwiderte der Richter. »Der Charakter der Nation scheint sich ganz umgewandelt zu haben; denn ich habe während unseres Krieges viele Franzosen gekannt, die mir recht menschenfreundlich und gutmütig vorkamen, aber diese Jakobiner sind so blutdürstig wie die Bullenbeißer.«

»Es war in York drunten ein gewisser Roschamboh mit uns«, rief die Wirtin, »ein ganz prächtiger Mann, der einen stattlichen Reiterzug anführte. Damals war's auch, als der Sergeant von den englischen Batterien – Gott verdamm sie – einen Schuß ins Bein bekam.«

»Ah! mon pauvre roi!« flüsterte Monsieur Le Quoi.

»Der Kongreß hat Gesetze erlassen«, fuhr Marmaduke mit Ernst fort, »deren das Land sehr benötigt war. Unter anderem ist es verboten worden, in gewissen Strömen und kleineren Seen anders als zu den geeigneten Jahreszeiten mit Schleppnetzen zu fischen und den Hirsch zur Tragezeit zu schießen. Das sind Gesetze, die jeder umsichtige Mann schon lange für nötig erachtete; ich hoffe, es wird auch noch so weit kommen, daß Strafen auf das unzeitige Fällen des Holzes gesetzt werden.«

Der Jäger horchte auf diese Mitteilung mit atemloser Aufmerksamkeit, und als der Richter geendet hatte, lachte er laut hinaus.

»Mag man da Gesetze machen, soviel man will, Richter«, rief er, »aber wer wird in den langen Sommertagen die Berge und des Nachts die Seen bewachen? Wild ist Wild, und wenn einer welches findet, so darf er auch schießen. Ich erinnere mich schon seit vierzig Jahren her, daß dieses Recht in den Wäldern herrscht, und ich denke, ein altes Gesetz ist ebensoviel wert als zwei neue. Nur ein unerfahrener Jäger wird eine Geiß mit dem Kitzchen an der Seite schießen wollen, wenn nicht allenfalls seine Mokassins alt und seine Beinkleider zerrissen sind; denn das Fleisch ist zu solcher Zeit nicht zu genießen. Aber eine Büchse knallt unter den Felsen am Seeufer hin oft so laut, daß man meint, fünfzig seien zumal abgeschossen worden: – es würde da wohl schwer sein zu sagen, wo der Mann steht, der den Drücker berührt hat.«

»Mit dem Ansehen des Gesetzes bewaffnet, Meister Bumppo«, erwiderte der Richter ernst, »kann eine wachsame Obrigkeit viele Übelstände verhindern, die bisher obgewaltet und das Wild bereits so selten gemacht haben. Ich hoffe, noch den Tag zu erleben, wo das Eigentumsrecht des einzelnen an sein Wild ebenso geachtet wird wie der Anspruch auf seine liegenden Gründe.«

»Diese Eigentumsrechte und Ansprüche sind lauter Neuerungen«, rief Natty, »und vor dem Gesetz soll keiner dem andern gegenüber ein Vorrecht haben. Letzten Dienstag waren es vierzehn Tage, daß ich einen Hirsch anschoß, der jedoch über die Schneedämme und einen Heckenzaun wegsetzte. Ich eile hinterdrein; das Schloß meiner Büchse fängt sich in den Zweigen, daß ich es nicht gleich wieder losmachen kann, und ehe ich mich's versehe, ist das Tier auf und davon. Nun möchte ich auch wissen, wer mir diesen Bock zahlen soll, der noch obendrein ein ganz herrliches Tier war? Wäre der Zaun nicht dagewesen, so hätte ich wohl noch einmal schießen können, und ich habe meine Lebtage nie auf etwas, das nicht Flügel hatte, dreimal abgedrückt. Nein, nein, Richter, die Ansiedlungen machen das Wild selten, nicht die Jäger.«

»Der Hirsch ist allerdings nicht mehr so häufig wie zur Zeit des alten Kriegs, Bumppo«, sagte der Major, der aus seinen Tabakswolken heraus aufmerksam zugehört hatte, »aber das

Land ist nicht geschaffen für das Wild, sondern für Christenmenschen.«

»Ei, Major, ich glaube, Sie sind ein Freund des Rechtes und der Gerechtigkeit, obgleich Sie so oft in das große Haus gehen; aber ist es nicht hart, wenn einem Manne sein ehrliches Gewerbe, von dem er lebt, durch Gesetze gehemmt wird? Wenn's nach dem Rechte geht, so muß einer jeden Tag der Woche im ganzen Patent fischen und jagen dürfen, wenn er Lust dazu hat.«

»Ich verstehe Euch, Lederstrumpf«, entgegnete der Major, indem er seine schwarzen Augen mit einem bedeutungsvollen Blick auf den Jäger heftete, »aber Ihr seid doch sonst nie so klug gewesen, Euch allzusehr um das zu kümmern, was kommen könnte?«

»Vielleicht hatte ich nicht soviel Anlaß dazu«, sagte der Jäger ein wenig verdrießlich und versank darauf in ein Schweigen, das er geraume Zeit nicht wieder brach.

»Der Richter hat vorhin von den Franzosen erzählen wollen«, bemerkte Hiram, da die Unterhaltung jetzt ein wenig stocken wollte.

»Ja, Sir«, versetzte Marmaduke, »die Jakobiner von Frankreich scheinen sich von einem Akte der Zügellosigkeit in den andern zu stürzen. Sie führen ihr Schlächtergewerbe unter dem Titel ›Gesetzesvollstreckung‹ fort, und Ihr habt wohl gehört, daß sie der langen Liste ihrer Greueltaten auch die Ermordung ihrer Königin beigefügt haben.«

»Les monstres!« murmelte Monsieur Le Quoi abermals, indem er sich plötzlich mit einem konvulsivischen Zucken auf seinem Stuhl umwandte.

»Die Vendee ist verheert durch die Truppen der Republik; und die Einwohner, welche es mit dem König halten, werden zu Hunderten auf einmal erschossen. – Die Vendee ist ein Distrikt im Süden Frankreichs, der noch mit vieler Treue an der Familie der Bourbonen hängt. Ohne Zweifel kennt ihn Monsieur Le Quoi und kann uns denselben genau beschreiben.«

»Non, non, non, mon cher ami«, versetzte der Franzose mit unterdrückter Stimme, aber in raschen Worten, indem er zugleich mit der rechten Hand wie abwehrend gestikulierte und mit der linken seine Augen bedeckte.

»In der letzten Zeit sind viele Schlachten geschlagen worden«, fuhr Marmaduke fort, »und leider blieben die wütenden Republikaner nur zu oft Sieger. Übrigens tut es mir nicht gerade leid, daß sie den Engländern Toulon abnahmen; denn es ist ein Platz, auf den letztere durchaus kein Recht hatten.«

»Ah – ha!« rief Monsieur Le Quoi aufspringend und in großer Lebhaftigkeit mit beiden Armen die Luft durchschneidend, »ces Anglais!«

Der Franzose ging unter Wiederholung dieser Ausrufungen einige Minuten lang mit größter Hast in der Stube auf und ab und eilte sodann, wie übermannt von dem Sturme seiner innern Erregungen, plötzlich aus dem Hause. Man sah ihn durch den Schnee seinem Laden zuwaten und mit den Armen in der Luft fuchteln, als wolle er die Ehre seiner Nation aus dem Monde herunterholen. Seine rasche Entfernung erregte nur wenig Erstaunen, da die Dorfbewohner seine Weise bereits kannten; nur der Major Hartmann lachte, das erstemal während seines Besuches, laut heraus, erhob sodann den Krug und bemerkte:

»Der Franzmann ist toll, aber vom Trinken gewiß nicht. Er müßte nur vor Freude trunken sein.«

»Die Franzosen sind gute Soldaten«, meinte Kapitän Hollister, »sie haben uns bei York drunten manchen guten Dienst geleistet. Ich verstehe mich zwar nicht sonderlich auf die großen Bewegungen der Armee, aber ich glaube nicht, daß Seine Exzellenz imstande gewesen wäre, ohne ihren Beistand gegen Kornwallis zu marschieren.«

»Da hast du recht, Sergeant«, unterbrach ihn sein Weib, »und ich wollte nur, du hättest dich gleichfalls stets wie sie gehalten. Prächtige Leute, die Franzosen! Ich hatte eben mit meinem Karren haltgemacht, wie Ihr vorwärts rücktet, um die Regler[14] zu unterstützen, als ein Regiment von diesen Herren vorbeimarschierte; so bediente ich sie ganz nach ihrem Gefallen. Und wie sie auszahlten! ja, in lauter guten, vollwichtigen Kronen – kein Fetzen von dem verwünschten Papiergeld drunter. Gott vergebe mir, daß ich fluche und so Eitles rede; aber das muß ich den Franzosen nachsagen, daß sie in gutem Silber auszahlten. Sie konnten weit mit einem Glas reichen; denn sie ließen immer noch ein Tröpfchen drin, wenn sie es zurückgaben. Da lobe ich mir das Geschäft, Richter, wo man gut ausblecht und die Leute nicht so gar eigen sind.«

»Dabei kann man's allerdings auf einen grünen Zweig bringen, Frau Hollister«, bemerkte Marmaduke. »Aber was ist aus Richard geworden? Sprang er doch, sobald er sich gesetzt hatte, wieder auf und ist nun schon so lange abwesend, daß ich Sorge trage, er möchte erfroren sein.«

»Hast nichts zu fürchten, Vetter Duke«, rief der genannte Ehrenmann in eigener Person. »Geschäfte können einen bisweilen warm halten, und wäre es der kälteste Abend, der je das Gebirge eingeeist hat. Betty, Euer Mann sagte mir, als wir die Kirche verließen, Eure Schweine würden schäbig. Ich habe daher ein wenig nach dem Stall gesehen und mich überzeugt, daß dem so ist, weshalb ich nach Eurem Hause lief, Doktor, und mir von Eurem Jungen ein Pfund Bittersalz abwägen ließ, um es unter ihre Tränke zu mischen. Ich wette einen Hirschziemer gegen ein graues Eichhörnchen, daß sie schon in einer Woche besser sein werden. Und nun, Frau Hollister, bin ich der Mann für ein Glas zischenden Flips.«

»Dacht' ich mir's doch, Ihr könntet eines brauchen«, versetzte die Wirtin, »er ist bereits gemischt und bedarf nur noch des Glüheisens. Lieber Sergeant, willst du so gut sein, und mir das Eisen herübergeben? – Nicht das, das andere, das weiter im Feuer liegt. Du siehst ja, daß es schwarz ist. – So! jetzt ist's recht. Seht einmal her, ob es nicht so rot ist wie eine Kirche.«

Das Getränk wurde erhitzt, und Richard nahm es mit einer Miene hin, wie sie wohl Leute zu zeigen pflegen, die etwas recht Kluges ausgeführt zu haben meinen, zumal wenn sie den Branntwein lieben.

»Ah, Betty, Ihr habt eine Hand, wie gemacht zum Flipmischen«, rief Richard, nachdem er ein bißchen verschnauft hatte. »Sogar das Eisen gibt ihm einen Wohlgeschmack. Da, John, trink, Mensch, trink! Ich und du und der Doktor Todd haben diesen Abend an der Schulter des jungen Menschen ein Meisterstück geliefert. Duke, ich habe in deiner Abwesenheit ein Lied gemacht, – 's gibt nicht alle Tage zu tun, und da hat man schon Zeit für so etwas. Ich will dir einen Vers oder zwei vorsingen, obgleich ich mich noch nicht ganz für die Melodie entschieden habe. –

Das Leben ist nur eine Kette von Mühen,
Wo jeder hinpilgert auf dorniger Bahn.
Drum laßt in die Arme der Freude uns fliehen;

Bedenkt, daß im Dornbusche Rosen auch blühen,
Nicht überall naget des Kummers Zahn!
Drum fort mit den Grillen
Und fort mit den Stillen –
Daß Sorgen nicht streuen die silbernen Flocken
Zu frühe in unsere dunkelen Locken.

Nun, Duke, was hältst du davon? Ich habe noch einen Vers in petto, aber es fehlt mir noch die letzte Zeile, bei der es mit dem Reime nicht gehen will. – Was sagst du zu dieser Musik, alter John? Ist sie nicht so gut als eines von deinen Kriegsliedern, he?«

»Gut«, entgegnete Mohegan, der dem Getränk der Wirtin redlich zugesprochen und gelegentlich auch den Rundkrügen des Majors und des Richters die gebührende Achtung erzeigt hatte.

»Bravo! bravo! Richard!« rief der Major, dessen schwarze Augen bereits zu schwimmen begannen. »Bravissimo! Ein prächtiges Lied, – aber Natty Bumppo weiß noch ein schöneres. Lederstrumpf, willst du nicht singen? Sag an, alter Knabe, willst du nicht ein Waldlied singen?«

»Nein, nein, Major«, erwiderte der Jäger mit einem schwermütigen Kopfschütteln. »Ich habe leben müssen, um zu sehen, was meine Augen in diesen Bergen nimmer zu schauen hofften, und da ist mir die Lust zum Singen vergangen. Wenn er, der das Recht hat, hier zu gebieten, sich genötigt sieht, seinen Durst mit Schneewasser zu stillen, so ziemt es denen, die von seinem Eigentume leben, schlecht, sich lustig zu machen, als ob es auf der Welt nichts gäbe als Sonnenschein und Sommer.«

Als Lederstrumpf ausgesprochen hatte, ließ er seinen Kopf wieder auf die Knie sinken und verbarg seine harten, runzligen Züge mit den Händen. Der schnelle Wechsel von der grimmigen Kälte draußen zu der Hitze der Trinkstube, in Verbindung mit der Tiefe und Häufigkeit von Richards Zügen, hatten bereits, was Heiterkeit anbelangt, das Gleichgewicht zwischen diesen Ehrenmanne und den übrigen Gästen hergestellt, und jetzt hielt er ein paar mit dampfendem Flip gefüllte Becher dem Jäger entgegen.

»Ja, lustig muß es hergehen, alter Knabe!« rief er. »Es ist ein lustiges Christfest! Was Sonnenschein und Sommer! Seid Ihr blind, Lederstrumpf, daß Ihr den Mondschein und den Winter nicht mehr sehen könnt? Steckt Euch eine Brille ins Gesicht und sperrt Eure Augen auf –

Fort, fort mit den Grillen
Und fort mit den Stillen –
Daß Sorgen nicht streuen die silbernen Flocken
Zu frühe in unsere dunkelen Locken.

Hört jetzt den alten John meckern. Die Indianer haben im Grunde doch eine verzweifelt trübselige Musik, Major. Ich möchte wohl wissen, ob sie nie nach Noten singen.«

Während Richard abwechselnd sang und plauderte, ließ Mohegan einige schwerfällige und eintönige Laute vernehmen, die er mit einer sanften Bewegung des Kopfes und des ganzen Körpers begleitete. Es waren nur wenige Worte, und zwar indianische, so daß sie nur von ihm selbst und von Natty verstanden wurden. Ohne auf Richard zu achten, fuhr er fort, seine wilde melancholische Weise zu singen, wobei er sich bald in die höchsten Töne verstieg, bald wieder in die tiefen bebenden Laute überging, welche den Charakter der indianischen Musik bezeichnen.

Die Aufmerksamkeit der Gesellschaft war nun sehr geteilt, da die Männer, welche früher mehr im Hintergrunde gesessen, sich in kleine Gruppen sammelten und verschiedene Gegenstände besprachen, unter denen die Behandlung schäbiger Schweine und Pfarrer Grants Predigtweise ein Hauptthema abgaben, während Doktor Todd sich mühte, Marmaduke die Beschaffenheit der Verletzung des jungen Jägers auseinanderzusetzen. Mohegan fuhr fort zu singen, wobei er vor sich hinstierte und seine Züge unter dem buschigen Haar einen ungemein wilden Ausdruck gewannen. Sein Gesang wurde allmählich lauter und steigerte sich zuletzt so sehr, daß das Gespräch aufhören mußte. Der Jäger erhob nun abermals seinen Kopf und sprach mit Wärme zu dem alten Krieger in der Sprache der Delawaren, was wir hier, dem Leser zuliebe, in einer Übertragung geben wollen.

»Wie magst du von deinen Schlachten und von den Kriegern, die du erschlagen, singen, Chingachgook, wenn der schlimmste Feind in deiner Nähe ist, der dem ›jungen Adler‹ seine Rechte vorenthält? Ich habe so viele Schlachten mitgekämpft, als irgendein Krieger deines Stammes, aber zu einer solchen Zeit kann ich mich nicht meiner Taten rühmen.«

»Hawk-eye[15]«, versetzte der Indianer, mit wankenden Tritten seinen Platz verlassend, »ich bin die Große Schlange der Delawaren; ich kann die Mingos aufspüren, wie die Otter die Eier des Windfängers, und sie mit einem Schlage tot zu Boden strecken wie die Klapperschlange. Der weiße Mann machte Chingachgooks Tomahawk so glänzend wie die Wasser des Otsego in der Abendsonne, aber er ist rot vom Blute der Maquas.«

»Und warum hast du die Mingokrieger erschlagen? Tatest du es nicht, um diese Jagdgründe und Seen den Kindern deiner Väter zu erhalten? Wurden sie nicht in der Versammlung dem Feueresser übergeben? Und rinnt nicht das Blut eines Kriegers in den Adern eines jungen Häuptlings, der laut sprechen sollte, während seine Stimme zu schwach ist, um gehört zu werden?«

Diese Anrede des Jägers schien einigermaßen die verwirrten Sinne des Indianers zu sammeln, da derselbe nunmehr das Gesicht den Umstehenden zuwandte und seine Blicke aufmerksam auf den Richter heftete. Er schüttelte sein Haupt, strich sich das Haar aus der Stirne und ließ ein Paar Augen gewahr werden, die von dem Feuer wilder Rachelust erglühten. Der Indianer war ganz umgewandelt: seine Hand schien einen vergeblichen Versuch zu machen, den Tomahawk hervorzuholen, der mit dem Handgriffe in seinem Gürtel stak, während seine Blicke allmählich wieder einen leeren Ausdruck annahmen. Richard stellte in diesem Augenblick einen Becher vor ihn hin, während sich eben seine Züge in das Grinsen des Blödsinns verzerrten. Er ergriff das Gefäß mit beiden Händen, trank es, auf der Bank zurückgelehnt, bis auf die Neige aus und versuchte sodann, es mit der Unheholfenheit totaler Betrunkenheit beiseite zu stellen.

»Kein Blutvergießen!« rief der Jäger, als er den vorübergehenden Ausdruck der Wildheit in den Zügen des Indianers gewahrte. »Doch er ist betrunken und kann keinen Schaden tun. So geht es mit allen Wilden! Gebt ihnen Branntwein, und sie machen sich selbst zu Hunden. Doch sei's drum – die Zeit wird nichtsdestoweniger kommen, wo Gerechtigkeit geübt wird. Wir müssen nur Geduld haben.«

Da Natty dies in der Sprache der Delawaren laut werden ließ, so wurde er natürlich von niemand verstanden. Er hatte kaum ausgesprochen, als Richard rief:

»Nun, der alte John ist zeitig fertig geworden. Gebt ihm Quartier in der Scheune, Kapitän, und laßt mich für die Bezahlung sorgen. Ich bin heute abend reich, zehnmal reicher als Duke mit allen seinen Ländereien, Kapitalbriefen, Wechseln und Renten.

Fort, fort mit den Grillen
Und fort mit den Stillen
Daß Sorgen nicht streuen die silbernen Flocken
Zu frühe in unsere dunkelen Locken.

Trink, trink, König Hiram – trink, Meister Tunichts[16] – trink, sag' ich. Heute ist der Christabend, der bekanntermaßen nur einmal des Jahres kommt.«

»He! he! he! der Squire ist heute ganz musikalisch«, fing Hiram an, dessen Züge merkwürdige Anzeichen von Erschlaffung kundzugeben begannen. »Ich meine fast, wir sollten noch eine Kirche bauen, Squire?«

»Eine Kirche, Meister Doolittle? Nein, eine Kathedrale soll es werden! Bischöfe, Priester, Diakone, Küster, Sakristei und Chor; Orgel, Organist und Blasbälge! Beim Lord Harry, wie Benjamin sagt, wir wollen an dem andern Ende noch einen Turm anbringen und zwei Kirchen daraus machen. Was meinst du, Duke? Willst du zahlen? He, wird mein Vetter Richter mit dem Gelde herausrücken?«

»Du machst einen solchen Lärm, Dick, daß ich unmöglich hören kann, was Doktor Todd sagt«, entgegnete Marmaduke. – »Ich glaube, du bemerktest, die Wunde könnte vielleicht eitern und bei dieser kalten Witterung dem Gliede Gefahr drohen?«

»Nicht doch, Sir, das wäre ganz gegen die Natur«, sagte Elnathan, indem er sich zu räuspern versuchte. »Es ist ganz unwahrscheinlich, daß eine so gut verbundene Wunde, deren Veranlassung ich in meiner Tasche habe, eitern sollte. Ich denke, da der Richter im Sinne hat, den jungen Mann in sein Haus zu nehmen, so reicht das einmalige Eingewickeltwerden.«

»Ich meine auch, daß einmal genug ist«, entgegnete Marmaduke mit jenem schalkhaften Lächeln, welches oft seine Züge überflog und dabei die Person, der es galt, im Zweifel ließ, ob sie es als Neckerei oder überhaupt nur als launige Stimmung nehmen solle.

Der Wirt hatte inzwischen dem Indianer in einem seiner Nebengebäude ein Strohlager bereitet, wo John, in seine Wolldecke gehüllt, den Rest der Nacht zubrachte. Mittlerweile war aber auch der Major Hartmann heiter und munter geworden. Glas folgte auf Glas und Becher auf Becher, so daß das Zechgelage sich bis tief in die Nacht oder vielmehr in den Morgen hinein erstreckte, bis endlich der deutsche Veteran seinen Wunsch ausdrückte, nach dem Herrenhause zurückzukehren. Die Mehrzahl der Gäste hatte sich bereits entfernt, aber Marmaduke kannte die Gewohnheit seines Freundes zu gut, um einen früheren Aufbruch vorzuschlagen. Sobald jedoch dieser Vorschlag gemacht war, ging der Richter bereitwillig darauf ein, und das Trio schickte sich zum Abzuge an. Frau Hollister begleitete ihre Gäste in Person bis an die Tür und machte sie auf die sichersten Wege aufmerksam.

»Stützt Euch auf Mister Jones, Major«, sagte sie, »er ist jung und sein Beistand wird Euch von Nutzen sein. Nun, es macht mir immer Freude, Euch in dem ›Kühnen Dragoner‹ zu sehen, und gewiß ist es nichts Schlimmes, den Christabend mit leichtem Herzen zu begehen; denn man kann nicht wissen, welche Sorgen unser harren. Gute Nacht, Richter, und fröhliche Weihnachten euch allen!«

Die Herren verabschiedeten sich, so gut sie konnten, und hielten sich in der Mitte der Straße, wo ein schöner, breiter, wohlbetretener Pfad war, so daß sie leidlich genug vorwärts kamen, bis sie an das Gartentor des Herrenhauses gelangten; aber bei dem Eintreten in des Richters Domänen ergaben sich einige Schwierigkeiten. Wir wollen uns jedoch nicht mit Aufzählung derselben aufhalten, sondern nur anführen, daß man am andern Morgen einige sehr abweichende Pfade in dem Schnee fand, und daß Marmaduke, noch ehe er die Haustüre erreichte, seine Gefährten vermißte. Die genannten Pfade setzten ihn in den Stand, ihre Spur zu verfolgen, und so fand er sie denn, bis auf die Köpfe in dem Schnee begraben, wobei Richard aus Leibeskräften sang:

Fort, fort mit den Grillen
Und fort mit den Stillen –
Daß Sorgen nicht streuen die silbernen Flocken
Zu frühe in unsere dunkelen Locken.

Fünfzehntes Kapitel

»Wie es lag, an jenem Tag, in der Bai von Biskaya, oh!«

Noch ehe die im vorigen Kapitel beschriebene Szene im »Kühnen Dragoner« ihren Anfang nahm, war Elisabeth wohlbehalten nach dem Herrenhause zurückgeleitet worden, wo sie nun als die Gebieterin desselben nach Belieben schalten und den Abend nach ihrer Neigung verbringen konnte. Die Lichter waren meistens erloschen; da jedoch Benjamin mit großer Pünktlichkeit und Vorsorglichkeit vier große Kerzen in ebenso vielen massiven Messingleuchtern auf dem Serviertische der Reihe nach aufgepflanzt hatte, so gewann dadurch die Halle eine eigentümliche Behaglichkeit, welche zu dem unerfreulichen Anblick des Akademiesaals in einem schroffen Gegensatze stand.

Remarkable hatte Herrn Grants Predigt gleichfalls mitangehört, und ihre Empfindlichkeit, welche die rauhen Worte des Richters nicht wenig erhöht hatten, war durch den Einfluß des Gottesdiensts etwas gemildert worden. Sie gedachte der Jugend Elisabeths und meinte, es dürfte nicht schwer werden, auch unter den gegenwärtigen Verhältnissen jene Macht zu üben, welche sie bisher unbestritten besessen. Der Gedanke, jemand über sich zu haben, gegen den sie in der Abhängigkeit eines Dienstboten stehen sollte, war ihr durchaus unerträglich, und sie hatte sich bereits ein halbes Dutzend Entwürfe gebildet, wie sie es angreifen wolle, um sich rasch über ihre Stellung im Hause Gewißheit zu verschaffen. Aber sooft sie dem dunkeln, stolzen Auge Elisabeths begegnete, die nachsinnend über die Szenen ihrer Kindheit, die Veränderung ihrer Lage und vielleicht auch über die Erlebnisse des Tages, in dem Zimmer auf und nieder ging, empfand die Haushälterin eine Scheu, die ihr noch kein sterbliches Wesen einzuflößen vermocht hatte, obgleich sie sich's nicht gestehen wollte. Dies schüchterte sie ein und hielt für eine Weile ihre Zunge in Banden. Endlich entschloß sie sich jedoch, das Gespräch einzuleiten, indem sie einen Gegenstand wählte, der geeignet war, die Rangunterschiede aufzuheben und ihre eigenen Fähigkeiten in einem vorteilhaften Lichte zu entfalten.

»Der Pfarrer Grant hat uns heute abend eine prächtige Rede gehalten«, begann Remarkable. »Die bischöflichen Geistlichen sind gemeiniglich gute Redner; dafür schreiben sie aber auch ihre Gedanken nieder, was ihnen sehr zustatten kommt. Ich glaube indes nicht, daß sie eine Predigt aus dem Herzen zu halten vermöchten, wie die Geistlichen des stehenden Gottesdienstes.«

»Und was für ein Glaubensbekenntnis meint Ihr mit dem stehenden Gottesdienst?« fragte Miß Temple mit einiger Überraschung.

»Je nun, die Presbyterianer, Kongregationalen, die Baptisten und noch viele andere, die bei dem Gebete nicht niederknien.« –

»Demnach würdet Ihr also alle, welche die Überzeugung meines Vaters teilen, in die Ordnung des sitzenden Gottesdienstes verweisen?« bemerkte Elisabeth.

»Ich habe diese nie mit einem andern Namen als mit dem der sogenannten Quäker bezeichnen hören«, entgegnete Remarkable mit einiger Unruhe. »Ich wäre wohl die letzte, sie anders zu benennen; denn ich habe in meinem Leben nie ein unehrerbietiges Wort über den Richter oder über ein Glied seiner Familie geäußert. Die Quäker stehen bei mir in hoher Achtung; denn es sind manierliche und gescheite Leute; aber es nimmt mich nur wunder, wie Ihr Vater in eine englisch-kirchliche Familie heiraten konnte, da diese Religionen himmelweit voneinander verschieden sind. Da sitzt man still und spricht meistens nichts, während die Bischöflichen allerhand treiben, so daß man bisweilen meint, man sei in einer Komödie. Ich habe einmal im Lande drunten eine solche Kirche besucht –«

»Ihr habt mich da auf einen Vorzug der Liturgie dieser Kirche aufmerksam gemacht, der mir bisher entgangen ist. Seid indes so gut und seht, ob das Feuer in meinem Zimmer brennt. Ich bin von der Reise ermüdet und möchte zu Bette gehen.«

Remarkable fühlte sich ungemein geneigt, der jungen Gebieterin des Herrenhauses zu sagen, sie möchte selber die Türe aufmachen und nachsehen; aber die Klugheit lehrte sie, ihre Empfindlichkeit niederzukämpfen, und nach einer kleinen

Pause, die ihre Würde wahren sollte, tat sie, wie ihr geheißen worden. Die Antwort lautete befriedigend, und die junge Dame zog sich zurück, nachdem sie zuvor Benjamin, welcher Holz nachlegte, und der Haushälterin gute Nacht gesagt hatte.

Sobald sich die Türe hinter Miß Temple geschlossen, begann Remarkable ein etwas geheimnisvolles und zweideutiges Gespräch, in welchem sie sich weder billigend noch mißbilligend über die Eigenschaften der Abwesenden ausließ, obgleich sie sich nicht enthalten konnte, allmählich ihren ganzen Unmut kundzugeben. Der Majordomo gab keine Antwort, sondern fuhr emsig in seinem Geschäfte fort. Nachdem er damit zustande gekommen war, sah er nach dem Thermometer, öffnete sodann eine Schublade des Serviertisches und brachte etliche Herzstärkungen zum Vorschein, welche ihn auch ohne Beihilfe des ungeheuern Feuers, das er eben angeschürt, hätten warm halten können. Sofort holte er die nötigen Gläser aus einem Wandschranke bei dem Kamin, stellte sie auf den Tisch, rückte ein paar Stühle herzu, und nun schien Benjamin zum ersten Male seiner Gefährtin Gehör schenken zu wollen.

»Kommt«, rief er, »kommt, Jungfer Remarkable; legt Euch in diesem Stuhle vor Anker; 's geht ein scharfer Wind draußen, kann ich Euch sagen, gute Frau. Aber was kümmert's mich? Mag er hoch oder nieder blasen, seht Ihr, das ist Ben all eins. Die Neger sind hübsch in den untern Raum gestaut und haben ein Feuer vor sich, daß man einen Ochsen dabei braten könnte. Das Thermometer steht gegenwärtig auf fünfundfünzig; aber das Ahornholz hat vortreffliche Eigenschaften, und ehe ich ein Glas geleert habe, wird es noch um zehn Grade gestiegen sein, so daß es der Squire, wenn er aus Betty Hollisters warmer Stube heimkommt, so heiß finden soll, wie eine Hand, die das Takelwerk mit schlechtem Teer eingeschmiert hat. Kommt, Jungfer Remarkable, legt in diesem Stuhle bei und sagt mir, wie Euch die neue Erbin gefällt.«

»Je nun, nach meiner Ansicht, Herr Penguillum – –«

»Pump, Pump«, unterbrach sie Benjamin. »'s ist heute Christnacht, Jungfer Remarkable, und da seht Ihr, ist es viel besser, wenn Ihr mich Pump nennt. Einmal ist der Name viel kürzer, und dann habe ich im Sinne, an dieser Flasche hier zu pumpen, solange sie gluckert. Ihr könnt mich daher mit Fug und Recht Pump nennen.«

»Immer der Alte!« rief Remarkable mit einem Lachen, das jedes Gelenk an ihrem Körper auslösen zu wollen schien. »Ihr seid ein spaßhafter Bursche, Benjamin, wenn Ihr's darauf anlegt. Aber was ich sagen wollte, ich denke, daß es nun bald andere Zeiten in dem Hause geben wird.«

»Andere Zeiten?« rief der Majordomo, seine Flasche beäugelnd, die mit erstaunlicher Schnelle nur den durchsichtigen Anblick des geschliffenen Glases anzunehmen drohte. »Das macht mir nicht viel aus, Jungfer Remarkable, solange ich die Schlüssel zu den Kellern in der Tasche trage.«

»Ich will nicht gerade sagen«, fuhr die Haushälterin fort, »daß man in dem Hause nicht immer genug zu essen und zu trinken bekommen hätte, – ein bißchen mehr Zucker in das Glas, Benjamin, – denn Squire Jones ist ein trefflicher Lieferant. Aber neue Herren bringen neues Regiment, und es sollte mich nicht wundernehmen, wenn Ihr und ich einer etwas ungewissen Zukunft entgegensähen.«

»Das Leben ist etwas so Ungewisses wie das Blasen des Windes«, sagte Benjamin mit einer moralisierenden Gebärde, »und nichts ist veränderlicher als der Wind, Jungfer Remarkable, wenn man nicht zufällig in den Strich der Passatwinde gerät; dann geht's aber wohl einen Monat in einem fort, mit Leesegeln auf beiden Seiten, oben und unten, und ein Kajütenjunge kann steuern.«

»Jedermann weiß, daß das Leben etwas Ungewisses ist«, versetzte Remarkable, indem sie ihr Gesicht der guten Laune ihres Gefährten anpaßte, »aber ich sehe voraus, daß große Veränderungen in dem Hause stattfinden werden, und habt nur acht, man wird Euch bald einen jungen Menschen zum Vorgesetzten geben, wie man es eben erst mit mir gemacht hat. Freilich ist dies etwas Hartes, Benjamin, wenn man so lange wie Ihr treue Dienste geleistet hat.«

»Die Beförderung sollte nach der Dauer der Dienstzeit stattfinden«, meinte der Majordomo, »und wenn man mir einen vor der Nase einschiebt, so lege ich mein Amt in kürzerer Zeit nieder, als man ein Lotsenboot in eine Reede bringen kann. Doch Squire Dickens« – so pflegte Benjamin Richard gewöhnlich zu nennen – »ist ein prächtiger Herr und so gut, als man sich nur einen wünschen kann. Seht Ihr, denn will ich's dann rundheraus in meiner englischen Muttersprache sagen, daß ich auf meinen

Dienst verzichte, wenn man mir irgendeinen Hans Taps vorsetzen will. Ich habe von unten angefangen, Jungfer Prettybones, und mich wie ein Mann hinaufgearbeitet. Ich war sechs Monate an Bord eines Garnsey-Luggers, bediente die Leeschoten und half beim Aufhissen des Takelwerks. Dann machte ich einige Kreuz- und Querzüge, wobei ich das gleiche Geschäft verrichtete; im Grunde aber segelt man dabei nur im Dunkeln herum und lernt weiter nichts, als wie man nach den Sternen steuern muß. Nun seht Ihr, dann lernte ich, wie die Stengen gesetzt werden müssen, und wie man ein Bramsegel befestigt; und dann verrichtete ich die kleinen Geschäfte in der Kajüte, wie z.B. das Grogmischen für die Matrosen – bei dieser Gelegenheit kam ich zu meiner feinen Zunge, die, wie Ihr oft gesehen haben mögt, ihresgleichen sucht. Niemand versteht das besser zu beurteilen als Ihr.«

Remarkable erwiderte dieses Kompliment mit einem Kopfnicken und schlürfte aus dem vor ihr stehenden Glase; denn hin und wieder behagte ihr ein Schlückchen von einem solchen Getränke, wenn es stark mit Zucker versetzt war, gar nicht übel. Nach diesem kleinen Höflichkeitsaustausche zwischen dem würdigen Paare nahm die Unterhaltung ihren Fortgang.

»Ihr müßt in Eurem Leben viele Erfahrungen gesammelt haben, Benjamin; denn die Schrift sagt: ›Diejenigen, die in Schiffen das Meer besuchen, sehen die Werke des Herrn‹.«

»Nun, was das anbelangt, so haben die in einer Brigg oder in einem Schoner den gleichen Vorteil, und ich könnte sagen, sie sähen auch die Werke des Teufels. Die See, Jungfer Remarkable, bietet den Menschen viele Belehrung; denn man lernt dabei die Gebräuche der Völker und die Gestalt des Landes kennen. Was meine Person anbelangt, so bin ich freilich in Vergleichung mit vielen, welche die Meere besuchen, nur ein ungelehrter Mann; aber ich glaube, daß es von der Küste des Kaps Ler Hogue bis hinunter zum Kap Finister kein Vorgebirge und keine Insel gibt, von der ich nicht den Namen oder sonst eines und das andere wüßte. – Nehmt doch auch genug, Jungfer Markable, daß das Wasser eine Farbe kriegt; hier ist Zucker. Ihr seid ein Leckermaul und habt's gern süß, Jungfer Prettybones. – Aber was ich sagen wollte: nehmen wir die ganze Küste an, so kenne ich sie so gut, als den Weg nach dem ›Kühnen Dragoner‹, besonders aber die verteufelte Bai von Biskaya. Puh! ich wollte, Ihr könntet den Wind dort pfeifen hören. Man braucht da oft zwei Leute zum Halten, daß er einem nicht das Haar von dem Kopfe bläst. Durch diese Bai lenzen ist so ziemlich das nämliche, wie wenn man hierzulande auf der einen Seite einen Berg hinan und auf der andern hinunter klettert.«

»Was Ihr da sagt«, rief Remarkable. »Und steigt denn dort das Meer berghoch an, Benjamin?«

»Nun, ich will Euch das erzählen; aber erst laßt uns ein Schlückchen Grog versuchen. – Hm! ich muß gestehen, es ist ein ganz wackerer Stoff, den man hierzulande führt; aber man hat ja auch Westindien gerade neben Bord und braucht also nicht weit darnach zu schicken. Beim Lord Harry, Jungfer Remarkable, wenn Garnsey nur irgendwo zwischen dem Kap Hatteras und dem Bite von Logann läge, wie wohlfeil müßte nicht da der Rum sein? Was die See in der Bai von Biskaya anbelangt, so wirft sie gerade nicht sonderlich hohe Wellen, wenn nicht allenfalls ein Südwester losbricht, wo sie dann freilich hübsch genug umhertummeln, obgleich man eigentliche Dünungen nicht in den kleinen Meeren suchen darf. Da muß man bei einer westlichen Bö an den westlichen Inseln hinauffahren, das Land auf der Backbordseite, den Schnabel nach Süden gekehrt, und unter dicht gerefftem Marssegel beigedreht; meinetwegen kann auch das Focksegel mit dem Fockmarsstagsegel und dem Besamsegel gerefft sein, um womöglich seewärts halten zu können. Ja, da braucht man nur zwei Wachen liegenzubleiben, wenn man berghohe Wellen sehen will. Ich war einmal auf der Boadishey-Fregatte dort, gute Jungfer, als man von dem Himmel nichts weiter als einen Fetzen, vielleicht von dem Umfang des Großsegels, sehen konnte. Wir lagen damals in Hohlwellen, die groß genug waren, um die ganze britische Flotte bergen zu können.«

»Ach! um Gottes willen! und Ihr habt Euch nicht gefürchtet, Benjamin? Wie habt Ihr Euch denn durchgeholfen?«

»Gefürchtet? Wer zum Teufel, glaubt Ihr, wird sich denn fürchten, wenn ihm ein bißchen Salzwasser über dem Kopf zusammenschlägt? Und was das Durchhelfen anbelangt – je nun, als wir genug davon hatten und unsere Verdecke hübsch angewaschen waren, so riefen wir alle Matrosen auf; denn seht Ihr, die Wache unten lag in ihren Hängematten, gerade als ob sie in dem besten Schlafzimmer gewesen wäre; und so blieben wir eine geraume Weile wach, drückten das Steuer luvwärts, ließen das Focksegel fallen und fingen an zu lavieren. Wie wir dann wieder so im Gange waren, so frage ich Euch, Jungfer Prettybones, meint Ihr wohl, daß es da rascher ging oder nicht? Ich lüge nicht, wenn ich sage, daß ich das Schiff von einer Wellenspitze zur andern hüpfen sah, gerade so, wie die mit einer Flatterhaut versehenen Eichhörnchen von einem Baume zum andern fliegen.«

»Was? ganz aus dem Wasser heraus?« rief Remarkable, indem sie ihre zwei dürren Arme erhob und erstaunt die Finger auseinanderspreizte.

»Es war nicht so leicht, aus dem Wasser herauszukommen, Jungfer Remarkable, denn die Sprühe flog so hoch, daß man nicht sagen konnte, was See und was Wolke war. So trieben wir's wohl eine Stunde lang. Der erste Leutnant kommandierte das Schiff selbst, und außer dem Steuermann waren vier Steuermannsmaaten am Steuer beschäftigt, während sechs Matrosen von dem Vorderkastell in dem Geschützraum bei den Aufholern blieben. Aber das Schiff hielt sich brav! Oh, es war ein herrliches Fahrzeug, Jungfer Remarkable! Ich hätte lieber in dieser einen Fregatte wohnen mögen als in dem besten Hause von England. Wenn ich der König von England gewesen wäre, so hätte ich sie über die Londoner Brücke aufholen lassen und sie zu einem Palast eingerichtet. Und warum nicht? Wenn *ein* Mensch sich ein behagliches Leben verschaffen kann, so muß es Seine Majestät können.«

»Wohl, Benjamin«, rief die Zuhörerin, die bei dem Bericht über die Gefahren des Majordomo ganz außer sich geriet, »aber was habt Ihr dabei getan?«

»Was ich dabei getan habe? Ei, wir taten alle unsere Schuldigkeit wie herzhafte Bursche. Freilich wenn die Landleute des Monschür Ler Quaw an Bord gewesen wären, so würde das Fahrzeug gewiß an dem Ufer einer der kleinen Inseln zerschmettert worden sein; aber wir liefen an dem Lande hin, bis wir tot leewärts von den Bergen des Piko lagen, und ich will verdammt sein, wenn ich bis auf den heutigen Tag herausgebracht habe, wie wir hinkamen und ob wir über die Insel weggeschifft oder um sie herumgefahren sind. Aber wir waren einmal da und lagen da unter leichtem Segel, lavierten hin und her, so daß die Fregatte hin und wieder ihre Nase hinausstrecken konnte, und sahen dem Winde entgegen, bis die Kühlte aus dem letzten Loche pfiff.«

»Was das für Wundergeschichten sind!« rief Remarkable, die nunmehr eine wirre Vorstellung von dem Wüten eines Sturmes gewonnen hatte, obgleich ihr die Ausdrücke, welche Benjamin brauchte, unverständlich waren. »Es muß doch etwas Schreckliches sein, auf dem Meere draußen, und ich finde es sehr natürlich, daß Ihr Euch nicht mit dem Gedanken befreunden könnt, von einem so behaglichen Herd wie diesem weggedrängt zu werden. Zwar läge nicht besonders viel daran; denn es gibt noch mehr Häuser, die einem ein anständiges Auskommen bieten. Als der Richter mir seine Wirtschaft übergab, fiel es mir gar nicht ein, daß hier lange meines Bleibens wäre; denn ich kam ganz zufällig ungefähr eine Woche nach Frau Temples Tode her, um zu sehen, wie sich die Familie befinde, und gedachte, abends wieder heimzukehren, aber das Hauswesen war in einem so verwirrten Zustande, daß ich es nicht übers Herz bringen konnte zu gehen, ohne meine Dienste anzubieten. Der Platz stand mir an, da ich als eine unverheiratete Person über mich verfügen konnte, und weil man meiner Hilfe benötigt war, blieb ich.«

»Und seid eine schöne Zeit an demselben Platze vor Anker gelegen, Jungfer Remarkable. Ich denke, die Reede hat Euch nicht übel behagt.«

»Wie mögt Ihr auch so reden, Benjamin! Es ist kein wahres Wort an allem, was Ihr sagt. Ich muß zwar gestehen, daß der Richter und Squire Jones ganz ordentlich mit mir umgegangen sind; aber ich sehe voraus, daß sich der Stiel halb umdrehen wird. Ich hörte zwar wohl, daß der Richter weit fortgereist sei und seine Tochter heimzuholen beabsichtige, aber auf ein solches Treiben habe ich nicht gerechnet. Ich fürchte, Benjamin, daß sie sich gegen uns als eine recht herrische und häßliche Frauensperson erweisen wird.«

»Häßlich?« rief der Majordomo, indem er seine Augen, die sich in sehr verdächtiger Schläfrigkeit bereits zu schließen begannen, verwundert aufriß. »Beim Lord Harry, Weibsbild, Ihr könntet ebensogut die Boadishey eine garstige Fregatte nennen! Was zum Teufel wollt Ihr denn? Sind nicht ihre Augen so leuchtend wie der Morgen- und der Abendstern, und sind nicht ihre Haare so glänzend wie ein Takelwerk, das soeben mit Teer beschmiert worden? Bewegt sie sich nicht so stattlich wie ein Schiff ersten Ranges in glattem Wasser, das vor seinem Kabel tanzt? Ei, Weib, das Galionsbild der Boadishey war eine Trulle gegen sie, und doch hörte ich den Kapitän oft sagen, es stelle eine große Königin vor. Und sind Königinnen nicht immer schön? Meint Ihr, ein König wäre einfältig genug, sich nicht eine schöne Bettgenossin zu wählen?«

»Redet sittsamer, Benjamin«, sagte die Haushälterin, »oder ich bleibe nicht in Eurer Gesellschaft. Ich habe nichts gegen ihr hübsches Äußere einzuwenden, aber das behaupte ich, daß sie sich wahrscheinlich nicht zum besten benehmen wird. Es kommt mir vor, als halte sie sich für zu gut, um jemand ein Wort zu gönnen. Nach dem, was mir Squire Jones erzählt hat, glaubte ich, von ihrer Gesellschaft ganz bezaubert werden zu müssen; aber nun muß ich sagen, daß sich Lowise Grant viel anständiger zu benehmen weiß als Betsy Temple. Sie würdigte mich gar keiner Antwort, als ich sie fragte, wie es ihr in der Heimat wäre, da ihr die Mama fehlte.«

»Vielleicht hat sie Euch nicht verstanden, Jungfer Prettybones. Ihr sprecht nicht zum besten, und Miß Lizzy hat sich unter den großen Londoner Damen nur an das ursprüngliche Königliche Englisch gewöhnt; sie spricht es daher so gut wie ich selbst oder wie irgendein anderer geborener britischer Untertan. Ihr habt das bißchen, was Ihr könnt, und was Ihr in der Schule gelernt, wieder ausgeschwitzt, während die junge Herrin alles noch gut im Gedächtnis hat und gewiß auch fleißiger gewesen ist als Ihr.«

»Herrin?« rief Remarkable. »Wollt Ihr etwa gar eine Negerin aus mir machen, Benjamin? Sie ist nicht meine Herrin und wird es nie sein. Und was meine Aussprache anbelangt, so nehme ich's da mit jedem in Neu-England auf. Ich bin in der Grafschaft Essex geboren und erzogen und habe immer sagen hören, daß der Baistaat wegen seiner Pronunschation berühmt ist.«

»Ich habe von dieser Staatbai gehört«, versetzte Benjamin, »kann aber nicht sagen, daß ich je dort gewesen wäre oder überhaupt auch nur wüßte, wo sie liegt. Sie mag einen guten Ankergrund haben, und das ist jedenfalls nicht übel, wenn man eine Weile zu bleiben denkt; was aber die Größe anbelangt, so kann sie in Vergleichung mit der Bai von Biskaya oder meinetwegen auch der Tor-Bai nicht mehr sein als eine Jolle gegen eine Kriegsschaluppe. Wenn Ihr indes von der Aussprache redet und das ganze Wörterbuch wie ein Kabel in einem Zuge ablaufen hören wollt, so müßt Ihr nach Wapping gehen und die Londoner hören; das sind die rechten Leute. Ich sehe jedoch gar nicht ein, was Euch Miß Lizzy so groß unrecht getan hat, gute Jungfer Remarkable. Nehmen wir daher noch ein Schlückchen von unserm Gebräu und vergeben und vergessen wir wie ehrliche Christenseelen!«

»Nein, das tue ich gewiß nicht, Benjamin. Eine solche Behandlung ist mir etwas Neues, und ich lasse sie nicht auf mir sitzen. Ich habe hundertundfünfzig Dollar im Vermögen, nebst einem Bett und zwanzig Schafen, und da brauch' ich denn nicht in einem Hause zu leben, wo man ein junges Frauenzimmer nicht bei ihrem Taufnamen nennen darf. Ich *will* sie Betsy nennen, sooft es mir beliebt; denn wir leben in einem freien Lande, und niemand kann mir's wehren. Ich habe zwar den Sommer über bleiben wollen; so aber ziehe ich gleich morgen ab und will dabei noch meine Zunge brauchen, wie sie mir gewachsen ist.«

»Was das anbelangt, Jungfer Remarkable«, erwiderte Benjamin, »so ist niemand hier, der Euch widersprechen wird; denn ich bin der Ansicht, daß es ebensoleicht ist, einer Windsbraut mit einem Barcelona-Schnupftuch Einhalt zu tun, als Eure Zunge zum Schweigen zu bringen. Doch sagt mir jetzt, Jungfer Haushälterin, gibt es auch viele Affen an den Ufern jener Staatsbai?«

»Ihr seid selbst eine Affe, Herr Punguillum«, rief die Haushälterin wütend, »oder ein Bär! ein schwarzer, viehischer Bär, und durchaus nicht die Person, bei der eine anständige Frauensperson bleiben kann. Gott bewahre mich vor Eurer Gesellschaft, und wenn ich auch noch dreißig Jahre in des Richters Haus bleiben sollte! Ein solches Geschwätz taugt allenfalls für die Küche, nicht aber für die Ausgeberin eines Hauses, dessen Herr sich in der Welt sehen lassen darf.«

»Na, sehe man, Jungfer Pitty – Patty – Prettybones! Kann sein, daß ich so eine Art Bär bin, wie jeder empfinden soll, der mir auf den Leib rücken will; aber hole mich der T – –, wenn ich ein Affe bin, – ein Ding, das in einem fort schnattert, ohne zu wissen, was es sagt, – ein Papagei, der in einem Dutzend Sprachen redet, sei es nun in der Staatsbai-Sprache oder in der griechischen oder in der deutschen. Weiß er aber, was er damit sagen will? Kannst du mir das beantworten, gute Jungfer? Ein Seekadett kann die Kommandoworte nachschreien, wenn er sie vom Kapitän gehört hat; aber man lasse ihn nur einmal selber machen, und das Schiff nach seinem eigenen Kopfe lenken, – der Grog soll zu Gift in meinem Leibe werden, wenn ihn nicht sogar die Schiffsjungen auslachen!«

»Der ist freilich Gift in Eurem Leibe!« entgegnete Remarkable, indem sie in heftigem Zorne eine Kerze ergriff. »Ihr seid ein trunkener Narr, und ich will das Zimmer verlassen, ehe ich weitere ungebührliche Worte von Euch vernehme.«

Die Haushälterin entfernte sich mit einem Anstande, der, ihrer Meinung nach, dem der Erbin wenig nachgab, und murmelte, als sie die Türe mit dem Krachen einer Muskete hinter sich zuschlug, die Schimpfworte, »Trunkenbold«, »Narr« und »Vieh« vor sich hin.

»Wen nennt Ihr betrunken?« rief Benjamin, indem er sich mit einer Gebärde aufrichtete, als gedenke er auf Remarkable loszufahren. »Wollt Ihr da die Dame spielen – Ihr, die Ihr zu nichts auf der Welt seid als zum Brummen und Splitteraufsuchen? Wo zum Teufel hättet Ihr auch ein anständiges Benehmen und eine ordentliche Aussprache lernen sollen? In Eurer verdammten Staatbai? Ha, ha!«

Damit fiel Benjamin wieder in seinen Stuhl zurück und machte sich bald in einigen ominösen Tönen Luft, die eine ziemlich große Ähnlichkeit mit dem Brummen seines Lieblingstieres, des Bären, hatten. Ehe er jedoch ganz – um mich eines Ausdruckes zu bedienen, der dem Della-crusca-Sentiment gewisser edlen Seelen unserer Tage behagen würde – »von Morpheus' Armen umschlungen war«, ließ er laut unter abgemessenen Pausen die ausdrucksvollen Worte »Affe«, »Papagei«, »Picknick«, »Teertopf« und »Sprachmeisterin« vernehmen.

Wir wollen es nicht versuchen, die Bedeutung dieser Worte zu erklären oder dieselben in einen Zusammenhang zu bringen; der Leser muß sich schon mit unserer Mitteilung begnügen, daß sie mit all der kalten Verachtung ausgesprochen wurden, die ein Mensch möglicherweise gegen einen Affen empfinden kann.

Der Majordomo mochte ungefähr zwei Stunden schlafend verbracht haben, als er durch den geräuschvollen Eintritt Richards, Major Hartmanns und des Hausherrn geweckt wurde. Benjamin sammelte seine verwirrten Seelenvermögen so weit, um die beiden ersteren nach ihren Gemächern zu begleiten, worauf er jedoch selbst unsichtbar wurde und das Geschäft, das Haus zu schließen, dem überließ, der am meisten bei einer solchen Sicherung beteiligt war. Schlösser und Riegel waren in jener frühen Zeit der Ansiedlung nur wenig im Gebrauch, und sobald Marmaduke nach den ungeheuern Feuerstellen seiner Wohnung gesehen hatte, verfügte er sich gleichfalls nach seinem Schlafgemache. Wir folgen dem Beispiel unserer Helden und schließen, nachdem wir Feuer und Licht verwahrt haben, die erste Nacht unserer Erzählung.

Sechzehntes Kapitel

Wache (beiseite). Verrat, ihr Herren,–
Doch bleibt beisammen.
Viel Lärm um nichts

Es war ein Glück für mehr als einen der Zechgenossen, welche in der letzten Nacht den »Kühnen Dragoner« verlassen hatten, daß die strenge Kälte der Jahreszeit mit reißender Schnelle an Gefährlichkeit verlor, während sie durch die verschiedenen Irrgewinde der Schneehaufen ihren Weg nach dem heimischen Herde suchten. Dünne Wolken begannen gegen Morgen den Himmel zu überziehen, und der Mond versteckte sich hinter einer Dunstmasse, die unter dem Einflusse einer milderen, von dem fernen Ozean herwehenden Luft rasch gen Norden getrieben wurde. Die aufgehende Sonne wurde durch dichte, sich stets mehrende Wolkenmassen verdunkelt, während der Südwind, der talaufwärts fegte, die untrüglichen Zeichen des Tauwetters mit sich führte.

Erst spät am Morgen, als Elisabeth die schwache Glut gewahrte, welche, nachdem das Licht der Sonne bereits das entgegengesetzte Gebirge berührt hatte, über den östlichen Bergen zum Vorschein kam, wagte es die Tochter des Richters, das Haus zu verlassen, um durch eine Musterung seiner Umgebung ihre Neugierde zu befriedigen, ehe noch die Nachtschwärmer des Weihnachtsabends bei dem Frühstück erschienen. Sie zog die Falten ihres Pelzmantels dichter an, um sich gegen die Kälte, welche trotz ihrer schnellen Abnahme immer noch streng genug war, zu schirmen, und war eben im Begriffe, durch die Türe einer Einzäunung zu treten, welche hinter dem Hause zu einem kleinen Dickicht von niederen Fichten führte, wo vor nicht gar langer Zeit Bäume von weit gewaltigerem Wuchs gestanden hatten, als sie durch Herrn Jones' Stimme überrascht wurde.

»Frohe Weihnachten! frohe Weihnachten, Bäschen Elisabeth!« schrie er. »Aha, ich sehe, du bist früh auf den Beinen; aber ich wußte es ja, daß ich dir zuvorkommen würde. Ich war noch nie in einem Hause, wo ich nicht der ganzen Bewohnerschaft, Mann, Weib oder Kind, groß oder klein, schwarz, weiß oder gelb, den ersten Christfestgruß abgewann. Aber warte einen Augenblick, bis ich in meinen Rock geschlüpft bin. Ich sehe, du willst dir die Verschönerungen betrachten, und die kann dir niemand so gut erklären wie ich, da alles nach meinem Plan angelegt worden. Es wird wohl noch eine Stunde anstehen, ehe Duke und der Major Frau Hollisters verwünschte Destillate hinausgeschlafen haben; so will ich denn hinunterkommen und dich begleiten.«

Elisabeth wandte sich um und sah den Kopf ihres Vetters in der Nachtmütze unter dem Fenster seines Schlafgemaches; denn der Eifer, sich die Ehre der ersten Begrüßung zuzueignen, hatte Herrn Jones die Kälte ganz vergessen lassen. Sie lachte und trat mit dem Versprechen, auf ihn zu warten, wieder in das Haus. Nach einer Weile kam sie mit einem Paket in der Hand, das mit mehreren großen Siegeln versehen war, wieder zum Vorschein, und zwar gerade zur rechten Zeit, um mit ihrem Vetter zusammenzutreffen.

»Komm, Beß, komm«, rief er, indem er einen ihrer Arme durch den seinen zog, »der Schnee fängt an weich zu werden, aber uns wird er schon noch tragen. Riechst du nicht das alte Pennsylvanien in diesem Winde? Wir haben hier ein schlimmes Klima, Mädchen. Gestern abend bei Sonnenuntergang war es kalt genug, um den Eifer eines Mannes zum Gefrieren zu bringen, und das ist für mich so viel, als wenn das Thermometer auf Null steht; um neun oder zehn Uhr begann die Kälte zu brechen; um Mitternacht wurde es ganz mild, und die ganze übrige Nacht durch war es mir so heiß, daß ich die Wolldecke meines Bettes wegwerfen mußte. – Holla, Aggy! frohe Weihnachten, Aggy! – Hörst du, was ich sage, du schwarzer Schlingel? Da ist ein Dollar für dich: und wenn die Herren aufstehen, ehe ich zurückkehre, so kommst du heraus und tust es mir zu wissen. So lieb dir dein Kopf ist, sorge dafür, daß mir Duke nicht zuvorkommt.«

Der Schwarze nahm das Geld von dem Schnee auf, versprach gehörige Wachsamkeit, warf sodann den Dollar wohl zwanzig Fuß in die Höhe, fing ihn im Herabfallen mit der Handfläche wieder auf und verfügte sich nach der Küche, um mit ebenso leichtem Herzen wie glücklichem Gesichte sein Geschenk vorzuzeigen.

»Nicht so laut, lieber Vetter«, sagte die junge Dame: »Ich habe bereits nach dem Vater gesehen, der wohl noch eine Stunde schlafen wird; du brauchst daher nur die gehörige Vorsicht anzuwenden, um alle Ehren des Tages für dich zu retten.«

»Wohl! Duke ist dein Vater, Elisabeth, aber ich muß doch sagen, daß er überall, sogar in Kleinigkeiten, der Vorderste sein will. Was mich anbelangt, so mache ich mir nichts aus derlei Dingen, wenn es nicht gerade gilt, einem den Vorrang abzulaufen. Etwas an und für sich Unbedeutendes kann auf dem Wege der Konkurrenz zu etwas Wichtigem werden. So ist es mit deinem Vater, – er hat's gern, der Erste zu sein; aber da stehe dann ich als Mitbewerber an seiner Seite.«

»Das leuchtet mir wohl ein, Vetter«, versetzte Elisabeth. »Du würdest dir nichts aus der Auszeichnung machen, wenn du allein auf der Welt ständest; da es aber zufälligerweise noch gar viele andere gibt, – je nun, so mußt du mit ihnen allen kämpfen – auf dem Wege der Konkurrenz.«

»Ganz richtig, ich sehe, du bist ein gescheites Mädchen, Beß, das seiner Erziehung Ehre macht. Du hast's übrigens nur mir zu danken, daß du in jene Anstalt geschickt wurdest; denn als dein Vater die Sache zur Sprache brachte, fragte ich einen umsichtigen Freund in der Stadt brieflich um Rat, welcher gerade die Schule empfahl, in welche du gebracht wurdest. Duke war, wie gewöhnlich, anfangs etwas störrisch; aber als ich ihm reinen Wein einschenkte, sah er sich endlich doch genötigt, dich hinzusenden.«

»Still, still, von Dukes Schwächen. Er ist mein Vater, und wenn du wüßtest, was er für dich getan hat, während wir in Albany waren, so würdest du dich glimpflicher über seinen Charakter ausdrücken.«

»Für mich?« rief Richard, indem er einen Augenblick seinen Spaziergang unterbrach, um nachzudenken. »Ah, ich vermute, er hat mir den Plan des neuen holländischen Bethauses mitgebracht? Aber daraus mache ich mir wenig: denn ein Mann, der Talent besitzt, läßt sich nicht gerne durch die Ansichten anderer leiten; sein eigenes Gehirn ist der beste Baukünstler.«

»Nichts der Art«, fuhr Elisabeth mit einer schalkhaft herausfordernden Miene fort.

»Nicht? Nun, so laß mich sehen, – vielleicht hat er mich zum Direktor für die neue Straßenbaukommission vorgeschlagen?«

»Möglich, aber ich meine keine solche Anstellung.«

»Keine solche Anstellung?« wiederholte Herr Jones, den die Neugierde gewaltig zu stacheln begann. »Also doch eine Anstellung! Wenn's aber eine beim Militär ist, so will ich nichts davon wissen.«

»Nein, nein, sie ist nicht beim Militär«, rief Elisabeth, indem sie ihm das Paket in ihrer Hand zeigte und es dann schnell mit neckender Miene zurückzog. »Es handelt sich dabei um ein Amt, das Ehre und Einkommen miteinander vereinigt.«

»Ehre und Einkommen?« erwiderte Richard in der peinlichsten Spannung. »Sage mir Mädchen, ist es ein Amt, wo es etwas zu *tun* gibt.«

»Du hast's getroffen, Vetter Dick; es ist die vollziehende Gewalt des Bezirks, – wenigstens sagte mein Vater so, als er mir dieses Paket einhändigte, um es dir als Christgeschenk zu überreichen. – ›Gewiß‹, sagte er, ›wenn etwas Dick zusagen wird, so ist es die Leitung der vollziehenden Gewalt in diesem Bezirk.‹«

»Leitung der vollziehenden Gewalt? Pah, Unsinn!« rief der ungeduldige Aspirant, indem er ihr das Paket aus der Hand riß. »Es gibt kein solches Amt in dem Bezirk. Ei, ei! was? – ich glaube gar, eine Bestallung – ›Richard Jones Esquire ernannt zum Sheriff des Bezirks.‹ Nun das ist gewiß sehr freundlich von Duke. Ich muß sagen, Duke hat ein warmes Herz und vergißt seine Freunde nie. Sheriff, Obersheriff von ––! Es klingt gut, aber das Amt soll auch gut versehen werden. Duke ist im Grunde doch ein verständiger Mann und kennt seine Leute durch und durch. Ich bin ihm sehr verbunden«, – fuhr Richard fort, indem er unwillkürlich mit seinem Rockärmel nach den Augen fuhr, »ich würde aber auch jeden Tag ebensoviel für ihn tun, wie er sehen soll, wenn es einmal Gelegenheit gibt, die Pflichten meines Amtes an ihm zu üben. Das soll eine Verwaltung geben, Bäschen Elisabeth, ich sage weiter nichts, als – das soll eine Verwaltung geben! – Wie einem aber doch dieser verwünschte Südwind die Augen naß macht!«

»Nun, ich denke, Richard«, entgegnete das lachende Mädchen, »daß du da wohl etwas zu tun finden wirst. Ich habe dich früher oft klagen hören, daß es in diesem neuen Landstrich keine Geschäfte gäbe, während es doch meinen Augen dünkt, als ob noch fast gar nichts geschehen sei.«

»Nichts geschehen?« wiederholte Richard, indem er die Nase aufblies und sich mit ernster Miene in die Brust warf. »Alles hängt von einer gewissen systematischen Behandlung ab, Mädchen. Ich will mich gleich diesen Nachmittag hinsetzen und den Bezirk in ein System bringen. Selbstverständlich muß ich dabei Gehilfen haben. Ich teile den Bezirk in Ämter, denen ich meine Gehilfen vorsetze, – natürlich auch einen für das Dorf, welches ich das Bezirksamt nennen will. Laß sehen: – Benjamin? Ja, Benjamin wird einen guten Gehilfen abgeben. Er ist naturalisiert und würde herrlich dazu passen, wenn er nur reiten könnte.«

»Ja, Herr Sheriff«, entgegnete Miß Temple, »und da er mit den Stricken umzugehen weiß, so wären seine Dienste im Notfalle auch auf eine andere Weise zu gebrauchen.«

»Nicht so«, unterbrach sie der neugeschaffene Beamte, »ich schmeichle mir, daß sich niemand besser darauf versteht, wie man einen Menschen hängen muß, als – das heißt – ja – o ja! Benjamin würde ausgezeichnet zu einem so unglückseligen Dienste passen, wenn er zu dem Versuche vermocht werden könnte. Aber in dieser Hinsicht gebe ich die Hoffnung bei ihm auf. Ich werde ihn ebensowenig dazu bringen können, einen zu hängen, als den Rücken eines Pferdes zu besteigen. Ich muß mir einen andern Gehilfen suchen.«

»Wohl, Sir, aber da nun Euer Gnaden hinreichend Muße haben, alle diese wichtigen Angelegenheiten ein andermal zu erwägen, so bitte ich dieselben zu bedenken, daß Sie Obersheriff sind und daher auch etwas von Ihrer Zeit der Galanterie widmen müssen. Wo sind die Verbesserungen und Verschönerungen, welche mir gezeigt werden sollten?«

»Wo? Ei, überall! Ich habe den Plan zu einigen neuen Straßen entworfen, und wenn sie ausgeführt, die Bäume gefällt und zu beiden Seiten Häuser erbaut sind, – wird es dann nicht eine ganz schöne Stadt geben? Nun, Duke ist, trotz all seines Eigensinns, eine grundgute Seele. – Ja, ja, ich muß wenigstens vier Gehilfen haben, den Kerkermeister nicht mitgerechnet.«

»Ich sehe in der Richtung unseres Spazierganges keine Straßen«, sagte Elisabeth, »wenn du nicht die kurzen Wege durch dieses Fichtengebüsch also benamsen willst. Es kann dir unmöglich Ernst sein, so bald schon in dem vor uns liegenden Walde und in diesen Sümpfen Häuser aufführen zu lassen?«

»Unsere Straßen müssen nach allen Himmelsgegenden laufen, Bäschen; denn was kümmern uns Bäume, Berge, Sümpfe, wenn wir das Beste der Nachkommenschaft im Auge haben? Dein Vater will es so, und du weißt, daß dein Vater – –«

»Dich zum Sheriff gemacht hat, Meister Jones«, fiel die Dame mit einem Tone ein, der dem neugebackenen Würdenträger deutlich zu verstehen gab, er berühre hier einen verbotenen Gegenstand.

»Ich weiß es, ich weiß es«, erwiderte Richard, »und wenn es in meiner Macht stände, so würde ich Duke zu einem König machen. Er hat ein gutes Herz im Leibe und würde einen herrlichen König abgeben, – das heißt, wenn er einen guten Premierminister hätte. – Aber was gibt es da? Stimmen im Gebüsche! Ich will mein Amt verlieren, wenn nicht Unheil im Werke ist. Laß uns näher gehen und die Sache ein wenig untersuchen!«

Während dieses Gesprächs hatte sich Richard mit seinem Bäschen ziemlich weit von dem Hause entfernt, und sie waren eben auf einen freien Platz hinter dem Dorfe getreten, der das Terrain für die besprochenen Straßen und die künftigen Wohnungen abgeben sollte. In der Tat bestand aber das einzige sichtbare Merkmal einer Verbesserung in einer längs dem Saume eines finstern Fichtenwaldes nachlässig ausgeführten Lichtung, auf welcher der Nachwuchs der gleichen Baumart bereits wieder zu einer solchen Höhe aufgeschossen war, daß das Schneefeld durch kleine immergrüne Büsche unterbrochen wurde. Das Rauschen des Windes, der durch die Gipfel der riesigen Bäume pfiff, verhinderte, daß die Fußtritte der beiden gehört wurden, während die Zweige ihre Gestalten verbargen. So geschützt, näherten sie sich einer Stelle, wo der junge Jäger, Lederstrumpf und der Indianerhäuptling in ernstem Gespräche begriffen waren. Der erstere sprach mit vielem Feuer und schien sein Thema sehr wichtig zu nehmen, während Natty mit mehr als gewöhnlicher Aufmerksamkeit auf seine Worte horchte. Mohegan stand ein wenig seitwärts; sein Kopf war auf die Brust gesunken, und das Haar fiel nach vorn, so daß es seine Züge fast ganz verbarg; seine Haltung drückte tiefe Niedergeschlagenheit, wo nicht Scham aus.

»Laß uns gehen«, flüsterte Elisabeth. »Wir sind hier überflüssig und haben kein Recht, die Geheimnisse dieser Leute zu behorchen.«

»Kein Recht?« erwiderte Richard in dem gleichen Tone, aber etwas ungeduldig, indem er ihren Arm fester faßte, um ihr Zurücktreten zu verhindern. »Du vergißt, Bäschen, daß es meine Pflicht ist, den Frieden des Bezirks zu wahren und Sorge zu tragen, daß die Gesetze befolgt werden. Diese Landstreicher lassen sich häufig Übertretungen zuschulden kommen, obgleich ich nicht glaube, daß John etwas heimlich verübt. Der arme Bursche! Er war gestern nacht schwer betrunken und scheint auch jetzt noch nicht ganz nüchtern zu sein. Laß uns näher treten und hören, was sie sprechen!«

Ungeachtet des Widerstrebens der Dame setzte Richard, ohne Zweifel von seinem Amtseifer gespornt, seinen Willen durch; beide waren bald so nahe, daß sie deutlich die Worte vernehmen konnten.

»Wir müssen so oder so den Vogel kriegen«, sagte Natty. »Ich habe Zeiten gesehen, Junge, wo die wilden Truthühner nicht so gar selten in diesem Striche waren, und jetzt muß man fast bis in die virginischen Gründe gehen, wenn man einen haben will. Um einen fetten Truthahn ist es doch etwas ganz anderes als um ein Rebhuhn, obgleich ich für meinen Teil einen Biberschwanz und einen Bärenschinken allem anderen vorziehe. Doch der Geschmack ist verschieden. Ich habe diesen Morgen meinen letzten Heller bis auf diesen Schilling dem französischen Krämer für Pulver bezahlt, und da ihr selbst nichts habt, so können wir nur einen einzigen Schuß dransetzen. Ich weiß, Billy Kirby ist gleichfalls auf dem Platze und meint, der Truthahn könne ihm nicht entgehen. John hat ein sicheres Auge für einen einzigen Schuß, und wenn mir etwas Ungewöhnliches vorkommt, so zittert meine Hand zuweilen, wodurch ich mein Ziel verliere. Zwar als ich im letzten Herbst die Bärin geschossen hatte, wurde ich auch noch mit ihren Jungen, so wütend sie waren, fertig und traf aus meinem Versteck in den Bäumen heraus eines nach dem andern; aber das ist etwas ganz anderes, Herr Oliver.«

»Dies«, – rief der junge Mann mit einem Nachdrucke aus, der wie bitterer Spott über seine Armut klang, während er einen Schilling vor seinen Augen hielt, – »dies ist der einzige Schatz, den ich besitze, – dies und meine Flinte! Jetzt bin ich in der Tat ganz ein Mann der Wälder geworden und muß mich hinsichtlich meines Unterhalts ausschließlich auf die Jagd beschränken.

Kommt, Natty, wir wollen den letzten Penny an den Vogel setzen; mit Eurer Hand kann der Erfolg nicht fehlschlagen.«

»Es wäre mir lieber, wenn es John täte, Junge. Ich traue mir nicht; denn weil Ihr die Sache gar so wichtig nehmt, so bin ich überzeugt, daß ich den Vogel verfehle. Den Indianern gilt eine Zeit wie die andere, sie lassen sich durch nichts beunruhigen. Ich sage, John, da ist ein Schilling; nimm meine Büchse und schieße nach dem fetten Truthahn, den sie an dem Baumstumpf festgebunden haben. Herr Oliver möchte das Tier gerne haben, und ich bin überzeugt, daß ich nichts zu leisten vermag, wenn ich allzu hastig bin.«

Der Indianer wandte düster sein Haupt um, und nachdem er seine Gefährten eine Weile in tiefem Schweigen betrachtet hatte, erwiderte er:

»Als John jung war, flog seine Kugel so gerade wie der Strahl seines Auges. Die Mingoweiber schrien bei dem Knalle seiner Büchse. Die Mingokrieger mußten zu Weibern werden. Wann schoß er je zweimal? Der Adler flog über den Wolken, wenn er sich Chingachgooks Wigwam näherte, – seine Federn wurden der Schmuck der Weiber. – Aber seht«, fuhr er fort, indem er den tiefern wehmütigen Ton seiner Stimme bis zu der höchsten Höhe der Aufregung steigerte und seine beiden Hände faltete, – »sie zittern wie ein Hirsch bei dem Geheul des Wolfes. Ist John alt? Wann war ein Mohikaner mit siebzig Wintern ein Weib? Nein, der weiße Mann macht ihn altern, – Rum ist sein Tomahawk.«

»Warum aber sprichst du ihm zu, alter Mann?« rief der junge Jäger. »Warum läßt sich ein Mann von so edlem Wesen durch den Teufel so sehr bestricken, daß er sich selbst zum Tiere macht?«

»Tier? Ist John ein Tier?« versetzte der Indianer langsam. »Ja, du sagst keine Lüge, Kind des Feueressers: John ist ein Tier. Ehedem stieg nur wenig Rauch in diesen Bergen auf. Der Hirsch leckte die Hand des weißen Mannes, und die Vögel ließen sich auf seinem Haupte nieder. Sie kannten ihn nicht. Meine Väter kamen von den Ufern des Salzsees. Sie flohen vor dem Rum. Sie gingen zu ihrem Großvater und lebten dort im Frieden; oder wenn sie die Streitaxt erhoben, so geschah es, um einem Mingo den Schädel einzuschlagen. Sie sammelten sich um das Beratungsfeuer, und was sie sagten, geschah. Damals war John ein Mann. Aber Krieger und Handelsleute mit hellen Augen folgten ihnen. Der eine brachte das lange Messer und der andere Rum. Es waren ihrer mehr als Fichten auf den Bergen, und sie löschten das Beratungsfeuer aus und nahmen das Land in Besitz. Der böse Geist stak in ihren Krügen, und sie ließen ihn los. Ja – ja – du sagst keine Lüge, junger Adler: John ist ein christliches Tier.«

»Vergib mir, alter Krieger«, rief der Jüngling, seine Hand ergreifend, »ich sollte der letzte sein, der dir Vorwürfe macht. Der Fluch des Himmels treffe die Habsucht, die ein so edles Geschlecht zerstört hat! Vergiß nicht, John, daß ich deiner Familie angehöre und dies mein größter Stolz ist.«

Die Züge Mohegans wurden sanfter, und er fuhr mit mehr Milde fort:

»Du bist ein Delaware, mein Sohn, deine Worte sind nicht gehört worden. – John kann nicht schießen.«

»Ich dachte mir's wohl, daß in den Adern des Burschen Indianerblut fließt«, flüsterte Richard, »als ich gestern abend sah, wie ungeschickt er mit meinen Pferden umging. Das kommt daher, Bäschen, weil sie sich nie eines Geschirrs bedienen. Aber der arme Schlucker soll zwei Schüsse auf den Truthahn haben, wenn's nötig ist. Ich will ihm den andern Schilling aus meiner Tasche zahlen, obgleich es vielleicht besser wäre, wenn ich selber für ihn schösse. Es scheint, die Weihnachtsbelustigungen haben schon ihren Anfang genommen, was ich aus dem Gelächter in den Büschen dort vermute. Es nimmt mich übrigens wunder, daß der Junge so auf den Truthahn versessen ist, obgleich ich einen solchen Braten auch nicht verschmähe.«

»Halt, Vetter Richard!« rief Elisabeth, ihn am Arm fassend. »Ist es nicht unzart, diesem Gentleman einen Schilling anzubieten?«

»Schon wieder Gentleman? Meinst du, eine solche Bastardzucht würde einen Schilling ausschlagen? Nein, nein, Mädchen, er wird den Schilling nehmen und auch den Rum dazu, obschon er so viel darüber moralisiert. – Aber ich will es dem Jungen möglich machen, den Truthahn zu gewinnen; denn Billy Kirby ist einer der besten Schützen in der Gegend, das heißt mit Ausnahme – des Gentlemans.«

»Wohlan denn«, sagte Elisabeth, deren Willenskraft über

ihre natürliche Schüchternheit den Sieg davontrug, »so laß mich sprechen.«

Sie ging mit entschlossener Miene vor ihrem Vetter her und trat in den kleinen Kreis von Gebüschen, welcher die drei Jäger umgab. Ihre Erscheinung machte den Jüngling betroffen, so daß er sich anfangs zurückziehen wollte; dann aber verbeugte er sich gefaßt, entblößte sein Haupt und lehnte sich wieder an seine Büchse. Weder Natty noch Mohegan verrieten irgendeine Überraschung, obgleich Elisabeths Auftreten höchst unerwartet war.

»Ich finde«, begann sie, »daß die alte Christfestbelustigung des Truthahnschießens bei euch noch im Schwange ist, und möchte wohl auch mein Glück an dem Vogel versuchen. Welcher von euch will dies Geld nehmen und nach Bezahlung der Einlage mir seine Büchse leihen?«

»Ist dies auch eine Belustigung für eine Dame?« rief der junge Jäger mit einem Nachdruck, der nicht wohl mißverstanden werden konnte, und einer Schnelle, welche zeigte, daß er nur sein Gefühl zu Rate gezogen.

»Warum nicht, Sir? Wenn sie unmenschlich ist, so fällt die Schuld nur auf Euer Geschlecht. Aber ich habe so gut wie andere meine Launen. Euren Beistand begehre ich nicht, wohl aber den dieses Veteranen der Wälder«, – sie wandte sich dabei an Natty und ließ einen Dollar in seine Hand fallen, – »der nicht so ungalant sein wird, einer Dame einen Schuß aus seiner Büchse zu verweigern.«

Lederstrumpf ließ das Geld in seinen Schrotbeutel fallen, erhob seine Büchse, schüttete Zündkraut auf, und warf dann das Gewehr über seine Schulter, worauf er mit seinem gewöhnlichen Lachen erwiderte:

»Wenn nicht Billy Kirby den Vogel vor mir gewinnt und des Franzmanns Pulver an diesem feuchten Morgen nicht versagt, so sollen Sie diesen Morgen einen so schönen Truthahn tot sehen, wie nur je einer an des Richters Tafel verspeist wurde. An dem Mohawk und Schoharie nehmen die holländischen Frauen oft an solchen Vergnügungen teil, und Ihr hättet nicht so kurz angebunden sein sollen gegen die Dame, Junge: kommt, laßt uns gehen; denn wenn wir noch lange warten, so ist der schönste Vogel zum Henker.«

»Aber ich habe den Vorrang vor Euch, Natty, und will zuerst

mein eigenes Glück versuchen. Entschuldigen Sie, Miß Temple, ich habe einen wichtigen Grund, mir diesen Vogel zu wünschen, und mag deshalb wohl ungalant erscheinen; aber ich muß auf mein Recht Anspruch machen.«

»Ihr mögt handeln, wie es Euch gut dünkt, Sir«, erwiderte die Dame, »wir sind beide Glücksjäger, und dieser hier ist mein Ritter. Seiner Hand und seinem Auge vertraue ich den Erfolg an. Geht voran, Sir Lederstrumpf, wir werden folgen.«

Natty, der an der freimütigen Rede der jungen und schönen Elisabeth, welche ihn mit einem so seltsamen Auftrag beehrt hatte, Gefallen zu finden schien, erwiderte das heitere Lächeln der Dame mit dem ihm eigentümlichen Ausdruck von Heiterkeit und bewegte sich mit langen Jägerschritten über den Schnee hin auf die Stelle zu, woher die Töne einer lärmenden Lust schallten. Seine Begleiter folgten ihm schweigend, und der Jüngling warf wiederholt unruhige Blicke auf Elisabeth, die nur durch einen Wink Richards zurückgehalten wurde.

»Mich deucht, Bäschen«, sagte der letztere, sobald die übrigen weit genug weg waren, um ihn nicht mehr hören zu können, »du hättest, wenn du wirklich einen Truthahn wünschtest, nicht einen Fremden und dazu einen Menschen, wie Lederstrumpf, dir auswählen sollen. Ich kann übrigens kaum glauben, daß es dir ernst ist; denn ich habe gegenwärtig deren fünfzig in jedem Stadium der Mast auf dem Hühnerhof, und du kannst dir daher jeden, der dir ansteht, aussuchen. An sechsen habe ich einen Versuch gemacht, wie ihnen das Backsteinbrot mit ––«

»Genug, Vetter Dick«, unterbrach ihn die Dame. »Ich wünsche diesen Vogel, und aus diesem Grunde habe ich gerade Meister Lederstrumpf damit beauftragt.«

»Hast du je von dem trefflichen Schuß gehört, womit ich den Wolf traf, der ein Schaf deines Vaters entführte, Base Elisabeth?« fragte Richard, indem er sich unmutig in die Brust warf. »Er hatte das Schaf auf dem Rücken und den Kopf auf die andere Seite gedreht, sonst würde ich ihn sicher getötet haben; so aber ––«

»Hast du das Schaf erschossen – ich weiß das alles, lieber Vetter. Aber würde es sich auch für den Obersheriff von –– schicken, an solchen Belustigungen teilzunehmen?«

»Sicher traust du mir nicht zu, daß ich die Absicht habe, eigenhändig zu schießen«, sagte Herr Jones. – »Doch laß uns nachfolgen und das Schießen mitansehen. Ein Frauenzimmer hat in diesem neuen Lande nichts zu befürchten, zumal die Tochter deines Vaters, wenn ich ihr zur Seite stehe.«

»Meines Vaters Tochter fürchtet nichts, zumal wenn sie von dem Vorstande der vollziehenden Gewalt in der Grafschaft begleitet wird.«

Sie nahm sofort seinen Arm, und er führte sie durch das Labyrinth von Büschen zu der Stelle, wo sich die meisten jungen Männer des Dorfes zu einem Weihnachtswettschießen versammelt hatten, und wohin Natty mit seinen Gefährten bereits vor ihnen gegangen war.

Siebzehntes Kapitel

Wie? Alles da in schmuckem Kleide?
Ich wette, 's gibt ein Volksfest heute.
Scott

Die alte Belustigung am Christfeste, nach einem Truthahn zu schießen, gehört zu den wenigen, die von den Ansiedlern eines neuen Landes selten oder nie vergessen werden. Sie stand in Verbindung mit den täglichen Beschäftigungen eines Volkes, welches oft die Axt oder Sichel beiseite legte, wenn ein Hirsch durch den Wald jagte, in dem sie Bäume fällten; oder wenn ein Bär in ihre wenig kultivierten Wiesengründe eindrang, um die Luft einer Lichtung zu schnuppern und sich auf Kundschaft zu legen, wie es mit dem Umsichgreifen der Eindringlinge stehe.

Bei dem gegenwärtigen Anlasse war der herkömmliche Brauch etwas beschleunigt worden, um sich auch Herrn Grants Predigt zunutze machen zu können, welche für die jungen Schützen nicht weniger Reiz hatte als ihre dermalige Beschäftigung. Der Eigentümer der Vögel war ein freier Neger, der sich für diesen Anlaß mit einer Menge von Geflügel vorgesehen hatte, welches bewundernswürdig geeignet war, den Appetit eines Epikureers zu reizen und die Geschicklichkeit der verschiedenen, allen Altersklassen angehörigen Preisbewerber zu erproben. Für die jüngeren und bescheideneren Schützen hatte er verschiedene Vögel untergeordneten Ranges ausgestellt, und bereits waren mehrere Schüsse sehr zu dem pekuniären Vorteile des schwarzen Eigentümers gefallen. Die Einrichtung des Festes war außerordentlich einfach und leicht verständlich. Der Vogel wurde mit einer Schnur an dem Stumpf einer großen Fichte angebunden, welcher an der dem Schützen zugekehrten Seite mit einer Axt flach gehauen war, um als Scheibe zu dienen, an der sich die Geschicklichkeit jedes einzelnen Individuums beurteilen ließ. Die Entfernung zwischen dem Stumpf und dem Schießstand betrug hundert abgemessene Ellen, und ein Fußbreit mehr oder weniger würde als ein Eingriff in die Rechte des einen oder des andern betrachtet worden sein. Der Neger bestimmte für jeden Vogel den Preis und setzte die Bedingungen fest; war dies aber einmal geschehen, so blieb er durch die strengen Grundsätze einer öffentlichen Gerechtigkeit, welche in der Gegend galten, genötigt, jeden Lust Bezeugenden zuzulassen.

Das Gewimmel auf dem Platze bestand aus etwa zwanzig oder dreißig jungen Männern, die alle mit Büchsen bewaffnet waren, und der ganzen männlichen Schuljugend des Dorfes. Die kleinen, in rauhe, aber warme Kleider gehüllten Knirpse scharten sich, die Hände in ihre Hosentaschen gesteckt, um die berufensten Schützen und horchten begierig auf das prahlerische Anpreisen der eigenen Geschicklichkeit, die man bei früheren Gelegenheiten an den Tag gelegt hatte, in ihren kleinen Herzen die Großtaten dieser Helden bereits im voraus nachahmend.

Der Hauptsprecher war der von Natty schon erwähnte Billy Kirby. Dieser Bursche, dessen Beschäftigung, wenn er arbeiten mochte, in Lichtung des Landes und Ausroden von Strünken bestand, war von großer Statur, und man konnte den Charakter des Mannes schon in seinem Gesichte lesen. Er war ein lärmender, gedankenloser junger Mensch, dessen gutmütiges Auge zu seiner plumpen und polternden Sprache einen starken Kontrast bildete. Er konnte wochenlang in völligem Nichtstun von Schenke zu Schenke schlendern oder für ein Mittagessen und Branntwein kleine Geschäfte verrichten, während er mit seinen Kunden um den Preis jeder Arbeit feilschte und lieber faulenzte, wenn er glaubte, man trete seiner Unabhängigkeit zu nahe oder wolle ihn um einen Heller seines Lohnes verkürzen. War man aber einmal mit ihm eins geworden, so griff er nach seiner Axt und seiner Büchse, schlüpfte in die Riemen seines Tragkorbs und marschierte mit herkulischen Schritten dem Walde zu. Hier war es sein erstes, seinen Bezirk kennenzulernen, den er unter jeweiligem Greifen nach seiner Feldflasche umschritt, um die Grenzbäume durch einen Hieb seiner Axt zu zeichnen; dann pflegte er sich mit gar bedächtigen Mienen in den Mittelpunkt des ihm angewiesenen Platzes zu begeben, wo er seine überflüssigen Kleider beiseite legte und mit kundigem Auge einen oder zwei der nächsten Bäume maß, die, wenn er in die Höhe sah, beinahe in die Wolken zu ragen schienen. Gewöhnlich wählte er einen der edelsten für seinen ersten Kräfteversuch und näherte sich ihm, ein Liedchen pfeifend, mit gleichgültiger Miene; dann schwang er mit sicherer Faust die Axt, nicht unähnlich den Begrüßungen eines Fechtmeisters, worauf er einen leichten Hieb in die Rinde tat und seine Entfernung abmaß. Die Pause, die dann folgte, war für den Wald, der seit Jahrhunderten dort geblüht hatte, verhängnisvoll. Den schweren und raschen Hieben folgte bald das donnernde Krachen des Baumes, wenn er sich von seinen eigenen letzten Verbindungsflächen loslöste, dann das Rauschen und Knirschen der Zweige in den Wipfeln seiner benachbarten Brüder und endlich der Sturz auf den Boden mit einer Erschütterung, die fast einem Erdbeben glich. Von diesem Augenblick an schallten die Töne der Axt ohne Unterlaß fort, während der Sturz der Bäume wie eine ferne Kanonade tönte, und das Licht des Tages drang in die Tiefe der Wälder mit der Schnelle eines Wintermorgens.

Tage-, wochen-, ja monatelang konnte Billy Kirby mit dem Feuereifer seiner angeborenen Tatkraft und einem Erfolge, der ans Unglaubliche zu grenzen schien, fortarbeiten, bis er nach beendigter Fällung der Bäume mit den Lungen eines Stentors seinen geduldigen Ochsen rief, so daß die Töne wie ein Feuerlärm durch die Berge schallten. Oft hatte man ihn an schönen Sommerabenden meilenweit durch das Tal von Templeton gehört, wenn das Echo der Berge seinen Ruf auffing, bis derselbe in matten Lauten an den fernen Felsen, welche über den See hingen, dahinstarb. War er sodann mit dem Aufschichten des Holzes fertig, was gleichfalls mit einer Schnelligkeit geschah, die nur seiner Gewandtheit und seiner herkulischen Kraft möglich war, so raffte der Holzfäller sein Arbeitsgerät zusammen, steckte die Haufen in Brand und zog unter den Flammen des geschlagenen Waldes ab wie der Eroberer einer Stadt, der, wenn er die Gegnerin bewältigt hat, seinem Siege mit der Brandfackel die Krone aufsetzt. Lange nachher konnte man sodann Billy Kirby um die Schenken lungern sehen, wie er die Bauernpferde ritt, bei Hahnenkämpfen den Schreier spielte und nicht selten bei Volksbelustigungen, wie die gegenwärtige, der Held des Tages war.

Zwischen ihm und Lederstrumpf hatte hinsichtlich der Kunstfertigkeit in Handhabung der Büchse schon lange eine eifersüchtige Nebenbuhlerschaft bestanden. Natty konnte sich zwar einer langen Übung rühmen, aber doch galt allgemein die Annahme, daß der Holzhauer, was Stärke des Armes und Schärfe des Blickes anbelange, nicht hinter ihm zurückbleibe. Die Vergleichung ihrer beiderseitigen Fähigkeiten hatte sich bisher auf das selbstgespendete Lob und auf Vergleiche beschränkt, die aus dem Erfolg ihrer Jagdausflüge gezogen wurden; aber jetzt sollten sie das erstenmal öffentlich miteinander wetteifern. Billy Kirby war eben mit seinem Feilschen um den Preis eines auserlesenen Vogels einig geworden, als Natty und seine Gefährten anlangten. Der Schuß war bereits im voraus zu einem Schilling[17], der höchsten landesüblichen Einlage, angesetzt worden, und so suchte denn der Schwarze sich durch die Bedingungen des Schießens womöglich vor Verlust zu schützen. Der Truthahn war bereits an der Scheibe angebunden, sein Körper aber ganz von dem Schnee bedeckt, so daß man nichts als seinen roten schwellenden Kopf und den langen Hals sehen konnte. Wurde der Vogel unterhalb der Schneeoberfläche verletzt, so blieb er das Eigentum seines gegenwärtigen Besitzers; war aber nur eine Feder an einem sichtbaren Teile berührt, so fiel das Tier als Preis dem glücklichen Schützen anheim.

Der Neger, der in einer etwas gefährlichen Nachbarschaft bei seinem Lieblingsvogel in dem Schnee saß, hatte eben diese Bedingungen laut verkündet, als sich Elisabeth mit ihrem Vetter näherte. Die lauten Ausbrüche der Heiterkeit wurden durch diesen unerwarteten Besuch merklich gemindert; aber nach einer kurzen Pause, als man in dem lächelnden Gesichte der jungen Dame ihre freundliche Teilnahme gewahrte, kehrte die Freimütigkeit des Morgens wieder zurück, obschon alle sich in der Gegenwart eines solchen Zuschauers mit mehr Anstand und weniger Ungestüm benahmen.

»Aus dem Wege, ihr Jungen!« rief der Holzfäller, als er auf den Schießstand trat, – »aus dem Wege, ihr jungen Spitzbuben, oder ich schieße Euch durch und durch. Nun, Brom, nehmt Abschied von Eurem Truthahn.«

»Halt!« rief der junge Jäger, »ich bin gleichfalls ein Bewerber. Hier ist mein Schilling, Brom, ich wünsche, auch einen Schuß zu haben.«

»Das mögt Ihr immerhin«, rief Kirby, »aber wie dann, wenn ich nur eine Feder jenes Puters streife? Habt Ihr soviel Geld in

Eurer Ledertasche, daß Ihr für einen Schuß Zahlung leistet, der nie an Euch kommen wird?«

»Was kümmert's Euch, wieviel Geld ich in der Tasche habe?« entgegnete der Jüngling stolz. »Hier ist mein Schilling, Brom, ich mache mein Recht auf einen Schuß geltend.«

»Nur nicht gleich oben hinaus, Junge«, sagte der andere, indem er ruhig seinen Flintenstein befestigte. »Man sagt, Ihr hättet ein Loch in Eurer linken Schulter; ich denke daher, Brom könnte Euch den Schuß zu dem halben Preise ablassen. Ich kann Euch sagen, Junge, es ist keine Kleinigkeit, jenen Vogel zu treffen – selbst wenn ich Euch an die Reihe kommen ließe, was ich jedoch keineswegs im Sinne habe.«

»Tut nicht so dick, Billy Kirby«, sagte Natty, indem er den Schaft seiner Büchse auf den Schnee stieß und sich an den Lauf derselben lehnte. »Ihr dürft nur einmal auf den Vogel schießen, und wenn der Junge auch sein Ziel verfehlt, was mich um seines steifen und kranken Armes willen nicht wundernehmen sollte, so kommt doch noch ein gutes Gewehr und ein altes Auge nach Euch. Mag sein, daß mein Schuß nicht mehr so sicher ist wie vordem; aber hundert Ellen sind eine kurze Entfernung für eine lange Büchse.«

»Was, alter Lederstrumpf, Ihr seid auch schon auf den Beinen?« rief sein leichtfertiger Gegner. »Nun, ich lobe mir ein ehrlich Spiel. Ich habe die Vorhand vor Euch, alter Knabe; es handelt sich also um einen guten Braten oder ums Leerschlukken.«

Die Züge des Negers drückten nicht nur die sein pekuniäres Interesse ins Auge fassende Teilnahme, sondern auch die gleiche Aufregung aus, welche in den Gesichtern aller Zuschauer zu lesen war, – nur mit ganz verschiedenen Wünschen für das Ergebnis. Während der Holzfäller langsam und mit sicherer Hand die Büchse erhob, rief ihm der Eigentümer des Truthahns zu:

»Ehrlich Spiel, Billy Kirby, – weiter zurück, – macht Platz, Jungen, – ich lasse mich nicht betrügen, – paß auf, Puter! Schüttle den Kopf, du Narr! Siehst du nicht, daß man auf dich zielt?«

Diese Rufe, welche die Absicht hatten, die Aufmerksamkeit des Schützen auf etwas anderes abzulenken, verfehlten ihren Zweck gänzlich. Die Nerven des Holzfällers waren nicht so leicht zu erschüttern, und er nahm alsbald sein Ziel mit der größten Bedachtsamkeit. Einen Augenblick herrschte die tiefste Stille, und der Schuß fiel. Der Kopf des Truthahns duckte sich auf die eine Seite, und seine Schwingen breiteten sich für einen Augenblick aus, aber dann setzte er sich ruhig wieder in sein Bett von Schnee und sah scheu umher. Mit verhaltenem Atem dauerte das Schweigen noch eine Weile fort, aber dann wurde es durch den Neger unterbrochen, welcher ein Gelächter aufschlug und im Übermaße seines Entzückens mit seinem Körper alle nur erdenklichen Verzerrungen vornahm und sich im Schnee wälzte.

»Brav gehalten, Puter«, rief er, wieder aufspringend und auf den Vogel zueilend, als wolle er ihn umarmen. »Ich sagte ja, du sollest aufpassen und ihn hinters Licht führen. Gebt noch einen Schilling, Billy, und Ihr sollt einen zweiten Schuß haben.«

»Nein« – sagte der junge Jäger, »die Reihe kommt jetzt an mich. Ihr habt schon mein Geld; tretet daher von der Scheibe weg, damit ich mein Glück versuchen kann.«

»Ach, es ist hinausgeworfenes Geld«, entgegnete Lederstrumpf. »Der Kopf und Hals eines Truthahns sind ein gar kleines Ziel für einen lahmen Arm. Es wäre besser, Ihr ließet mich schießen; vielleicht können wir dann wegen des Vogels mit der Dame ein Abfinden treffen.«

»Der zweite Schuß gehört mir«, entgegnete der junge Jäger. »Macht Platz, daß ich mein Ziel nehmen kann!«

Der Streit hinsichtlich des letzten Schusses ließ nun nach, da sich herausgestellt hatte, daß der Truthahn notwendig getötet worden wäre, wenn der Kopf desselben anders gestanden hätte. Die Vorbereitungen des Jünglings veranlaßten keine besondere Aufregung: er nahm hastig sein Ziel und war eben im Begriff abzudrücken, als er von Natty aufgehalten wurde.

»Eure Hand zittert, Junge«, sagte er, »und Ihr seid allzu eifrig. Kugelwunden sind wohl imstande, die Kraft zu mindern, und nach meinem Dafürhalten werdet Ihr nicht so gut wie sonst schießen. Wenn Ihr feuern wollt, so muß es rasch geschehen, ehe Eure unsichere Hand von dem Ziele abgleiten kann.«

»Ehrlich Spiel!« rief der Besitzer wieder. »Laßt einem Neger ehrlich Spiel! Welches Recht hatte Natty Bumppo, dem jungen Manne Rat zu erteilen? Laßt ihn schießen! Platz gemacht!«

Der Jüngling feuerte rasch, aber der Truthahn rührte sich

nicht, und als man nach dem Merkzeichen der Kugel spähte, so stellte sich's heraus, daß sie sogar den Baumstumpf verfehlt hatte.

Elisabeth beobachtete den Wechsel in seinem Gesicht und konnte sich eines Gefühls von Überraschung nicht erwehren, als sie bemerkte, daß ein Mann, der augenscheinlich weit über seinem Gefährten stand, sich so sehr einen unbedeutenden Verlust zu Herzen nahm. Aber nun trat ihr eigener Kämpe in die Reihe.

Broms Freude über das Fehlen des zweiten Schützen, obgleich sie sich nicht so ungestüm äußerte wie früher, verschwand gänzlich, als Natty auf den Stand trat. Seine Haut bekam große braune Flecken, die sich auf dem Ebenholzglanz der übrigen Partien abscheulich ausnahmen, während sich seine ungeheuren Lippen allmählich an die beiden Elfenbeinreihen andrückten, die bisher wie in Pech gefaßte Perlen aus seinem Gesichte hervorgeleuchtet hatten. Seine Nasenlöcher, bei weitem der hervorragendste Teil seines Gesichtes, dehnten sich aus, bis sie mehr als die halbe Breite desselben einnahmen, während seine braunen Knochenhände unwillkürlich in der Schneerinde wühlten, so sehr hatte die Aufregung des Augenblicks seinen angeborenen Widerwillen gegen die Kälte besiegt.

Während der schwarze Eigentümer des Puters auf diese Weise seine Angst kundgab, blieb der Mann, der diese außerordentliche Aufregung veranlaßte, so ruhig und gefaßt, als hätte er auch nicht einen einzigen Zeugen seiner Geschicklichkeit.

»Ich war – gerade bevor der letzte Krieg ausbrach – drunten in den holländischen Ansiedlungen am Schoharie«, fing Natty an, indem er sorgfältig die Lederkapsel von dem Stahl seines Büchsenschlosses abnahm, »wo die Jungen gleichfalls ein Wettschießen hielten, an dem ich teilnahm. Wie rissen da die Holländer nicht ihre Augen auf, als ich das Pulverhorn, drei Stangen Blei und ein Pfund so gutes Pulver, als nur je eins von der Pfanne aufblitzte, gewann! Es ging an ein Fluchen, zu Gottes Erbarmen, und ich erfuhr nachher, daß ein betrunkener Holländer gesagt hatte, er wolle mich kaltmachen, ehe ich wieder an den See zurückkehre. Aber hätte er seine Büchse mit böser Absicht angesetzt, so würde ihn Gott dafür gestraft haben; und wäre dies nicht der Fall gewesen, und hätte er sein Ziel verfehlt, so kenne ich einen, der ihm's würde so gut und besser heimgegeben haben, als es von ihm gemeint war, wenn anders eine gut geführte Büchse in Rechnung zu bringen ist.«

Mittlerweile hatte der alte Jäger seine Vorbereitungen beendigt; er stellte den rechten Fuß rückwärts, streckte seinen linken Arm dem Gewehrlaufe entlang und erhob denselben gegen den Vogel. Jedes Auge blickte rasch von dem Schützen nach dem Ziel, aber in dem Augenblick, als man den Knall der Büchse zu vernehmen erwartete, ließ sich nichts als das Picken des Steines vernehmen.

»Abgeschnappt! abgeschnappt!« jauchzte der Neger, indem er aus seiner zusammengekauerten Stellung wie ein Wahnsinniger aufsprang und vor seinen Vogel hineilte. »Ein Abschnappen ist so gut als ein Schuß, – Natty Bumppos Gewehr hat geschnappt; Natty Bumppo hat den Hahn nicht getroffen.«

»Natty Bumppo trifft einen Neger«, sagte der entrüstete alte Jäger, »wenn Ihr nicht aus dem Wege geht, Brom. Es ist barer Unsinn, Mensch, daß ein Abschnappen für einen Schuß zählen soll, da das eine nichts weiter ist als ein Anschlagen an den Stahl der Pfanne und das andere plötzlichen Tod bringt. Packe dich also aus dem Wege, Bursche, damit ich Billy Kirby zeigen kann, wie man einen Weihnachtsputer schießt!«

»Laßt einem Neger ehrlich Spiel«, rief der Schwarze, der entschlossen seinen Posten behauptete und sich in der kriechenden Weise seiner Kaste auf das Billigkeitsgefühl der Umstehenden berief. »Jedermann weiß, daß das Abschnappen für einen Schuß gilt. Fragt Massa Jones, – fragt die Dame.«

»Gewiß«, sagte der Holzfäller, »das ist hierzulande so der Brauch, Lederstrumpf. Wollt Ihr noch einmal schießen, so müßt Ihr einen andern Schilling bezahlen. – Nun, ich will mein Glück wieder probieren, John, da ist mein Geld. Ich habe den nächsten Schuß.«

»Möglich, daß Ihr die Gesetze der Wälder besser kennt als ich, Billy Kirby«, erwiderte Natty ironisch. »Ihr kamt mit den Ansiedlern ins Land, einen Ochsenstachel in Eurer Hand, und ich kam schon lange vor dem Krieg herein, die Mokassins an meinen Füßen und eine gute Büchse auf meinen Schultern. Wer muß es da wohl besser wissen? Niemand soll mir weismachen wollen, ein Abschnapper sei so gut als ein Schuß, wenn einmal der Drücker berührt ist.«

»Fragt Massa Jones«, rief der um sein Eigentum besorgte Neger, »er muß es wissen.«

Diese Berufung an Richards Sachkenntnis war zu schmeichelhaft, um unberücksichtigt zu bleiben. Er trat daher ein wenig von der Stelle vor, an welche ihn Elisabeths Delikatesse gebannt hatte, und gab mit der Würde, welche die wichtige Frage und sein eigener Rang forderten, folgende Ansicht kund:

»Es scheint hier eine Meinungsverschiedenheit über den Punkt obzuwalten, ob Nathanael Bumppo das Recht hat, auf Abraham Freeborns Truthahn zu schießen, ohne daß besagter Nathanael einen Schilling dafür zahlt.«

Diese Tatsache war zu einleuchtend, um in Abrede gezogen werden zu können, und nach einer kurzen Pause, während welcher das Auditorium die Einleitung verdaut haben konnte, fuhr Richard fort:

»Ich finde es nicht unpassend, daß diese Frage mir zur Entscheidung vorgelegt wird, da ich die Verpflichtung habe, über den Frieden des Distrikts zu wachen; Menschen mit tödlichen Waffen in den Händen sollte man nie in einen Streit geraten lassen, in welchem ihre bösen Leidenschaften die Oberhand gewinnen können. Es scheint, daß in dem bestrittenen Falle weder ein mündlicher noch ein schriftlicher Vertrag vorliegt, weshalb er vernünftigerweise mittelst der Analogie, das heißt durch Vergleichung eines Dinges mit dem andern, beurteilt werden muß. Es gilt aber in Duellen, wo beide Teile schießen, allgemein das Abschnappen für einen Schuß; wenn dies schon da zutrifft, wo die Gegenpartei ein Recht hat wiederzuschießen, so scheint es mir eine unvernünftige Behauptung, daß ein Mann einen ganzen Tag dastehen und auf einen Truthahn abschnappen dürfe. Meine Meinung geht demnach dahin, daß Nathanael Bumppo seinen Schuß verloren hat und einen andern Schilling zahlen muß, ehe ihm das Recht eines neuen Versuchs zugestanden werden kann.«

Diese Ansicht von seiten eines so bedeutenden Mannes, welche noch obendrein mit gehörigem Nachdruck ausgesprochen wurde, brachte alle zum Schweigen; denn die Zuschauer hatten schon mit großer Wärme für die verschiedenen Beteiligten Partei genommen. Nur Lederstrumpf gab sich nicht so leicht zufrieden.

»Ich denke, man sollte auch Miß Elisabeths Gedanken hören«, sagte Natty. »Ich bin oft Zeuge davon gewesen, daß die Weiber sehr guten Rat erteilten, wenn die Indianer sich nicht mehr zu helfen wußten. Sobald sie erklärt, daß ich verloren habe, bin ich zum Verzicht bereit.«

»Dann bin ich der Meinung, daß Ihr diesmal im Nachteile seid«, versetzte Miß Temple. »Aber ich will die Einlage zahlen, und Ihr mögt den Schuß erneuern, wenn anders Brom es nicht vorzieht, mir den Hahn für einen Dollar abzutreten. Ich will ihn bezahlen und das Leben des armen Opfers retten.«

Dieser Vorschlag behagte den Umstehenden augenscheinlich wenig, und selbst der Neger hoffte, sein Tier durch eine Fortsetzung des Schießens besser anzubringen. Inzwischen hatte sich Billy Kirby auf einen zweiten Schuß vorbereitet, und Natty verließ unmutig den Stand, indem er vor sich hinmurmelte:

»Kann man doch nie mehr einen guten Flintenstein an den Ufern des Sees kaufen, seit diese Krämer damit das Land durchziehen; und wenn man an den Flüssen in den Talgründen einen holen will, so ist zehn gegen eins zu wetten, daß einem der Pflug einen Strich durch die Rechnung gemacht hat. Es ist mir fast, als ob mit dem Seltenerwerden des Wildes derjenige, welcher gutes Schießzeug braucht, um sein Leben fortzubringen, zu allem Unstern verdammt sei. Aber ich will einen andern Stein einsetzen; denn ich weiß: Billy Kirby hat nicht das Auge für ein solches Ziel.«

Der Holzfäller schien wohl zu begreifen, daß es sich jetzt um seinen Ruf handle, und vernachlässigte kein Mittel, um sich den Erfolg zu sichern. Er legte die Büchse an, zielte, ohne daß er abfeuern zu wollen schien. Kein Laut, nicht einmal von Brom, ließ sich während dieser inhaltsschweren Bewegungen vernehmen, bis endlich Kirby sein Gewehr abfeuerte, aber mit ebenso geringem Erfolg wie früher. Alsbald erscholl das Freudengeschrei des Negers und hallte von den Bäumen des benachbarten Waldes wieder wie der Schlachtruf eines Indianerstammes. Er lachte und warf den Kopf hin und her, bis seine ausgelassene Lustigkeit erschöpft war. Er tanzte in dem Schnee herum, solange seine Beine ausdauern wollten, und zeigte mit einem Wort all das Ungestüm der Freude, welches einen gedankenlosen Neger charakterisiert.

Der Holzfäller hatte all seine Kunst aufgeboten, und fühlte

daher einen entsprechenden Verdruß über dieses Fehlschlagen. Zuerst untersuchte er den Vogel mit der größten Aufmerksamkeit, und mehr als einmal behauptete er, eine seiner Federn gestreift zu haben. Aber die Stimme der Menge war gegen ihn, und diese fühlte sich geneigt, auf den oft wiederholten Ruf des Schwarzen: »Laßt einem Neger ehrlich Spiel«, zu hören.

Als Kirby es unmöglich fand, irgendeinen Anspruch auf den Vogel geltend zu machen, wandte er sich stolz an den Schwarzen und sagte:

»Halt deinen Rachen, du Krähe! Wo ist ein Mann, der einen Truthahnskopf auf hundert Ellen treffen kann? Ich war ein Narr, daß ich's versuchte. Du hast nicht nötig, einen Lärm darüber aufzuschlagen wie eine fallende Fichte. Zeige mir den Mann, der es tun kann!«

»Nun, Billy Kirby«, versetzte Lederstrumpf, »man trete nur aus dem Weg, und ich will Euch einen Mann zeigen, der vordem schon bessere Schüsse getan hat, und das zu einer Zeit, wo er von den Indianern und wilden Bestien gleich bedrängt wurde.«

»Vielleicht ist jemand da, der ein Vorrecht vor uns hat, Lederstrumpf«, sagte Miß Temple. »Wenn dies der Fall ist, so wollen wir zurückstehen.«

»Wenn Sie das in Beziehung auf mich sagen«, entgegnete der junge Jäger, »so muß ich erklären, daß ich zu keinem weiteren Versuche geneigt bin. Mein Arm ist noch zu schwach, wie ich finde.«

Elisabeth hatte ihn aufmerksam betrachtet, und es war ihr, als habe ein Rot seine Wangen überflogen, das in dem Bewußtsein seiner Armut begründet sein mochte. Sie schwieg daher und hatte nichts dagegen, daß ihr eigener Kämpe sich für den Versuch vorbereitete. Obgleich Natty Bumppo gewiß hundertmal weit wichtigere Schüsse auf seine Feinde oder auf sein Wild getan hatte, so bot er doch nie so sehr all seine Kraft auf. Er erhob sein Gewehr zu verschiedenen Malen – einmal, um sein Ziel zu nehmen, das zweitemal, um die Entfernung zu berechnen, und wieder einmal, da der Vogel, beunruhigt durch die totenähnliche Stille, seinen Kopf rasch umwandte, um nach seinen Feinden zu sehen. Aber das viertemal drückte er ab.

Der Rauch, der Knall und der Eindruck des Augenblicks verhinderten die Zuschauer, das Ergebnis sogleich gewahr zu werden; aber für Elisabeth blieb es kein Geheimnis, als sie ihren

Ritter den Schaft seiner Büchse in den Schnee stoßen und seinen Mund sich zu dem bekannten stummen Lachen verziehen sah, worauf er ganz kaltblütig sein Gewehr aufs neue zu laden begann. Die Knaben eilten nach dem Baumstumpfe und hoben den leblosen Truthahn in die Höhe, dessen Kopf nur noch an einem Lappen hing.

»Bringt das Tier her und legt es der Dame zu Füßen«, rief Lederstrumpf. »Ich habe in ihrem Namen geschossen, und der Vogel ist ihr Eigentum.«

»Nun, Ihr habt Euch als einen guten Sachwalter erprobt«, sagte Elisabeth – »so gut, Vetter Richard, daß ich dir raten möchte, seiner Fähigkeit eingedenk zu sein?«

Sie hielt einen Augenblick inne, und die Heiterkeit, welche aus ihrem Gesichte strahlte, machte einem feierlichen Ernste Platz. Sie errötete sogar ein wenig, als sie sich an den jungen Jäger wandte und mit dem Zauber weiblicher Anmut begann:

»Ich habe mein Glück nur versucht, um Zeuge von Lederstrumpfs Geschicklichkeit zu sein. Wollt Ihr den Vogel als einen kleinen Ersatz dafür annehmen, daß die erhaltene Beschädigung Euch hinderte, den Preis selber zu gewinnen?«

Den Ausdruck, womit der Jüngling dieses Geschenk annahm, wagen wir nicht zu beschreiben. Er schien sich dieser freundlichen Begegnung zu fügen, ungeachtet eines starken innern Dranges, das Gegenteil zu tun. Er verbeugte sich und nahm das Opfer schweigend von ihren Füßen auf.

Elisabeth reichte dem Schwarzen ein Silberstück als Entschädigung für seinen Verlust, was abermals seine Wirkung auf das Muskelspiel des Negers nicht verfehlte, und erklärte sodann ihrem Begleiter, daß sie nach Hause zu gehen wünsche.

»Warte noch ein Weilchen, Bäschen«, rief Richard. »Es walten in den Regeln bei dieser Belustigung Unsicherheiten ob, die ich füglicherweise beseitigen muß. Wenn ihr morgen ein Komitee an mich absenden wollt, meine Herren, so werde ich eine Schießordnung niederschreiben ––«

Er hielt etwas unwillig inne; denn in diesem Augenblick wurde eine Hand vertraulich auf die Schulter des Obersheriffs von –– gelegt.

»Fröhliche Weihnachten, Vetter Dick«, sagte Richter Temple, der sich unbemerkt der Gesellschaft genähert hatte. »Ich muß ein wachsames Auge auf meine Tochter haben, wenn sich bei dir solche galanten Anfälle öfters wiederholen sollten. Ich bewundere deinen Geschmack, daß du eine Dame zu solchen Auftritten führen kannst.«

»Ihr Eigensinn ist schuld daran, Duke«, rief der enttäuschte Sheriff, der das Abgewinnen der ersten Begrüßung ebenso schmerzlich empfand wie mancher Mann ein viel größeres Unglück, »aber ich muß sagen, daß sie auf die unverfänglichste Weise von der Welt dazu gekommen ist. Ich ging mit ihr, um ihr die Verbesserungen zu zeigen, und wie sie den ersten Ton der Feuerwaffen hörte, so ging es weiter durch den Schnee, als ob sie in einem Lager und nicht in einer Kostschule ersten Ranges erzogen worden wäre. Ich denke, Richter Temple, solche gefährlichen Belustigungen sollten durch ein Gesetz verboten werden. Ja, ich weiß nicht, ob sie's nicht vielleicht schon sind.«

»Nun, es ziemt dir als Sheriff des Bezirks, die Sache zu untersuchen«, entgegnete Marmaduke lächelnd. »Ich sehe, daß Beß sich ihres Auftrags entledigt hat, und will hoffen, daß er eine gütige Aufnahme fand.«

Richard ließ einen Blick auf das Paket fallen, das er in der Hand hatte, und der Unmut über die fehlgeschlagene erste Gratulation verschwand augenblicklich.

»Ah, Duke, lieber Vetter!« sagte er; »komm ein wenig beiseite, ich habe dir etwas zu sagen.«

Marmaduke willfahrte, und der Sheriff führte ihn nach einem etwas abgelegenen Gebüsche und fuhr fort:

»Erstlich, Duke, muß ich dir meinen Dank abstatten für deine freundliche Empfehlung bei dem Gouverneur, da ohne eine solche, wie ich wohl weiß, selbst das hervorstechendste Verdienst nur wenig fruchtet. Aber wir sind Geschwisterkinder – wir sind Geschwisterkinder, und du magst mich verwenden wie eines deiner Pferde – zum Reiten oder Fahren; ich bin ganz der deine. Auf diesen jungen Gefährten Lederstrumpfs muß man jedoch meiner unmaßgeblichen Ansicht nach ein wachsames Auge haben. Er hegt eine sehr gefährliche Vorliebe für Truthühner.«

»Überlaß ihn meiner Behandlung, Dick«, sagte der Richter, »er soll so viel davon haben, daß ihm der Appetit danach vergeht. Doch komm zurück zu den Schützen, ich habe etwas mit ihm zu reden.«

Achtzehntes Kapitel

Der Arme! Sie, die ihn gebar –
Böt' hier er ihrem Blick sich dar,
So abgezehrt im dunkeln Haar, –
Sie würde nicht ihr Kind erkennen.
Scott

Es tat der Unterredung, welche zwischen dem Richter Temple und dem Jäger stattfinden sollte, durchaus keinen Eintrag, daß der erstere seine Tochter beim Arme nahm und von der Stelle, wo er mit Richard gesprochen, auf den Ort zuging, wo der Jüngling, auf seine Büchse gelehnt, stand und den toten Vogel zu seinen Füßen betrachtete. Auch die Schützengesellschaft ließ sich durch des Richters Anwesenheit nicht stören, sondern stritt sich laut um die Schußbedingungen, bei denen es sich um das Leben eines Vogels von weit untergeordneterem Range, als der kürzlich erlegte, handelte. Lederstrumpf und Mohegan hatten sich zu ihrem jugendlichen Gefährten zurückgezogen, und trotz der unmittelbaren Nachbarschaft eines so großen Gedränges wurde das darauf folgende Gespräch doch nur von den dabei Beteiligten vernommen.

»Ich habe Euch eine schlimme Beschädigung zugefügt, Herr Edwards« – begann der Richter, aber das plötzliche und unerklärliche Auffahren, womit der junge Mann diese unerwartete Anrede entgegennahm, ließ ihn eine Weile innehalten. Da keine Antwort erfolgte und die gewaltige Aufregung, die sich in den Zügen des Jünglings aussprach, allmählich wich, so fuhr Marmaduke fort – »doch zum Glück steht es einigermaßen in meiner Macht, das, was ich getan, wiedergutzumachen. Mein Vetter Richard Jones hat eine Anstellung erhalten, die mich für die Zukunft seiner Beihilfe berauben wird, obgleich ich ebenjetzt eines Mannes, der mit der Feder gut umzugehen weiß, recht sehr bedarf. Euer Benehmen ist mir trotz Eures Äußeren ein hinreichender Bürge für Eure gute Erziehung, und ein verwundeter Arm wird dir vor der Hand wohl keine andere Beschäftigung erlauben« (Marmaduke verfiel nämlich, wenn er warm wurde, leicht in die vertrauliche Sprache der Freundschaft, ohne daß er es merkte.) Mein Haus steht dir offen, junger Freund; denn in diesem neuen Lande findet der Argwohn keinen Boden, da es der bösen Begierde nur wenig Verführerisches bietet. Leiste mir – wenigstens für einige Monate – Beistand, und du sollst belohnt werden, wie es deine Dienste verdienen.«

Es lag weder in dem Benehmen noch in dem Anerbieten des Richters etwas, was das Widerstreben, wir möchten fast sagen: den Unmut rechtfertigen konnte, womit der Jüngling diese Worte anhörte. Nach einer gewaltsamen Anstrengung, sich zusammenzunehmen, erwiderte er endlich:

»Ich würde Ihnen, Sir, oder einem andern Manne gerne dienen, um mich ehrlich fortzubringen; denn ich will nicht verhehlen, daß ich vielleicht in einer noch bedrängtern Lage bin, als sich aus meinem Äußern schließen läßt. Aber ich fürchte, daß solche neue Verbindlichkeiten mich an einem wichtigern Geschäfte hindern könnten, weshalb ich Ihr Anerbieten ablehnen und mich, wie bisher, hinsichtlich meines Unterhalts auf meine Büchse verlassen muß.«

Richard nahm jetzt die Gelegenheit wahr, der jungen Dame, welche sich ein wenig in den Hintergrund gezogen hatte, zuzuflüstern:

»Siehst du, Bäschen Elisabeth; das ist der natürliche Widerwille eines Mischlings, den Zustand der Wildheit zu verlassen. Ich glaube in der Tat, ihre Vorliebe für das Vagabundenleben ist unabänderlich.«

»Du greifst da zu einem unsichern Gewerbe«, versetzte Marmaduke, der nichts von des Sheriffs Worten gehört hatte, – »welches noch viel mehr Übles mit sich führt als die Not des Augenblickes. Glaube einem Mann, junger Freund, der mehr Erfahrung besitzt als du, wenn er dir sagt, daß das unstete Leben eines Jägers keine zeitlichen Güter bringt und den Mann ganz und gar von einem höheren, heiligeren Ziele abführt.«

»Nein, nein, Richter«, fiel Lederstrumpf ein, der bis jetzt unbemerkt oder doch unbeachtet geblieben war, »Sie mögen ihn meinetwegen in Ihr Haus mitnehmen, aber Sie müssen ihm auch die Wahrheit sagen. Ich habe vierzig Jahre in den Wäldern zugebracht und fünf Jahre gelebt, ohne eine größere Lichtung zu sehen als eine Windgasse in den Bäumen; und doch möchte ich wissen, wo Sie einen Mann in seinem achtundsechzigsten

Jahr finden wollen, der ein ruhigeres Leben führte, trotz der neumodischen Verbesserungen und Jagdgesetze. Was außerdem die Ehrlichkeit, und das, was unter seinen Nebenmenschen Rechtens ist, anbelangt, so geb' ich dabei dem langatmigsten Priester in Eurem Patent kein Haar nach.«

»Du machst eine Ausnahme, Lederstrumpf«, entgegnete der Richter, indem er dem Jäger gutmütig zunickte, »denn du lebst so mäßig wie wenige deines Gewerbes und bist so zäh, daß du deinen Jahren Trotz bieten kannst. Aber dieser Jüngling ist aus zu zartem Stoffe gewebt, als daß er in dem Walde zugrunde gehen dürfte. Ich bitte dich, schließe dich meinem Haushalte an, wäre es auch nur, bis dein Arm geheilt ist. Meine Tochter, die demselben vorsteht, wird dir sagen, daß du willkommen bist.«

»Gewiß«, sagte Elisabeth, deren Eifer nur durch die weibliche Zurückhaltung etwas gezügelt war. – »Der Unglückliche ist jederzeit willkommen, und doppelt, wenn wir uns den Vorwurf machen müssen, daß wir seine Lage verschuldet.«

»Ja«, fügte Richard bei, »und wenn Ihr einen Truthahnsbraten liebt, so versichere ich Euch: er findet sich nirgends häufiger und besser als in unserm Hühnerhof.«

Als Marmaduke sich so kräftig unterstützt sah, verfolgte er seinen Vorteil weiter. Er setzte dem jungen Mann die Obliegenheiten der ihm zugedachten Stellung auseinander und berührte ausführlich die Belohnung und alles dasjenige, was unter Geschäftsleuten als wichtig erscheint. Edwards hörte in schwerem Seelenkampfe zu, der sich in seinen Zügen nicht verkennen ließ; denn hin und wieder schien er den Vorschlag begierig aufgreifen zu wollen, dann aber flog wieder der Ausdruck einer unbegreiflichen Abneigung wie eine dunkle Wolke, welche die Nachmittagssonne verdüstert, über sein Antlitz.

Der Indianer, in dessen ganzer Haltung sich tiefe Zerknirschung wegen seiner Selbsterniedrigung aussprach, lauschte auf die Worte des Richters mit einer Teilnahme, die mit jeder Minute wuchs. Er zog sich der Gruppe allmählich näher, und als sein scharfer Blick in den Zügen seines jungen Gefährten die entschiedensten Spuren der Nachgiebigkeit entdeckte, änderte er plötzlich seine Haltung. Der Ausdruck der Scham wich von der Stirne des indianischen Kriegers, der jetzt mit großer Würde näher trat und also zu sprechen begann:

»Höre auf deinen Vater«, sagte er, »seine Worte sind alt. Mögen der junge Adler und der große Landhäuptling miteinander essen und ohne Furcht nebeneinander schlafen! Die Kinder von Miquon lieben kein Blut; sie sind gerecht und wollen Gerechtigkeit üben. Die Sonne muß oft auf- und niedergehen, ehe die Menschen eine Familie bilden können; es ist nicht das Werk eines Tages, sondern vieler Monate. Die Mingos und die Delawaren sind geborene Feinde; ihr Blut kann sich nie in einem Wigwam mischen: es wird nie auf derselben Seite fließen in der Schlacht. Was macht den Bruder von Miquon und den Adler zu Feinden? Sie sind desselben Stammes: ihre Väter und Mütter sind eins. Lerne warten, mein Sohn; du bist ein Delaware, und ein indianischer Krieger weiß sich zu gedulden.«

Diese bilderreiche Anrede schien ein großes Gewicht für den jungen Mann zu haben, der allmählich Marmadukes Vorstellungen nachgab und sich endlich dessen Vorschlag gefallen ließ. Es geschah jedoch nur versuchsweise, und jeder der Beteiligten sollte den Vertrag aufheben können, wenn es ihm so gut dünkte. Das sonderbare und schlecht verhehlte Widerstreben des Jünglings, auf ein Anerbieten einzugehen, welches die meisten Menschen in seiner Lage für ein unverhofftes Glück gehalten hätten, erregte bei allen, welche ihn nicht kannten, keine geringe Verwunderung und war durchaus nicht geeignet, einen vorteilhaften Eindruck zu machen. Als die Parteien sich trennten, wurde die Sache natürlich Gegenstand der Besprechung, und wir beginnen mit einer Mitteilung der Gedanken, welche der Richter, seine Tochter und Richard auf ihrem langsamen Rückwege nach dem Herrenhause gegenseitig austauschten.

»Ich mußte mir in der Tat alle Mühe geben, in meiner Verhandlung mit diesem unbegreiflichen jungen Menschen die heiligen Vorschriften unseres Erlösers im Gedächtnis zu behalten, in denen er uns diejenigen lieben heißt, die uns verachten«, begann Marmaduke. »Ich weiß nicht, was ein Mensch von seinen Jahren in meinem Hause Schreckhaftes finden könnte, – es müßten denn deine Anwesenheit und dein Gesicht sein, Beß.«

»Nein, nein«, versetzte Richard mit großer Gutmütigkeit, »Bäschen Elisabeth ist's nicht. Aber wann hast du je einen Mischling gesehen, Duke, der sich mit der Zivilisation vertragen konnte? In dieser Hinsicht sind sie noch schlimmer als die Wilden selbst. Bemerktest du nicht, wie er mit schlotternden

Knien dastand, Elisabeth, und welche wilden Blicke seine Augen schossen?«

»Ich achtete weder auf seine Augen noch auf seine Knie, obschon den ersten ein bißchen Demut wohl anstehen würde. In der Tat, lieber Vater, ich glaube, du hast die christliche Tugend der Geduld ritterlich erprobt. Seine Mienen gefielen mir schon lange nicht, noch ehe er einwilligte, einen Teil unserer Familie zu bilden. In der Tat, wir müssen uns durch diese Verbindung sehr geehrt fühlen! In welchem Zimmer soll er untergebracht werden, Vater? Und an welchem Tische müssen wir ihm seinen Nektar und seine Ambrosia vorsetzen?«

»Er speist mit Benjamin und Remarkable«, fiel Herr Jones ein, »denn du kannst doch nicht verlangen, daß der junge Mann einen Tisch mit den Negern teile! Er ist allerdings ein halber Indianer, aber die Eingeborenen sehen auf die Schwarzen mit großer Verachtung herunter. Nein, nein, er würde gewiß lieber Hungers sterben, ehe er sein Brot mit den Negern bräche.«

»Ich werde es mir zur Ehre rechnen müssen, Dick, wenn ich ihn veranlassen kann, an unserem Tisch zu essen«, sagte Marmaduke. »Es kann daher von einem so unwürdigen Vorschlag, wie du ihn machst, keine Rede sein.«

»Dann Vater«, – sagte Elisabeth mit einer Miene, welche ausdrücken sollte, daß sie sich ihres Vaters Befehlen gegen ihren Willen füge – »dann ist es wohl deine Absicht, ihn als einen Gentleman zu behandeln?«

»Allerdings, und ich hoffe, er wird sich als ein solcher erweisen. Es soll ihm eine Behandlung werden, wie sie seiner Stellung angemessen ist, bis wir finden, daß er sie nicht verdient.«

»Wohl, wohl, Duke«, rief der Sheriff, »du wirst aber finden, daß es nichts Leichtes ist, einen Gentleman aus ihm zu machen; denn dem alten Sprichworte zufolge gehören drei Generationen dazu. Was mein Vater war, weiß jedermann, mein Großvater war ein Doktor medicinae, und sein Vater ein Doktor Divinitatis, dessen Vater aus England kam. Über die Abkunft des letztern konnte ich nicht ins klare kommen; aber er war entweder ein großer Kaufmann aus London oder ein großer Rechtsgelehrter aus der Provinz oder der jüngste Sohn eines Bischofs.«

»Nun, du hast einen echt amerikanischen Stammbaum«, sagte Marmaduke lachend, »er geht so weit, bis du ans Wasser kommst; und da man von dem, was drüber hinausliegt, nichts mehr weiß, so lautet von nun an alles im Superlativ. Jedenfalls bist du überzeugt, Dick, daß dein englischer Ahnherr ein großer Mann war, welchem Beruf er auch angehört haben mag.«

»Zuverlässig«, entgegnete der andere. »Ich habe meine alte Tante oft von ihm sprechen hören. Wir sind von guter Familie, Richter Temple, und haben nie andere als ehrenvolle Stellen bekleidet.« –

»Es wundert mich nur, daß du dich mit einem so spärlichen Vorrat von Adel in den alten Zeiten begnügst, Dick. Die meisten amerikanischen Genealogen beginnen ihre glaubwürdigen Berichte nach Weise der Kindermärchen mit drei Brüdern und tragen Sorge dafür, daß einer von diesem Triumvirat der Stammvater einer Familie wird, welche sich durch Erdengüter auszeichnet. Aber hier bei uns sind alle, die sich anständig zu benehmen wissen, gleich, und Oliver Edwards soll in meiner Familie die gleichen Ansprüche haben wie der Obersheriff und der Richter.«

»Aber, Duke, das ist Demokratie, nicht Republikanismus! Doch ich will schweigen, sorge nur, daß er in den Schranken des Gesetzes bleibt; sonst will ich ihm zeigen, daß die Freiheit selbst in diesem Landstrich unter einem heilsamen Zwange steht.«

»Nun, Dick, du wirst ihn doch nicht aufknüpfen lassen wollen, ehe ich ihn verurteilt habe? Aber was sagt meine Beß zu dem neuen Hausgenossen? Wir müssen natürlich auch die Damen darüber hören.«

»Ach, Vater«, entgegnete Elisabeth, »ich glaube, ich gleiche in diesem Stücke einem gewissen Richter Temple – das heißt: ich bin nicht leicht von meiner Ansicht abzubringen. Aber, ernsthaft gesprochen, – obgleich ich die Einführung eines Halbwilden in die Familie für ein befremdendes Ereignis halten muß, so werde auch ich jeden, dem du deine Aufmerksamkeit schenkst, mit Achtung behandeln.«

Der Richter zog ihren Arm fester an sich und lächelte, während Richard durch das kleine Tor hinter dem Hause voranging und seine bedenklichen Warnungen mit der gewohnten Geschwätzigkeit ausströmen ließ.

Die Waldbewohner, – denn die drei Jäger verdienen ungeachtet ihrer Charakterverschiedenheit gar wohl diese Benennung, – gingen schweigend am Dorfe vorbei ihres Weges. Erst als sie den See erreicht hatten und auf dessen gefrorener Oberfläche nach dem Fuße des Felsens zugingen, wo ihre Hütte stand, unterbrach der Jüngling die Stille.

»Wer hätte dies vor einem Monat vorausgesehen?« fing er an. »Ich habe eingewilligt, Marmaduke zu dienen – ein Hausgenosse des größten Feindes meines Geschlechtes zu werden! Doch was konnte ich Besseres tun? Die Knechtschaft kann nicht lange dauern, und wenn der Beweggrund, der mich zu dieser Unterwerfung veranlaßt, aufhört, so werde ich sie abschütteln wie den Staub von meinen Füßen.«

»Ist er ein Mingo, daß du ihn deinen Feind nennst?« fragte Mohegan. »Der Delawarenkrieger sitzt still und wartet auf die Ankunft des Großen Geistes. Er ist kein Weib, um wie ein Kind zu weinen.«

»Ich traue der Sache nicht, John«, sagte Lederstrumpf, in dessen Miene sich die ganze Zeit über lebhafte Zweifel ausgesprochen hatten. »Man spricht davon, daß es neue Gesetze im Lande geben solle, und ich bin überzeugt, daß dies neue Wege in die Berge zur Folge hat. Das Land hat sich so verändert, daß man kaum noch die Seen und die Ströme erkennt. Ich muß sagen, daß ich solchen glatten Zungen nicht traue; denn sooft ich schöne Reden aus dem Munde der Weißen vernahm, so hatten sie's am ehesten auf die Ländereien der Indianer abgesehen. Ich kann dies nicht in Abrede stellen, obgleich ich selbst ein Weißer bin und in der Nähe von York von rechtschaffenen Eltern geboren wurde.«

»Ich will mich fügen«, sagte der Jüngling. »Ich will vergessen, was ich bin. Erinnere mich nicht mehr daran, alter John, daß ich der Abkömmling eines Delawarenhäuptlings bin, der einst Herr war über diese edlen Berge, diese schönen Täler und dieses Wasser, auf dem unser Fuß dahingleitet. Ja, ich will sein Vasall – sein Sklave werden. Ist es nicht eine ehrenvolle Knechtschaft, alter Mann?«

»Alter Mann?« wiederholte der Indianer feierlich und blieb stehen, wie er gewöhnlich zu tun pflegte, wenn ihn etwas sehr aufregte. »Ja, John ist alt, Sohn meines Bruders. Als Mohegan jung war – wann sah man seine Büchse ruhen? Aber John ist alt, seine Hand ist die Hand eines Weibes, sein Tomahawk ist eine Holzaxt, Disteln und Gesträuch sind seine Feinde, – er weiß keinen andern mehr zu treffen. Hunger und Alter treffen zusammen. Sieh, Hawk-eye! als er jung war, konnte er tagelang gehen, ohne etwas zu essen; aber wenn er jetzt nicht Gestrüpp an das Feuer legt, so löscht die Flamme aus. Ergreife die Hand von Miquons Sohn, und er wird dir helfen.«

»Ich gebe zu, daß ich nicht mehr der Mann bin, der ich war, Chingachgook«, erwiderte Lederstrumpf, »aber wenn's nottut, kann ich auch jetzt noch fasten. Als wir die Fährte der Irokesen durch die Buchenwälder verfolgten, scheuchten sie das Wild vor sich her, und ich hatte vom Montagmorgen bis Mittwoch abend keinen Bissen zu essen. Dann aber schoß ich an der pennsylvanischen Grenze einen so fetten Bock, wie nur je ein sterbliches Auge einen gesehen hat. Es hätte dir in der innersten Seele wohlgetan, wenn du die Delawaren hättest essen sehen; denn ich war auf Kundschaft aus und hatte einem Scharmützel ihres Stammes beigewohnt. Du lieber Himmel! Die Indianer lagen still, Junge, und warteten, bis die Vorsehung ihnen einen Braten zuführte; aber ich sah mich nach Proviant um und machte dem Tier den Garaus, ehe es noch ein Dutzend Sprünge machen konnte. Ich war zu schwach und zu gierig, um auf das Fleisch warten zu können, und verhalf mir daher zu einem tüchtigen Trunk von seinem Blute, während die Indianer das Fleisch roh verzehrten. John war dabei, und John weiß die Sache. Aber ich muß gestehen, jetzt wäre mir doch ein solches Hungern zuviel, obgleich ich Tag meines Lebens kein starker Esser gewesen bin.«

»Es ist genug gesagt, meine Freunde«, rief der Jüngling. »Ich fühle, daß das Opfer von meinen Händen allenthalben verlangt wird, und es soll gebracht werden. Aber sprecht nicht weiter, ich bitte euch; die Sache fällt mir zu schwer aufs Herz.«

Seine Gefährten verstummten; bald hatten sie die Hütte erreicht, in welche sie eintraten, nachdem zuvor ein sehr komplizierter und sinnreich angebrachter Riegel entfernt war, welcher scheinbar den Zweck hatte, das ziemlich wertlose Eigentum der Männer zu schützen. Ungeheure Schneehaufen lehnten sich auf der einen Seite an die Holzwände dieser abgeschlossenen Wohnung, während Überreste von einigen Bäumen und Zweige von Eichen und Kastanien, welche von den mütterlichen Stämmen durch den Wind abgerissen worden waren, auf der andern Seite aufgeschichtet lagen. Eine kleine Rauchsäule stieg aus einem von Holzstäben gefertigten und mit Ton verkitteten Schornstein links vom Felsen in die Höhe und färbte den Schnee auf den Hügelflächen, welche, einen nicht sehr tiefen Abgrund begrenzend, dem gigantischen Wuchs der überhängenden Bäume Raum boten, wellenförmig mit schmutzigen Tinten.

Der Rest des Tages wurde verbracht, wie es an derartigen Tagen gemeiniglich in einem solchen Lande zu gehen pflegt. Die Ansiedler drängten sich wieder nach der Akademie, um nochmals Zeugen von Herrn Grants Beredsamkeit zu sein, und auch Mohegan gehörte zu den Zuhörern. Aber obgleich der Geistliche seine Augen fest auf den Indianer heftete, als er die Versammlung einlud, näher an den Altar zu treten, so lastete doch die Scham über die Verirrung der letzten Nacht zu drükkend auf der Seele des alten Häuptlings, als daß er sich hätte von der Stelle rühren können.

Als die Versammlung auseinanderging, hatten sich die Wolken, welche bereits den ganzen Morgen am Firmamente hin und her zogen, zu dichten Massen geballt, und ehe noch die Hälfte der neugierigen Kirchgänger ihre verschiedenen Wohnungen, die in den Tälern oder sogar auf den Spitzen des Gebirgs lagen, erreicht hatten, schoß der Regen in Strömen nieder. Die starken Ränder der Baumstümpfe tauchten zuerst hervor, und der Schnee schmolz schnell dahin. Die Holz- und Heckenumzäunungen, welche bisher nur als lange weiße Dammreihen, die quer durch das Tal und an den Bergen hinanliefen, erkennbar waren, stachen aus ihrer Umhüllung hervor, und mit jedem Augenblicke ließen sich die schwarzen Stubben deutlicher unterscheiden, sobald die großen Schnee- und Eismassen unter dem Einflusse des Tauwetters von ihren Seiten abfielen.

Unter dem Schirme der warmen Halle in der behaglichen Wohnung ihres Vaters sah Elisabeth mit Luise Grant ins Freie und betrachtete verwundert den schnellen Wechsel in der Natur. Selbst das Dorf, das eben noch in dem Festschmucke des

gefrorenen Elements geprunkt hatte, warf widerstrebend seine Maske ab, und die Häuser zeigten ihre dunkeln Dächer und die rauchenden Kamine. Die Fichten schüttelten den Schnee von sich, und alles schien mit fast zauberhafter Schnelle seine ursprüngliche Farbe wieder anzunehmen.

Neunzehntes Kapitel

»Und doch war Edwin kein gemeiner Knabe.«
Beattie

Der Schluß des Christfestes im Jahre siebzehnhundertdreiundneunzig war stürmisch, aber verhältnismäßig warm. Als die einbrechende Nacht die Aussicht nach dem Dorfe verdüsterte, verließ Elisabeth das Fenster, wo sie mit einer Neugierde, welche durch die flüchtigen Blicke auf die Waldschauplätze eher gesteigert als gemildert worden war, geweilt hatte, solange noch ein Lichtstrahl die Spitzen der dunkeln Fichten säumte.

Ihren Arm in den von Miß Grant geschlungen, ging die junge Dame des Herrenhauses langsam in der Halle auf und ab, sinnend über Szenen, die rasch an ihrer Erinnerung vorüberflogen, wobei ihre geheimsten Gedanken namentlich hin und wieder bei den sonderbaren Begebnissen weilten, die zu der Einführung eines Mannes, dessen Benehmen in einem so seltsamen Kontraste mit seiner Lage zu stehen schien, in die Familie ihres Vaters Anlaß gegeben hatten. Die anhaltende Hitze in dem Saale – denn der große Umfang desselben brauchte einen Tag, um auszukühlen – hatte ihren Wangen eine Röte verliehen, die ihr nicht gewöhnlich war, während auch Luisens milde und melancholische Züge unter einem leichten, rosigen Anflug erglänzten, der, dem eines Hektischen gleich, ihrer Schönheit ein schmerzliches Interesse verlieh.

Die Herren ließen sich an dem einen Ende der Halle die trefflichen Weine des Richters Temple schmecken und entsandten häufig ihre Blicke nach den Gestalten, die schweigend auf und ab gingen. Richard war lustig, bisweilen lärmend, der Major noch nicht auf der Glanzhöhe seiner Heiterkeit angelangt, während Marmaduke die Gegenwart seines geistlichen Gastes zu sehr respektierte, um sich selbst der unschuldigen Munterkeit hinzugeben, die seinem Charakter eigentümlich war.

So dauerte es fort, bis die Läden geschlossen wurden und die an den verschiedenen Teilen der Halle aufgesteckten Kerzen Ersatz für das scheidende Tageslicht leisten mußten. Benjamins

Eintreten mit einem Armvoll Holz veranlaßte die erste Unterbrechung.

»Was soll das, Meister Pump«, schrie der neugebackene Sheriff. »Ist nicht Wärme genug in Dukes bestem Madeira, um bei diesem Tauwetter die tierische Wärme zusammenzuhalten? Vergeßt nicht, alter Knabe, daß der Richter gewaltig rar tut mit seinem Buchen- und Ahornholz, denn er fürchtet bereits jetzt, dieser kostbare Artikel möchte ihm ausgehen. Ha, ha, Duke, ich will zwar pflichtlich zugeben, daß du ein wackerer und teilnehmender Verwandter bist, aber im Grunde hast du doch manche Wunderlichkeiten an dir.

Fort, fort mit den Grillen
Und fort mit den Stillen!«

Die Töne seines Gesangs gingen allmählich in ein Summen über, während der Majordomo seine Last abwarf und sich sodann mit ernster Miene an den Frager wandte:

»Je nun, sehen Sie, Squire Dickens«, versetzte er, »es mag wohl eine warme Breite um diesen Tisch hier sein, aber der Stoff reicht doch nicht zu, in meinem Leibe die gehörige Temperatur zu erhalten; denn dies vermag außer gutem Holze oder allenfalls den Steinkohlen von Newcastle nur ein echter und gerechter Jamaikarum. Aber, meine Herren, wenn ich mich überhaupt auf das Wetter verstehe, so ist es jetzt Zeit, sich zusammenzudrücken, die Löcher zu verstopfen und das Feuer ein bißchen anzuschüren. Ich denke wohl, daß ich nicht umsonst siebenundzwanzig Jahre auf den Meeren herumgefahren bin und andere sieben hier in den Wäldern gelebt habe.«

»Steht uns wohl eine Veränderung des Wetters bevor, Benjamin?« fragte der Herr des Hauses.

»Der Wind ist umgesprungen, Euer Gnaden«, entgegnete der Hausmeister, »und wenn der Wind sich ändert, so darf man in diesen Bergen auch auf einen Witterungswechsel zählen. Sehen Sie, meine Herren, ich war bei Rodneys Flotte an Bord – ungefähr um die Zeit, als wir dem De Grasse, dem Landsmann von Monschür Ler Quaw da, zu Leibe gingen, und der Wind blies nach Süden und Osten; und ich war unten mit dem Mischen eines Mundvoll heißen Grogs für den Marinekapitän beschäftigt, der an demselben Tage in der Kajüte speiste; und da war es, als ob er das Feuer des Kapitäns dadurch löschen wollte, daß er den Raum in eine Feuerspritze verwandelte; denn als ich eben das Getränk nach öfterem Kosten ganz nach meinem Geschmack zugerichtet hatte – (die Soldaten sind nämlich schwer zufriedenzustellen) – klapps schlug das Focksegel gegen den Mast, und das Schiff drehte sich auf seiner Hieling wie ein Kreisel. Es war ein Glück, daß unser Steuer niedergelassen war, denn da wir deinseten, so wurden wir wohl wieder frei, was nicht jedes Schiff in der Flotte tat oder tun konnte. Dann aber stach das unsrige durch eine Welle, daß eine gewaltige Wassermasse über die Billen hereinschlug. Ich habe in meinem Leben nie so viel klares Wasser geschluckt wie damals; denn ich sah eben an der hinteren Luke in die Höhe.«

»Da nimmt es mich wunder, Benjamin, daß Ihr nicht an der Wassersucht gestorben seid«, sagte Marmaduke.

»Hätte wohl sein können, Richter«, entgegnete der alte Teer mit einem breiten Grinsen, »aber ich brauchte keinen Medizinkasten, um mich zu kurieren; denn da ich dachte, mein Gebräu sei nun nicht mehr nach dem Geschmack eines Seemanns, und ich nicht wissen konnte, ob nicht eine andere Welle käme und es so verderbte, daß es meinem eigenen gleichfalls nimmer zusagte, so trank ich den Krug auf der Stelle aus. Dann wurden alle Hände an die Pumpen gerufen, und damals war es, als wir die Pump ––«

»Gut, aber das Wetter?« unterbrach ihn Marmaduke. »Wie steht es mit dem Wetter draußen?«

»Je nun, wir haben den ganzen Tag Südwind gehabt, und jetzt ist alles so ruhig, als ob sein Blasebalg geborsten wäre; und im Norden hängt ein Streifen über dem Berg, der vor einer kurzen Weile nicht größer als meine Hand war; und dann trieben die Wolken, als ob man ein Großsegel geiete, und die Sterne kamen zum Vorschein wie ebenso viele Lichter und Leuchttürme, welche uns den Wink geben, Holz zuzulegen; und wenn ich mich überhaupt aufs Wetter verstehe, so ist es Zeit, ein tüchtiges Feuer anzumachen, sonst zersprengt der Frost die Hälfte dieser Porter- und Weinflaschen im Schranke, noch ehe die Morgenwache aufzieht.«

»Du bist eine verständige Schildwache«, sagte der Richter. »So verfahre wenigstens für diese Nacht nach Gutdünken mit den Wäldern.«

Benjamin tat, wie ihm geheißen wurde, und noch ehe zwei Stunden vergingen, erfuhr man, daß seine Vorsichtsmaßregeln nicht unnötig gewesen waren. Der Südwind hatte sich in der Tat ganz ausgeblasen, und es war jene Windstille eingetreten, welche gewöhnlich eine bedeutende Witterungsveränderung anzeigt. Lange vorher, ehe sich die Familie zur Ruhe begab, wurde die Kälte schneidend scharf, und als Monsieur Le Quoi aufbrach, um im Mondschein sein eigenes Nachtquartier aufzusuchen, sah er sich genötigt, eine Wolldecke zu entleihen, um seinen Körper darein zu hüllen, trotz der vielen Kleider, mit denen er sich weislich für diese Gelegenheit vorgesehen hatte. Der Geistliche und seine Tochter blieben für die Nacht als Gäste in dem Herrenhaus, und die Nachwehen der vorangegangenen Nachtschwärmerei veranlaßten die Herren, sich zeitig nach ihren Gemächern zurückzuziehen. Die ganze Familie war daher schon lange vor Mitternacht in den Federn.

Elisabeth und ihre Freundin waren noch wach, als sie schon den Nordwestwind um das Gebäude heulen hörten, und erfreuten sich des angenehmen Gefühls, das unter solchen Umständen stets mit einem Zimmer, in welchem das Feuer noch nicht zu glimmen aufgehört hat, verbunden ist, zumal wenn sich Vorhänge, Läden und Bettdecken vereinigen, um eine angenehme Temperatur zu unterhalten. Als Elisabeth eben ihre Augen im letzten Stadium der Schläfrigkeit noch einmal öffnete, ließ sich aus dem Brausen des Windes ein langes klägliches Geheul vernehmen, das für einen Hund zu wild schien und doch eine große Ähnlichkeit mit den Lauten dieses treuen Tieres hatte, wenn die Nacht seine Wachsamkeit steigert und seiner Unruhe eine gewisse Feierlichkeit verleiht. Luise Grant drängte sich unwillkürlich näher an die junge Erbin, welche, als sie fand, daß ihre Gefährtin noch wache, mit leisem Tone, als fürchte sie mit ihrer Stimme irgendeinen Zauber zu unterbrechen, zu sprechen begann.

»Diese fernen Laute tönen so kläglich und doch schön. Können es wohl die Hunde aus Lederstrumpfs Hütte sein?«

»Es sind Wölfe, die sich von den Bergen an den See heruntergewagt haben«, flüsterte Luise, »und die nur durch die Lichter von dem Dorfe abgehalten werden. Der Hunger trieb sie, solange wir hier sind, einmal des Nachts bis vor unsere Türe. Das war eine schreckliche Nacht! Aber Richter Temples

Reichtum gewährt ihm zu viel Schutz, als daß man in seinem Hause etwas zu fürchten hätte.«

»Die Absicht meines Vaters ist, auch die Wälder zu zähmen«, rief Elisabeth, indem sie die Decke zurückwarf und sich im Bette aufrichtete. »Wie schnell ist die Zivilisation in die Fußtapfen einer wilden Natur getreten!« fuhr sie fort, indem ihre Augen nicht nur über die Bequemlichkeiten, sondern auch über den Luxus ihres Gemaches hinflogen, während ihr Ohr auf das fern vom See her tönende Geheul horchte. Als sie jedoch fand, daß die Furcht der Gefährtin auch ihr die Töne unheimlich machte, legte sie sich wieder zurück und vergaß bald die Schrecken des Landstriches in einem tiefen Schlafe. Die Mädchen wurden am andern Morgen durch das Eintreten einer Dienerin geweckt, welche das Feuer anmachen wollte. Sie standen auf und beendigten die kleinen Vorbereitungen zu ihrer Toilette in der reinen und kalten Atmosphäre, welche sich sogar durch Miß Temples wohlverwahrtes Zimmer nicht ausschließen ließ. Als Elisabeth sich angekleidet hatte, näherte sie sich einem Fenster, zog den Vorhang auf, öffnete den Laden und versuchte es, durch die Scheiben einen Blick auf das Dorf und den See zu werfen. Aber dicke Eisblumen bedeckten das Glas und hemmten die Aussicht, obgleich sie dem Licht Zutritt gestatteten. Sie öffnete sodann das Fenster, und nun trat ihrem Auge ein wahrhaft entzückender Anblick entgegen.

Der See hatte seine fleckenlose Schneedecke gegen eine Fläche von dunkelm Eis vertauscht, welche die Strahlen der aufgehenden Sonne gleich einem polierten Spiegel widerstrahlte. Die Häuser waren in ein ähnliches Gewand gekleidet, das übrigens seiner Lage wegen wie blanker Stahl erglänzte, während ungeheure Eiszapfen, welche von jedem Dach herunterhingen, das herrliche Licht auffingen und sich gegenseitig zuzuwerfen schienen, da jeder auf der Lichtseite in goldenen Strahlen glitzerte, welche sich auf der anderen in die Schatten eines dunkeln Hintergrundes verloren. Das anziehendste Schauspiel bildete jedoch der Anblick der endlosen Forsten, welche die hintereinander sich auftürmenden Berge bedeckten. Die riesigen Arme der Fichten und Schierlingstannen beugten sich unter der Wucht des Eises, das sie zu tragen hatten, während ihre Spitzen sich über die rundlichen Gipfel der Eichen, Buchen und Ahorne wie Türme von geglättetem Silber über Domdächern von dem gleichen Material ausnahmen. Den westlichen Horizont begrenzte eine leuchtende Wellenlinie, als ob sich daselbst gegen die Ordnung der Natur zahllose Sonnen erheben wollten. Im Vordergrunde des Gemäldes, längs den Ufern des Sees und in der Nähe des Dorfes, schien jeder Baum mit Diamanten wie übersät. Selbst die Seiten der Berge, wo die Strahlen der Sonne noch nicht hinreichen konnten, prunkten in einem glasigen Gewande, das jede Abstufung des Glanzes schauen ließ, von den Lichtstreifen der ersten Sonnenstrahlen an bis zu dem dunkeln Nadelwerk der Tannen, das unter der Hülle von Kristall schimmerte. Mit einem Worte, die ganze Landschaft war ein zitterndes Strahlenmeer, da See, Berge, Dorf und Wälder – jedes seine Lichtkörperchen, mit der ihm eigentümlichen Farbe gemengt und nach Maßgabe seiner Lage und Größe wechselnd – zurückgab.

»Sehen Sie!« rief Elisabeth, »sehen Sie, Luise; eilen Sie ans Fenster, und schauen Sie die wundervolle Veränderung!«

Miß Grant willfahrte, und nach einem kurzen Schweigen bemerkte sie mit leisem Tone, als fürchte sie sich vor ihrer eigenen Stimme: –

»Die Veränderung ist in der Tat wunderbar! Ich bin ganz überrascht, daß er sie so schnell bewerkstelligen konnte.«

Elisabeth wandte sich erstaunt um, als sie eine so skeptische Äußerung aus dem Munde von Herrn Grants Tochter hörte, fand aber mit einiger Überraschung, daß die sanften blauen Augen ihrer Gefährtin statt auf dem herrlichen Naturschauspiele auf der Gestalt eines jungen Mannes weilten, der vor der Türe draußen in ernstem Gespräche mit ihrem Vater begriffen war. Es bedurfte eines zweiten Blickes, ehe sie in derselben die Person des jungen Jägers in einer zwar einfachen Tracht, aber dennoch in der eines Mannes von Stand zu erkennen vermochte.

»Alles scheint in diesem Zauberlande ans Wunderbare zu grenzen«, sagte Elisabeth, »und unter allen Wechseln, die sich vor unseren Augen auftun, ist dieser gewiß nicht der am wenigsten auffallende. Die Schauspieler sind so einzig wie die Bühne.«

Miß Grant errötete und zog den Kopf zurück.

»Ich bin nur ein einfaches Landmädchen, Miß Temple«, begann sie, »und ich fürchte, Sie werden eine sehr unbedeutende

Gesellschafterin an mir finden. – Ich weiß nicht, ob ich alles verstehe, was Sie sagen; aber ich war in der Tat der Meinung, Sie hätten mich auf die Veränderung bei Herrn Edwards aufmerksam machen wollen. Ist es nicht sehr wunderbar, wenn wir uns seiner Abkunft erinnern? Es heißt, er sei ein halber Indianer.«

»Jedenfalls ein vornehmer Wilder. Doch gehen wir hinunter, um dem Sachem seinen Tee zu geben: – denn ich vermute, daß er ein Abkömmling von König Philipp, wenn nicht gar ein Enkel von Pocahontas ist.«

Die Damen begegneten in der Halle dem Richter Temple, der seine Tochter beiseite nahm, um ihr die mit dem neuen Hausgenossen vorgegangene Umwandlung mitzuteilen, welche ihr jedoch nichts Neues mehr war.

»Es ist klar, daß er nicht gut auf seine frühere Lage zu sprechen ist«, fuhr Marmaduke fort, »denn ich entnehme aus seinen Reden wie aus seinem ganzen Wesen, daß er einst bessere Tage gesehen hat. Ich möchte fast Richards Ansicht über seine Abkunft beistimmen; denn es ist nichts Ungewöhnliches, daß die indianischen Agenten ihren Kindern eine lobenswerte Erziehung geben und –«

»Ganz recht, mein lieber Vater«, unterbrach ihn Elisabeth, indem sie ihre Augen abwendete, »ich bin schon zufrieden. Doch da ich kein Wort von der Sprache der Mohawks verstehe, so muß er sich schon zu der unserigen bequemen, und was sein Betragen anbelangt, so überlasse ich es dir, dasselbe zu überwachen.«

»Ja, aber Beß –«, sagte der Richter, indem er sie sanft zurückhielt, »man darf ihn nicht nach seinem vergangenen Leben fragen. Er hat sich ausdrücklich diese Gunst erbeten. Auch ist er vielleicht noch etwas sauertöpfisch wegen seines verwundeten Arms; da aber die Beschädigung nur leicht zu sein scheint, so läßt er sich wohl ein andermal mitteilsamer an.«

»Oh, lieber Vater! ich bin nicht sonderlich mit jenem lobenswerten Durst nach Wissen geplagt, den man Neugierde nennt. Ich will glauben, daß er das Kind von Korn-stalk oder Kornplanter oder eines andern berühmten Häuptlings, vielleicht gar ein Sohn der Großen Schlange selbst ist, und will ihn als einen solchen behandeln, bis er es für passend hält, sich seinen Lokkenkopf abzurasieren, ein halbes Dutzend Paar meiner besten

Ohrenringe zu borgen, seine Büchse auf den Rücken zu nehmen und ebenso plötzlich zu verschwinden, als er zum Vorschein gekommen ist. So komm denn, lieber Vater, und laß uns die Pflichten der Gastfreundschaft nicht vergessen, da er doch vielleicht nur eine kurze Zeit bei uns bleiben wird.«

Richter Temple lächelte über den Scherz seiner Tochter, nahm ihren Arm und führte sie nach dem Frühstückszimmer, wo der junge Jäger bereits saß und durch sein Benehmen zeigte, daß er sich mit so wenig Umständen als möglich in der Familie heimisch zu machen gedachte.

Dies waren die Verhältnisse, welche die Familie des Richters Temple auf eine so seltsame Weise vergrößerten, und da wir den Jüngling einmal daselbst untergebracht haben, so fordert der Gang unserer Erzählung nun, daß wir vorderhand keine weitere Notiz von dem Fleiß und der Brauchbarkeit nehmen, die er in Marmadukes Diensten an den Tag legte, sondern die Aufmerksamkeit unseres Lesers andern Gegenständen zuwenden.

Als Major Hartmanns gewöhnliche Besuchzeit vorüber war, nahm er für die nächsten drei Monate Abschied. Herr Grant mußte häufig entferntere Landesteile besuchen, weshalb seine Tochter fast ohne Unterlaß zu Gaste in dem Herrenhause war. Richard widmete sich mit gewohnter Leidenschaftlichkeit den Obliegenheiten seines Amtes, und da Marmaduke stets mit neuen Gesuchen um Land auf seinem Grund und Boden behelligt ward und daher viel zu tun hatte, so entschwand der Winter rasch. Der See war der Hauptbelustigungsort für die jungen Leute, und die Damen brachten manche Stunde auf demselben zu, indem sie sich von Richard in einem einspännigen Schlitten umherfahren ließen. Auch der junge Edwards gesellte sich, wenn es der Schnee gestattete, hin und wieder der Gesellschaft bei, um sich die reine Luft der Berge zunutze zu machen. Die Zurückhaltung des jungen Mannes wich nach und nach, doch konnte es einem aufmerksamen Beobachter nicht entgehen, daß ihn oft bittere Augenblicke beschlichen.

Elisabeth sah in den folgenden drei Monaten viele große Lichtungen an den Seiten der Berge erstehen, da verschiedene Ansiedler daselbst, in der Sprache der Gegend, »ihren Pferch aufgeschlagen hatten«, während die zahllosen mit Weizen und Potaschefässern beladenen Schlitten, welche durch das Dorf fuhren, einen deutlichen Beweis lieferten, daß diese Arbeiten nicht ins Blaue hinein unternommen worden waren. Mit einem Worte – die ganze Gegend zeigte das rührige Treiben einer sich hebenden Ansiedlung, wo sich auf den Straßen Fuhrwerke drängten, die bald Hausrat herbeiführten, hin und wieder die lächelnden Gesichter von Weibern und Kindern, welche sich in dem Reiz der Neuheit glücklich fühlten, zeigten oder, mit den Produkten des Landes beladen, dem allgemeinen Markte in Albany zufuhren – in letzterem Falle ebenso viele Schlingen, um Auswanderungslustige in die wilde Gebirgsgegend zu lokken, wo sie Glück und Auskommen zu finden hofften.

Das Dorf war ein lebendes Bild der Geschäftigkeit. Mit dem Wohlstande der Umgegend nahm auch der der Handwerksleute zu, und jeder Tag war Zeuge einer weiteren Annäherung an die Sitten und Gebräuche einer längst bestehenden Stadt. Der Mann, welcher das Postwesen versah, schwatzte viel von seiner Station, und während des Winters sah man ihn wohl einoder zweimal in seinem Schlitten einen einzelnen Passagier durch die Schneehaufen nach dem Mohawk hin fahren, an welchem wöchentlich zweimal von den »Gegenden unten« aus ein regelmäßiges Fuhrwerk mit Blitzesschnelle und unter kundigem Peitschenknall kam. Gegen den Frühling, zeitig genug, um den Schnee noch zu nützen, kehrten mehrere Familien, welche bei Verwandten in den »alten Staaten« auf Besuch gewesen, zurück und brachten nicht selten ganze Haufen mit sich, welche sich durch ihre Vorstellungen hatten verleiten lassen, ihre Meiereien in Connecticut und Massachusetts zu verlassen und ihr Glück in den Wäldern zu suchen.

Diese ganze Zeit über war Oliver Edwards, dessen plötzliche Erhebung in einem so wechselvollen Landstrich keine Überraschung erregte, den Tag über emsig in Marmadukes Diensten beschäftigt, während er die Nächte öfters in Lederstrumpfs Hütte zubrachte. Der Verkehr unter den drei Jägern hatte allerdings etwas Geheimnisvolles, und wurde von den Beteiligten mit lebhaftem Eifer unterhalten, obgleich Mohegan selten und Natty nie in das Herrenhaus kam. Dagegen ersah sich Edwards jeden freien Augenblick, um seinen früheren Aufenthalt zu besuchen, von dem er oft erst spät in der Nacht oder, wenn er über die gewöhnliche Schlafenszeit der Familie hinaus abgehalten wurde, mit der aufgehenden Morgensonne über den Schnee heimkehrte. Wer um diese Besuche wußte, hegte allerlei Vermutungen, ohne daß man sich jedoch darüber äußerte, Richard ausgenommen, der hin und wieder eine halblaute Bemerkung machte. –

»Das darf uns nicht im geringsten wundernehmen«, konnte er sagen. »Ein Halbwilder ist nie von seiner ungeordneten Lebensweise abzubringen, und im ganzen ist er für einen Menschen von seiner Abkunft viel zivilisierter, als man vernünftigerweise erwarten dürfte.«

Zwanzigstes Kapitel

Fort, zögern wir nicht länger beim Gesang
Denn mancher steile Pfad steht uns bevor.
Byron

Mit dem allmählichen Eintritt des Frühlings begannen auch die ungeheuren Schneemassen, welche durch den Wechsel von Frost und Tauwetter und durch wiederholte Stürme eine ungemeine Festigkeit erhalten hatten, dem Einflusse milderer Winde und einer wärmeren Sonne zu weichen. Hin und wieder schienen sich sogar die Pforten des Himmels zu öffnen und ihre milde Luft über die Erde zu ergießen, um die beseelte und die leblose Natur aus ihrem Winterschlafe zu wecken, so daß, wenn auch nur für wenige Stunden, dem Auge die Heiterkeit des Lenzes von jedem Felde entgegenlächelte. Dann übten aber wieder die schneidenden Nordwinde ihren ertötenden Einfluß auf die Gegend, und schwarze düstere Wolken, welche die Strahlen der Sonne auffingen, ließen den Wechsel um so schmerzlicher empfinden. Diese Kämpfe der Natur wurden täglich häufiger, während die Erde, gleichsam das Opfer des Streites, langsam den heitern Schmuck des Winters verlor, ohne den des Frühlings zu gewinnen.

Mehrere Wochen wurden in dieser unlustigen Weise zugebracht, während welcher die Einwohner der Gegend allmählich die Geschäfte des Winters mit den mühsameren der folgenden Jahreszeit vertauschten. Im Dorfe drängten sich nicht mehr fremde Gäste; der Handel, der in den letzten Monaten die Läden belebt hatte, begann flau zu werden; die Landstraßen verwandelten ihre glänzenden festgetretenen Schneerinden in einen fast unwegsamen Kot und ließen nichts mehr von den heiteren und lärmenden Reisenden blicken, die sich den Winter über mit ihren Schlitten darauf getummelt hatten, – mit einem Worte, alles schien auf eine gewaltige Umwandlung hinzudeuten, welche nicht nur die Erde, sondern auch diejenigen betraf, die aus dem Schoße derselben die Quellen ihres Wohlstandes ableiteten.

Die jüngeren Glieder der Familie in dem Herrenhause, denen man auch Luise Grant beizählen konnte, waren keineswegs gleichgültige Zuschauer bei diesen langsamen und schwankenden Wechseln. Solange der Schnee die Straßen im brauchbaren Stande erhielt, hatten sie die Freuden des Winters in reichlichem Maße genossen, indem sie nicht nur Tag für Tag Ausflüge über die Berge und durch die Täler, im Bereich von zwanzig Meilen machten, sondern auch auf dem Spiegel des gefrorenen Sees viele Gelegenheit zur Belustigung fanden. Richard jagte seine vier Pferde mit Windeseile über die eisige Glasrinde hin, die unveränderlich jedem Tauwetter folgte. Dann fanden auch die aufregenden und gefährlichen »Kreiseltänze« auf dem Eise statt. Von einem einzigen Pferde gezogene Reiber oder Handschlitten, bei denen die Herren auf ihren Schlittschuhen Vorspann leisteten, kamen gleichfalls an die Reihe, – kurz, es wurde alles aufgeboten, was die Langeweile eines Winters in den Bergen vertreiben konnte. Elisabeth mußte ihrem Vater gestehen, daß ihr unter Beihilfe seiner Bibliothek die Jahreszeit weit angenehmer dahinschwinde, als sie erwartet hatte.

Da Bewegung in der freien Luft für die Familie gewissermaßen nötig war, so bediente man sich statt anderer Transportmittel der Sattelpferde, wenn der beständige Wechsel zwischen Frost und Tauwetter die schon zur günstigsten Jahreszeit ziemlich gefährlichen Wege für Wagen unpassierbar machte. Die Damen machten dann auf kleinen und sicheren Tieren Ausflüge in die Berge und die entlegensten Täler, wo nur irgend der Unternehmungsgeist eines Ansiedlers eine Wohnung geschaffen hatte. Bei diesen Gelegenheiten wurden sie, je nachdem es die Geschäfte gestatteten, von einem oder von einigen Herren der Familie begleitet. Der junge Edwards fand sich stündlich mehr in seine Lage und nahm nicht selten mit einer Sorglosigkeit und Heiterkeit, die für eine Weile alle trüben Erinnerungen aus seiner Seele bannen mochte, an der Gesellschaft teil. Gewohnheit und der leichte Sinn der Jugend schienen die Oberhand über die geheimen Quellen seiner Unruhe zu gewinnen, obgleich es nicht an Augenblicken fehlte, da seinen Verkehr mit Marmaduke derselbe auffallende Ausdruck von Widerwillen begleitete, der sich ihren Gesprächen in den ersten Tagen ihrer Bekanntschaft beigemischt hatte.

Es war am Schlusse des Monats März, als es dem Sheriff gelang, sein Bäschen und ihre Freundin zu überreden, ihn nach einem Hügel zu begleiten, welcher auf eine eigentümliche Weise über den See herüberhängen sollte.

»Dann können wir auch anhalten, Bäschen Elisabeth«, fuhr der unermüdliche Richard fort, »und Billy Kirbys Zuckerpflanzung in Augenschein nehmen. Er wohnt an dem östlichen Ende von Ransoms Gut und macht Zucker für Jared Ransom. Niemand in der ganzen Gegend versteht sich so gut aufs Kochen wie dieser Kirby. Du erinnerst dich, Duke, daß ich ihn anfangs in unserm eigenen Felde verwendete; da ist es natürlich kein Wunder, daß er seine Sache versteht.«

»Billy ist ein guter Holzfäller«, bemerkte Benjamin, der den Zügel des Pferdes hielt, während der Sheriff aufstieg, »und handhabt seine Axt ebensogut wie ein Backmann seinen Marlpfriem oder ein Schneider sein Bügeleisen. Man sagt ihm nach, er könne allein einen Pottaschekessel aus dem Gemäuer nehmen, obgleich ich nicht behaupten will, daß ich es mit eigenen Augen gesehen habe; aber die Leute sagen so. Ich habe Zucker aus seiner Fabrik gesehen, der vielleicht nicht so weiß war als ein altes Bramsegel, von dem aber meine Freundin, die Jungfer Prettybones, sagte, er schmecke wie der beste Sirup; und Sie wissen recht wohl, Squire Dickens, daß Jungfer Remarkable einen remarkablen Zahn für Süßigkeiten in ihrem Nußknackergesicht stecken hat.«

Das laute Gelächter, welches dieser Witz Benjamins veranlaßte und in welches er selbst in nicht gar harmonischen Tönen miteinstimmte, war bezeichnend für die Sinneseinheit, welche zwischen diesem edlen Paare herrschte. Das Treffende davon ging jedoch für die übrige Gesellschaft verloren, die eben die Pferde bestieg oder den Damen Beistand leistete. Als alles wohlbehalten im Sattel saß, ging der Zug in schönster Ordnung durch das Dorf. Man machte einen Augenblick vor Monsieur Le Quois Tür halt, der sofort gleichfalls sein Pferd bestieg, und nachdem man die kleine Häusergruppe hinter sich hatte, schlug die Gesellschaft eine der Hauptstraßen ein, die sich in der Mitte des Dorfes kreuzten.

Das Eis, welches jede Nacht mit sich brachte, taute im Laufe des Tages auf, und so sahen sich die Reiter genötigt, einzeln hintereinander an dem Saume des Weges hinzuziehen, wo der Rasen und die Festigkeit des Bodens den Pferden sicher aufzutreten gestatteten. Es ließen sich noch wenige Anzeichen von Vegetation schauen, und die Erde gewährte noch immer einen kalten, feuchten und unerfreulichen Anblick, ob dem einem das Blut in den Adern erstarrte. Der Schnee lag noch stellenweise in den meisten Lichtungen, die aus dem Gebirge sichtbar waren, obgleich sich auch hin und wieder ein Stück freies Feld blicken ließ, wo die weiße Decke dem Einflusse einer wärmeren Sonne gewichen war und das helle, liebliche Grün des jungen Weizens dazu diente, die Hoffnungen des Landwirts zu beleben. Nichts war bezeichnender als der Gegensatz zwischen der Erde und dem Himmel; denn während die erstere das beschriebene traurige Schauspiel zeigte, verbreitete eine warme und belebende Sonne ihre Strahlen an einem Firmament, das nur ein einziges Wölkchen blicken ließ, und durch eine Atmosphäre, die bis an den Horizont nur wie ein blaues Meer erschien.

Richard ritt voraus und war somit bei dieser wie bei allen andern Gelegenheiten, die keinen ungewöhnlichen Fähigkeitsaufwand erforderten, der erste; da er sich nur langsam vorwärts bewegte, so versuchte er zugleich, die Gesellschaft mit den Tönen seiner kräftigen Stimme zu erheitern.

»Dies ist wahres Zuckerwetter, Duke«, rief er, »eine kalte Nacht und ein sonniger Tag. Ich wette, der Saft läuft an diesem warmen Morgen wie ein Milchstrahl aus den Ahornbäumen. Es ist schade, Richter, daß du die Zuckerfabrikation unter deinen Pächtern nicht wissenschaftlich zu begründen suchst. Es ließe sich tun, ohne daß man Doktor Franklins Kenntnissse besitzt, – ja, gewiß, es ginge, Richter Temple.«

»Es muß der erste Gegenstand meiner Sorgfalt sein«, erwiderte Marmaduke, »die Quellen dieser großen Fundgrube des Wohlstandes und des Reichtums gegen die blinde Wut der Leute zu schützen. Wenn dieser wichtige Zweck erreicht ist, so wird es immer noch Zeit sein, unsere Aufmerksamkeit einer Verbesserung der Fabrikation dieses Artikels zuzuwenden. Aber du weißt ja, Richard, daß ich unsern Zucker bereits raffinieren ließ, wodurch ich Kuchen, so weiß wie der Schnee auf jenen Feldern dort, bekam, welche den Zuckerstoff in seiner höchsten Reinheit enthielten.«

»Was Zuckerstoff, Gerbstoff oder sonst ein anderer Stoff, Richter Temple! Du hast nie einen größern Kuchen gemacht als allenfalls von dem Umfang einer großen Zuckerpflaume«, entgegnete der Sheriff. »Ich versichere dir, Duke, solche Versuche im kleinen sind nicht die Bohne wert, sondern sie müssen in größerem Maßstab geübt werden, so daß auch ein Nutzen dabei herauskommt. Wenn ich meinetwegen zweimalhunderttausend Acker Landes besäße wie du, so ließe ich in dem Dorf eine Zuckersiederei errichten und lüde erfahrne Leute ein, die Sache zu leiten. Solche sind leicht zu finden, Vetter; ja, sie sind nicht schwer zu finden, – Männer, welche die Theorie mit der Praxis vereinigen. Und dann würde ich einen Wald von jungen und kräftigen Bäumen auslesen, und statt Kuchen von der Größe eines Stückchens Kandiszucker zu machen – Gott verdamm mich, Duke –, sie müßten mir so groß werden wie ein Heuschober.«

»Du kauftest wohl auch die Ladung eines jener Schiffe, die mit China handeln«, rief Elisabeth, »ja, wandeltest deine Pottaschekessel in Teetassen und die Boote des Sees in Untertassen um, bükest deine Krapfen in jener Kalkbrennerei und lüdest den ganzen Distrikt zu einer Teegesellschaft ein; ja, wie wunderbar sind nicht die Entwürfe eines Genies! Aber in der Tat, Vetter, es scheint, die Welt ist mit den Versuchen des Richters Temple zufrieden, und man hat daher nicht nötig, den Zucker in Formen zu gießen, die der Großartigkeit deiner Pläne entsprechen.«

»Du magst immerhin lachen, Base Elisabeth, – du magst immerhin lachen«, erwiderte Richard, indem er sich im Sattel umdrehte und mit würdevoller Miene seine Peitsche schwang, »aber ich berufe mich auf den gesunden Menschenverstand, den gesunden Sinn der Leute oder, was noch wichtiger ist, auf den Sinn des Geschmacks, der zu den fünf natürlichen Sinnen gehört, – ob ein großer Zuckerhut nicht einen bessern Beleg für einen zweckmäßigen Betrieb abgibt als ein solches Stückchen, das ein holländisches Weib beim Teetrinken in den Mund stekken kann. Es gibt nur zwei Wege, etwas zu tun, einen rechten und einen unrechten. Ich will zugeben, daß du Zucker machst und daß du vielleicht auch Zuckerhüte machen könntest, aber es fragt sich, ob du auch den möglich besten Zucker und die möglich besten Hüte machst.«

»Du hast ganz recht, Richard«, bemerkte Marmaduke mit einem Ernst in den Zügen, der deutlich bewies, wie sehr er sich für die Sache interessierte. »Es ist wahr, daß wir Zucker fabrizieren, und die Frage: ›Wieviel und in welcher Weise?‹ ist daher sehr am Orte. Auch hoffe ich es zu erleben, daß ganze Meiereien und Plantagen sich diesem Industriezweige widmen werden; denn bis jetzt ist von den Eigentümlichkeiten des Baumes selbst, der Quelle von all diesem Reichtum, nur wenig bekannt. Wieviel mag sich nicht durch die Behandlung desselben mit Hacke und Pflug verbessern lassen.« –

»Hacke und Pflug?« rief der Sheriff aus. »Willst du die Wurzel eines solchen Ahornstammes behäufeln lassen?« – Er deutete dabei auf einen dieser edlen Bäume, die in jenem Landesteile so häufig vorkommen. »Bäume behäufeln! bist du toll, Duke? Das ist ein Seitenstück zum Steinkohlengraben. Ho! ho! lieber Vetter, – nimm doch Vernunft an und überlaß die Behandlung des Zuckerahorns mir. Unser Monsieur Le Quoi ist in Westindien gewesen und hat Zucker machen sehen. Laß dir erzählen, wie es dort betrieben wird, und du wirst einen Begriff davon bekommen. – Sagen Sie, Monsieur, wie fabriziert man den Zucker in Westindien? Etwa in Richter Temples Weise?«

Der Herr, an den diese Frage gestellt war, ritt ein kleines Pferd von nicht sehr feurigem Temperament und hatte dabei so kurze Bügel, daß sie, da sich das Tier eben auf einer kleinen Ansteigung des Waldpfades hinan bewegte, seine Knie in eine etwas gefährliche Nachbarschaft mit seinem Kinn brachten. Er hatte daher keine Gelegenheit seine Antwort mit der gewöhnlichen graziösen Gestikulation zu begleiten; denn der Berg war steil und glatt, und obgleich der Franzmann ein scharfes Auge in jeder Seite seines Gesichts stecken hatte, so schien dieser Umstand doch nicht hinzureichen, ihn gehörig auf die Hindernisse von Büschen, Zweigen und gefallenen Bäumen aufmerksam zu machen, die hin und wieder im Wege lagen. Während er mit der einen Hand beschäftigt war, diese Gefahren abzuwehren, und die andere den Zügel hielt, um der ungebührlichen Eile seines Pferdes Einhalt zu tun, antwortete der Abkömmling Frankreichs, wie folgt:

»Sucker? Sie machen Sucker in Martinique; mais – mais ce n'est pas – ein Baum; – ah – ah wie heißt doch – je voudrais que ces chemins fussent au diable – non – was nenn Sie Stock pour le promenade?«

»Rohr«, versetzte Elisabeth, über die Verwünschung lächelnd, welche der vorsichtige Franzose nur von sich selbst verstanden glaubte.

»Oui, Mademoiselle, Rohr.«

»Ja, ja«, rief Richard. »Rohr ist der volkstümliche Name dafür, aber in der Botanik heißt es saccharum officinarum, und was wir den Zucker- oder Hartahorn nennen, ist acer saccharinum. Das sind gelehrte Namen, Monsieur, die Ihr ohne Zweifel wohl versteht?« –

»Ist dies Griechisch oder Lateinisch, Herr Edwards?« flüsterte Elisabeth dem Jüngling zu, der eben für sie und ihre Gefährtin die Zweige eines Gebüsches auseinanderbog, – »oder vielleicht eine noch gelehrtere Sprache, um deren Auslegung wir uns an Sie wenden müssen?«

Das dunkle Auge des jungen Mannes blitzte auf die Sprecherin, verlor aber schnell wieder seinen gekränkten Ausdruck.

»Ich will mich dieser Frage erinnern, Miß Temple, wenn ich meinen alten Freund Mohegan wieder besuche; seine oder Lederstrumpfs Sprachkenntnis wird sie wohl zu beantworten wissen.«

»Sie teilen also wirklich deren Sprachgelehrsamkeit nicht?«

»Wenigstens nicht in sonderlichem Umfange, aber Herrn Jones' tiefe Gelehrsamkeit und selbst Monsieur Le Quois höfliche Ausdrucksweise sind mir geläufiger.«

»Sie sprechen Französisch?« versetzte die Dame rasch.

»Es ist die gewöhnliche Sprache der Irokesen und in den Kanadas«, antwortete er lächelnd.

»Aber das sind Mingos und Eure Feinde.«

»Es wäre gut für mich, wenn ich keine schlimmeren hätte«, sagte der Jüngling, indem er mit seinem Pferde voransprengte und so dem verfänglichen Gespräche ein Ende machte.

Richard gab sich fortwährend alle Mühe, die Gesellschaft zu unterhalten, bis sie eine Waldöffnung auf dem Gipfel des Berges erreichten, wo die Tannen und Fichten ganz verschwunden waren und ein Hain, bestehend aus denselben Bäumen, welche den Gegenstand des Gesprächs gebildet hatten, in stattlichem Stolz prunkte, die Erde mit seinen geraden Stämmen und deren weithin reichenden Zweigen bedeckend. Alles Unterholz war weggeräumt und wahrscheinlich für die einfachen Siedeeinrichtungen verwendet worden, so daß man hier eines weiten

Raumes von vielen Äckern Landes ansichtig wurde, den man recht wohl mit dem Dom eines mächtigen Tempels vergleichen konnte, wozu die Ahornstämme die Säulen, die Wipfel die Kapitelle und der Himmel das Gewölbe bildeten. In der Nähe der Wurzel eines jeden Baumes befand sich ein tiefes Bohrloch, in welchem eine aus Erlen- oder Sumachrinde gefertigte Röhre stak. Vor derselben stand ein roh gehauener Trog aus Lindenholz, um den Saft aufzufangen, dessen Abfluß durch diese ungemein verschwenderische und kunstlose Vorkehrung bewirkt wurde.

Als die Gesellschaft auf dieser Fläche anlangte, hielt sie einen Augenblick, um die Rosse verschnaufen zu lassen und die Art, wie die Flüssigkeit gesammelt wurde, zu betrachten, da die Szene mehreren aus ihrer Mitte ganz neu war. Eine schöne kräftige Stimme störte das Schweigen des Augenblicks und sang unter den Zweigen der Bäume die Worte jenes unnachahmlichen Volkslieds, mit dessen Versen ein Reisender, wenn er alle singen wollte, sich von den Gewässern Connecticuts bis an die Ufer des Ontario unterhalten könnte. Die Weise war natürlich jene bekannte Melodie, welche anfangs die Absicht hatte, die Amerikaner zu verspotten: sie ist jedoch seitdem so berühmt geworden, daß kein Landeskind mehr ihren Klingklang ohne freudige Bewegung hört.

»Laß immerhin den Osten sein
  Voll Volk, den West voll Bäumen,
Voll Vieh die Berge aus und ein,
  Straßab das Saumroß schäumen.

Fließ hin, des Holzes süßes Blut,
  Du sollst mir lustig sieden.
Der Landmann wacht bei deiner Glut,
  Das Brenzeln zu verhüten.

Der Ahorn ist ein fein Geschenk,
  Gibt Nahrung, Dach und Feuer;
Sein Säftlein auf ein müd Gelenk
  Macht die Bewegung freier.
    Fließ hin usw.

Was ist, fehlt ihm sein Glas, der Mann –
Das Weib, fehlt ihr die Tasse?
Doch was die Tasse, was die Kann',
Fehlt's an der Honigmasse?
Fließ hin usw.«

Während der Absingung dieses Gereimsels schlug Richard mit seiner Reitgerte, die er zwischen den Ohren seines Pferdes auf und ab bewegte, den Takt und begleitete dieses wichtige Geschäft mit entsprechenden Beugungen seines Kopfes und Körpers. Gegen das Ende des Lieds konnte er sich nicht enthalten, den Chor mitzusummen und bei der letzten Wiederholung in das »Fließ hin usw.« so lärmend einzustimmen, daß der »Effekt« in Beziehung auf die ohrzerreißende Wirkung, keineswegs aber in Betracht der Harmonie wunderbar gehoben wurde.

»Bravo!« brüllte der Sheriff in der gleichen Tonart, »ein sehr schönes Lied, Billy Kirby, und sehr schön gesungen. Wo hast du den Text her, Junge? Er hat wahrscheinlich noch mehr Verse, und du kannst mir vielleicht eine Abschrift verschaffen.«

Der Zuckersieder, der in einiger Entfernung von den Pferden auf seinem Felde beschäftigt war, wandte gleichgültig seinen Kopf um und musterte die näher kommende Gesellschaft mit einer wunderbaren Kaltblütigkeit. Da die einzelnen Individuen hart an ihm vorbeiritten, so nickte er jedem gutmütig und vertraulich zu, ganz als wären sie seinesgleichen, – eine Begrüßungsweise, die auch den Damen zuteil wurde, ohne daß er sich herabließ, das hutartige Ding, welches seine Kopfbedeckung bildete, zu berühren.

»Wie geht's, wie geht's, Sheriff?« sagte der Holzfäller. »Was gibt es gutes Neues im Dorfe?«

»Nicht mehr als gewöhnlich, Billy«, versetzte Richard. »Aber was soll das? Wo sind deine vier Kessel, deine Tröge und deine eisernen Kühlpfannen? Machst du jetzt deinen Zucker in einer so lässigen Art? Ich meinte, du wärest einer der besten Zuckersieder in dem Bezirk?«

»Das bin ich auch, Squire Jones«, antwortete Billy Kirby, in seiner Beschäftigung fortfahrend, »ich stehe keinem in den Otsegobergen nach, was das Holzfällen, Zuckersieden, Ziegelbrennen, Zäune schnitzen, Pottasche machen, Welschkorn häufeln und dergleichen anbelangt, obgleich ich mich am liebsten an das erste halte; denn ich sehe, daß mir die Axt am natürlichsten geht.«

»Sie sein ein Tausendkünstler, Mister Bihl«, meinte Monsieur Le Quoi.

»Hä?« entgegnete Kirby, mit einer einfältigen Miene aufsehend, die sich im Vergleich zu seiner gigantischen Gestalt und seinem männlichen Gesicht lächerlich ausnahm. »Ja, wenn Ihr etwas einhandeln wollt, Monschür, so findet Ihr hier das ganze Jahr durch so guten Zucker wie nur irgendwo. Er ist so frei von aller Unreinlichkeit wie die Jarman-Ebenen von Baumstümpfen und hat den eigentlichen Ahorngeschmack. Solchen Stoff könnte man in York für Kandis verkaufen.«

Der Franzose näherte sich der Stelle, wo Kirby seine Zukkerkuchen unter einem Rindendach geborgen hielt, und begann die Untersuchung des Artikels mit dem Auge eines Sachverständigen. Marmaduke war gleichfalls abgestiegen und unterwarf die Werke und die Bäume einer scharfen Besichtigung, wobei er sich nicht enthalten konnte, seinen Unwillen über die Nachlässigkeit, mit welcher die Fabrikation betrieben wurde, auszudrücken.

»Ihr habt viel Erfahrung in solchen Dingen, Kirby«, sagte er. »Wie bereitet Ihr aber Euren Zucker? Ich sehe, daß Ihr nur zwei Kessel habt.«

»Zwei sind so gut als zweitausend, Richter. Ich bin keiner von Euren geleckten Zuckermachern, die für die großen Herrn kochen; aber wenn Ihr echten süßen Ahorn wollt, so kann ich damit aufwarten. Zum ersten wähle ich mir die Bäume aus, und dann zapfe ich sie an. Es heißt, man soll dieses um den letzten Februar herum oder in diesen Bergen um die Mitte des März tun, aber daran kehre ich mich nicht; denn ich fange an, wenn der Saft tüchtig zu fließen beginnt ––«

»Gut«, unterbrach ihn Marmaduke, »aber in diesem Falle werdet Ihr Euch durch äußere Zeichen leiten lassen, an denen Ihr die Qualität des Baumes erkennt?«

»Je nun, Kenntnis kommt natürlich allen Dingen zustatten«, entgegnete Kirby, indem er den Saft in seinen Kesseln schnell umrührte. »So muß man zum Beispiel genau wissen, wann und wie man den Kessel rührt. Derartige Dinge müssen gelernt werden. Rom ist nicht an einem Tag gebaut worden, ebensowenig als Templeton, obgleich ich nicht anders sagen kann, als daß dieses schnell genug entstanden ist. Ich setze nie meine Axt an einen verkümmerten Baum oder an einen, der nicht eine gute frische Rinde hat; denn die Bäume haben so gut ihre Krankheiten wie die Tiere: es ist ebenso unklug, einen kranken Baum anzuzapfen, als einen müden Gaul zum Postreiten oder einen abgetriebenen Ochsen zum Holzführen zu nehmen.«

»Das ist ganz richtig, aber worin bestehen die Zeichen der Krankheit? Wie könnt Ihr einen gesunden Baum von einem nicht gesunden unterscheiden?«

»Wie kann der Doktor sagen, daß einer ein Fieber hat?« fiel Richard ein. »Er untersucht natürlich die Haut und befühlt den Puls.« –

»Gewiß«, fuhr Billy fort, »der Squire hat nicht weit fehlgeschossen. Das Aussehen einer Sache muß das geben. – Nun, wenn der Saft hübsch abzufließen beginnt, so hänge ich die Kessel über und treibe meine Hantierung hier oben. Meinen ersten Sud koche ich hübsch ein, bis ich die Eigenschaft des Saftes los habe; aber wenn er dann sirupartig zu werden anfängt wie dieser in dem Kessel hier, so darf man nicht mehr stark feuern, weil sonst der Zucker verbrennt, und verbrannter Zucker hat einen üblen Geschmack und wird auch nie recht süß. Dann schöpfe ich ihn aus einem Kessel in den andern, bis er so wird, daß er an dem Löffel Faden zieht, und nun muß man besonders vorsichtig mit der Behandlung umgehen. Es gibt eine Methode, ihn, wenn er in Körner anschießt, dadurch abzuziehen, daß man Ton in die Pfanne wirft; aber dies ist nicht allenthalben üblich: einige tun's, andere nicht. Nun Monschür, wollt Ihr keinen Handel machen?«

»Ich will Sie geben, Mister Bihl, vor ein Fund dix sous.«

»Nein, ich will Silbergeld dafür; ich nehme nie Papiergeld für meinen Zucker – Aber weil Ihr's seid, Monschür«, fügte Billy mit einem einschmeichelnden Lächeln bei, »so will ich mir's gefallen lassen, eine Gallone Rum und Leinwand zu zwei Hemden dabei zu nehmen, wenn Ihr mir auch den Sirup abkauft. Er ist gewiß gut; denn ich möchte weder Euch noch sonst jemand betrügen. Ich nehme nie einen andern zu meinem Getränk, und er ist zuverlässig der beste, der je aus einer Zuckerpflanzung kam.«

»Monsieur Le Quoi hat Euch zehn Pence angeboten«, sagte der junge Edwards.

Der Fabrikant stierte den Sprecher mit großen Augen an, ohne etwas zu erwidern.

»Oui«, sagte der Franzose, »sehn Penny. Je vous remercie, Monsieur. Ah! mon Anglais! Je l'oublie toujours.«

Der Holzfäller sah unwillkürlich einen nach dem andern an; denn er war augenscheinlich der Ansicht, daß man sich auf seine Kosten lustig machen wolle; dann ergriff er einen Löffel, welcher zur Seite des Kessels lag, und begann die Flüssigkeit mit großer Emsigkeit umzurühren, nahm sodann einen Löffel voll heraus, hob ihn in die Höhe, ließ den Saft in den Kessel zurückfließen, schwang den Löffel in der Luft, als wolle er den Überrest abkühlen, und bot denselben Monsieur Le Quoi mit den Worten an:

»Versucht das, Monschür, und Ihr werdet sagen, daß es mehr wert ist, als Ihr mir darauf schlagt. Der Sirup schon wäre so viel wert.«

Der gefällige Franzose nahm nach mehreren furchtsamen Versuchen, seine Lippen mit dem Löffel in Berührung zu bringen, einen guten Mund voll von der glühenden Flüssigkeit; dann aber schlug er seine Hände über der Brust zusammen, warf einen kläglichen Blick auf die Damen, worauf – um uns Billys eigener Worte, mit denen er nachher die Geschichte erzählte, zu bedienen – »kein Trommelschlegel je schneller ein Schaffell bearbeitete, als sich des Franzosen Beine etlichemal im Kreise herum abzappelten; dabei fluchte er auf französisch und spuckte aus, wie Ihr nie etwas gesehen habt. Aber ja, es muß ein Gescheiterer aus dem alten Lande kommen, wenn er sich über einen Templetoner Holzfäller lustig machen will.«

Die unschuldige Miene, womit Kirby sein Kesselrühren wieder aufnahm, würde die Zuschauer über seine absichtliche Verschuldung von Monsieur Le Quois vorübergehendem Schmerze getäuscht haben, hätte der leichtfertige Schalk dabei nicht ein so einfältiges Aussehen angenommen, daß es zu erkünstelt aussah, um natürlich erscheinen zu können. Sobald Monsieur Le Quoi wieder Geistesgegenwart genug hatte, um den Anstand zu wahren, entschuldigte er sich gegen die Damen wegen einiger leidenschaftlichen Ausdrücke, die ihm im Augenblicke der

Aufregung entfallen waren, steig wieder auf sein Pferd und blieb während der ganzen übrigen Zeit im Hintergrunde des Zugs, da Kirbys Witz allem merkantilischen Verkehr mit einemmal ein Ende gemacht hatte. Inzwischen hatte Marmaduke das Gehölz in Augenschein genommen und mit großem Schmerze die üble Wirtschaft, welche der Holzfäller mit seinen Lieblingsbäumen trieb, bemerkt.

»Es tut mir weh, Zeuge der Vergeudung sein zu müssen, die man allenthalben in dieser Gegend trifft«, sagte der Richter; »denn die Ansiedler spielen mit dem Segen, der ihnen zunutze kommen könnte, mit dem Leichtsinn eines glücklichen Spielers. Ich kann Euch von diesem Tadel nicht ausnehmen, Kirby; denn Ihr schlagt ja diesen Bäumen fürchterliche Wunden, da doch ein kleiner Einschnitt dieselbe Wirkung machen würde. Ich muß Euch ernstlich darauf aufmerksam machen, daß Jahrhunderte dazu gehören, bis ein Baum eine solche Größe erreicht, und ist er einmal zugrunde gerichtet, so wird es keiner von uns erleben, ihn durch eine Nachpflanzung ersetzt zu sehen.«

»Ei, ich weiß nicht, Richter«, erwiderte der Angeredete; »mir scheint's, es gebe genug Bäume in diesen Bergen. Wenn es eine Sünde ist, sie niederzuhauen, dann habe ich eine schöne Rechnung auf dem Kerbholz. Ich habe eigenhändig über ein halbtausend Acker in Vermont und York davon gereinigt, und ich hoffe, so lange zu leben, bis ich die andere Hälfte voll mache, ehe ich meine Axt aufhänge. Das Holzfällen liegt in meiner Natur, und ich wünsche mir keine andere Beschäftigung; aber Jared Ransom sagt, der Zucker könne dieses Jahr rar werden, weil soviel Volk in die Ansiedlung komme, und so entschloß ich mich, für dieses Frühjahr das Gebüsch hier in die Schere zu nehmen. Aber wie steht's mit der Asche, Richter? Hält sie sich immer noch bei Preisen, so daß ein ehrlicher Mann dabei leben kann? Ich denke mir's übrigens wohl, solange sie drüben über dem Wasser das Fechten nicht aufgeben.«

»Du räsonierst nicht übel, William«, entgegnete Marmaduke. »Solange Kriege die Alte Welt zerrütten, wird Amerikas Ernte wohl fortdauern.«

»Nun, 's ist ein böser Wind, Richter, der niemand etwas Gutes zubläst. Die Landschaft ist doch gewiß in einem blühenden Stande, und obgleich ich weiß, daß Ihr große Stücke auf die

Bäume haltet und sie hegt, als ob es Eure eigenen Kinder wären, so muß ich doch sagen, ich ärgere mich allemal darüber, daß ich nicht das Recht habe, nach Willkür damit zu verfahren; sonst sind sie mir lieb genug. Ich habe von Leuten, die aus dem alten Lande hergekommen sind, sagen hören, daß dort die Reichen vor ihren Haustüren und auf ihren Gütern herum große Eichen und Ulmen stehen haben, von denen jeder Baum ein Faß voll Pottasche geben würde, – und für was? Zu nichts weiter als zum Ansehen! Ich kann einmal eine Gegend nicht in gutem Zustand befindlich nennen, die mit vielen Bäumen versehen ist. Stümpfe sind da etwas ganz anderes; denn sie lassen die Sonne durch, und wenn man sie festmacht, so kann man Zäune daraus machen, die auch für größere Tiere als Schweine stark genug sind.«

»Die Ansichten hierüber sind in verschiedenen Ländern verschieden«, sagte Marmaduke, »aber es ist nicht der Zierde wegen, daß ich diese edlen Bäume werthalte; ich habe dabei den Nutzen vor Augen! Wir hausen ja mit diesen Wäldern, als ob wir in einem Jahr alles gutmachen könnten, was wir darin verderben; aber es wird eine Zeit kommen, wo das Gesetz nicht nur das darin enthaltene Wild, sondern auch die Bäume in Schutz nimmt!«

Mit dieser tröstlichen Hoffnung bestieg der Richter sein Pferd, und die Kavalkade setzte sich in Bewegung, um ihren Weg nach der von Richard so hoch gepriesenen Naturschönheit zu verfolgen. Der Holzfäller blieb im Innern des Waldes zurück und fuhr fort, sein Geschäft zu verrichten. Als sie die Stelle erreichten, wo es wieder bergab ging, wandte Elisabeth den Kopf zurück, und es kam ihr als ein nicht unwahres Gemälde des menschlichen Lebens auf der ersten Stufe der Zivilisation vor, wie sie aus der Ferne des schwachen Feuers unter den ungeheuren Kesseln, des kleinen mit Tannenrinden bedeckten Obdachs und des riesigen Mannes ansichtig wurde, der eifrig seinen Löffel handhabte, während die stattlichen Bäume mit ihren Rinnen und Trögen den Hintergrund bildeten. Dem romantischen Charakter des Ganzen geschah kein Eintrag durch die Töne von Kirbys Stimme, welche durch die Wälder klang, als er ein anderes, nicht viel klassischeres Lied als das frühere zu singen anhub. Sie konnte noch eben folgende Worte verstehen:

Und ist der stolze Wald gefallen,
Laß abends spät und morgens früh
Ich meine Stimme lustig schallen:
»Oha, ihr Ochsen, hott und hü!«

Bis unsre Arbeit ist zu Ende
Und uns ein Ziel die Nacht gesteckt,
Wo uns vor Schnakenstich die Rinde
Des Walnußbaumes schützend deckt.

Nur zu, ihr, die ihr Land wollt lichten,
Wählt euch des Berges Eichen aus,
Im dürren Grund dic Silberfichten,
Ich mache wenig mir daraus.

Einundzwanzigstes Kapitel

Schnell! Malise! Nie hat deinen Fuß
Beschleunigt ein so drängend Muß.
Scott

Die Wege um den Otsego waren mit Ausnahme der Hauptlandstraßen in der frühen Periode unserer Erzählung nur wenig besser als Waldpfade. Die hohen Bäume, welche knapp an dem Rande der Räderspuren standen, schlossen, wenn es nicht gerade Mittag war, die Strahlen der Sonne ganz aus, und die langsame Verdunstung, vereint mit dem Humus der hingestorbenen Vegetation, welcher den ganzen Strich mehrere Zoll tief bedeckte, ließ den Huf der Pferde nicht den sichersten Grund finden. Rechnen wir hierzu die Unebenheiten der natürlichen Oberfläche überhaupt und das beständige Wiederkehren ungeheuerer schlüpfriger Wurzeln, die, da kein Sonnenstrahl einfiel, bloß dalagen, und der Baumstümpfe, so läßt sich denken, daß der Ritt nicht nur schwierig, sondern auch gefährlich war. Die Gesellschaft ließ jedoch über diese zahlreichen Hindernisse, die ein ungewohntes Auge wohl erschrecken konnten, keine Unruhe blicken, mochten nun die Pferde sich mühsam durch den Schlamm arbeiten oder mit unsicherem Fuße in dem dunkeln Wege fortschreiten. An vielen Stellen ließ sich der Weg nur aus Einschnitten in den Bäumen oder vielleicht an den Überresten einer Fichte erkennen, welche dicht über der Erde gefällt war und in einem Umkreis von zwanzig Fuß nichts als ihre Wurzeln sichtbar werden ließ. Derartige knapp über dem Boden abgehauene Bäume waren augenscheinlich Fingerzeige, daß man sich im Mittelpunkte der Straße befinde.

Sie waren von dem Zuckerwäldchen her einem Fußpfade gefolgt, und nun ritt der tätige Sheriff, um in eine der vorbemeldeten Straßen zu kommen, auf eine kleine Brücke zu, die so lose aus auf Widerlagern von Fichtenpflöcken ruhenden Holzstämmen konstruiert war, daß die Verbindungsflächen häufig durch bedenklich weite Spalten unterbrochen wurden. Als Richards Pferd an einer solchen klaffenden Stelle anlangte, legte es die

Nase an die Blöcke und überwand die Schwierigkeit des Übergangs mit fast menschlicher Klugheit; aber das junge Vollblutroß, welches Miß Temple ritt, verschmähte eine solch niedrige Haltung; denn nachdem es einige Schritte mit ungewöhnlicher Vorsicht getan hatte und an der breitesten Spalte angelangt war, setzte es, dem Zügel und der Reitgerte seiner furchtlosen Gebieterin gehorsam, mit der Behendigkeit eines Eichhörnchens über den gefährlichen Punkt weg.

»Sachte, sachte, mein Kind«, rief Marmaduke, der in Richards Weise nachfolgte, »dies ist nicht der Ort für Reiterkunststücke. Wenn man ohne Gefährdung auf diesen rauhen Pfaden weiterkommen will, so muß man die Klugheit vorwalten lassen. Auf den Ebenen von New Jersey magst du allenfalls deine Geschicklichkeit zeigen können, aber in den Bergen des Otsego mußt du zur Zeit noch darauf verzichten.«

»So könnte ich ebensogut meinen Sattel ganz an den Nagel hängen, lieber Vater«, erwiderte die Tochter, »denn wenn ich ihn beiseite legen soll, bis diese wilde Gegend urbar gemacht ist, so dürfte mich wohl das Alter überraschen, ehe ich eine Gelegenheit hätte, meine Reiterkunststücke, wie du sie nennst, zu zeigen.«

»Rede nicht also, mein Kind«, entgegnete der Vater, »aber wenn du wieder so verwegen über diese Brücke setzest, so wirst du von dem Alter nichts zu besorgen haben, wohl aber mich in Trauer zurücklassen, was ich dann einzig deinem Stolz zu danken hätte, Elisabeth. Hättest du diesen Landstrich im tiefen Schlafe der Natur gesehen, wie es bei mir der Fall ist, und wärest du Zeuge der raschen Veränderung gewesen, zu welcher ihn das Bedürfnis des Menschen weckte, so würdest du deine Ungeduld ein wenig zügeln, wenn du schon bei deinem Rosse den Gebrauch des Zügels verschmähst.«

»Ich erinnere mich, daß ich dich einmal von deinem ersten Besuch in diesen Wäldern sprechen hörte; aber der Eindruck ist nur noch schwach und durch wirre Bilder aus meiner Kindheit verwischt. So wild die Gegend auch jetzt noch erscheinen mag, so muß sie doch damals tausendmal trübseliger gewesen sein. Willst du mir nicht noch einmal sagen, lieber Vater, was du damals von deinem Unternehmen dachtest, und was du jetzt empfindest?«

Während dieser Worte, welche Elisabeth mit zärtlicher

Wärme sprach, ritt der junge Edwards näher an die Seite des Richters und heftete sein dunkles Auge mit einem Ausdrucke auf dessen Züge, welcher die innersten Gedanken lesen zu wollen schien.

»Du warst damals jung, mein Kind, aber doch mußt du dich der Zeit noch erinnern, als ich dich und deine Mutter verließ, um diese unbewohnten Gebirge in Augenschein zu nehmen«, sagte Marmaduke. »Doch du kannst die geheimen Beweggründe nicht teilen, die den Mann veranlassen, sich Entbehrungen aller Art zu unterziehen, um Reichtümer zu sammeln. Die meinigen sind nicht gering gewesen, aber es hat Gott gefallen, meine Bemühungen erfolgreich werden zu lassen. Wenn ich übrigens auch Kummer, Hunger und Krankheiten durchmachen mußte, um in diesem rauhen Landstrich eine Ansiedlung zustande zu bringen, so hatte ich doch nicht das Unglück, meine Bekümmernisse durch ein Fehlschlagen meiner Absichten vermehrt zu sehen.«

»Hunger?« erwiderte Elisabeth. »Ich meinte, wir lebten in einem Lande des Überflusses! Auch mit Hunger hattest du zu kämpfen?«

»Es ist so, mein Kind«, versetzte der Vater. »Freilich, wer sich jetzt umsieht und die Produkte gewahrt, die auf jedem dieser wilden Bergpfade ausgeführt werden, wird kaum glauben, daß erst fünf Jahre verflossen sind, seit die Bewohner dieser Wälder sich genötigt sahen, die spärlichen Früchte des Forstes zu essen, um ihr Leben zu fristen, und mit ungeübter Hand das Wild zu jagen, um den Hunger ihrer Familien zu stillen.«

»Ja!« rief Richard, der ob seinen Bemühungen, das Lied des Holzfällers vor sich hin zu summen, nur den letzten Teil dieser Worte gehört hatte, »das war eine wahre Hungerzeit[18], Bäschen Elisabeth. Ich wurde in jenem Herbst so dünn wie ein Wiesel, und mein Gesicht bekam eine Farbe, als litte ich an einem kalten Fieber. Monsieur Le Quoi fiel zusammen wie ein vertrockneter Kürbis, und es ist mir fast, als hätten Sie sich noch nicht ganz erholt, Monsieur. Benjamin war, glaube ich, der ungebärdigste in der ganzen Gesellschaft; denn er schwur Stein und Bein, daß ein solches Leben härter sei als die Verkürzung der Rationen in den Windstillenbreiten. Der Bursche ist gleich mit dem Schwören bei der Hand, wenn man ihn auch noch so wenig hungern läßt. Ich hatte damals im Sinne, dich zu verlassen, Duke, um nach Pennsylvanien zu gehen und mich wieder herauszumästen; dann meinte ich aber wieder: ›Ei zum Henker, wir sind ja Geschwisterkinder, und so will ich denn mit ihm leben und sterben‹.«

»Ich werde deine Freundlichkeit ebensowenig vergessen als unsere Verwandtschaft!« entgegnete Marmaduke.

»Aber, mein lieber Vater«, rief Elisabeth verwundert, »es war also Not vorhanden? Wie stand es denn mit den schönen und fruchtbaren Tälern des Mohawk? Ließ sich nicht von dort her dem Mangel abhelfen?«

»Es war ein Mißjahr, die Lebensmittel hatten in Europa hohe Preise und wurden von den Spekulanten gierig aufgekauft. Die aus dem Osten kommenden Auswanderer nahmen ihren Zug ohne Unterschied durch das Mohawktal und zehrten die Vorräte wie ein Heuschreckenschwarm auf. Auch die Bewohner der Ebene waren in keiner viel besseren Lage. Sie litten selbst Mangel und darbten sich alles, was nicht gerade der höchsten Notdurft entsprach, mit der Sparsamkeit des deutschen Charakters am Munde ab. Den Armen ging es dabei am härtesten. Das Wort Spekulation war damals noch unbekannt unter ihnen, und ich habe manchen kräftigen Mann sich unter der Last eines Mehlsacks hinschleppen sehen, den er von den Mühlen des Mohawk durch die zerrissenen Gebirgspässe trug, um seine halbverhungerten Kinder zu sättigen; wenn er sich dann seiner Hütte näherte, so geschah es mit so leichtem Herzen, als wären die dreißig zurückgelegten Meilen gar nichts gewesen. Du darfst nicht vergessen, mein Kind, daß dies in unserer ersten Kindheit war, als wir weder Mühlen noch Getreide, weder Wege noch bedeutende Lichtungen hatten. Unser ganzer Zuwachs bestand in Mäulern, die essen wollten; denn selbst in jenem verhängnisvollen Augenblick war der unruhige Geist der Auswanderung nicht laß, – da im Gegenteil der allgemeine Mangel im Osten die Zahl der Abenteurer noch vergrößerte.«

»Und wie, liebster Vater, bestandest du dieses schreckliche Ungemach?« erwiderte Elisabeth. »Auf dir mußte jedenfalls die Verantwortlichkeit, wenn auch nicht der Notstand lasten.«

»Es war so, Elisabeth«, versetzte der Richter, indem er für einen Augenblick innehielt, als wolle er sich die Vergangenheit ins Gedächtnis zurückrufen. »Ich hatte in jener verhängnisvollen Zeit Hunderte, die täglich zu mir um Brot aufsahen. Der Notstand der Familien und die düstre Aussicht in die Zukunft hatten den Unternehmungsgeist und die Kräfte meiner Ansiedler gelähmt. Der Hunger trieb sie in die Wälder, um dort Lebensmittel zu suchen; aber verzweiflungsvoll, entkräftet und ohne Nahrung kehrten sie des Abends zu den Kissen zurück, die kein Schlummer heimsuchen wollte. Es war eine Zeit allgemeiner Untätigkeit. Ich kaufte Weizen aus den Kornspeichern Pennsylvaniens, der in Albany auf Boote gebracht und den Mohawk hinabgeführt wurde; von dort aus ließ ich ihn durch Saumrosse in die Wildnis bringen und unter meine Leute verteilen. Wir setzten Schleppnetze aus und durchwühlten die Seen und Flüsse nach Fischen. Einmal geschah ein wahres Wunder zu unseren Gunsten; denn wir bemerkten, daß ungeheure Scharen von Heringen fünfhundert Meilen weit in den Windungen des ungestümen Susquehanna aufwärts zogen und den See mit ihren Massen belebten. Sie wurden gefangen und mit den nötigen Portionen Salz unter die Leute verteilt. Von diesem Augenblick an begann unser Gedeihen[19].«

»Ja«, rief Richard, »und ich teilte die Fische und das Salz aus. Als die armen Teufel kamen, um ihre Rationen in Empfang zu nehmen, mußte Benjamin, der mir dabei half, mit Stricken Schranken um mich ziehen; denn die Leute rochen so stark nach Knoblauch (sie hatten nämlich nichts als dieses wilde Zwiebelgewächs zu essen), daß die Düfte davon mich oft aus meinem Konzepte brachten. Du warst damals noch ein Kind, Beß, und weißt nichts von der Sache; denn man bot alles auf, euch nichts von dem Mangel fühlen zu lassen. Jenes Jahr brachte mich schrecklich zurück, sowohl in der Schweine- als in der Truthühnerzucht.«

»Ja, Beß«, fuhr der Richter in einem heiteren Tone fort, ohne die Unterbrechung seines Vetters zu beachten, »wer die Ansiedlungen nur vom Hörensagen kennt, weiß kaum, mit wieviel Mühe und Entbehrungen sie bewerkstelligt werden. So wild auch jetzt der Distrikt deinen Augen vorkommen mag, – du hättest ihn sehen sollen, als ich zum erstenmal diese Berge besuchte. Ich verließ meine Gesellschaft an dem Morgen nach meiner Ankunft in der Nähe des Ortes, wo jetzt die Meiereien des Kirschentales stehen, und ritt, einem von den Hirschen gebahnten Pfade folgend, auf den Gipfel des Berges, welchen ich seitdem den Visionsberg nenne; denn der Anblick, der sich dort vor meinen Augen auftat, erschien mir nur wie das Gebilde eines Traumes. Das Feuer hatte auf dem Gipfel aufgeräumt und die Aussicht großenteils freigelegt. Die Blätter waren abgefallen, und ich bestieg einen Baum, wo ich wohl eine Stunde sitzenblieb und in die schweigende Wildnis hinausschaute. Nicht eine Öffnung war in dem endlosen Urwalde zu sehen, die Stelle ausgenommen, wo der See wie ein Spiegel dalag. Das Wasser war von Myriaden wilder Zugvögel bedeckt, und während ich so auf meinem Buchenaste ritt, sah ich eine Bärin mit ihren Jungen an das Ufer hinuntersteigen, um ihren Durst zu stillen. Ich hatte während meiner Reise manchen Hirsch durch die Wälder gleiten sehen, aber nirgends konnte ich die Spur eines Menschen entdecken, selbst nicht von meinem erhöhten Standpunkt aus. Es gab noch keine der Lichtungen, der Hütten, der gewundenen Wege, die man jetzt antrifft, – nichts als Berge über Bergen und das Tal mit struppigem Reisig erfüllt, dem nur hin und wieder ein Baum, welcher ungern seine verblichenen Blätter fallen ließ, einiges Leben mitteilte. Selbst der Susquehanna war damals noch von den hohen und dichten Urwäldern verborgen.«

»Und du warst allein?« fragte Elisabeth. »Brachtest du vielleicht die ganze Nacht in diesem einsamen Zustande zu?«

»Nicht doch, mein Kind«, antwortete der Vater. »Nachdem ich mir die Landschaft ungefähr eine Stunde mit dem gemischten Gefühl der Freude und der Einsamkeit betrachtet hatte, verließ ich meine Vogelstange und ging wieder den Berg hinab. Ich ließ mein Pferd an den Zweigen weiden, die es erreichen konnte, während ich die Ufer des Sees und die Gegend untersuchte, wo jetzt Templeton steht. Wo jetzt meine Wohnung liegt, befand sich eine Fichte von ungewöhnlicher Größe. Eine Windlichtung hatte sich von da aus bis an den See hin Bahn gebrochen, und meinem Auge stellten sich nur wenig Hindernisse in den Weg. Unter den Zweigen jenes Baumes nahm ich mein Mahl ein und war eben damit fertig geworden, als ich in der Nähe des östlichen Seeufers unter dem Berge Rauch aufsteigen sah. Dies war die einzige Spur von der Nähe eines Menschen, welche ich bisher entdeckt hatte. Ich brach mir mühsam Bahn bis zu der Stelle, wo das Feuer brannte, und fand daselbst an dem Fuße eines Felsens eine rauhe Blockhütte, in welcher sich auch Spuren des Bewohntseins vorfanden, obgleich ich keinen Insassen sehen konnte.«

»Es war Lederstrumpfs Hütte«, sagte Edwards rasch.

»Ganz recht, ich hielt sie jedoch anfangs für eine Indianerwohnung. Aber während ich mich noch an der Stelle befand, kam Natty, wankend unter der Last eines Bockes, den er geschossen hatte, zurück. Damals begann unsere Bekanntschaft: früher hatte ich nie gehört, daß die Wälder von einem solchen Wesen bewohnt würden. Er machte seinen Rindenkahn los und ruderte mich nach dem untern Teil des Sees hin zu der Stelle, wo ich mein Pferd angebunden hatte, indem er mich zugleich auf einen Ort aufmerksam machte, wo das Tier bis zum Morgen eine spärliche Weide finden konnte. Sodann kehrte ich zurück und brachte die Nacht in der Hütte des Jägers zu.«

Miß Temple war von der gespannten Aufmerksamkeit, welche der junge Jäger diesen Worten lieh, so betroffen, daß sie ihre Frage wiederaufzunehmen vergaß. Der junge Jäger aber setzte das Gespräch fort, indem er sagte:

»Und wie entledigte sich Lederstrumpf der Obliegenheiten eines Wirtes, Sir?«

»Je nun, einfach, aber freundlich, bis spät in die Nacht hinein. Als er jedoch meinen Namen und meine Absicht erfuhr, minderte sich seine Zutraulichkeit sichtlich oder verschwand, wie ich lieber sagen möchte, ganz und gar. Er betrachtete, glaube ich, die Übersiedlung von Auswanderern als einen Eingriff in seine Rechte; denn er zeigte sich sehr unzufrieden über unsere Maßregeln, – freilich nur in seiner verwirrten und zweideutigen Weise. Ich verstand seine Einwürfe nicht ganz, aber ich vermutete, daß sie sich hauptsächlich auf eine Störung seiner Jagd bezogen.«

»Hatten Sie damals den Grund und Boden schon angekauft, oder war es bloß ihre Absicht, ihn als Kaufliebhaber zu besichtigen?« fragte Edwards etwas abgebrochen.

»Er war schon seit mehreren Jahren mein Eigentum, und ich untersuchte den See, weil ich dort eine Ansiedlung zu gründen gedachte. Natty behandelte mich, nachdem er den Zweck meiner Reise erfahren, zwar gastfreundlich, aber mit Kälte. Demungeachtet aber überließ er mir jene Nacht seine eigene Bärenhaut, und am andern Morgen vereinigte ich mich wieder mit meinen Begleitern.«

»Sprach er nichts von den Rechten der Indianer, Sir? Lederstrumpf ist stets geneigt, das Recht der Weißen auf den Besitz dieser Gegend zu bestreiten.«

»Ich erinnere mich, daß er diesen Gegenstand zur Sprache brachte; aber ich begriff ihn nicht ganz und habe daher vergessen, was er sagte. Sind doch die Ansprüche der Indianer seit dem Schlusse des alten Krieges erloschen, und wenn dies auch nicht der Fall wäre, so habe ich die Patente des königlichen Gouverneurs, bestätigt durch eine Akte unserer eigenen Gesetzgebung, so daß kein Gerichtshof des Landes meine Rechte beanstanden kann.«

»Ohne Zweifel ist Ihr Anspruch ebenso gesetzlich wie gerecht, Sir«, erwiderte der Jüngling kalt, indem er sein Pferd zügelte und schweigend zurückblieb, bis die Unterhaltung einen andern Gegenstand berührte.

Es war selten, daß Herr Jones ein Gespräch so lange fortgehen ließ, ohne sich selbst auch darein zu mischen. Wahrscheinlich gehörte er damals gleichfalls zu Richter Temples Begleitung; denn er griff die gelegentliche Pause, welche durch den Rückzug des jungen Edwards veranlaßt wurde, begierig auf, um die Unterhaltung fortzuführen und das, was weiter geschehen, in seiner eigenen Weise zu erzählen. Da jedoch seine Schilderungen nicht so interessant waren wie die des Richters, so unterlassen wir es, sie zu Papier zu bringen.

Bald war die Stelle erreicht, wo die verheißene Merkwürdigkeit zu sehen war. Es war eine jener malerischen und eigentümlichen Naturszenen, die dem Otsego eigen sind; um sich jedoch ihrer ganzen Schönheit erfreuen zu können, hätte die eisige Verödung durch die Weichheit einer Sommerlandschaft ersetzt werden müssen. Marmaduke hatte seiner Tochter vorausgesagt, die Starrheit des Winters werde den Eindruck der Aussicht stören; nachdem man sie nur flüchtigen Blickes betrachtet hatte, kehrte die Gesellschaft wieder nach Hause zurück, vollkommen überzeugt, daß die Schönheit derselben wohl die Mühe eines zweiten Ritts zu einer günstigeren Jahreszeit lohnen dürfte.

»Der Frühling ist in Amerika die trübseligste Zeit des Jahres«, sagte der Richter, »und dies gilt namentlich hier von diesen Bergen. Der Winter scheint sich in diese Verschanzungen gleichsam wie in eine Zitadelle seines Herrschergebietes zurückzuziehen, aus der er sich nur nach einer langen Belagerung, in welcher jede Partei bisweilen den Sieg davonzutragen scheint, austreiben läßt.«

»Ein sehr passender Vergleich, Richter Temple«, bemerkte der Sheriff, »und die Garnison unter Jack Frosts Kommando macht verzweifelte Sorties – Sie wissen, was man unter Sorties versteht, Monsieur: Ausfälle in unserer Sprache – und treibt bisweilen den General Lenz und seine Truppen wieder nach dem Küstenlande zurück.«

»Ja, Sir«, entgegnete der Franzose, dessen hervorragende Augen die unsicheren Tritte des Tieres, welches er ritt, bewachten, indem es einen gar gefährlichen Weg über Baumwurzeln, Löcher, Holzbrücken und Moräste, was den Inbegriff der Landstraße bildete, zu gehen hatte. – »Je vous entends; die Küstenland is gefror für der halb Jahr.«

Monsieur Le Quois Irrtum wurde von dem Sheriff nicht beachtet, und der Rest der Gesellschaft begann bereits den Einfluß der veränderlichen Jahreszeit zu fühlen; denn die kälter werdende Luft tat kund, daß eine anhaltend milde Witterung so bald noch nicht zu erwarten sei. Ein gedankenvolles Schweigen folgte der heiteren Unterhaltung, welche während des ganzen Spazierritts stattgefunden hatte, da sich jetzt aus allen Richtungen Wolken am Himmel aufzutürmen begannen, die in rascher Bewegung forttrieben, ohne daß man gerade den Einfluß eines Windes verspüren konnte.

Während sie über eine der gelichteten Anhöhen ritten, die auf ihrem Wege lag, machte der Richter Temple seine Tochter darauf aufmerksam, daß ein Sturm herannahe. Schneegestöber verdüsterten bereits das Gebirge, welches die Nordgrenze des Sees bildete, und die behagliche Wärme, welche den Umlauf des Blutes beschleunigt hatte, wich bereits dem erkältenden Einfluß eines bevorstehenden Nordwestes.

Die ganze Gesellschaft beeilte sich nun, so gut sie konnte, um nach dem Dorfe zu kommen, obgleich die schlechten Wege sie nicht selten nötigten, die Ungeduld der Tiere zu zügeln, da sie dieselben oft an Stellen führte, wo man nur Schritt reiten konnte.

Richard, dem Monsieur Le Quoi folgte, war fortwährend der vorderste; nach ihnen kam Elisabeth, welche durch die Zurückhaltung angesteckt zu sein schien, die sich in dem Benehmen des jungen Edwards aussprach, seit derselbe sein Gespräch mit ihrem Vater so rasch abgebrochen hatte. Marmaduke ritt hinter seiner Tochter, indem er ihr oft wohlmeinende Winke für die Behandlung ihres Pferdes gab. Vielleicht war es Miß Grants augenscheinliche Bedürftigkeit eines Beistands, was den jungen Mann veranlaßte, während des Ritts durch den trübseligen dunkeln Wald, wo kaum ein Sonnenstrahl durchdringen konnte und wo selbst der Tag durch den düstern, unabsehbaren Forst verdunkelt wurde, an ihrer Seite zu bleiben. Der Wind hatte die Stelle, auf der sich unsere Gesellschaft bewegte, noch nicht erreicht; aber die Totenstille, die oft einem Sturme vorhergeht, machte ihre Lage noch beklemmender, als wenn derselbe bereits zu wüten angefangen hätte. Plötzlich hörte man die Stimme des jungen Edwards in jenen erschreckenden Tönen rufen, welche einen in der tiefsten Seele erschüttern und das Blut der Hörer gerinnen machen:

»Ein Baum! ein Baum! die Peitsche – den Sporn – so lieb Euch Euer Leben ist! – Ein Baum! ein Baum!«

»Ein Baum! ein Baum!« wiederholte Richard und versetzte seinem Pferde einen Schlag, welcher das beunruhigte Tier zu einem fast rutenweiten Sprung veranlaßte, während der Kot und das Wasser wie unter einer Windsbraut in die Luft spritzten.

»Ein Baum! ein Baum!« schrie der Franzose, indem er seinen Körper gegen den Hals seines Pferdes vorbeugte, die Augen schloß und die Rippen seines Tieres mit den Fersen bearbeitete, bis dasselbe mit bewundernswürdiger Eile dem des Sheriffs nachfolgte.

Elisabeth zügelte ihr Roß und sah, zwar unruhig, aber ohne die Ursache der Gefahr zu ahnen, auf, indem sie auf die krachenden Töne horchte, welche die Stille des Waldes unterbrachen. Aber im nächsten Augenblick ergriff der Richter den Zügel ihres Pferdes und rief:

»Gott beschütze mein Kind!«

Sie fühlte sich fortgerissen von der kräftigen Gewalt seines Armes.

Alle bückten sich gegen die Sattelknöpfe vor, als dem Rauschen der Zweige ein Ton, ähnlich dem Sausen des Windes, folgte. Dann vernahm man ein donnerndes Getöse und verspürte eine Erschütterung, unter der die Erde erbebte; denn eine der edelsten Ruinen des Urwaldes war gerade über ihren Weg gefallen.

Ein Blick war hinreichend, um den Richter Temple zu überzeugen, daß seine Tochter und alle seine Vordermänner in Sicherheit waren; nun sah er in wahrer Todesangst zurück, um das Schicksal der übrigen zu erfahren. Der junge Edwards befand sich auf der andern Seite des Baumes: er hatte sich so weit wie möglich im Sattel zurückgelehnt, und seine linke Hand hielt gewaltsam den Zügel, während seine Rechte den von Miß Grants Tier gefaßt hatte, so daß der Kopf desselben ganz gegen den Leib hinuntergezerrt war. Beide Pferde zitterten vor Schrecken und schnaubten furchtbar. Luise selbst hatte die Riemen losgelassen und saß, die Hände vor das Gesicht gedrückt und gegen den Sattel vorgebeugt, in einer Haltung da, in welcher sich die Verzweiflung auf eine seltsame Weise mit Ergebung gepaart hatte.

»Es ist euch doch nichts geschehen?« rief der Richter, zuerst das furchtbare Schweigen unterbrechend.

»Gott sei Dank, nein«, antwortete der Jüngling, »hätte aber der Baum Äste gehabt, so wären wir verloren gewesen.«

Er hatte kaum ausgesprochen, als Luise im Sattel zu wanken begann, und ohne die Beihilfe seines Armes wäre sie notwendig zur Erde gesunken. Sie hatte jedoch außer dem Schrecken keinen weitern Schaden genommen, und unter Elisabeths Beistand kam sie bald wieder zu sich. Man zögerte eine kleine Weile, bis sie sich ganz erholt hatte; dann wurde sie wieder in den Sattel gesetzt, worauf sie, zu beiden Seiten von dem Richter Temple und Herrn Edwards unterstützt, der Gesellschaft langsam folgte.

»Der plötzliche Umsturz eines Baumes ist das gefährlichste Ereignis in den Wäldern«, sagte Marmaduke, »da man es nie voraussehen kann. Es kommt vor, ohne daß ein Lüftchen geht, und ohne irgendeine erkennbare Ursache, gegen welche man auf der Hut sein könnte.«

»Der Grund eines solchen Umsturzes liegt nahe genug, Richter Temple«, sagte der Sheriff. »Der Baum ist alt und infolge der Kälte morsch geworden; wenn dann der Schwerpunkt über die Basis hinausfällt, so muß er stürzen. Ich möchte wissen, ob es ein zwingenderes Argument gibt als eine mathematische Gewißheit. Ich studierte Mathe – –«

»Ganz recht, Richard«, unterbrach ihn Marmaduke. »Deine Begründung ist richtig, und wenn mich mein Gedächtnis nicht trügt, so wurde sie von mir selbst bei einer frühern Gelegenheit aufgestellt. Aber wie kann man sich gegen die Gefahr schützen? Kannst du durch die Wälder gehen, um die Basen abzumessen und die Schwerpunkte der Eichen zu berechnen? Beantworte mir das, Freund Jones, und ich will dir zugestehen, daß du dem Land einen großen Dienst erwiesen hast.«

»Das soll ich dir beantworten, Freund Temple?« erwiderte Richard. »Ein Mann von Bildung kann dir alles beantworten. Stürzt etwa ein anderer Baum in dieser Weise als ein morscher? Nimm dich in acht, der Wurzel eines mürben Baumes nahe zu kommen, und du wirst sicher genug sein.«

»Da dürften wir nur ganz aus den Wäldern wegbleiben«, versetzte Marmaduke. »Aber zum Glück räumen die Winde mit so gefährlichen Ruinen auf, wenn ihnen durch die Lichtungen der Zugang gebahnt wird. Ein Sturz wie der gegenwärtige gehört zu den Seltenheiten.«

Luise hatte sich inzwischen so weit erholt, daß die Gesellschaft einen schärferen Schritt einhalten konnte. Aber lange ehe sie die Heimat erreichten, wurden sie von dem Sturm überholt, und als sie an der Türe des Herrenhauses abstiegen, waren die schwarzen Federn auf Miß Temples Hut von einer Masse Schnees geknickt und die Röcke der Herren mit dem gleichen Material eingepudert.

Während Edwards Luise vom Pferde half, ergriff das warmherzige Mädchen seine Hand mit Feuer und flüsterte:

»Jetzt, Herr Edwards, verdanken Euch Vater und Tochter das Leben.«

Es folgte bald ein heftiger Nordwest-Orkan, und noch ehe die Sonne unterging, war jede Spur des Frühlings wieder verwischt. Der See, die Berge, der Wald und die Felder lagen abermals unter einer blendenden Schneehülle begraben.

Zweiundzwanzigstes Kapitel

> Männer, Knaben, Mädchen
> Fliehn aus dem öden Dorf, und wilde Scharen
> Ziehn durch das Tal, gejagt von süßem Wahnsinn.
> *Somerville*

Von nun an bis zum Schlusse des April bildete die Witterung eine ununterbrochene Reihe rascher Wechsel. Den einen Tag schienen sich die sanften Lüfte des Frühlings durch das Tal zu stehlen und in Vereinigung mit einer belebenden Sonne die schlummernden Kräfte der Pflanzenwelt zu wecken, während am andern wieder rauhe Nordstürme über den See wegfegten und jede Spur vernichteten, welche ihre sanften Gegner zurückgelassen hatten. Demungeachtet aber verschwand der Schnee nach und nach, und in allen Richtungen sah man grüne Weizenfelder mit ihren dunkeln verkohlten Stümpfen, welche erst im vergangenen Jahre noch einigen der stolzesten Bäume des Waldes zur Unterlage gedient hatten. Wo immer sich ein Pflug anwenden ließ, war dieses nützliche Werkzeug in Bewegung, und der Rauch der Zuckersiedereien erhob sich nicht länger über den Ahorngehölzen. Der See hatte den blanken Schmuck eines Eisfeldes verloren; denn obgleich noch eine dunkle, düstere Rinde seine Wasser verbarg, so konnte doch, da keine Strömungen vorhanden waren, kein Eisgang eintreten, und das erstarrte Element erhielt sich noch lange in jenem porösen Zustande, der kaum Kraft genug besaß, den Zusammenhang seiner Teile zu erhalten. Man sah große Scharen wilder Gänse über den Landstrich hinziehen, die eine Zeitlang ob dem Spiegel des Sees schwebten, augenscheinlich, um einen Ruheplatz zu suchen; wenn sie sich dann von der kalten Decke abgestoßen fanden, so flogen sie gen Norden, die Luft mit schrillem Geschrei erfüllend, als wollten sie ihren Klagen über das langsame Wirken der Natur Luft machen.

Eine Woche lang blieb diese schwarze Hülle des Otsego in dem ungestörten Besitz zweier Adler, die sich auf dem Mittelpunkt desselben niedergelassen hatten und von da ihr unbestrittenes Territorium betrachteten. Während der Anwesenheit dieser Luftmonarchen vermieden die Zugvögelschwärme den See und bogen in die Berge ein, augenscheinlich den Schutz der Wälder aufsuchend, während die weißen kahlen Köpfe der nunmehrigen Bewohner des Sees mit einem Blicke der Verachtung in die Höhe schauten. Aber die Zeit kam, wo auch diese Könige der Vögel aus ihrem Besitz vertrieben werden sollten. Eine Öffnung an der untern Seite der Wasserfläche, wo die Strömung des Flusses, selbst zu der kältesten Jahreszeit, die Bildung von Eis verhindert hatte, griff allmählich um sich, und die frischen Südwinde, die ungehindert das Tal durchstrichen, übten ihre Wirkung. Leichte Wogen begannen sich über dem Rande des Eisfeldes zu kräuseln und bildeten einen Saum von Kristallen, der sich allmählich weiter gegen Norden zurückzog. Schritt für Schritt mehrte sich die Macht der Winde und der Wellen, so daß es den letztern nach einem Kampfe von einigen Stunden gelang, das ganze Feld in Bewegung zu setzen, und nun verschwand es vor den Augen mit einer Schnelligkeit, die ebenso zauberhaft war wie der veränderte Anblick der ganzen Landschaft, welche durch diese Austreibung der zögernden Winterreste veranlaßt wurde. Als die letzte Schicht des bewegten Eises in der Entfernung entschwand, erhoben sich die Adler mit weiten Schwingen bis über die Wolken, während die Wellen ihre kleinen Schneekappen in die Luft stießen, als jubelten sie über ihre Befreiung von einer fünfmonatigen Knechtschaft.

Am folgenden Morgen wurde Elisabeth durch die erfreulichen Töne der Hausschwalben, die sich zwitschernd um die kleinen Nester vor ihren Fenstern herum neckten, und durch die Rufe Richards geweckt, die ebenso ermutigend waren wie die eben genannten Merkmale einer eintretenden Frühlingswitterung.

»Aufgewacht! aufgewacht! meine schönen Damen! Die Möwen schweben bereits über dem See, und der ganze Himmel wimmelt von Tauben. Ihr könnt euch eine ganze Stunde umsehen, ehe ihr ein Loch findet, das einem einen Blick nach der Sonne gestattet. Aufgewacht! aufgewacht! ihr Siebenschläferinnen! Benjamin hat schon die Munition hergerichtet, und wir erwarten nur unser Frühstück, um in den Bergen eine Taubenjagd anzustellen.«

Diesem muntern Aufruf ließ sich nicht widerstehen, und in wenigen Minuten zeigten sich Miß Temple und ihre Freundin im Gesellschaftszimmer. Die Türen des Gemaches waren offen, und die milde, balsamische Luft eines heiteren Frühlingsmorgen durchfächelte den Raum, wo die unablässige Sorgfalt des Majordomo so lange eine künstliche Wärme unterhalten hatte. Die in Jagdkleider gehüllten Herren harrten ungeduldig des Morgenimbisses, und Herr Jones, der alle Augenblicke nach der unteren Türe ging, rief:

»Sieh, Bäschen Elisabeth! Sie, Duke! Die Taubenschläge des Südens haben sich geöffnet. Die Scharen werden mit jedem Augenblicke dichter. Hier ist ein Schwarm, von dem das Auge kein Ende absehen kann – Mundvorrat genug, um die Armee eines Xerxes für einen Monat verproviantieren zu können, und hinreichend Federn, um die Betten des ganzen Bezirks zu füllen. Xerxes war nämlich ein griechischer König, Herr Edwards, – nein, er war ein Türke oder ein Perser, der Griechenland erobern wollte, gerade in derselben Weise, wie diese gefiederten kleinen Schelme über unsere Weizenfelder herfallen. Beeile dich, Beß, ich sehne mich darnach, ein wenig unter sie zu pfeffern.«

Marmaduke und der junge Edwards schienen den gleichen Wunsch zu hegen; denn es war ein erheiternder Anblick für einen Jäger, und die Damen entließen rasch die Teilnehmer, nachdem sie ein hastiges Frühstück eingenommen hatten.

Wenn die Luft von Tauben wimmelte, so schien das ganze Dorf, Männer, Weiber und Kinder, in der gleichen Bewegung zu sein. Man sah jede Art von Feuerwaffen, von der französischen Entenflinte mit ihrem fast sechs Fuß langen Lauf bis zu der gewöhnlichen Reiterpistole, in den Händen der Männer und Knaben, von denen letztere zum Teil auch mit Bogen aus Walnußschößlingen und mit plumpen Nachahmungen der alten Armbrüste bewaffnet waren.

Die Häuser und die Anzeichen eines rührigen Lebens im Dorfe trieben die Vögel aus ihrer geraden Flugrichtung gegen die Berge, aus deren Seiten sie sich in so dichten Massen häuften, daß man nicht sagen konnte, was wunderbarer war: die Schnelle ihrer Bewegung oder das Unglaubliche ihrer Anzahl.

Wir haben bereits gesagt, daß die Landstraße quer über die geneigte Ebene lief, welche von dem Gebirge zu den Ufern des Susquehanna abfiel; zu beiden Seiten befand sich eine in früheren Tagen gehauene, viele Acker breite Lichtung. Über dieser

Lichtung, auf dem östlichen Gebirge und längs des gefährlichen Pfades, der nach demselben hinaufführte, hatten sich die verschiedenen Jagdliebhaber aufgestellt, und in wenigen Minuten begann der Angriff.

Unter den Jägern zeigte sich auch die hohe und hagere Gestalt Lederstrumpfs, der, die Büchse im Arm und die Hunde an der Ferse, über das Feld ging. Die letzteren schnupperten hin und wieder nach den toten oder verwundeten Vögeln, die herunterzustürzen anfingen, und kauerten sich dann zu den Füßen ihres Herrn, als ob sie seine Gefühle über dieses verschwenderische und unweidmännische Verfahren teilten.

Sooft ein Schwarm von mehr als gewöhnlicher Anzahl über die Lichtung hinwegflog und das Feld wie eine Wolke beschattete, knatterten ganze Salven vor Feuergewehren in der Ebene, und was diesem Ungewitter entkam, wurde von den Bergen aus mit vereinzelten Schüssen begrüßt, so daß der Tod allenthalben auf die armen Flüchtlinge lauerte. Pfeile und Wurfgeschosse aller Art verfehlten nicht ihres Zieles in den Massen, und dabei war ihr Flug so niedrig, daß man sie von den Seiten des Gebirges aus mit langen Stangen zu Boden schlagen konnte.

Inzwischen war Herr Jones, der die gemeinen und gewöhnlichen Zerstörungsmittel seiner Jagdgenossen verschmähte, unter Benjamins Beihilfe beschäftigt, Vorbereitungen zu einem verhängnisvolleren Angriff zu machen. Unter den Überbleibseln alter militärischer Streifzüge, die man hin und wieder noch in den verschiedenen Bezirken des westlichen Teils von Neuyork antrifft, hatte man bei der Anlegung Templetons eine kleine Feldschlange aufgefunden, welche einpfündige Kugeln schoß. Vermutlich war sie von einer Truppenabteilurg der Weißen bei Gelegenheit ihrer Einfälle in die indianischen Dörfer zurückgelassen worden, sei es nun, daß sie durch die Not dazu gezwungen wurden oder daß es zu beschwerlich war, ein solches Kriegswerkzeug durch die Wälder zu schleppen. Man hatte diese Miniaturkanone vom Rost befreit, sie auf kleine Räder gesetzt und für den Dienst brauchbar gemacht. Schon seit mehreren Jahren diente sie in diesen Bergen als das einzige Organ für die Verkündigung außerordentlicher und erfreulicher Ereignisse. Am Morgen des vierten Juli hörte man sie durch die Täler hallen, und sogar Kapitän Hollister, der in der Gegend für derartige Dinge als die höchste Autorität galt, versicherte, daß sie in Anbetracht ihrer Dimensionen ein durchaus nicht verächtliches Salutgeschütz sei. Sie hatte allerdings durch die geleisteten Dienste etwas gelitten, so daß hinsichtlich der Weite zwischen der Mündung und dem Zündloche nur ein ganz unbedeutender Unterschied bestand. Demungeachtet aber hatte der großartige Richard die Wichtigkeit eines solchen Werkzeuges, um den Tod auf seine hurtigen Feinde zu schleudern, eingesehen. Die Feldschlange wurde durch ein Pferd nach der Stelle geführt, welche der Sheriff besonders geeignet für die Aufpflanzung einer derartigen Batterie fand, und Meister Pump schickte sich an, das Geschütz zu laden. Die Patronen enthielten etliche Handvoll Entenschrot, und der Majordomo verkündigte bald, daß das Stück für den Dienst instand gesetzt sei. Der Anblick eines solchen Werkzeugs versammelte alle müßigen Zuschauer, meistens Knaben, welche die Luft mit Jubelgeschrei erfüllten, auf dem Platze. Die Röhre wurde nach oben gerichtet, und Richard, der eine glühende Kohle in einer Feuerzange hielt, setzte sich geduldig auf einen Baumstumpf, um das Auftauchen eines Schwarms zu erwarten, der seiner Beachtung würdig wäre.

Die Anzahl der Vögel war so ungeheuer, daß das Knatterfeuer der Gewehre, die Pfeilschüsse und das Geschrei der Knaben keine andere Wirkung hervorbrachten, als daß sie kleine Schwärme von den Massen absonderten, so daß letztere ihren Zug durch das Tal fortsetzten, als ob die ganze gefiederte Zunft keinen andern Paß hätte. Niemand nahm sich soviel Mühe, die Opfer zu sammeln, die in bunter Verwirrung das Feld bedeckten.

Lederstrumpf war ein schweigender Beobachter aller dieser Vorgänge; als er jedoch die Kanone richten sah, konnte er seine Gefühle nicht länger zurückhalten.

»Das hat man von diesen Ansiedlungen«, sagte er. »Ich habe die Tauben vierzig Jahre lang hier durchziehen sehen, und niemand ließ sich's einfallen, sie zu stören oder zu beschädigen, bis Ihr mit Euren Lichtungen gekommen seid. Ich sah ihr Erscheinen in den Wäldern immer gern; denn sie leisteten einem Gesellschaft und sind so harmlos wie die Glasschlangen. Aber nun muß ich mit Schmerz diese schrecklichen Dinge durch die Luft pfeifen hören, ohne einen weiteren Grund, als um der Dorfbrut ein Spektakel zu geben. Schon gut! der Herr wird nicht geduldig zusehen, wenn man seine Geschöpfe für nichts und wieder nichts mordet; und diesen Tauben wird ihr Recht widerfahren wie auch noch manchen andern. Der Herr Oliver ist ebenso schlimm wie die übrigen; denn er schießt auf die unschuldigen Tiere, als ob es Mingokrieger wären.«

Unter den Schützen befand sich auch Billy Kirby, der alle Augenblicke seine alte Muskete lud und sie, ohne aufzusehen, jubelnd in die Luft abschoß, so daß ihm hin und wieder seine Opfer sogar auf den Kopf fielen. Er hörte Nattys Worte und übernahm die Erwiderung:

»Was, alter Lederstrumpf«, rief er, »Ihr brummt über den Tod einiger Tauben? – Wenn Ihr wie ich Euren Weizen zwei- oder dreimal hättet aussäen müssen, so wäret Ihr nicht so übermäßig zartfühlend gegen diese Teufel – hurra! hurra, Jungen! Pfeffert tüchtig drauflos! Das ist besser, als auf den Kopf und Hals eines Truthahns zu schießen, alter Knabe.«

»Für Euch, Billy Kirby«, versetzte der alte Jäger unmutig, »und für alle, welche nicht wissen wie man eine Kugel aufsetzt und wie man sie nach einem richtigen Ziele wieder aus dem Laufe bringt! Aber es ist etwas Heilloses, in dieser verschwenderischen Weise auf die Schwärme zu schießen, und niemand tut es, der einen einzelnen Vogel herunterlangen kann. Wenn es einen nach Taubenfleisch gelüstet, – je nun, sie sind wie alle andern Kreaturen zur Speise des Menschen bestimmt; dann muß man aber nicht zwanzig töten, wenn man nur eine einzige essen will. Brauche ich etwas der Art, so gehe ich in die Wälder, bis ich finde, was mir ansteht, und schieße sie dann von den Zweigen herunter, ohne die Feder einer andern zu berühren, säßen auch ihrer hundert auf dem Baume. So was könntet Ihr freilich nicht, Billy Kirby – nein, Ihr könntet's nicht, und wenn Ihr's auch versuchtet.«

»Was schwatzt du da, du alter Strohhalm! Du saftloser Stumpf!« rief der Holzfäller. »Ihr seid ja ungemein patzig geworden seit dem letzten Truthahnschießen. Doch wenn Ihr so auf einen einzelnen Schuß versessen seid, da kommt gerade eine ganz allein angeflogen.«

Das Feuer an den entfernteren Stellen des Feldes hatte eine einzelne Taube von dem Schwarm, zu welchem sie gehörte, getrennt, und sie näherte sich nun, geängstigt von dem unablässigen Knallen der Musketen, der Stelle, wo die beiden standen, wobei sie bald auf die eine, bald auf die andere Seite zuschoß und die Luft mit der Schnelligkeit des Blitzes durchschnitt, was ein Geräusch nicht unähnlich dem Sausen einer Kugel veranlaßte. Unglücklicherweise sah der Holzfäller ungeachtet seiner prahlerischen Zunge den Vogel nicht eher, bis es zu spät war, denselben bei seiner Annäherung aufs Korn zu nehmen, und so berührte er den Drücker in demselben Augenblick, als das Tier unmittelbar über seinem Kopfe wegflog. Die Taube enteilte mit ihrer gewöhnlichen Schnelligkeit.

Natty ließ infolge dieser Herausforderung seine Büchse sinken und wartete einen Augenblick, bis das erschreckte Opfer in einer Linie mit seinem Auge war und sich in der Nähe des Seeufers niedergelassen hatte; erst als sie sich wieder erhob, feuerte er. Vielleicht war es Zufall, vielleicht Geschicklichkeit, vielleicht aber beides zugleich – genug, die Taube überschlug sich in der Luft und fiel mit einem zerbrochenen Flügel in den See herunter. Auf den Knall der Büchse sprangen die Hunde auf, und in wenigen Minuten legte Glut den Vogel noch lebend vor die Füße seines Herrn.

Diese Heldentat Lederstrumpfs ward mit großer Schnelligkeit über das ganze Feld hin kund, und die Schützen versammelten sich, um sich von der Wahrheit der Sache zu überzeugen.

»Was?« sagte der junge Edwards. »Ihr habt also wirklich mit einer einzigen Kugel den Flügel einer Taube getroffen?«

»Habe ich nicht früher schon Eistaucher im Augenblicke des Untertauchens geschossen?« erwiderte der Jäger. »Ist es doch zehnmal besser, nur das zu töten, was man braucht, ohne sein Pulver und Blei zu verschwenden, als in dieser heillosen Weise auf Gottes Geschöpfe zu feuern. Doch ich bin wegen eines einzigen Vogels herausgekommen, und Ihr wißt den Grund, warum ich dieses kleine Wild liebe, Herr Oliver. Da ich nun habe, was ich brauche, so kann ich heimgehen; denn die verschwenderische Weise, die ihr alle anwendet, ist nicht nach meinem Geschmack, indem alles seinen Nutzen hat und nicht darum geschaffen ist, um zerstört zu werden.«

»Du hast recht, Lederstrumpf«, rief Marmaduke, »und ich glaube, es ist nachgerade Zeit, dieser Verheerung ein Ziel zu stecken.«

»Stecken Sie vorerst ihren Lichtungen ein Ziel! Sind die Wälder nicht ebensogut Werke Gottes als die Tauben? Man darf sie benutzen, aber nicht verheeren. Hat der Wald nicht die Bestimmung, Tiere und Vögel zu beherbergen? Und wenn der Mensch ihres Fleisches, ihrer Haut und ihrer Federn bedarf, so hat er Gelegenheit, sich's zu holen. Doch ich will mit meinem Braten nach meiner Hütte gehen; denn ich möchte keines von diesen harmlosen Tieren anrühren, die hier den Boden bedekken und mit ihren Augen so kläglich zu mir aufsehen, als fehlte ihnen bloß die Zunge, um ihre Gedanken auszusprechen.«

Nach diesen Worten warf Lederstrumpf den Riemen seiner Büchse über die Schulter und schritt, von seinen Hunden begleitet, mit großer Vorsicht über die Lichtung, um auf keines der verwundeten Tiere, die auf seinem Wege lagen, zu treten. Er erreichte bald das Gebüsch an dem Saume des Sees und war den Blicken entschwunden.

Welchen Eindruck Nattys Predigt auch auf den Richter gemacht haben mochte: an Richard war sie gänzlich verloren. Er benutzte den Zusammenlauf der Schützen, um seinen umfassenderen Vernichtungsplan auszuführen. Die Musketenträger stellten sich zu jeder Seite seines groben Geschützapparats in Schlachtordnung auf, um das Signal zum Abbrennen zu erwarten.

»Gebt acht, Jungen«, sagte Benjamin, der bei dieser Gelegenheit den Adjutanten vorstellte, »gebt acht, meine Lieben, und wenn Squire Dickens das Feuersignal gibt, so seht zu, daß ihr gleichfalls eine tüchtige volle Lage losbrennen laßt. Aber feuert niedrig, Jungen, und ihr dürft sicher sein, daß das Wetter gehörig in ihre Planken einschlägt.«

»Niedrig feuern?« schrie Kirby. »Da höre man doch den alten Narren! Wenn wir niedrig feuern, so treffen wir die Baumstümpfe, aber keinen Schwanz von einer Taube.«

»Was versteht Ihr davon, Ihr Schlingel«, entgegnete Benjamin mit einer sehr unziemlichen Hitze für einen Offizier vor der Schlacht. »Was versteht Ihr davon, Ihr Seekalb? Bin ich nicht fünf Jahre am Bord der Boadishey gewesen? Und gehörte es nicht zum Schießreglement, niedrig zu feuern, um den Rumpf unserer Feinde zu treffen? Gebt auf Eure Gewehre acht, Jungen, und pariert Order.«

Das laute Gelächter der Musketenjäger wurde durch Richards gebieterische Stimme zum Schweigen gebracht, der jetzt auf seine Signale zu achten befahl.

Einige Millionen Tauben mochten diesen Morgen bereits über das Tal von Templeton gestrichen sein, aber nichts glich dem Schwarm, den man jetzt herannahen sah. Er dehnte sich von dem einen Gebirge bis zu dem andern wie eine feste blaue Masse aus, und das Auge schaute vergeblich nach den Hügeln im Süden, um das Ende desselben absehen zu können. Die vordere Seite dieser lebendigen Säule war durch eine nur schwach gezackte Linie bezeichnet, – so regelmäßig und gleichförmig war der Zug. Selbst Marmaduke vergaß bei dem Näherrücken desselben Lederstrumpfs Warnung und setzte gemeinschaftlich mit den übrigen seine Muskete an.

»Feuer!« rief der Sheriff, indem er mit einer Kohle das Zündpulver der Kanone berührte.

Da die Hälfte von Benjamins Patrone durch das Zündloch herausfuhr, so ging die Musketensalve dem Knall der Feldschlange voraus.

Infolge des vereinigten kleinen Gewehrfeuers flog die vordere Reihe des Schwarms in die Höhe, während in demselben Augenblick Myriaden nachfolgender Tauben mit einer solchen Schnelligkeit nachrauschten, daß, sobald die weiße Rauchsäule aus der Mündung der kleinen Kanone aufgeflogen war, eine gehäufte Masse über der Schußlinie hinglitt.

Der Knall der Feldschlange hallte durch die Berge wider und erstarb im Norden wie ein ferner Donner, während die ganze Schar der beunruhigten Vögel sich für einen Augenblick in einen ungeordneten Klumpen zusammenzudrängen schien. Die Luft war von den unregelmäßigen Zügen angefüllt; Schicht strich über Schicht hin, weit über die Wipfel der höchsten Fichten hinaus, und keine wagte über den gefährlichen Paß vorzudringen, als plötzlich einige Führer der gefiederten Zunft quer über das Tal schossen und ihren Flug gerade über das Dorf weg nahmen, worauf Hunderttausende ihrem Beispiel folgten, indem sie die östliche Seite der Ebene ihren Verfolgern und deren Schlachtopfern überließen.

»Viktoria!« jauchzte Richard. »Viktoria! wir haben den Feind aus dem Felde geschlagen!«

»Nicht doch, Dick«, entgegnete Marmaduke. »Ist doch das ganze Feld voll davon, und mir geht es wie Lederstrumpf: wohin ich schaue, sehe ich nichts als die Augen der unschuldigen Opfer, die entsetzt ihre Köpfe in die Höhe strecken. Mehr als die Hälfte der Gefallenen ist noch am Leben, und ich glaube, es ist Zeit, der Belustigung ein Ende zu machen, wenn es überhaupt eine Belustigung ist.«

»Freilich ist es eine, und dazu eine ausgezeichnete!« rief der Sheriff. »Etliche tausend dieser blaurockigen Bursche liegen hier auf dem Grunde, so daß jedes alte Weib im Dorf sich Pasteten daraus machen kann, wenn sie nur will.«

»Nun, wir haben die Vögel glücklich von dieser Seite des Tales weggeschreckt«, entgegnete Marmaduke, »und die Schlächterei muß notwendig ein Ende haben. Jungen, ich zahle sechs Pence für das Hundert Taubenköpfe. Geht also ans Werk und bringt sie ins Dorf!«

Diese Verheißung hatte die gewünschte Wirkung; denn jeder der anwesenden Knirpse bemühte sich emsig, den verwundeten Vögeln die Hälse abzudrehen. Der Richter verfügte sich mit jener Art von Gefühl nach seiner Wohnung, das wohl schon mancher vor ihm empfunden hat, wenn er, sobald die Aufregung des Augenblicks vorüber ist, die Entdeckung macht, daß er seine Lust nur um den Preis des Unglückes andrer gebüßt hat. Ganze Pferdelasten getöteter Tauben wurden weggeschafft, und nach diesem ersten Hauptangriff blieb für den Rest dieser Jahreszeit die Taubenjagd nur noch ein Geschäft für einige Müßiggänger. Richard rühmte sich jedoch noch manches Jahr nachher seiner mit der Feldschlange geübten Heldentat, und Benjamin versicherte dabei mit vieler Würde, er glaube, sie hätten an jenem Tage beinahe so viele Tauben getötet wie Rodney bei Gelegenheit seines denkwürdigen Sieges Franzosen.

Dreiundzwanzigstes Kapitel

Helft, Leute helft; hier hängt ein Fisch im Netze,
wie eines armen Mannes Recht vor dem Gericht.
Perikles von Tyrus

Es ging nun mit dem Vorrücken der Jahreszeit so schnell, als der Eintritt derselben zögernd und langwierig gewesen war. Eine gleichförmige Milde bezeichnete die Tage, während die allerdings noch kühlen Nächte wenigstens keinen Reif mehr brachten. Der Windfänger ließ seine melancholischen Töne an dem Ufer des Sees vernehmen, und Sümpfe und Wiesen entsandten die Musik ihrer tausend Bewohner. Das Laub der einheimischen Pappel zitterte in den Wäldern; die Seiten der Berge begannen, ihre braune Farbe zu verlieren, indem sie dieselbe mit dem lieblichen Grün der Laubhölzer vertauschten, in das sich das dunkle Immergrün der Fichte und Tanne mischte; selbst die Knospen der trägeren Eiche schwollen und verkündeten die Ankunft des Sommers. Die lustige Bachstelze, das gesellige Rotkehlchen, der emsige Zaunkönig belebten die Felder mit ihrer Gegenwart und ihren Gesängen, während der hochfliegende Fischadler bereits über den Wassern des Otsego schwebte und mit angeborener Gefräßigkeit auf das Auftauchen seiner Beute lauerte.

Die Insassen des Sees waren weit und breit, sowohl um ihrer Menge als um ihrer Qualität willen berühmt, und das Eis war kaum verschwunden, als zahllose kleine Boote von den Ufern glitten, aus denen der Fischer seine Angelschnur in die innersten Winkel der tiefsten Höhlen warf, um die unvorsichtigen Tiere mit jeder Art Köder, welche menschlicher Scharfsinn erfunden, zu berücken. Aber der langsame, obgleich sichere Versuch mit Schnur und Angel sagte der Ungeduld der verschwenderischen Ansiedler nur wenig zu. Man nahm seine Zuflucht zu verheerenderen Hilfsmitteln, und als die Jahrszeit eintrat, zu welcher das Fischen mit Netzen laut des von dem Richter Temple erwirkten Gesetzes erlaubt war, so erklärte der Sheriff seine Absicht, in der nächsten dunkeln Nacht eine solche Belustigung in Person zu leiten.

»Du sollst auch dabeisein, Bäschen Elisabeth«, fügte er bei, als er sein Vorhaben kundtat, »und auch Miß Grant nebst Herrn Edwards. Da will ich euch zeigen, was fischen heißt; denn das Zupfen, Zupfen und Zupfen, wie es Duke beim Forellenfang tut, kann ich nicht so nennen. Was will das heißen, wenn man stundenlang in der glühenden Sonne oder vielleicht an den kältesten Wintertagen unter etlichen Büschen vor einem Loch im Eise sitzt, wobei einem noch obendrein all diese Kreuzigung des Fleisches nicht einen einzigen Fisch einträgt. Nein, nein, gebt mir ein gutes, fünfzig oder sechzig Klafter langes Netz mit etlichen lustigen Burschen zu Gehilfen und Benjamin ans Steuer, und ihr werdet sehen, daß wir sie zu Tausenden herausholen. Das nenne ich fischen.«

»Ah, Dick«, rief Marmaduke, »du weißt nicht, welch ein Vergnügen es ist, die Angelschnur spielen zu lassen, sonst gingest du sparsamer mit diesen Tieren um. Wie oft mußte ich nicht mitansehen, daß du, wenn du eine Nachtpartie auf dem See leitetest, Fragmente genug zurückließest, um ein Dutzend ausgehungerter Familien damit sättigen zu können.«

»Ich will darüber nicht mit dir streiten, Richter Temple. Ich lade die Gesellschaft ein, mich diese Nacht zu begleiten, und dann soll sie zwischen uns beiden entscheiden.«

Richard war während des ganzen Nachmittags beschäftigt, für sein Vorhaben die geeigneten Vorkehrungen zu treffen. Sobald das Licht der untergehenden Sonne verschwunden war und die Schatten des aufgehenden Mondes über die Erde fielen, setzten sich die Fischer in ein Boot, um nach einer Stelle an dem westlichen Ufer des Sees zu fahren, die etwas mehr als eine halbe Meile vom Dorfe entfernt war. Da das Gestade auf dieser Seite gelichtet und der Boden gut und trocken war, so zog Marmaduke – mit seiner Tochter, ihrer Freundin und dem jungen Edwards – einen Spaziergang durch das hohe Gras vor, und so begaben sie sich denn nach dem Abfluß der schönen Wasserfläche, wobei sie das dunkle, über den See hinfahrende Boot im Auge behielten, bis sich dasselbe beim Eintritt in die westlichen Berge ihren Blicken entzog. Die Entfernung zu Lande bis zum verabredeten Treffplatz betrug eine Meile.

»Es ist Zeit, daß wir uns beeilen«, bemerkte Marmaduke. »Der Mond wird hinunter sein, bis wir an Ort und Stelle anlangen, und Dick hat dann vielleicht sein bewunderungswürdiges Herausholen schon begonnen.«

Der Abend war warm, und nach dem langen und trübseligen Winter, der kaum erst Abschied genommen hatte, wahrhaft entzückend. Die jüngeren Glieder der Gesellschaft folgten, begeistert von der schönen Naturszene und dem gehofften Vergnügen, dem Richter auf dem Fuße, als er sie die Ufer des Otsego entlang durch die Güter der Dörfler führte.

»Seht!« rief der junge Edwards, »sie zünden bereits ihr Feuer an; es glimmt für einen Augenblick auf und stirbt wieder hin, wie das Licht eines Leuchtkäfers.«

»Jetzt lodert es auf«, rief Elisabeth. »Man kann die Gestalten daran erkennen. Oh, ich wollte meine Juwelen gegen Remarkables goldene Halsschnur wetten, daß mein ungeduldiger Vetter Dick beim Anzünden dieser hellen Flamme tätig gewesen ist, – und seht! es geht schon wieder zusammen, wie die meisten seiner glänzenden Entwürfe.«

»Du hast's getroffen, Beß«, versetzte der Vater, »er hat einen Armvoll dürres Reisig zugelegt, das zwar schnell aufbrennt, aber ebensoschnell wieder erlischt. Doch hatte es wenigstens das Gute, daß sie bessern Brennstoff finden konnten; denn ihr Feuer beginnt mit einer stetigen Flamme zu lodern, es gleicht jetzt einer Feuerwarte für Fischerboote; sieh nur, in welchen schönen Lichtkreisen es sich in dem Wasser spiegelt!«

Der Anblick des Feuers veranlaßte die Fußgänger zu größerer Eile; denn selbst die Damen brannten vor Begierde, Zeugen des wunderbaren Fischzugs zu sein. Endlich langten sie an dem Rand des Ufers an, der gegen den Punkt, wo die Fischer gelandet waren, abfiel. Die Mondsichel war hinter die Spitzen der westlichen Fichten hinabgesunken, die Mehrzahl der Sterne durch Wolken verdüstert, und so war nirgends ein anderes Licht sichtbar als dasjenige, welches von dem Feuer ausging. Marmadukes Wunsche gemäß machten sie jetzt ein wenig halt, um die unten Befindlichen zu mustern und auf ihre Unterhaltung zu horchen, ehe sie selbst hinabstiegen.

Die ganze Gruppe war – mit Ausnahme Richards und Benjamins – um das Feuer versammelt. Der erstere saß auf der Wurzel eines morschen Baumstumpfes, den man als Brennmaterial herbeigeschafft hatte, und der letztere stand mit in die Seite gestemmten Armen so nahe an der Flamme, daß der

Rauch hin und wieder seine gravitätischen Züge verdunkelte, wenn er, dem Nachtwinde, welcher sanft über das Wasser her wehte, gehorsam, den Holzstoß umwirbelte.

»Je nun, sehen Sie, Squire«, sagte der Majordomo, »Sie mögen einen Seefisch, der zwanzig oder dreißig Pfund wiegt, einen gewichtigen Fang nennen; wer aber schon einen schaufelnasigen Haifisch herausgeholt hat, dem muß er im Grunde doch nur als eine Armseligkeit vorkommen.«

»Ich weiß nicht, Benjamin«, entgegnete der Sheriff, »aber das Heraufziehen von tausend Otsegobarschen, die Hechte, Karpfen, Plattköpfe, Lachsforellen und Saugfische gar nicht mitgezählt, – laßt Euch sagen, so etwas ist gar keine üble Fischerei. Es mag allerdings eine Lust sein, einen Hai zu spießen; aber für was ist er gut, wenn man ihn hat? Dagegen sind die von mir genannten Fische lauter Arten, die man auf eine königliche Tafel bringen könnte.«

»Nun, Squire«, versetzte Benjamin; »man muß vor allen Dingen die Philosophie einer Sache loshaben. Wäre es vernünftigerweise nur denkbar, daß ein solcher Fisch in diesem Weiher da leben und gefangen werden könnte, wo es kaum tief genug ist, um darin zu ersaufen? Betrachten sie dagegen den weiten Ozean; da weiß doch jedermann – das heißt jedermann, der zur See gewesen ist, daß er Walfische und Meerschweine enthält, welche so lang sind wie eine der Fichten auf dem Berge.«

»Gemach, gemach, Benjamin«, sagte der Sheriff, der die Ehre und Glaubwürdigkeit seines Günstlings retten zu wollen schien. »Bedenkt, daß einige der Fichten zweihundert Fuß und drüber messen.«

»Zweihundert oder zweitausend, das ist all eins«, rief Benjamin mit einer Miene, welche deutlich bekundete, daß er nicht geneigt war, sich so leicht von seiner ausgesprochenen Behauptung abbringen zu lassen. »Bin ich nicht selbst auf dem Meere gewesen und habe es mit meinen eigenen Augen gesehen? Ich sagte, daß es Walfische gäbe, so lang wie eine von jenen Fichten dort; und was ich einmal gesagt habe, dabei bleibe ich.«

Während dieser Zwiesprache, welche augenscheinlich nur der Schluß einer viel längeren Erörterung war, sah man Billy Kirbys riesige Gestalt sich an der Seite des Feuers ausrecken, wo er sich nachlässig mit einem Holzsplitter die Zähne ausstocherte und gelegentlich, voll Mißtrauen gegen Benjamins Behauptungen, den Kopf schüttelte.

»Ich bin der Ansicht«, begann der Holzfäller, »daß in diesem See Wasser genug ist, um den größten Walfisch, der je aufgefunden wurde, darin schwimmen zu lassen; was die Fichten anbelangt, so sollte ich doch meinen, daß ich etwas von ihnen verstehen muß. Ich habe manche niedergehauen, die sechzigmal länger war als der Stiel meiner Axt, und ich glaube, Benny, wenn die alte Fichte, die in der Eintiefung des Visionsbergs gerade über dem Dorfe steht – Ihr könnt den Baum dort sehen; denn der Mond beleuchtet eben noch seine Spitze – nun ja, ich glaube, wenn jene Fichte in dem tiefsten Teil des Sees stünde, so wäre doch noch genug Wasser vorhanden, daß das größte Schiff, das je für eine Flotte gebaut wurde, darüber wegfahren könnte, ohne ihre oberen Zweige zu berühren.«

»Habt Ihr je ein Schiff gesehen, Meister Kirby«, rief der Hausmeister, »habt Ihr je ein Schiff gesehen? oder überhaupt nur ein Fahrzeug, das größer ist als die auf diesem Frischwasserfetzen üblichen Kalknachen und Holzboote?«

»Ja, das hab' ich«, versetzte der Holzfäller stolz, »ich kann's mit Wahrheit behaupten.«

»Habt Ihr je ein britisches Schiff gesehen, Meister Kirby? Ein englisches Linienschiff, Junge? Wo hättet Ihr wohl ein regelmäßig gebautes Schiff sehen können mit Hintersteven und Brustholz, mit Kielgang und Schandeck, mit Laufplanken, Luken, Wasserrinnen, einem Halbdeck, einer Back und einem Glattdeck? – Sagt mir das, Mann, wenn Ihr könnt, wo Ihr je ein voll aufgetakeltes, regelmäßig gebautes, mit Decken versehenes Fahrzeug gesehen habt?«

Die ganze Gesellschaft war nicht wenig erstaunt über den raschen Fluß dieser Frage, und selbst Richard bemerkte später, es sei tausendmal schade, daß Benjamin nicht lesen könne, sonst hätte er gewiß einen trefflichen Offizier der britischen Marine abgegeben; man dürfe sich übrigens nicht wundern, daß die Engländer den Franzosen zur See so sehr überlegen seien, da sogar ein Matrose die verschiedenen Teile eines Schiffes so genau kenne.

Aber Billy Kirby ließ sich nicht einschüchtern, am allerwenigsten aber durch die kategorischen Behauptungen eines Ausländers. Er war, während der Majordomo mit großer Zungengeläufigkeit seine Fragen stellte, aufgestanden und hatte seinen Rücken dem Feuer zugekehrt; als Benjamin geendet hatte, gab er gegen alle Erwartung nachfolgende kräftige Erwiderung:

»Wo? Je nun, auf dem Nordstrom und vielleicht auch auf dem Champlain. Da gibt es Schaluppen, Bursche, die dem stolzesten Schiffe von König Georgs Flotte zu schaffen machen würden. Sie führen Masten von neunzig Fuß Höhe – gute solide Fichtenstämme, deren ich mehr als einen in dem Vermontstaate geschlagen habe. Ich wollte, ich wäre auf einer derselben Kapitän, und Ihr wäret auf dem ›Bordtisch‹, von dem Ihr so viel schwatzt, und wir wollten bald sehen, was guter Yankeeschlag ist und ob sich eine Vermonter Haut nicht ebenso dick erweist als eine englische.«

Das Echo der jenseitigen Berge, welche mehr als eine halbe Meile von dem Standpunkte der Fischer entfernt lagen, hallte das mißtönige Gelächter wider, in welches Benjamin bei dieser Herausforderung ausbrach, und die Wälder, welche ihre Seiten bedeckten, schienen, dem Lärm nach zu schließen, der aus ihrem Schatten hervordrang, voll neckender Dämonen zu sein.

»Wir wollen hinuntersteigen«, flüsterte Marmaduke, »sonst gibt es bald böses Blut unter ihnen. Benjamin ist ein unverschämter Prahler und Kirby trotz seiner Gutmütigkeit ein rücksichtsloser Sohn des Waldes, dem ein einziger Amerikaner mehr gilt als sechs Engländer. Mich wundert's, daß Dick sich so still verhält, während die Sache so auf die Spitze getrieben wird.«

Die Erscheinung des Richters Temple und der Damen veranlaßte, wenn auch nicht eine Beschwichtigung, so doch einen Aufschub der Feindseligkeiten.

Herrn Jones' Anweisungen gehorsam, schickten sich die Fischer an, ihr im Hintergrunde befindliches Boot ins Wasser zu lassen, indem sie zugleich die Netze auf einer kleinen Plattform an dem Stern desselben befestigten. Richard verwies den Fußgängern ihr spätes Erscheinen, und dem stürmischen Zank folgte nun eine Ruhe, ähnlich der, welche über der schönen Wasserfläche herrschte, die jetzt ihrer besten Schätze beraubt werden sollte.

Die Nacht war allmählich so dunkel geworden, daß alles, was

nicht durch das Licht des Feuers erhellt wurde, nicht nur unbestimmt, sondern in den meisten Fällen völlig unsichtbar blieb. Auf eine kleine Entfernung sah man das Wasser von der Helle der Flamme erglänzen und da und dort in rötlichen Strahlen erzittern, aber hundert Fuß vom Ufer ab lag ein Gürtel von undurchdringlicher Finsternis. Hin und wieder blinkte ein Sternlein durch die Wolkenrisse, und in dem Dorfe sah man den matten Schimmer der Lichter, als lägen sie in unermeßlicher Ferne. Bisweilen, wenn die Flamme höher aufschlug oder der Himmel sich etwas klärte, ließen sich die wellenförmigen Umrisse des auf der andern Seite des Sees liegenden Gebirges erkennen; aber der weite und dichte Schatten, welchen es auf das Wasser warf, erhöhte dann auch in dieser Richtung die Finsternis um das Dreifache.

Benjamin Pump spielte jedesmal die Rolle des Steuermanns und Netzauswerfers auf Richards Boot, wenn es nicht der Sheriff für passend erachtete, in Person das Geschäft zu leiten. Billy Kirby und ein anderer junger Mensch, der jedoch kaum halb so stark wie der erstere war, handhabten die Ruder. Die übrigen Gehilfen waren an den Schlepptauen aufgestellt. Als sich alles in Ordnung befand, gab Richard das Signal zum Abstoßen.

Elisabeth beobachtete die Bewegung des Boots, als es vom Ufer abstieß; aber bald verschwand es in der Finsternis, so daß sich die Manöver desselben nur noch durch das Ohr unterscheiden ließen. Alles verhielt sich still, damit man, wie Richard sich ausdrückte, »den Barsch nicht erschrecke, welcher dem seichten Wasser zuschwämme und sich dem Lichte nähere, wenn er nicht durch den Lärm der Fischer gestört werde«.

Man hörte nur hin und wieder Benjamins heisere Stimme durch das Dunkel, wenn er mit gebieterischen Tönen rief: »Das Backbordruder«, »das Steuerbordruder«, »etwas zurück, ihr Jungen«, oder andere für die richtige Aufstellung seines Netzes nötige Befehle gab. Über diesen Vorkehrungen verging eine geraume Weile; denn Benjamin tat sich auf seine Geschicklichkeit im Netzwerfen etwas zugute, wie denn überhaupt der Erfolg einer solchen Fischerei hauptsächlich davon abhängt, daß sie mit Umsicht angestellt wird. Endlich hörte man ein lautes Plätschern der Stange oder Latte im Wasser, und die rauhe Stimme des Majordomo verkündigte durch ein »Klar!«, daß das Boot auf dem Rückwege begriffen sei. Richard ergriff einen

Feuerbrand und eilte zu einer Stelle, welche sich ebensoweit über dem Mittelpunkte des Fischergrundes befand, wie die, von welcher das Boot abgefahren war, unter demselben lag.

»Rudert auf den Squire zu, Jungen«, sagte Benjamin, »und wir werden sehen, was in diesem Weiher wächst.«

Statt der fallenden Netze hörte man jetzt die raschen Ruderschläge und das Rauschen des nachgeschleppten Taues. Nun schoß das Boot in den Lichtkreis, und in wenigen Augenblicken trieb es an das Ufer. Mehrere geschäftige Hände waren ausgestreckt, um die Leine zu fassen, und da beide Tauenden gleichgut bemannt waren, so begannen die Fischer langsam zu ziehen, während Richard im Mittelpunkte stand und bald rechts, bald links Befehle erteilte, in der Anstrengung nachzulassen oder sie zu erhöhen, wie es gerade erforderlich war. Marmaduke und seine Begleiter standen in der Nähe des Sheriffs und freuten sich auf das Resultat des ganzen Unternehmens, welches langsam seinem Ende entgegenging.

Es gab verschiedene Ansichten über den Erfolg, da das Netz den einen federleicht, den andern zentnerschwer vorkam. Die Taue hatten indes eine Länge von mehreren hundert Fuß, weshalb sich der Sheriff an diese Widersprüche nicht sonderlich kehrte, indem er zuerst selbst an den Enden einen Ruck versuchen wollte, um sich eine eigene Ansicht bilden zu können.

»Ei, Benjamin«, rief er, als dies geschehen war, »Ihr habt das Netz schlecht ausgeworfen. Ich kann es mit meinem kleinen Finger bewegen. Das Tau gibt unter meiner Hand nach.«

»Meinen Sie vielleicht, wir müßten einen Walfisch bringen, Squire?« antwortete der Majordomo. »Wenn das Netz leer ist, so muß der Teufel in Gestalt eines Fisches im See stecken; denn ich warf es so schön, als nur je ein Takelwerk über dem Achterdeck eines Flaggenschiffs ausgespannt wurde.«

Aber Richard entdeckte bald seinen Irrtum, als er Billy Kirby im Wasser stehen sah, wie er sich unter einem Winkel von fünfundvierzig Grad gegen das Ufer rückwärts neigte und seine ganze Riesenkraft aufbot, um sich in dieser Stellung zu erhalten. Er schwieg daher und begab sich zu den Leuten an dem andern Ende des Taues.

»Ich sehe die Stäbe«, schrie Herr Jones. »Zieht euch mehr nach innen, Jungen, und weg damit. Ans Land mit dem Boot! ans Land!«

Auf diesen freudigen Ruf strengte Elisabeth ihre Augen an und sah die Enden der beiden Netzstangen aus der Dunkelheit auftauchen, während sich die Männer eng aneinander anschlossen und das Netz einen tiefen Sack bildete. Die Anstrengungen der Fischer mußten vermehrt werden, und man hörte Richards Stimme, welche dieselben ermutigte, jetzt ihre äußerste Kraft aufzubieten.

»Nun ist es Zeit, Jungen«, rief er, »macht, daß ihr die Enden ans Land bringt, dann entkommt uns nichts mehr – heran, heran!«

»Drauf los!« jauchzte Benjamin, »Hurra! Ho – a hoy, ho – a hoy, ho – a!«

»Heran«, brüllte Kirby, welcher sich in einer Weise anstrengte, daß denen hinter ihm nichts zu tun blieb, als das schlaffe Tau in ihren Händen in die Höhe zu halten.

»Die Stange angezogen!« rief der Majordomo.

»Die Stange angezogen!« wiederholte Kirby an dem andern Ende.

Die Männer am Ufer eilten an den Rand des Wassers, ergriffen die obern und untern Tauenden und begannen mit großem Eifer zu ziehen. Die Zuschauer wurden jetzt eines tiefeinschneidenden Halbkreises ansichtig, welcher durch das unten mit Blei beschwerte Schleppnetz gebildet wurde, und da derselbe rasch in seinem Umfange abnahm und der Sack des Netzes zum Vorschein kam, so erkannte man aus dem Plätschern im Wasser die Unruhe der darin enthaltenen Gefangenen.

»Zieht an, Jungen!« brüllte Richard. »Ich sehe, wie die Biester Sprünge machen, um sich in Freiheit zu setzen. Zieht an! Es ist ein Fang, der der Mühe lohnt.«

Man sah nun Fische der verschiedensten Art in die Maschen des Netzes verstrickt, als es durch die Hände der Arbeiter lief; auf eine kleine Entfernung vom Ufer wimmelte alles von den Bewegungen der beunruhigten Opfer. Hunderte von weißen Seiten zeigten sich auf der Oberfläche und erglänzten im Lichte des Feuers, verschwanden aber ebensoschnell wieder, um andern Platz zu machen, wenn die Fische, durch den Lärm erschreckt, nach unten schossen und sich vergeblich zu befreien suchten.

»Hurra!« rief Richard. »Noch ein paar kräftige Züge, und wir haben den Fang geborgen!«

»Lustig, ihr Jungen, lustig!« rief Benjamin. »Ich sehe eine Salmforelle, an der sich zwanzig Mann satt essen könnten.«

»Weg mit dir, du Gewürm!« sagte Billy Kirby, indem er eine Forelle aus den Maschen löste, und dieselbe verächtlich in den See zurückwarf. »Zieht, Jungen! zieht! Hier gibt's Fische von allen Arten, und Gott soll mich holen, wenn wir nicht tausend Barsche im Garn haben.«

Durch diesen Anblick über die Grenzen der Klugheit erregt und der Jahreszeit uneingedenk, sprang der Holzfäller ins Wasser und begann, die widerstrebenden Tiere in ihrem heimischen Element vor sich herzutreiben.

»Zieht herzhaft! zieht, Jungen!« rief Marmaduke, der Aufregung des Augenblicks nachgebend, indem er selbst Hand anlegte und durch seine Beihilfe die Zugkraft wesentlich vermehrte. Edwards hatte schon vorher ein Gleiches getan; denn der Anblick der ungeheuern Fischmassen, die langsam an das kiesige Ufer heranrollten, wirkte zu verlockend, als daß er nicht die Damen hätte im Stiche lassen und sich den Fischern anschließen sollen.

Das Netz wurde mit großer Sorgfalt ans Land gebracht, und nach vieler Mühe hatte man die Unzahl von Opfern in einem Loche des Ufers geborgen, wo man sie ihr kurzes Leben in dem neuen todbringenden Elemente enden ließ.

Selbst Elisabeth und Luise freuten sich ungemein über den Anblick von fast zweitausend Gefangenen, die aus der Tiefe des Sees geholt und zu ihren Füßen niedergelegt waren. Aber sobald die Gefühle des Augenblicks sich beschwichtigt hatten, hob Marmaduke einen Barsch, der ungefähr zwei Pfund wiegen mochte, auf, betrachtete ihn eine Weile mit wehmütigem Nachdenken und wandte sich sodann mit den Worten an seine Tochter:

»Es ist im Grunde doch eine schreckliche Vergeudung der auserlesensten Geschenke Gottes. Diese Fische, Beß, welche du in solchen Haufen vor dir liegen siehst, und die man morgen abend sogar auf dem schlechtesten Tisch verschmähen wird, haben einen Wohlgeschmack, der sie in andern Ländern sogar auf den Tafeln der Fürsten und der leckersten Epikureer zu einem Luxusartikel machen würde. Die ganze Welt kann keinen besseren Fisch aufweisen als den Otsego-Barsch; er vereinigt den Wohlgeschmack der Alse[20] mit dem festen Fleisch des Salms.«

»Aber gewiß, lieber Vater«, rief Elisabeth, »müssen sie ein großer Segen für das Land sein, namentlich für den Armen.«

»Die Armen sind immer verschwenderisch, mein Kind, sobald Überfluß vorhanden ist; sie denken selten an den kommenden Morgen. Doch wenn für eine solche Vernichtung der Tiere eine Entschuldigung gefunden werden kann, so ist es bei dem Fang dieses Barsches der Fall. Den Winter über sind sie bekanntlich vor unsern Nachstellungen durch das Eis geschützt; denn sie beißen an keiner Angel an, und während der heißen Monate lassen sie sich nicht sehen. Vermutlich ziehen sie sich in dieser Jahreszeit nach dem kühleren Wasser in der Tiefe des Sees zurück, und so hat man nur im Frühjahr und im Herbst ein paar Tage, an denen man ihnen mit den Netzen beikommen kann. Aber wie andere Schätze der Wildnis, fangen sie bereits an, vor der Vergeudungswut des Menschen zu verschwinden.«

»Verschwinden, Duke? Jawohl, da – verschwinden!« rief der Sheriff. »Wenn man das hier ein Verschwinden heißen kann, so weiß ich nicht, wie viele du eigentlich möchtest. Da liegt doch ihrer wenigstens ein gutes Tausend, dann etliche hundert Saugfische und, was weiß ich, wieviel von der andern Brut. Aber so treibst du's immer, Marmaduke. Zuerst sind's die Bäume, dann das Wild, dann der Zuckerahorn, und endlich kommst du auch auf dieses Kapitel. Das einemal schwatzt du von Kanälen durch ein Land, wo man jede halbe Meile einen Fluß oder einen See hat – aus keinem andern Grunde, als weil das Wasser nicht gerade den Weg läuft, welchen du haben möchtest; und ein andermal sprichst du von Kohlenminen, obgleich jeder, der ein so gutes Auge wie ich hat – ich sage, wer ein gutes Auge hat, – mehr Holz sehen kann, als man in London in fünfzig Jahren zu verbrennen vermöchte. Ist's nicht so, Benjamin?«

»Ei, wenn Sie auf das kommen, Squire«, entgegnete der Hausmeister, »London ist kein kleiner Ort. Wenn man es strekken wollte wie eine an einem Fluß liegende Stadt, so könnte man wohl den ganzen See damit einfassen. Damit will ich freilich nicht sagen, daß die Wälder, die wir sehen, nicht weit reichen könnten, sintemal man in London fast nichts als Steinkohlen brennt.«

»Nun da wir gerade von den Kohlen sprechen, Richter Temple«, fiel der Sheriff ein, »so habe ich dir etwas sehr Wichtiges mitzuteilen, was ich jedoch bis auf morgen verschieben will. Ich weiß, daß du den östlichen Teil des Patents zu besuchen gedenkst, und da will ich dich begleiten, um dich nach einer Stelle zu führen, wo sich allenfalls einige deiner Pläne verwirklichen lassen. Ich schweige jetzt darüber, weil wir Zuhörer haben; aber ich bin diesen Abend hinter ein Geheimnis gekommen, Duke, das weit folgenreicher für dich werden kann als dein ganzes Besitztum zusammengenommen.«

Marmaduke lachte über diese wichtige Mitteilung, da er schon viele ähnliche hatte anhören müssen; der Sheriff begab sich mit einer ungemein wichtigen Miene, als bemitleide er seinen Vetter wegen seines Mangels an Zuversicht zu seinen großartigen Projekten, an das vor ihm liegende Geschäft. Da der Fischzug ein äußerst mühsamer gewesen, so befahl er dem einen Teile der Mannschaft, die Fische auf Haufen zu werfen, um sie sodann verteilen zu können, während ein anderer unter Benjamins Leitung Vorbereitungen zu einem zweiten Fange traf.

Vierundzwanzigstes Kapitel

Indes vom Rande – schrecklich war es allen –
Drei Schiffer mit dem rüst'gen Bootsmann fallen.
Falconer

Während die Fischer sich anschickten, die Beute gleichförmig zu verteilen, entfernte sich Elisabeth mit ihrer Freundin von der Gruppe, um ein wenig an dem Ufer des Sees entlangzugehen. Nachdem sie eine Stelle erreicht hatten, wohin sich selbst das hellste Licht der Flamme nicht mehr verbreitete, wandten sie sich um und machten einen Augenblick halt, um das geschäftige Treiben der Fischer und das tiefe Dunkel zu betrachten, welches wie die Nacht der Vergessenheit die ganze übrige Schöpfung zu umhüllen schien.

»Dies ist in der Tat ein Gegenstand für den Pinsel!« rief Elisabeth. »Betrachten Sie nur die Züge jenes Holzfällers, wie er triumphierend meinem Vetter, dem Sheriff, einen ungewöhnlich großen Fisch überreicht; und sehen Sie, Luise, wie schön und würdevoll mein Vater sich bei dem Lichte des Feuers ausnimmt, vor welchem er dem Spiel der Zerstörung zusieht. Er scheint melancholisch, als fürchtete er bereits jetzt einen Tag der Wiedervergeltung, welcher der Stunde einer solchen Vergeudung folgen wird. Glauben Sie nicht, daß es ein hübsches Gemälde geben würde, Luise?«

»Sie wissen wohl, daß ich mich auf etwas der Art nicht gut verstehe, Miß Temple.«

»Nennen Sie mich bei meinem Taufnamen«, unterbrach sie Elisabeth. »Hier ist kein Ort für solche Förmlichkeiten.«

»Wohlan denn«, versetzte Luise schüchtern, »wenn ich meine Meinung äußern darf, so glaube ich allerdings, daß die Szene sehr malerisch ist. Die selbstsüchtige Wichtigtuerei jenes Kirby mit seinem Fisch würde einen artigen Kontrast bilden mit dem – dem – Ausdruck von Herrn Edwards' Gesicht. Ich weiß nicht, wie ich es nennen soll, aber es ist – es – ist – ein – ach, Sie wissen wohl, was ich sagen will, liebe Elisabeth.«

»Sie trauen mir da zuviel zu, Miß Grant«, erwiderte die Erbin. »Ich kann keine Gedanken erraten und verstehe mich ebensowenig auf den Ausdruck von Gesichtern.«

Es lag keine Härte, nicht einmal Kälte in dem Tone dieser Worte, aber doch setzte er der Unterhaltung ein Ziel, und die beiden Mädchen entfernten sich Arm in Arm und in tiefem Schweigen noch weiter von der Gesellschaft. Elisabeth unterbrach die lästige stumme Szene zuerst wieder, vielleicht weil sie fühlte, daß ihre letzten Worte übel gedeutet werden könnten, vielleicht aber auch, weil eben ein neuer Gegenstand ihrem Auge auffiel.

»Es scheint, unser Trupp beschäftigt sich nicht allein mit dem Fischfang«, begann sie wieder. »Dort drüben auf der andern Seite des Sees zünden gleichfalls Fischer ein Feuer an. Es kommt mir vor, als wäre es gerade vor Lederstrumpfs Hütte.«

Durch die Dunkelheit, welche das östliche Gebirge verhüllte, schimmerte ein kleines unsicheres Licht, daß sich von Zeit zu Zeit den Blicken entzog und um sein Dasein zu kämpfen schien. Die Mädchen sahen, wie es sich an dem Ufer abwärts bewegte, als ob es von Menschenhänden getragen würde. Nach einer Weile breitete sich die Flamme allmählich aus und wurde heller, bis sie die Größe eines Menschenkopfs erreichte, und nun fuhr sie ständig fort zu leuchten wie eine feurige Kugel.

Das Zauberhafte dieser Erscheinung, unmittelbar unter dem Gebirge und an diesem abgelegenen und einsamen Platze, verlieh der Schönheit des Anblicks etwas doppelt Anziehendes. Das Feuer hatte keine Ähnlichkeit mit dem großen und unsteten Lichte des ihrigen, war heller und glänzender, und blieb sich hinsichtlich des Umfanges immer gleich.

Es gibt Augenblicke, in denen selbst der gebildetste Geist mehr oder weniger den nachteiligen Eindrücken unterworfen ist, welche noch aus den Tagen der Kinderzeit stammen, und Elisabeth lächelte über ihre eigene Schwäche, als sie sich der müßigen Märchen erinnerte, welche auf Lederstrumpfs Kosten unter den Dorfbewohnern im Umlaufe waren. Ähnliche Gedanken bemächtigten sich auch ihrer Gefährtin; denn Luise drängte sich in demselben Augenblicke näher an ihre Freundin und sprach mit unterdrückter Stimme, während sie einen furchtsamen Blick durch die Büsche und Bäume, welche vor ihnen über das Ufer hingen, gleiten ließ.

»Haben Sie je von dem seltsamen Teiben dieses Natty sprechen hören, Miß Temple? Man sagt, er sei in seiner Jugend ein indianischer Krieger gewesen oder habe doch, was das nämliche ist, in Verbindung mit den Wilden gelebt; auch meint man, er habe während der alten Kriege an vielen ihrer Einfälle teilgenommen.«

»Das wäre nicht ganz unwahrscheinlich«, versetzte Elisabeth, »denn viele außer ihm haben das gleiche getan.«

»Wohl, aber ist die Vorsicht, womit er seine Hütte verwahrt, nicht seltsam? Er verläßt sie nie, ohne sie auf eine merkwürdige Weise zu verriegeln, und wenn hin und wieder Kinder oder sogar Männer aus dem Dorfe in derselben Schutz gegen die Stürme suchten, so soll er sie schon mit Drohungen fortgejagt haben. Etwas der Art ist doch sonderbar in diesem Lande.«

»Jedenfalls nicht sehr gastfreundlich, aber wir müssen nicht vergessen, welchen Widerwillen er gegen die Gebräuche des zivilisierten Lebens hegt. Sie hörten vor einigen Tagen meinen Vater sagen, wie freundlich er ihn bei seinem ersten Besuche aufgenommen hat.«

Elisabeth hielt inne und lächelte mit einem Ausdruck eigentümlicher Schalkhaftigkeit, obgleich die Dunkelheit ihre Gefährtin den Sinn derselben nicht erraten ließ; dann fuhr sie fort: »Außerdem nimmt er auch die Besuche des Herrn Edwards an, der, wie wir beide wissen, nichts weniger als ein Wilder ist.«

Luise gab hierauf keine Erwiderung, sondern blickte fortwährend auf den Gegenstand, der diese Bemerkung veranlaßt hatte. Außer der hellen, zirkelrunden Flamme wurde nun eine schwächere sichtbar, die jedoch gleichfalls ein lebhaftes Licht verbreitete und an dem obern Ende dieselbe Breite hatte wie die erste, nach unten hin aber sich zu einer mehrere Fuß langen Spitze ausdehnte. Zwischen beiden befand sich ein dunkler Raum; das neue Licht stand unter dem andern, und das Ganze bildete eine Erscheinung, die einem umgekehrten Ausrufungszeichen nicht unähnlich sah. Die Mädchen entdeckten jedoch bald, daß die letztere weiter nichts als der Reflex der ersten im Wasser war, und daß der Gegenstand, was es auch immer sein mochte, sich über den See weg bewegte; denn er schien um mehrere Fuß von dessen Oberfläche abzustehen und gerade auf sie zuzukommen. Die Bewegung ging erstaunlich schnell vonstatten; denn die Damen hatten sich kaum über die Wirklichkeit derselben Gewißheit verschafft, als sie gewahr wurden, daß das Licht seine regelmäßige Gestalt verlor und sich in eine wehende Flamme umwandelte, welche immer größer wurde, je näher sie herankamen.

»Die Sache kommt mir übernatürlich vor!« flüsterte Luise, indem sie sich anschickte, den Rückweg zu der Gesellschaft anzutreten.

»Ein schöner Anblick!« rief Elisabeth.

Sie konnten nun deutlich eine helle, wehende Flamme unterscheiden, welche anmutig über den See hinglitt und ihr Licht in einer Weise auf das Wasser warf, die dasselbe merklich erhellte, obgleich die Dunkelheit der Luft einen so starken Gegensatz bildete, daß es das Aussehen hatte, als lodere das Feuer unter einem ungeheuern schwarzen Schornstein. Diese Täuschung verlor sich jedoch allmählich, und die Strahlen beleuchteten nachgerade die Atmosphäre nach vorn, während sie den Hintergrund in einem undurchdringlicheren Dunkel als je ließen.

»Ho! Natty, ho! seid Ihr's?« rief der Sheriff. »Ruder heran, alter Knabe, und ich will Euren Tisch mit Fischen versorgen, deren sich die Tafel des Gouverneurs nicht schämen dürfte.«

Das Licht veränderte schnell seine Richtung, und ein langes leicht gebautes Boot hob sich aus der Dunkelheit, während der rote Schein des Feuers auf die verwitterten Züge Lederstrumpfs fiel, der aufrecht in dem gebrechlichen Fahrzeug stand und mit dem Anstande eines erfahrenen Schiffers eine lange Fischgabel handhabte, welche er an der Mitte des Stiels hielt und bald mit dem einen, bald mit dem andern Ende in das Wasser tauchte, um den kleinen Rindenkahn auf dem Wasser vorwärtszutreiben. An dem andern Ende des Fahrzeugs unterschied man die unbestimmten Umrisse einer andern Gestalt, welche die Bewegungen desselben lenkte und das Ruder mit der Leichtigkeit eines Mannes handhabte, welcher fühlte, daß es nicht eben nötig war, sich besonders anzustrengen. Lederstrumpf schlug mit seiner Gabel leicht gegen den kurzen Pfahl, der einem aus alten eisernen Reifen gebildeten Rost zur Stütze diente, und da das darauf brennende Fichtenholzfeuer nun hoch aufloderte, so ließen die Strahlen desselben für einen Augenblick die dunkeln Züge und die schwarzen glänzenden Augen Mohegans erkennen.

Das Boot glitt längs des Ufers hin, bis es gerade dem Fischergrunde gegenüber zu stehen kam, wo es abermals seine Richtung änderte und sich mit einer anmutigen und doch so schnellen Bewegung, als wäre es ein lebendes Wesen, dem Lande näherte. Die Wasserfläche kräuselte sich kaum vor dem dahinziehenden Kahne, und lautlos schoß das leichte Fahrzeug fast um die Hälfte seiner Länge an dem kiesigen Ufer auf, wobei Natty um einige Schritte von dem Bug zurücktrat, um die Landung zu erleichtern.

»Kommt heran!« sagte Marmaduke, »kommt heran, Lederstrumpf, und beladet Euer Boot mit Barschen. Es wäre eine Schmach, die Tiere mit der Gabel anzugreifen, während soviel Opfer hier liegen, welche zugrunde gehen müssen, weil es an Menschen fehlt, sie zu verzehren.«

»Nein, nein, Richter«, entgegnete Natty, indem er über das schmale Kiesgestade hinschritt und zu der kleinen Grasfläche hinanstieg, wo die Fische aufgehäuft lagen, »ich esse nichts von einem solchen verschwenderischen Fang. Ich brauche meine Gabel, wenn's mich nach einem Aal oder einer Forelle gelüstet, aber ich möchte keinen Teil an einer so sündhaften Art zu fischen haben, und wenn man mir die beste Büchse, die je aus dem alten Land kam, dafür geben wollte. Wenn sie noch Pelzwerk hätten wie ein Biber, oder wenn man ihre Häute gerben könnte wie die des Hirsches, so ließe es sich noch allenfalls entschuldigen, wenn man sie zu Tausenden wegfängt; da sie aber Gott zur Speise für den Menschen und zu nichts anderem bestimmt hat, so nenne ich es eine sündhafte Verwüstung, wenn man mehr fängt, als man essen kann.«

»Ihr sprecht mir aus dem Herzen; denn für diesmal, alter Jäger, bin ich ganz Eurer Ansicht, und es wäre mir nichts lieber, als wenn wir den Sheriff auch bekehren könnten. Ein Fang mit einem halb so großen Netze würde das ganze Dorf für eine Woche mit Fischen versehen.«

Diese Übereinstimmung der Gesinnungen schien nicht nach Lederstrumpfs Geschmack zu sein; denn er schüttelte zweifelnd den Kopf und antwortete:

»Nein, nein; unsere Ansichten sind nicht eins, Richter, sonst würden Sie nicht gute Jagdgründe in Weiden voll Baumstümpfe verwandeln; auch ist Ihr Fischen und Jagen durchaus nicht in der Regel. Was mich anbelangt, so schmeckt mir das Fleisch eines Tieres, das mir möglicherweise entkommen kann, viel besser, und aus diesem Grunde brauche ich immer nur eine einzige Kugel, wäre es selbst auf einen Vogel oder auf ein Eichhörnchen. Es ist zudem noch eine Ersparnis des Bleis; denn wenn man zu schießen versteht, so reicht ein einziges Stück hin, wenn sich's nicht etwa um Tiere handelt, die ein besonders zähes Leben haben.«

Der Sheriff horchte mit großer Entrüstung auf diese Worte, und nachdem er die Teilung beendigt hatte, indem er eigenhändig eine ungemein große Forelle quer über vier aufeinander folgende Haufen legte, wie es seine schwankenden Begriffe von Gerechtigkeit zu fordern schienen, machte er seinem Unmut in Worten Luft.

»In der Tat eine saubere Verbindung, wenn sich der Richter Temple, der Herr und Besitzer des ganzen Landstrichs, mit Nathanael Bumppo, einem gesetzlosen Squatter und Jäger von Profession vereinigt, um das Jagdbare des Bezirks zu schützen! Doch gleichviel, Duke! wenn ich fischen will, so fische ich. Drum fort, Jungen, einen weiteren Zug! Wir wollen morgen unsere Wagen und Karren herausschicken, um die Beute heimzuholen.«

Marmaduke schien einzusehen, daß alle Einrede den Willen des Sheriffs nicht zu brechen imstande war. Er verließ daher das Feuer und begab sich nach dem Orte, wo der Kahn der Jäger lag, und wohin die Damen, vereint mit Oliver Edwards, bereits vorangegangen waren.

Die Mädchen hatten sich durch ihre Neugierde nach dem Orte locken lassen, während sich der Jüngling aus einem ganz anderen Beweggrunde dahin verfügte. Elisabeth untersuchte die leichten Eschenbretter nebst der dünnen Rindendecke des Kahns und bewunderte die zwar einfache, aber zierliche Konstruktion desselben, obgleich sie nicht wenig erstaunt war, daß ein menschliches Wesen so waghalsig sein konnte, sein Leben einem so zerbrechlichen Fahrzeuge anzuvertrauen. Der Jüngling machte sie daher auf die leichte Schwimmfähigkeit des Nachens aufmerksam, vermöge deren er bei zweckmäßiger Leitung durchaus nicht gefährlich war, indem er ihr zugleich in lebhaften Farben eine Schilderung des Fischens mit der Gabel gab. Dies verscheuchte mit einem Male alle ihre Befürchtungen, und sie wünschte, nun auch einer solchen Belustigung beizuwohnen. Sie hatte es eben gewagt, ihrem Vater den Vorschlag zu machen, einen derartigen Versuch anstellen zu lassen, indem sie zugleich über ihren eigenen Wunsch lachte und ihn eine Frauenzimmergrille nannte.

»Rede nicht so, Beß«, entgegnete der Richter, »denn ich habe es gern, daß du über die eitle Furcht eines törichten Mädchens erhaben bist. Diese Kähne sind für Leute, welche Kraft mit Geschicklichkeit verbinden, die sichersten Fahrzeuge. Ich bin über den Oneida an einer Stelle, wo er am breitesten ist, in einem viel kleineren Nachen als diesem hinübergefahren.«

»Und ich über den Ontario«, fiel Lederstrumpf ein, »wobei ich noch obendrein Weiber in dem Kahne hatte. Aber die Frauen der Delawaren sind das Rudern gewöhnt und leisten gute Dienste in einem derartigen Fahrzeug. Wenn die junge Dame zusehen will, wie ein alter Mann eine Forelle für sein Frühstück spießt, so macht es mir Freude, sie in mein Schifflein aufzunehmen. John wird das nämliche sagen; denn er hat den Kahn neu gezimmert, und er wurde erst gestern ins Wasser gelassen. Solche Arbeit gefällt mir besser als das Korbflechten und andere ähnliche Hantierungen der Indianer.«

Natty ließ jetzt sein bezeichnendes Lachen vernehmen, indem er zugleich den Schluß seiner Einladung mit einem freundlichen Kopfnicken begleitete. Aber nun trat Mohegan mit der eigentümlichen Anmut eines Indianers heran, ergriff Elisabeths weiche, weiße Hand mit seinen dunkeln, runzligen Fingern und sagte:

»Komm, Enkelin von Miquon, und John wird sich freuen! Vertraue dem Indianer; sein Kopf ist alt, und da seine Hand nicht mehr so sicher ist wie sonst, so wird der junge Adler gehen und achthaben, daß seine Schwester keinen Schaden nimmt.«

»Herr Edwards«, sagte Elisabeth leicht errötend, »Ihr Freund Mohegan hat für Sie ein Versprechen gegeben. Werden Sie der Ihnen aufgelegten Verpflichtung nachkommen?«

»Mit meinem Leben, wenn es nötig wäre, Miß Temple«, rief der Jüngling. »Das Schauspiel ist wohl ein bißchen Angst wert; denn wirkliche Gefahr ist keine vorhanden. Ich werde übrigens Sie und Miß Grant begleiten, um Sie zu ermutigen.«

»Mich?« rief Luise. »Nein, nicht mich, Herr Edwards. Aber gewiß, es ist nicht Ihr Ernst, sich einem so leichten Kahne anzuvertrauen?«

»Nun, so trete ich allein ein; denn alle meine Besorgnisse

sind verschwunden«, sagte Elisabeth, indem sie in das Boot hüpfte und den Sitz einnahm, welchen ihr der Indianer angewiesen hatte. »Herr Edwards, Sie können zurückbleiben, denn drei Personen scheinen mir genug für eine solche Eierschale.«

»Sie soll auch noch den vierten tragen«, rief der junge Mann, indem er mit einem Ungestüm in das leichte Fahrzeug sprang, daß es unter ihm zusammenbrechen zu wollen schien. »Verzeihen Sie, Miß Temple, daß ich diesen achtbaren Charons nicht gestatte, sie ohne Ihren Genius in das Reich der Schatten zu führen.«

»Ist dieser Genius ein guter oder ein böser Geist?« fragte Elisabeth.

»Für Sie ein guter.«

»Und für die Meinigen?« fügte die Jungfrau mit einer Miene bei, in welcher sich Empfindlichkeit auf eine seltsame Weise mit Zufriedenheit paarte. Aber die Bewegung des Kahns führte ihre Gedanken in eine neue Richtung und gab glücklicherweise dem jungen Mann einen Grund an die Hand, den Gegenstand des Gesprächs zu wechseln.

Es kam Elisabeth vor, als glitte sie unter dem Einflusse einer magischen Gewalt über das Wasser hin, so leicht und anmutig lenkte Mohegan seine kleine Barke. Eine schwache Bewegung mit der Fischgabel deutete den Weg an, welchen Lederstrumpf zu gehen wünschte, und die Gesellschaft beobachtete ein tiefes Schweigen, da eine solche Vorsicht für den Erfolg ihrer Fischerei nötig war. An der Stelle, wo sie sich gegenwärtig befanden, war das Wasser ziemlich seicht, ganz im Gegensatz zu jenen Teilen, wo das Gebirge fast senkrecht von dem Ufer anstieg. Dort hätten die größten Schiffe liegen und ihre Rahen in die Fichten verwickeln können, während hier nur etliche Binsen ihre Spitzen über die sanft sich kräuselnden Wasser des Sees erhoben und in der leichten Nachtluft flüsternde Töne verbreiteten. Nur an solchen seichten Stellen war der Barsch zu finden oder konnte überhaupt das Netz mit Erfolg ausgeworfen werden.

Elisabeth sah Tausende dieser Fische in dem warmen Wasser des Ufers hin schwimmen; denn das helle Licht ihrer Feuerpfanne schloß ihnen die Geheimnisse des Sees in einer Weise auf, als wäre die klare Flüssigkeit des Otsego nur eine andere Atmosphäre. Jeden Augenblick erwartete sie, Lederstrumpfs über der Wasserfläche schwebende Gabel auf die unter ihr sich drängenden Schwärme niederfahren zu sehen, wo kein Stoß fehlschlagen zu können schien und wo, wie ihr Vater bereits gesagt hatte, eine Beute zu holen war, deren sich keine fürstliche Tafel schämen durfte. Aber Natty hatte seine eigentümlichen Gewohnheiten und, wie es den Anschein hatte, auch seinen eigentümlichen Geschmack. Seine hohe Gestalt und seine aufrechte Haltung setzte ihn in den Stand, viel weiter zu sehen als diejenigen, welche in dem Kahne saßen, und er wandte seinen Kopf bedächtig nach allen Richtungen, wobei er häufig seinen Körper vorbeugte und seine Augen anstrengte, als wollten sie die ganze Wassermasse, welche in dem Bereich ihrer Flamme lag, durchdringen. Endlich schien sein Spähen mit Erfolg belohnt zu werden; denn mit seiner Gabel von dem Ufer wegdeutend, sagte er mit flüsternder Stimme:

»Fahre etwas seewärts, John; ich sehe da einen Burschen, der schon seine Schule durchlaufen hat. Es ist selten, daß man ein solches Tier im seichten Wasser findet, wo ihn die Gabel erreichen kann.«

Mohegan gab durch eine Handbewegung seine Zustimmung zu erkennen, und im nächsten Augenblicke befand sich der Kahn jenseits des Bereichs der Barsche in einem Wasser von beinahe zwanzig Fuß Tiefe. Man legte einige Stücke Holz auf die Rostpfanne, und das Feuer erleuchtete die Umgebung bis auf den Grund. Elisabeth sah jetzt einen Fisch von ungewöhnlicher Größe, der über einigen kleinen Stücken von Grundholz schwebte; das Tier war in dieser Entfernung nur durch eine leichte Bewegung seiner Flossen und seines Schwanzes zu erkennen.

Diese ungewöhnliche Enthüllung der Geheimnisse des Sees schien die Neugierde sowohl der Erbin des Landes als des Herrn dieses Gewässers zu erregen; denn die Lachsforelle gab bald ihre Aufmerksamkeit durch ein Heben ihres Kopfes und ihres Körpers in einem Winkel von einigen Graden zu erkennen, worauf sie wieder ihre horizontale Lage einnahm.

»Bst! Bst!« begann Natty mit unterdrückter Stimme bei dem leisen Geräusch, welches Elisabeth veranlaßte, als sie sich neugierig über die Seite des Kahnes bog, »es ist ein scheues Tier und noch weit außerhalb des Bereichs einer Gabel. Meine Stange ist nur vierzehn Fuß lang, und die Kreatur liegt gute achtzehn unter der Oberfläche des Wassers; aber ich will's versuchen: es ist ein Zehnpfünder.«

Während Lederstrumpf so sprach, zielte er und gab seiner Waffe die erforderliche Richtung. Elisabeth sah die glänzenden polierten Spitzen langsam und lautlos in das Wasser tauchen: sie schienen jedoch infolge der Strahlenbrechung nicht nach dem Fische hinzuführen, – und es war ihr, als müsse das erwartete Opfer sie gleichfalls sehen; denn sein Schwanz und seine Flossen bewegten sich stärker, obgleich das Tier sich nicht von der Stelle rührte. Im nächsten Augenblick beugte sich Nattys Leib ganz gegen den Wasserspiegel, und der Griff seiner Gabel verschwand in dem See. Der lange, dunkle Strahl der hinabgleitenden Waffe und der kleine Wirbel, welcher dem raschen Wurfe folgte, ließen sich leicht unterscheiden; aber erst als die Stange vermöge ihrer eigenen Holzleichtigkeit wieder aus dem Wasser auftauchte, und Lederstrumpf, der sie faßte, die Spitzen in die Höhe hielt, wurde Elisabeth die Wirkung dieses Beginnens gewahr. Ein großer Fisch hing an dem mit Widerhaken versehenen Stahle und war bald aus seiner gespießten Lage auf den Boden des Kahnes abgeschüttelt.

»Das reicht zu für uns, John«, sagte Natty, indem er seine Beute an einer der Flossen aufhob und sie im Lichte des Feuers vorzeigte. »Für heute wäre unser Tagewerk vollendet.«

Der Indianer machte wieder eine Handbewegung und antwortete mit einem nachdrücklichen »Gut!«

Elisabeth wurde aus ihrer durch diese Szene und das Schauen auf den Grund des Sees veranlaßten Verzückung durch Benjamins heisere Stimme und das Schlagen der Ruder geweckt, da sich jetzt das schwerere Boot der anderen Fischer, welche ihr Netz hinter sich herschleppten, der Stelle näherte, wo der Kahn lag.

»Zieht Euch zurück, zieht Euch zurück, Meister Bumppo«, rief Benjamin. »Euer Feuer erschreckt die Fische, die, wenn sie das Netz sehen, einen sicheren Ankergrund suchen. Ein Fisch ist so klug wie ein Pferd und vielleicht noch klüger, wenn er etwas Unheimliches im Wasser wittert, in dem er groß geworden ist; zieht Euch zurück, Meister Bumppo, zieht Euch zurück, sage ich, und macht Platz für unser Schleppnetz.«

Mohegan lenkte den kleinen Kahn nach einer Stelle, wo sie die Bewegungen der Fischer mitansehen konnten, ohne dieselben zu stören, und ließ ihn daselbst haltmachen, wo er wie ein phantastisches, in der Luft schwebendes Fahrzeug liegenblieb. Unter der Bemannung des Boots schien nicht die beste Harmonie zu herrschen; denn Benjamin schrie viel, und zwar mit einer Stimme, in welcher sich der Unmut des Ehrenmannes nicht verkennen ließ.

»An das Backbord das Ruder, Meister Kirby«, rief der alte Seemann; »Backbord, so gut Ihr könnt! Es würde den ältesten General in der britischen Flotte in Verlegenheit bringen, ein Netz hübsch auszuwerfen, wenn das Kielwasser wie ein Korkzieher hinter einem herkommt. Steuerbord, Bursche! ans Steuerbord das Ruder, – wollt Ihr?«

»Hört, Meister Pump«, sagte Kirby trotzig, indem er zu rudern aufhörte, »ich verlange eine höfliche Sprache und eine manierliche Behandlung, wie es zwischen Mann und Mann recht und billig ist. Wenn Ihr hott wollt, so sagt's, und ich fahre hott, um des allgemeinen Besten willen; aber ich bin's nicht gewöhnt, mich kommandieren zu lassen wie das unvernünftige Vieh.«

»Wer ist ein unvernünftiges Vieh?« entgegnete Benjamin, indem er sein abstoßendes Gesicht zornig dem Lichte des Kahnes zuwandte, von wo aus man in jedem seiner Züge den Ausdruck des Unmutes zu unterscheiden vermochte. »Wenn Ihr mir so kommt und die Richtung des Boots bestimmen wollt, so hol' Euch der Henker; Ihr würdet mir ein schönes Steuern zuwege bringen. Wir brauchen nur noch das Netz in die Achtersitze zu heben, und die Sache ist im reinen. Ich frage Euch noch einmal, ob Ihr noch um ein paar Faden weiter rudern wollt? Wenn ich aber wieder ein solches Walroß, wie Ihr seid, an Bord nehme, so soll mich alle Welt einen Schiffsesel nennen.«

Wahrscheinlich durch die Aussicht einer baldigen Beendigung seines Geschäfts ermutigt, nahm der Holzfäller sein Ruder wieder auf und führte mit demselben einen so kräftigen Schlag ins Wasser, daß das Boot nicht nur von dem Netze, sondern auch in demselben Augenblicke von dem Majordomo befreit wurde. Benjamin hatte sich hinten an der kleinen Plattform, wo das noch nicht ausgesteckte Netz lag, aufgestellt, und der gewaltige, durch den kräftigen Arm des Holzfällers veranlaßte Ruck hatte jenen Ehrenmann vollkommen aus dem Gleichgewicht gebracht. Die beiderseitigen Lichter ließen diesen Vorfall sowohl im Kahn als an der Küste gewahr werden, und der schwere Sturz ins Wasser zog aller Augen nach dem Majordomo, den man einen Augenblick auf der Oberfläche zappeln sah.

Ein lautes Gelächter erscholl, zu welchem Kirbys Lungen keinen kleinen Teil beitrugen, und hallte an den östlichen Bergen wider, bis es in der Ferne unter den Felsen und Wäldern dahinstarb. Man sah den Körper des Hausmeisters langsam verschwinden. Als aber die durch seinen Fall veranlaßten Wellenschläge ruhig wurden und das Wasser über seinem Kopfe eine ununterbrochene Ebene bildete, bemächtigten sich der Zuschauer ganz andere Gefühle.

»Wie geht's Euch, Benjamin?« brüllte Richard von dem Ufer aus.

»Der dumme Teufel kann nicht schwimmen!« rief Kirby, indem er aufsprang und die Kleider beiseite zu werfen begann.

»Rudert drauf los, Mohegan!« sagte der junge Edwards. »Das Licht wird zeigen, wo er ist; ich will dann nach ihm hinunter.«

»Oh, rettet ihn! Um Gottes willen rettet ihn!« rief Elisabeth, indem sie entsetzt ihren Kopf über den Rand des Kahnes beugte.

Einige kräftige und gewandte Schläge von Mohegans Ruder brachten den Kahn rasch zu der Stelle, wo der Hausmeister ins Wasser gefallen war, und ein lauter Schrei von Lederstrumpf kündigte an, daß er den Körper sah.

»Haltet mit dem Boot, bis ich untergetaucht bin«, rief Edwards wieder.

»Gemach, Junge, gemach«, sagte Natty. »Ich will den Burschen in der halben Zeit mit meiner Gabel heraufgeholt haben, und so geht es, ohne daß jemand sein Leben aufs Spiel setzt.«

Benjamins Körper lag zur Hälfte auf dem Grund, während seine Hände krampfhaft einige Binsenstümpfe gefaßt hielten. Elisabeth überlief es eiskalt, als sie die Gestalt eines Mitmenschen so unter den Wassermassen ausgestreckt sah; denn seine Bewegungen schienen nur noch von den Wellen herzurühren, während sein Gesicht und seine Hände, im Scheine des Lichtes und durch das Wasser gesehen, bereits die Farbe des Todes zeigten.

In demselben Augenblick bemerkte man, wie sich die Zinken

von Nattys Gabel dem Kopfe des Verunglückten näherten und rasch in die Haare seines Zopfes und in den Kragen seines Rokkes eindrangen. Der Körper wurde nun langsam in die Höhe gezogen, und die geisterbleichen Züge traten an die Oberfläche. Die Ankunft von Benjamins Nasenlöchern in ihrer eigenen Atmosphäre wurde durch ein Schnauben verkündet, das einem Meerschweine Ehre gemacht hätte. Natty hielt den Majordomo eine kleine Weile mit dem Kopf über dem Wasser schwebend, und inzwischen öffneten sich dessen Augen langsam, wobei er um sich stierte, als sei er in einem neuen, nie gesehenen Lande angelangt.

Da alles zugleich handelte und sprach, so wurde diese Rettung in weit kürzerer Zeit bewerkstelligt, als wir zu ihrer Erzählung gebraucht haben. In einem Nu befand sich das Boot an der Seite der Gabel, das sofort Benjamin aufnahm und rasch dem Ufer zu ruderte. Kirby brachte unter Richards Beistand, der in der Angst um seinen Lieblingsgehilfen demselben ins Wasser entgegengesprungen war, den besinnungslosen Hausmeister ans Gestade und setzte ihn ans Feuer, während der Sheriff jene Belebungsmittel anordnete, welche man damals bei Ertrunkenen für die erprobtesten hielt.

»Lauft, Billy«, rief er, »lauft ins Dorf und holt den vor der Türe liegenden Rumkrug, in welchem ich den Weinessig angesetzt habe. Sputet Euch, Junge, und haltet Euch nicht damit auf, den Essig in ein anderes Gefäß zu füllen; und nehmt bei Herrn Le Quoi ein Päckchen Tabak und ein halbes Dutzend Pfeifen mit – und laßt Euch von Remarkable etwas Salz und einen ihrer Flanellunterröcke geben – und sagt zu Doktor Todd, er solle seine Lanzette schicken und selbst herauskommen; und – ha! Duke was machst du? Willst du einen Mann, der voll Wasser ist, umbringen, daß du ihm Rum gibst? Hilf mir seine Hand öffnen, daß ich sie reiben kann.«

Während dieser ganzen Zeit saß Benjamin starr mit verbissenem Mund und krampfhaft geschlossenen Händen da, in denen sich noch Reste der Binsen befanden, welche er in der Verwirrung des Augenblicks ergriffen und wie ein echter Seemann so fest gehalten hatte, daß sein Körper nicht wieder an die Oberfläche auftauchen konnte. Seine Augen standen jedoch offen und stierten gräßlich auf die Gruppe um das Feuer, während seine Lungen wie Schmiedeblasebälge arbeiteten, als wollten sie sich für die Minute einer unfreiwilligen Untätigkeit schadlos halten. Die gewaltsam zusammengepreßten Lippen nötigten die Luft, durch die Nasenlöcher ihren Aus- und Eingang zu nehmen, was denn auch mit einem so gewaltsamen Schnauben geschah, daß nichts als die übermäßige Aufregung des Sheriffs seine voreiligen Anordnungen rechtfertigen konnte.

Die Flasche, welche Marmaduke an die Lippen des Hausmeisters brachte, wirkte wie ein Zauber. Sein Mund öffnete sich instinktiv. Seine Hände ließen die Binsen fallen und griffen nach dem Glase, seine Augen erhoben sich aus ihrem horizontalen Stieren zum Himmel, – und der ganze Mann schien für den Augenblick in einem neuen Gefühl aufzugehen. Zum Unglück für Benjamins Neigung war nach einem dieser Züge, ebensogut wie nach seinem Untertauchen, ein neues Atmen nötig, und so mußte er endlich die Flasche fahrenlassen.

»Ei, Benjamin!« rief der Sheriff, »das ist ja etwas Schreckliches! Wie kann ein Mann, der schon so viele Ertrunkene hat behandeln sehen, so töricht verfahren? Schüttet Ihr jetzt, da Ihr halbvoll Wasser seid, den Rum hinunter – –«

»Um mich ganz voll Grog zu machen«, fiel ihm der Majordomo ins Wort, indem seine Züge mit erstaunlicher Schmiegsamkeit wieder ihre natürliche Form annahmen. »Aber sehen Sie, Squire, ich hielt meine Luken verschlossen, so daß nur wenig Wasser in meinen Unterraum gelangte. Hört, Meister Kirby! Ich habe den größten Teil meines Lebens auf dem Salzwasser zugebracht und auch die Schiffahrt auf solchen Weihern mitangesehen, und so kann ich Euch denn nachrühmen, daß Ihr der ungeschickteste Tölpel seid, der sich je auf einer Bootsducht breitmachte. Mag meinetwegen mit Euch fahren, wer will, aber ich will verdammt sein, wenn ich je wieder in Eurer Gesellschaft das Ufer dieses Sees besuche. Ich will Euch sagen, warum: weil Ihr ebensogern einen Menschen ins Wasser werft als einen dieser Fische und nicht soviel Verstand habt, einem ehrlichen Christenmenschen, wenn er driftig wird, auch nur ein Stückchen Seil zuzuwerfen. – Natty Bumppo, gebt mir Eure Hand! Man sagt Euch zwar nach, Ihr wäret ein Indianer und Skalpierer; Ihr habt mir aber einen guten Dienst geleistet und dürft mich daher als einen Freund betrachten, obgleich es matrosenmäßiger gewesen wäre, wenn Ihr mir ein Tauende zugeworfen oder mich mit einem laufenden Knoten gefaßt hättet, statt einen alten Seemann an seinem Kopftaljereep zu harpunieren. Doch ich denke, Ihr seid's gewöhnt, die Leute bei den Haaren zu nehmen, und da es zu meinem Besten, nicht aber zu meinem Nachteil geschah, so mache ich mir nicht gerade allzuviel daraus.«

Marmaduke kam einer Antwort zuvor, indem er fortan mit einer Würde und Umsicht, welche die Einwendung seines Vetters mit einemmal zum Schweigen brachten, die weitere Leitung der Fischerexpedition übernahm, Benjamin zu Lande nach dem Dorfe zurückschickte und das Netz in einer Weise ans Land holen ließ, daß die Fische alle ungefährdet entkamen.

Die Verteilung der Beute ging in der gewöhnlichen Weise vor sich, indem man einen aus der Gesellschaft aufstellte, der mit abgewandtem Gesicht denjenigen namhaft machen mußte, welchem dieser oder jener Haufe gehören sollte. Billy Kirby streckte sich an der Seite des Feuers der Länge nach auf dem Grase aus, um bis zum Morgen das Netz und die Fische zu bewachen; die übrigen aber schifften sich in dem Kahne ein, um nach dem Dorfe zurückzukehren.

Die sich Entfernenden bemerkten noch, wie der Holzfäller über den Kohlen sein Nachtessen kochte, und als sich das Boot dem Ufer näherte, zeigte sich die Flamme aus Mohegans Kahne wieder unter dem Dunkel der östlichen Berge. Plötzlich hörte sie auf, sich zu bewegen, und nun flogen die Feuerbrände in die Luft, worauf sich alles in so tiefe Dunkelheit hüllte, als sie die Nacht in Vereinigung mit dem Wald und dem Gebirge nur immer herbeiführen konnte.

Elisabeths Gedanken wanderten von dem Jüngling, der einen Baldachin von Schalen über sie und Luise ausgebreitet hielt, zu dem Jäger und dem indianischen Krieger, und ein Verlangen erwachte in ihr, die Hütte zu besuchen, wo Menschen von so verschiedenen Gewohnheiten und Temperamenten sich zusammengefunden hatten.

Fünfundzwanzigstes Kapitel

Schwatz uns nicht stets von diesen Berg' und Tälern,
Du alter Tor; denn niemand horcht auf Mären
Aus deiner Kinderzeit, womit du quälst
Der Hörer Ohr. – Drum rasch! zur Sache!

Duo

Herr Jones stand am folgenden Morgen mit der Sonne auf, ließ sein und Marmadukes Pferd satteln und verfügte sich mit ungewöhnlich wichtiger Miene in das Schlafgemach des Richters. Die Türe war nicht verschlossen, und Richard trat mit einer Freimütigkeit ein, welche nicht nur das gute Einvernehmen mit dem Vetter, sondern auch die gewohnte Weise des Sheriffs charakterisierte. –

»Nun, Duke, zu Pferde«, rief er, »und ich will dir auseinandersetzen, was ich gestern abend mit meinen Andeutungen meinte. David sagt in seinen Psalmen – nein, es war Salomo; doch das ist gleichgültig, er gehörte zur Familie – Salomo sagt, alles habe seine Zeit, und nach meiner unmaßgeblichen Ansicht ist eine Fischerpartie kein geeigneter Moment, um wichtige Angelegenheiten zu besprechen. – Ha was soll das? Was zum Teufel fehlt dir, Marmaduke? Bist du nicht wohl? Laß mich deinen Puls fühlen. Du weißt, mein Großvater war –«

»Dem Körper nach befinde ich mich ganz wohl, Richard«, fiel der Richter ein, indem er seinen Vetter zurückschob, welcher eben im Begriff war, dem Doktor Todd ins Handwerk zu greifen, »aber mein Gemüt ist leidend. Als ich in der letzten Nacht zurückkam, fand ich unter anderen Briefen auch diesen vor.«

Der Sheriff nahm den Brief auf, ohne jedoch seine Augen auf das Schreiben zu richten; denn er betrachtete fortwährend das Äußere des Richters mit großem Erstaunen. Von dem Antlitz seines Vetters wanderte sein Blick nach dem Tische, wo mehrere Briefe, Pakete und Zeitungen lagen, und dann in dem Zimmer umher. Auf dem Bette war der Eindruck eines menschlichen Körpers sichtbar, ohne daß jedoch die Decke zurückgeschlagen gewesen wäre; alles verkündete, daß der Bewohner des Gemachs eine schlaflose Nacht zugebracht hatte. Die Kerzen waren bis in die Leuchter niedergebrannt und augenscheinlich von selbst erloschen. Marmaduke hatte seine Vorhänge aufgezogen und die Fenster geöffnet, um die balsamische Luft eindringen zu lassen, aber seine blassen Wangen, seine bebenden Lippen und seine eingesunkenen Augen zeigten so gar nicht die gewöhnliche männliche und heitere Ruhe des Richters, daß der Sheriff mit jedem Augenblicke bestürzter wurde. Endlich fand Richard Zeit, seine Blicke auf den Brief zu werfen, den er noch immer uneröffnet und zusammengeballt in seiner Hand hielt.

»Was, ein zu Schiff angekommener Brief«, rief er, »und aus England? Ha, Duke! der mag in der Tat wichtige Neuigkeiten enthalten.«

»Lies ihn«, versetzte Marmaduke, in heftiger Aufregung durch das Zimmer auf und ab schreitend.

Richard war gewöhnt, laut zu denken, und daher nicht imstande, einen Brief zu lesen, ohne einem Teile des Inhalts Worte zu leihen. Wir legen daher dem Leser das, was in dieser Weise von dem Briefe veröffentlicht wurde, nebst den gelegentlichen Bemerkungen des Sheriffs vor.

»›London, den zwölften Februar siebzehnhundertdreiundneunzig‹ – Was zum Teufel, das hat lange gebraucht! Aber der Wind ist, bis auf die letzten vierzehn Tage, sechs Wochen lang nordwestlich gewesen.

›Sir, Ihre verehrlichen Schreiben vom 10. August, 23. September und 1. Dezember habe ich zur rechten Zeit erhalten und das erste umgehend beantwortet. Seit dem Empfang des letzteren habe ich –‹« hier folgte ein langer Satz, welchen der Sheriff unbestimmt vor sich hin murmelte. »›Es tut mir leid Ihnen sagen zu müssen, daß‹ – hum, das ist allerdings schlimm – ›hoffe aber, daß es die gütige Vorsehung für passend gehalten hat‹ – hum, hum; scheint ein religiöser Mann zu sein, Duke, wahrscheinlich ein bischöflicher; hum, hum – ›Schiff abgesegelt von Falmouth, ungefähr am 1. September des vorigen Jahrs und‹, – – hum, hum, hum. ›Wenn etwas von dieser betrübenden Sache verlauten sollte, so werde ich nicht ermangeln‹ – hum, hum; in der Tat ein sehr gutherziger Mann für einen Rechtsgelehrten – ›kann jedoch nichts Weiteres mitteilen‹ – hum, hum. ›Der Nationalkonvent‹ – hum, hum – ›unglückliche Louis‹ – hum, hum

– ›Beispiel Eures Washington‹ – gewiß ein sehr verständiger Mann und keiner von jenen verrückten Demokraten. Hum, hum – ›unsere tapfere Flotte‹ – hum, hum – ›unter unserem ausgezeichneten Monarchen‹ – ja, mag ein guter Mann sein, dieser König Georg, hat aber schlechte Ratgeber. Hum, hum – ›schließe mit den Versicherungen meiner vollkommenen Hochachtung‹ – Hum, hum. ›Andreas Holt!‹ – Andreas Holt? – ein sehr verständiger teilnehmender Mann, dieser Andreas Holt, – schreibt aber schlimme Botschaft. Was willst du zunächst tun, Vetter?«

»Was kann ich tun, Richard, als die Zeit und die Führung des Himmels abzuwarten? Da ist ein anderer Brief aus Connecticut, welcher übrigens nur eine Bestätigung des früheren enthält. Nur eines tröstet mich bei diesen Neuigkeiten aus England, daß er nämlich mein letztes Schreiben erhalten haben muß, ehe das Schiff absegelte.«

»Das ist freilich schlimm genug, sehr schlimm, Duke, und macht alle meine Pläne, an dem Hause Flügel anzubringen, zu Wasser. Ich habe Vorkehrungen zu einem Ausritt getroffen, um dir etwas ungemein Wichtiges mitzuteilen. Es liegen dir immer Minen im Kopf –«

»Rede mir jetzt nichts von Minen«, fiel ihm der Richter ins Wort, »denn ich habe ohne Verzug eine heilige Pflicht zu erfüllen. Ich muß diesen Tag mit Schreiben zubringen, und du wirst mir helfen, Richard. Ich mag Oliver nicht in ein so wichtiges Geheimnis Einsicht nehmen lassen.«

»Nein, nein, Duke«, rief der Sheriff, dem Richter die Hand drückend, »ich stehe ganz zu deinen Diensten. Wir sind Geschwisterkinder, und Blut ist im Grunde doch der beste Mörtel, der die Freundschaft zusammenhält. Meinetwegen, es hat keine Eile mit der Silbermine; denn morgen ist so gut wie heute. Ich denke, wir werden hierbei den Dirky Van brauchen?«

Marmaduke bejahte diese indirekte Frage, und der Sheriff stand von seinem beabsichtigten Ausritt ab, begab sich in das Frühstückszimmer und entsandte sogleich einen Boten, um Dirck Van der School her zu bescheiden.

Das Dorf Templeton durfte sich des Beistandes von nur zwei Rechtsgelehrten erfreuen, von denen wir den einen unseren Lesern bereits in der Wirtsstube »Zum Kühnen Dragoner« vorgeführt haben; der andere war der von Richard vertraulicherweise als Dirck oder Dirky Van namhaft gemachte Gentleman. Große Gutmütigkeit, ziemliche Gewandtheit in seinem Fach und, soweit dies bei einem Advokaten möglich ist, ein beträchtlicher Grad von Ehrlichkeit waren die Hauptzüge in dem Charakter dieses Mannes, welcher unter den Ansiedlern als Squire Van der School bekannt war und bisweilen auch durch den schmeichelhaften, obgleich anomalen Titel des »Holländers« oder des »ehrlichen Advokaten« bezeichnet wurde. Wir wünschen jedoch nicht, unserem Leser einen falschen Begriff von irgendeinem unserer Charaktere beizubringen, und sehen uns daher veranlaßt beizufügen, daß das Adjektiv in Herrn Van der Schools Standesbezeichnung in unmittelbarer Beziehung zu seinem Substantiv gemeint war. Wir dürfen unsern orthodoxen Freunden nicht sagen, daß alles Verdienst in der Welt nur beziehungsweise ein solches ist, und wenn wir irgendeinem Charakter Eigenschaften zuschreiben, so ist dies so zu verstehen, daß man dabei auch die Umstände ins Auge zu fassen hat.

Den Rest des Tages über blieb der Richter mit seinem Vetter und seinem Rechtsfreunde eingeschlossen, und niemand hatte Zutritt ins Zimmer als seine Tochter. Marmaduke hatte die tiefe Betrübnis, die ihn augenscheinlich bedrängte, einigermaßen auch Elisabeth mitgeteilt; denn ein kummervoller Blick beschattete ihre schönen Züge, und die Schwungkraft ihres lebensvollen Geistes war merklich gelähmt. Der junge Edwards, der mit Verwunderung Zeuge der plötzlichen Veränderung bei den Hauptgliedern der Familie war, bemerkte sogar, wie sich einmal eine Träne über Miß Temples Wange stahl und ihre leuchtenden Augen mit einer Weichheit übergoß, welche gewöhnlich bei ihr nicht zu finden war.

»Haben Sie schlimme Nachrichten erhalten, Miß Temple?« fragte er mit einer Teilnahme, welche Luise Grant veranlaßte, mit einer Raschheit, über welche sie selbst errötete, ihr Antlitz von ihrer Arbeit zu erheben. »Ich würde gerne Ihrem Vater meine Dienste anbieten, wenn er, wie ich vermute, an irgendeinem fernen Orte eines Agenten bedarf, sobald ich hoffen dürfte, daß es zu Ihrer Beruhigung beitrüge.«

»Wir haben allerdings schlimme Kunde vernommen«, versetzte Elisabeth, »und mein Vater wird wohl für eine Weile die Heimat verlassen müssen, wenn ich ihn nicht überreden kann, das Geschäft meinem Vetter Richard anzuvertrauen, obgleich auch *seiner* Abreise aus dem Bezirke dermalen Hindernisse im Weg stehen dürften.«

Der Jüngling schwieg eine Weile, und das Blut stieg langsam nach seinen Schläfen, während er fortfuhr:

»Wenn das Geschäft von der Art wäre, daß ich es ausführen könnte – –«

»Es ist ein solches, daß es nur jemand, den wir kennen – nämlich einem von den Unsrigen anvertraut werden kann.«

»Ich hoffe, daß Sie mich kennen, Miß Temple«, fügte er mit einer Wärme bei, die er selten an den Tag legte, die aber doch bei ihren früheren Unterredungen nicht ganz ohne Vorgang war. »Habe ich fünf Monate unter ihrem Dache geweilt, um nur als ein Fremder betrachtet werden zu können?«

Elisabeth war gleichfalls mit ihrer Nadel beschäftigt, und sie beugte ihr Haupt zur Seite, indem sie tat, als ob sie ihr Nähzeug ordne; aber ihre Hand bebte, ihr Antlitz erglühte, und ihre Augen verloren ihre Feuchtigkeit in einem Ausdruck ununterdrückbarer Teilnahme, als sie erwiderte:

»Aber wieviel wissen wir von Ihnen, Herr Edwards?«

»Wieviel?« wiederholte der Jüngling, indem er von der Sprecherin auf Luises mildes Antlitz blickte, auf welchem sich gleichfalls Neugierde abmalte. »Wieviel? Bin ich nicht lange genug ihr Hausgenosse gewesen, daß man mich wohl hätte kennenlernen können?«

Elisabeths Haupt richtete sich langsam aus ihrer erkünstelten Haltung auf, und der Blick der Verwirrung, der sich so lebhaft mit dem Ausdrucke der Teilnahme gemischt hatte, ging in ein Lächeln über.

»Wir kennen Sie allerdings, Sir: Sie nennen sich Oliver Edwards und haben dem Vernehmen nach meiner Freundin Miß Grant mitgeteilt, daß Sie ein Eingeborener wären – –«

»Elisabeth!« rief Luise, bis über die Schläfe errötend, und wie Espenlaub bebend, »Sie haben mich nicht recht verstanden, liebe Miß Temple; ich – ich – es war nur eine Vermutung von mir. Außerdem – wenn Herr Edwards auch mit den Eingeborenen verwandt ist, warum sollten wir ihm dies zum Vorwurf machen? Worin sind wir besser? Wenigstens ich, die ich nur das Kind eines armen heimatlosen Geistlichen bin.«

Elisabeth schüttelte mit einem zweifelnden Lächeln ihren Kopf, ohne jedoch etwas zu erwidern, bis sie den wehmütigen

Ausdruck gewahrte, der bei dem Gedanken an die Armut und die Mühen ihres Vaters das Antlitz ihrer Gefährtin überflog; dann fuhr sie fort:

»Nein, Luise, Ihre Demut führt Sie zu weit. Die Tochter eines Dieners der Kirche steht hoch genug, um niemand über sich anzuerkennen. Weder ich noch Herr Edwards kann sich ganz zu ihresgleichen zählen, wenn *er* nicht –« fügte sie abermals lächelnd bei – »im geheimen ein König ist.«

»Ein treuer Diener des Königs, Miß Temple, ist niemand auf Erden untergeordnet«, sagte Luise, »aber doch gibt es einen Unterschied der Stände, und ich bin nur das Kind eines armen und freundlosen Mannes, das auf keine andere Auszeichnung Anspruch machen kann. Warum sollte ich mich also erhaben über Herrn Edwards fühlen – weil – weil – er in einem sehr entfernten Grade mit John Mohegan verwandt ist?«

Bedeutungsvolle Blicke wurden zwischen der Erbin und dem jungen Mann gewechselt, als Luise, indem sie seine Abstammung verteidigte, ihr Widerstreben an Tag legte, ihn mit dem alten Krieger in eine nähere Verbindung zu bringen; aber weder sie noch er erlaubten sich auch nur ein Lächeln über die Einfalt der Predigerstochter. –

»Wohl erwogen, muß ich zugestehen, daß meine Stellung hier im Hause etwas Zweideutiges hat«, begann Edwards, »obwohl ich sagen darf, daß sie mit meinem Blute erkauft wurde.«

»Und noch obendrein mit dem Blute eines der eingeborenen Herrn dieses Bodens?« rief Elisabeth, welche augenscheinlich seiner Abstammung von den Ureingeborenen nur wenig Glauben schenkte.

»Sind die Merkmale meiner Abkunft so offen in meinem Äußeren abgedrückt? Meine Haut ist dunkel, aber nicht sonderlich rot, – nicht mehr als gewöhnlich.«

»Doch, doch – gerade im gegenwärtigen Augenblick.«

»Ich bin überzeugt, Miß Temple«, rief Luise, »daß Sie Herrn Edwards noch nicht genau ins Auge gefaßt haben. Seine Augen sind nicht so schwarz wie die Mohegans – nicht einmal so wie Ihre eigenen; und ebenso wenig ist dies bei seinem Haare der Fall.«

»Sehr möglich, ich könnte also auf eine gleiche Abkunft Anspruch machen. Auch würde es mir zu einem großen Troste gereichen, wenn ich es tun dürfte, denn ich gestehe, es berührt mich schmerzlich, wenn ich den alten Mohegan in diesen Gegenden umherstreifen sehe wie den Geist eines ihrer alten Besitzer, und wenn ich dabei bedenke, wie wenig statthaft *meine* Eigentumsrechte sind.«

»Wirklich?« rief der Jüngling mit einer Heftigkeit, ob der die Damen erschraken.

»Allerdings«, erwiderte Elisabeth nach einer kurzen Pause, in der sie sich von ihrer Überraschung erholt hatte. »Aber was kann ich tun? Was kann mein Vater tun? Wenn wir auch dem alten Mann eine Heimat und ein anständiges Auskommen anböten, so würde er es schon um seiner Gewohnheiten willen ausschlagen. Auch könnten wir, wenn wir einen so törichten Wunsch hegten, diese Lichtungen und Meiereien nicht wieder in Jagdgründe verwandeltn, wie es Lederstrumpf so gerne zu sehen wünschte.«

»Sie haben recht, Miß Temple. Was wäre da wohl zu tun? Aber doch gibt es eines, was Sie gewiß tun können und wollen, wenn Sie Herrin dieser schönen Täler geworden sind: – verwenden Sie Ihren Reichtum zum Wohle der Armen und Notleidenden; – weiter können Sie in der Tat nichts tun.«

»Und damit ist schon viel geschehen«, entgegnete Luise, indem jetzt die Reihe des Lächelns an ihr war. »Aber zweifelsohne wird sich jemand einstellen, der ihr die Leitung solcher Angelegenheiten abnimmt.«

»Es fällt mir nicht ein, dem Ehestande entsagen zu wollen wie ein törichtes Mädchen, das gleichwohl vom Morgen bis in die Nacht an nichts anderes denkt; aber ich bin hier eine Nonne, ohne das Gelübde der Ehelosigkeit abgelegt zu haben; wie sollte ich in diesen öden Wäldern einen Gatten finden?«

»Hier ist keiner, Miß Temple«, sagte Edwards rasch, »der sich vermessen dürfte, um Ihre Hand zu werben, und ich bin überzeugt, daß Sie warten, bis Sie von einem Ihresgleichen aufgesucht werden – oder sterben, wie Sie gelebt haben, geliebt und geachtet von allen, welche Sie kennen.«

Der junge Mann schien zu glauben, er habe alles gesagt, was die Galanterie forderte; denn er stand auf, nahm seinen Hut und eilte aus dem Gemache. Luise mochte denken, daß er mehr als nötig gesagt habe; denn sie seufzte mit einem so leisen Atemzuge, daß sie es wohl kaum gewahrte, und beugte ihr Antlitz wieder über ihre Arbeit. Möglich, daß Miß Temple noch mehr zu hören gewünscht hätte; denn ihre Augen hafteten noch eine geraume Zeit auf der Türe, durch welche der junge Mann verschwunden war, und wandten sich sodann rasch auf ihre Gefährtin. Das nun folgende lange Stillschweigen bewies, wie sehr die Unterhaltung zweier Mädchen unter achtzehn Jahren durch die Gegenwart eines Jünglings von dreiundzwanzig belebt werden kann.

Die erste Person, welcher Herr Edwards begegnete, als er aus dem Hause stürzte, war der kleine viereckig gebaute Rechtsgelehrte, mit einem großen Aktenbündel unter dem Arm und einer grünen Brille mit Seitengläsern auf der Nase, als wolle er durch diese scharfe Bewaffnung seines Auges seine Fähigkeit, die Hinterlist eines Gegners aufzuspüren, multiplizieren.

Herr Van der School war ein Mann von Bildung, aber langsamer Fassungsgabe, der den Kollisionen mit seinen lebhafteren und fähigeren Kollegen, welche den Grund zu ihrem praktischen Takte an den östlichen Gerichtshöfen gelegt und die Verschlagenheit mit der Muttermilch eingesogen hatten, seine Vorsicht im Reden und Tun verdankte. Die Behutsamkeit dieses Herrn sprach sich in letzterer Hinsicht als pedantische Methodik und Pünktlichkeit aus, wobei freilich auch ziemlich viel Schüchternheit miteinfloß, während er in seinen Reden so sehr den parenthetischen Stil beobachtete, daß seine Zuhörer oft lange suchen mußten, bis sie den Sinn seiner Worte fanden.

»Guten Morgen, Herr Van der School«, sagte Edwards. »Es scheint, wir haben heute einen rührigen Tag in dem Herrenhause.«

»Guten Morgen, Herr Edwards, (wenn dies wirklich Ihr Name ist [denn da Sie fremd sind, so haben wir kein anderes Zeugnis für die Tatsache als Ihre eigene Aussage], wie ich auch bereits dem Richter Temple zu verstehen gegeben), guten Morgen, Sir. Augenscheinlich ist's ein rühriger Tag, (aber einem Mann von Ihrer Klugheit braucht man nicht zu sagen [sintemal Sie ohne Zweifel selbst schon diese Entdeckung gemacht haben], daß der Schein oft trügt), in dem Hause droben.«

»Haben Sie wichtige Papiere, welche abgeschrieben werden müssen? Ist man in irgendeiner Weise meines Beistandes benötigt?«

»Da sind wohl Papiere (wie Sie ohne Zweifel [denn Ihre Augen sind jung] an der Außenseite sehen), welche kopiert werden sollten. –«

»Nun so will ich Sie auf Ihre Schreibstube begleiten und mir das Nötigste herausgeben lassen. Wenn es Eile hat, so soll es bis zum Abend fertig sein.«

»Es wird mich immer freuen, Sir, Sie in meinem Geschäftslokal zu sehen (wie nicht mehr als billig [nicht als ob es mir lieber wäre, einen Mann wie Sie, wenn Sie nicht wollen, in Ihrer eigenen Wohnung, welche, um mich höflich auszudrücken ein Schloß ist, zu empfangen] sintemal mir jeder Platz gelegen kommt); aber die Papiere sind mir im Vertrauen übergeben (als solche dürfen sie natürlich von niemand gelesen werden), und wenn es nicht (infolge eines feierlichen Befehls von seiten des Richters Temple) angeordnet wird, so sind sie für alle Augen unsichtbar, – diejenigen ausgenommen, welche durch Obliegenheiten (ich meine gesetzlich übertragene Obliegenheiten) dazu berechtigt sind.«

»Nun, Sir, wie ich bemerke, bedarf man meiner Dienste nicht, und so wünsche ich Ihnen abermals guten Morgen. Ich bitte jedoch, nicht zu vergessen, daß ich gegenwärtig ganz müßig bin, weshalb es mir lieb wäre, wenn Sie dem Richter Temple bedeuteten, daß ich mich anheischig machte, seine Aufträge in irgendeinem Teile der Welt zu besorgen, wenn – wenn – er nicht allzuweit von Templeton liegt.«

»Ich will ihm dies eröffnen, Sir, in Ihrem Namen (mit Ihren eigenen Ausdrücken) als Ihr Agent. Guten Morgen, Sir – aber halten Sie, Herr Edwards (wenn Sie so heißen) nur einen Augenblick. Wünschen Sie, daß ich Ihr Anerbieten vorbringe, in Maßgabe eines zu schließenden Kontrakts (infolgedessen [durch zu bezahlende Vorschüsse] eine Verbindlichkeit eingegangen wird) oder als eine Dienstleistung, für welche (nach später erfolgender Übereinkunft unter den Parteien) nach Lösung der Bedingungen Entschädigung gereicht würde?«

»Mir gleichgültig, mir gleichgültig«, versetzte Edwards. »Er scheint in Sorgen zu sein, und ich möchte ihm Beistand leisten.«

»Der Beweggrund ist gut, Sir (dem Anscheine nach [welcher freilich oft trügt] soviel mir vorkommt) und gereicht Ihnen zur Ehre. Ich will Ihres Wunsches erwähnen, junger Gentleman (denn ein solcher scheinen Sie zu sein) und werde (so Gott will) nicht ermangeln, Ihnen um fünf Uhr post meridiem des gegenwärtigen Tages die Antwort mitzuteilen, wenn Sie mir Gelegenheit dazu geben.«

Das Ungewisse in Olivers Stellung und Charakter hatte ihn für den Rechtsgelehrten zu einem Gegenstand besonderen Argwohns gemacht, weshalb auch der Jüngling viel zu sehr an solche zweideutige und behutsame Reden gewöhnt war, um sich durch dieses Gespräch ärgern zu lassen. Er sah wohl ein, daß der Rechtsgelehrte die Absicht hatte, die Natur seines Geschäftes sogar vor dem Privatsekretär des Richters Temple geheimzuhalten, und wußte zu gut, wie schwierig es war, den Sinn von Herrn Van der Schools Worten zu begreifen, selbst wenn dieser Ehrenmann sich Mühe gab, recht deutlich zu sein, um nicht jeden Gedanken an irgendeinen Aufschluß aufzugeben, zumal er sah, daß der Anwalt sich Mühe gab, alles zu vermeiden, was zu einem verfänglichen Examen führen konnte. Sie trennten sich an der Haustüre des Advokaten, und dieser verfügte sich mit wichtig tuender Eile nach seinem Schreibzimmer, indem er die Papiere mit seinem rechten Arme so fest an sich drückte, als gewärtige er in jedem Augenblicke, daß man ihm dieselben entreißen wolle.

Die Leser müssen bereits bemerkt haben, daß der Jüngling ein ungewöhnliches und tief gewurzeltes Vorurteil gegen den Charakter des Richters hegte; aber infolge irgendeiner Gegenwirkung waren seine Gefühle jetzt mehr die einer innigen Teilnahme an dem gegenwärtigen Zustande seines Gönners und an der Ursache seiner geheimen Unruhe. Er sah dem Rechtsgelehrten nach, bis sich die Tür hinter demselben und dem geheimnisvollen Pakete geschlossen hatte, worauf er langsam nach seiner Wohnung zurückkehrte und seine Neugierde in den gewöhnlichen Obliegenheiten seines Dienstes zu vergessen suchte.

Als der Richter wieder in dem Kreise seiner Familie erschien, lagerte ein wehmütiger Schatten über seinen sonst heiteren Zügen, welcher viele Tage nicht von seiner Stirn weichen wollte; aber das zauberhafte Fortschreiten der Jahreszeit weckte ihn aus seiner jeweiligen Apathie, und mit dem Sommer kehrte auch sein Lächeln wieder.

Die heißen Tage und das öftere Eintreten erfrischender Regenschauer hatten in unglaublich kurzer Zeit den Wuchs der Pflanzen vollendet, welche der zögernde Frühling so lange in der Knospe zurückgehalten hatte, und die Wälder prunkten in jeder Schattierung von Grün, um derentwillen die amerikanischen Wälder so berühmt sind. Die Stümpfe der gelichteten Wälder waren bereits unter dem Weizen verborgen, der unter jedem Sommerlüftchen in seinem samtartig schillernden Farbenwechsel dahinwogte.

Solange der Kummer des Richters anhielt, vermied es Herr Jones rücksichtsvoll, die Aufmerksamkeit seines Vetters auf eine Angelegenheit zu wenden, die mit jeder Stunde mehr an dem Herzen des Sheriffs nagte und die wohl von großer Wichtigkeit sein mochte, wenn anders wir eine Folgerung aus seinem häufigen Verkehr mit dem Manne ziehen dürfen, der dem Leser in der Wirtsstube »Zum Kühnen Dragoner« unter dem Namen Jotham vorgeführt wurde. –

Endlich wagte es der Sheriff, wieder auf den Gegenstand anzuspielen, und eines Abends im Beginne des Juli gab ihm Marmaduke das Versprechen, ihn am andern Morgen auf dem ersehnten Ausfluge zu begleiten.

Sechsundzwanzigstes Kapitel

So sprich, mein lieber Vater; deine Worte
Sind mir wie milde Lüfte aus dem Westen.
Milman

Es war ein milder, sanfter Morgen, als Marmaduke und Richard ihre Pferde bestiegen, um den Ausflug vorzunehmen, mit dem sich die Gedanken des letztern schon geraume Zeit fast ausschließlich beschäftigt hatten. In demselben Augenblick erschienen auch Elisabeth und Luise, für einen Spaziergang angekleidet, in der Halle.

Die Kopfbedeckung der Predigerstochter bestand aus einem niedlichen, kleinen Hut von grüner Seide, unter dem ihre bescheidenen Augen mit der schmachtenden Weichheit, welche ihr ganzes Äußere charakterisierte, hervorleuchteten; aber Miß Temple schritt durch die weiten Gemächer ihres Vaters mit dem Tritte der Gebieterin, indem sie den Strohhut, welcher die glänzenden, ihre Marmorstirn üppig umspielenden Lokken bedecken sollte, an einem seiner Bänder in der Hand trug.

»Wie? Hast du im Sinn, einen Spaziergang zu machen, Beß?« rief der Richter, einen Augenblick sein Roß zügelnd, um mit väterlicher Freude die weibliche Schönheit und Anmut seines Kindes zu betrachten. »Vergiß aber nicht, liebe Tochter, daß der Juli ein heißer Monat ist, und wage dich nur so weit, daß du vor Mittag wieder zu Hause sein kannst. Wo ist dein Sonnenschirm, Mädchen? Es ist um deine weiße Stirn geschehen, wenn du dich nicht sorgfältig gegen unsere Sonne und unsern Südwind verwahrst.«

»Ich werde dann nur um so besser zu meiner Verwandtschaft passen«, erwiderte Miß Temple lächelnd, »Vetter Richard hat ein so rosiges Aussehen, daß ihn eine Dame darum beneiden könnte, und so ist zur Zeit die Ähnlichkeit zwischen uns so unbedeutend, daß kein Fremder glauben würde, wir stammten von zwei Schwestern ab.«

»Nur stehst du um einen Grad entfernter, Base Elisabeth«, versetzte der Sheriff. »Doch beeile dich, Richter Temple; Zeit und Flut warten auf niemand; und wenn du dir von mir raten läßt, Vetter, so kannst du ihr von heut über zwölf Monate aus ihrem Kamelhaarschal einen Sonnenschirm machen und denselben mit gediegenem Silber beschlagen lassen. Für mich will ich nichts, Duke, du hast dich immer freundlich gegen mich erwiesen; und zudem geht ja, wenn mein Stündlein schlägt, all mein Eigentum auf Beß über; es ist daher gleichgültig, wer es ihr über kurz oder lang hinterläßt, ich oder du. Aber wir haben eine Tagereise vor uns, Vetter; mache also, daß du vorwärts kommst oder steige wieder ab und sage es gleich, daß du nicht gehen willst.«

»Geduld, Geduld, Dick«, erwiderte der Richter, indem er sich abermals an seine Tochter wandte. »Wenn du das Gebirge besuchen willst, Liebe, so verliere dich ja nicht zu tief in den Wald; denn obgleich man es oft ungestraft tun kann, so ist es doch bisweilen gefährlich.«

»In dieser Jahreszeit wohl nicht, lieber Vater«, sagte Elisabeth, »denn ich will nur gestehen, daß ich und Luise im Sinne haben, ein bißchen unter den Bergen umherzustreifen.«

»Im Winter ist's freilich minder rätlich, meine Liebe, aber doch könnte es gefährlich werden, wenn du dich zu weit wagst. Wenn du aber auch waghalsig bist, Elisabeth, so gleichst du doch zu sehr deiner Mutter, um nicht auch klug zu sein.«

Die Augen des Vaters wandten sich nur mit Widerstreben von seiner Tochter ab, und Richter und Sheriff ritten langsam durch den Torweg, um bald hinter den Gebäuden des Dorfes zu verschwinden.

Während dieses kurzen Gesprächs stand der junge Edwards, aufmerksam horchend, mit einer Fischerrute in der Hand in der Nähe; denn auch ihn hatte der schöne Tag veranlaßt, das Haus zu verlassen, um die frische Luft zu genießen. Als die Reiter sich entfernt hatten, näherte er sich den jungen Mädchen, welche eben nach der Straße einbogen, und er war eben im Begriff sie anzureden, als Luise haltmachte und hastig sagte:

»Herr Edwards will mit uns sprechen, Elisabeth.«

Miß Temple hielt gleichfalls und wandte sich an den Jüngling – zwar höflich, aber mit einer leichten Kälte in ihrem Wesen, welche die Freimütigkeit, womit er herangetreten war, merklich zügelte.

»Es scheint Ihrem Vater nicht zu gefallen, daß Sie ohne Geleit in die Berge gehen, Miß Temple. Wenn ich Ihnen meinen Schutz anbieten darf – –«

»Hat mein Vater Herrn Edwards ausersehen, mir das, was ihm mißfällt, zu bedeuten?« fiel ihm die Dame ins Wort.

»Gütiger Himmel! Sie verkennen meine Meinung. Ich hätte statt Mißfallen Beunruhigung sagen sollen. Ich bin sein Diener, Fräulein, und folglich auch der Ihrige. Wenn Sie nichts dawider haben, so wiederhole ich daher, daß ich meine Angelrute mit einer Vogelflinte vertauschen und, falls Sie das Gebirge besuchen, in ihrer Nähe bleiben will.«

»Ich bin Ihnen sehr verbunden, Herr Edwards, aber wo keine Gefahr ist, bedarf es auch keines Schutzes. Zum Glück ist es nicht nötig, daß man unter diesen freien Bergen im Geleit einer Leibgarde einherwandelte, und sollte es je der Fall sein, so ist auch hierfür gesorgt. Komm her, Brave – Brave, mein wackerer Brave!«

Der ungeheure Bullenbeißer, den wir bereits erwähnt, erschien vor seiner Hütte und gähnte und reckte sich in träger Schläfrigkeit. Aber als seine Gebieterin abermals rief: »Komm, lieber Brave! Du hast vordem deinem Herrn treue Dienste geleistet; laß einmal sehen, wie du deine Pflicht bei seiner Tochter erfüllst«, wedelte der Hund mit dem Schwanze, als verstehe er die Worte, schritt stattlich an ihre Seite hin, setzte sich nieder und sah zu ihrem Antlitz mit einem Verstand auf, der dem, welcher aus den liebenswürdigen Zügen seiner Herrin blitzte, nur wenig nachzugeben schien.

Sie nahm ihren Spaziergang wieder auf, machte aber nach einigen Schritten abermals halt und fügte in einem versöhnlichen Tone bei:

»Sie können uns gleichwohl einen Dienst leisten, der Ihnen, wie ich vermute, angenehmer sein dürfte, Herr Edwards, – wenn Sie uns nämlich ein paar von Ihren Lieblingsbarschen für die Mittagstafel besorgen.«

Sie ging weiter, ohne zurückzublicken und zu sehen, wie der Jüngling diese Zurückweisung aufnahm; dagegen wandte sich, noch ehe sie das Tor erreichten, Luises Kopf mehrere Male um.

»Ich fürchte, Elisabeth«, begann sie, »daß wir Herrn Oliver gekränkt haben. Er steht noch immer an seine Angelrute gelehnt, wo wir ihn verlassen haben. Er mag uns wohl für stolz halten.«

»Dann hat er recht«, rief Miß Temple, wie aus einem tiefen Traum erwachend, »dann hat er vollkommen recht. Wir sind zu stolz, um von einem jungen Mann in einer so zweideutigen Lage derartige Aufmerksamkeiten anzunehmen. – Jawohl! – ihn zum Begleiter unserer geheimsten Spaziergänge zu machen! Es ist Stolz, Luise, aber es ist der Stolz eines Weibes.«

Es dauerte mehrere Minuten, ehe Oliver sich aus der gedankenvollen Stellung erhob, in welcher ihn Luise zuletzt gesehen hatte; aber als er es endlich tat, murmelte er rasch und unzusammenhängend etwas vor sich hin, warf seine Angelrute über seine Schulter und schritt mit der stolzen Haltung eines Kaisers die Allee hinab durch das Tor und auf einer der Straßen des Dorfes weiter, bis er das Seeufer erreichte. Es lagen dort Boote für den Gebrauch des Richters Temple und seiner Familie. Der junge Mann warf sich in einen leichten Nachen, ergriff das Ruder und trieb sein Fahrzeug mit kräftigen Armen über den See hin auf Lederstrumpfs Hütte zu. Nachdem er eine Weile gerudert hatte, wurden seine Gedanken weniger bitter; als er die Büsche, die vor Nattys Wohnung das Ufer umsäumten, an sich vorbeigleiten sah, wie wenn ihnen die Bewegung angehörte, die doch nur durch seine Anstrengung herbeigeführt wurde, fühlte er sein Gemüt abgekühlt, obgleich sein Körper noch erhitzt war. Leicht möglich, daß der wahre Grund, welcher Miß Temple bei ihrem Benehmen geleitet, einem Manne von Olivers Erziehung und Bildung nicht entging, und wenn dies der Fall war, so mußte Elisabeth eher in seiner Achtung steigen als fallen.

Er nahm nun das Ruder aus dem Wasser, und das Boot schoß dicht ans Land, wo es sich leicht in den von ihm selbst hervorgerufenen Wellen bewegte, während der junge Mann, nachdem er sich zuvor spähend in jeder Richtung umgesehen hatte, eine kleine Pfeife an den Mund brachte und einen langen gellenden Ton erschallen ließ, welchen das Echo der Felsen bei der Hütte weithin widerhallte. Auf diese Störung eilten Nattys Hunde aus ihren Rindenhütten und begannen ein langes, klägliches Geheul, indem sie wie toll in dem Bereiche der hirschledernen Riemen, womit sie angebunden waren, auf und ab rannten.

»Ruhig, ruhig, Hektor«, sagte Oliver, indem er seine Pfeife

abermals an den Mund setzte und einen noch schrilleren Ton als vorher hervorlockte. Es erfolgte keine Erwiderung, da die Hunde bei dem Klange seiner Stimme wieder in ihre Hütten zurückgekrochen waren.

Edwards zog das Boot aufs Ufer, stieg das Gestade hinan und näherte sich der Hütte. Die Riegel waren bald entfernt, und nachdem er eingetreten, schloß er die Türe hinter sich ab. Alles war so still an diesem abgelegenen Orte, als ob hier nie der Fuß eines Menschen die Wildnis betreten hätte. Die Töne von Hämmern, welche unablässig im Dorfe in Bewegung waren, ließen sich nur schwach über den See herüber vernehmen; die Hunde hatten sich in ihr Quartier verkrochen, zufriedengestellt, daß niemand Fremdes sich dem verbotenen Grunde genähert hatte.

Es verging eine Viertelstunde, ehe der Jüngling wieder zum Vorschein kam, worauf er die Türe verriegelte und die Hunde liebkoste. Diese kamen auf die wohlbekannten Töne hervor, und Glut hüpfte an Oliver hinauf, als bäte sie ihn, sie aus ihrer Gefangenschaft zu befreien. Aber der alte Hektor erhob seine Nase in den leichten Luftstrom und begann ein langes Geheul, das man wohl auf eine Meile hätte hören können.

»Ha! witterst du etwas, alter Waldveteran?« rief Edwards. »Ist's ein Tier, so ist es ein kühnes; meinst du aber einen Menschen damit, so ist es ein unverschämter Bursche.«

Er kletterte über den Wipfel einer an der Seite niedergefallenen Fichte nach einem kleinen Hügel, welcher im Süden die Hütte beschützte, und gewahrte die leibhaftige Gestalt Hiram Doolittles, wie er mit einer für einen Architekten ganz ungewöhnlichen Geschwindigkeit in den Büschen verschwand.

»Was kann der Kerl hier wollen?« murmelte Edwards. »Er hat nichts in dieser Gegend zu schaffen, wenn ihn nicht allenfalls die Neugierde hierherführt, die in diesen Wäldern endemisch ist. Dafür soll ihm aber gesorgt werden, obschon ihn vielleicht die Hunde, durch sein häßliches Gesicht abgeschreckt, passieren lassen.«

Der Jüngling wandte sich während dieses Selbstgesprächs wieder nach der Tür und schloß sie vollends ab, indem er eine kleine Kette durch einen Ring zog und sie daselbst durch ein Vorlegeschloß befestigte.

»Er ist ein Winkeladvokat«, fuhr er fort, »und kennt vielleicht Mittel, wie man unrechtmäßigerweise in eines andern Haus kommt.«

Augenscheinlich sehr zufrieden mit dieser Vorkehrung, beschwichtigte der Jüngling die Hunde, worauf er wieder an das Ufer hinabstieg, den Nachen vom Stapel ließ, das Ruder aufnahm und in See stach.

Es gab mehrere Plätze in dem Otsego, wo man die Barschfischerei mit gutem Erfolge betreiben konnte. Einer derselben lag ziemlich in der Nähe der Hütte und ein anderer, noch weit besserer, befand sich etwa anderthalb Meilen weiter oben auf derselben Seite unter einem Vorsprung des Gebirges. Edwards ruderte sein Fahrzeug nach dem ersteren, wo er eine Minute unschlüssig weilte, ob er da bleiben solle, um mit seinen Augen die Türe der Hütte bewachen zu können, oder ob es nicht besser wäre, seinen Grund zu wechseln, um vielleicht einen besseren Braten zu fangen. Während er so umherblickte, sah er an der ergiebigeren Stelle den hellfarbigen Rindenkahn seiner alten Gefährten liegen, in welchem sich zwei Personen befanden, die er bald als Mohegan und Lederstrumpf erkannte. Dies gab den Ausschlag; der Jüngling befand sich in wenigen Minuten an dem Orte, wo seine Freunde fischten, und befestigte sein Boot an dem leichten Fahrzeug des Indianers.

Die beiden Alten empfingen Oliver mit einem freundlichen Kopfnicken; aber keiner zog seine Leine aus dem Wasser oder änderte auch nur im mindesten seine Beschäftigung. Als Oliver sein eigenes Boot in Sicherheit gebracht hatte, steckte er einen Köder an die Angel und warf sie, ohne ein Wort zu sprechen, in den See.

»Habt Ihr an dem Wigwam gehalten, junger Mann, als Ihr vorbeirudertet?« fragte Natty.

»Ja, und ich fand alles wohl verwahrt. Aber der Zimmermann und Friedensrichter, den sie Squire Doolittle nennen, streift durch die Wälder. Ich verschloß die Türe gehörig, ehe ich die Hütte verließ, und ich denke, er ist zu feige, um den Hunden zu nahe zu kommen.«

»Man kann nicht viel zum Vorteile dieses Mannes sagen«, versetzte Natty, während er einen Barsch heraufholte und seinen Haken mit einem neuen Köder versah. »Er hat ein ungemeines Verlangen, in die Hütte zu kommen, und sagte mir dies sogar ins Gesicht; aber ich speiste ihn mit Ausflüchten ab, so daß er jetzt nicht weiser ist als Salomon. Es kommt von den vielen Gesetzen her, daß man einen solchen Menschen zum Ausleger derselben berufen hat.«

»Ich fürchte, er ist mehr Schurke als Narr«, rief Edwards. »Er macht den einfältigen Sheriff zu seinem Werkzeug, und ich fürchte, daß seine unverschämte Neugierde uns noch zu schaffen machen wird.«

»Wenn er allzuviel um meine Hütte herumstreicht, so schieß' ich ihn nieder«, sagte Lederstrumpf kurz angebunden.

»Nein, nein, Natty, Ihr dürft das Gesetz nicht aus dem Auge lassen«, versetzte Edwards, »sonst bringt Ihr Euch selber in Unannehmlichkeiten, und das, alter Mann, wäre ein schlimmer Tag und eine schlimme Zeitung für uns alle.«

»Ist's Euch Ernst, Junge?« rief der Jäger, seine Augen mit dem Blicke freundlicher Teilnahme zu dem Jüngling erhebend. »Nun Ihr habt das rechte Blut in Euren Adern, Herr Oliver, und ich will es dem Richter Temple oder jedem Richter im Lande ins Gesicht behaupten. Was meinst du, John, habe ich recht? Ist der Junge nicht zuverlässig und von reinem Blute?«

»Er ist ein Delaware«, sagte Mohegan, »und mein Bruder. Der junge Adler ist tapfer und wird ein Häuptling sein. Es kann kein Unglück über ihn kommen.«

»Wohl, wohl«, rief der Jüngling ungeduldig, »aber sprecht nichts mehr davon, meine Freunde. Wenn ich auch nicht all das bin, wozu mich Eure parteiliche Vorliebe machen will, so bin ich doch Euer, – im Wohlstand wie in der Armut. Reden wir von andern Dingen!«

Die alten Jäger fügten sich seinem Wunsche, der ihnen als Gesetz zu gelten schien. Für eine Weile herrschte tiefes Stillschweigen, während jeder emsig mit seiner Angel und seiner Leine beschäftigt war; dann aber begann Edwards, der wahrscheinlich fühlte, es sei an ihm, die Unterhaltung zu erneuern, mit der Miene eines Menschen, der nicht weiß, was er sagt:

»Wie schön, wie ruhig und glänzend dieser See ist! Habt Ihr ihn je so spiegelglatt gesehen wie in diesem Augenblick, Natty?«

»Ich kenne den Otsego seit fünfundvierzig Jahren«, entgegnete Lederstrumpf, »und muß ihm nachrühmen, daß es im ganzen Lande kein klareres Wasser und keinen besseren Fischgrund gibt. Ja, ja, ich war einmal im alleinigen Besitz desselben, und das waren herrliche Zeiten. Wild gab es, soviel das Herz nur wünschen mochte, und niemand kam mir ins Gehege, wenn nicht hin und wieder die Delawaren wegen einer Jagdpartie über die Berge kamen oder ein spitzbübischer Irokese sich auf die Lauer legte. Weiter im Westen waren ein paar Franzosen, die sich in den Ebenen niedergelassen und Indianerinnen geheiratet hatten, und bisweilen kam auch einer oder der andere von den Schotten und Engländern aus dem Kirschental an den See, wo sie meinen Kahn borgten, um einen Barsch oder eine Lachsforelle herauszuholen; aber im ganzen war's ein angenehmer Ort, an dem ich nur wenig beunruhigt wurde. John kann's bezeugen; denn er war oft bei mir.«

Mohegan wandte bei dieser Berufung sein dunkles Gesicht um, machte eine bejahende Handbewegung und erwiderte in der Sprache der Delawaren:

»Das Land gehörte meinem Volk; wir gaben es im Rate meinem Bruder, – dem Feuerfresser; was die Delawaren geben, bleibt so lange, als die Wasser rinnen. Hawk-eye rauchte bei dieser Beratung; denn wir liebten ihn.«

»Nein, nein, John«, versetzte Natty, »ich war kein Häuptling; denn ich wußte nichts von einer Schule und hatte eine weiße Haut. Aber es war damals ein herrlicher Jagdgrund, Junge, und würde es noch heutigestags sein, wenn nicht Marmaduke Temples Geld und die krummen Wege des Gesetzes gewesen wären.«

»Es muß in der Tat eine wehmütige Lust gewesen sein«, sagte Edwards, während sein Auge an dem Ufer hin nach den Bergen wanderte, wo die in goldenem Ährenschmucke prangenden Lichtungen die Wälder mit Spuren des Lebens beseelten, »über jene Berge und diese herrliche Wasserfläche zu streifen, ohne eine lebende Seele zu treffen, mit der man sprechen oder seine Freude teilen konnte.«

»Was bedurfte es auch dessen, um das Herz zu erheben?« entgegnete Lederstrumpf. »Ja, ja, wenn die Berge sich mit Laub zu bedecken begannen und das Eis des Sees schmolz, so war es ein zweites Paradies. Ich bin dreiundfünfzig Jahre durch die Wälder gewandert und habe sie seit mehr als vierzig zu meiner Heimat erkoren, aber ich muß sagen, daß mir nur *ein* Ort besser gefallen hat, – und zwar wegen der Augenweide allein – nicht auch wegen der Jagd und der Fischerei.«

»Und wo war das?« fragte Edwards.

»Wo? Ei, auf den Catskills. Ich pflegte oft nach Wolfs- und Bärenhäuten in die Berge hinaufzugehen, und einmal dingten sie mich auch, einem wohlgenährten Panther abzupassen, was mich gleichfalls zu manchem Streifzug dahin veranlaßte. Dort ist ein Plätzchen in den Bergen, zu dem ich gerne hinanklomm, wenn mich's gelüstete, das Treiben der Welt zu sehen, und ich fand daselbst reichen Ersatz für ein zerkratztes Schienbein oder einen zerrissenen Mokassin. Ihr kennt die Catskills, Junge; denn Ihr müßt sie zu Eurer Linken gesehen haben, als Ihr von York stromaufwärts kamt; sie sehen so blau aus wie ein Stück des klaren Himmels, und die Wolken schweben auf ihren Spitzen wie der Rauch, der sich bei dem Beratungsfeuer über dem Kopfe eines Indianerhäuptlings kräuselt. Im Hintergrunde liegen die Hochspitze und der Rundgiebel wie Vater und Mutter zwischen ihren Kindern, über die sie weit weg sehen. Aber der Ort, den ich meine, befindet sich in der Nähe des Flusses, wo eine der Reihen ein wenig gegen die übrigen vorspringt, und wo die Felsen hin und wieder um tausend Fuß abfallen; es geht dabei so auf und ab, daß man, wenn man auf einer Kante steht, auf den törichten Gedanken kommen könnte, es wäre möglich, von einer Spitze aus zur anderen auf festen Grund zu springen!«

»Und was saht ihr von dort oben aus?« fragte Edwards.

»Die Schöpfung«, entgegnete Natty, indem er das Ende seiner Rute ins Wasser tauchte und mit der andern Hand einen Kreis um sich beschrieb, »die ganze Schöpfung, Junge. Ich war auf jenem Berge, als Vaughan im letzten Kriege Sopus verbrannte, und sah die Schiffe so deutlich aus den Hochlanden herauskommen, wie ich jenen Kalknachen in den Susquehanna hineinrudern sehe, obgleich sie zwanzigmal weiter von mir entfernt waren als dieser. Der Fluß lag siebzig Meilen weit, meinen Augen sichtbar, wie ein Hobelspan gekräuselt zu meinen Füßen, obgleich ich acht gute Meilen bis zu seinen Ufern zu gehen hatte. Ich sah die Berge in den Hampshirepatenten, die Hochlande des Flusses und alle Werke der Hand Gottes oder des Menschen, so weit das Auge reichen konnte – und Ihr wißt, daß die Indianer mir wegen meines scharfen Blicks einen besonderen Namen gaben, Junge. Von der Plattform auf der Spitze jenes Berges habe ich oft den Platz aufgefunden, wo Albany steht; und als die königlichen Truppen Sopus niederbrannten, kam mir der Rauch so nahe vor, daß ich meinte, ich könne das Schreien der Weiber hören.«

»Um einer so glorreichen Aussicht willen konnte man sich allerdings einiger Mühe unterziehen.«

»Ich denke wohl, daß ich den Ort empfehlen kann; denn gewiß erfreut es das Auge, wenn man fast eine Meile hoch in der Luft ist und die Häuser und Meiereien der Menschen zu seinen Füßen hat, während die Flüsse nur wie schmale Bänder und Berge, größer als der Visionsberg, nur wie Schober von grünem Grase aussehen. Als ich erstmals in die Wälder kam, um darin zu leben, machte ich mir wohl auch hin und wieder absonderliche Gedanken, wenn ich mich so einsam fühlte; aber dann pflegte ich in die Catskills zu gehen und einige Tage auf jenem Berge zuzubringen, um mir das menschliche Treiben zu betrachten. Es sind jedoch etliche Jahre vergangen, seit ich mich nicht wieder von einer solchen Sehnsucht heimgesucht fühlte, und zudem bin ich auch zu alt geworden für jene schroffen Klippen. Es gibt aber einen Platz, nur ein paar Meilen hinter demselben Berge, dem ich in der letzten Zeit einen noch besseren Geschmack abgewann; denn er ist mehr mit Bäumen bedeckt und daher natürlicher.«

»Und wo war das?« fragte Edwards, dessen Neugierde durch die einfache Beschreibung des Jägers lebhaft aufgeregt war.

»Es gibt einen Fall in den Bergen, wo die Wasser von zwei kleinen, ziemlich nahe beieinander gelegenen Teichen ihre Dämme durchbrechen und über die Felsen ins Tal hinunterstürzen. Der Strom wäre vielleicht gerade kräftig genug, um eine Mühle zu treiben, wenn ein solch unnützes Ding in der Wildnis nötig wäre. Aber die Hand, welche diesen ›Wassersprung‹ schuf, hat nie eine Mühle gemacht. Die klare Flüssigkeit krümmt und windet sich unter den Felsen fort, zuerst so langsam wie ein Forellenbach, dann rascher und rascher wie ein gehetztes Tier, bis sie zu einer Stelle kommt, wo sich das Gebirge in der Weise eines gespaltenen Hirschhufs teilt und eine tiefe Höhle bildet, in welche sie hinunterstürzt. Das Wasser prallt zum ersten Male fast um zweihundert Fuß weiter unten auf und sieht, noch ehe es den Boden berührt, wie eine Wolke treibenden Schnees aus; von hier aus sammelt sich's wieder zu einem neuen Sturze und sprudelt vielleicht fünfzig Fuß weit in einem flachen Felsbett fort, ehe es eine weitere hundert Fuß hohe Kaskade bildet, und nun stürmt es von Gesims zu Gesims, bald dahin, bald dorthin, voll Verlangen, der Felskluft zu entkommen, bis es endlich in der Ebene anlangt.«

»Ich habe früher nie etwas von dieser Stelle gehört; auch wird sie in keinem Buche erwähnt.«

»Ich habe zeitlebens nie in einem Buche gelesen«, entgegnete Lederstrumpf, »und wie sollte ein Mann, der nur in den Städten gelebt hat, etwas von den Wundern der Wälder wissen? Nein, nein, Junge, jener kleine Wasserstrom spielt unter den Bergen seit der Schöpfung der Erde, und kein Dutzend weißer Menschen hat ihn je gesehen. Der Fels bildet zu beiden Seiten des Falles, wie ein Gemäuer, eine Halbrundung, und in einer Weite von fünfzig Fuß von dem Boden ab steht ein Gesims über dem andern; saß ich dann an dem Fuße des ersten Aufpralls, so sahen meine Hunde nicht größer als Kaninchen aus, wenn sie in die Höhlen hinter dem Wassergusse hinunterliefen. Meiner Ansicht nach, Junge, ist dies der schönste Anblick, dem ich je in den Wäldern begegnet bin, und ich darf wohl sagen, daß niemand weiß, wie oft sich die Hand Gottes in einer Wildnis blicken läßt, wenn er nicht ein Menschenalter darin zugebracht hat.«

»Was wird aus dem Wasser? In welcher Richtung läuft es? Zahlt es dem Delaware seinen Tribut?«

»Wie?« fragte Natty.

»Fließt das Gewässer in den Delaware?«

»Nein, nein, es ist ein Tropfen für den alten Hudson und hat eine lustige Zeit, bis er sich durch das Gebirge Bahn gebrochen. Ich habe manche lange Stunde auf einem Felsvorsprung gesessen, Junge, und während ich die an mir vorbeischießenden Wasserblasen betrachtete, machte ich mir so meine Gedanken, wie lange es wohl anstehen dürfte, ehe dieses Wasser, welches für die Wildnis gemacht zu sein scheint, den Kiel eines Schiffes bespült und mit den Wogen des Salzwassers umhertreibt. Die Stelle ist sehr geeignet, einen Menschen feierlich zu stimmen. Man kann gerade in das Tal hinuntersehen, das östlich von der Hochspitze liegt, und wo im Herbst tausend und abertausend Morgen Waldes in ihren gleich zehntausend Regenbogen wechselnden Farben die Seiten der tiefen Gebirgseinschnitte bekleiden. Das ist ein Schauspiel, wo die Hand des Menschen noch nicht in die Ordnung der göttlichen Vorsehung eingegriffen hat.«

»Ihr werdet ganz zum Dichter, Lederstrumpf«, rief der Jüngling.

»Wie?« fragte Natty.

»Die Rückerinnerung an jene Szene hat Euer Blut erwärmt, alter Mann. Wie viele Jahre ist es, seit Ihr den Ort zum letztenmal gesehen?«

Der Jäger gab keine Antwort, sondern neigte sein Ohr gegen die Wasserfläche, eine Stellung, in welcher er mit verhaltenem Atem verblieb und mit großer Spannung aufhorchte, als vernehme er entfernte Töne. Endlich richtete er den Kopf wieder auf und sagte:

»Hätte ich die Hunde nicht eigenhändig mit frischen, starken hirschledernen Riemen angebunden, so wollte ich auf die Bibel schwören, daß ich den alten Hektor auf dem Gebirge bellen hörte.«

»Nicht möglich!« entgegnete Edwards. »Es ist noch keine Stunde, daß ich ihn in seiner Hütte sah.«

Inzwischen hatte sich auch Mohegans Aufmerksamkeit den Tönen zugewendet; aber obgleich der Jüngling mit stummer Achtsamkeit aufhorchte, so konnte er doch nichts als das Brüllen einiger Rinder auf den westlichen Bergen unterscheiden. Er sah den alten Mann an, während Natty, die Hand ans Ohr gehalten, um die Schallfläche zu vergrößern, dasaß, und Mohegan, mit vorwärts gebeugtem Körper und bis zur Höhe seines Gesichtes ausgerecktem Arme den Zeigefinger erhob, um Stille zu gebieten. Endlich lachte Edwards laut hinaus über die Aufmerksamkeit seiner beiden Begleiter auf die, wie es ihm dünkte, erträumten Töne.

»Lacht, wie Ihr wollt, Junge«, sagte Lederstrumpf, »die Hunde sind draußen und jagen einem Hirsch nach. In einer solchen Sache trügt mein Ohr nicht. Ich wollte es mich ein Biberfell kosten lassen, wenn es anders wäre. Nicht, als ob ich mich um das Gesetz kümmerte; aber das Wildbret ist gegenwärtig schlecht, und die dummen Teufel rennen sich für nichts und wieder nichts das Fleisch von den Beinen ab. Hört Ihr sie noch immer nicht?«

Edwards fuhr auf, als ein deutlicher Ton an sein Ohr schlug, der ursprünglich durch dazwischenliegende Berge gedämpft schien, dann aber in wirrem Echo von den Felsen widertönte, an denen die Hunde vorbeijagten. Endlich erhob sich ein tiefes und hohles Bellen, das gerade aus dem unmittelbar am Seeufer gelegenen Forste hervorbrach. Der Wechsel dieser Laute folgte sich mit wunderbarer Schnelligkeit, und während die Augen des jungen Mannes an dem Saume des Wassers hinstreiften, weckte ein Rauschen in dem nahe liegenden Erlen- und Hartriegelgebüsch seine Aufmerksamkeit. Im nächsten Augenblick wurde ein edler Bock sichtbar, der sich in den Wellen des Sees begrub. Ein lautes Geheul folgte, worauf Hektor und die Slut durch die Öffnung im Gebüsche schossen und gleichfalls in den See stürzten, die breite Brust mutig dem Wasser preisgebend.

Siebenundzwanzigstes Kapitel

> Oft sucht die Spur er in bewegter Flut
> Zu bergen, kühlend das erhitzte Blut.
>
> *Thomson*

»Ich wußt' es ja – ich wußt' es ja!« rief Natty, als er des Hirsches und der Hunde ansichtig wurde. »Der Bock ist ihnen durch den Wind gelaufen, und da konnten sich die armen Schelme nicht mehr halten. Aber ich muß ihnen diese Gelüste vertreiben, sonst bringen sie mich in Ungelegenheiten. Herein! herein! – Ans Land mit euch, ihr Schufte! ans Land mit euch – wollt ihr? – Laß ab, alter Hektor, oder ich will dir das Fell mit dem Ladestock hecheln, wenn ich über dich komme.«

Die Hunde erkannten die Stimme ihres Herrn und kehrten, nachdem sie in einem Kreise herumgeschwommen waren, als gäben sie nur ungern eine Jagd auf, die sie nicht fortzusetzen wagten, ans Land zurück, wo sie die Luft mit ihrem Heulen erfüllten.

Inzwischen war der geängstigte Hirsch weit über die Hälfte der zwischen dem Ufer und den Booten liegenden Entfernung in den See hineingeschwommen, ehe ihm sein Schrecken gestattete, die neue Gefahr zu bemerken. Aber bei dem Klange von Nattys Stimme hielt er an und schien einige Augenblicke willens zu sein, zurückzueilen und den Hunden Trotz zu bieten. Der Rückzug in dieser Richtung war ihm jedoch wirksam abgeschnitten, weshalb er eine Wendung machte und schräg nach dem Mittelpunkte des Sees schwamm, um an dem westlichen Ufer ans Land zu kommen. Als der Bock an den Fischern vorbeischwamm und dabei die Nase hoch in die Luft hob, während sein schlanker Hals das Wasser, wie der Schnabel einer Galeere, kräuselnd vor sich her trieb, begann Lederstrumpf in seinem Kahne unruhig zu werden.

»Welch ein edles Geschöpf!« rief er. »Seht nur das herrliche Geweih! Man könnte alle seine Kleider an den Stangen desselben aufhängen! Laßt sehen – der Juli ist der letzte Monat, und das Fleisch kann nicht mehr so gar übel sein.«

Während dieser Worte hatte Natty mechanisch das innere Ende des Taues, welches statt des Kabels diente, an ein Ruder befestigt, und nun sprang er plötzlich auf, warf diese Boje weg und rief:

»Streich aus, John! Drauflos! Das Tier ist ein Narr, daß es einen Menschen in dieser Weise in Versuchung führt.«

Mohegan wand die Bindseile von Edwards Boot aus dem Kahn, und mit *einem* Ruderschlage schoß das leichte Rindenfahrzeug, einem Meteor ähnlich, über das Wasser hin.

»Halt!« rief Edwards. »Denkt an das Gesetz, meine alten Freunde! Man kann uns vom Dorfe aus sehen, und ich weiß, daß Richter Temple entschlossen ist, unnachsichtlich gegen alle zu verfahren, welche ein Tier außerhalb der Zeit erlegen.«

Die Vorstellung kam jedoch zu spät. Der Kahn war bereits weit von dem Boote entfernt, und die beiden Jäger folgten zu emsig ihrer Beute, um auf die Stimme des Warnenden zu hören.

Der Bock befand sich nun etwa fünfzig Ellen von seinen Verfolgern, durchschnitt rüstig das Wasser und schnaubte gewaltig vor Angst und Anstrengung, während das Kanu über die Wogen hin zu tanzen schien, wie es sich auf den Wellen hob und senkte. Lederstrumpf erhob seine Büchse, versah die Pfanne mit neuem Zündpulver und stand zweifelhaft da, ob er auf sein Opfer Feuer geben solle oder nicht.

»Was meinst du, John – soll ich oder soll ich nicht?« begann er. »Doch nein, das wäre ein gar zu armseliger Vorteil über das dumme Ding; es hat seinem eigenen Naturtrieb zufolge, welchem der See ein Spiel ist, seine Zuflucht zu dem Wasser genommen; rudre also wacker drauflos, John. Wir wollen dem Bock eine Möglichkeit des Entrinnens lassen; wir können ihn fangen, obgleich er sich winden wird wie eine Schlange.«

Der Indianer lachte über den Einfall seines Freundes, fuhr jedoch fort, den Kahn mit einer Schnelligkeit anzutreiben, die eher eine Folge seiner Geschicklichkeit als seiner Kraft war. Die beiden Alten bedienten sich bei dieser Gelegenheit der Sprache der Delawaren.

»Hugh!« rief Mohegan. »Der Hirsch wendet den Kopf. Hawk-eye, halte deinen Speer bereit.«

Natty ging nie aus, ohne alle seine Vorräte mitzunehmen, die ihm möglicherweise bei seinem Gewerbe förderlich werden konnten. Von der Büchse trennte er sich nie, und selbst wenn er nur zu einer Angelfischerei ausging, so versah er den Kahn unabänderlich mit allem Zubehör, bis auf den Feuerrost hinaus. Diese Vorsicht war dem Jäger, der durch seine Jagdzüge oft weit über die Grenzen seines gewöhnlichen Bezirkes hinausgeführt wurde, zur Gewohnheit geworden. Einige Jahre vor dem Zeitpunkte unserer Erzählung hatte Lederstrumpf mit seiner Büchse und seinen Hunden die Hütte an den Ufern des Otsego verlassen, um etliche Tage in den Bergen zu jagen; aber ehe er zurückkehrte, hatte er die Gewässer des Ontario gesehen. Ehedem kamen ein-, zwei- oder dreihundert Meilen bei seiner kräftigen Muskulatur, die jetzt allerdings durch das Alter etwas gelitten hatte, nicht in Betracht. Der Jäger befolgte Mohegans Rat und schickte sich an, die mit Widerhaken versehene Waffe in den Nacken des Bocks zu stoßen.

»Mehr links, John!« rief er; »mehr links! Noch einen Ruderschlag, und ich habe ihn!«

Mit diesen Worten erhob er den Speer und ließ ihn wie einen Pfeil dahinfliegen. In diesem Augenblicke machte der Bock eine Wendung, daß der Schaft, dessen Eisen nur das Geweih streifte, an ihm vorbeisauste und sich, ohne Schaden angerichtet zu haben, in dem See begrub.

»Halt inne!« rief Natty, als der Kahn über die Stelle glitt, wo der Speer hineingefallen war, »halt inne, John!«

Der Schaft tauchte bald wieder aus dem See auf, und der Jäger ergriff denselben, während der Indianer den leichten Kahn umwendete, um die Jagd zu erneuern. Aber diese Zögerung setzte den Bock sehr in Vorteil, wie denn auch Edwards dadurch Zeit gewann, sich dem Schauplatze der Handlung zu nähern.

»Laßt ab, Natty, laßt ab!« rief ihm der Jüngling zu. »Bedenkt, daß es außerhalb der Zeit ist.«

Inzwischen war jedoch der Kahn bereits dem Orte nahe gekommen, wo der Hirsch ritterlich mit dem Wasser kämpfte und bald mit dem Rücken über die Oberfläche auftauchte, bald wieder untersank, je nachdem die Wellen sich vor seiner Brust brachen.

»Hurra!« schrie Edwards, bei dem Anblick über die Grenzen der Klugheit entflammt. »Gebt auf sein Lavieren acht! Rudert mehr rechts, Mohegan, mehr rechts; ich kann ihm dann das Tau über das Geweih werfen.«

Das dunkle Auge des alten Kriegers rollte in seinem Antlitz vor wilder Begeisterung, und die träge Ruhe, mit welcher seine betagte Gestalt bisher in dem Kahn gesessen, wandelte sich nun in die rührigste Tätigkeit um. Der Kahn drehte sich bei jeder Bewegung des gehetzten Tiers wie eine auf einem Wirbel schwimmende Blase, und sooft das Jagdmanöver einen geraden Kurs gestattete, schoß das kleine Rindenfahrzeug mit einer Schnelligkeit dahin, die den Hirsch veranlaßte, sein Heil in neuen Wendungen zu suchen. Diese stets wechselnde Bewegung auf einem so kleinen Raume setzte den Jüngling auch instand, in der Nähe seiner Gefährten zu bleiben. Mehr als zwanzigmal glitten Wild und Verfolger an ihm vorbei, so daß er fast mit dem Ruder darnach hätte langen können, bis es ihm rätlich schien, ruhig liegenzubleiben und die Gelegenheit abzuwarten, insoweit seinen Beistand anzubieten, daß das erlegte Tier in seinem größeren Fahrzeuge untergebracht würde.

Er brauchte indes nicht lange zu warten; denn kaum hatte er diesen Entschluß gefaßt und sich im Boote aufgerichtet, als er den Hirsch mutig auf sich zukommen sah, augenscheinlich in der Absicht, das Land in einiger Entfernung von den Hunden, die noch immer an dem Ufer bellten und heulten, zu erreichen. Edwards griff nach der Fangleine seines Nachens, drehte eine Schleife und warf dieselbe aus Leibeskräften, und zwar so glücklich aus, daß sie sich in dem einen Geweihe des Bocks verfing.

Einen Augenblick lang wurde der Nachen durch das Wasser hingeschleppt, aber im nächsten gewann das Kanu einen Vorsprung, und Natty, der sich tief niederbeugte, stieß sein Messer durch die Kehle des Tiers, dessen Blut nunmehr das Wasser färbte. Der Hirsch verendete nach kurzem Kampfe, und inzwischen brachten die Jäger ihre Boote zusammen, welche sie aneinander banden; dann zog Lederstrumpf den entseelten Hirsch aus dem Wasser und legte ihn in dem Kanu nieder. Er befühlte die Rippen und die verschiedenen andern Teile seiner Beute, erhob dann seinen Kopf und lachte in seiner eigentümlichen Weise –

»Ich gebe nicht *so viel* für Marmadukes Gesetz«, sagte er. »Ein solcher Anblick erwärmt einem das Blut, alter John; denn ich habe seit Jahren keinen Bock mehr auf dem See erlegt. Es ist ein herrliches Wildbret, Junge, und ich kenne Leute, welche sich den Ziemer dieses Tieres trefflich schmecken lassen werden, trotz aller Gesetze im Lande.«

Den Indianer hatten längst seine Jahre und vielleicht auch das Unglück seines Stammes gebeugt, aber diese belebende und aufregende Jagd ließ einen Sonnenblick über seine schwärzlichen Züge fliegen, welcher denselben lange fremd gewesen war. Augenscheinlich erfreuten bei dieser Jagd den alten Mann mehr die Erinnerungen an die Tätigkeit seiner Jugend als etwaige Aussichten auf die Vorteile, die daraus erzielt wurden. Seine von der ungewöhnlichen Anstrengung bereits zitternden Hände befühlten jedoch die Beute, und er lächelte mit beifälligem Kopfnicken, indem er in der kurzen und nachdrücklichen Weise seines Volkes sprach: »Gut!«

»Ich fürchte, Natty«, begann Edwards, als die Hitze des Augenblicks vorüber war und sein Blut ruhiger zu fließen anfing, »daß wir uns samt und sonders eine Gesetzesübertretung haben zuschulden kommen lassen. Behalten wir indessen die Sache für uns, da niemand in der Nähe ist, welcher uns verraten könnte. Wie kamen aber diese Hunde ins Freie? Ich sah sie doch erst vor kurzem noch gut angebunden, wie ich mich selbst durch Untersuchung der Stränge und Knoten überzeugte, als ich vor der Hütte haltmachte.«

»Die Witterung eines solchen Tieres wirkte zu kräftig auf die armen Tröpfe«, versetzte Natty. »Seht, Junge, die Lederriemen hängen ihnen noch von dem Halse. Rudere ans Land, John! Ich will sie herbeirufen, damit ich klarer in der Sache sehe.«

Als aber der alte Jäger ans Land stieg und die Riemenreste an dem Hals der Hunde untersuchte, wechselte der Ausdruck seines Gesichtes, und er schüttelte bedenklich den Kopf.

»Da ist ein Messer mit im Spiele gewesen«, begann er. »Dieser Riemen ist weder zerrissen noch durch den Hund abgebissen. Nein, nein – ich fürchte, der Fehler liegt nicht an Hektor.«

»Ist das Leder durchschnitten?« rief Edwards.

»Nein, nein, – ich will das nicht gerade sagen, Junge; aber hier ist ein Merkzeichen, das weder durch einen Riß noch durch einen Biß gemacht werden kann.«

»Sollte es der schuftige Zimmermann gewagt haben –«

»Der nimmt sich freilich alles heraus, wo keine Gefahr dabei ist«, erwiderte Natty. »Er ist ein neugieriger Kerl, der sich gern in anderer Leute Sachen mischt. Er wird übrigens gut tun, sich nicht allzuviel meinem Wigwam zu nahen.«

Inzwischen hatte Mohegan mit indianischer Umsicht die Stelle untersucht, wo der Riemen getrennt worden war. Nach genauer Besichtigung erklärte er in der Sprache der Delawaren:

»Es ist ein Messerschnitt – eine scharfe Klinge und ein langer Handgriff. Der Mann fürchtete sich vor den Hunden.«

»Woraus schließest du das, Mohegan?« rief Edwards. »Du hast es nicht gesehen und kannst daher unmöglich mit solcher Bestimmtheit sprechen.«

»Höre, mein Sohn«, versetzte der Krieger, »das Messer war scharf; denn der Schnitt ist glatt, – der Handgriff war lang; denn eines Mannes Arm würde von diesem Schnitt nicht bis zu jenem reichen, der den Riemen nicht durchschnitt; – und ein Feigling tat's: sonst würde er das Lederwerk am Hals der Hunde abgeschnitten haben.«

»Bei meinem Leben«, rief Natty, »John ist auf dem rechten Sprunge. Es war der Zimmermann, der den Felsen hinter der Hundehütte erstieg und die Tiere durch ein an einem Stocke befestigtes Messer losließ. Sollte es nicht ein leichtes sein, so etwas zu tun, wenn ein Mensch schlimme Absichten hat?«

»Aber was hätte ihn dazu veranlassen können?« fragte Edwards. »Wer hat ihm etwas zuleide getan, daß er zwei alte Männer wie Euch beunruhigen sollte?«

»Ich finde immer, daß es schwer ist, Junge, die Absichten der Menschen zu erraten, seit die Ansiedler ihre neuen Moden ins Land gebracht haben. Sollte übrigens seine Neugier nicht schon hinreichen? Vielleicht verlangt ihn, nach dem Treiben anderer Leute zu sehen, da er sich ohnehin gern in alles mischt.«

»Euer Verdacht ist begründet. Gebt mir den Kahn! ich bin jung und kräftig und komme vielleicht noch zeitig genug, um ihm sein Handwerk zu legen. Verhüte der Himmel, daß wir der Willkür eines solchen Menschen anheimfallen sollten!«

Dieser Vorschlag wurde angenommen, der Hirsch aus dem Kanu in das Boot gebracht, um es zu entlasten, und in weniger als fünf Minuten glitt das leichte Rindenfahrzeug über den Spiegel des Sees hin. Bald entschwand es hinter den Landspitzen und schoß ans Ufer.

Mohegan folgte langsam mit dem Boote, während Natty, die Hunde an der Ferse und die Büchse auf der Schulter, das Gebirge erstieg, um zu Lande nach seiner Hütte zurückzukehren.

Achtundzwanzigstes Kapitel

> Wer weiß es, was die Jungfrau fühlt,
> Allein im Augenblick der Schrecken –
> Ob Irrsinn ihr Gehirn durchwuhlt,
> Ob Himmelsmächte Kräfte wecken,
> Wo eigne nimmermehr erklecken.
>
> *Scott*

Während diese Jagd auf dem See vor sich ging, setzten Miß Temple und Luise Grant ihren Spaziergang ins Gebirge fort. Man hielt bei solchen Ausflügen männliche Begleitung für unnötig; denn man wußte wohl, daß niemand ein achtbares Frauenzimmer verunglimpfen würde. Nachdem so die Verlegenheit, welche eine Folge der letzten Besprechung mit Edwards gewesen, sich gelegt hatte, ergingen sich die Mädchen in einer ihrem Charakter entsprechenden, harmlosen und heiteren Unterhaltung.

Der Pfad führte sie in nur kurzer Entfernung über Lederstrumpfs Hütte hin, bei welcher Gelegenheit sie auf eine Stelle trafen, von der aus sich ihnen eine Vogelperspektive über diesen abgeschiedenen Ort auftat.

Infolge eines ebenso natürlichen wie mächtigen Gefühls hatte es keine der beiden Freundinnen je gewagt, in ihren häufigen vertraulichen Gesprächen nur eine Silbe über die zweideutige Stellung zu äußern, in welcher der junge Mann, der nun in so inniger Verbindung mit ihnen stand, gefunden worden war. Mochte es auch dem Richter Temple klug gedünkt haben, um seinetwillen Nachfragen anzustellen: jedenfalls hatte er es passend gefunden, das Ergebnis derselben für sich zu behalten, obgleich es wiederum kein ungewöhnliches Ereignis war, wohlerzogene junge Leute aus den östlichen Staaten in jeder Stellung, welche ein Auskommen versprach, zu finden, so daß die augenscheinliche Armut des mit Kenntnissen gut ausgestatteten Jünglings zu solch einer Zeit und in einem solchen Landstriche kein besonderes Aufsehen erregen konnte. Nicht ganz so stand es jedoch hinsichtlich seiner Erziehung und Abkunft; aber Edwards hatte sich hier durch sein abgemessenes, hin und wieder sogar barsches Benehmen gegen zudringliche Fragen so wirksam geschützt, daß der Richter, als sich seine Sitten mit der Zeit zu mildern schienen (wenn ihm dieser Umstand überhaupt auffiel), recht wohl auf die Vermutung kommen konnte, es sei dies das Ergebnis der Verhältnisse, in welchen der junge Mann in der letzten Zeit gelebt hatte. Das Weib hat aber in solchen Dingen immer ein schärferes Auge als der Mann, und was der Vater in seiner Zerstreutheit übersah, entging den Blicken der Tochter nicht. In tausend kleinen Artigkeiten, wie sie der Verkehr unter gebildeten Ständen mit sich führt, hatte sie früh entdeckt, daß dieser Boden Edwards nicht fremd war, obgleich die Anzeichen einer feineren Erziehung durch Härten getrübt wurden, die sie als ungestüme Ausbrüche wilder Leidenschaftlichkeit betrachtete. Es ist wahrscheinlich nicht nötig, dem Leser zu bemerken, daß Luise Grant bei ihrem Urteile nicht den Maßstab der Welt zur Richtschnur wählte. Demungeachtet machte sich aber das sanfte Mädchen doch ihre Gedanken über die Sache und baute darauf wie andere ihre Schlüsse.

»Ich wollte alle meine anderen Geheimnisse darum geben, Luise«, rief Miß Temple mit einem Blicke kindlicher Einfalt, wie er sich nur selten in ihren geistreichen Zügen ausdrückte, indem sie lächelnd ihre dunkeln Locken aus der Stirne schüttelte, »wenn ich wüßte, was diese rohen Holzpflöcke gehört und mitangesehen haben.«

Sie sahen in diesem Augenblicke nach der abgeschiedenen Hütte hinunter, und Miß Grant erhob ihr schönes, blaues Auge, während sie antwortete:

»Ich bin überzeugt, daß Sie nichts zum Nachteile des Herrn Edwards aussagen würden.«

»Vielleicht nicht, aber Sie könnten uns wenigstens sagen, wer er ist.«

»Ei, liebe Miß Temple, das wissen wir ja bereits. Ich habe Ihren Vetter alles so gründlich auseinandersetzen hören –«

»Das Haupt der vollziehenden Gewalt? – Ja, der kann freilich alles erklären. Sein Scharfsinn wird dieser Tage noch den Stein der Weisen auffinden. Aber wie lautete seine Ansicht?«

»Seine Ansicht?« wiederholte Luise mit einem Blick der Verwunderung. »Je nun, mir schien alles befriedigend, und ich glaubte nicht anders, als daß es sich wirklich so verhielte. Er sagte, Natty Bumppo habe den größten Teil seines Lebens in den Wäldern und unter den Indianern zugebracht, wovon die Folge gewesen, daß er eine vertraute Bekanntschaft mit dem alten John, dem Delawarenhäuptling, anknüpfte.«

»In der Tat, das ist eine Erzählung ganz in Vetter Dicks Weise. Aber was weiter?«

»Ich glaube, er leitete die Freundschaft der beiden von einer Schlacht ab, in welcher Lederstrumpf Johns Leben rettete.«

»Nichts ist leichter möglich«, versetzte Elisabeth etwas ungeduldig. »Aber wie gehört all dies zur Sache?«

»Ach, Elisabeth, Sie müssen Geduld haben mit meiner Unwissenheit; Sie sollen dann alles hören, was ich noch im Gedächtnis behalten habe; denn ich habe keine weitere Quelle als das, was zwischen dem Sheriff und meinem Vater bei ihrer letzten Zusammenkunft gesprochen wurde. Er sagte noch weiter, es wäre bei den Königen von England üblich gewesen, Leute von Stand, bisweilen auch Offiziere aus der Armee, als Agenten unter die verschiedenen Indianerstämme zu schicken, und diese Sendlinge hätten nicht selten die Hälfte ihres Lebens in der Wildnis zugebracht.«

»Mit wunderbarer geschichtlicher Genauigkeit erzählt! Und schloß er hiermit seine Geschichte?«

»Oh, nein! – Er sagte dann, diese Agenten hätten selten geheiratet, und – und – sie müssen schlimme Menschen gewesen sein, Elisabeth! Aber ich kann Ihnen versichern, daß er so sagte.«

»Gleichviel«, entgegnete Miß Temple, indem sie errötete und lächelte, aber nur so leicht, daß ihre Gefährtin weder das eine noch das andere gewahr werden konnte. »Übergehen Sie das!«

»Nun, dann erzählte er, sie hätten sich's oft zur Ehrensache gemacht, ihre Kinder gut zu erziehen und dieselben nach England, ja sogar auf Hochschulen zu schicken. Und von einem solchen Umstande leitet er die Bildung ab, welche Herr Edwards genossen; denn er gibt zu, daß derselbe fast soviel wisse wie Ihr Vater – der meinige – oder gar er selbst.«

»Eine wundervolle Steigerung der Gelehrsamkeitsgrade! Und so machte er wohl Mohegan zu dem Großoheim oder Großvater von Oliver Edwards?«

»Sie haben das wohl von ihm selbst gehört?« erwiderte Luise.

»Etwas Ähnliches wohl zum öftern, nur nicht gerade über diesen Gegenstand. Sie wissen, meine Liebe, daß Herr Jones für alles gleich eine Theorie bereit hat. Weiß er aber auch zu erklären, warum diese Hütte die einzige Wohnung im Umkreise von fünfzig Meilen ist, deren Türe sich nicht jedem öffnet, der auf die Klinke drücken will?«

»Ich habe ihn nie über diesen Gegenstand sprechen hören«, antwortete die Tochter des Geistlichen, »aber ich denke, es kommt daher, weil sie arm und daher ganz natürlich sehr besorgt sind, ihr kleines, ehrlich erworbenes Eigentum zu erhalten. Es ist bisweilen gefährlich, reich zu sein, Miß Temple; aber Sie können nicht wissen, was es heißt, wenn man so recht arm ist.«

»Dies wird auch bei Ihnen nicht der Fall sein, Luise? Wenigstens hoffe ich, daß in diesem Lande des Überflusses kein Diener der Kirche völligen Mangel zu leiden hat.«

»Wo Vertrauen zum Schöpfer ist, kann keine wirkliche Not Platz greifen«, erwiderte die andere in leisem und ergebungsvollem Tone, »doch gibt es Entbehrungen, die das Herz schwer ankommen.«

»Sie reden doch nicht von sich selbst?« rief Elisabeth hastig. »Nein, nein, meine Liebe, Sie können unmöglich das Elend erfahren haben, das von der Armut begleitet ist!«

»Ach, Miß Temple! Sie kennen, wie mir scheint, die Mühseligkeiten dieses Lebens wenig. Mein Vater hat viele Jahre als Missionar in diesen neuen Landen zugebracht, wo seine Gemeinde so arm war, daß es uns oft an trockenem Brote gebrach, ohne daß wir imstande gewesen wären, welches zu kaufen; und betteln wollte er nicht, weil er seinen heiligen Beruf nicht entehren mochte. Aber wie oft habe ich ihn sein Haus verlassen sehen, während seine kranken und hungrigen Angehörigen bei seiner Entfernung fühlten, daß sie ihren einzigen Erdenfreund verloren; und doch tat er dies, weil er seine Pflicht wegen häuslichen Notstandes nicht verabsäumen mochte. Ach, wie schwer muß es sein, anderen Trost zu bringen, wenn das eigene Herz vor Kummer brechen will!«

»Aber es ist jetzt doch alles vorüber! Ihres Vaters Einkommen muß nun seinen Bedürfnissen entsprechen, es muß – es soll – –«

»Ja«, entgegnete Luise, indem sie das Haupt sinken ließ, um

die Tränen zu verbergen, die trotz ihres ergebungsvollen Sinnes ihren Augen entströmten, »denn es ist niemand übriggeblieben, den er zu ernähren hätte, als ich.«

Die Wendung, welche das Gespräch genommen, hatte alle anderen Gedanken als die einer heiligen Rührung aus den Gemütern der jungen Mädchen verscheucht, und Elisabeth schloß ihre Freundin in ihre Arme, als diese ihrem Schmerz durch ein hörbares Schluchzen Luft machte. Nachdem sich dieser Gefühlsausbruch beschwichtigt hatte, erhob Luise ihr sanftes Antlitz, und sie setzten schweigend ihren Spaziergang fort.

Sie hatten indessen die Spitze des Berges erreicht, wo sie die Straße verließen und unter dem Schatten der stattlichen Bäume weitergingen. Der Tag war warm, und die Mädchen vertieften sich immer mehr in den Wald, da die belebende Kühle des Dikkichts in einem angenehmen Gegensatze zu der Hitze stand, welcher sie beim Bergansteigen ausgesetzt gewesen waren. Die Unterhaltung beschränkte sich, als geschehe es infolge wechselseitiger Übereinkunft, ganz auf das, was ihnen ihr Spaziergang bot, und jede hohe Fichte, jedes Gebüsch oder allenfalls eine Blume entlockte ihnen irgendeinen einfachen Ausdruck der Bewunderung.

In dieser Weise wandelten sie am Felsenrande hin, indem sie gelegentlich Blicke nach der ruhigen Fläche des Otsego warfen oder innehielten, um auf das Rasseln der Räder und die Schläge der Hämmer zu horchen, die vom Tale herauftönten und die Merkzeichen menschlichen Treibens unter die Szenen der Natur mischten, als Elisabeth plötzlich mit dem Aufrufe zusammenfuhr –

»Horch! Ich höre ein Kind auf diesem Berge schreien. Ist etwa eine Lichtung in der Nähe? Oder sollte sich vielleicht ein Kleines von seinen Eltern verirrt haben?«

»So etwas kommt oft vor«, versetzte Luise. »Wir wollen den Tönen nachgehen. Vielleicht ist's ein Wanderer, der in den Bergen verschmachtet.«

Durch diesen Gedanken angetrieben, folgten die Mädchen mit raschen und ungeduldigen Schritten den dumpfen und kläglichen Tönen, die aus dem Walde hervordrangen. Mehr als einmal stand die voraneilende Elisabeth im Begriffe auszurufen, sie sehe den Notleidenden, als plötzlich Luise ihren Arm erfaßte und mit dem Ausrufe hinter sich wies: »Sehen Sie Ihren Hund an!«

Brave war, seit ihn die Stimme seiner jungen Gebieterin aus der Hütte gelockt hatte, bis auf diesen Augenblick nicht von ihrer Seite gewichen. Sein vorgerücktes Alter hatte ihn schon längst seiner Rührigkeit beraubt, und wenn die beiden Mädchen haltmachten, um die Landschaft zu betrachten oder ihre Blumensträuße zu vergrößern, so pflegte sich der mächtige Bullenbeißer auf die Erde zu legen, indem er mit halbgeschlossenen Augen und einer Trägheit in seinem ganzen Wesen, welche übel zu dem Charakter eines Beschützers paßte, ihre Bewegungen beobachtete. Als aber Miß Temple bei Luises Ausruf sich umwandte, bemerkte sie, daß der Hund seine Augen scharf auf irgendeinen fernen Gegenstand heftete, während er den Kopf zur Erde senkte und seine Haare, sei es nun aus Furcht oder Zorn, sich sträubten. Wahrscheinlich war das letztere der Fall; denn er ließ ein dumpfes Knurren vernehmen, wobei er hin und wieder in einer Weise, welche seine Gebieterin erschreckt haben würde, wenn sie nicht die guten Eigenschaften des Tieres gekannt hätte, die Zähne zeigte.

»Brave!« rief sie ihm zu. »Sei ruhig, Brave! Was siehst du, alter Bursche?«

Bei dem Ton ihrer Stimme mehrte sich augenscheinlich die Wut des Bullenbeißers, statt sich zu mindern. Er eilte vor die Damen hin, legte sich seiner Gebieterin zu Füßen, heulte noch lauter als vorher und machte hin und wieder seinem Zorne durch ein kurzes, bissiges Bellen Luft.

»Was mag er wohl sehen?« sagte Elisabeth. »Da muß irgendein Tier in Sicht sein.«

Da Miß Temple keine Antwort von ihrer Gefährtin erhielt, so wandte sie den Kopf herum und erblickte Luise, die mit leichenblassem Gesichte dastand und unter krampfhaftem Zittern ihres Armes mit dem Finger in die Höhe deutete. Elisabeths rasches Auge folgte der von ihrer Freundin angedeuteten Richtung und gewahrte die stolze Stirn und die funkelnden Augen eines Pantherweibchens, welches, zum Sprunge fertig, grimmige Blicke nach ihnen schoß.

»Laß uns fliehen«, rief Elisabeth, indem sie Luises Arm ergriff, deren Körper gleich schmelzendem Schnee zusammenbrach.

Es lag nicht der mindeste Zug in Elisabeth Temples Charakter, der sie hätte veranlassen können, eine Freundin in einer solchen Not zu verlassen. Sie fiel neben der leblosen Luise auf ihre Knie nieder und lüftete in instinktartiger Schnelle diejenigen Teile des Anzugs ihrer Gefährtin, welche dem Atmen Eintrag tun konnten, indem sie zugleich ihre einzige Sicherheitswache, den Hund, durch die Töne ihrer Stimme zu ermutigen suchte.

»Halte dich wacker, Brave!« rief sie in bebenden Lauten. »Mut, Mut, guter Brave!«

Ein junger Panther, der bisher Elisabeths Blicken entgangen war, kugelte nun aus den Zweigen eines Gesträuchs herunter, das in dem Schatten der dem alten Ticre zum Sitze dienenden Buche wuchs. Das unerfahrene Geschöpf näherte sich dem Hunde, indem es die Gebärden und Töne seiner Mutter nachahmte, aber auf eine seltsame Weise das Spielen eines Kätzchens mit der Wildheit seiner Rasse vereinigte. Es stellte sich auf seine Hinterbeine und zerkratzte mit den Vorderpfoten die Rinde eines Baumes in katzenartiger Possierlichkeit; dann peitschte es sich selber mit dem Schwanze, heulte und scharrte die Erde auf, wobei es versuchte, den gleichen Grimm an den Tag zu legen, der seine Mutter so schrecklich machte.

Die ganze Zeit über stand Brave fest und furchtlos da, den kurzen Schwanz in die Höhe gereckt und den Körper gegen seine Hinterbeine zurückgezogen, während seine Augen unablässig die Bewegungen der beiden Bestien beobachteten. Das Junge kam spielend mit jedem Sprunge dem Hunde näher, und das Heulen der drei Tiere wurde mit jedem Augenblicke schrecklicher, bis der junge Panther sich überschlug und gerade vor dem Bullenbeißer niederfiel. Es war ein Augenblick des fürchterlichsten Kampfes und Geheuls, der aber ebensobald endete, als er begonnen hatte; denn unmittelbar darauf sah man das junge Tier aus Braves Rachen in die Luft wirbeln und mit solcher Gewalt gegen einen Baum fliegen, daß es völlig besinnungslos wieder zur Erde fiel.

Elisabeth war Zeugin des kurzen Kampfes, und das Blut schoß ihr ob des Mutes des Hundes wärmer durch die Adern, als sie auf einmal die Gestalt der alten Pantherin in die Luft schießen sah, die aus zwanzig Fuß weiter Entfernung von dem Buchenaste auf den Rücken des Bullenbeißers niederstürzte.

Keine Worte vermögen den wütenden Kampf zu schildern, der jetzt folgte. Es war ein wirres Balgen auf den trockenen Blättern, begleitet von lautem und schrecklichem Geheule. Miß Temple blieb, mit dem Körper über Luise gebeugt, auf ihren Knien liegen und heftete ihre Augen mit einer entsetzensvollen, aber doch so gespannten Teilnahme auf die Tiere, daß sie fast ob des Ausganges des Kampfes ihre eigene Sicherheit vergaß. Die Sprünge der Waldbewohnerin waren so rasch und lebhaft, daß ihre bewegliche Gestalt fast ohne Unterlaß in der Luft zu schweben schien, während der edle Hund bei jeder neuen Wendung seinem Feinde wacker standhielt. Wenn der Panther sein Hauptziel, die Schulter des Bullenbeißers, erreicht hatte, so schüttelte der alte Brave seinen wütenden Gegner stets wie eine Feder ab, obgleich seine Haut an vielen Stellen zerrissen war und er bereits aus einem Dutzend Wunden blutete; er richtete sich auf seine Hinterbeine auf und begann aufs neue mit offenem Rachen und furchtlosen Augen das schreckliche Ringen. Aber das Alter und ein gemächliches Leben waren keine geeignete Vorbereitung für einen solchen Kampf, und der edle Bullenbeißer zeigte in allem, seinen Mut ausgenommen, keine Spur mehr von dem, was er vordem gewesen. Ein höherer Sprung als die früheren brachte die gewandte und wütende Bestie weit aus dem Bereich des Hundes, der ihr mit einer verzweifelten, aber vergeblichen Anstrengung nachzusetzen suchte, und nun stürzte sie abermals aus einer günstigeren Lage auf den Rücken ihres alten Feindes nieder. Sie vermochte sich nur einen einzigen Augenblick zu halten, da der Hund in krampfhaftem Ringen seine äußersten Kräfte aufbot. Aber Elisabeth sah jetzt, als Brave seine Zähne wieder in die Seite der Gegnerin schlug, daß das Messinghalsband, welches während des ganzen Ringens blank gewesen, sich mit Blut färbte, und unmittelbar darauf sank sein Körper schwerfällig zur Erde, wo er sich ausreckte und hilflos liegenblieb. Es folgten nun mehrere gewaltsame Anstrengungen von seiten der wilden Katze, sich dem Gebisse des Hundes zu entwinden, die jedoch fruchtlos blieben, bis sich der Bullenbeißer auf den Rücken legte und seine Zähne losließen, worauf kurze Zuckungen und die darauf folgende Stille den Tod des armen Brave verkündigten.

Elisabeth war nun ganz der Gewalt der Bestie preisgegeben. Man sagt, es liege etwas in dem Antlitz von Gottes Ebenbilde, was den Mut aller untergeordneten Geschöpfe einschüchtere; und es konnte scheinen, daß eine solche Gewalt auch in dem gegenwärtigen Augenblicke das drohende Äußerste verzögere. Die Augen des Ungeheuers und des knienden Mädchens begegneten sich für einen Moment, worauf das erstere den Kopf senkte, um den gefallenen Feind zu untersuchen und das Junge zu beriechen. Sobald es jedoch des letzteren ansichtig wurde, schossen seine Augen neue Glutblitze; es peitschte sich die Seiten wütend mit dem Schweife, und seine Krallen traten zollang aus den breiten Tatzen hervor.

Miß Temple wollte oder konnte sich nicht von der Stelle bewegen. Ihre Hände waren zum Gebet gefaltet, aber ihre Augen ruhten dabei unablässig auf ihrem schrecklichen Feinde; ihre Wangen glichen an Weiße dem Marmor und ihre Lippen waren vor Entsetzen leicht geöffnet. Der Augenblick eines schrecklichen Endes schien nun gekommen zu sein, und Elisabeths schöne Gestalt ergab sich bereits demütig in dieses herbe Äußerste, als ein Rauschen von Blättern hinter ihrem Rücken eher ihr Ohr zu necken als wirkliche Hoffnung zu erwecken schien.

»Bst! Bst!« ließ sich eine Stimme vernehmen. »Bücken Sie sich tiefer, Mädchen, Ihr Hut verbirgt mir den Kopf der Bestie.«

Es war mehr ein Nachgeben gegen die gebieterische Macht der Natur als eine Willfährigkeit gegen diese unerwartete Aufforderung, was unsere Heldin veranlaßte, das Haupt auf ihre Brust sinken zu lassen, als sie auf einmal den Knall einer Büchse, das Pfeifen der Kugel und das wütende Heulen der Bestie vernahm, welche sich auf der Erde überkugelte, in ihr eigenes Fleisch die Zähne schlug und, soweit ihre Pfoten reichten, Äste und Zweige zerriß. Im nächsten Augenblick eilte Lederstrumpf auf Elisabeth zu, während er laut seinem Hunde zurief:

»Herein, Hektor! Komm herein, alter Narr! Solch ein Tier hat ein zähes Leben und könnte wohl wieder aufspringen.«

Natty blieb furchtlos vor den Frauenzimmern stehen, ohne sich durch die gewaltigen Sätze der verwundeten Pantherin einschüchtern zu lassen, an der verschiedene Merkmale die Rückkehr ihrer Kraft und Wildheit verkündeten. Erst als er seine Büchse wieder geladen hatte, näherte er sich dem wütenden Ungetüm, hielt die Mündung seines Gewehrs dicht vor dessen Kopf, und im Nu war durch den Schuß jede Spur des Lebens aus dem Tiere vertilgt.

Der Tod ihres schrecklichen Feindes erschien Elisabeth wie eine Auferstehung aus ihrem eigenen Grabe. Es lag eine Schwungkraft in dem Geiste unserer Heldin, welche sich unter dem Drang der augenblicklichen Gefahr hob, und je näher diese war, desto mehr hatte ihre Natur gekämpft, um ihr mutig ins Auge zu schauen. Demungeachtet war sie ein Weib. Wäre sie in ihrer äußersten Not sich selbst überlassen gewesen, so hätte sie wahrscheinlich alle ihre Seelenkräfte aufgeboten, um die geeigneten Maßregeln zum Schutze ihrer Person zu treffen; aber mit dem Hemmgewichte einer besinnungslosen Freundin war an eine Flucht nicht zu denken. – Ungeachtet des furchtbaren Anblicks ihrer Feindin hatte doch Elisabeth die Augen nie vor den wütenden Blicken derselben abgewendet, und noch lange nach diesem Ereignis kehrten ihre Gedanken oft zu den Gefühlen jenes Augenblicks zurück oder wurde die sanfte Ruhe ihres nächtlichen Schlummers getrübt, wenn ihre rege Phantasie die unbedeutendsten Bewegungen des Ungetüms heraufbeschwor, wie sie dieses in dem Moment, als sie ganz in seine Macht gegeben zu sein schien, an den Tag legte.

Wir überlassen es dem Leser, sich auszumalen, wie Luise wieder zu sich kam und wie die beiden Mädchen sich in glühendem Danke gegen ihren Retter vereinigten. Das erstere wurde durch etwas Wasser bewerkstelligt, welches Lederstrumpf aus einer der tausend Quellen auf den Bergen in seiner Mütze herbeibrachte, und das letztere geschah mit aller Wärme, die sich von Elisabeths Charakter erwarten ließ. Natty nahm die ungestümen Dankesäußerungen voll Gutmütigkeit und Nachsicht mit ihrer gegenwärtigen Aufregung, aber auch mit einer Sorglosigkeit hin, welche zeigte, wie wenig er sich auf den geleisteten Dienst zugute tat.

»Nun, nun«, sagte er, »lassen Sie das gut sein; tun Sie mir den Gefallen und sprechen Sie nicht mehr davon, wir können ein andermal darüber reden. Kommen Sie, wir wollen auf die Straße zurückkehren; denn Sie haben Schrecken genug ausgestanden, um die Sehnsucht nach dem väterlichen Hause rege zu machen.«

Mit diesen Worten führte er die beiden so schnell, wie es Luises Schwäche gestattete, nach der Straße. Als sie daselbst anlangten, trennten sich die Damen von ihrem Führer, indem sie erklärten, sie könnten jetzt recht wohl ohne seinen Beistand den Rückweg finden, da sie sich durch den Anblick des Dorfes ermutigt fühlten, das im Hintergrunde des klaren Sees und des sich dahin schlängelnden Stromes mit seinen hundert weißgetünchten Ziegelschornsteinen wie ein Gemälde vor ihren Füßen lag.

Wir brauchen dem Leser nicht die Art der Gefühle auseinanderzusetzen, die nach der Rettung von einem so schrecklichen Tode, mit dem sie bedroht gewesen, in den Gemütern der beiden jungen, edelsinnigen und wohlerzogenen Mädchen lebendig waren, als sie schweigend an der Seite des Gebirges hin ihres Weges zogen; und ebensowenig wollen wir den demütigen Dank schildern, den sie gegen ihren Schöpfer ausdrückten, der sie in der äußersten Not nicht verlassen hatte. Auch mag der Leser sich selber ausmalen, wie oft sie sich gegenseitig die Hände drückten, wenn die Gewißheit ihrer nunmehrigen Sicherheit wie heilender Balsam ihre geängstigten Seelen beruhigte, sooft ihre Gedanken zu der eben erlebten entsetzlichen Szene zurückkehrten.

Lederstrumpf blieb auf dem Berge und sah den sich entfernenden Gestalten nach, bis sie in einer Wendung des Pfades verschwanden, worauf er seinen Hunden pfiff, die Büchse über die Schulter warf und in den Wald zurückkehrte.

»Es war allerdings ein schrecklicher Anblick für die beiden jungen Geschöpfe«, sprach Natty, als er zu dem erlegten Tiere zurückkehrte, »und es hätte wohl eine ältere Frauensperson mit Entsetzen erfüllen können, wenn sie eine Pantherin mit einem toten Jungen an der Seite so ganz in ihrer Nähe gesehen hätte. Ich möchte übrigens wissen, ob ich dem Gewürm schon mit dem ersten Schusse den Garaus gemacht haben würde, wenn ich statt auf den Schädel auf das Auge gezielt hätte; aber diese Bestien haben ein zähes Leben, und der Schuß war gut, wenn man bedenkt, daß ich nichts als den Kopf und die Schwanzspitze sehen konnte. Ha! wer kommt dort durch den Wald?«

»Wie geht's, Natty?« begann Herr Doolittle, indem er aus dem Gebüsche trat, und zwar mit einer Geschwindigkeit, welche durch den Anblick der in seiner Richtung niedergelassenen Büchse sehr beschleunigt wurde. »Was? Ihr pflegt an diesem warmen Tage der Jagd? Seht Euch vor, alter Mann, daß Euch nicht das Gesetz zu fassen kriegt.«

»Das Gesetz, Squire? Ich bin seit vierzig Jahren in gutem

Einvernehmen mit dem Gesetz gewesen«, entgegnete Natty, »denn was hat ein Mann, der in der Wildnis lebt, mit den Wegen des Gesetzes zu schaffen?«

»Vielleicht nicht viel«, erwiderte Hiram, »aber Ihr handelt bisweilen mit Wildbret. Es ist Euch hoffentlich nicht unbekannt, Lederstrumpf, daß ein Antrag durchgegangen ist, vermöge dessen jedermann, der zwischen dem Januar und August einen Hirsch schießt, fünf Pfund alten Fußes oder zwölf Dollar und fünfzig Cent nach dem Dezimalsystem Strafe zahlen muß. Der Richter sieht darauf, daß dem Gesetz Achtung verschafft werde.«

»Ich will's glauben«, versetzte der alte Jäger. »Von einem Manne, der so in dem Lande haushält, läßt sich nicht nur dies, sondern alles andere erwarten.«

»Das Gesetz gilt ohne Ausnahme, und der Richter ist willens, es durchzuführen – fünf Pfund Strafe. Es ist mir, als hätte ich Eure Hunde diesen Morgen auf der Spur eines solchen Tieres gesehen. Ich weiß nicht, Lederstrumpf – aber der Umstand könnte Euch in Verdrießlichkeiten bringen.«

»Das ist so ihre Art und Weise«, entgegnete Natty unbekümmert. »Und wieviel fällt von der Strafe auf den Angeber, Squire?«

»Wieviel?« wiederholte Hiram, der sich unter dem ehrlichen, aber scharfen Blick des Jägers ziemlich unbehaglich fühlte: – »Der Angeber erhält, glaube ich die Hälfte; – ja, 's wird die Hälfte sein. Aber Ihr habt Blut an Eurem Ärmel, Mann – Ihr habt doch nicht diesen Morgen etwas geschossen?«

»Allerdings«, erwiderte der Jäger mit einem bedeutsamen Kopfnicken, »und es war kein übler Schuß, den ich getan habe.«

»H-e-m!« räusperte sich die Magistratsperson, »und wo ist das Wild? Ich denke, 's wird ein guter Braten sein; denn Eure Hunde sind nicht von der Art, daß sie Aas jagten.«

»Sie jagen alles, was ich ihnen anweise, Squire«, rief Natty mit seinem gewohnten Lachen; »und werden auch Euch fassen, wenn ich sie's heiße. Heran, heran, Hektor! Herein, Slut – da her, ihr Jungen – hier herein!«

»Oh, ich habe immer den Charakter Eurer Hunde rühmen hören«, versetzte Herr Doolittle, indem er seine Beine fleißiger brauchte, als die Hunde um ihn her schnupperten. »Und wo ist das Wild, Lederstrumpf?«

Während dieses Gesprächs waren die beiden rasch vorangeschritten, und Natty ließ nunmehr seine Büchse von der Schulter gleiten, zeigte mit dem Ende derselben durch das Gebüsch und antwortete –

»Dort liegt eines. Was haltet Ihr von einem solchen Braten?«

»Was?« rief Hiram. »Das ist ja der Hund des Richters, der alte Brave! Seht Euch vor, Lederstrumpf, und macht den Richter nicht zu Eurem Feinde! Ich hoffe nicht, daß das Tier durch Euch zu Schaden gekommen ist?«

»Sperrt die Augen auf, Meister Doolittle«, erwiderte Natty, indem er sein Messer aus dem Gürtel zog und es einige Male auf seinen hirschledernen Hosen hin und her zog. »Sieht dieser Hals hier aus, als ob ich mein Messer daran versucht hätte?«

»Er ist schrecklich zerrissen! Eine fürchterliche Wunde! So etwas kann kein Messer tun. Aber woher mag es rühren?«

»Von den Panthern hinter Euch, Squire.«

»Panthern?« wiederholte Hiram, indem er sich mit einer Behendigkeit, die einem Tanzmeister Ehre gemacht haben würde, auf dem Absatz umdrehte.

»Seid ruhig, Mann«, sagte Natty, »da sind zwei solcher heillosen Bestien: aber der Hund hat der einen den Garaus gemacht, und den Rachen der andern habe *ich* für immer geschlossen. Ihr braucht Euch daher nicht zu fürchten, Squire, sie können Euch nicht mehr beißen.«

»Und wo ist der Hirsch?« rief Hiram, mit wirren Blicken um sich sehend.

»Welcher Hirsch?« entgegnete Natty.

»Ei, ist nicht von Wildbret die Rede gewesen, und habt Ihr nicht einen Bock geschossen?«

»Warum nicht gar! Ist das nicht durch das Gesetz verboten?« erwiderte der alte Jäger. »Oder gibt es vielleicht auch ein Gesetz, welches das Erlegen eines Panthers verbietet?«

»Nein, es steht sogar ein Preis auf den Skalpen: – aber – sind denn Eure Hunde auf Panther dressiert, Natty?«

»Auf alles; ich habe Euch ja vorhin gesagt, daß sie sogar auf den Mann gehen. Heran, heran, Jungen ––«

»Ja, ja, ich entsinne mich. Nun muß ich sagen, Ihr habt seltsame Hunde – ich bin ganz erstaunt.«

Natty hatte sich inzwischen auf die Erde gesetzt, den grimmigen Kopf des toten Feindes in seinen Schoß gelegt und schickte sich nunmehr an, mit geübter Hand einen Zirkelschnitt um die Ohren zu machen, welche er in einer Weise vom Schädel des Tieres riß, daß über das Geschöpf, von welchem es kam, kein Zweifel mehr obwalten konnte; dann entgegnete er:

»Wieso, Squire? Habt Ihr nie zuvor den Skalp eines Panthers gesehen? Nun, Ihr seid eine Magistratsperson, und ich wünsche, daß Ihr mir ein Zertifikat für die Belohnung ausstellt.«

»Die Belohnung?« wiederholte Hiram, indem er die Ohren einen Augenblick mit der Fingerspitze betastete, als wisse er nicht, wie er sich weiter zu benehmen habe. »Nun ja, wir wollen in Eure Hütte hinuntergehen, wo ich Euch beeidigen und die Anweisung ausstellen kann. Ihr habt doch vermutlich eine Bibel? Zwar verlangt das Gesetz nichts weiter als die vier Evangelien und das Gebet des Herrn.«

»In meiner Wohnung finden sich keine Bücher«, sagte Natty kaltblütig, »und daher auch keine solche Bibel, wie Ihr sie für nötig erachtet.«

»Oh, es gibt nur eine Art von Bibel, die vor dem Gesetze gilt«, erwiderte die Magistratsperson, »und die Eurige wird den Dienst so gut wie eine andere tun. Kommt, das Aas ist nichts wert, wir wollen hinuntergehen, damit ich Euch den Eid abnehmen kann.«

»Sachte, sachte, Squire«, entgegnete der Jäger, indem er bedächtig seine Siegeszeichen von der Erde aufhob und die Büchse auf die Schulter warf. »Wozu bedarf es überhaupt eines Eides in einer Sache, die Ihr mit eigenen Augen angesehen habt? Setzt Ihr denn ein Mißtrauen in Euch selbst, daß ein anderer Mann etwas beschwören soll, dessen Wahrheit Ihr bezeugen könnt? Ihr habt gesehen, daß ich den Bestien die Schädelhäute abzog, und wenn ein Eid erforderlich ist, so will ich ihn vor dem Richter Temple schwören.«

»Aber wir haben hier weder Feder noch Papier, wir werden daher doch in die Hütte gehen müssen; denn wie kann ich sonst die Anweisung schreiben?«

Natty lachte der schlauen Magistratsperson abermals auf seine eigentümliche Weise ins Gesicht, und sprach:

»Ei, was sollte ich mit solch gelehrtem Zeug anfangen? Ich brauche weder Feder noch Papier, da ich sie nicht zu benutzen weiß, und führe deshalb auch nichts dergleichen. Nein, nein, ich will die Skalpe ins Dorf bringen, Squire, und dann könnt Ihr die

Anweisung aus einem Eurer Gesetzbücher herausnehmen; sie wird in diesem Falle nur um so besser sein. – Hole der Henker das Leder an dem Hals des Hundes; es wird den alten Narren noch erdrosseln. Könnt Ihr mir ein Messer leihen, Squire?«

Hiram, dem besonders viel daran gelegen zu sein schien, mit seinem Gefährten in gutem Einvernehmen zu bleiben, willfahrte dem Verlangen.

Natty schnitt den Riemen an dem Halse des Hundes durch, und als er das Werkzeug dem Eigentümer wieder einhändigte, bemerkte er leichthin:

»Ein gutes Stückchen Stahl, das gewiß seinerzeit schon mehr derartiges Leder durchschnitten hat?«

»Ihr wollt damit doch nicht sagen, daß ich Eure Hunde losgelassen hätte?« rief Hiram, den das Bewußtsein seiner Schuld alle Vorsicht vergessen ließ.

»Die Hunde losgelassen?« entgegnete der Jäger. »Das hab' ich selbst getan. Ich lasse sie immer los, ehe ich die Hütte verlasse.«

Das nicht zu bewältigende Erstaunen, womit Herr Doolittle diese Unwahrheit vernahm, würde an sich schon seine Mitwirkung an der Befreiung der Hunde verraten haben, wenn Natty einer weiteren Bestätigung bedurft hätte, und die ruhige Mäßigung des alten Mannes machte nun einem offenen Zornausbruche Platz.

»Seht Euch vor, Meister Doolittle«, sagte er, indem er den Schaft seiner Flinte ungestüm auf den Boden stieß. »Ich weiß nicht, was es in dem Wigwam eines armen Mannes, wie ich bin, gibt, daß ein Bursche, wie Ihr, sich so darnach sehnen kann. Ich sage Euch aber unverhohlen, Ihr sollt nie mit meiner Einwilligung einen Fuß unter das Dach meiner Hütte setzen, und wenn Ihr fortfahrt, so um sie herumzulungern, wie Ihr in der letzten Zeit getan habt, so könnte Euch eine Behandlung blühen, die Euch wenig behagen wird.«

»Und ich sage Euch, Meister Bumppo«, entgegnete Hiram, indem er eilig den Rückzug antrat, »daß es mir bekannt ist, wie Ihr das Gesetz übertreten habt. Ich bin eine Magistratsperson und will es Euch fühlen lassen, ehe Ihr noch einen Tag älter werdet.«

»Ich schere mich nicht so viel um Euch und um Euer Gesetz«, rief Natty, indem er nach dem Friedensrichter mit den

Fingern schnippte. »Fort mit dir, du Gewürm, ehe mich der Teufel versucht, dir deinen Lohn zu geben! Sieh dich vor, daß ich dich nicht für eine Eule nehme und niederschieße, wenn du je wieder deine Glotzaugen in den Wäldern blicken läßt.«

Es liegt immer etwas Gebieterisches in einem gerechten Zorne, und Hiram blieb nicht stehen, um den Grimm des alten Jägers auf die Spitze zu treiben. Sobald der Aufdringliche verschwunden war, kehrte Natty zu der Hütte zurück, wo er eine Grabesruhe antraf. Er legte seine Hunde an, pochte an die Türe und fragte, als Edwards öffnete, ob alles in Ordnung sei.

»Alles«, entgegnete der Jüngling. »Man hat zwar versucht, das Schloß zu öffnen, aber der Naseweis mußte es wohl bleiben lassen, weil es zu stark für ihn war.«

»Ich kenne jetzt den Kerl«, erwiderte Natty, »hoffentlich wird er sich aber in den nächsten Tagen nicht in den Bereich meiner Büchse wagen --«

Was Lederstrumpf grollend noch weiter vor sich hin murmelte, wurde unhörbar, da der Jäger die Türe der Hütte laut hinter sich zuschlug.

Neunundzwanzigstes Kapitel

Man sagt, er habe eine Masse Schätze.
Timon von Athen

Als Marmaduke Temple und sein Vetter ihre Straße ritten, war das Herz des Vaters noch zu lebhaft von den edelsten Gefühlen unserer Natur ergriffen, um ihn sogleich zu einer Unterhaltung geneigt zu machen, und in Richards Miene lag eine Wichtigkeit, die dem Sheriff nicht gestattet haben würde, ein Gespräch anzuknüpfen, das nicht im Zusammenhang mit der Großartigkeit seiner Entwürfe gestanden hätte. Die beiden Reiter sprengten daher wohl eine Meile in tiefem Schweigen dahin. Endlich wich der weiche Ausdruck der väterlichen Liebe aus den schönen Zügen des Richters und machte allmählich der gutmütigen Heiterkeit Platz, welche gewöhnlich auf Temples Antlitz lagerte.

»Nun, Dick«, sagte er, »da ich mich so weit eingelassen habe, mich unbedingt deiner Führung anheimzustellen, so denke ich wohl, daß der Augenblick gekommen ist, welcher mich zu weiterem Vertrauen berechtigt. Warum und weswegen machen wir in so feierlicher Weise diesen Ritt?«

Der Sheriff ließ ein lautes Hem vernehmen, das weit in den Wald hineinklang, und seine Blicke auf die vor ihm liegenden Gegenstände heftend, einem Manne ähnlich, welcher tief in die Zukunft schaut, erwiderte er:

»Es hat stets, – ich möchte sagen: von unserer Geburt an – einen Punkt gegeben, über den wir nicht einig werden konnten, Richter Temple. Nicht als ob ich dich für die Fügungen der Natur verantwortlich machen wollte; denn ein Mann kann um angeborener Fehler willen ebensowenig verdammt werden, als man angeborene Vorzüge, die er vielleicht besitzt, auf seine eigene Rechnung zu schreiben berechtigt ist: aber über *einen* Punkt sind wir sozusagen von unserer Geburt an, die, wie du weißt, nur zwei Tage auseinander fällt, verschiedener Ansicht.«

»Ich bin in der Tat neugierig, Richard, zu erfahren, was dieser eine Punkt sein kann; denn meiner Ansicht nach findet bei uns fast durchgängig eine wesentliche Meinungsverschiedenheit statt, und sooft – –«

»Bloß Folgen davon, Vetter«, unterbrach ihn der Sheriff, »denn alle unsere kleinen Streitigkeiten stammen aus derselben Quelle, nämlich aus unsern Ansichten über den allgemeinen Bereich des Genies.«

»Aus was, Dick?«

»Ich meine doch deutlich genug gesprochen zu haben, Richter Temple, wenigstens sollte es mir an einem faßlichen Ausdruck nicht gebrechen; denn mein Vater, der mich meine Muttersprache lehrte, verstand – –«

»Griechisch und Lateinisch«, fiel ihm Marmaduke ins Wort. »Ich kenne wohl die Sprachfertigkeit deiner Familie, Dick. Aber komm einmal zur Sache! Wohin gedenkst du mich heute zu führen?«

»Wenn einer Sache ihr Recht widerfahren soll, Sir, so muß es dem Erzähler erlaubt sein, sich seiner eigenen Weise zu bedienen«, fuhr der Sheriff fort. »Du bist der Meinung, Richter Temple, Natur und Erziehung könnten einen Mensch nur in einer bestimmten Richtung zu etwas Rechtem machen, während ich behaupte, daß das Genie die Stelle der Gelehrsamkeit vertritt und daß es Leute gibt, die in allem und jedem etwas zu leisten imstande sind.«

»Unter die vermutlich auch du gehörst«, entgegnete Marmaduke lächelnd.

»Bleibe mir mit deinen Anzüglichkeiten vom Leibe, Vetter; denn ich will nicht von mir selbst sprechen. Aber es gibt drei Männer in unserem Patent, welche von der Natur mit Gaben versehen sind, die ich mit dem Ausdrucke ›universell‹ bezeichnen möchte, obgleich sich dieselben nur unter dem Einfluß ihrer verschiedenen Stellungen entwickeln können.«

»Da sind wir also besser daran, als ich geglaubt hätte. Und aus welchen Ehrenmännern besteht dieses Kleeblatt?«

»Je nun, Vetter, der eine ist Hiram Doolittle, bekanntlich ein Zimmermann seines Zeichens, und ich brauche nur auf das Dorf zu weisen, um seine Verdienste ins klare zu stellen. Dann ist er auch eine Magistratsperson und dürfte in dieser Eigenschaft wohl manchen beschämen, der eine weit bessere Schule genossen hat.«

»Gut, das wäre einmal einer«, sagte Marmaduke mit der Miene eines Mannes, welcher nicht geneigt ist, sich über den besprochenen Punkt in einen Streit einzulassen.

»Der andere ist Jotham Riddel.«

»Wer?«

»Jotham Riddel.«

»Was, dieser unzufriedene, linkische, faule spekulierende Tropf? Er, der seinen Aufenthalt alle drei Jahre, seine Liegenschaften alle sechs Monate und sein Gewerbe mit jeder Jahreszeit wechselt? Gestern ein Bauer, heute ein Schuhmacher und morgen ein Schulmeister? Dieser Inbegriff all des unsteten und verderblichen Treibens, all der verderblichen Lieblingsneigungen der Ansiedler, ohne eine einzige ihrer guten Eigenschaften, welche den schlimmen das Gleichgewicht hielte? Nein Richard, der ist zu schlecht sogar für – – aber wer ist der dritte?«

»Da der dritte nicht gewohnt ist, solche Äußerungen über seinen Charakter anzuhören, Richter Temple, so werde ich seinen Namen verschweigen.«

»Das Ganze wäre also, Dick, daß das Trio, zu welchem auch du, und zwar als Hauptperson gehörst, irgendeine wichtige Entdeckung gemacht hat?«

»Ich habe nicht gesagt, daß ich mich dazu zähle, Richter Temple. Wie ich schon vorhin bemerkte, so will ich mein Ich dabei gar nicht ins Spiel bringen. Allerdings ist aber eine Entdeckung gemacht worden, bei welcher du wesentlich beteiligt bist.«

»Weiter, – ich bin ganz Ohr.«

»Nein, nein, Duke; ich gebe zwar zu, daß du schlimm genug bist, aber doch nicht so gar schlimm, als du dich da geben willst, sonst müßten deine Ohren noch ein Bedeutendes größer werden.«

Der Sheriff lachte herzlich über diesen faden Witz, was ihn in eine so gute Laune versetzte, daß er sich herabließ, seinen geduldigen Vetter mit folgender Auseinandersetzung zu erfreuen: –

»Du weißt, daß in deinem Bezirk ein Mann wohnt, der unter dem Namen Natty Bumppo bekannt ist. Derselbe hat, soviel ich erfahren konnte, seit mehr als vierzig Jahren hier gelebt – und zwar allein, bis auf die neueste Zeit, in welcher er sich eine sonderbare Genossenschaft zulegte.«

»Zum Teil sehr wahr und alles sehr wahrscheinlich«, entgegnete der Richter.

»Buchstäbliche Wahrheit, Vetter! Gut, in den letzten paar Monaten gesellten sich zu ihm ein alter Indianerhäuptling, der letzte oder einer der letzten seines Stammes, die in diesen Landesteilen aufzufinden sind, und ein junger Mann, dem Vernehmen nach der Sohn irgendeines indianischen Agenten von einer Wilden.«

»Wer sagt das?« rief Marmaduke mit einer Teilnahme, die er früher nicht an den Tag gelegt hatte.

»Wer? Je nun, der gesunde Menschenverstand – das Gerücht – alle Welt. Aber laß mich ausreden! Dieser Jüngling hat recht hübsche Talente – ja, er besitzt das, was ich recht hübsche Talente nenne – wurde gut erzogen, trieb sich in leidlicher Gesellschaft herum und weiß sich zu benehmen, wenn er will. Nun, Richter Temple, kannst du mir wohl sagen, was drei solche Männer wie den Indianer John, Natty Bumppo und Oliver Edwards zusammengebracht hat?«

Marmaduke sah seinen Vetter augenscheinlich erstaunt an und erwiderte schnell: »Du hast unverhofft einen Gegenstand berührt, Richard, der meinen Geist schon oft beschäftigte. Aber weißt du irgend etwas von diesem Geheimnis, oder sind es bloß ungare Vermutungen eines –«

»Nichts Ungares, Duke, nichts Ungares; Tatsachen, unleugbare Tatsachen. Du weißt, daß es Minen in diesen Bergen gibt; ich habe dich oft sagen hören, du glaubest an ihre Existenz.«

»Ich folgerte es aus Analogien, Richard, ohne daß ich irgendeine Sicherheit für das Faktum hätte.«

»Du hast davon reden hören und Erzproben gesehen – du kannst das nicht in Abrede ziehen. Und was deine sogenannten Analogiefolgerungen betrifft: wenn es in Südamerika Minen gibt, warum sollte es nicht auch in Nordamerika dergleichen geben?«

»Nein, nein, ich gedenke nichts in Abrede zu stellen, Vetter. Ich habe allerdings manches Gerücht über das Vorhandensein von Minen in diesen Bergen vernommen und glaube, auch Proben der köstlichen Metalle, die hierherum gefunden wurden, gesehen zu haben. Es würde mich daher nicht wundernehmen, wenn ich erführe, daß man Zinn, Silber, oder was ich noch für weit folgenreicher halte, gute Steinkohlen ––«

»Zum Henker mit deinen Steinkohlen!« rief der Sheriff, »wer braucht denn Steinkohlen in diesen Wäldern? Nein, nein, Silber, Duke, – Silber ist das einzige, was uns not tut, und Silber müssen wir auffinden. Aber höre mich jetzt an: ich brauche dir nicht erst zu sagen, daß die Eingebornen schon seit langer Zeit Gold und Silber zu verwenden wußten. Wer anders wird nun am besten die Fundorte anzugeben wissen, wenn es nicht die ursprünglichen Bewohner des Landes sind? Ich habe die besten Gründe für die Annahme, daß sowohl Mohegan als Lederstrumpf seit vielen Jahren von dem Vorhandensein einer Mine in diesem Gebirge unterrichtet sind.«

Der Sheriff hatte jetzt seinen Vetter an einer empfindlichen Stelle berührt, und Marmaduke horchte nun aufmerksamer auf den Sprecher, der nach einer Pause, während welcher er sich über die Wirkung dieser außerordentlichen Enthüllung verschaffen wollte, fortfuhr: »Ja, Vetter, ich habe meine Gründe, die du zur geeigneten Zeit erfahren sollst.«

»Keine Zeit eignet sich besser dafür als der gegenwärtige Augenblick.«

»Schon gut, so horche auf«, fuhr Richard fort, indem er vorsichtig umherblickte, um sich zu überzeugen, daß kein Horcher in dem Wald verborgen sei, obgleich die beiden Reiter keinen Augenblick haltmachten. »Ich habe Mohegan und Lederstrumpf mit meinen eigenen Augen, – und meine Augen sind so gut als die irgendeines andern Menschen, – ich sage, ich habe beide mit Karst und Spaten den Berg hinaufgehen und wieder herunterkommen sehen; und andere waren Zeugen, wie sie in der Dunkelheit auf eine ganz geheimnisvolle Weise Gegenstände nach ihrer Hütte schafften. Nennst du das nicht eine sehr wichtige Tatsache?«

Der Richter antwortete nicht, aber seine Stirn war gedankenvoll gerunzelt, wie man es immer an ihm bemerkte, wenn er sich für etwas lebhaft interessierte, und seine Augen ruhten in gespannter Erwartung auf den Lippen seines Vetters. Richard fuhr fort:

»Es war Erz. Nun frage ich dich, Duke, ob du mir sagen kannst, wer dieser Oliver Edwards ist, den du seit Weihnachten in deinem Hause beherbergst?«

Marmaduke erhob abermals seine Augen und antwortete nur mit einer stummen verneinenden Kopfbewegung.

»Daß er ein Mischling ist, wissen wir; denn Mohegan trägt kein Bedenken, ihn öffentlich seinen Verwandten zu nennen; daß er eine gute Erziehung genossen hat, ist gleichfalls bekannt. Was aber sein Geschäft in dieser Gegend anbelangt, – erinnerst du dich noch, daß ungefähr einen Monat, ehe dieser junge Mann unter uns erschien, Natty mehrere Tage von Hause abwesend war? Du kannst es nicht vergessen haben, denn du fragtest nach ihm, weil du einiges Wildbret für das Abschiedsmahl brauchtest, ehe du Beß holen gingst. Er war damals nirgends aufzufinden. Der alte John bewohnte die Hütte allein, und als Natty wiederkam, sah man, obgleich er des Nachts einrückte, wie er einen jener Schlitten, in denen man das Korn zur Mühle führt, nachzog und mit großer Sorgfalt etwas herausnahm, was er unter seinen Bärenhäuten versteckte. Nun frage ich dich, Richter Temple: was konnte einen Mann wie Lederstrumpf veranlassen, einen Schlitten zu machen und eine Last über diese Berge nach sich zu schleppen, wenn er weiter nichts als seine Büchse und seinen Schießbedarf bei sich hatte?«

»Man bedient sich oft solcher Schlitten zum Heimschaffen der Jagdbeute, und du sagst, er sei mehrere Tage abwesend gewesen.«

»Wie hätte er jagen können, da seine Büchse zum Ausbessern im Dorfe war? Nein, nein, daß er sich an einem ganz ungewöhnlichen Orte befand, ist gewiß; daß er irgendein Geheimnis mit sich zurückbrachte, ist noch gewisser; und daß er seit der Zeit keiner Seele erlaubt hat, sich seiner Hütte zu nähern, ist das Gewisseste.«

»Er war nie ein Freund von zudringlichen Besuchen.«

»Ich weiß das«, unterbrach ihn Richard, »aber hat er sie auch auf so unfreundliche Weise von seiner Hütte fortgetrieben? Vierzehn Tage nach seiner Rückkehr tritt dieser Edwards auf. Sie bringen ganze Tage in den Bergen zu, angeblich um zu jagen, in der Tat aber, um Nachforschungen anzustellen. Wegen des strengen Winters konnten sie damals nicht graben, und er machte sich einen glücklichen Zufall zunutze, um in ein ordentliches Quartier zu kommen. Aber selbst jetzt bringt er die Hälfte seiner Zeit in jener Hütte zu – wenigstens vergeht keine Nacht, ohne daß er ein paar Stunden dort ist. Sie schmelzen, Duke, sie schmelzen und werden reich dabei, während du arm wirst.«

»Wieviel von dieser Mitteilung kommt auf deine eigene Rechnung, und wieviel hast du von andern? – Ich möchte gern den Weizen von der Spreu sichten.«

»Ein Teil davon beruht auf eigener Wahrnehmung; denn ich sah den Schlitten, obwohl derselbe ein paar Tage nachher zusammengeschlagen und verbrannt wurde. Ich habe dir auch ferner gesagt, daß ich den alten Mann mit seinen Spaten und Kästen bemerkte. In der Nacht, als Natty mit seinem Schlitten ankam, begegnete ihm Hiram bei Gelegenheit eines Ganges ins Gebirge, und da Hiram ein gutmütiger Bursche ist, so erbot er sich ganz dienstfertig, dem alten Manne bei seiner Last zu helfen; denn er hatte schwer den Berg hinan zu ziehen. Natty wollte aber durchaus nichts davon wissen und wies das Anerbieten in einer Weise zurück, daß der Squire erklärte, er habe im Sinne gehabt, ihm den Frieden aufzukündigen. Seit der Schnee weg und hauptsächlich seit der Grund aufgetaut ist, haben wir stets ein wachsames Auge auf den Alten gehabt, wobei uns Jotham gute Dienste leistete.«

Marmaduke wollten Richards Verbündete in dieser Angelegenheit nicht sonderlich zusagen: er kannte sie aber als schlaue und gewandte Leute, und da zuverlässig irgend etwas Geheimnisvolles nicht nur in der Verbindung des jungen Edwards mit den beiden Jägern, sondern auch in dem lag, was sein Vetter eben berichtet hatte, so begann er, die Umstände sorgfältiger zu erwägen. Bei weiterem Nachdenken erinnerte er sich verschiedener Vorfälle, welche den Argwohn bekräftigen halfen, und da Richards Folgerungen mit einer seiner Schwächen zusammentrafen, so gab er sich desto bereitwilliger ihrem Eindrucke hin. Temples zu allen Zeiten umfassender Geist hatte sich infolge seiner eigentümlichen Stellung dem Hange hingegeben, in allen Spekulationen auf Verbesserungen von Grund und Boden sich schon die ferne Zukunft zu vergegenwärtigen. Wo andere Leute nichts als eine Wildnis gewahr werden konnten, sah sein Auge bereits Städte, Fabriken, Brücken, Kanäle, Minen und alle anderen Hilfsquellen eines alten Landes, obgleich sein gesunder Verstand ihn einigermaßen verhinderte, solchen sanguinischen Erwartungen Worte zu leihen.

Da der Sheriff seinem Vetter hinreichend Zeit ließ, über das Gehörte nachzudenken, so wurde es diesem mit jedem Augenblicke wahrscheinlicher, daß nur irgendein Geld verheißendes

Abenteuer das bindende Glied in der Kette sei, welche Oliver Edwards in Lederstrumpfs Hütte geführt hatte. Marmaduke war aber zu sehr gewöhnt, einen Gegenstand aus verschiedenen Gesichtspunkten zu betrachten, als daß ihm die möglichen Einwürfe hätten entgehen sollen, weshalb er vor sich hinmurmelte:

»Es kann unmöglich so sein; denn der junge Mensch wäre sonst wohl nicht an den äußersten Rand der Armut getrieben worden.«

»Gibt es wohl einen augenfälligeren Grund, nach Geld zu graben, als die Armut?« rief der Sheriff.

»Außerdem verdankt Oliver seiner Erziehung eine gewisse Würde des Charakters, welche sich nicht mit einem so heimlichen Treiben verträgt.«

»Könnte ein unwissender Tropf wohl Metall schmelzen?« fuhr Richard fort.

»Beß sagte mir, er habe den letzten Schilling ausgegeben, als ich ihn in unsere Wohnung nahm.«

»Für das andere hat er Werkzeuge gekauft. Und würde er überhaupt seinen letzten Heller für einen Schuß auf einen Truthahn ausgegeben haben, wenn er nicht gewußt hätte, wo er mehr holen könne?«

»Sollte es möglich sein, daß ich so lange zum besten gehalten worden wäre? Sein Benehmen ist zuweilen roh gegen mich gewesen; aber ich schrieb es dem Umstande zu, daß er wähnt, durch mich beeinträchtigt zu sein, und daß er sich in die Veränderungen, welche die Zeit mit sich führt, nicht recht zu finden weiß.«

»Hat man dich nicht dein ganzes Leben über zum besten gehalten, Duke? Und kann er sich nicht schlauerweise anstellen, als wisse er nichts von den Verhältnissen der Zeit, nur um seinen wahren Charakter zu verbergen?«

»Wenn er es auf Täuschung abgesehen hätte, so würde er wohl seine Kenntnisse verborgen haben und in der Maske eines untergeordneten Menschen aufgetreten sein.«

»So etwas geht nicht so leicht. Ich könnte ebensogut einen Versuch mit dem Fliegen machen als einen Pinsel spielen. Kenntnisse lassen sich nicht verbergen wie ein Licht unter einem Scheffel.«

»Richard«, sagte der Richter, zu seinem Vetter gewendet,

»es gibt viele Gründe gegen die Wahrheit deiner Vermutungen, aber du hast einen Verdacht in mir geweckt, den ich zur Gewißheit bringen muß. Doch wohin geht jetzt unsere Wanderung?«

»Jotham, der in meinem und Hirams Auftrage sich im Gebirge viel aufgehalten, hat eine Entdeckung gemacht, welche er zur Zeit noch nicht mitteilen will, da er, wie er sagt, durch einen Eid gebunden ist. Nur so viel ist gewiß, daß er weiß, wo das Erz liegt, und daß er zu graben angefangen hat. Ich wollte ohne dein Vorwissen nicht darauf eingehen, Duke, weil das Land dein Eigentum ist. Und nun kennst du den Zweck unseres Rittes. Ich nenne dies eine Gegenmine. – Ha! ha!«

»Und wo wäre die ersehnte Stelle?« fragte der Richter mit halb scherzender, halb ernster Miene.

»Nicht mehr weit, und wenn wir sie besucht haben, so will ich dir einen von den Plätzen zeigen, den wir vor einer Woche aufgefunden, und wo seit sechs Monaten unsere Jäger ihr Wesen getrieben haben.«

Die beiden Reiter fuhren fort, den Gegenstand zu besprechen, während ihre Pferde unter den Baumzweigen und über den unebenen Boden des Gebirges weitertrabten. Sie erreichten bald das Ziel ihrer Reise und fanden daselbst Jotham bis an den Hals in einem Loche stecken, welches er ausgegraben hatte.

Marmaduke fragte den Schatzgräber umständlich über die Gründe aus, welche denselben veranlaßt hatten, gerade in dieser Gegend das kostbare Metall aufzusuchen; aber der Kerl entfaltete eine beharrliche Geheimnistuerei in seinen Antworten. Er behauptete, aus gewichtigen Gründen zu handeln, und fragte den Richter mit einem Ernste, welcher bewies, wie fest sein Glaube war, wieviel ihm von dem Gewinne zuteil werden sollte, wenn seine Bemühungen zu einem Erfolge führten. Nachdem der Richter eine Stunde an der Stelle verweilt, das Gestein untersucht und nach den gewöhnlichen Anzeichen, welche die Nähe von Erz verkünden, gespäht hatte, ließ er sich von seinem Vetter nach der Stelle führen, wo das geheimnisvolle Triumvirat seine Grabungen angestellt hatte.

Der von Jotham ausgewählte Ort befand sich an der Rückseite des Berges, welcher über Lederstrumpfs Hütte herabhing, und der von Natty und seinen Gefährten gewählte Platz befand sich auf der andern Seite desselben Berges, aber oberhalb des Fahrwegs und natürlich in einer Richtung, derjenigen ganz entgegengesetzt, welche die Damen für ihren Spaziergang eingeschlagen hatten.

»Wir können uns jetzt ohne Störung der Stelle nähern«, sagte Richard, während sie abstiegen und ihre Pferde anbanden, »denn ich habe, ehe wir von Hause weggingen, John und Lederstrumpf in ihrem Kahne fischen sehen, und Oliver ist in derselben Absicht ausgezogen. Vielleicht tun sie's aber bloß zum Schein, um unsere Augen zu verblenden; wir wollen uns daher beeilen; denn es wäre doch gerade nichts Angenehmes, wenn sie uns hier überraschten.«

»Wie? Auf meinem eigenen Grund und Boden?« versetzte Marmaduke ernst. »Wenn es so ist, wie du vermutest, so sollen sie mir den Grund angeben, warum sie hier gegraben haben.«

»St!« entgegnete Richard, indem er einen Finger an seine Lippen legte und einen sehr mühsamen Abhang hinab zu einer Art natürlicher Höhle in dem Felsen, welche einem Feuerplatze nicht unähnlich war, voranging. An der Vorderseite dieser Höhle lag ein Haufen Erde, welche augenscheinlich aus dem Innern herausgeschafft worden und zum Teil noch frisch war. Eine Untersuchung des Äußern brachte den Richter nicht ins klare, ob er es hier mit einem Naturspiele oder einem Werke von Menschenhand aus irgendeiner früheren Periode zu tun habe. Das Innere aber ließ keinen Zweifel, daß es seine Gestaltung menschlicher Bemühung verdankte; denn an dem weichen bleifarbigen Fels, der sich den Fortschritten der Häuer in den Weg gelegt hatte, waren noch die Spuren der Eisenwerkzeuge zu entdecken. Das Ganze bildete eine ungefähr zwanzig Fuß weite und fast noch einmal so tiefe Höhle. Die Höhle war weit beträchtlicher, als dies gewöhnlich bei einem solchen Versuche der Fall ist, was aber augenscheinlich Wirkung des Zufalls war, da der Fels oben dachförmig überhing und um viele Fuß gegen die Basis vorsprang. Unmittelbar vor dieser Felsennische befand sich eine kleine teils durch die Natur, teil durch die von den Arbeitern sorglos herausgeworfene Erde gebildete Terrasse. Vor derselben fiel das Gebirge steil ab, so daß die klippenreichen Seitenzugänge schwierig und sogar etwas gefährlich waren. Der ganze Schauplatz war wild, roh und augenscheinlich unvollendet; als sich der Sheriff in dem Gebüsch umsah, fand er die Werkzeuge vor, welche bei der Arbeit benutzt worden waren.

Als Richard glaubte, sein Vetter habe die Stelle hinreichend untersucht, fragte er feierlich: »Bist du jetzt befriedigt, Richter Temple?«

»Ich habe mich allerdings überzeugt, daß hier etwas Geheimnisvolles und Seltsames vorgeht. Es ist ein schlau gewählter, abgelegener Ort, aber doch sehe ich keine Spur von Erz.«

»Du wirst doch nicht meinen, Vetter, daß man Gold und Silber wie Kieselsteine auf der Oberfläche der Erde findet – Dollars und Dimes[21], bereits ausgeprägt, daß man sie nur auszugeben braucht? Nein, nein – der Schatz muß erst gesucht werden, ehe man ihn benutzen kann. Aber laß sie nur graben, ich will schon entgegenminieren.«

Der Richter besichtigte die Stelle genau und notierte in seinem Gedenkbuch Merkmale, welche es ihm möglich machten, dieselbe auch ohne Richard aufzufinden; dann kehrten sie zu ihren Pferden zurück.

Als sie die Landstraße erreicht hatten, trennten sie sich – der Sheriff, um vierundzwanzig ›gute und getreue Männer‹ aufzubieten, die am nächsten Montage, an welchem Marmaduke Gerichtssitzung hielt, als Gehilfen der Obrigkeit funktionieren sollten; der Richter, um nach Hause zurückzukehren, wobei er sich mit ernstlichen Gedanken über das, was er im Laufe des Morgens gesehen und gehört hatte, beschäftigte.

Als das Pferd des letzteren an die Stelle gelangte, wo sich die Landstraße gegen das Tal senkte, ließ Marmaduke sein Auge auf derselber Szene ruhen, welche zehn Minuten vorher so beruhigend auf die Gefühle seiner Tochter und ihrer Freundin, nachdem sie aus dem Walde aufgetaucht, gewirkt hatte; aber die Gegenstände schwebten nur wirr vor seinen Blicken. Er ließ seinem Tiere die Zügel und gestattete demselben, nach Belieben weiterzutraben, während er folgendermaßen mit sich selber sprach –

»Es mag doch mehr hinter dieser Sache stecken, als ich anfangs dachte. – Ich habe meinen Gefühlen die Herrschaft über die Vernunft eingeräumt, indem ich einem Unbekannten in dieser Weise Eingang in mein Haus gestattete; – doch wir leben in einem Lande, wo man Argwohn nicht aufkommen lassen darf. Ich will Lederstrumpf rufen lassen, und einige offene Fragen werden diesem alten einfachen Manne wohl die Wahrheit entlocken.«

In diesem Augenblicke wurde der Richter Elisabeths und Luises ansichtig, die in kurzer Entfernung langsam den Berg hinabstiegen. Er drückte seinem Roß die Sporen in die Seite, ritt auf sie zu, saß ab und führte sein Pferd auf dem engen Pfade am Zügel. Während der bewegte Vater auf die lebendige Schilderung horchte, welche ihm seine Tochter von ihrer kürzlichen Gefahr und ihrem unverhofften Entrinnen gab, wichen alle Gedanken an Minen, Herrenrechte und Verhöre vor der Aufregung des Augenblicks, und wenn ihm jetzt Nattys Bild vor das geistige Auge trat, so war es nicht das eines gesetzlosen, diebischen Squatters, sondern das des Retters seines Kindes.

Dreißigstes Kapitel

Der Richter spricht es; dem Gesetz sein Recht!
Kaufmann von Venedig

Remarkable Pettibone, welche in Anbetracht der Ruhe und Behaglichkeit ihrer Stellung die ihrem Stolz beigebrachte Wunde bereits verschmerzt hatte und sich noch immer in der Familie des Richters Temple befand, wurde nun beauftragt, Luise nach der bescheidenen Wohnung, welche Richard bereits »die Rektorei« benamst hatte, zu führen, wo sie bald in den Armen ihres Vaters lag.

Inzwischen blieben Marmaduke und seine Tochter mehr als eine Stunde im Zimmer eingeschlossen, und wir wollen uns keinen Eingriff in das Heiligtum elterlicher Liebe gestatten, indem wir etwa das dort statthabende Gespräch mitteilen. –

Sobald sich der Vorhang vor dem Leser wieder auftut, sieht er den Richter mit einem wehmütig zärtlichen Zug über seinem Gesichte im Zimmer auf und ab gehen, während seine Tochter mit geröteten Wangen und Augen, welche in Kristall zu schwimmen scheinen, auf einem Kanapee zurückgelehnt sitzt.

»Das war Hilfe in der Not! Ja, gewiß, das war Hilfe in der Not, mein Kind!« rief der Richter. »Du hast also deine Freundin nicht verlassen wollen, meine wackere Beß?«

»Ich glaube allerdings, standhaft ausgehalten zu haben«, versetzte Elisabeth, »wenngleich ich sehr zweifle, ob mir die Flucht etwas genutzt haben würde, selbst wenn ich soviel Mut gehabt hätte, diesen Ausweg einzuschlagen. Aber ich dachte nicht einmal daran.«

»An was dachtest du denn, meine Liebe? Womit beschäftigten sich deine Gedanken vorzugsweise in jenem schrecklichen Augenblick?«

»Mit dem Tiere! Mit dem Tiere!« rief Elisabeth, das Antlitz mit ihrer Hand bedeckend. »Oh! Ich sah nichts, ich dachte an nichts als an das Tier. Ich versuchte zu beten, aber das Entsetzen hatte mich zu sehr ergriffen, – die Gefahr lag zu nahe vor meinen Augen.«

»Nun, gottlob! Du bist gerettet, und wir wollen nicht mehr bei einer so unangenehmen Szene verweilen. Ich hätte mir's nicht gedacht, daß noch ein solches Tier in unsern Forsten hauste; aber wenn sie der Hunger treibt, so verlieren sie sich oft weit von ihren gewohnten Schlupfwinkeln und ––«

Ein lautes Pochen an der Tür unterbrach hier die Rede des Richters; auf das entsprechende »Herein« tat sich die Tür auf und ließ Benjamin erkennen, dessen verlegenes Gesicht bekundete, daß er fühlte, er komme mit einer sehr ungelegenen Meldung.

»Squire Doolittle ist unten«, begann der Majordomo. »Er letzt sich im Hofe bei einem Glas und hat etwas auf dem Herzen, das er von sich stauen will. Ich sagte ihm zwar: ›Mann‹, sagte ich, ›wollt Ihr mit Klagen an Bord kommen‹, sagte ich, ›wenn der Richter eben erst sein eigenes Kind sozusagen aus dem Rachen des Löwen erlangt hat?‹ Aber der verdammte Kerl hat auch kein bißchen Manier – ebensowenig, als ob er einer von den Guineas in der Küche drunten wäre; und da er immer näher und näher ans Haus heransegelte, so konnte ich nichts Besseres tun, als Euer Gnaden wissen zu lassen, daß der Kunde vor Anker liegt.«

»Er hat wohl ein wichtiges Anliegen«, entgegnete Marmaduke; »wahrscheinlich etwas auf sein Amt Bezügliches, da nächstens Gerichtssitzung gehalten wird.«

»Ja, ja, es ist so, Sir«, rief Benjamin. »Es handelt sich dabei um eine Klage gegen den alten Lederstrumpf, der aber nach meiner Ansicht jedenfalls der bessere Mann von den zweien ist. Meister Bumppo ist von gutem Schrot und Korn und weiß mit einem Spieß umzugehen, als ob er an Bord einer Kapitänsbarke erzogen oder mit einem Bootshaken in der Hand geboren worden wäre.«

»Gegen Lederstrumpf?« rief Elisabeth, sich aus ihrer geneigten Lage aufrichtend.

»Beruhige dich, mein Kind, ohne Zweifel eine Kleinigkeit. Ich glaube, ich habe bereits von seinem Anliegen gehört. Verlaß dich drauf, Beß, ich will dafür sorgen, daß dein Kämpe keine Gefahr läuft. Führt Herrn Doolittle ein, Benjamin!«

Miß Temple schien sich bei dieser Versicherung zu beruhigen; ihre dunkeln Augen blieben aber fest auf die Person des Architekten gerichtet, als dieser unmittelbar von der Erlaubnis Gebrauch machte und eintrat.

Hirams Ungeduld schien, sobald er im Zimmer war, zu verschwinden. Er grüßte den Richter und seine Tochter, nahm den Stuhl, auf welchen Marmaduke deutete, blieb eine Minute sitzen, wobei er sich sein struppiges, schwarzes Haar mit einer Würde, welche seiner amtlichen Stelle Ehre machen sollte, niederstrich, und begann endlich: »Dem Vernehmen nach ist Miß Temple auf dem Gebirge in eine gefährliche Nähe mit den Panthern gekommen.«

Marmaduke machte eine leichte, bejahende Kopfbewegung, ohne zu sprechen.

»Ich glaube, es steht eine gesetzliche Belohnung auf den Skalpen«, fuhr Hiram fort, »und in diesem Falle hat Lederstrumpf ein gutes Geschäft gemacht.«

»Ich werde Sorge tragen, daß ihm seine Belohnung zuteil werde«, erwiderte der Richter.

»Ja, ja, ich kann mir's wohl denken. Niemand in der Gegend zweifelt an des Richters Großmut. Darf ich wohl fragen, ob der Sheriff hinsichtlich des Lesepultes oder des Diakonus-Standes unter der Kanzel zu einem Entschluß gekommen ist?«

»Mein Vetter hat in der letzten Zeit nichts über diesen Gegenstand gesprochen«, versetzte Marmaduke.

»Soviel ich schließen kann, werden wir diesmal eine ziemlich langweilige Gerichtssitzung haben. Jotham Riddel und der Mann, welcher sein Anwesen kaufte, sind, wie ich höre, eins geworden, ihren Streit durch Schiedsrichter schlichten zu lassen, und so werden, glaube ich, nicht mehr als zwei Zivilsachen auf die Tagesordnung kommen.«

»Ich freue mich darüber«, sagte der Richter, »denn nichts tut mir weher, als wenn ich sehe, daß die Leute ihre Zeit und ihr Geld in unvorteilhaften Streitigkeiten vor dem Gericht verschwenden. Ich hoffe, es wird sich so verhalten, wie Ihr sagt.«

»Ich denke wohl, daß es durch die Schiedsmänner ausgeglichen wird«, fügte Hiram mit einer Miene bei, welche zwischen Zweifel und Gewißheit die Mitte hielt, die aber Richter Temple für die letztere nehmen zu müssen glaubte. »Ich vermute, daß ich selbst in dem Falle beigezogen werde; denn Jotham sagte mir, er wolle mich nehmen. Der Gegenpart hat's dem Anschein nach auf den Kapitän Hollister abgesehen, und wir beide sind schon halbwegs eins geworden, Squire Jones als den dritten zu wählen.«

»Werden vielleicht Verbrecher vor Gericht gestellt?« fragte Marmaduke.

»Wir haben die Falschmünzer vorzunehmen«, antwortete die Magistratsperson. »Da sie auf der Tat ertappt wurden, so wird vermutlich das Verdikt gegen sie lauten, in welchem Falle es wahrscheinlich ist, daß es ihnen an den Hals geht.«

»Ah, diese Leute habe ich ganz vergessen. Hoffentlich gibt's nichts Weiteres?«

»Je nun, am letzten Unabhängigkeitsfest sind Feindseligkeiten vorgefallen; aber ich weiß nicht gewiß, ob das Gesetz einschreiten wird. Es soll sich dabei nur um Schimpfworte handeln; denn ich habe nichts davon gehört, daß es zu Tätlichkeiten gekommen sei. Man spricht auch davon, daß auf der Westseite des Patents, bei den Einzelsiedlungen, von einigen Squattern ein und der andere Hirsch außer der Zeit geschossen worden sei.«

»Man soll jedenfalls eine Klage gegen sie einreichen«, rief der Richter. »Ich bin entschlossen, bei allen solchen Übertretungen das Gesetz buchstäblich in Vollzug zu setzen.«

»Nun, ja, ich dachte mir's, daß es dem Richter so genehm sein würde. Ich bin zum Teil selbst wegen einer derartigen Angelegenheit hier.«

»Ihr?« rief Marmaduke, der jetzt mit einemmal einsah, wie ganz er sich durch die Schlauheit des andern hatte fangen lassen. »Und was habt Ihr vorzubringen, Sir?«

»Ich glaube, Natty Bumppo hat im gegenwärtigen Augenblick einen erlegten Hirsch in seiner Hütte, und komme hauptsächlich deshalb her, um eine Vollmacht zur Haussuchung zu holen.«

»Ihr glaubt nur, Sir? Wißt Ihr nicht, daß das Gesetz einen Eid für die Tatsache fordert, ehe ich eine Urkunde ausstellen kann? Müßige Eingriffe in das Hausrecht eines Bürgers auf einen leichten Verdacht hin sind nicht statthaft.«

»Ich meine fast, ich könne es selbst beschwören«, erwiderte der unerschütterliche Hiram. »Auch ist Jotham auf der Straße und wartet nur, um in derselben Sache eine Angabe zu beeiden.«

»Dann fertige die Vollmacht selbst aus! Warum behelligst du

mich mit der Sache, Doolittle, da du der Friedensrichter bist?«

»Je nun, ich meinte, weil es die erste derartige Klage sei und weil ich wisse, wie das Herz des Richters an solchen Dingen hängt, so sei es am besten, wenn ich das Dokument hier ausfertigen ließe. Zudem bin ich viel in den Wäldern wegen des Bauholzes und möchte mir daher Lederstrumpf nicht gerne zum Feinde machen. Nun hat aber der Richter ein Gewicht in der Grafschaft, das ihn aller Besorgnisse überhebt.«

Miß Temple wandte ihr Antlitz nach dem hartnäckigen Baukünstler und fragte: »Was hätte wohl ein ehrlicher Mann von dem alten Lederstrumpf zu besorgen?«

»Ei, Miß, es ist nicht schwerer, die Büchse auf eine Magistratsperson abzudrücken als auf einen Panther. Wenn übrigens der Richter die Vollmacht nicht geben will, so muß ich freilich heimgehen und sie selbst ausfertigen.«

»Ich habe Euch mit Eurem Gesuche nicht abgewiesen, Sir«, versetzte Marmaduke, dem es mit einemmal klar wurde, daß sein Ruf der Unparteilichkeit auf dem Spiele stand. »Geht auf mein Arbeitszimmer, Herr Doolittle, ich will nachkommen und den Befehl unterzeichnen.«

Richter Temple beschwichtigte die Gegenreden, welche Elisabeth nach Hirams Entfernung vorbringen wollte, dadurch, daß er die Hand auf ihren Mund legte und sagte: »Die Sache klingt schlimmer, als sie wirklich ist, mein Kind. Vermutlich hat Lederstrumpf einen Hirsch geschossen; denn die Jagdzeit ist nicht mehr fern, und wie du selber sagst, war er mit seinen Hunden aus, als er dir in einem so gelegenen Augenblick Hilfe brachte. Aber was ist's auch, wenn man seine Hütte untersucht und das Tier darin findet, da du ja die Strafe aus deinem eigenen Beutel zahlen kannst, Beß. Ich sehe wohl, diese Harpyie will sich durch nichts als durch die dreizehneinhalb Dollar beschwichtigen lassen, und sicherlich ist mein Ruf als Richter mehr wert als diese Kleinigkeit.«

Elisabeth ließ sich durch diese Versicherung vollkommen beruhigen, und ihr Vater entfernte sich, um das Hiram gegebene Versprechen zu erfüllen.

Als Richter Marmaduke nach Vollziehung dieser unangenehmen Pflicht sein Arbeitszimmer verließ, traf er auf Oliver Edwards, der mit weiten Schritten und einem sehr aufgeregten Gesichte den Kiesweg vor dem Herrenhause heraufkam. Sobald der Jüngling des Richters ansichtig wurde, trat er auf ihn zu und rief ihm mit einer Wärme, die er selten gegen Marmaduke an den Tag legte, entgegen:

»Ich wünsche Ihnen Glück, Richter Temple. Schon ein Augenblick des Zurückschauens auf ein solches Los wäre entsetzlich gewesen! Ich habe eben die Hütte verlassen, wo der alte Natty, nachdem er mir seine Skalpe gezeigt, gelegentlich auch der Rettung der Damen erwähnte. In der Tat, Sir, meine Worte vermögen nicht die Hälfte von dem auszudrücken, was ich« – der Jüngling hielt einen Augenblick inne, als erinnere er sich plötzlich, daß er vorgezeichnete Grenzen überschreite, und schloß mit großer Verlegenheit – »was ich bei dieser Gefahr für Miß Grant und – Ihre Tochter fühlte, Sir.«

Marmadukes Herz fühlte sich jedoch zu weich gestimmt, um sich bei Kleinigkeiten aufzuhalten, und ohne die Verwirrung des andern zu beachten, entgegnete er: »Ich danke dir, ich danke dir, Oliver, du hast recht – schon der Gedanke an ein so entsetzliches Ende wäre unerträglich gewesen. Doch komm mit zu Beß; denn Luise ist bereits in die Rektorei zurückgekehrt.«

Der junge Mann eilte voran, warf die Tür auf, an welcher seine Hast dem Richter kaum den Vortritt gestattete, und befand sich im Nu in Elisabeths Zimmer. Die abgemessene Kälte, welche sich so oft in den Verkehr der Erbin mit Edwards mischte, war jetzt ganz verschwunden, und die drei ergingen sich zwei Stunden lang in der freien und ungezwungenen Weise alter und geschätzter Freunde. Richter Temple dachte nicht mehr an den Argwohn, den er während seines Morgenrittes gefaßt, und die jungen Leute plauderten, lachten oder wurden traurig, je nachdem es der Augenblick mit sich führte. Endlich griff Edwards – bereits zum dritten Male – nach dem Hute und verließ das Herrenhaus, um in gleich freundlicher Absicht die Rektorei zu besuchen.

Inzwischen ging bei der Hütte ein Auftritt vor, der die wohlwollenden Absichten zugunsten Lederstrumpfs völlig vereitelte und mit einem Male die Harmonie zwischen dem Richter und dem Jüngling zerstörte.

Sobald Hiram Doolittle die Haussuchungsvollmacht in der Tasche hatte, war es sein erstes Geschäft, einen geeigneten Vollstrecker derselben aufzusuchen. Der Sheriff war abwesend, um in Person das Amt des Gerichtsboten zu versehen; sein im

Dorfe wohnender Gehilfe besuchte in der gleichen Absicht die verschiedenen Teile der Niederlassung, und der regelmäßige Konstabler des Fleckens hatte seine Stellung dem Beweggrunde des Mitleids zu danken, da er an einem Beine gelähmt war. Hiram beabsichtigte, den Bevollmächtigten als Zuschauer zu begleiten, ohne sich jedoch sehr darnach zu sehnen, förmlich an dem Treffen teilzunehmen. Außerdem war es Sonnabend, und die Sonne warf bereits die Schatten der Fichten gegen Osten. Die gewissenhafte Magistratsperson wollte ihre Seele nicht mit der Sünde belasten, ein solches Geschäft am Sonntag vorzunehmen, und am Montag waren das Wildbret und alle Spuren des erlegten Hirsches wahrscheinlich schon längst verborgen und vernichtet. Da traf glücklicherweise sein Auge auf die umherschlendernde Gestalt Billy Kirbys, und der um ähnliche Auskunftsmittel nie verlegene Hiram sah mit einem Male einen Ausweg.

Der in die Sache mitverflochtene Jotham, welcher infolge der Aufforderung seines Beschützers das Gebirge verlassen hatte, aber unglücklicherweise Hirams Nervenschwäche teilte, wurde beauftragt, den Holzfäller nach der Wohnung des Friedensrichters zu bescheiden.

Als Billy erschien, wurde er – freilich, nachdem er sich bereits gesetzt hatte – höflich eingeladen, einen Stuhl zu nehmen, und mit soviel Achtung behandelt, als befände er sich seinesgleichen gegenüber.

»Richter Temple ist fest entschlossen, dem Jagdgesetz Kraft zu geben«, begann Hiram, nachdem die Höflichkeitspräliminarien vorüber waren, »und da wegen eines erlegten Hirsches eine Klage eingereicht worden ist, so hat er einen Haussuchungsbefehl ausgefertigt und mich rufen lassen, damit ich einen Vollstrecker desselben ausfindig mache.«

Kirby, der keinen Begriff davon hatte, daß er von der Beratung einer Sache, in welcher er verwendet werden sollte, ausgeschlossen bleiben könne, warf seinen Kopf nachdenkend in die Höhe und begann nach kurzem Besinnen einige Fragen zu stellen.

»Ist denn der Sheriff nicht zu haben?«

»Er läßt sich nicht auffinden.«

»Und sein Gehilfe?«

»Beide befinden sich an der Grenze des Patents.«

»Aber ich sah erst vor einer Stunde noch den Konstabler durch den Flecken hinken.«

»Ja, ja«, entgegnete Hiram mit einem beschwatzenden Lächeln und einem schlauen Kopfnicken. »Aber für dieses Geschäft braucht man einen Mann, keinen Krüppel.«

»Ei«, erwiderte Kirby lachend; »glaubt Ihr, der Bursche werde Widerstand leisten?«

»Er ist zuzeiten etwas händelsüchtig und hält sich für den besten Ringer im Bezirk.«

»Ich hörte ihn einmal dicktun«, fügte Jotham bei, »daß es zwischen den Mohawk-Ebenen und der pennsylvanischen Grenze keinen Mann gäbe, der sich im Faustkampf mit ihm messen könne.«

»Meint er?« rief Kirby, indem er seinen riesigen Körper wie ein in seinem Lager sich streckender Löwe vom Sitze aufrichtete. »Ich schätze wohl, daß er nie die Knöchel einer Vermonter Faust auf seinem Rückgrat gefühlt hat. Aber von wem ist die Rede?«

»Je nun«, sagte Jotham, »es ist ––«

»Es ist gegen das Gesetz, einen Namen zu nennen«, fiel Hiram ein, »solange Ihr Euch nicht zum Dienst verpflichtet habt. Ihr seid ganz der Mann, es mit ihm aufzunehmen, Bill, und wenn Ihr ein Stück Geld verdienen wollt, so sollt Ihr in einer Minute speziell beauftragt sein.«

»Und wie ist's mit dem Stück Geld?« versetzt Kirby, indem er seine breite Hand auf die Blätter eines Statutenbuchs legte, welches Hiram aufgeschlagen hatte, um seinem Amte einen würdevolleren Anstrich zu verleihen. Der Holzfäller warf in seiner rauhen Weise die Blätter hin und her, als ob er sich über eine Sache besinne, in welcher er allerdings bereits einen Entschluß gefaßt hatte, und fügte bei: »Wird es einen auch für ein Loch im Kopf schadlos halten?«

»Ihr werdet damit zufrieden sein«, erklärte Hiram.

»Ei, zum Henker mit dem Gelde«, entgegnete Kirby abermals lachend. »Der Kerl hält sich also für den besten Ringer im Gebirge. Wieviel Zoll mißt er?«

»Er ist höher als Ihr«, erwiderte Jotham, »und einer der größten ––«

»Schwätzer«, wollte er beifügen, aber Kirbys Ungeduld ließ ihm keine Zeit. Der Holzfäller zeigte dabei nichts Rohes oder gar Wildes in seinem Äußern, sondern einfach den Ausdruck einer gutmütigen Eitelkeit. Er tat sich augenscheinlich etwas auf seine physischen Kräfte zugute, wie es bei allen der Fall ist, welche sich auf nichts Besseres etwas einbilden können, weshalb er seine breite Hand mit nach unten gekehrter Fläche ausreckte und, seine eigenen Knochen und Muskeln betrachtend, erwiderte:

»Nun, so lest mir die Eidesformel vor. Ich will schwören, und Ihr sollt sehen, daß ich der Mann dazu bin, meinen Eid zu halten.«

Hiram ließ dem Holzfäller keine Zeit, seine Gesinnung zu ändern, weshalb auch die Vereidigung unverzüglich vorgenommen wurde. Sobald diese Einleitung getroffen war, verließen die drei Ehrenmänner das Haus und begaben sich auf dem nächsten Wege nach der Hütte. Sie hatten bereits das Ufer des Sees erreicht und wollten eben von der Landstraße abbiegen, als es Kirby einfiel, daß er nun wohl zur Mitwisserschaft berechtigt sei, weshalb er seine Frage nach dem Namen des Gesetzesübertreters wiederholte.

»Wohin, wohin, Squire?« rief der zähe Holzfäller. »Ich meinte, Ihr brauchtet mich für ein Haus und nicht für die Wälder. Diese Seite des Sees ist auf sechs Meilen hin unbewohnt, wenn man nicht Lederstrumpf und den alten John als Ansiedler zählt. Nennt mir einmal den Namen des Burschen, und ich stehe Euch dafür, daß ich Euch auf einem weit geradern Pfade, als dieser ist, nach seiner Lichtung führe; denn ich kenne jeden Schößling, der auf zwei Meilen im Umkreise von Templeton wächst.«

»Wir sind auf dem rechten Wege«, versetzte Hiram, indem er vor sich hindeutete und seine Schritte beschleunigte, als fürchte er, Kirby möchte ihn verlassen, »und Bumppo ist der Mann, den wir suchen.«

Kirby blieb stehen und sah erstaunt einen nach dem andern von seinen Begleitern an; dann brach er in ein lautes Lachen aus und rief –

»Was? Der Lederstrumpf? Er mag meinetwegen mit seinem Zielen und seiner Büchse dicktun, und zwar mit Recht; denn seit ich ihn die Taube schießen sah, muß ich zugeben, daß ich nicht an ihn heran kann; was aber das Ringen anbelangt – ei, zum Henker, da nehme ich den Kerl zwischen meine Finger und meinen Daumen und binde ihn mir als ein Barcelonahalstuch um. Der Mann zählt seine siebzig und ist wegen seiner Stärke nie in sonderlichem Rufe gewesen!«

»Er ist ein arglistiger Mensch wie alle Jäger und dabei stärker, als er aussieht«, sagte Hiram. »Zudem hat er eine Büchse.«

»Ich schere mich nicht so viel um seine Büchse«, rief Billy, »denn er wird mir ebensowenig damit tun, als er vor mir durchgehen wird. Er ist ein harmloser, alter Bursche, und ich gestehe offen, ich meine, er habe so gut das Recht, einen Hirsch zu schießen, als irgendein Mann im ganzen Patent. Er zieht davon seinen Unterhalt, und wir wohnen in einem freien Lande, wo es jedem gestattet sein muß, dem gewählten Berufe zu folgen.«

»Diesem Grundsatze zufolge müßte jeder das Recht haben, Hirsche zu schießen«, meinte Jotham.

»Ich sage Euch, es ist sein Beruf«, entgegnete Kirby, »und für Leute wie ihn ist das Gesetz nicht gemacht worden.«

»Das Gesetz gilt für alle«, bemerkte Hiram, der nun zu befürchten begann, der gefährliche Auftrag möchte jetzt ungeachtet der von ihm getroffenen schlauen Vorkehrungen auf seine eigenen Schultern zurückfallen, »und auf Meineid ist in demselben mit besonderer Strenge Bedacht genommen.«

»Ei, daß dich, Squire Doolittle«, sagte der unbekümmerte Holzfäller, »ich kümmere mich keinen Zimmerspan um Euch und Eure Meineide. Aber da wir einmal so weit sind, so will ich vollends hinuntergehen und mit dem alten Mann sprechen. Vielleicht verzehren wir ein Stück von dem Wildbret miteinander.«

»Mir auch recht; es ist mir lieber, wenn die Sache friedlich abläuft«, erwiderte die Magistratsperson. »Ich bin kein Freund von Streitigkeiten und ziehe ein kluges Benehmen stets zornigem Aufbrausen vor.«

Da das Kleeblatt jetzt schneller ging, so war die Hütte bald erreicht. Demungeachtet hielt es aber Hiram für rätlich, hinter dem Wipfel einer gefallenen Fichte haltzumachen, welche gleichsam eine Barriere bildete, um die nach dem Dorf gekehrte Seite von Nattys Wohnung gegen Zudringliche zu schützen. Diese Zögerung war aber wenig nach Kirbys Geschmack, der durch die an den Mund gelegte Hand ein lautes Hallo erschallen ließ, infolgedessen die Hunde aus ihrer Hütte stürzten;

fast in demselben Augenblicke wurde das spärlich behaarte Haupt Lederstrumpfs in der Türe sichtbar.

»Leg dich, alter Narr«, rief der Jäger. »Meinst du, es seien noch mehr Panther in der Nähe?«

»Ha, Lederstrumpf! Ich habe ein Geschäft an Euch zu bestellen«, rief Kirby. »Der gute Magistrat des Fleckens hat Euch ein Brieflein geschrieben und mich dafür als Postreiter gedungen.«

»Was wollt Ihr von mir, Billy Kirby?« versetzte Natty, indem er über seine Schwelle schritt und zum Schutze gegen die Strahlen der untergehenden Sonne seine Hand über die Augen hielt, um sich seinen Besuch näher zu betrachten. »Ich habe kein Land zu lichten, und der Himmel weiß, ich würde lieber sechs Bäume setzen als einen einzigen niederschlagen lassen. Leg dich, Hektor, sage ich, marsch in deine Hütte.«

»Wirklich, alter Knabe?« rief Billy. »Nun, um so besser für mich. Doch jetzt zu meinem Auftrag. Hier ist ein Brief an Euch, Lederstrumpf. Wenn Ihr ihn lesen könnt, so ist's recht; im andern Falle ist hier Squire Doolittle zur Hand, der Euch den Inhalt mitteilen kann. Ich glaube, es handelt sich um weiter nichts, als daß Ihr den zwanzigsten Juli mit dem ersten August verwechselt habt.«

Inzwischen hatte Natty Hirams schlotterige Gestalt entdeckt, die sich unter dem Schutze eines hohen Baumstumpfes aufgepflanzt hatte, und das Freundliche in seinem Benehmen machte augenblicklich dem entschiedensten Ausdrucke des Mißtrauens und Unwillens Platz. Er steckte den Kopf durch die Türe seiner Hütte, sprach einige leise Worte, und als er sich wieder umwendete, fuhr er fort:

»Ich habe nichts mit Euch zu verkehren; packt Euch also fort, ehe mich der Böse in Versuchung führt, Euch ein Leid anzutun. Wir haben keine Feindseligkeiten miteinander, Billy Kirby, und weshalb wollt Ihr einen alten Mann beunruhigen, der Euch nie beleidigt hat?«

Kirby brach sich durch die Fichtenwipfel Bahn und näherte sich dem Jäger bis auf einige Fuß, worauf er sich mit großer Ruhe auf das Ende eines Baumstammes setzte und Hektors Nase zu untersuchen begann, mit dem er auf freundschaftlichem Fuße stand, da er ihn oft in den Wäldern getroffen und hin und wieder aus seinem eigenen Brotkorbe gefüttert hatte.

»Ihr habt's mir im Schießen zuvorgetan, und ich schäme mich nicht, es zu gestehen«, sagte der Holzfäller. »Auch bin ich Euch nicht im mindesten deshalb böse, Natty, obgleich es den Anschein hat, als hättet Ihr einmal zu oft geschossen; denn es geht das Gerede, Ihr hättet einen Bock erlegt.«

»Ich habe heute meine Büchse nur zweimal abgefeuert, und jeder dieser Schüsse galt dem Panther«, entgegnete Lederstrumpf. »Seht, hier sind die Skalpe. Ich wollte eben damit zu dem Richter gehen und das Schußgeld in Anspruch nehmen.«

Natty hielt während dieser Worte Kirby die Ohren der beiden Tiere hin, mit welchen dieser fortwährend sorglos spielte, indem er sie den Hunden zeigte und über deren Bewegungen lachte, als sie das ungewöhnliche Wild beschnupperten.

Jetzt wagte es auch Hiram, durch das Beispiel des stellvertretenden Konstablers ermutigt, näherzutreten, worauf er alsbald mit der Autoritätsmiene, welche seiner Stellung gebührte, das Wort nahm.

Das erste, was er tat, bestand in einer Verlesung der Vollmacht, wobei er Sorge trug, den wesentlichsten Teilen den gebührenden Nachdruck zu geben, bis er endlich in sehr lautem und bestimmtem Tone mit dem Namen des Richters schloß.

»Hat Marmaduke Temple seinen Namen unter diesen Fetzen Papier gesetzt?« fragte Natty mit Kopfschütteln. – »Gut, gut, dieser Mann liebt die neuen Wege, seine Verbesserungen und seine Ländereien mehr als sein eigen Fleisch und Blut. Ich will's jedoch das Mädchen nicht entgelten lassen: ihr Auge gleicht dem eines ausgewachsenen Rehbocks! Das arme Ding, sie hat ihren Vater nicht selbst gewählt und kann's daher nicht ändern. Ich verstehe mich wenig aufs Gesetz, Meister Doolittle; was soll jetzt geschehen, nun Ihr mir Euren Auftrag verlesen habt?«

»Oh, es ist nichts als eine Förmlichkeit, Natty«, sagte Hiram, der eine freundliche Miene anzunehmen bemüht war. »Laßt uns hineingehen und die Sache vernünftig besprechen. Ich darf wohl sagen, daß sich das Geld leicht wird finden lassen, und aus dem, was vorgegangen, schließe ich teilweise sogar, daß der Richter Temple es selbst bezahlen wird.«

Der alte Jäger hatte von Anfang an die Bewegungen seiner drei Gäste mit scharfem Auge bewacht und seine Stellung gerade außerhalb der Schwelle seiner Hütte auf eine so entschlossene Weise genommen, daß man wohl sehen konnte, es werde nicht leicht sein, ihn von seinem Posten zu vertreiben. Sobald Hiram näher trat, als erwarte er, daß sein Vorschlag angenommen sei, erhob Natty seine Hand und winkte ihm, sich entfernt zu halten.

»Habe ich Euch nicht mehr als einmal gesagt, Ihr sollet mich nicht in Versuchung führen?« sagte er. »Ich beunruhige keinen Menschen, warum kann das Gesetz nicht *mich* in Ruhe lassen? Zurück! zurück! und sagt Eurem Richter, daß er seine Belohnung behalten könne; aber ich dulde es einmal nicht, daß er seine verderblichen Moden auch in meiner Hütte zur Ausübung bringe.«

Dieses Anerbieten schien jedoch Hirams Neugierde, statt sie zu beschwichtigen, nur noch mehr zu entflammen, und Kirby rief: »Nun, das ist ehrlich, Squire; er schenkt dem Bezirk seine Forderung, und dafür sollte ihm der Bezirk die Strafe erlassen. So was heiße ich einmal einen rechtlichen Handel, der auf der Stelle abgemacht werden sollte. Mit gefällt ein rasches Verfahren, wenn's dabei in einer ehrlichen Weise zugeht.«

»Ich verlange Eingang in dieses Haus«, erklärte Hiram, der nun alle Würde, welche ihm zu Gebote stand, aufbot. »Ich verlange es im Namen des Volks, kraft dieser Vollmacht und meines Amtes und rufe diesen Friedensbeamten zum Zeugen auf.«

»Zurück, zurück, Squire! Und führt mich nicht in Versuchung«, rief Lederstrumpf, indem er ihm allen Ernstes zum Rückzuge winkte.

»Wenn Ihr Euch wehrt, so geschieht es auf Eure Gefahr«, fuhr Hiram fort. – »Billy! Jotham! heran, ich bedarf Eures Zeugnisses.«

Hiram hatte das gemäßigte, aber entschiedene Benehmen Nattys für Nachgiebigkeit genommen und bereits einen Fuß auf die Schwelle gesetzt, als er sich unerwartet an den Schultern gefaßt fühlte und ebensobald über den kleinen Damm in der Richtung des Sees auf zwanzig Fuß weit hinwirbelte. Das Plötzliche dieser Bewegung und die unerwartete Kraftentwicklung von seiten Nattys hatten bei den Eindringlingen eine vorübergehende Bestürzung hervorgerufen, welche alle zum Schweigen brachte; aber im nächsten Augenblicke brach Billy Kirby in ein schallendes Gelächter aus, das aus der Tiefe seines Herzens zu quellen schien.

»Brav gemacht, alter Stumpf!« schrie er. »Der Squire kannte Euch besser als ich. Kommt her, kommt her – da ist ein grüner Platz; fechtet es aus wie Männer, während Jotham und ich achthaben, daß es ehrlich dabei zugeht.«

»William Kirby, ich befehle Euch, Eure Pflicht zu tun«, rief Hiram von dem Damme aus, hinter dem er lag. »Ergreift diesen Mann! Ich befehle Euch im Namen des Volkes, ihn festzunehmen!«

Lederstrumpf aber nahm nun eine drohendere Haltung an; er hatte die Büchse in seiner Hand und die Mündung derselben auf den Holzfäller gerichtet.

»Zurück, sag' ich«, rief Natty. »Ihr wißt, daß ich gut ziele, Billy Kirby; ich verlange Euer Blut nicht, aber das Eurige und das meine muß diesen Rasen färben, ehe Ihr einen Fuß in die Hütte setzt.«

Solange die Sache von keinem Belange zu sein schien, war der Holzfäller geneigt, es mit der schwächeren Partei zu halten: sobald aber Feuerwaffen zum Vorschein kamen, erschien sein Benehmen gänzlich verändert. Er richtete seine stämmige Gestalt von dem Baumstamme auf und trat dem Jäger mit den Worten entgegen: »Ich bin nicht als Euer Feind hergekommen, aber ich bekümmere mich um das hohle Stück Eisen in Eurer Hand so wenig als um meinen Axtstiel; – gebt daher eine gesetzlich Order, Squire, und wir wollen bald sehen, wer von uns beiden den kürzeren ziehen wird!«

Aber da war keine Magistratsperson mehr zu sehen! In dem Augenblicke, als die Büchse zum Vorschein kam, hatten sich Hiram und Jotham unsichtbar gemacht. Da der Holzfäller keine Antwort bekam, so blickte er überrascht zurück und bemerkte alsbald die fliehenden Gestalten, wie sie mit einer Schnelligkeit dem Dorfe zueilten, die nicht nur die Geschwindigkeit einer Büchsenkugel, sondern auch ihre mögliche Flugweite in Betracht gezogen zu haben schien.

»Ihr habt die Tröpfe zum Kuckuck gejagt«, sagte Kirby mit einem Zuge tiefer Verachtung in seinem breiten Gesichte, »aber mich werdet Ihr nicht so leicht los. Weg also mit Eurem Gewehr, Meister Bumppo, oder es gibt eine Unannehmlichkeit zwischen uns.«

Natty ließ seine Büchse sinken und erwiderte: »Ich wünsche Euch kein Leid zuzufügen, Billy Kirby; aber ich lasse Euch selbst urteilen, ob die Hütte eines alten Mannes dazu vorhanden ist, um sich von solchem Gewürm niedertreten zu lassen. Ich will den Bock nicht gegen Euch verleugnen, Kirby, und wenn Ihr wollt, so könnt Ihr die Haut mitnehmen und sie als Zeugnis gegen mich aufweisen. Das Schußgeld für den Panther wird die Schuld bezahlen, und das muß jedermann zufriedenstellen.«

»Allerdings, allerdings«, rief Kirby, von dessen Stirne bei diesem freiwilligen Erbieten jeder Schatten von Mißvergnügen verschwand. »Werft die Haut heraus, so muß sich das Gesetz zufriedengeben.«

Natty ging in seine Hütte und erschien bald mit dem genannten Zeugnisse, worauf sich der Holzfäller in so gutem Einvernehmen von dem Jäger trennte, als ob nichts vorgefallen wäre. Während Kirby am Rande des Sees dahin ging, brach er noch oft in ein lautes Lachen aus, wenn er an Hirams Purzelbaum dachte, wie er denn überhaupt das Ganze als einen Kapitalspaß betrachtete.

Aber lange schon, ehe Billy das Dorf erreichte, hatte sich das Gerücht von seiner Gefahr, von Nattys Mißachtung des Gesetzes und von Hirams Niederlage verbreitet. Man sprach allgemein davon, den Sheriff aufzubieten, ließ Winke hinsichtlich einer Zusammenberufung der bewaffneten Macht fallen, um die Beleidigung des Gesetzes zu ahnden, und viele Bürger hatten sich versammelt, um die weiteren Schritte zu beraten. Billys Ankunft mit der Haut, welche jeden Grund zur Haussuchung beseitigte, änderte jedoch die Sachlage wesentlich. Es handelte sich nur noch um die Einziehung der Strafe und eine Wahrung

der Würde des Volks – Punkte, welche der allgemeinen Ansicht zufolge ebensowohl am künftigen Montag als am Samstagabend beigelegt werden konnten, zumal da ein großer Teil der Ansiedler den letzteren als eine geheiligte Zeit betrachtete. Demgemäß erlitten alle weiteren Schritte einen sechsunddreißigstündigen Aufschub.

Einunddreißigstes Kapitel

Und wagtest du, dem Leun
In seinem Nest zu dräun,
Dem Douglas in seiner Halle?
Marmion

Die Aufregung hatte sich bereits wieder gelegt: die kleinen Gruppen der Dorfbewohner begannen, sich zu zerstreuen, um nach ihren Wohnungen zurückzukehren und mit der ernsten Miene von Leuten, welche ihre politischen Gefühle auch in ihrem Äußeren zur Schau tragen wollen, die Türen hinter sich abzuschließen, als Oliver Edwards auf seinem Heimwege von Herrn Grants Wohnung dem jungen Rechtsgelehrten begegnete, welcher dem Leser bereits als Herr Lippet bekannt ist. Die Charaktere und Ansichten der beiden hatten nur wenig Ähnlichkeit; sie gehörten jedoch der intelligenteren Klasse einer sehr kleinen Gemeinde an, weshalb sie sich natürlich nicht fremd waren, und da ihr Zusammentreffen in einer Weise geschah, wo Schweigen als Unhöflichkeit erschienen wäre, so entspann sich unter ihnen folgendes Gespräch:

»Ein schöner Abend, Herr Edwards«, begann der Rechtsgelehrte, bei dem es wenigstens sehr zweifelhaft war, ob ihm dieser Anlaß ungelegen komme, »aber das lange Ausbleiben des Regens ist ein schlimmer Umstand. Ein übles Klima, das unsrige, denn wir haben entweder Dürre oder Überschwemmungen. Wahrscheinlich sind Sie an eine gleichförmigere Temperatur gewöhnt?«

»Ich bin in diesem Staate geboren«, entgegnete Edwards kalt.

»Nun, ich habe oft über diesen Punkt streiten hören; aber das Naturalisiertwerden wird einem so leichtgemacht, daß wenig daran liegt, wo einer geboren ist. Ich bin neugierig, welchen Weg der Richter in der Geschichte mit Natty Bumppo einzuschlagen gedenkt.«

»Mit Natty Bumppo?« wiederholte Edwards. »Was wollen Sie damit sagen?«

»Ei, haben Sie noch nichts davon gehört?« rief der andere

mit einer so natürlich gespielten Überraschung, daß Edwards völlig dadurch getäuscht wurde. »Ja, das kann schlimm ausfallen. Es scheint, der alte Mann ist in den Bergen gewesen und hat diesen Morgen einen Hirsch geschossen. Sie wissen, daß etwas der Art in den Augen des Richters ein Hauptvergehen ist.«

»Wirklich?« entgegnete Edwards, indem er sein Gesicht abwandte, um die Glut zu verbergen, die seine sonnverbrannten Wangen überflog. »Je nun, wenn es nichts weiter ist, so muß er eben die Strafe bezahlen.«

»Sie beträgt fünf Pfund klingender Münze«, erwiderte der Rechtsgelehrte. »Kann Natty wohl auf einmal soviel Geld aufbringen?«

»Ob er es kann?« rief der Jüngling. »Ich bin nicht reich, Herr Lippet – im Gegenteil, ich bin arm und habe mein Gehalt für einen Zweck, der mir nahe am Herzen liegt, aufgespart; aber ehe man diesen alten Mann nur eine Stunde ins Gefängnis sperrt, wollte ich lieber den letzten Heller hergeben, um es zu verhindern! Außerdem hat er zwei Panther erlegt, und das Schußgeld dafür wird die Strafe bei weitem übersteigen.«

»Ja, ja«, versetzte der Rechtsgelehrte, indem er mit dem Ausdrucke ungekünstelter Freude seine Hände rieb, »wir werden es durchführen; ich sehe klar ein, wir werden es durchführen.«

»Was durchführen, Sir? Ich muß um eine Erklärung bitten.«

»Ei nun, der erlegte Bock ist eine Kleinigkeit in Vergleichung mit dem, was diesen Abend stattgefunden hat«, fuhr Herr Lippet mit einer Zutraulichkeit fort, welche den Jüngling unwillkürlich bestach, sowenig er den Mann sonst liebte. »Es scheint, daß das Faktum klagbar und ein Eid darauf abgelegt worden ist, das Wildbret befinde sich wahrscheinlich in der Hütte. Das Gesetz hat auch solche Fälle vorgesehen, und der Richter Temple erließ eine Vollmacht zur Haussuchung ––«

»Zur Haussuchung?« echote Edwards mit entsetzter Stimme und mit einem Gesichte, welches er abermals abwenden mußte, um dessen Blässe zu verbergen. »Und was entdeckte man, was hat man gesehen?«

»Nichts als des alten Bumppos Büchse, und das ist schon ein Anblick, welcher den meisten Leuten in den Wäldern die Neugierde vertreiben kann.«

»Wirklich? wirklich?« frohlockte Edwards, in ein konvulsivisches Lachen ausbrechend. »So hat sie also der alte Held zurückgeschlagen! – Schlug er sie wirklich zurück, Sir?«

Der Rechtsgelehrte heftete seine Augen erstaunt auf den Jüngling; als seine Verwunderung den Gedanken Raum gab, welche in seinem Geiste gemeiniglich die vorherrschenden waren, versetzte er:

»Ich muß Ihnen sagen, Sir, daß da durchaus kein Grund zum Lachen vorhanden ist. Die vierzig Dollar Schußgeld und Ihr sechsmonatliches Gehalt werden wohl ziemlich zusammenschrumpfen, ehe sich dieser Handel ins reine bringen läßt. Ein Angriff auf eine Magistratsperson, wenn sie in Vollziehung ihrer Pflicht begriffen ist, und eine gleichzeitige Bedrohung des Konstablers mit Feuerwaffen sind gar ernste Händel, die sowohl mit Geldstrafe als mit Gefängnis gebüßt werden.«

»Gefängnis?« wiederholte Oliver. »Lederstrumpf und Gefängnis? Nein, nein, Sir, es würde den alten Mann ins Grab bringen. Nimmermehr wird man den Lederstrumpf einsperren.«

»Nun, Herr Edwards«, entgegnete Lippet, indem er jetzt alle Zurückhaltung fallenließ, »man hält Sie für einen Gelehrten, aber wenn Sie mir sagen können, wie man eine Jury verhindern kann, in einem solchen Falle, wo der Beweis so sonnenklar ist, das Schuldig auszusprechen, so will ich zugeben, daß Sie mehr von dem Gesetze verstehen als ich, obgleich ich meine licentiam practicandi schon seit drei Jahren in der Tasche trage.«

Inzwischen hatte Edwards' Vernunft die Oberhand über seine Gefühle gewonnen, und als er die wirklichen Schwierigkeiten des Falles einzusehen begann, lieh er den Worten des Advokaten ein aufmerksameres Ohr. Die nicht unterdrückbare Aufregung, welche der Jüngling im ersten Augenblick der Überraschung an den Tag gelegt hatte, war ganz verschwunden, und obgleich er noch immer von dem Gehörten sehr ergriffen zu sein schien, so gelang es ihm doch, mit der größten Achtsamkeit auf den Rat des andern zu horchen.

Oliver entdeckte ungeachtet seines verwirrten Gemütszustandes bald, daß sich die meisten Entwürfe des Advokaten auf eine List begründeten, deren Ausführung soviel Zeit erforderte, als weder sein Charakter noch die Umstände zulässig machten. Er gab jedoch Herrn Lippet zu verstehen, er werde für den Fall, daß die Sache vor Gericht komme, seine Zuflucht zu ihm nehmen – eine Zusicherung, die den Rechtsgelehrten vollkommen zufriedenstellte; so trennten sie sich, indem der eine mit bedächtigen Schritten die Richtung nach einem kleinen Gebäude einschlug, ob dessen Türe sich ein hölzernes Schild mit den Worten »Chester Lippet, Rechtsgelehrter« befand, und der andere eiligen Fußes dem Herrenhause zuging. Wir verlassen vorderhand den Advokaten und wenden die Aufmerksamkeit des Lesers seinem Klienten zu.

Als Edwards in die Hausflur trat, wo die ungeheuren Türen sich dem Durchzug einer milden Abendluft geöffnet hatten, traf er Benjamin, der mit einer seiner häuslichen Verrichtungen beschäftigt war, und fragte denselben rasch, wo der Richter Temple sei.

»Der Richter ist eben mit Meister Doolittle, dem Zimmermann, auf seine Amtsstube gegangen, aber Miß Lizzy ist dort im Wohnzimmer. Ich sage Ihnen, Herr Oliver, das hätte einen schlimmen Handel mit den Panthern absetzen können. Ich sagte es letzten Winter oft, daß eine solche Bestie in den Bergen sein müßte; denn ich hörte sie eines Herbstabends, als ich im Nachen nach dem Fischergrund hinunterfuhr, an dem Seeufer heulen. Wäre das Tier in das offene Wasser herausgekommen, wo man sehen kann, wie und wo man mit seinem Fahrzeug arbeitet, so hätte ich wohl mit ihm angebunden; aber so unter den Bäumen aufwärts zu sehen, das kommt mir gerade vor, als wenn man auf dem Deck eines Schiffes steht und nach dem Mars eines andern Fahrzeugs schaut. Man kann da kein Tau von dem andern unterscheiden ––«

»Schon gut«, fiel ihm Edwards ins Wort. »Ich muß Miß Temple sehen.«

»Das sollen Sie, Sir«, versetzte der Hausmeister, »sie ist in diesem Zimmer. Barmherziger Himmel, Herr Edwards, welch ein Verlust wäre dies für den Richter gewesen! Der Teufel soll mich holen, wenn ich weiß, wo er eine andere solche Tochter hätte hernehmen wollen, – ich meine nämlich eine erwachsene. Ich sage Ihnen, Sir, dieser Meister Bumppo ist ein Ehrenmann und scheint trefflich mit Feuerwaffen und Bootshaken umspringen zu können. Ich bin sein Freund, Herr Oliver, und will mich gegen ihn und Sie als einen solchen erweisen.«

»Wir bedürfen vielleicht Eurer Freundschaft, braver Mann«,

rief Edwards, indem er konvulsivisch seine Hände drückte. »Wir bedürfen vielleicht Eurer Freundschaft, und in diesem Falle werden wir sicher auf Euch Bedacht nehmen.«

Ohne die aufrichtige Entgegnung, welche Benjamin hervorbringen wollte, abzuwarten, entwand der Jüngling seine Hand dem kräftigen Drucke des Hausmeisters und trat in das Zimmer.

Elisabeth war allein und saß noch immer auf demselben Sofa zurückgelehnt, wo wir sie zuletzt gesehen haben. Eine Hand, welche an Gestalt und Farbe in was immer für einem Kunstgebilde nicht ihresgleichen hatte, verhüllte ihre Augen, während die Jungfrau selbst in tiefe Betrachtungen versunken schien. Betroffen von der Haltung und Liebenswürdigkeit der Gestalt, die jetzt seinem Auge entgegentrat, zügelte der junge Mann seine Ungeduld, so daß er nur leise und achtungsvoll näher trat.

»Miß Temple – Miß Temple«, begann er, »ich hoffe, daß ich nicht störe; aber ich muß Sie sprechen, wäre es auch nur auf einen Augenblick.«

Elisabeth erhob ihr Antlitz und ließ ihre schwarzen, in Tränen schwimmenden Augen gewahr werden.

»Ah, sind Sie's, Edwards«, versetzte sie mit einer Anmut in ihrer Stimme und einer Weichheit in ihren Mienen, welche sich dem Verkehre mit ihrem Vater oft beimischten, die aber dem jungen Manne gegenüber so neu waren, daß es ihm durch alle Nerven fuhr. »Wie haben Sie unsere arme Luise verlassen?«

»Glücklich und von Dank erfüllt, in den Armen ihres Vaters«, entgegnete Oliver. »Ich habe nie einen so schönen Gefühlsausbruch gesehen als den, welchen sie an den Tag legte, während ich es wagte, ihr meine Freude über ihr glückliches Entkommen auszudrücken. Miß Temple, als ich zuerst Ihre schreckliche Lage schildern hörte, waren meine Empfindungen zu gewaltig, um sich aussprechen zu lassen, und ich fand erst wieder Worte, nachdem mir der Spaziergang zu Herrn Grants Wohnung Zeit gelassen hatte, mich zu sammeln. Ich glaube – ich glaube, ich habe mich dort besser benommen; denn sogar Miß Grant weinte, als ich ihr meine Teilnahme ausdrückte.«

Elisabeth schwieg einen Augenblick und bedeckte abermals die Augen mit ihrer Hand. Diese Erregung war jedoch nur vorübergehend; sie erhob ihr Antlitz aufs neue und fuhr lächelnd fort:

»Ihr Freund Lederstrumpf ist nun auch der meinige geworden, Edwards, und ich dachte eben daran, wie ich ihm am besten einen Dienst leisten könnte. Vielleicht sind Sie, der Sie so gut mit seinen Gewohnheiten und Bedürfnissen bekannt sind, imstande, mir zu sagen ––«

»Oh, gewiß –« rief der Jüngling mit einem Ungestüm, ob dem die Dame erschrak – »gewiß bin ich's imstande, und Gott möge Ihren guten Willen belohnen! Natty ist so unklug gewesen, das Gesetz zu vergessen und heute einen Hirsch zu töten; ich glaube sogar, daß ich gleichfalls bei der Strafe beteiligt bin, da ich bei dem ganzen Vorgange sein Mitschuldiger war. Bei Ihrem Vater ist eine Klage vorgebracht worden, und er hat eine Vollmacht zur Haussuchung –«

»Ich weiß alles«, unterbrach ihn Elisabeth, »ich weiß alles. Der gesetzlichen Form mußte Genüge geschehen. Die Durchsuchung des Hauses war notwendig, um den Hirsch auffinden und die Strafe erkennen zu können. Aber ich muß Ihnen eine frühere Frage zurückgeben. Haben Sie so lange in unserer Familie gelebt, nur um uns nicht zu kennen? Sehen Sie mich an, Oliver Edwards! Erscheint Ihnen mein Äußeres wie das einer Person, welche zugeben würde, daß ein Mann, der ihr eben erst das Leben gerettet hat, für eine so kleine Summe, als diese Strafe ist, in einem Gefängnis schmachte? Nein, nein, Sir, mein Vater ist nicht allein Richter, sondern auch Mensch und Christ. Die Sache ist bereits vorher zwischen uns besprochen worden, und es soll dem alten Manne kein Leid geschehen.«

»Welch eine Last von Besorgnissen wälzen Sie durch diese Erklärung von meiner Brust!« rief Edwards. »Er soll also nicht wieder beunruhigt werden? Ihr Vater will ihn beschützen? Ich habe Ihre Versicherung, Miß Temple, und muß es daher glauben.«

»Sie sollen seine eigene haben, Herr Edwards«, entgegnete Elisabeth, »denn da kommt er eben.«

Aber das Äußere Marmadukes, als er in das Zimmer trat, stand ganz im Gegensatz zu den schmeichelhaften Hoffnungen seiner Tochter. Seine Stirne war tief gefurcht und seine Miene verstört. Weder Eilisabeth noch der Jüngling sprachen; sie ließen den Richter etliche Male im Zimmer auf und ab gehen, worauf er anfing:

»Unsere Pläne sind vereitelt, Mädchen! Lederstrumpfs

Starrsinn hat den ganzen Unwillen des Gesetzes auf sein Haupt herabgerufen, und es steht jetzt außer meiner Macht, ihn abzuwenden.«

»Wieso? In welcher Weise?« rief Elisabeth. »Die Geldstrafe ist für nichts anzuschlagen, gewiß ––«

»Ich erwartete nicht, – ich konnte nicht voraussetzen, daß ein alter freundloser Mann wie er es wagen würde, den Beamten der Gerechtigkeit Widerstand entgegenzusetzen«, fiel ihr der Richter ins Wort. »Ich hoffte, daß er sich der Strafe unterwerfen würde, und mit Bezahlung der Strafe wäre dem Gesetz Genüge geschehen; jetzt aber hat er seine ganze Strenge zu befahren.«

»Und welche Strafe könnte über ihn erkannt werden, Sir?« fragte Edwards, der sich bemühte, Festigkeit in den Ton seiner Stimme zu bringen.

Marmaduke wandte sich rasch nach der Stelle um, nach welcher sich der Jüngling zurückgezogen hatte, und rief:

»Ah, Sie hier? Ich habe Sie nicht wahrgenommen. Ich weiß nicht, was das Ende sein wird, Sir; denn ein Richter kann nicht entscheiden, bis er die Zeugen verhört und die Jury ihr Verdikt ausgesprochen hat. Jedenfalls können Sie übrigens versichert sein, Herr Edwards, daß geschehen wird, was das Gesetz heischt, wenn ich auch eine augenblickliche Schwäche an den Tag gelegt haben mag, weil der unglückliche Mann meiner Tochter einen so ausgezeichneten Dienst erwiesen hat.«

»Niemand bezweifelt meines Wissens den Gerechtigkeitssinn des Richters Temple«, entgegnete Edwards bitter, »aber reden wir ruhig von der Sache. Werden nicht die Jahre, die Gewohnheiten und insbesondere die Unwissenheit meines alten Freundes ihm gegen diese Anklage Schutz verleihen?«

»Wie wäre das möglich? Diese Einreden mögen seine Schuld vielleicht mindern, aber können sie dieselbe austilgen? Läßt sich überhaupt ein geselliger Verband denken, junger Mann, wo man den Dienern der Gerechtigkeit mit bewaffneter Faust entgegentritt? Sollte ich nur deshalb die Wildnis gezähmt haben?«

»Wenn Sie die Bestien gezähmt hätten, welche so kürzlich noch Miß Temples Leben bedrohten, Sir, so möchten Ihre Argumente allenfalls besser am Orte sein.«

»Edwards!« rief Elisabeth – –

»Ruhig, mein Kind«, unterbrach sie der Vater. »Der junge Mann ist ungerecht, ohne daß ich ihm Anlaß dazu gegeben hätte. Ich will Nachsicht mit deinen Worten haben, Oliver; denn ich weiß, daß du ein Freund Nattys bist, und deshalb hat dich dein Eifer für ihn zu weit geführt.«

»Ja, er ist mein Freund«, rief Edwards, »und ich bin stolz auf diesen Titel. Er ist zwar einfach, ungelehrt, sogar unwissend, und man könnte ihm vielleicht Vorurteile zur Last legen, obgleich ich fühle, daß seine Ansicht von der Welt nur zu richtig ist. Aber er hat ein Herz, Richter Temple, das für tausend Fehler Ersatz leistet; er kennt seine Freunde und verläßt sie nie, und wenn es auch nur seine Hunde wären.«

»Das ist allerdings ein lobenswerter Charakter, Herr Edwards«, entgegnete der Richter mit Milde, »ich bin aber nie so glücklich gewesen, seine Achtung zu gewinnen; denn gegen mich war er immer zurückstoßend, was ich ihm übrigens als Grille eines alten Mannes nachgesehen habe. Auch soll er, wenn ich ihm als sein Richter entgegentreten muß, wegen seines früheren Benehmens nichts von mir zu befahren haben, ebensowenig als seine kürzlich geleisteten Dienste sein Verbrechen mildern können.«

»Verbrechen?« wiederholte Edwards. »Ist es ein Verbrechen, einen lauernden Spürhund von seiner Tür zu treiben? Verbrechen! O nein, Sir, wenn in dieser Sache ein Verbrechen vorgefallen ist, so kommt es nicht auf seine Rechnung.«

»Auf wessen sonst, Sir?« fragte Richter Temple, indem er den aufgeregten Jüngling mit seiner gewohnten Ruhe ins Auge faßte.

Diese Frage war mehr, als der junge Mann ertragen konnte. Bisher hatten seine Gefühle mehr in der Tiefe seiner Seele getobt, aber nun kam der Vulkan zum Ausbruch.

»Auf wessen? Und das mir«, rief er. »Frage dein eigenes Gewissen, Richter Temple! Gehe hinaus zu dieser Tür und betrachte das Tal, den ruhigen See, diese schattigen Berge, und frage dein eigenes Herz, wenn du eines hast: woher kamen diese Reichtümer, dieses Tal, diese Berge, und warum bin ich ihr Besitzer? Ich sollte meinen, die Gestalten Mohegans und Lederstrumpfs, die verarmt und verlassen durch das Land ziehen, sollten dir allein schon den Anblick verleiden.«

Marmaduke hörte diesen leidenschaftlichen Ausbruch anfangs mit hohem Erstaunen an; aber als der Jüngling geendet hatte, winkte er seiner ungeduldigen Tochter zu schweigen und erwiderte:

»Oliver Edwards, du vergißt, vor wem du stehst. Ich habe gehört, junger Mann, daß du Ansprüche auf die Abkunft von den eingebornen Eigentümern dieses Bodens gründest; aber sicherlich kann dir die Erziehung, die du erhalten, nichts nützen, wenn sie dich nicht gelehrt hat, die Berechtigung der Weißen anzuerkennen. Diese Ländereien sind mein Eigentum durch die Abtretung deiner Vorfahren, wenn es überhaupt mit deiner angeblichen Abkunft seine Richtigkeit hat, und ich rufe den Himmel zum Zeugen auf für den Gebrauch, den ich davon gemacht habe. Nach einer solchen Sprache müssen wir uns trennen. Ich habe dir zu lange Schutz in meinem Hause gegeben; aber jetzt ist die Zeit da, wo du es verlassen mußt. Komm auf mein Zimmer und ich will dir auszahlen, was ich dir noch schulde; auch soll dein jetziges Ungestüm deinem Glücke nicht im Wege stehen, wenn du auf den Rat eines Mannes hören willst, der um so viele Jahre älter ist als du.«

Das nicht zu bewältigende Gefühl, welches einen so leidenschaftlichen Ausbruch des Jünglings herbeigeführt hatte, war entschwunden, und er sah Marmadukes sich entfernender Gestalt mit einer Leerheit in den Blicken nach, welche die Abwesenheit seines Geistes bekundete. Endlich faßte er sich und langsam im Zimmer umherblickend, bemerkte er Eilisabeth, welche noch immer mit gesenktem Haupt auf dem Sofa saß und ihr Antlitz mit den Händen bedeckt hielt.

»Miß Temple«, begann er; denn in seinem Benehmen zeigte sich keine Spur mehr von der frühern Wildheit – »Miß Temple, ich habe mich vergessen; ich habe Sie vergessen. Sie haben den Entschluß Ihres Vaters vernommen, und ich verlasse noch diesen Abend das Haus. Von Ihnen aber wenigstens möchte ich in Frieden scheiden.«

Elisabeth erhob langsam ihr Antlitz, über das sich ein flüchtiger Ausdruck der Trauer stahl; als sie aber ihren Sitz verließ, leuchteten ihre Augen wieder von dem gewöhnlichen Feuer; ihre Wange brannte, und ihre ganze Haltung schien einem anderen Wesen anzugehören.

»Ich vergebe Ihnen, Edwards, und mein Vater wird Ihnen gleichfalls vergeben«, sagte sie, als sie die Türe erreicht hatte.

»Sie kennen uns noch nicht, aber die Zeit wird wohl kommen, wo Sie Ihre Ansichten wechseln werden.«

»Über Sie? Niemals!« unterbrach sie der Jüngling. »Ich–«

»Ich will *sprechen,* und nicht *hören.* Es liegt etwas in dieser Sache, was ich nicht begreife; aber sagen Sie Lederstrumpf, daß er in meinem Vater nicht bloß den Richter, sondern in uns auch Freunde vor sich hat. Beunruhigen Sie den alten Mann nicht unnötigerweise durch eine Erzählung des eben stattgehabten Vorgangs. Er hat die gerechtesten Ansprüche an uns, und sie sollen durch das, was Sie gesprochen, nicht gemindert werden. Herr Edwards, ich wünsche Ihnen Glück und wärmere Freunde.«

Der Jüngling wollte noch reden, aber sie verschwand so schnell durch die Türe, daß er nirgends mehr etwas von ihr erblicken konnte, als er in den Hausflur trat. Er blieb einen Augenblick wie betäubt stehen; dann stürzte er aus dem Hause und schlug, statt Marmaduke auf sein Zimmer zu folgen, unmittelbar den Weg nach der Hütte der Jäger ein.

Zweiunddreißigstes Kapitel

> Die Erde maß er und die Bahn der Sterne,
> Der Monden Lauf, auf unbegrenzte Ferne.
>
> *Pope*

Richard kehrte erst in der Nacht des folgenden Tages von der Erfüllung seiner amtlichen Obliegenheiten zurück. Es war ein Teil seines Geschäftes gewesen, die Verhaftung der Falschmünzerbande zu beaufsichtigen, welche selbst in jener frühen Periode sich in die Wälder vergraben hatte, um daselbst ihr schlechtes Geld auszuprägen und es nachher von einem Ende der Union bis zum andern in Umlauf zu setzen. Diese Amtsreise war erfolgreich gewesen, und der Sheriff zog ungefähr um Mitternacht an der Spitze einer bewaffneten Macht von Gerichtshelfern und Konstablern, welche vier gebundene Übeltäter in ihrer Mitte hatten, im Dorfe ein. An dem Tore des Herrenhauses trennte man sich, nachdem Herr Jones seine Beistände beauftragt hatte, ihre Gefangenen in das Bezirksgefängnis abzuliefern, worauf der Sheriff mit einer Art von Selbstzufriedenheit, wie sie ein Mann von seinem Schlage wohl empfinden mag, wenn er einmal etwas wirklich sehr Verständiges ausgeführt hat, den Kiesweg hinanschritt.

»Holla! Aggy!« schrie Richard, als er die Tür erreichte – »Wo bist du, du schwarzer Schlingel? Soll ich denn im Freien übernachten? Holla! Aggy! Brave! Brave! Ho, ho, wo bist du hingekommen, Brave? Er ist nicht auf seinem Posten! Alle Welt schläft; nur ich armer Teufel muß die Augen offenhalten, damit andere sicher schlummern mögen. Brave! Brave! Nun, so träge auch der Hund geworden ist, so muß ich ihm doch nachsagen, daß ich jetzt zum erstenmal sehe, wie er jemand zur Nachtzeit der Türe nahe kommen läßt, ohne ihn zu beschnuppern, um ausfindig zu machen, ob er ein ehrlicher Mann sei oder nicht. Seine Nase führte ihn dabei fast so sicher wie mich mein Auge. Holla! Agamemnon! wo bist du? Ah! da kommt der Hund endlich.«

Der Sheriff war inzwischen abgestiegen, und sah auch eine

Gestalt, welche er für Brave hielt, langsam aus der Hütte kriechen, als sich dieselbe plötzlich zu seinem großen Erstaunen statt auf vier Beinen auf zwei aufrichtete, und er im Sternenlichte den krausen Kopf und das schwarze Gesicht des Negers unterscheiden konnte.

»Ha! was zum Teufel, machst du hier, du schwarzer Schuft?« rief er. »Ist's in dieser warmen Nacht für dein Guineablut im Hause nicht heiß genug, sondern mußt du auch noch den armen Hund vertreiben, um in seinem Stroh zu schlafen?«

Unterdessen war der Bursche ganz wach geworden, und versuchte es nun, heulend seinem Herrn zu antworten:

»Oh! Massa Richard! Massa Richard! solch ein Ding! solch ein Ding! Ich nie denken, es konnt sein! Nie denken, er sterben! Ach Gott! Ist nicht begraben – ihn aufgehoben, bis Massa Richard zurück sein – ein Grab gegeben ––«

Hier gewannen die Gefühle des Negers vollständig die Oberhand, und statt die Ursachen seines Schmerzes deutlich auseinanderzusetzen, heulte er nur laut hinaus.

»Wie? Was? Begraben? Grab? Tod?« rief Richard, mit einem Zittern in seiner Stimme. »Doch nichts Ernstliches? Hoffentlich ist Benjamin nichts begegnet? Ich weiß, er hatte eine belegte Zunge, aber ich gab ihm ––«

»Oh! schlimmer als das!« schluchzte der Neger. »Ach Gott! Miß Lizzy und Miß Grant – spazierengehen – Berg – armer Brave! Umbringen ein junger Panther – Ach Gott! ach Gott! – Natty Bumppo – Hals abbeißen – kommen und sehen, Massa Richard – hier er sein – hier er sein.«

Da dies alles dem Sheriff völlig unerklärlich war, so mußte er sich schon gedulden, bis der Schwarze eine Laterne aus der Küche geholt hatte; nun folgte er Aggy zu der Hundehütte, wo er den armen Brave mit Blut befleckt, steif und kalt, aber anständig mit dem Mantel des Negers bedeckt, liegen sah. Er war im Begriffe, weitere Erklärungen zu verlangen; aber der Schmerz des Schwarzen, der bei seiner freiwillig übernommenen Totenwache eingeschlafen war, brach aufs neue los, so daß von seiner Seite aus nichts der Art zu erwarten stand. Zum Glücke öffnete sich in diesem Augenblicke die Haupttüre des Hauses, und auf der Schwelle zeigte sich die derbe Gestalt Benjamins, der sein Licht in einer Weise in die Höhe hielt, welche seine Züge grotesk beleuchtete. Richard warf den Zügel dem

Schwarzen zu, befahl demselben, nach dem Pferde zu sehen, und trat in den Hausflur.

»Was ist's mit dem toten Hunde?« rief er. »Wo ist Miß Temple?«

Benjamin machte eine seiner plumpen Gebärden, indem er mit dem Daumen seiner linken Hand über die rechte Schulter deutete, und antwortete: »Wohl aufgehoben.«

»Und wo ist Richter Temple?«

»In seiner Koje.«

»Aber erklärt mir, warum ist Brave tot, und warum benimmt sich Aggy so ungebärdig?«

»Ei, das ist alles dort aufgeschrieben, Squire«, sagte Benjamin, indem er auf eine Schiefertafel deutete, welche neben einem Branntweinkruge, einer kurzen, noch brennenden Pfeife und einem Gebetbuch lag.

Es gehörte unter anderem auch zu Richards Liebhabereien, über alles, was vorfiel, ein Register zu führen; sein Tagebuch, das so ziemlich die Form und Einrichtung eines Logbuchs hatte, enthielt nicht nur Begebenheiten, die ihn selbst berührten, sondern auch Wetterbeobachtungen und alles andere, was sich in der Familie oder wohl auch im Dorfe zutrug. Seitdem ihm das Amt des Sheriffs übertragen war, infolgedessen er häufig von Hause abwesend sein mußte, hatte er Benjamin den Auftrag erteilt, alles Denkwürdige auf einer Schiefertafel zu notieren, um es sodann nach seiner Heimkehr regelmäßig, nebst den geeigneten Bemerkungen über Zeit, Art und Weise und noch anderen kleinen Einzelheiten, dem Tagebuche einzuverleiben. Gegen solche Dienste fand von Benjamins Seite allerdings ein wesentlicher Einwurf statt, den nur Richards Genie zu beseitigen vermochte. Der Hausmeister konnte nämlich nichts lesen, als sein Gebetbuch, und auch dieses nur teilweise und nicht ohne Beihilfe vielen Buchstabierens, und was das Schreiben anbelangte, so hatte er nie mit der Feder einen Buchstaben gemalt. Dieser Umstand würde den Ehrenmann in den Augen der meisten Menschen für immer zur Führung eines Tagebuches verdorben haben; aber Richard erfand eine Art hieroglyphischer Zeichenschrift, welche alle gewöhnlichen Begebenheiten des Tages, – als da waren: die Richtung des Windes, ob die Sonne schien oder ob es regnete, die Stunden und so weiter – umfaßte; kam dann etwas Außerordentliches vor, so mußte der

Sheriff dies dem Scharfsinn des Majordomo überlassen, nachdem er ihm zuvor allgemeine Anleitungen dafür gegeben hatte. Der Leser wird nun wohl begreifen, warum Benjamin, statt direkt auf des Sheriffs Frage zu antworten, nach der Tafel deutete, auf welcher der Tagesbericht verzeichnet war. Nachdem Herr Jones ein Glas Branntwein getrunken, holte er sein eigenes Tagebuch aus einem Verstecke hervor, setzte sich an den Tisch und schickte sich an, den Inhalt der Schiefertafel aufs Papier zu übertragen, zu gleicher Zeit aber auch seine eigene Neugierde zu befriedigen. Benjamin legte vertraulich die eine Hand auf die Lehne des Stuhls, auf welchem der Sheriff saß, während er die andere freiließ, um den Zeigefinger, welcher ebenso krumm war als seine Charaktere, benutzen zu können, wenn es galt, den Sinn derselben zu erklären. Die erste Chiffre, welche der Sheriff betrachtete, war das Bild eines Kompasses, welches zu permanentem Gebrauch am Ende der Schiefertafel eingegraben war. Die Hauptgegenden waren deutlich darauf angemerkt, und die übrigen Abteilungen in einer Weise gemacht, daß niemand, der einmal ein Schiff gesteuert, darüber in Irrtum geraten konnte.

»Ah!« sagte der Sheriff, indem er sich's in seinem Stuhle bequem machte, »ich sehe, wir hatten die ganze letzte Nacht Südostwind; ich dachte, er würde uns Regen zublasen.«

»Zum Henker, Sir, 's ist kein Tropfen gefallen«, entgegnete Benjamin. »Ich glaube, die Lukenrinnen über Deck sind leer; denn in den letzten drei Wochen ist in der Gegend nicht soviel Wasser heruntergekommen, um den Kahn des Indianers John schwimmen zu machen, und der ist doch so leicht, daß er mit einem Zoll Nichts statt Wassers davonfahren könnte.«

»Gut, aber ist der Wind nicht diesen Morgen umgeschlagen? An dem Orte wenigstens, wo ich war, fand ein Wechsel statt.«

»Freilich, Squire, aber habe ich nicht das Umschlagen des Windes bezeichnet?«

»Ich sehe nichts, wo? Benjamin – –«

»Ei der Tausend!« fiel der Hausmeister etwas ungeduldig ein, »ist da nicht ein Zeichen gegen Ost und zu Nord-halb-Nord, mit so einer Art Bild wie eine aufgehende Sonne an dem Ende desselben, um anzuzeigen, daß es in der Morgenwache stattfand?«

»Ja, ja, das ist sehr verständlich; aber wo ist denn der Wechsel angedeutet?«

»Wo? Ei, sehen Sie denn nicht hier diesen Teekessel mit einem Strich, der von dem Hahn aus gerade – nu, vielleicht auch ein bißchen krumm – gegen West und zu Süd-halb-Süd läuft? Das ist mein Zeichen für ein Umschlagen des Windes. Nun, sehen Sie diesen Boreas, den Sie für mich an der Seite des Kompasses angebracht haben – –«

»Ja, ja – den Boreas – ich sehe es. Ihr habt Linien von seinem Munde aus gezogen, die sich von dem einen Eurer Zeichen bis zu dem andern erstrecken.«

»Das ist nicht meine Schuld, Squire Dickens, sondern die Eures verwünschten Klimas. Der Wind hat heute nach all diesen Marken geblasen, und da ging's ganz um den Kompaß herum, mit Ausnahme eines kleinen irischen Orkans gegen Mittag, den Sie rechts aufgezeichnet finden werden. Ich habe im Kanal einmal einen Südwester erlebt, der drei Wochen fort blies und von einem so klaren Regen begleitet war, daß Sie hätten Gesicht und Hände damit waschen können, ohne sich die Mühe nehmen zu müssen, Wasser über Bord zu holen.«

»Ganz recht, Benjamin«, entgegnete der Sheriff, indem er das Faktum in das Journal eintrug. »Ich glaube, ich habe deinen Gedanken aufgefaßt. Ah! da ist eine Wolke, über der aufgehenden Sonne – ihr hattet wohl am Morgen Nebel?«

»Ja, ja, Sir«, antwortete Benjamin.

»Richtig! es ist Sonntag, und hier sind die Zeichen für die Länge der Predigt, eins, zwei, drei, vier – was? Hat Herr Grant vierzig Minuten geredet?«

»So etwas der Art; es war eine gute halbe Stunde nach meinem eigenen Glas, und dann ging Zeit verloren mit dem Umdrehen; auch gab ich ein bißchen zu für die Abtrift, da ich nicht ganz gewiß hierüber war.«

»Benjamin, das wäre so lang, als wenn ein Presbyterianer gepredigt hätte. Ihr könnt doch nicht zehn Minuten gebraucht haben, um das Glas umzudrehen?«

»Je nun, sehen Sie, Squire, der Pfarrer war sehr feierlich, und ich hatte eben meine Augen geschlossen, um besser über seine Worte nachdenken zu können, wie man ja auch die Nachtlichter mit Schirmen versieht, um alles behaglich zu machen, und als ich sie wieder öffnete, fand ich, daß die Versammlung im Heimgehen begriffen war. Ich schloß also, die zehn Minuten würden die Abtrift decken, nachdem das Glas aus war. Es war nur so etwas wie ein Katzenschlaf.«

»Aha! Meister Benjamin, Ihr seid also eingenickt! Doch ich will einem orthodoxen Geistlichen nicht die Schmach antun, dies niederzuschreiben.«

Richard notierte deshalb neunundzwanzig Minuten in seinem Tagebuche und fuhr sodann fort:

»Was ist denn das, was da neben zehn Uhr vormittags steht? Ein Vollmond! Habt Ihr bei Tag einen Mond gesehen? Es ist mir wohl früher solch ein Ereignis zu Ohren gekommen, doch – eh! was ist das nebenan? ein Stundenglas?«

»Das?« entgegnete Benjamin, indem er kaltblütig über des Sheriffs Schulter sah und mit spaßhafter Gebärde den Tabak im Munde hin und her rollte, »je nun, das ist eine kleine Bemerkung, die mich selber angeht. Es soll nämlich nicht den Mond, sondern Betty Hollisters Gesicht vorstellen, Squire; denn sehen Sie, ich hörte so etwas, als hätte sie eine neue Ladung Jamaikarum flußaufwärts erhalten, und so sprach ich denn diesen Morgen bei ihr an – zehn Uhr steht also da? Ja, um diese Zeit muß es gewesen sein; denn ich war auf dem Gang nach der Kirche begriffen und versuchte ein Glas. Ich habe es ins Logbuch eingetragen, damit es mir nicht entfalle, es wie ein ehrlicher Mann zu bezahlen.«

»So, das ist's also?« fragte der Sheriff, etwas unwillig über diese Einschwärzung in seine Notiztafel, »und konntet Ihr kein besseres Glas machen als dieses? Es sieht ja aus wie ein Totenkopf mit einem Stundenglase.«

»Ei, da mir der Stoff behagte, Squire«, versetzte der Hausmeister, »so kehrte ich auf dem Heimwege wieder ein und nahm noch ein Glas zu mir, welches ich auf dem Boden des ersten ankreidete, und so hat das Ding diese Gestalt erhalten. Ich bin aber heute abend wieder dort gewesen und habe alle drei zugleich bezahlt, weshalb Euer Gnaden wohl mit dem Wischer darüberfahren mag.«

»Für solche Notizen will ich Euch eine eigene Schiefertafel kaufen, Benjamin«, entgegnete der Sheriff, »ich mag im Journal keine derartigen Aufzeichnungen haben.«

»Sie brauchen sich nicht zu bemühen, Squire, Sie brauchen sich nicht zu bemühen; denn da ich mit der Weibsperson wahrscheinlich noch oft in Verkehr treten werde, solange nämlich dieses Fest anhält, so bin ich mit Betty einen Borgvertrag eingegangen; sie macht ihre Zeichen an die Innenseite ihrer Schenkverschlagstüre, und ich führe die Kontrolle mit diesem Kerbholz da.«

Bei diesen Worten brachte Benjamin ein Stück Holz zum Vorschein, an dem fünf sehr tiefe Kerben eingeschnitten waren. Der Sheriff blickte einen Moment auf dieses sinnreiche Kontobuch und fuhr dann fort:

»Was haben wir hier? Samstag nachmittag zwei Uhr – ei, das ist ja ein ganzes Familiengelage! Zwei Weingläser auf der Seite?«

»Die bedeuten zwei Frauenzimmer; das eine stellt Miß Lizzy vor, und das andere ist des Pfarrers Tochter.«

»Base Elisabeth und Miß Grant?« rief der Sheriff verwundert. »Was haben denn diese mit meinem Tagebuch zu tun?«

»Sie hatten genug zu tun, um dem Rachen des Panthers da zu entrinnen«, sagte der unerschütterliche Hausmeister. »Dieses Ding hier, sehen Sie, Squire, das vielleicht wie eine Ratte aussieht, ist die Bestie, und das andere da, mit aufwärts gekehrtem Kiele, ist der arme alte Brave, der so nobel starb wie ein Admiral, welcher für König und Vaterland ficht; und dies hier ist – –«

»Eine Vogelscheuche«, unterbrach ihn Richard.

»Ei, es sieht vielleicht etwas wild aus«, fuhr der Hausmeister fort, »aber nach meinem Urteile, Squire, ist es das beste Bild, das ich je gemacht habe, weil es dem Mann am meisten ähnlich sieht; – es ist Natty Bumppo, welcher den Panther hier erschoß, der den Hund dort totbiß, und wahrscheinlich die jungen Damen da gefressen oder sonst getötet haben würde.«

»Und was zum Teufel soll all dies heißen?« rief Richard ungeduldig.

»Was es heißen soll?« wiederholte Benjamin. »Es ist so wahr wie das Logbuch der Boadishey – –«

Er wurde hier durch den Sheriff unterbrochen, welcher jetzt einige direkte Fragen an ihn stellte und auf diesem Wege hinreichend verständliche Antworten erhielt, um sich eine ziemlich richtige Vorstellung von dem Tatbestande machen zu können. Als das Erstaunen und – wir müssen Richard Gerechtigkeit widerfahren lassen – auch die Erschütterung, welche durch diese

Erzählung geweckt worden, einigermaßen nachließen, wandte der Sheriff seine Augen abermals auf die Tafel, wo ihm noch weitere unerklärliche Hieroglyphen entgegentraten.

»Was haben wir noch? Zwei boxende Männer? Hat ein Friedensbruch stattgefunden? Ja, so geht's, wenn ich dem Flecken nur einen Augenblick den Rücken zukehre – –«

»Das ist der Richter und der junge Herr Edwards«, fiel ihm der Hausmeister ganz kavaliermäßig ins Wort.

»Wie? Duke im Kampf mit Oliver? Was Teufels ist denn in euch alle gefahren? Hat sich doch in den letzten sechsunddreißig Stunden mehr zugetragen als in den verwichenen sechs Monaten zusammengenommen!«

»Ja, so ist's in der Tat, Squire«, entgegnete der Majordomo. »Ich habe einmal ein schmuckes Jagdschiff gesehen und ein Gefecht auf seinem Hinterteile, das nicht soviel in sein Logbuch brachte, wie ich hier auf dieser Schiefertafel habe. Es kam jedoch diesmal nicht zu Tätlichkeiten: sie haben nur ein bißchen das Maul gegeneinander gebraucht.«

»Nur fort! nur fort!« rief Richard. »Es war wegen der Minen – ja, ja, ich sehe es, ich sehe es; hier ist ein Mann mit einer Haue auf seiner Schulter. Ihr hörtet also alles mit an, Benjamin?«

»Ich weiß nicht, was sie für Mienen dabei machten, Squire«, erwiderte der Hausmeister, »aber so viel kann ich sagen, daß sie sich sehr offen gegeneinander aussprachen. Ich habe allerdings ein Stückchen davon mitangehört; denn die Fenster standen offen, und ich befand mich ganz in der Nähe. Aber das hier ist keine Haue, sondern ein Anker, den ein Mann auf der Schulter trägt; der andere Haken läuft auf dem Rücken herunter, freilich etwas zu nahe; das bedeutet, daß der Junge in See gestochen ist und seinen Hafen mit dem Rücken angesehen hat.«

»So? Hat also Edwards das Haus verlassen?«

»Ja.«

Richard fuhr in dieser Weise fort, und nach einem langen und ausführlichen Verhör gelang es ihm, alles aus Benjamin herauszuholen – nicht nur das, was derselbe von der stattgehabten Zwistigkeit wußte, sondern auch den Versuch, Nattys Hütte zu visitieren, und Hirams Niederlage. Der Sheriff war kaum im Besitz dieser Tatsachen, welche Benjamin mit aller möglichen Rücksicht für Lederstrumpf berichtete, als er seinen Hut aufnahm, dem erstaunten Hausmeister befahl, die Türen zu schließen und zu Bette zu gehen, und das Haus verließ.

Richard war schon eine Weile verschwunden, als Benjamin noch immer mit in die Seite gestemmten Armen und die Augen fest auf die Türe gerichtet dastand; endlich erholte er sich jedoch einigermaßen von seiner Verblüffung und schickte sich an, den erhaltenen Befehlen nachzukommen.

Es ist bereits gesagt worden, daß das Bezirksgericht, über welches Marmaduke Temple den Vorsitz führte, am folgenden Morgen seine regelmäßige, periodische Sitzung abhalten sollte. Richards Begleiter waren Gerichtsdiener, welche sowohl ihr durch die Sitzungen nötig gewordener Dienst als auch der Gefangenentransport nach dem Dorfe gebracht hatte, und der Sheriff kannte ihre Gewohnheiten zu gut, um nicht überzeugt zu sein, daß er die meisten, wo nicht alle von ihnen, in dem Restaurationszimmer des Gefängnisses finden würde, wo sie die Eigenschaften des kerkermeisterlichen Branntweins besprachen. Er nahm daher seinen Weg durch die schweigsamen Straßen des Dorfes unmittelbar nach dem kleinen und unsicheren Gebäude, welches alle Schuldner nebst einigen Verbrechern des Bezirks barg, und wo für unkluge Prozeßkrämer Recht gesprochen wurde, die einfältig genug waren, zwei Dollars wegzuwerfen, um von ihren Nachbarn *einen* zu erhalten. Die Ankunft von vier Übeltätern unter der Bewachung von einem Dutzend Polizeibeamten war damals in Templeton ein *Ereignis,* und als der Sheriff bei dem Gefängnisse anlangte, entdeckte er aus allen Merkmalen, daß seine Untergebenen im Sinne hatten, die Nacht zu durchzechen.

Der Wink des Sheriffs brachte zwei seiner Gehilfen an die Türe, welche ihrerseits sechs oder sieben der Konstabler auswählten. Mit dieser Macht versehen, ging Richard durch das Dorf auf das Seeufer zu, ohne daß die Stille der nächtlichen Wanderung durch andere Töne als das Bellen eines oder des anderen, durch die gemessenen Schritte der Polizeimannschaft beunruhigten Kettenhunds oder durch das leise Gemurmel des Häufleins unterbrochen wurde, welches einige behutsame Fragen und Antworten hinsichtlich des Zwecks seiner Expedition wechselte. Als sie die kleine hölzerne Brücke, die über den Susquehanna führte, hinter sich hatten, bogen sie von der Straße ab und nach dem Felde ein, welches der Schauplatz des Sieges über die Tauben gewesen war. Von hier aus folgten sie ihrem Führer in das niedrige Fichten- und Kastaniengebüsch, welches längs der Seeufer, wo der Pflug die Bäume noch nicht verdrängt hatte, aufschoß, und bald betraten sie den Wald selbst. Hier machte Richard halt und sammelte seine Schar um sich.

»Ich habe euern Beistand aufgeboten, meine Freunde«, begann er leise, »um Nathanael Bumppo, gemeiniglich Lederstrumpf genannt, zu verhaften. Er hat eine Magistratsperson tätlich mißhandelt und sich der Vollziehung eines Haussuchungsbefehls widersetzt, wobei er das Leben eines Konstablers mit seiner Büchse bedrohte. Mit einem Worte, meine Freunde, er hat das Beispiel einer Auflehnung gegen die Gesetze gegeben und ist somit gewissermaßen vogelfrei. Da noch außerdem der Verdacht anderer Vergehen gegen Privatrechte auf ihm lastet, so erachte ich es für meine Pflicht, kraft meines Amtes als Sheriff besagten Bumppo noch in dieser Nacht festzunehmen und in das Bezirksgefängnis zu bringen, damit er zur Stelle sei, für diese schweren Anklagen in der morgigen Sitzung Rede zu stehen. Um dies zu vollziehen, meine Freunde und Mitbürger, bedarf es des Mutes und der Vorsicht – des Mutes, damit ihr euch nicht durch irgendwelche gesetzlose Versuche dieses Mannes, der uns vielleicht mit seiner Büchse Widerstand leistet, einschüchtern laßt; und der Klugheit, die hier besonders in Vorsicht bestehen muß, damit er nicht unserem plötzlichen Angriff entrinne; auch sind noch weitere gute Gründe vorhanden, die ich hier nicht zu erwähnen brauche. Ihr werdet daher seine Hütte umzingeln und auf meinen lauten Ruf ›vorwärts‹ vordringen, seine Wohnung mit Gewalt öffnen und ihn zum Gefangenen machen, noch ehe der Verbrecher zur Überlegung Zeit findet. Verteilt euch daher zu diesem Zwecke, während ich mit einem Gehilfen ans Ufer hinuntersteige, um diesen Punkt zu bewachen. Ich werde mich unter dem Damme vor der Hütte aufstellen, wohin alle Mitteilungen an mich persönlich zu ergehen haben.«

Diese Rede, welche Richard auf dem Herwege ausstudiert, hatte die Wirkung aller ähnlichen rhetorischen Produktionen – nämlich die, seinen Streitern die Gefahr des Unternehmens recht lebhaft zu Gemüte zu führen. Die Männer verteilten sich, indem sich die einen tiefer in den Wald zogen, um ohne Aufsehen zu ihren Posten zu gelangen, und die andern vorwärts schritten, aber so langsam, daß der Zug recht wohl Ordnung halten konnte; überhaupt waren alle Vorkehrungen so getroffen, daß man den Angriff eines Hundes abschlagen oder aber einer Büchsenkugel ausweichen konnte. Es war ein Augenblick der ängstlichen Erwartung und des gespanntesten Interesses.

Sobald der Sheriff glaubte, es sei nun Zeit genug verflossen, um es der Exekutionsmannschaft möglich zu machen, die angewiesenen Posten einzunehmen, unterbrach seine Stimme das Schweigen des Waldes, indem sie das Losungswort brüllte. Die Töne spielten unter den Bogen der Bäume in hohlen Kadenzen hin; aber als der letzte Laut vor dem Ohr verklungen war, ließ sich statt des erwarteten Hundegeheuls nichts anderes vernehmen als das Krachen einknickender, trockener Baumzweige unter den Füßen der vorrückenden Polizeibeamten. Doch auch dieses hörte, wie infolge allgemeiner Übereinkunft, bald auf, und nun gewannen bei dem Sheriff Neugierde und Ungeduld so vollständig die Oberhand über die Klugheit, daß Richard den Damm hinaufeilte und in einem Augenblick auf dem kleinen, gelichteten Grunde vor der Stelle stand, wo Natty so lange gelebt hatte. Aber zu seinem größten Erstaunen sah er statt einer Hütte nichts als rauchende Trümmer. Das Exekutionspersonal sammelte sich allmählich um den Aschenhaufen und die glimmenden Holzblöcke, während eine schwache Flamme im Mittelpunkt des Brandplatzes, die noch Nahrung genug fand, um ihr zögerndes Leben zu fristen, ein bleiches Licht um sich goß, wenn sie in den vorübergehenden Strömungen der Luft aufflakkerte und bald die erstaunt einander ansehenden Gesichter schauen ließ, bald dieselben wieder in nächtliche Dunkelheit begrub. Keine Stimme erhob sich, um zu fragen oder Verwunderung auszudrücken. Der Übergang von der Aufregung zur Täuschung war zu gewaltig, um Worten Raum zu geben, und selbst Richard verlor den Gebrauch eines Organs, das ihm nur selten den Dienst versagte.

Die ganze Gruppe war noch in voller Verwunderung, als eine hohe Gestalt aus dem Dunkel in den Kreis trat und die heiße Asche nebst den hinsterbenden Funken mit dem Fuße niederdrückte: sie stand mit abgenommener Mütze über dem Lichte und ließ das unbedeckte Haupt und die verwitterten Züge Lederstrumpfs unterscheiden. Er sah einen Augenblick auf die ihn umgebenden schattenhaften Figuren mit einem Gesichte, in welchem sich eher Kummer als Unwille aussprach, und begann sodann:

»Was wollt ihr von einem alten hilflosen Manne? Ihr habt die Geschöpfe Gottes aus der Wildnis vertrieben, wohin sie der Wille Seiner Vorsehung versetzt hat, und die Beunruhigungen und Teufeleien des Gesetzes in eine Gegend gebracht, wo seit Menschengedenken nie ein Mensch den andern beunruhigte. Ihr habt mich, der ich vierzig lange Jahre der mir beschiedenen Zeit an diesem Orte verlebte, um Haus und Obdach gebracht, die ich in Brand steckte, damit nicht eure Verderben bringenden Tritte und wüsten Sitten meine Hütte befleckten. Ja, ihr habt mich gezwungen, diese Holzblöcke anzuzünden, unter denen ich fast ein halbes Jahrhundert die Gaben des Himmels genossen und meinen Trunk aus der klaren Quelle geholt habe, und nun traure ich ob der Asche unter meinen Füßen, wie ein Mann weint und trauert um die Kinder seines Leibes. Ihr habt das Herz eines alten Mannes, der euch und den Eurigen nie etwas zuleide getan, mit bitteren Gefühlen gegen sein Geschlecht erfüllt, und zwar zu einer Zeit, wo seine Gedanken einer besseren Welt zugekehrt sein sollten; ihr habt ihn zu dem Wunsche getrieben, daß er zu den Tieren des Waldes gehören möchte, die sich doch nie an dem Blute ihres eigenen Geschlechtes letzen, und nun er zurückkehrt, um den letzten Brand von seiner Hütte zu sehen, ehe er sich vollends in Asche verzehrt, folgt ihr ihm zur Mitternachtsstunde wie hungrige Hunde der Spur eines abgehetzten und sterbenden Hirsches. Was wollt ihr von mir? Hier bin ich, – einer gegen viele. Ich komme, um zu trauern, nicht um zu kämpfen; und wenn es einmal Gottes Wille ist, so verfahrt mit mir nach eurem Gefallen.«

Als der alte Mann geendet hatte, sah er die Gruppe ernst an, während die aufzuckende Flamme ein mattes Licht auf sein fast kahles Haupt warf. Die Verfolger traten unwillkürlich von dem Brandplatze in die Dunkelheit zurück und ließen dem alten Mann einen freien Ausweg zur Flucht in das Gebüsch, wo ein Nachsetzen im Finstern fruchtlos gewesen wäre. Natty schien diesen Vorteil nicht zu beachten; denn er betrachtete jedes Individuum des Kreises der Reihe nach, als wolle er sehen, wer der erste sei, der Hand an ihn lege. Nach einer kurzen Pause begann Richard, seine verwirrten Fähigkeiten wieder zu sammeln; er trat vor, entschuldigte sich mit seiner Pflicht und nahm den Alten gefangen. Die übrigen schlossen sich an ihn an, nahmen Natty in ihre Mitte, und so schlug der Zug, von dem Sheriff angeführt, die Richtung nach dem Dorfe ein.

Auf dem Weg wurden verschiedene Fragen an den Gefangenen gestellt, warum er seine Hütte verbrannt und wohin sich Mohegan zurückgezogen habe, denen jedoch Natty ein beharrliches Stillschweigen entgegensetzte. Endlich erreichte der Sheriff mit seinem Gefolge, ermüdet von den Geschäften des Tages und von der späten nächtlichen Tätigkeit, das Dorf, wo sie sich nach ihren verschiedenen Nachtquartieren zerstreuten, nachdem sie zuvor den alten und anscheinend freundlosen Lederstrumpf im Gefängnisse untergebracht hatten.

Dreiunddreißigstes Kapitel

Den Stock herbei!
Du störr'ger alter Schuft, achtbarer Prahler,
Wir wollen dich belehren.

Lear

Die langen Tage und der frühe Aufgang der Sonne im Juli ließen den Neugierigen Zeit, sich zu versammeln, ehe noch die kleine Glocke der Akademie die Stunde ankündigte, wo Gericht über die Übeltäter gehalten und die Strafe über die Schuldigen ausgesprochen werden sollte. Vom frühen Grauen des Morgens an drängten sich auf den Landstraßen und Waldpfaden, die an der Seite des Gebirges sich nach Templeton hinunterschlängelten, Gruppen von Reitern und Fußgängern, welche dem Hafen der Gerechtigkeit zusteuerten. Hier sah man einen gutgekleideten Grundbesitzer auf einem dünnschwänzigen Pferde die Landstraße einhertraben, das rote Gesicht auf eine Weise in die Luft geworfen, welche sagte: »Ich habe mein Land bezahlt und bekümmere mich um keinen Menschen«, während seine Brust von dem Stolze des Bewußtseins, zu der großen Jury zu gehören, schwoll. An seiner Seite ritt ein Gefährte, der sich wohl ebenso unabhängig fühlen mochte, aber was Besitztum und Ansehen betraf, doch unter dem ersteren stand. Er war ein berüchtigter Prozeßkrämer, – ein Mann, dessen Name jedesmal auf dem Gerichtskalender erschien, – der sein auf den vielfältigen Wegen der veränderlichen Gewohnheiten eines Ansiedlers erworbenes Vermögen den Harpyien der Gerichtshöfe in den Rachen warf und der sich eben bemühte, dem Großgeschworenen sein Recht in einer Sache, die heute zur Entscheidung kommen sollte, recht klar auseinanderzusetzen. An der Seite dieser beiden befand sich ein Fußgänger mit einem gestreiften Kittel über seinem Hemde und seinem besten Wollhut über einem sonnverbrannten Gesichte, der eben aus seinem Schlupfwinkel in den Wäldern mittelst eines Fußpfades herausgekommen war und mit den andern gleichen Schritt zu halten suchte, da er im Sinne hatte, als Mitglied der kleinen Jury die Zwistigkeiten seiner Nachbarn mitanzuhören und schlichten zu helfen. Man konnte an diesem Morgen wohl fünfzig ähnliche Gruppen von Landleuten sehen, welche sich in gleicher Absicht dem Hauptorte zu bewegten.

Um zehn Uhr waren die Straßen des Dorfes mit geschäftigen Gesichtern erfüllt. Einige sprachen von ihren Privatangelegenheiten, andere horchten auf einen populären Erklärer politischer Glaubenssätze, und noch andere begafften die ausgelegten Vorräte, bewunderten die Schönheit derselben oder untersuchten Sicheln, Äxte und andere Artikel, welche ihre Neugierde erregten. Unter dem Gedränge befanden sich auch einige Weiber, welche meist Kinder bei sich hatten und ihren bäurischen Herren und Gebietern in trägem, schlenderndem Gange folgten. Besonders fiel ein junges Paar in den Flitterwochen des Ehestandes auf; sie gingen in achtungsvoller Entfernung nebeneinander her, während der Jüngling die schüchternen Schritte seiner jungen Frau durch galantes Anbieten eines Daumens leitete.

Bei dem ersten Schlage der Glocke trat Richard aus der Türe des »Kühnen Dragoners«, ein in der Scheide steckendes Schwert in der Hand, welches seiner Aussage nach einer seiner Vorfahren bei Cromwells Siegen geführt hatte, und gebot in gebieterischem Tone, für den Gerichtshof Platz zu machen. Dem Befehle wurde augenblickliche, wenn auch nicht sklavische Folge geleistet, und die Zuschauer nickten vertraulich den Mitgliedern der vorüberziehenden Prozession zu. Eine Abteilung von Konstablern mit ihren Amtsstäben folgte dem Sheriff, und unmittelbar darauf erschien Marmaduke mit vier einfachen, ernst aussehenden Grundeigentümern, seinen Beisitzern auf der Gerichtsbank. Die untergeordneten Richter unterschieden sich von dem besseren Teile der Zuschauer in nichts als in der Gravität, welche sie heute mehr als gewöhnlich zur Schau trugen; auch hatte einer derselben eine altmodische militärische Uniform mit zwei silbernen Epauletten, die nicht halb so groß als ein Paar moderner Achselquasten waren, und mit Schößen, die kaum die Mitte der Oberschenkel erreichten angelegt. Dieser Gentleman war ein Oberst der Miliz, dazu Mitglied des Kriegsgerichts, welcher soviel Muße gefunden hatte, sich einen Augenblick seinen militärischen Obliegenheiten zu entziehen, um den Verhandlungen eines Zivilgerichtshofs beizuwohnen; eine so wunderliche Erscheinung erregte jedoch weder Aufmerksamkeit noch Bemerkungen. Drei oder vier reinlich rasierte Rechtsgelehrte folgten so demütig wie Lämmer, welche zur Schlachtbank gehen: einer oder zwei davon hatten es versucht, sich durch Brillen eine gelehrte Würde zu geben. Den Schluß der Prozession bildete eine weitere Abteilung von Konstablern, und die Menge folgte derselben nach der Halle, wo der Gerichtshof seine Sitzung hielt.

Das Gebäude bestand aus einer Grundlage von viereckigem Zimmerholze, hin und wieder durch kleine vergitterte Fenster durchbrochen, aus welchen einige nachdenkliche Gesichter auf das Gedränge niedersahen. Unter den Gefangenen befanden sich die schuldbewußten, eingeschüchterten Falschmünzer und unser ehrlicher Lederstrumpf. Die Kerker unterschieden sich, dem Äußern nach, von den Gemächern der Schuldner nur durch den kleineren Umfang der Lichtöffnungen, die größere Stärke der Eisengitter und die Köpfe von Nägeln, welche als Schutz gegen den ungesetzlichen Gebrauch von schneidenden Instrumenten in das Holz eingetrieben waren. Der obere Stock war Rahmenarbeit, regelmäßig mit Dielen bedeckt, und enthielt ein einziges Gemach, das für die Zwecke des Gerichtshofs anständig dekoriert war. Eine Bank erhob sich auf einer schmalen Plattform bis auf Mannshöhe über dem Boden und zog sich, vorn durch ein Geländer geschützt, durch die ganze Raumbreite. Im Mittelpunkt befand sich ein roher Armstuhl zum Gebrauche des präsidierenden Richters. Weiter vorn auf dem Boden des Zimmers stand ein großer mit grünem Wollzeug überzogener und von Bänken umgebener Tisch, und an jeder seiner Seiten waren Reihen sich erhöhender Sitze für die Geschworenen angebracht. Jede einzelne dieser Abteilungen umgab ein Gitter. Der übrige Teil des Gemachs war freier Raum zum Gebrauche der Zuschauer.

Als der Richter sich gesetzt, die Advokaten an dem Tische Platz genommen und der Lärm und das Scharren mit den Füßen im Raume sich gelegt hatten, wurden die üblichen Proklamationen erlassen, die Geschworenen beeidigt, die Klagen vorgebracht, und der Gerichtshof schritt zur Tagesordnung.

Wir wollen den Leser nicht mit einer Beschreibung der kniffligen Diskussionen, welche die ersten zwei Stunden ausfüllten, ermüden. Richter Temple hatte kraft seines Amtes den Geschworenen die Notwendigkeit einer schleunigen Abfertigung ans Herz gelegt, indem er ihnen aus Rücksichten der Menschlichkeit zuerst die Gefangenen im Kerker zur Beachtung empfahl. Demgemäß verkündigte nach Verlauf der eben erwähnten Zeit der Ruf eines Gerichtsdieners, »für die große Jury Platz zu machen«, den Eintritt dieser Körperschaft. Die gewöhnlichen Förmlichkeiten wurden beobachtet, worauf der Obmann zwei Klageschriften auf die Gerichtsbank legte, von denen dem Richter zuerst der Name Nathanael Bumppos ins Auge fiel. Im Saale herrschte tiefe Stille, indem nur von der Seite der Gerichtsbank aus ein kurzes Flüstern mit dem Sheriff stattfand, welcher sofort seiner Dienstmannschaft ein Zeichen gab. Ein paar Minuten nachher wurde das Schweigen durch eine allgemeine Bewegung unter den Zuhörern unterbrochen, und unmittelbar darauf wurde Lederstrumpf von zwei Konstablern in die Angeklagtenschranke geführt. Das Gesumme legte sich; das Volk drang wieder in den geöffneten Raum, und bald trat aufs neue eine so tiefe Stille ein, daß man die schweren Atemzüge des Gefangenen vernehmen konnte.

Natty trug seine hirschledernen Kleider, jedoch ohne den Rock, dessen Stelle nur durch ein Hemd von grober Leinwand, das oben lose mittelst einer Hirschsehne schloß und den roten Hals unter den wetterbraunen Zügen des Mannes schauen ließ, vertreten wurde. Es war das erstemal, daß er die Schwelle eines Gerichtshofs überschritten hatte, und in seine persönlichen Gefühle schien sich ein bedeutender Grad von Neugierde zu mischen. Er erhob seine Augen zu der Gerichtsbank und von da nach der Geschworenen-Loge, der Schranke und dem Gedränge außerhalb derselben, wo er allenthalben auf Blicke traf, die fest auf ihn geheftet waren. Er betrachtete sodann sich selbst, als suche er hier die Ursache dieser ungewöhnlichen Aufmerksamkeit, sah sich noch einmal in der Versammlung um und öffnete dann den Mund zu seinem stummen und bezeichnenden Lachen.

»Gefangener, nehmt Eure Mütze ab«, sagte Richter Temple.

Der Befehl wurde vielleicht nicht gehört, jedenfalls aber nicht beachtet.

»Nathanael Bumppo, man steht hier nicht mir bedecktem Haupte«, wiederholte der Richter.

Natty fuhr bei dem Klange seines Namens zusammen, erhob dann sein Gesicht ernst gegen die Gerichtsbank und sagte:

»Wie?«

Herr Lippet stand von seinem Sitze am Tische auf und flüsterte dem Gefangenen etwas ins Ohr, worauf Natty beifällig nickte und seine hirschlederne Kopfbedeckung abnahm.

»Herr Distriktsanwalt«, fuhr der Richter fort, »der Gefangene ist bereit. Wir harren der Anklage.«

Das Amt eines öffentlichen Anklägers war Dirck Van der School übertragen, der seine Brille aufsetzte und einen bedächtigen Blick auf seine Kollegen vor den Schranken warf, worauf er, über seine Brillengläser wegsehend, die Anklage laut zu verlesen begann. Sie betraf den Angriff auf die Person Hiram Doolittles und war in der veralteten Sprache solcher Instrumente abgefaßt, wobei besonders Bedacht darauf genommen war, in der Schrift auch nicht eine einzige Benennung der verschiedenen im Gesetz erwähnten Angriffswaffen auszulassen. Sobald dies geschehen, nahm Herr Van der School seine Brille ab, verwahrte sie im Futteral und steckte sie in die Tasche, augenscheinlich um sich das Vergnügen zu verschaffen, sie wieder herausholen und auf seine Nase setzen zu können. Nachdem dieses Manöver ein- oder zweimal wiederholt worden, händigte er die Klageschrift Herrn Lippet ein, und zwar mit einer Miene, welche deutlich ausdrückte: »Finde mir da einen Fehler auf, wenn du kannst.«

Natty horchte auf die Anklage mir großer Aufmerksamkeit, wobei er sich mit einem Ernste, welcher seine tiefe Teilnahme verriet, gegen den Vorleser vorbeugte, – und als dieser fertig war, richtete er sich mit einem tiefen Seufzer seiner ganzen Länge nach auf. Aller Augen waren dem Gefangenen zugekehrt, von dessen Stimme man vergeblich erwartete, sie würde das Schweigen in der Halle unterbrechen.

»Ihr habt gehört, was man vor der großen Jury gegen Euch vorgebracht hat, Nathanael Bumppo«, sagte der Richter. »Was habt Ihr gegen die Klage geltend zu machen?«

Der alte Mann ließ nachdenkend seinen Kopf sinken, erhob ihn aber bald wieder und lachte, ehe er antwortete:

»Ich kann nicht in Abrede ziehen, daß ich mit dem Menschen ein bißchen rauh umgegangen bin; aber daß ich von all den Dingen, von welchen der Herr da gesprochen hat, hätte Gebrauch machen wollen, ist in seinen Hals hinein gelogen. Ich bin in meinem Alter kein sonderlicher Ringer mehr; aber als ich unter den Schottischirländern war – wartet ein wenig – es muß wohl um das erste Jahr des alten Krieges gewesen sein – –«

»Herr Lippet, wenn Ihr der Advokat des Gefangenen seid«, fiel Richter Temple ein, »so belehrt Euren Klienten über das, was von ihm verlangt wird. Andernfalls wird ihm der Gerichtshof einen Rechtsbeistand zuweisen.«

Durch diesen Aufruf in dem Studium der Klageschrift unterbrochen, stand der Rechtsgelehrte auf, besprach sich eine Weile leise mit dem Jäger und erklärte sodann gegen den Gerichtshof, daß sie bereit seien fortzufahren.

»Seid Ihr schuldig oder nicht schuldig?« fragte der Richter.

»Ich kann mit gutem Gewissen sagen, daß ich *nicht* schuldig bin«, versetzte Natty, »denn es kann von keiner Schuld die Rede sein, wenn man tut, was recht ist; und ich hätte mich lieber auf der Stelle umbringen lassen, ehe ich ihm erlaubt haben würde, in jenem Augenblick seinen Fuß in meine Türe zu setzen.«

Richard richtete sich bei dieser Erklärung auf und heftete einen Blick auf Hiram, den dieser mit einer leichten Bewegung seiner Augenbrauen erwiderte.

»Fahrt in der Sache fort, Herr Distriktsanwalt«, sprach der Richter. »Sekretär, tragt die Erklärung des Angeklagten ein.«

Nach einer kurzen Anrede von seiten Herrn Van der Schools wurde Hiram vor die Schranke gefordert, um sein Zeugnis abzulegen. Es war vielleicht buchstäblich wahr, aber mit all jener captatio benevolentiae verklausuliert, welche sich in Sätzen, wie »keine schlimme Absicht«, »Pflichtgefühl als obrigkeitliche Person«, und »Augenzeuge, wie der Konstabler in der Ausübung seines Amtes gehemmt wurde«, ausdrücken ließ. Als dies geschehen war und der Distriktsanwalt auf keinem weiteren Verhöre bestand, erhob sich Herr Lippet mit inquisitorischer Miene und stellte folgende Fragen:

»Seid Ihr ein Konstabler dieses Bezirks, Sir?«

»Nein, Sir«, versetzte Hiram, »ich bin bloß ein Friedensrichter.«

»Ich frage Euch, Herr Doolittle, im Angesichte dieses Gerichtshofes, bei Eurem Gewissen und Eurer Gesetzeskenntnis, ob Ihr ein Recht hattet, in die Wohnung dieses Mannes zu dringen?«

»Herr!« räusperte sich Hiram, in dessen Innerem sich ein heftiger Kampf zwischen seiner Rachsucht und der Achtung seines Rufs als Gesetzmann erhob, »ich glaube – daß in – das heißt – dem strengen Recht nach – unter der Voraussetzung – vielleicht kein eigentliches – gesetzliches Recht vorhanden war; – aber wie die Sache lag – und Billy nicht vorwärts wollte – so dachte ich, ich dürfe mich wohl darein legen.«

»Ich frage Euch noch einmal, Sir«, fuhr der Rechtsgelehrte, seinen Vorteil verfolgend, fort, »ob dieser alte – dieser freundlose alte Mann Euch wiederholt das Eintreten verbot oder nicht?«

»Je nun, ich muß gestehen«, sagte Hiram, »daß er gewaltig widerhaarig war – nicht, was ich freundlich nenne; während er doch sah, daß ich bloß als Nachbar kam, der in das Haus eines andern gehen will.«

»Ah, Ihr gesteht also zu, daß das Ganze nur als ein Besuch von Eurer Seite gemeint war, ohne daß eine gesetzliche Autorität dabei ins Spiel kam? Merken Sie sich die Worte des Zeugen, meine Herren: ›er kam bloß als Nachbar, der in das Haus eines andern gehen will‹. Ich frage Euch nun, Sir, hat Nathanael Bumppo Euch nicht wiederholt den Eintritt verboten?«

»Es sind einige Worte zwischen uns gewechselt worden«, entgegnete Hiram, »aber ich las ihm meine Vollmacht ausdrücklich vor.«

»Ich wiederhole meine Frage: Hat er Euch nicht ausdrücklich gesagt, Ihr solltet seine Wohnung nicht betreten?«

»Es ist zu einem ziemlichen Wortwechsel gekommen, aber ich habe die Vollmacht in der Tasche; sollte vielleicht der Gerichtshof Einsicht davon nehmen wollen?«

»Zeuge«, unterbrach Richter Temple, »beantwortet die Frage: hat Euch der Beklagte den Eintritt in seine Hütte verboten oder nicht?«

»Je nun, ich dachte – –«

»Wir wollen eine unumwundene Antwort«, fuhr der Richter mit Ernst fort.

»Ja, er tat es.«

»Und versuchtet Ihr, nach diesem Verbot einzudringen?«

»Ja, aber ich hatte die Vollmacht in meiner Hand.«

»Fahrt fort in Eurem Verhör, Herr Lippet.«

Da jedoch der Anwalt sah, daß der Eindruck zugunsten seines Klienten war, so winkte er nur stolz mit der Hand, als wolle er die Einsicht der Jury nicht so weit in Zweifel ziehen, um eine fernere Verteidigung für nötig zu erachten, und versetzte:

»Nicht doch, Sir; ich überlasse das Weitere Euer Gnaden; mein Amt ist hier zu Ende.«

»Herr Distriktsanwalt«, sagte der Richter, »habt Ihr noch etwas beizufügen?«

Herr Van der School entfernte seine Brille, legte sie zusammen, setzte sie abermals auf seine Nase, betrachtete die andere Klageschrift, die er in Händen hatte, und erwiderte sodann, über die Gläser seines optischen Werkzeugs nach der Schranke sehend:

»Ich stehe, mit dem Wohlnehmen des Gerichtshofs, von einer weiteren Verfolgung der Sache ab.«

Richter Temple stand auf und faßte die Anklage zusammen.

»Meine Herren Geschworenen«, fuhr er fort, »ihr habt den Zeugen vernommen, und ich will euch nicht lange aufhalten. Wenn einem Diener des Gesetzes in Ausübung eines Befehls Widerstand geleistet wird, so hat er ein unbezweifeltes Recht, jeden Bürger zu seinem Beistand aufzufordern, und der Akt einer solchen Beihilfe steht gleichfalls unter dem Schutze des Gesetzes. Ich stelle es daher eurem Ermessen anheim, meine Herren, inwieweit, dem abgelegten Zeugnis zufolge, der Zeuge in einer solchen Eigenschaft betrachtet werden kann, und überlasse den Fall trotz seiner mangelhaften Form um so eher eurer Entscheidung, weil noch ein anderer Punkt klagbar geworden ist, welcher den unglücklichen Gefangenen eines weit schwereren Vergehens beschuldigt.«

Der Ton von Marmadukes Stimme war sanft und gewinnend, und da seine Ansichten mit so augenscheinlicher Unparteilichkeit ausgesprochen waren, so ermangelten sie nicht, auf die Jury den geeigneten Eindruck zu üben. Die ernst aussehenden Grundbesitzer, welche dieses Tribunal bildeten, streckten, ohne die Loge zu verlassen, auf einige Minuten die Köpfe zusammen, worauf der Obmann aufstand und nach pflichtiger Beobachtung der Formen des Gerichtshofs erklärte, daß der Angeklagte *»nicht schuldig«* sei.

»Ihr seid von dieser Anklage entbunden, Nathanael Bumppo«, sagte der Richter.

»Wie?« fragte Natty.

»Man hat Euch hinsichtlich des Angriffs auf Herrn Doolittle für nicht schuldig erklärt.«

»Nein, nein, ich will nicht in Abrede ziehen, daß ich ihn etwas rauh an den Schultern anfaßte«, entgegnete Natty, indem er mit großer Einfalt um sich blickte, »und daß ich – –«

»Ihr seid freigesprochen«, fiel ihm der Richter ins Wort, »und es ist in der Sache nichts mehr zu sagen oder zu tun.«

Ein Lichtblick der Freude zuckte über die Züge des alten Mannes, der nun den Fall begriff; er setzte hastig seine Mütze wieder auf den Kopf, warf die Schranke seines kleinen Gefängnisses auf und sprach nicht ohne Innigkeit:

»Nun, ich muß es Ihnen nachrühmen, Richter Temple, daß das Gesetz nicht so hart gegen mich gewesen ist, als ich fürchtete. Ich hoffe, Gott wird Sie für die Freundlichkeit segnen, die Sie mir heute erwiesen haben.«

Aber der Stab des Konstablers verhinderte seine Entfernung, und Herr Lippet flüsterte ihm einige Worte ins Ohr, worauf der alte Jäger auf seinen früheren Sitz zurücksank, seine Mütze abnahm und mit einer Miene, in der sich Schmerz und Ergebung aussprachen, die Reste seiner dünnen grauen Locken niederstrich.

»Herr Distriktsanwalt«, sagte Richter Temple, indem er tat, als sei er mit den Akten beschäftigt, »schreitet zu der zweiten Anklage.«

Herr Van der School gab sich große Mühe, daß ja kein Teil der Darstellung, welche er jetzt verlas, seinen Zuhörern entgehen möchte. Er beschuldigte den Gefangenen des Widerstandes gegen den Vollzug einer gerichtlichen Haussuchungs-Vollmacht durch Gewalt der Waffen, unter denen er, nach Maßgabe seines weitschweifigen Gerichtsstils, nebst vielen andern auch den Gebrauch der Büchse angab. Hier handelte es sich in der Tat um eine ernstere Anschuldigung, als die einer gewöhnlichen Balgerei, weshalb denn auch die Zuhörer eine entsprechende Teilnahme an dem Resultate derselben an den Tag legten. Der Gefangene wurde in der üblichen Form abermals aufgefordert, seine Einreden vorzubringen, und ihm zu diesem Ende von Herr Lippet die Antworten zugeflüstert. Aber die Gefühle des alten Jägers waren durch einige Ausdrücke der Klagschrift gekränkt worden, und alle Vorsicht vergessend, rief er:

»Das ist eine gottlose Lüge; ich verlange nach keines Menschen Blut. Selbst die spitzbübischen Irokesen würden mir nicht nachsagen, daß ich je nach eines Menschen Blut gedürstet hätte. Ich habe als Soldat, der seinen Schöpfer und seine Vorgesetzten ehrt, gefochten, aber nie meine Büchse auf jemand anders abgedrückt als auf einen Krieger, der wach und auf den Beinen war. Niemand kann mir nachsagen, daß ich auch nur einen Mingo in seinem Schlafe getötet hätte. Ich glaube, es gibt hier Leute, welche meinen, es gäbe in der Wildnis keinen Gott!«

»Nehmt auf Eure Einrede Bedacht, Bumppo«, sagte der Richter. »Ihr hört, daß Ihr angeschuldigt seid, Eure Büchse gegen einen Diener der Gerechtigkeit gebraucht zu haben. Seid Ihr schuldig oder nicht schuldig?«

Nattys gereizte Gefühle hatten sich inzwischen ausgetobt, und er ruhte einen Augenblick nachsinnend auf der Schranke, worauf er mit seinem schweigsamen Lachen das Gesicht erhob, und mit einem Winke nach der Stelle, wo der Holzfäller stand, entgegnete:

»Glaubt Ihr wohl, Billy Kirby würde dort stehen, wenn ich von der Büchse Gebrauch gemacht hätte?«

»Ihr stellt es also in Abrede«, sagte Herr Lippet, »Ihr erklärt Euch für nicht schuldig?«

»Gewiß«, entgegnete Natty. »Billy weiß, daß ich gar nicht schoß: Billy, erinnert Ihr Euch noch des Truthahns vom letzten Winter? Ja, das war kein schlechtes Schießen, aber es geht nicht mehr so gut, als es sonst zu gehen pflegte.«

»Tragt die Erklärung, nicht schuldig, ein«, sagte Richter Temple, tief ergriffen von der Einfalt des Gefangenen.

Hiram wurde abermals beeidigt, um in der zweiten Anklage Zeugnis abzulegen. Da er seinen früheren Irrtum eingesehen hatte, so ging er jetzt vorsichtig zu Werke und berichtigte mit großer Bestimmtheit und einer für einen solchen Mann erstaunlichen Gefeiltheit den Verdacht, der gegen den Jäger vorgelegen, die Anklage, die Erlassung der Vollmacht und Kirbys Beeidigung, was alles, wie er versicherte, in gehöriger Form Rechtens geschehen sei. Er fügte sodann bei, wie der Konstabler aufgenommen worden, und erklärte ausdrücklich, daß Natty auf ihn angelegt und ihn totzuschießen gedroht habe, wenn er es versuche, seinen Auftrag zu vollziehen. All dies wurde durch Jotham bestätigt, der ganz genau dasselbe berichtete wie die Magistratsperson. Herr Lippet leitete ein listiges Kreuz- und Querverhör zwischen diesen beiden Zeugen ein, was er geraume Zeit fortführte, aber endlich aufgeben mußte, weil durchaus kein Vorteil dadurch zu erringen war. Endlich forderte der Distriktsanwalt den Holzfäller vor die Schranken.

Billy erstattete einen ungemein verwirrten Bericht über den ganzen Vorgang, obgleich er augenscheinlich die Wahrheit zu sagen beabsichtigte, bis ihm Herr Van der School durch einige direkte Fragen Beihilfe leistete:

»Aus diesen Papieren erhellt, daß Ihr gesetzlich Eingang in die Hütte verlangtet; Ihr habt Euch daher wohl durch Furcht vor seiner Büchse und seinen Drohungen abhalten lassen?«

»Ich habe mich nicht so viel darum bekümmert«, versetzte Billy, mit den Fingern schnippend. »Ich müßte ein armer Tropf sein, wenn ich mich von dem alten Lederstrumpf einschüchtern lassen sollte.«

»Aber wie ich Euch verstand, so sagtet Ihr (ich beziehe mich dabei auf Eure frühern Worte [wie sie nämlich vor dem Gerichtshof gesprochen wurden], in dem Beginne Eurer Aussage), Ihr hättet geglaubt, er wolle auf Euch schießen.«

»Freilich glaubte ich das, und Euch wäre es wohl ebenso gegangen. Squire, wenn Ihr gesehen hättet, wie der Bursche sein nie fehlendes Büchsenrohr herunterließ und über dem Gewehre weg blinzelte. Ich dachte mir's indes wohl, daß er mir bloß einen Dunst vormachen wollte, und so war ich im Augenblick im reinen; aber Lederstrumpf gab mir dann die Haut, womit die Sache abgetan war.«

»Ah, Billy«, sagte Natty kopfschüttelnd, »es war ein glücklicher Gedanke von mir, die Haut herauszuwerfen, sonst hätte es zum Blutvergießen kommen können, und gewiß, wäre es das Eurige gewesen – es hätte mir für die kurze Frist meines Lebens keine Ruhe mehr gelassen.«

»Nun, Lederstrumpf«, entgegnete Billy, indem er dem Gefangenen mit einer Freimütigkeit und Vertraulichkeit Blicke zuwarf, die sich durchaus nichts aus der Anwesenheit des Gerichtshofs zu machen schienen, »da Ihr gerade von der Sache sprecht, so ist es wohl möglich, daß Ihr – –«

»Weiter in Eurem Verhör, Herr Distriktsanwalt.«

Der aufgerufene Herr, welcher die Vertrautheit zwischen dem Zeugen und dem Gefangenen mit augenscheinlichem Mißfallen angesehen hatte, kündigte dem Gerichtshofe an, daß er fertig sei.

»Ihr ließt Euch also nicht einschüchtern, Meister Kirby?« nahm der Rechtsbeistand des Gefangenen das Wort.

»Ich? Nicht im geringsten«, antwortete Billy, indem er mit augenscheinlicher Selbstzufriedenheit seinen riesenmäßigen Muskelbau betrachtete, »ich bin nicht so leicht ins Bockshorn zu jagen.«

»Ihr seht wie ein unerschrockener Mann aus; wo seid Ihr geboren?«

»Im Vermontstaate; 's ist ein gebirgiges Land, hat aber einen guten Boden und hübsche Buchen- und Ahornwälder.«

»Das habe ich auch schon gehört«, entgegnete Herr Lippet zutraulich. »Ihr habt wohl in diesem Lande auch schießen gelernt?«

»Ich bin der zweitbeste Schütze in diesem Bezirk; denn seit ich Natty Bumppo die Taube schießen sah, räume ich ihm gerne den Vorrang ein.«

Lederstrumpf erhob seinen Kopf, lachte wieder und sagte, plötzlich seine runzelige Hand ausstreckend:

»Ihr seid noch jung, Billy, und habt nicht mitgemacht, was ich mitgemacht habe; aber da ist meine Hand, – ich trage Euch keinen Groll nach.«

Herr Lippet ließ diesen versöhnlichen Verkehr geschehen und schwieg klüglicherweise, während der Geist des Friedens solchergestalt seinen Einfluß auf die beiden übte, – aber der Richter machte sein Ansehen geltend.

»Dies ist ein ungeeigneter Platz für solch eine Zwiesprache«, sagte er. »Fahrt fort, diesen Zeugen zu verhören, Herr Lippet, oder ich werde Euch zur Ordnung rufen.«

Der Anwalt fuhr auf, als ob er sich keiner Unziemlichkeit bewußt sei, und sprach weiter –

»Ihr habt also die Sache mit Natty ganz freundschaftlich an Ort und Stelle ausgeglichen, nicht wahr?«

»Er gab mir die Haut, und was sollte ich mich weiter mit dem alten Mann in Händel einlassen? – Ich für meinen Teil sehe darin nichts so Arges, wenn man einen Bock schießt.«

»Und ihr schiedet als Freunde? Und Ihr würdet nie dran gedacht haben, die Angelegenheit vor den Gerichtshof zu bringen, wenn Ihr nicht vorgefordert worden wäret?«

»Ich glaube nicht, daß ich's getan hätte; er gab mir die Haut, und ich hatte nichts gegen den Alten, obgleich Squire Doolittle ein wenig verschimpfiert wurde.«

»Ich bin fertig, Sir«, sagte Herr Lippet, der wahrscheinlich auf den Beistand des Richters baute, als er sich mit der Miene eines Mannes, der seines Erfolges gewiß ist, niedersetzte.

Nun erhob sich Herr Van der School abermals, um die Geschworenen folgendermaßen anzureden:

»Meine Herrn Geschworenen, ich hätte eigentlich das Verhör, welches der Anwalt des Gefangenen führte (da derselbe Fragen stellte, welche dem Verhörten die Worte in den Mund legten), unterbrechen sollen, wenn ich nicht die feste Überzeugung hegte, daß das Gesetz des Landes über irgendeinen Vorteil (ich meine gesetzlichen Vorteil), der sich durch List erringen läßt, erhaben ist. Der Beistand des Gefangenen, meine Herren, hat sich die Mühe gegeben, euch (im Gegensatz zu eurem eigenen gesunden Menschenverstand) zu dem Glauben zu bereden, daß das Richten einer Büchse auf einen Konstabler (mag er nun ein permanenter oder jeweiliger sein) eine ganz unschuldige Sache sei und daß die Gesellschaft (ich meine das Gesamtwohl, meine Herrn) nicht im mindesten dadurch gefährdet werde. Mögt ihr mir aber eure Aufmerksamkeit leihen, während wir die Einzelheiten dieses hochgefährlichen Verbrechens betrachten.«

Hier begünstigte Herr Van der School die Jury mit einem Auszug aus dem Zeugenbericht, den er in einer Weise vorbrachte, welche geeignet war, die geistigen Fähigkeiten seiner Zuhörer in eine gänzliche Verwirrung zu bringen. Nach dieser Auseinandersetzung schloß er, wie folgt:

»Und nun, meine Herrn, nachdem ich klar dargetan habe, welch eines schweren Vergehens dieser unglückliche Mann sich schuldig gemacht hat (unglücklich sowohl in Anbetracht seiner Unwissenheit als seiner Schuld), überlasse ich die Sache eurer eigenen Gewissenhaftigkeit, nicht im mindesten zweifelnd, daß ihr die Wichtigkeit (trotzdem daß der Anwalt des Gefangenen [ohne Zweifel sich verlassend auf euer früheres Verdikt] so zuversichtlich einem günstigen Ausgang entgegenzusehen scheint) der Bestrafung des Verbrechers einsehen und die Würde des Gesetzes wahren werdet.«

Die Reihe kam jetzt an den Richter, sich seiner Obliegenheit zu entledigen. Sie bestand in einer kurzen verständlichen Zusammenfassung der Zeugenaussagen, wobei er auf den Kunstgriff, welchen sich der Anwalt des Gefangenen erlaubt, aufmerksam machte, und die Tatsachen in ein so augenfälliges Licht stellte, daß nicht wohl mehr ein Mißverständnis stattfinden konnte.

»Wir leben, meine Herren«, schloß er, »an den Grenzen des gesellschaftlichen Verbandes, und es wird daher doppelt notwendig, die Diener des Gesetzes zu unterstützen. Wenn ihr den Zeugen, wie sie die Handlung des Gefangenen darstellten, Glauben beimeßt, so ist es eure Pflicht, das Schuldig über ihn auszusprechen; wenn ihr aber der Ansicht seid, daß der alte Mann, der heute vor euch erscheint, dem Konstabler kein Leid zu tun gedachte, sondern mehr unter dem Einflusse der Gewohnheit als von einem bösen Willen geleitet handelte, so ist es zwar eures Amtes, über ihn zu richten, aber es mit Milde zu tun.«

Wie früher verließ die Jury ihre Loge nicht, sondern nach einer kurzen Beratung stand der Obmann abermals auf und erklärte, der Gefangene sei *»schuldig«*.

Dieser Ausspruch erregte nur wenig Überraschung in dem Gerichtssaale, da die Zeugenaussagen, die wir großtenteils übergangen haben, zu klar und bestimmt waren, um nicht volle Beachtung zu verdienen. Die Richter schienen eine solche Wendung vorausgesehen zu haben; denn auch unter ihnen fand – gleichzeitig mit der der Jury – eine Beratung statt, und die vorausgehenden Bewegungen auf der Gerichtsbank verkündigten die Publikation des Urteils.

»Nathanael Bumppo«, begann der Richter, indem er nach Nennung des Namens die übliche Pause eintreten ließ.

Der alte Jäger, der bisher, den Kopf auf die Schranke gelehnt, dagesessen, erhob sich jetzt und erwiderte alsbald in militärischem Tone: »Hier!«

Der Richter winkte mit der Hand zum Schweigen und fuhr fort –

»Bei Fällung des Urteils hat sich der Gerichtshof ebensosehr durch die Rücksicht auf Eure Gesetzesunkenntnis als durch die dringende Überzeugung leiten lassen, wie wichtig es sei, ein Verbrechen, wie Ihr Euch desselben schuldig gemacht habt, zu bestrafen. Er hat Euch daher in Anbetracht Eurer Jahre die gesetzliche Strafe des Auspeitschens auf dem bloßen Rücken in Gnaden erlassen; da aber die Würde des Gesetzes eine offene Zurschaustellung der Folgen Eures Verbrechens fordert, so ist verordnet worden, daß Ihr von diesem Zimmer aus nach dem öffentlichen Stock geführt und daselbst auf eine Stunde eingesperrt werden sollt; daß Ihr eine Strafe von hundert Dollar bezahlt, daß Ihr in dem Gefängnis des Bezirks eine dreißigtägige Haft zu bestehen habt; und daß ferner die Zeit Eurer Haft nicht früher erloschen sein solle, bis die besagte Strafe bezahlt ist. Ich halte mich daher für verpflichtet, Nathanael Bumppo – –«

»Und wo sollte ich das Geld hernehmen?« fiel ihm Lederstrumpf hastig ins Wort, »wo soll ich das Geld hernehmen? Ihr zieht das Schußgeld für die Panther zurück, weil ich einem Hirsch den Hals abgeschnitten, und wie soll ein alter Mann soviel Gold oder Silber in den Wäldern finden? Nein, nein, Richter, bedenken Sie sich eines Bessern, und reden Sie nicht davon, mich für den kurzen Rest meines Lebens in ein Gefängnis einzusperren.«

»Wenn Ihr etwas gegen den Urteilsspruch vorzubringen habt, so wird Euch der Gerichtshof anhören«, versetzte der Richter mit Milde.

»Ich habe genug dagegen vorzubringen«, rief Natty, während seine Finger, konvulsivisch zuckend, in die Schranken griffen. »Wo soll ich Geld hernehmen? Laßt mich in die Wälder und auf die Berge, deren reine Luft ich zu atmen gewöhnt bin, und trotz meiner siebzig Jahre will ich mich Tag und Nacht abmühen, bis ich die Summe abbezahlt habe, ehe noch der Herbst vorüber ist, wenn Ihr überhaupt noch genug Wild übriggelassen habt. Ja, ja, – Ihr seid wohl vernünftig genug, um einzusehen, wie schändlich es wäre, einen alten Mann einzusperren, der seine Tage dort zugebracht hat, wo er, sozusagen, immer in die Fenster des Himmels sehen konnte.«

»Ich muß mich durch das Gesetz leiten lassen – –«

»Reden Sie mir nicht von dem Gesetz, Marmaduke Temple«, unterbrach ihn der Jäger. »Kümmerte sich das Tier des Waldes auch um Eure Gesetze, als es nach dem Blute Ihres eigenen Kindes hungerte und dürstete? Sie kniete vor ihrem Gott um eine größere Gunst, als ich jetzt erbitte, und er erhörte sie; und wenn Sie jetzt zu meinem Flehen nein sagen, glauben Sie, Er werde es nicht mitanhören?«

»Meine persönlichen Gefühle dürfen nichts gemein haben mit – –«

»Hören Sie mich, Marmaduke Temple«, fiel ihm der alte Mann mit wehmütigem Ernst ins Wort, »und Sie hören die Stimme der Vernunft. Ich habe diese Berge durchwandert, als Sie noch nicht Richter, sondern ein Kind in den Armen Ihrer Mutter waren; und ich fühle es, daß ich ein Recht habe, sie wieder zu durchstreifen, ehe ich sterbe. Haben Sie die Zeit vergessen, als Sie an das Seeufer kamen, wo noch kein Gefängnis da war, um ehrliche Leute hineinzusperren? Und habe ich Ihnen nicht meine eigene Bärenhaut zum Kissen überlassen und mit dem besten Stücke eines edlen Bocks Ihren Hunger gestillt? Ja, ja, damals hielten Sie es für keine Sünde, einen Hirsch zu töten! Ich tat dies, obgleich ich keinen Grund hatte, Sie zu lieben; denn Sie haben denen, die mich liebten und schützten, nur Leid angetan. Und nun wollen Sie mir meine Freundlichkeit damit bezahlen, daß Sie mich in Ihre Kerker schließen? Hundert Dollar! Woher sollte ich das Geld nehmen? Nein, nein, man sagt Ihnen wohl Schlimmes nach, Marmaduke Temple, aber Sie können nicht so schlecht sein, um zu wünschen, daß ein alter Mann im Gefängnis sterbe, weil er sich um sein Recht wehrte. Kommt, guter Freund, laßt mich gehen; ich bin lange genug unter diesem Gedränge gewesen und sehne mich wieder nach den Wäldern. Sie haben nichts von mir zu besorgen, Richter, – gewiß, Sie haben nichts von mir zu besorgen; denn solange es noch Biber genug an den Strömen gibt oder die Hirschhaut noch einen Schilling gilt, soll die Strafe bis auf den letzten Penny bezahlt werden. Wo seid Ihr, Jungen, kommt, kommt, meine Hunde! Wir haben eine saure Arbeit für unsere Jahre; aber sie soll getan werden – ja, ja, ich habe es versprochen, und so soll es geschehen!«

Es ist unnötig, zu sagen, daß Lederstrumpfs Bewegung sogleich durch den Konstabler gehemmt wurde; aber ehe er noch Zeit hatte zu sprechen, zogen ein lebhaftes Geräusch und ein lautes »Hem!« alle Augen an das Ende des Gemaches.

Es war Benjamin gelungen, sich einen Weg durch die Volksmassen zu bohren, und man sah ihn jetzt seinen kurzen Körper mit einem Fuße in einem Fenster und mit dem andern auf der Geschworenenloge balancieren. Zum Erstaunen des Gerichtshofes schickte sich der Hausmeister augenscheinlich an zu sprechen. Nach einigen vergeblichen Anstrengungen brachte er aus seiner Tasche einen kleinen Beutel zum Vorschein, und nun erst fand er Laute.

»Wenn es Euer Gnaden genehm ist«, begann er, »dem armen Teufel einen neuen Kreuzzug gegen die Bestien zu gestatten, so ist hier eine Kleinigkeit, welche die Gefahr desselben ein bißchen vermindern wird; denn es sind gerade fünfunddreißig spanische Taler darin, und ich wünschte aus dem Grunde meines Herzens, um des alten Knaben willen, daß es echte und gerechte britische Guineen wären. Das ist aber leider nicht der Fall, und wenn Squire Dickens so gut sein will, dieses Stückchen Rechenholz zu überzählen und soviel aus dem Beutel zu nehmen, als zur Tilgung der Striche erforderlich ist, so mag er den Rest aufbewahren, bis Lederstrumpf mit besagten Bibern handgemein wird, oder meinetwegen auch für immer, – er braucht mir keinen Dank dafür zu sagen.«

Nach diesen Worten streckte Benjamin mit der einen Hand das Kerbholz hinaus, auf dem sein Schuldregister im »Kühnen Dragoner« verzeichnet war, während er mit der andern seinen Beutel mit Dollars anbot. Das Erstaunen über diese sonderbare Unterbrechung veranlaßte ein tiefes Schweigen in dem Zimmer, welches nur durch den Sheriff unterbrochen wurde, der mit seinem Schwerte auf den Tisch schlug und rief:

»Stille!«

»Man muß der Sache ein Ende machen«, warf der Richter ein, der seine Gefühle zu bezwingen suchte. »Konstabler, führt den Gefangenen nach dem Stock. Sekretär, an was kommt jetzt die Reihe?«

Natty schien sich in sein Geschick zu fügen; denn er senkte den Kopf auf die Brust und folgte dem Konstabler schweigend aus dem Gerichtssaale. Die Zuschauer machten dem Gefangenen Platz, und sobald man ihn die äußere Türe verlassen sah, stürmte das Volk nach, um die Schmach des alten Jägers mitanzusehen.

Vierunddreißigstes Kapitel

Ha! Ha! Seht! Er trägt grausame Strumpfbänder!
Lear

Die altherkömmlichen öffentlichen Züchtigungen waren zu der Zeit unserer Erzählung unter dem Volke von Neuyork noch in vollem Schwange, da das Auspeitschen und der damit verbündete Stock noch nicht dem schonenden Strafverfahren der öffentlichen Gefängnisse gewichen waren. Die Orte, wo solche Züchtigungen geübt wurden, befanden sich unmittelbar vor dem Gefängnisgebäude als Warnungszeichen für die Übeltäter der Ansiedlung.

Natty folgte den Konstablern nach dem Strafplatze, indem er sein Haupt unterwürfig unter eine Macht beugte; der er nicht widerstehen konnte; die Menge bildete einen Kreis um seine Person und ließ in ihren Mienen die gespannteste Neugierde blicken. Ein Konstabler hob den oberen Teil des Stocks in die Höhe und deutete mit dem Finger auf die Löcher, in welche der alte Mann seine Füße legen sollte. Ohne die mindeste Einwendung gegen die Strafe zu machen, setzte sich Lederstrumpf ruhig auf die Erde und ließ nicht einmal einen Laut vernehmen, als man seine Glieder in die Öffnungen steckte, obgleich er einen Schmerzensblick um sich warf, als suche er jenes Mitgefühl, das die menschliche Natur unter Leiden stets zu fordern scheint. Wenn er aber auch keine Äußerung von Mitleid gewahr werden konnte, so entdeckte er doch nirgends gefühllose Freude, und ebensowenig widerfuhren ihm die bei solchen Gelegenheiten üblichen Kränkungen durch Schimpfworte. Der Pöbel, wenn wir ihn so nennen können, zeigte keinen anderen Charakter als den einer das Gesetz achtenden Aufmerksamkeit.

Der Konstabler war eben im Begriff, die obere Planke niederzulassen, als Benjamin, der sich dicht an die Seite des Gefangenen gedrängt hatte, mit rauher Stimme zu sprechen begann, als wenn er irgendeinen Anlaß suche, um Streit anzufangen.

»Wo zum Henker ist es denn Brauch, Meister Konstabler,

einem Mann solche hölzernen Strümpfe anzulegen? Sie hindern ihn nicht, seinen Grog zu trinken, und ebensowenig leidet sein Rücken dabei Not. Für was soll den dieses Ding gut sein?«

»Ich vollziehe nur den Spruch des Gerichts, Herr Penguillum, und vermutlich ist ein gesetzlicher Grund dafür vorhanden.«

»Ja, ja, man führt bei dergleichen immer das Gesetz im Munde; aber was soll dabei herauskommen, frage ich? Weh tut's nicht, und das Ganze ist weiter nichts, als daß es einen Mann für die Dauer zweier Gläser an den Fersen fest hält.«

»Wie, es täte nicht weh, Benny Pump?« versetzte Natty, die Augen mit einem kläglichen Gesicht zu dem Hausmeister aufrichtend – »es täte nicht weh, einen einundsiebzigjährigen Mann wie einen Bären den Ansiedlern zur Schau hinzustellen? Es sollte nicht weh tun, wenn man einen alten Soldaten, der den Krieg von Sechsundfünfzig mitgemacht und sechsundsiebzigmal dem Feinde gegenübergestanden hat, an einen solchen Ort steckt, wo die Jungen mit Fingern auf ihn weisen und sagen können: ›Ich habe es selbst mitangesehen, wie er dem Bezirk zu einem Spektakel diente?‹ Es sollte nicht weh tun, das Ehrgefühl eines Mannes, der sich keines Unrechts bewußt ist, so zu kränken, daß man ihn wie eine Bestie des Waldes behandelt?«

Benjamin stierte wild um sich, und hätte er nur ein einziges Gesicht finden können, in welchem sich Hohn ausgesprochen hätte, so würde er sicher alsbald mit dem Eigentümer desselben Streit angefangen haben; da er aber überall nur auf nüchterne und hin und wieder sogar auf bedauernde Blicke traf, so setzte er sich ganz bedächtig an der Seite des Jägers nieder, streckte seine Füße in die beiden leeren Löcher des Stocks und sagte:

»Nun, laßt herab, Meister Konstabler, laßt herab, sag' ich Euch! Wenn es hierherum so eine Art von Mann gibt, der einen Bären zu sehen wünscht, so soll er herkommen: der Teufel hole ihn, er wird deren zwei finden, und darunter vielleicht einen, der ebensogut beißen kann wie brummen.«

»Aber ich habe keinen Befehl, Euch in den Stock zu sperren, Herr Pump«, rief der Konstabler. »Geht heraus und hindert mich nicht an meiner Pflicht.«

»So erhaltet Ihr jetzt meinen Befehl, und was habt Ihr Euch weiter um meine Füße zu bekümmern? Schließt den Deckel zu, sage ich, und laßt mich den Mann sehen, der das Maul darüber verzieht.«

»Nun, es geschieht niemand ein Leid damit, wenn man einen Menschen einsperrt, der selber in den Pferch will«, entgegnete der Konstabler lachend und schloß den Stock über beiden.

Es war ein Glück, daß dies schnell ausgeführt wurde; denn als die Gesamtmasse der Zuschauer Benjamin in seiner neuen Lage erblickte, regte sich unter ihr eine Neigung zur Heiterkeit, welche nur wenige zu unterdrücken der Mühe wert achteten. Der Hausmeister kämpfte sich gewaltig ab, seine Freiheit wiederzuerlangen, augenscheinlich in der Absicht, mit den zunächst Stehenden einen Kampf zu beginnen; der Schlüssel war aber bereits umgedreht und daher alle seine Anstrengung vergeblich.

»Hört, Meister Konstabler«, rief er, »tut mir Eure Fußschellen für einen Augenblick auf, damit ich diesen Halunken zeigen kann, wer es ist, über den sie sich lustig machen.«

»Nein, nein, Ihr wolltet hinein, und so müßt Ihr ausharren«, entgegnete der Gerichtsdiener, »bis die Zeit um ist, welche der Richter für den Gefangenen bestimmt hat.«

Als Benjamin fand, daß sein Sträuben und seine Drohungen nichts fruchteten, so bewies er Verstand genug, sich die Ergebung seines Gefährten zum Muster dienen zu lassen, weshalb er sich an Nattys Seite ganz ruhig verhielt, obgleich er nicht umhin konnte, in seine harten Züge einen Ausdruck von Verachtung zu legen, welcher zeigte, daß sein Zorn einem andern Gefühle gewichen war. Sobald sich die ungestüme Aufregung des Hausmeisters einigermaßen gelegt hatte, wandte er sich an seinen Mitgefangenen, und mit einer Erregung, die einen noch stärkeren Gefühlserguß gerechtfertigt hätte, versuchte er sich in dem menschenfreundlichen Amte des Trösters.

»Im Grunde genommen hat die Sache nicht viel auf sich, Meister Bumppo«, sagte er. »Ich habe an Bord der Boadishey ganz prächtige Leute mit den Fersen festliegen sehen, und zwar für weiter nichts, als weil sie vielleicht vergessen hatten, daß sie ihre Portion schon getrunken hatten, als ihnen ein Glas Grog in den Weg kam. Die Sache kommt mir nicht anders vor, als wenn man vor zwei Ankern reitet und in einem stillen Wasser, wo man noch Raum genug hat, die Klüsen zu fegen, auf das Eintreten der Flut oder auf günstigen Wind wartet. Ich habe, wie gesagt, manchen Mann um einen solchen Rechnungsfehler an Bug und Stern vor Anker liegen sehen, wo er nicht einmal seine Breitseite umdrehen konnte, und vielleicht noch obendrein mit einem Stopfer vor der Zunge in der Form eines quer unter der Nase weggezogenen Pumpstocks, ganz wie eine Backspier längs dem Geländer des Heckbords.«

Der Jäger wußte augenscheinlich seinem Gefährten Dank für die freundliche Absicht, obgleich er dessen Worte nicht verstand; er versuchte daher zu lächeln, erhob sein demütiges Antlitz und fragte:

»Wie?«

»Ich sage, es ist weiter nichts als eine kleine Bö, die bald ausgeblasen hat«, fuhr Benjamin fort. »Eurem langen Kiele muß es ohnehin nichts ausmachen, obgleich sie bei meinem ziemlich kurzen Untergebälk meine Hieling in einer Weise aufgeholt haben, daß das Fahrzeug ziemlich schräg steht. Aber was kümmere ich mich darum, Meister Bumppo, ob das Schiff ein bißchen am Anker zerrt? Es ist ja nur für eine Hundewache, und hole mich der Teufel, wenn es nicht mit Euch segelt, sobald Ihr nach den besagten Bibern kreuzt. Ich verstehe mich nicht sonderlich auf das kleine Gewehr, da ich etwas zu niedrig aufgetakelt bin, um über die Hängematte wegzusehen, und nur bei der Munitionskammer angestellt war; aber seht, ich kann das Wild tragen und auch vielleicht bei den Schlingen Hand anlegen; und wenn Ihr Euch nur halbwegs so auf Euer Geschäft versteht wie auf die Führung der Bootshaken, so wird unsere Kreuzfahrt bald vorüber sein. Ich habe diesen Morgen mit Squire Dickens die Rahen ins Kreuz gebracht und will ihm sagen lassen, daß er meinen Namen aus den Büchern ausstreichen soll, bis unser Kreuzen vorüber ist.«

»Ihr seid an den Aufenthalt unter Menschen gewöhnt, Benny«, sagte Lederstrumpf traurig, »und das Leben in den Wäldern würde Euch schwer ankommen, wenn – –«

»Nicht im geringsten – nicht im geringsten!« rief der Hausmeister. »Ich bin keiner von jenen Schönwetter-Kunden, Meister Bumppo, die bloß im glatten Wasser fahren. Wenn ich einen Freund finde, seht Ihr, so bleibe ich bei ihm liegen. So gibt es zum Beispiel keinen besseren Mann als Squire Dickens, und ich halte ebensoviel auf ihn als auf Frau Hollisters neues Jamaikatönnchen –«

Der Hausmeister hielt inne, wandte sein unschönes Gesicht dem Jäger zu, betrachtete denselben mit einem schelmischen Blinzeln und verzog die Muskeln seiner harten Züge zu einem freundlichen Grinsen, bis die weißen Zähne zum Vorschein kamen, worauf er leiser beifügte: »Ich sage Euch, Meister Lederstrumpf, er ist frischer und lieblicher als der Holländer, den sie von Garnsey heraufbringen. Aber wir wollen hinüberschicken und bei dem Weibsbild ein Schlücklein holen lassen; denn ich fühle mich in diesen Strümpfen so beengt, daß ich glaube, es ist etwas nötig, um in meinem Obergestelle einzuheizen.«

Natty seufzte und sah auf die Menge, welche sich allmählich zu zerstreuen begann und bereits sehr abgenommen hatte, da die übrigen ihren Geschäften nachgegangen waren. Er warf Benjamin einen ernsten Blick zu, ohne etwas zu erwidern; eine tiefwurzelnde Beklommenheit schien jedes andere Gefühl aufzuzehren und ein schwermütiges Dunkel über seine Züge zu werfen, in denen sich der innere Kampf des Mannes aussprach.

Der Hausmeister war geneigt, dem alten Grundsatze zufolge Nattys Schweigen als Zustimmung zu betrachten und demgemäß zu handeln, als Hiram Doolittle, von Jotham begleitet, aus dem Haufen auftauchte und quer über den freien Platz ging. Die Magistratsperson näherte sich dem Ende des Stocks, wo Benjamin saß, und pflanzte sich in sicherer Entfernung dem Angesichte Lederstrumpfs gegenüber auf. Die scharfen Blicke, welche Natty nach Hiram schoß, schienen den Ehrenmann für einen Augenblick einzuschüchtern und in eine Verlegenheit zu setzen, die ihm sonst fremd war. Als er sich jedoch einigermaßen gesammelt hatte, sah er nach dem Himmel auf und dann nach der dunstigen Atmosphäre, worauf er, als sei er nur zufällig mit einem Freunde zusammengetroffen, in seiner förmlichen und zögernden Weise zu sprechen begann:

»Der Regen ist in der letzten Zeit selten gewesen; ich denke, wir werden eine lange Dürre behalten.«

Benjamin war eben mit dem Aufknüpfen seines Geldbeutels beschäftigt und bemerkte die Annäherung der Magistratsperson nicht, während Natty, ohne zu antworten, sein Gesicht, in welchem jede Muskel Abscheu ausdrückte, abwandte. Durch diese Äußerung des Widerwillens eher ermutigt als eingeschüchtert, fuhr Hiram nach einer kurzen Pause fort:

»Die Wolken sehen aus, als ob sie kein Wasser enthielten,

und die Erde klafft in schrecklichen Spalten. Soviel ich von der Sache verstehe, wird die Ernte in diesem Sommer schmal ausfallen, wenn wir nicht bald Regen bekommen.«

Die Miene, womit Herr Doolittle diese Prophezeiung gab, war von der Art, wie man sie bei einem solchen Schlag Menschen findet: jesuitisch, kalt, gefühllos, selbstsüchtig, und schien dem Manne, den er so grausam verletzt hatte, zu sagen: »Ich habe mich in den Schranken des Gesetzes gehalten.« Dies war zuviel für den Zwang, den sich der alte Jäger bisher aufgelegt hatte; denn jetzt brach dieser in einen Glutstrom des Unwillens aus.

»Warum sollte Regen aus den Wolken fallen«, rief er, »da Ihr Tränen preßt aus den Augen der Alten, Armen und Kranken? Weg mit dir! – Weiche von hinnen! Du magst nach dem Ebenbilde Gottes geschaffen sein, aber der Satan wohnt in deinem Herzen. Fort, sage ich, fort! Mein Herz ist voll Leid, und dein Anblick gießt Galle hinein.«

Benjamin hörte jetzt mit Geldzählen auf und erhob in demselben Augenblicke seinen Kopf, als sich Hiram, der bei den Worten des Jägers seine Vorsicht vergessen hatte, unglücklicherweise in den Bereich des Hausmeisters wagte, welcher alsbald mit eherner Faust den Friedensrichter bei einem Beine faßte und denselben in die Höhe wirbelte, noch ehe er Zeit hatte, sich zu besinnen oder von den Kräften, die er wirklich besaß, Gebrauch zu machen. Benjamins Kopf, Schultern und Arme waren gehörig proportioniert, obgleich der übrige Teil seines Körpers ursprünglich für einen andern Mann berechnet zu sein schien, und er übte seine Leibeskräfte bei dem gegenwärtigen Anlasse mit vieler Umsicht. Da er von vornherein seinen Gegner bedeutend in Nachteil gebracht hatte, so endigte der Kampf bald damit, daß sich die Magistratsperson in einer ähnlichen Stellung mit seiner eigenen befand, und die beiden Streiter männlich einander gegenüber saßen.

»Ihr seid mir ein sauberer Vetter, das kann ich Euch sagen, Meister Tu-nur-wenig«, brüllte der Hausmeister; »ja Ihr seid mir ein sauberer Vetter. Ich kenne Euch wohl, Ihr mit Euren Gutwettersprüchen ins Angesicht des Squire Dickens, während Ihr ihm nur den Rücken kehrt, um bei allen alten Weibern des Fleckens über ihn zu räsonieren. Ist es nicht genug für einen Christenmenschen, mag er auch noch so wenig Böses in seinem

Herzen tragen, einen ehrlichen alten Kerl in dieser neumodischen Weise an den Fersen zu halten? Müßt Ihr auch noch an dem armen Teufel so hart vorbeisegeln, als ob Ihr ihn vor seinen Ankern in den Grund bohren wollet? Aber ich habe manche schöne Rechnung gegen Euren Namen ins Logbuch eingetragen, Meister, und nun ist die Zeit gekommen, die Sache auf einmal mit Euch ins reine zu bringen. Braßt Euch also, Ihr Schlingel, braßt Euch, und wir wollen sehen, wer über den andern Herr wird!«

»Jotham!« schrie die erschreckte Magistratsperson – »Jotham! ruft die Konstabler herbei. »Herr Penguillum, ich gebiete Frieden – ich befehle Euch, den Frieden zu halten.«

»Es hat schon längst mehr Frieden als Liebe zwischen uns obgewaltet, Meister«, rief der Majordomo, indem er etliche sehr unzweideutige, feindselige Demonstrationen machte. »Nehmt Euch zusammen, braßt Euch! Wie schmeckt dieses bißchen von einem Schmiedehammer?«

»Legt Hand an mich, wenn Ihr das Herz habt!« rief Hiram, so gut es ihm unter dem Griffe, womit der Hausmeister seine Kehle umfaßte, möglich war, »legt Hand an mich, wenn Ihr das Herz habt!«

»Wenn das kein Handanlegen ist, Meister, so weiß ich nicht, was Ihr darunter versteht«, brüllte Benjamin.

Wir sehen uns in die unangenehme Notwendigkeit versetzt zu berichten, daß die Handlungen des Majordomo jetzt sehr gewalttätig wurden; denn er ließ seinen Schmiedehammer mächtig auf dem Ambosse von Herrn Doolittles Gesicht arbeiten, und der Platz wurde im Augenblick ein Schauspiel des Schreckens und der Verwirrung. Die Menge schloß einen engen Kreis um den Stock, während einige nach dem Gerichtssaale eilten, um Lärm zu machen, und einige der Jüngern einen Wettlauf begannen, um zu sehen, wer so glücklich sein würde, der Gattin des unglücklichen Friedensrichters zuerst die kritische Lage ihres Mannes mitzuteilen.

Benjamin arbeitete emsig und mit großer Geschicklichkeit fort, indem er die eine Hand dazu benutzte, seinen Gegner aufrechtzuerhalten, während er mit der andern forthämmerte; denn er hätte es für unter seiner Würde gehalten, nach einem gefallenen Feinde einen Schlag zu führen. Infolge dieser bedächtigen Vorkehrung hatte er Mittel gefunden, Hirams Gesicht ganz aus seiner Form zu klopfen, als es endlich Richard gelang, sich durch das Gedränge einen Weg nach dem Kampfplatz zu bahnen. Der Sheriff erklärte nachher, daß ihm, abgesehen von der Kränkung, welche ihm, als dem Bewahrer des Friedens, durch eine solche Handlung in der Grafschaft widerfahren, in seinem Leben nie etwas so weh getan habe, als daß er Zeuge dieses Einigkeitsbruchs zwischen seinen Günstlingen sein mußte. Hiram war gewissermaßen seiner Eitelkeit notwendig geworden, und den Hausmeister, so sonderbar es auch scheinen mag, liebte er wirklich. Letzteres sprach sich auch in den Worten aus, welche ihm diese Szene erstmals entlockte:

»Squire Doolittle! Squire Doolittle! Muß ich mich nicht schämen, einen Mann von Eurem Amt und Charakter so weit sich vergessen zu sehen, daß er den Frieden bricht, den Gerichtshof beleidigt und den armen Benjamin in dieser Weise mißhandelt!«

Bei dem Tone von Herrn Jones' Stimme hielt der Hausmeister in seinem Geschäft inne und ließ Hiram Gelegenheit, sein zerwettertes Gesicht dem Vermittler zuzukehren. Durch die Anwesenheit des Sheriffs ermutigt, nahm Doolittle abermals die Zuflucht zu seinen Lungen.

»Das Gesetz muß ob dieser Verunglimpfung einschreiten!« rief er verzweifelt, »das Gesetz soll mir Genugtuung dafür verschaffen! Ich fordere Sie auf, Herr Sheriff, diesen Mann zu ergreifen, und verlange, daß Sie ihn ins Gefängnis bringen.«

Inzwischen hatte sich Richard über den wahren Tatbestand unterrichtet, weshalb er sich mit vorwurfsvollem Tone an den Hausmeister wandte:

»Benjamin«, begann er, »wie seid Ihr in den Stock gekommen? Ich habe immer geglaubt, Ihr wäret so mild und lenksam wie ein Lamm, und aus keinem anderen Grunde standet Ihr so hoch in meiner Achtung. Benjamin! Benjamin! Ihr habt durch dieses schamlose Benehmen nicht nur Euch selbst, sondern auch Euren Freunden Schande gemacht. Gott steh' uns bei, Herr Doolittle, es scheint, er hat Euch Euer Gesicht ganz auf die eine Seite geschlagen.«

Hiram hatte sich unterdes auf die Beine geholfen, und sobald er sich außer dem Bereiche des Hausmeisters befand, brach er ungestüm los und erklärte, daß er Rache verlange. Die Beleidigung war zu offen vorgegangen, um ohne Beachtung bleiben zu können, und der Sheriff, eingedenk der Unparteilichkeit, welche sein Vetter in der kürzlichen Verhandlung gegen Lederstrumpf an den Tag gelegt hatte, sah die peinliche Notwendigkeit ein, seinen Majordomo ins Gefängnis zu stecken. Die zu Nattys öffentlicher Ausstellung im Stocke bestimmte Stunde war inzwischen abgelaufen, und als Benjamin hörte, daß sie wenigstens für die erste Nacht in dem gleichen Gelasse eingesperrt werden sollten, ließ er sich die Maßregel ohne besondere Widerrede gefallen, wie er sich denn auch nicht einmal Bürgschaft zu leisten erbot, obgleich er, als ihn der Sheriff an der Spitze der ihn umgebenden Konstabler nach dem Gefängnisse führte, folgende Vorstellung laut werden ließ:

»Ich mache mir wenig daraus, mit Meister Bumppo eine Nacht oder so etwas seine Koje zu teilen, Squire Dickens; denn ich betrachte ihn als einen ehrlichen Mann, der ganz geschickt mit dem Bootshaken und der Büchse umzugehen weiß. Ich behaupte aber, daß es gegen alle Vernunft und alles Christentum ist, wenn man sagt, ein Mann verdiene etwas Schlechteres als eine doppelte Portion Rum dafür, daß er jenem Zimmermann das Gesicht auf eine Seite geklopft hat, wie Sie es nennen. Wenn es einen Blutsauger im Lande gibt, so ist es niemand anders als dieser Kerl. Ja, ich kenne ihn, und wenn der Spitzbube nicht von Holz ist, so wird er von mir erzählen können. Was liegt denn so mächtig Arges darin, Squire, daß Sie sich die Sache so zu Herzen nehmen? Sehen Sie, es ging gerade dabei zu wie in einer andern Schlacht: Breitseite an Breitseite, nur daß ich dabei vor Anker lag, wie es uns auch einmal in Port Praya ging, als der Souverän über uns kam; aber wir haben ihm seine Souveränität verleidet, ehe er wieder ausfuhr.«

Richard hielt es nicht seiner Würde gemäß, auf diese Anrede etwas zu erwidern, und sobald seine Gefangenen sicher in einem der äußern Kerker untergebracht und seinem Befehle gemäß die Riegel vorgeschoben waren, entfernte er sich.

Benjamin plauderte während des Nachmittags oft mit den Vorübergehenden durch das Eisengitter; sein Gefährte jedoch durchschritt den engen Raum mit raschen ungeduldigen Tritten, wobei er niedergeschlagen den Kopf auf die Brust heruntersinken ließ; nur hin und wieder erhob er denselben auf Augenblicke nach den Müßiggängern am Fenster, und dann mochte wohl ein Ausdruck der kindischen Vergeßlichkeit des Alters seine Züge überfliegen, welcher übrigens schnell wieder einer tiefen Beklommenheit Platz machte.

In der abendlichen Dämmerung bemerkte man Edwards in ernster Zwiesprache mit seinem Freunde an dem Fenster, und er mochte dem alten Jäger wohl Worte des Trostes gebracht haben; denn sobald er sich entfernt hatte, warf sich Natty auf sein Lager und war bald in tiefen Schlaf versunken.

Die neugierigen Zuschauer hatten endlich auch die Redseligkeit des Majordomo, der mit der Hälfte seiner Bekanntschaft auf gute Kameradschaft getrunken, erschöpft und als Natty nicht länger in Bewegung war, und Billy Kirby, welcher der letzte an dem Fenster gewesen, um acht Uhr sich nach dem Templetoner »Kaffeehause« zurückgezogen hatte, erhob sich der alte Jäger noch einmal, um eine Decke vor die Öffnung zu hängen, worauf sich die Gefangenen zur Ruhe begaben.

Fünfunddreißigstes Kapitel

Um die Verfolger zu vermeiden,
Drückt schwer der Sporn der Tiere Seiten.
Nicht umgeschaut, bis der Gefahr
Wir viere ledig sind und bar!

Hudibras

Mit der eintretenden Dämmerung begannen die Geschworenen, die Zeugen und die übrigen Glieder des Gerichtshofs sich zu zerstreuen, und noch vor neun Uhr herrschte Ruhe im Dorfe: die Straßen waren beinahe verödet. Um diese Stunde gingen Richter Temple und seine Tochter, denen Luise Grant in kurzer Entfernung folgte, unter dem leichten Schatten der jungen Pappeln langsam die Allee hinab, wobei sie sich in nachstehendem Gespräch unterhielten.

»Du kannst am besten sein verletztes Gemüt beruhigen«, sagte Marmaduke, »doch wird es immerhin gefährlich sein, die Natur seines Vergehens zu berühren, da die Heiligkeit der Gesetze beachtet werden muß.«

»O Vater!« rief die ungeduldige Elisabeth, »unmöglich können Gesetze vollkommen sein, welche einen Mann wie Lederstrumpf wegen eines Vergehens, das mir so verzeihlich erscheint, zu einer so strengen Strafe verdammen.«

»Du redest, wie du es verstehst, Elisabeth«, versetzte ihr Vater. »Die Gesellschaft kann ohne einen heilsamen Zwang nicht bestehen, und ein solcher Zwang ist unmöglich zu handhaben, wenn die Personen derjenigen, welche ihn ausüben, nicht geschützt und geachtet werden. Und wie sehr müßte es nicht meinem Ruf als Richter schaden, wenn man mir nachsagen könnte, ich hätte einen überwiesenen Verbrecher entschlüpfen lassen, weil er das Leben meines Kindes rettete!«

»Ich sehe – ich erkenne die Schwierigkeit deiner Stellung, lieber Vater«, entgegnete die Tochter, »aber bei einem Vergehen, wie das des armen Natty war, kann ich den Vollstrecker des Gesetzes nicht von dem Menschen trennen.«

»Du sprichst wie ein Weib, Kind. Es handelte sich nicht um den Angriff auf Hiram Doolittle, sondern um die Drohung, auf einen Konstabler zu schießen, welcher in der Vollziehung eines ––«

»Gleichviel, ob es das eine oder das andere ist«, fiel ihm Miß Temple mit einer Logik ins Wort, die ihre Schlüsse mehr von dem Gefühle als von dem Verstande leiten ließ, »ich kenne Nattys Unschuld, und in dieser Überzeugung muß ich alle, die ihn unterdrücken, für ungerecht halten.«

»Sein Richter gehört auch darunter, – deinen Vater also gleichfalls, Elisabeth?«

»Ach, Vater! stelle keine solchen Fragen an mich. Nenne mir lieber deinen Auftrag, und laß mich eilen, ihn zu vollziehen!«

Der Richter hielt einen Augenblick inne, lächelte seinem Kinde zärtlich zu und ließ dann seine Hand auf ihre Schulter fallen, indem er entgegnete:

»Du magst in manchen Stücken recht haben, Beß, aber dein Herz hat zuviel Einfluß auf deinen Verstand. Doch höre jetzt: in dieser Brieftasche sind zweihundert Dollar. Geh zu dem Gefangenen – du hast nichts dabei zu befürchten – gib dem Schließer diese Karte, und wenn du Bumppo siehst, so sage dem armen, alten Manne alles, was du willst. Laß die Gefühle deines warmen Herzens sprechen, aber vergiß nicht, Elisabeth, daß die Gesetze allein uns aus dem Zustand der Wildheit reißen konnten, – daß er sich eines Verbrechens schuldig gemacht hat und daß sein Richter dein Vater ist.«

Miß Temple erwiderte nichts, sondern drückte nur die Hand, welche die Brieftasche hielt, an ihre Brust, nahm sodann ihre Freundin beim Arm und trat mit ihr aus dem Tore in die Hauptstraße des Dorfes.

Als sie ihren Spaziergang schweigend an der Häuserreihe, wo das abendliche Dunkel bereits ihre Gestalten verbarg, fortsetzten, hörten sie keinen weiteren Laut als den langsamen Tritt eines Jochs Ochsen nebst dem Rasseln eines Karrens, der sich in gleicher Richtung mit ihnen die Straße entlang bewegte. Die Umrisse des Treibers, der verdrossen an der Seite seines Viehs hinschlenderte, als sei er von der Arbeit des Tages ermüdet, ließen sich kaum noch in den Schatten der Nacht unterscheiden. An der Ecke, wo das Gefängnis stand, wurden die Damen für einen Augenblick durch die Ochsen aufgehalten, welche nach der Seite des Gebäudes einbogen und ein Bund Heu, das sie geduldig an ihrem Halse trugen, als Belohnung für ihre Mühe erhielten. All dies war so natürlich und gewöhnlich, daß es Elisabeth nicht einfiel, einen zweiten Blick auf das Gespann zu werfen, bis sie den Treiber leise mit seinem Vieh sprechen hörte:

»Gib acht, Schecke; gib acht, Alter, – willst du?«

Wer in einem neuen Lande wohnt, ist mit der Sprache, welche man gegen Ochsen braucht, zu bekannt, um eine solche Anrede nicht befremdend zu finden; aber es lag auch etwas in der Stimme, was Miß Temple auffiel. Als sie um die Ecke bog, mußte sie sich notwendig dem Manne nähern, und ihr scharfes Auge ließ sie in demselben Oliver Edwards unter der groben Hülle eines Ochsentreibers erkennen. Ihre Blicke begegneten sich in demselben Moment, auch war ungeachtet der Dunkelheit und Elisabeths Mantel die Erkennung wechselseitig.

»Miß Temple« – »Herr Edwards«, lautete es gleichzeitig, obgleich ein Gefühl, das beide zu teilen schienen, die Worte fast unhörbar machte.

»Ist's möglich«, rief Edwards nach einem Augenblicke des Zweifels, »daß ich Sie in der Nähe des Gefängnisses sehe? Doch Sie gehen wohl in die Rektorei, ich bitte um Verzeihung. – Miß Grant, glaube ich? Ich hatte Sie anfangs nicht erkannt.«

Der Seufzer, welcher Luise entfuhr, war so leise, daß er nur von Elisabeth gehört wurde, welche rasch erwiderte:

»Wir sind nicht nur in der Nähe des Gefängnisses, Herr Edwards, sondern wünschen sogar hineinzugehen. Wir wollen Lederstrumpf zeigen, daß wir seine Dienste nicht vergessen haben und daß mein Vater, wenn er gerecht sein mußte, auch dankbar ist. Sie sind wohl zu einem ähnlichen Zwecke hier, aber ich muß Sie bitten, daß Sie mir auf zehn Minuten den Vortritt erlauben. Gute Nacht, Sir, ich – ich – bedaure von Herzen, Herr Edwards, Sie zu einem solchen Geschäfte erniedrigt zu sehen; aber gewiß, mein Vater würde – –«

»Ich füge mich gerne Ihrem Wunsche, Fräulein«, fiel ihr der Jüngling kalt ins Wort. »Darf ich bitten, daß Sie meine Anwesenheit nicht erwähnen?«

»Verlassen Sie sich darauf«, versetzte Elisabeth, indem sie die Verbeugung des jungen Mannes durch ein leises Kopfnikken erwiderte und die säumige Luise vorwärts drängte. Als sie jedoch in das Gebäude eingetreten waren, fand Luise Zeit zu flüstern:

»Würde es nicht besser sein, einen Teil Ihres Geldes Oliver anzubieten? Die Hälfte davon reicht zu, Bumppos Strafe zu zahlen, – und er ist so wenig an Mangel und Anstrengungen gewöhnt. Ich bin überzeugt, mein Vater selbst würde einen großen Teil seines kleinen Einkommens darauf verwenden, ihm eine würdigere Stellung zu verschaffen.«

Das unwillkürliche Lächeln, welches Elisabeths Züge überflog, trug zugleich den Ausdruck eines tiefen und herzlichen Mitleids. Sie erwiderte jedoch nichts, da das Erscheinen des Schließers die Gedanken beider Mädchen dem Zwecke ihres Besuches zuwandte.

Man nahm es in dem neuen Lande mit den Formen nicht sehr genau, und da es bekannt war, daß der alte Jäger den Damen das Leben gerettet hatte, weshalb sie wohl eine besondere Teilnahme für den Gefangenen hegen mußten, fand der Schließer an dem Gesuche, in das Gefängnis eingelassen zu werden, nichts Befremdendes, wie denn auch schon Richter Temples Karte jeden Einwurf, wenn ein solcher hätte versucht werden sollen, zum Schweigen gebracht haben würde: er ging daher ohne Zögern nach dem Gemache der Gefangenen voran. Sobald der Schlüssel in das Schloß gesteckt wurde, ließ Benjamins rauhe Stimme die Frage vernehmen:

»Oho! wer kommt da?«

»Ein Besuch, den Ihr gerne sehen werdet«, versetzte der Schließer. »Was habt Ihr mit dem Schloß angefangen, daß es nicht aufgehen will?«

»Sachte, sachte, Meister«, rief der Majordomo, »ich habe eben einen Nagel als Stopfer über der Klinke eingeschlagen, seht Ihr, damit nicht Meister Tu-nur-wenig hereinrennen und zu einem andern Kampf ansegeln kann; denn meiner Berechnung nach werde ich ohnehin bald ein armer Teufel sein, da man mir meine Spanier abmelken wird, als ob ich den Schuft gepeitscht hätte. Haltet mit Eurem Schiff im Winde und legt ein wenig bei; die Passage soll bald gelichtet sein.«

Die Schläge eines Hammers bewiesen, daß es der Hausmeister ernstlich meinte, und in kurzer Zeit gab das Schloß nach, worauf sich die Tür auftat.

Benjamin war augenscheinlich emsig darauf bedacht gewesen, von dem Gelde, das er schon als verfallen betrachtete, soviel als möglich in seinem eigenen Interesse zu retten; denn er hatte während des Nachmittags und Abends seinem Lieblingsfasse im »Kühnen Dragoner« so wacker zugesprochen, daß er sich jetzt in jenem Zustande befand, welchen die Matrosenpoesie mit dem Ausdruck »halb über See« bezeichnet, was in ehrlichem Deutsch »halb betrunken« bedeutet. Der alte Teer ließ sich durch die Wirkungen des Branntweins nicht leicht aus dem Gleichgewicht bringen; denn seinem eigenen Ausdrucke nach war er »zu niedrig aufgetakelt, um nicht in allen Wettern Segel führen zu können«; demungeachtet konnte jedoch über seine dermalige Stimmung, welche er selbst eine »schlammige« nannte, kein Zweifel obwalten. Sobald er bemerkte, wer die Besuchenden waren, zog er sich nach der Seite des Gemachs zurück, wo seine Streu lag, und ohne sich durch die Anwesenheit seiner jungen Gebieterin stören zu lassen, setzte er sich, indem er eine ganz nüchterne Miene annahm, auf derselben nieder und drückte seinen Rücken fest gegen die Wand.

»Wenn Ihr meine Schlösser in dieser Weise zu verderben gedenkt, Herr Pump«, begann der Schließer, »so will ich Euch einen Stopper, wie Ihr es nennt, an die Beine legen, der Euch das Aufstehen von Eurem Bette verleiden soll.«

»Warum so, Meister?« brummte Benjamin. »Ich habe heute schon, mit den Fersen vor Anker liegend, eine Bö ausgehalten und brauche keine zweite. Was ist's denn Arges, wenn ich dasselbe tue, was Ihr? Laßt außen Eure Riegel weg, und ich verspreche Euch, daß Ihr auch innen keine Hemmkette finden sollt.«

»Ich muß um neun Uhr abschließen«, sagte der Kerkermeister, »und jetzt sind's zweiundvierzig Minuten über acht.«

Er stellte die kleine Kerze auf einen rohen Fichtentisch und entfernte sich.

»Lederstrumpf«, begann Elisabeth, sobald sich der Schlüssel im Schlosse wieder umgedreht hatte, »mein guter Freund Lederstrumpf! Die Gefühle des Dankes führen mich zu Euch. Ach, hättet Ihr Euch doch der Haussuchung unterworfen, würdiger, alter Mann; denn da das Erlegen eines Hirsches nur eine Kleinigkeit ist, so wäre alles gut abgelaufen ––«

»Der Haussuchung unterworfen?« fiel ihr Natty ins Wort, indem er das auf seinen Knien ruhende Gesicht erhob, ohne jedoch den Winkel, wo er sich niedergesetzt hatte, zu verlassen oder aufzustehen. »Meinen Sie denn, Frauenzimmerchen, ich würde ein solches Gewürm in meine Hütte lassen? Nein, nein, – ich hätte damals nicht einmal Ihrem eigenen süßen Antlitz die Türe geöffnet. Jetzt können sie meinetwegen unter den Kohlen und in der Asche suchen; sie werden nichts weiter finden als einen Haufen, wie man ihn bei jeder Pottaschebrennerei in den Bergen findet.«

Der alte Mann ließ sein Gesicht wieder auf die Hand sinken und schien in tiefe Schwermut verloren.

»Die Hütte kann wiederhergestellt und besser gebaut werden, als sie früher war«, versetzte Miß Temple, »auch werde ich, sobald Eure Haft zu Ende ist, Sorge dafür tragen, daß es geschehe.«

»Kann man Tote ins Leben zurückrufen, Kind?« entgegnete Natty bekümmert. »Kann man zu dem Orte gehen, wo man Vater, Mutter und Kinder hingelegt hat, um ihre Asche zu sammeln und sie wieder zu Männern und Weibern zu machen, wie früher? Sie wissen nicht, was es heißt, das Haupt mehr als vierzig Jahre unter dem Schutze derselben Holzstämme niederzulegen und den größten Teil seines Lebens dieselben Dinge um sich zu haben. Sie sind noch jung, mein Kind, aber Sie gehören unter die köstlichsten Geschöpfe Gottes. Ich habe für Sie eine Hoffnung gehegt, aber jetzt ist alles vorbei; der neueste Vorgang, zu dem übrigen gelegt, wird ihm für immer jeden Gedanken daran vertreiben.«

Miß Temple mußte das, was der alte Mann sagen wollte, besser verstanden haben als die übrigen Zuhörer; denn während Luise unschuldig und voll Mitleid über den Kummer des Jägers an ihrer Seite stand, wandte sie das Gesicht ab, um die Glut ihrer Wangen zu verbergen. Doch diese Bewegung währte gleich dem Gefühle, welches dieselbe hervorgerufen hatte, nur einen Augenblick.

»Es gibt andere und sogar bessere Holzstämme«, fuhr sie fort, »und sie sollen für Euch, meinen alten Beschützer, herbeigeschafft werden. Eure Haft wird nicht lange dauern, und noch ehe sie abgelaufen ist, soll ein Haus für Euch dastehen, wo Ihr den Rest Eures harmlosen Lebens in Ruhe und Überfluß zubringen könnt.«

»Haus? Ruhe und Überfluß?« wiederholte Natty langsam. »Nun, Sie meinen es gut, Sie meinen es gut, und es tut mir recht leid, daß es nicht sein kann; aber er hat gesehen, wie man mich zum Gespötte der Menge in den Stock steckte –.«

»Zum Teufel mit Eurem Stock«, rief Benjamin, indem er mit seiner Flasche, aus welcher er wiederholt tiefe Züge getan hatte, in der Luft herumfuchtelte, während er mit der andern Hand Gebärden der Verachtung machte, »wer kümmert sich um solche hölzernen Strümpfe? Dieses Bein da, seht Ihr, ist auch eine Stunde lang wie ein Klüverbaum an seinem Ende in der Klemme gewesen, und ist es deshalb schlechter geworden, he? Kannst du mir sagen, um was es schlechter geworden ist, he?«

»Ich glaube, Ihr vergeßt, Herr Pump, wer zugegen ist«, bemerkte Elisabeth.

»Sie vergessen, Miß Lizzy?« versetzte der Hausmeister. »Soll mich der Teufel holen, wenn ich das tue. Sie vergißt man nicht so leicht wie die gute Prettybones in dem großen Haus dort. Ich sage Euch, alter Scharfschütze, sie mag wohl hübsche Knochen[22] haben, aber von ihrem Fleisch kann nicht viel die Rede sein; denn seht Ihr, ihr Äußeres ist so ziemlich das eines Skeletts, welches von jemand anders einen Rock geborgt hat. Was die Haut ihres Gesichtes anbelangt, so hat sie ganz die Farbe eines neuen Toppsegels mit steif angelegtem Bolzentau, gut passend am Liek, aber alles schlaff und schlottrig im inneren Zeug.«

»Stille – ich befehle Euch zu schweigen«, entgegnete Elisabeth.

»Gut, gut, Fräulein«, erwiderte der Hausmeister, »aber das Trinken werden Sie mir doch nicht verwehren wollen?«

»Es handelt sich jetzt nicht darum, was aus andern werden wird«, sagte Miß Temple, zu dem Jäger gewendet. »Ich wünsche, mit Euch von Eurer eigenen Zukunft zu sprechen, Natty. Es soll mein Geschäft sein, Sorge zu tragen, daß Ihr den Rest Eurer Tage in Ruhe und Überfluß zubringen könnt.«

»Ruhe und Überfluß?« wiederholte Lederstrumpf abermals. »Welche Ruhe hat ein alter Mann zu erwarten, der meilenweit über ein offenes Feld gehen muß, ehe er einen Schatten finden kann, der ihn gegen die sengende Sonne schützt? Und wie mögen Sie von Überfluß sprechen, wo man einen Tag aussein kann, ohne auf einen Bock zu stoßen oder etwas Größeres zu sehen als ein Wiesel oder allenfalls einen verirrten Fuchs? Ach!

sogar die Biber werden mir sauer werden, die ich brauche, um die Strafe zu bezahlen; denn ich muß fast hundert Meilen bis an die pennsylvanische Grenze hinaufwandern, um welche zu treffen, da hierherum nichts der Art zu finden ist. Nein, nein – Eure Verbesserungen und Lichtungen haben diese schlauen Tiere aus dem Lande getrieben, und statt der Biberdämme, welche, nach Anordnung der Vorsehung, der Instinkt dieser Tiere schuf, führt ihr das Wasser mit Euren Mühldämmen durch die Niederungen, als ob der Mensch das Recht hätte, den Tropfen in seinem Laufe zu hemmen, den ihm Gottes Wille angewiesen hat. – Benny, wenn Ihr nicht ablaßt, Eure Hand so oft zum Mund zu führen, so werdet Ihr nicht zum Aufbruch bereit sein, wenn die Zeit kommt.«

»Hört, Meister Bumppo«, sagte der Majordomo, »kümmert Euch nicht um Ben. Wenn die Wache ruft, so stellt mich auf meine Beine und gebt mir die Höhe und Weite des Ortes an, wohin Ihr steuern wollt; ich steh' Euch dafür, ich segle dann mit dem Besten von Euch um die Wette.«

»Die Zeit ist bereits gekommen«, versetzte der Jäger aufhorchend, »ich höre, wie sich die Hörner der Ochsen an der Gefängniswand reiben.«

»Wohlan, Steuermann, so gebt Befehl, und wir lichten die Anker«, entgegnete Benjamin.

»Sie werden uns nicht verraten, Miß Temple?« sprach Natty, indem er Elisabeth ehrlich ins Gesicht sah – »Sie werden einen alten Mann nicht verraten, der sich sehnt, die reine Luft des Himmels zu atmen? Ich habe keine böse Absicht dabei, und wenn das Gesetz sagt, ich müsse hundert Dollar zahlen, so will ich die Jahreszeit dazu benutzen, um die Summe abzutragen. Dieser gute Mann wird mir helfen.«

»Ihr mögt die Biber fangen«, versetzte Benjamin, indem er mit dem Arm in der Luft herumfuchtelte, »und wenn ich sie wieder springen lasse, so dürft Ihr mich ein Kalb nennen, weiter sage ich nichts.«

»Was führt Ihr im Schilde?« rief Elisabeth verwundert. »Ihr müßt dreißig Tage hierbleiben, und was das Geld für Eure Strafe anbelangt, so habe ich es hier im Beutel. Nehmt es, Ihr könnt gleich morgen die Zahlung leisten; aber geduldet Euch Euren Monat über. Ich werde Euch oft mit meiner Freundin besuchen, und wir wollen mit eigenen Händen Kleider für Euch machen. Gewiß, gewiß, es soll Euch nichts abgehen.«

»Wollt ihr das wirklich, meine Kinder?« entgegnete Natty, indem er freundlich auf die beiden zuging und Elisabeths Hand ergriff. »Wollt Ihr Euch wirklich eines alten Mannes annehmen, der weiter nichts getan hat, als daß er das Tier schoß, was ihn doch keine Mühe kostete? Ich glaube, die Sinnesart vererbt sich nicht mit dem Blute; denn Sie scheinen einen erwiesenen Gefallen nicht zu vergessen. Doch Eure kleinen Finger würden wohl schwerlich viel mit einer Hirschhaut anzufangen wissen, und in den Sehnen möchtet Ihr wohl auch einen ungewohnten Faden finden. Aber wenn er es nicht mitangehört hat, so soll er es durch mich erfahren, damit er gleich mir sehe, es gebe jemand, der einer Gefälligkeit eingedenk ist.«

»Sagt ihm nichts!« rief Elisabeth hastig. »Wenn Ihr mich liebt, wenn Ihr meine Gefühle achtet, so sagt ihm nichts. Ich wollte nur von Euch sprechen, und nur um Euretwillen handle ich so. Ich bedaure von Herzen, Lederstrumpf, daß das Gesetz eine so lange Haft über Euch verhängt hat; im Grunde ist es aber nur ein kurzer Monat und ––«

»Ein Monat?« rief Natty, den Mund zu seinem gewöhnlichen Lachen verziehend; »nein, keinen Tag, keine Nacht, keine Stunde bleibe ich mehr, Mädchen. Wenn mich auch Richter Temple verurteilt hat, so kann er mich doch nicht festhalten ohne einen besseren Kerker als diesen. Ich wurde einmal in der Nähe des alten Frontenac von den Franzosen gefangen, und sie steckten unser zweiundsechzig in ein Blockhaus; aber für Leute, die mit dem Holze umzugehen wußten, war es ein leichtes, sich einen Weg durch einen Fichtenblock zu bahnen.«

Der Jäger hielt inne, sah sich vorsichtig im Gemache um, lachte dann wieder und schob den Hausmeister sachte von seiner Stelle, worauf er die Bettücher hinwegräumte und auf ein Loch zeigte, das erst kürzlich mit Hammer und Meißel in das Gebälk gehauen worden war.

»Es bedarf nur noch eines Fußstoßes, um den Weg frei zu machen, und dann ––«

»Fort! ja, fort!« rief Benjamin, aus seinem Stumpfsinn erwachend, »gut, hier ist's offen. Ja, ja, Ihr fangt sie, und ich bewahre sie auf, um sie an die Hutmacher zu verkaufen.«

»Ich fürchte, der Bursche wird mir viel Mühe machen«, sagte

Natty. »Er wird sich nicht leicht durch die Berge fortbringen, wenn man uns bald auf die Spur kommen sollte; denn er ist in keinem der Flucht günstigen Zustande.«

»Flucht?« wiederholte der Hausmeister. »Was Flucht! Wir gieren an und schlagen los!«

»Ruhe!« befahl Elisabeth.

»Ja, ja, Fräulein.«

»Gewiß, Ihr könnt nicht im Sinne haben, uns zu verlassen, Lederstrumpf«, fuhr Miß Temple fort. »Ich bitte Euch, bedenkt, daß Ihr dann ganz auf die Wälder angewiesen seid, und daß das Alter mit raschen Schritten herannaht. Geduldet Euch für eine kleine Weile; Ihr könnt dann offen und mit Ehre dieses Haus wieder verlassen.«

»Gibt es hier Biber zu fangen, Mädchen?«

»Das nicht; aber hier ist Geld, um die Strafe zu bezahlen, und in einem Monat seid Ihr frei. Seht, es ist Gold.«

»Gold?« entgegnete Natty mit einer Art kindischer Neugierde. »Es ist zu lange her, seit ich das letzte Goldstück gesehen habe. Wir kriegten hin und wieder im alten Krieg so einen blanken Joseph, doch kamen sie auch nicht häufiger vor als jetzt die Bären. Ich erinnere mich eines Mannes aus Dieskaus Armee, der auf dem Schlachtfeld geblieben war und ein Dutzend solcher glänzender Dinger in sein Hemd eingenäht hatte. Ich selbst habe mich nicht damit befaßt, obgleich ich sie mit eigenen Augen ausschneiden sah; sie waren größer und glänzender als diese hier.«

»Es sind englische Guineen, die Euch gehören«, erwiderte Elisabeth. »Betrachtet sie als den Anfang dessen, was für Euch getan werden soll.«

»Was? Mir wollt Ihr diesen Schatz geben?« versetzte Natty mit einem ernsten Blick auf die Jungfrau.

»Je nun, habt Ihr nicht mein Leben gerettet und mich dem Rachen des reißenden Tieres entrissen?« rief Elisabeth, indem sie ihre Augen mit der Hand bedeckte, als schwebe noch jetzt der gräßliche Anblick vor ihr.

Der Jäger nahm das Geld und drehte es eine Weile, Stück für Stück, in seiner Hand um, wobei er laut mit sich selber sprach –

»Im Kirschentale soll es eine Büchse geben, welche auf hundert Ruten noch sicher trifft. Ich habe in meinem Leben manches gute Gewehr gesehen, aber keines das mit einem solchen zu vergleichen wäre. Hundert Ruten sicheres Ziel ist eine treffliche Waffe! Doch meinetwegen – ich bin alt, und der Hirschtöter wird mich wohl noch aushalten. Da, Kind, nehmen Sie Ihr Geld zurück! Es ist jetzt an der Zeit; ich höre ihn mit dem Vieh sprechen und muß mich auf den Weg machen. Sie werden nichts ausplaudern, Mädchen, – nicht wahr? Sie werden nichts ausplaudern?«

»Ausplaudern?« wiederholte Elisabeth. »Doch nehmt das Geld, alter Mann, nehmt das Geld, selbst wenn Ihr in die Berge geht.«

»Nein, nein«, entgegnete Natty mit einem freundlichen Kopfschütteln, »ich möchte Sie nicht berauben, und wenn ich zwanzig Büchsen dafür haben könnte. Sie können aber etwas für mich tun, da ich niemand anders dazu habe.«

»Und das wäre? Sprecht.«

»Je nun, es handelt sich dabei nur um den Einkauf von einer Büchse Pulver, die zwei Silberdollar kosten wird. Benny Pump hat schon das Geld dafür hergerichtet, aber wir dürfen uns nicht in den Flecken wagen, es zu holen. Niemand führt es als der Franzose – es ist vom besten und geradeso, wie es für eine Büchse paßt. Wollen Sie mir es besorgen, Mädchen – sprechen Sie, wollen Sie es besorgen?«

»Ihr dürft gar nicht fragen, ich will es Euch selbst bringen, Lederstrumpf, und wenn ich Euch einen ganzen Tag lang durch die Wälder aufsuchen müßte. Wo und wie werde ich Euch aber finden?«

»Wo?« entgegnete Natty nach einem kurzen Nachdenken, – »morgen auf dem Visionsberg; ich will Sie, wenn die Sonne über unsern Häuptern steht, auf dem Gipfel des Visionsberges erwarten, Kind. Sehen Sie aber zu, daß es fein gekörnt ist; Sie werden es an dem Glanz und an dem Preise erkennen.«

»Ja ich will es tun«, versetzte Elisabeth mit Festigkeit.

Natty setzte sich jetzt, steckte seine Füße in das Loch und bahnte sich durch eine leichte Anstrengung einen Durchgang nach der Straße. Die Damen hörten das Heu rasseln und begriffen jetzt wohl den Grund, warum Edwards den Ochsentreiber spielte.

»Kommt, Benny«, sagte der Jäger, »es wird heute nicht mehr finsterer; denn in einer Stunde geht der Mond auf.«

»Halt!« rief Elisabeth, »es darf nicht heißen, daß Ihr im Beisein der Tochter des Richters flüchtig geworden seiet. Verzieht noch mit der Ausführung Eures Planes, Lederstrumpf, bis wir uns entfernt haben.«

Natty wollte eben antworten, als der Schall sich nähernder Fußtritte die Ankunft des Schließers verkündigte und ihn belehrte, daß für den Augenblick an eine weitere Verfolgung seiner Entwürfe nicht zu denken sei. Er hatte kaum Zeit, seine Füße zurückzuziehen und das Loch mit den Bettüchern zu verhüllen, über welche Benjamin ganz gelegen hinstolperte, als der Schlüssel sich umdrehte und die Türe des Gefängnisses sich auftat.

»Ist es Miß Temple jetzt gefällig?« sprach der höfliche Kerkermeister, – »die gewohnte Stunde zum Abschließen hat geschlagen.«

»Ich werde Euch folgen«, entgegnete Elisabeth. »Gute Nacht, Lederstrumpf.«

»Es ist ein feines Korn, Mädchen, und ich denke, es soll das Blei weiter führen als gewöhnlich. Ich werde alt und kann dem Wild nicht mehr mit so raschen Schritten folgen, als ich sonst zu tun pflegte.«

Miß Temple winkte ihm zu schweigen und folgte Luise und dem Schließer aus dem Gelasse. Der Mann drehte den Schlüssel nur einmal um und bemerkte, er werde zurückkehren und seine Gefangenen besser verwahren, sobald er den Damen auf die Straße geleuchtet. Sie trennten sich demgemäß an der Türe des Gebäudes, worauf sich der Kerkermeister wieder zu seinen Gefängnissen begab und die Damen mit klopfendem Herzen der Ecke zugingen.

»Da Lederstrumpf das Geld nicht nehmen will«, flüsterte Luise, »so könnte man alles Herrn Edwards geben und auch ––«

»Bst!« unterbrach sie Elisabeth, »ich höre das Heu rauschen. Sie bewerkstelligen in diesem Augenblick ihre Flucht. Ach, sie werden endeckt werden!«

Sie waren inzwischen an die Ecke gekommen, wo Edwards und Natty eben beschäftigt waren, den fast hilflosen Körper Benjamins durchzuziehen. Sie hatten die Ochsen umgewendet und die Köpfe derselben der Straße zugekehrt, damit sie für ihre Operationen Raum gewännen.

»Wirf das Heu auf den Karren«, sagte Edwards, »sonst kommen sie der Art, wie es geschehen ist, auf die Spur. Rasch, daß man es nicht bemerkt!«

Natty hatte eben diesen Auftrag vollzogen, als das Licht des Gefängniswärters durch das Loch schien und sich von innen eine Stimme vernehmen ließ, welche die Gefangenen rief.

»Was ist jetzt zu tun?« fragte Edwards. »Dieser betrunkene Kerl wird unsere Entdeckung herbeiführen, und wir haben keinen Augenblick zu verlieren.«

»Wer ist betrunken, du Schlingel?« brummte der Hausmeister.

»Sie sind ausgebrochen! sie sind ausgebrochen!« schrien fünf oder sechs Stimmen von innen.

»Wir müssen ihn zurücklassen«, meinte Edwards.

»Das wäre nicht freundlich, Junge«, entgegnete Natty, »er hat mit mir die Schmach des Stockes geteilt und sehr viel Gefühl gegen mich bewiesen.«

In diesem Augenblick hörte man zwei oder drei Männer aus der Türe des »Kühnen Dragoners« kommen, unter denen sich Billy Kirbys Stimme bemerklich machte.

»Der Mond ist noch nicht aufgegangen«, rief der Holzfäller, »es ist aber doch eine schöne Nacht. Wer hat mit mir einen Weg? Horcht! was gibt's im Gefängnis für einen Lärm? Wir wollen hingehen und sehen, was los ist.«

»Wir sind verloren, wenn wir diesen Mann nicht im Stiche lassen«, erklärte Edwards.

In diesem Augenblick trat Elisabeth näher und flüsterte rasch:

»Legt ihn auf den Karren und treibt die Ochsen an. Niemand wird euch anhalten.«

»Wie schnell doch Weiber besonnen sind«, rief der Jüngling.

Der Vorschlag wurde aufs eiligste ausgeführt. Man setzte den Hausmeister auf das Heu, gab ihm eine Geißel in die Hand, um das Vieh anzutreiben, und bedeutete ihm, daß er sich ruhig verhalten solle, worauf sich die Ochsen in Bewegung setzten. Sobald dies geschehen war, schlichen sich Edwards und der Jäger eine Strecke weit an den Häusern hin und verschwanden endlich durch ein Gäßchen, das hinter die Gebäude führte. Die Ochsen trabten rüstig vorwärts, und alsbald erscholl der Lärm der Verfolger auf der Straße. Die Damen beeilten ihre Schritte, um dem Gedränge von Konstablern und Müßiggängern zu entgehen, welche zum Teil fluchend, zum Teil lachend über den Pfiff der Gefangenen heranzogen. Aus dem Lärm ließ sich vor allem Billy Kirbys Stimme deutlich unterscheiden, der laut schrie und unter Fluchen beteuerte, er wolle die Flüchtlinge bald wieder haben und Natty in der einen und Benjamin in der andern Tasche zurückbringen.

»Verteilt euch, Leute«, rief er, als er an den Damen vorbei kam und seine schweren Tritte, wie die von einem ganzen Dutzend, durch die Straßen hallten. »Verteilt euch – den Bergen zu! In einer Viertelstunde haben sie das Gebirge erreicht, und dann sind sie nur noch mit der Büchse einzuholen.«

Dieser Ruf wurde von zwanzig Stimmen wiederholt; denn nicht nur das Gefängnis, sondern auch die Wirtshäuser hatten ihre Haufen entsandt, teils um im Ernste an der Verfolgung teilzunehmen, teils um sich an dem Vorfalle zu belustigen.

An dem Außentore vor ihres Vaters Wohnung angelangt, bemerkte Elisabeth, daß der Holzfäller bei dem Karren haltmachte, und sie gab Benjamin verloren. Als jedoch die beiden Mädchen den Kiesweg hinaneilten, wurden sie auf einmal zweier Gestalten ansichtig, die sich vorsichtig, aber rasch unter dem Schatten der Bäume hinschlichen und in denen sie, sobald diese ihren Pfad kreuzten, Edwards und den Jäger erkannten.

»Miß Temple«, rief der Jüngling, »ich werde Sie vielleicht nie wiedersehen. Erlauben Sie mir, Ihnen für alle Ihre Güte zu danken. Ach, Sie wissen nicht, – Sie können unmöglich wissen, welche Beweggründe mich leiteten.«

»Flieht! Flieht«, rief Elisabeth, – »das ganze Dorf ist in Bewegung! Man darf uns in einem solchen Augenblick und auf dieser Stelle nicht beisammen treffen.«

»Nein, ich muß sprechen, und wäre auch die Entdeckung gewiß.«

»Der Rückzug nach der Brücke ist euch bereits abgeschnitten. Noch ehe ihr den Wald erreichen könnt, sind euch die Verfolger auf den Fersen, wenn – wenn –«

»Sprechen Sie aus«, rief der Jüngling, »Ihr Rat hat mich schon einmal gerettet; ich will ihm folgen bis zum Tode.«

»Die Straße ist jetzt still und leer«, fuhr Elisabeth nach einer kurzen Pause fort, »benutzt den Weg nach dem See, wo ihr das Boot meines Vaters finden werdet. Von dort aus könnt ihr das Gebirge in jeder Richtung erreichen.«

»Aber Richter Temple könnte die Benutzung seines Fahrzeuges übelnehmen.«

»Seine Tochter wird es zu verantworten wissen, Sir.«

Der Jüngling flüsterte noch einiges, was nur von Elisabeth gehört wurde, und wandte sich dann ab, um ihrem Rat Folge zu leisten. Als sie im Begriffe waren, sich zu trennen, näherte sich Natty den Frauenzimmern und sprach:

»Vergeßt mir die Pulverbüchse nicht, Kinder! Ich und die Hunde werden alt, und so bedarf ich der besten Munition für die Biber, welche ich zu schießen habe.«

»Kommt, Natty«, rief Edwards ungeduldig.

»Ich komme schon, Junge, ich komme schon. Gott segne euch beide; denn ihr meint es gut mit einem alten Mann.«

Die Damen blieben stehen, bis sie die sich entfernenden Gestalten aus dem Gesichte verloren hatten, und begaben sich sodann unmittelbar in das Herrenhaus.

Während dieser Szene hatte Kirby den Karren eingeholt: es war sein eigener, der von Edwards ohne Erlaubnis des Besitzers von dem Platze, wo die geduldigen Ochsen gewöhnlich abends standen und der Befehle ihres Herrn harrten, weggetrieben worden war.

»Ei der Tausend – *mein* Vieh!« rief er. »Wie kommt ihr von dem Ende der Brücke, wo ich euch gelassen habe, hierher, ihr dummen Bestien?«

»Vorwärts!« brummte Benjamin, indem er aufs Geratewohl mit der Geißel ausholte und dabei die Schulter des anderen traf.

»Wer zum Teufel seid Ihr?« rief Billy, indem er sich überrascht umwandte, aber nicht imstande war, in der Dunkelheit das derbe Gesicht zu erkennen, welches über die Seitenleitern des Karrens heraussah.

»Wer ich bin? Ich bin der Steuermann dieses Fahrzeugs, wie Ihr seht, und lasse ein hübsches Kielwasser hinter mir. Ja, ja, ich komme von der Brücke her und habe die hölzernen Strümpfe umsegelt. Das nenne ich schöne Steuermannsarbeit, Junge. Vorwärts!«

»Laßt Eure Peitsche ruhen, Herr Benny Pump«, sagte der Holzfäller, »oder ich will Euch die Fläche meiner Hand zeigen und Eure Ohren damit bearbeiten. Wo wollt Ihr hin mit meinem Gespann?«

»Gespann?«

»Ja, mit meinem Karren und mit meinen Ochsen.«

»Ei, Ihr müßt wissen, Meister Kirby, daß Lederstrumpf und ich – das heißt Benny Pump – Ihr kennt Ben? – wohl, Benny und ich – nein, ich und Benny; hol' mich der Teufel, wenn ich weiß, wie es ist, aber einer von uns soll nach einer Ladung von Biberhäuten ausfahren, seht Ihr, und so haben wir den Karren gepreßt, um sie heimzuschiffen. Ich sage Euch, Meister Kirby, Ihr führt ein erbärmliches Ruder, – Ihr handhabt ein Ruder, Junge, fast wie eine Kuh eine Muskete oder wie ein Frauenzimmer einen Marlpfriem.«

Billy war über den Zustand des Hausmeisters bald im klaren und ging eine Weile sinnend neben dem Karren her, worauf er Benjamin, der auf das Heu zurückfiel und bald eingeschlafen war, die Geißel aus der Hand nahm und sein Vieh die Straße hinab über die Brücke nach einer Lichtung im Gebirge trieb, wo er des nächsten Tages arbeiten sollte, ohne auf seinem Wege durch etwas anderes als durch einige hastige Fragen von seiten der hin und her ziehenden Konstabler unterbrochen zu werden.

Elisabeth stand wohl eine Stunde an dem Fenster ihres Zimmers, wo sie die Fackeln der Nachsetzenden an den Seiten des Gebirges hinziehen sah und das Rufen und den Lärm der Verfolger hörte. Nach Abfluß dieser Zeit kehrte jedoch die letzte Abteilung, müde und ohne etwas ausgerichtet zu haben, zurück, und das Dorf wurde wieder so ruhig, als es bei ihrem Gang nach dem Gefängnisse gewesen war.

Sechsunddreißigstes Kapitel

»Ich könnte weinen –« sang in wildem Ton
Der Häuptling der Oneidas – »doch der Sohn
Des tapfern Vaters darf die Totenklage
Nicht so entweihn, wie sehr der Schmerz auch nage.«
Gertrude von Wyoming

Am andern Morgen in aller Frühe begaben sich Elisabeth und Luise besprochenermaßen nach Monsieur Le Quois Laden, um sich der gegen Lederstrumpf eingegangenen Verpflichtung zu entledigen. Die Leute gingen bereits an die Geschäfte des Tages, obschon es noch zu früh für ein eigentliches Gedränge war, weshalb die Damen in dem Laden niemand als den höflichen Franzosen, Billy Kirby, eine Kundin und den Jungen vorfanden, welcher das Amt eines Helfers oder Kommis versah.

Monsieur Le Quoi durchlas eben mit augenscheinlichem Entzücken ein Paket Briefe, während der Holzfäller, die eine Hand in seiner Brust, die andere in der Tasche seiner Jacke, mit einer Axt unter dem rechten Arme dastand und mit gutmütiger Teilnahme den freudigen Bewegungen des Franzosen zusah. Das freimütige Benehmen, welches in den neuen Ansiedlungen herrschte, glich gemeiniglich alle Rangunterschiede, und damit auch häufig die Ansprüche der Erziehung und des überlegenen Wissens aus. Die Damen traten, von dem Eigentümer des Etablissements unbemerkt, ein, als dieser eben zu Kirby sagte:

»Ah, Monsieur Bihl, diese Brief machen mich zu der glücklichste Mensch. A ma chère France! Ich werden dich wiedersehen.«

»Ich nehme Anteil an allem, Monsieur, was zu Ihrem Glücke beiträgt«, begann Elisabeth, »hoffe übrigens, daß wir Sie nicht ganz verlieren werden.«

Der höfliche Kaufmann erzählte nun Elisabeth schnell in französischer Sprache, daß er Hoffnung habe, in sein Vaterland zurückkehren zu dürfen. Die Gewohnheit hatte jedoch die Manieren dieses schmiegsamen Mannes so weit verändert, daß er fortfuhr, den Holzfäller zu bedienen, welcher etwas Tabak begehrte, während er den Frauenzimmern mitteilte, welcher glückliche Wechsel in dem Charakter seiner Landsleute stattgefunden hätte.

Der Inhalt seines Berichtes lief darauf hinaus, daß Herr Le Quoi, der mehr aus Schrecken, als weil er den Gewalthabern von Frankreich verdächtig geworden, sein Vaterland verlassen, endlich eine Zusicherung erwirkt hatte, daß man von seiner Rückkehr nach Westindien Notiz nehmen würde. Der Franzose, welcher sich mit soviel Ergebung in die Rolle eines Landkrämers gefügt hatte, war nun im Begriffe, aus seiner Dunkelheit wieder zu der Höhe, welche er früher in der Gesellschaft eingenommen, aufzutauchen.

Wir übergehen die Höflichkeiten, welche bei dieser Gelegenheit gegenseitig ausgetauscht wurden, und erlauben uns auch nicht zu wiederholen, wie oft der entzückte Franzose seinen Schmerz ausdrückte, daß er in Zukunft eine so angenehme Gesellschaft wie die Miß Temples entbehren müsse. Elisabeth benutzte während des Gesprächs eine Gelegenheit, um sich von dem Knaben, welcher Jonathan hieß, das Pulver auswiegen zu lassen. Ehe sie sich jedoch trennten, erbat sich Monsieur Le Quoi, welcher noch nicht genug gesagt zu haben vermeinen mochte, die Ehre einer Privatunterredung mit der Erbin, was er mit einer Feierlichkeit in seiner Miene tat, welche bekundete, daß er etwas höchst Wichtiges auf dem Herzen hatte. Nachdem ihn Elisabeth zu diesem Ende auf eine günstigere Gelegenheit verwiesen hatte, verließ sie den Laden, in dem jetzt, wie gewöhnlich, die Landleute einzusprechen begannen und auch mit der gleichen Aufmerksamkeit und bienséance wie früher empfangen wurden.

Elisabeth und Luise setzten ihren Spaziergang bis an die Brücke in tiefem Schweigen fort; als sie aber an derselben anlangten, machte die letztere halt und schien etwas sagen zu wollen, ohne jedoch den Mut dazu gewinnen zu können.

»Sind Sie unwohl, Luise?« fragte Miß Temple. »Wir werden dann wohl besser tun, wenn wir umkehren und eine andere Gelegenheit suchen, um den Wünschen des alten Mannes zu entsprechen.«

»Ich bin nicht unwohl, aber ich fürchte mich. Ach, ich kann nie, nie wieder auf diesen Berg gehen, wenn wir nicht noch eine weitere Begleitung haben. Ich fühle mich nicht stark genug dazu, nein, ich kann unmöglich weiter.«

Dies war eine unerwartete Erklärung für Elisabeth, welche, obgleich die eitle Besorgnis vor einer Gefahr, welche nicht mehr existierte, ihr fremd war, dennoch das etwas Unweibliche in ihrem Vorhaben recht wohl fühlte. Sie blieb eine Weile in tiefem Nachdenken stehen; in dem Bewußtsein aber, daß es jetzt Zeit zum Handeln und nicht zum Überlegen sei, mühte sie sich, ihre Unschlüssigkeit abzuwerfen, und erwiderte mit Festigkeit:

»Wohlan denn, so muß ich es allein unternehmen. Ich kann mich niemand als Ihnen anvertrauen, da sonst der alte Lederstrumpf entdeckt würde. Warten Sie am Saume dieser Wälder auf mich, damit man mich wenigstens nicht allein in die Berge gehen sieht. Ich möchte Bemerkungen vermeiden, Luise, wenn – wenn – Wollen Sie auf mich warten, meine Liebe?«

»Im Angesichte des Dorfes ein ganzes Jahr, Miß Temple«, entgegnete die geängstigte Luise. »Aber ich bitte, verlangen Sie nicht von mir, daß ich mit auf den Berg gehen soll.«

Elisabeth fand, daß ihre Gefährtin in der Tat außerstande war weiterzugehen, weshalb sie dieselbe an einer Stelle in der Nähe der Straße, wo man das Dorf im Gesicht hatte, ohne daß die Harrende von den Vorbeigehenden bemerkt werden konnte, verließ und nun ihren Weg allein fortsetzte. – Sie stieg den in unserer Erzählung oft erwähnten Pfad mit elastischen und festen Tritten hinan, besorgend, daß die Zögerung in Herrn Le Quois Laden und die zum Erreichen des Gipfels erforderliche Zeit sie verhindern möchte, zur bestimmten Stunde einzutreffen. Gelegentlich, wenn sie an einer Öffnung des Gebüsches vorbeikam, machte sie halt, um Atem zu holen oder vielleicht auf einen Augenblick die Reize der Landschaft zu betrachten. Die lange Dürre hatte jedoch das grüne Gewand des Tales in ein düsteres Braun verwandelt, und obgleich die Örtlichkeiten die gleichen waren, so fehlte ihnen doch jetzt der liebliche und erfreuliche Anblick des Frühsommers. Selbst der Himmel schien die Trockenheit der Erde zu teilen; denn die Sonne war durch einen Dunst in der Atmosphäre verhüllt, welcher wie dünner Rauch ohne eine Spur von Feuchtigkeit aussah, wenn überhaupt ein solcher denkbar wäre. Das blaue Firmament war kaum sichtbar und blickte nur stellenweise durch den Nebel, so daß man von dort aus Massen wogender Dünste am Horizont sich sammeln sah, als mühe sich die Natur, ihre Wasser zu vereinen, um dem Menschen Hilfe zu bringen. Selbst die Luft, welche Elisabeth einatmete, war heiß und trocken, und als sie die Stelle erreichte, wo sie die Straße verlassen mußte, fühlte sie sich fast zum Ersticken beengt. Sie eilte jedoch, ohne sich daran zu kehren, um nur ihren Auftrag auszurichten, indem ihr nichts als die Enttäuschung und Hilflosigkeit des alten Jägers vor Augen schwebte, wenn sie ihm nicht ihren Beistand leistete. Auf dem Gipfel des – von dem Richter so genannten – Visionsberges befand sich eine kleine Lichtung, von welcher aus man das ganze Dorf und das Tal übersehen konnte. Hier mußte sie ihrer Ansicht nach den Jäger treffen, und dahin lenkte sie auch ihre Schritte so hastig, wie es der steile Anstieg und die Hindernisse eines Forstes im Zustande der Natur nur gestatten mochten. Unzählige Felsenbruchstücke, gefallene Baumstämme und Zweige legten sich ihr in den Weg, aber ihre Entschlossenheit überwand alle Hindernisse, und ihrer Uhr zufolge war sie sogar um einige Minuten früher, als bestimmt worden, an Ort und Stelle.

Nachdem Miß Temple eine Weile auf einem Holzstamm ausgeruht hatte, warf sie ihre Blicke umher, um ihren alten Freund zu suchen; aber er war augenscheinlich nicht in der Lichtung. Sie stand daher auf, ging am Saume des Waldes herum und untersuchte jedes Plätzchen, wo sich Natty möglicherweise um seiner Sicherheit willen verborgen haben konnte. Ihr Spähen war jedoch vergeblich, und nachdem sie nicht nur ihren Körper, sondern auch ihre Vermutungen erschöpft hatte, um sich den Grund der Säumnis des Jägers zu erklären, wagte sie es, an diesem einsamen Orte ihre Stimme laut werden zu lassen. »Natty! Lederstrumpf! Alter Mann!« rief sie nach allen Richtungen, aber ohne eine andere Antwort zu erhalten als das Echo ihrer eigenen hellen Töne, welches der ausgetrocknete Wald zurückwarf.

Elisabeth näherte sich jetzt einer Kante des Gipfels, wo sich als Antwort auf ihren Ruf ein leichter Laut, ähnlich dem Geräusch, wenn man bei starkem Ausatmen die Hand vor den Mund hält, vernehmen ließ. Sie zweifelte keinen Augenblick, daß Natty hier ihrer warte und ihr durch dieses Zeichen den Ort andeuten wolle, wo er zu finden wäre, weshalb sie ungefähr hundert Fuß hinunterstieg, bis sie eine kleine natürliche Terrasse erreichte, wo auf dem spärlichen Boden einige Bäume in den Spalten des Felsens Wurzel gefaßt hatten. Sie trat bis an den Rand der Plattform vor und blickte über den senkrechten Absturz an der Vorderseite, als ganz in ihrer Nähe ein Rauschen des dürren Laubes ihren Augen eine andere Richtung gab. Unsere Heldin erschrak ob dem Gegenstande, der sich jetzt ihren Blicken darbot; aber ein Moment reichte hin, sie ihre Fassung wiedergewinnen zu lassen, und sie trat festen Blickes nicht ganz ohne Neugierde der Stelle näher.

Mohegan saß auf dem Stamme einer gefallenen Eiche, das lohfarbene Gesicht der Jungfrau zugekehrt und die Augen mit einer wilden Glut auf ihr Antlitz geheftet, die ein weniger entschlossenes Frauenzimmer entsetzt haben müßte. Die Decke war von seinen Schultern gefallen und lag in Falten um ihn her, so daß Brust, Arme und sein ganzer Oberkörper bloß waren. Washingtons Medaille hing an seinem Halse, ein Merkmal der Auszeichnung, das er, wie Elisabeth wohl wußte, nur bei besonders wichtigen und feierlichen Anlässen zur Schau trug. Das ganze Äußere des betagten Häuptlings war jedoch gekünstelter als gewöhnlich und teilweise wirklich schrecklich. Das lange schwarze Haar war geflochten und zurückgeschlagen, so daß sich die hohe Stirn frei über den durchbohrenden Augen entfaltete. In den ungeheuren Schlitzen seiner Ohren staken, der indianischen Sitte gemäß, rohe Verzierungen von Silber, Perlen und Igelstacheln. Ein großes Büschel aus ähnlichem Material hing von seinem Nasenknorpel auf die Lippen herab und ruhte auf seinem Kinne. Rote Striche liefen quer über seine runzlige Stirn, während eine ähnliche Malerei mit Abänderungen, wie sie die Laune oder das Herkommen eingeben mochte, seine Wangen bedeckte. Ein Gleiches war auch mit seinem Körper der Fall, und das Ganze zeigte einen indianischen Krieger, der sich zu einem Ereignis von mehr als gewöhnlicher Wichtigkeit vorbereitet hat.

»John! würdiger John! Wie geht es Euch?« begann Elisabeth, als sie näher trat. »Ihr seid in dem Dorfe recht fremd geworden. Ihr habt mir einen Weidenkorb versprochen, für den ich Euch schon seit langer Zeit ein Kattunhemd bereithalte.«

Der Indianer sah das Mädchen eine Weile starr an, ohne zu antworten, dann schüttelte er den Kopf und erwiderte in tiefen Kehllauten: »Johns Hand kann keine Körbe mehr machen; er braucht kein Hemd.«

»Wenn er's aber braucht, so weiß er, wo eines zu finden ist«, versetzte Miß Temple. »In der Tat, alter John, es ist mir, als hättet Ihr ein natürliches Recht, von uns zu fordern, was Ihr nur immer wünscht.«

»Tochter«, entgegnete der Indianer, »höre mich: Sechsmal zehn heiße Sommer sind vorübergegangen, seit John jung war – schlank wie eine Fichte, gerade wie Hawk-eyes Kugel, stark und ein Krieger wie der junge Adler. Wenn sein Stamm mehrere Sommer die Fährte der Maquas verfolgte, so fand Chingachgooks Auge den Eindruck ihrer Mokassins. Wenn das Volk ein Fest feierte und sich freute bei dem Zählen der Skalpe seiner Feinde, so hingen sie an dem Gürtel der Großen Schlange. Wenn die Weiber weinten, weil kein Fleisch da war für ihre Kinder, so war er der erste auf der Jagd, seine Kugel war schneller als der Hirsch. – Tochter, damals schlug Chingachgook seinen Tomahawk in die Bäume, um den Trägen anzudeuten, wo sie ihn und die Mingos finden konnten, – aber er machte kein Körbe.«

»Jene Zeiten sind vorbei, alter Krieger«, entgegnete Elisabeth. »Euer Volk ist seitdem verschwunden, und statt Eure Feinde zu jagen, habt Ihr gelernt, Gott zu fürchten und in Frieden zu leben.«

»Tritt hierher, Tochter, wo du den großen Quell, die Wigwams deines Vaters und das Land an dem gekrümmten Flusse sehen kannst. John war jung, als sein Stamm die Strecke von dort an, wo der blaue Berg über dem Wasser steht, bis dahin, wo sich der Susquehanna unter den Bäumen verbirgt, in der Beratung wegschenkte. Dieses alles – samt allem, was darauf wächst, was darüber geht und was sich darauf nährt, gaben sie dem Feueresser; – denn sie liebten ihn. Er war stark, und sie waren Weiber; er half ihnen. Kein Delaware schoß einen Hirsch, der in seinen Wäldern lief, oder fing einen Vogel, der über sein Land flog; denn sie gehörten ihm. Hat John im Frieden gelebt? Tochter, seit John jung war, hat er den weißen Mann von Frontenac herabkommen sehen bis nach Albany, um mit seinen weißen Brüdern zu kämpfen. War das Gottesfurcht? Er hat gesehen, wie seine englischen und amerikanischen Väter um dieses Landes willen die Tomahawks gegenseitig in ihren Gehirnen begruben. Heißt das Gott fürchten und in Frieden leben? Er hat gesehen, wie das Land dem Feueresser und seinen

Kindern und dem Kinde seines Kindes entrissen und ein neuer Häuptling über das Land gesetzt wurde. Lebten sie, die das taten, in Frieden? Haben sie Gott gefürchtet?«

»Das ist so Brauch bei den Weißen, John. Kämpfen die Delawaren nicht auch, und tauschen sie nicht ihr Land aus für Pulver, Decken und andere Waren?«

Der Indianer wendete aufs neue seine dunkeln Augen auf seine Gefährtin und ließ sie so spähend auf ihr haften, daß sie sich etwas beunruhigt fühlte.

»Wo sind die Decken und Waren, welche das Recht des Feueressers abkauften?« versetzte er mit wärmerem Tone. »Sind sie bei ihm in seinem Wigwam? Hat man zu ihm gesagt: ›Bruder, verkaufe uns dein Land und nimm dieses Gold, dieses Silber, diese Decken, diese Büchsen oder etwa diesen Rum? Nein! Sie entrissen es ihm, wie man einem Feinde den Skalp entreißt, und sie taten es, ohne hinter sich zu sehen, ob er lebte oder starb. Leben solche Menschen in Frieden, und fürchten sie den Großen Geist?«

»Ihr versteht die Verhältnisse nicht«, erwiderte Elisabeth, verlegener, als sie sogar sich selbst zugestehen mochte. »Wenn Ihr unsere Gesetze und Gebräuche besser kenntet, so würdet Ihr ganz anders von unsern Handlungen urteilen. Glaubt nichts Schlimmes von meinem Vater, Mohegan; denn er ist gerecht und gut.«

»Der Bruder von Miquon ist gut und will das Rechte. Ich habe es Hawk-eye gesagt, ich habe es dem jungen Adler gesagt, daß der Bruder von Miquon Gerechtigkeit üben wird.«

»Wen nennt Ihr den jungen Adler?« versetzte Elisabeth, ihr Antlitz von dem Gesichte des Indianers abwendend, als sie diese Frage stellte. »Woher kommt er, und worauf gründen sich seine Rechte?«

»Hat meine Tochter so lange mit ihm unter einem Dache gelebt, um dies zu fragen?« entgegnete der Indianer behutsam. »Das Alter macht das Blut erstarren, wie die Winterfröste die große Quelle bedecken; aber die Jugend erhält die Ströme des Bluts offen wie die Sonne zur Zeit der Blüten. Der junge Adler hat Augen: hatte er keine Zunge?«

Die Hindeutung des alten Kriegers auf die Liebenswürdigkeit des Jünglings verlor nichts von ihrem Nachdruck durch diese bildliche Sprache; denn die Jungfrau bedeckte das brennende Rot ihrer Wangen mit den Händen, bis ihre dunkeln Augen diese Glut widerzustrahlen schienen; aber nach einem kurzen Kampfe mit der Scham lächelte sie, als sei sie nicht geneigt, seinen Worten eine ernste Bedeutung unterzulegen, und erwiderte scherzend:

»Wenigstens nicht, um mich zur Herrin seiner Geheimnisse zu machen. Er ist zu sehr Delaware, um seine innersten Gedanken einem Weibe anzuvertrauen.«

»Tochter, der Große Geist machte deinen Vater mit einer weißen Haut und mich mit einer roten, aber in unser beider Herzen hat er Blut gegossen; es floß schnell und warm, als es jung war, aber jetzt im Alter ist es träge und kalt. Gibt es außer der Haut noch eine Verschiedenheit? Nein. Einst hatte John ein Weib. Sie war die Mutter von soviel Söhnen«, – er hob dabei drei Finger seiner Hand in die Höhe – »und sie hatte Töchter, welche die jungen Delawaren glücklich gemacht haben würden. Sie war sanft, Tochter, und was ich ihr sagte, das tat sie. Ihr habt andere Gebräuche; aber glaubst du wohl, daß John das Weib seiner Jugend, – die Mutter seiner Kinder nicht liebte?«

»Und was ist aus Eurer Familie, Eurem Weibe und Euren Kindern geworden, John?« fragte Elisabeth tief ergriffen von den Worten des Indianers.

»Wo ist das Eis hingekommen, das den großen Quell bedeckte? Es ist zerschmolzen und zu Wasser geworden. John hat gelebt, bis sein ganzes Volk hingegangen war in das Land der Geister; seine Zeit ist gekommen, und er ist bereit.«

Mohegan ließ den Kopf auf seine Decke sinken und verstummte. Miß Temple wußte nicht, was sie sagen sollte. Sie wünschte, die trüben Gedanken des alten Kriegers zu zerstreuen; aber sowohl in seinem Kummer als in seiner Entschiedenheit lag eine solche Würde, daß sie nicht zu sprechen wagte. Nach einer langen Pause begann sie jedoch das Gespräch aufs neue, indem sie fragte:

»Wo ist Lederstrumpf, John? Seinem Wunsche gemäß habe ich diese Büchse Pulver hergebracht, aber er läßt sich nirgends blicken. Wollt Ihr sie in Verwahrung nehmen und darauf bedacht sein, daß sie abgeliefert wird?«

Der Indianer erhob langsam seinen Kopf und sah mit ernstem Blicke auf die Gabe, welche sie in seine Hand legte.

»Dies ist der große Feind meines Volkes. Wann hätten die

Weißen ohne ihn je die Delawaren vertreiben können? Tochter, der Große Geist hat Eure Väter gelehrt, Gewehre und Pulver zu machen, um die Indianer damit aus ihrem Lande zu vertilgen; bald wird keine Rothaut mehr in diesen Bezirken weilen. Wenn John dahingeht, so verläßt die letzte diese Berge, und seine Familie ist ausgestorben.«

Der alte Krieger streckte seinen Körper vorwärts, legte einen Ellenbogen auf sein Knie und schien Abschied zu nehmen von den Gegenständen des Tales, welche noch durch die dunstige Atmosphäre sichtbar waren, obgleich sich die Luft mit jedem Augenblick um Miß Temple zu verdicken schien, wie sie denn auch fühlte, daß ihr das Atmen immer schwerer wurde. Das Auge Mohegans veränderte allmählich den Ausdruck des Schmerzes zu einem wilden Blicke, den man beinahe für den eines begeisterten Sehers hätte halten können, als er fortfuhr:

»Aber er wird gehen zu dem Lande, wo seine Väter weilen. Das Wild wird in ebenso großer Menge da sein wie der Fisch in den Seen. Kein Weib wird um Nahrung weinen und kein Mingo je dahin kommen. Die Kinder werden jagen und alle gerechten roten Männer wie Brüder zusammenleben.«

»John, das ist nicht der Himmel eines Christen!« rief Miß Temple. »Ihr sinkt zurück in den Aberglauben Eurer Vorfahren.«

»Väter! Söhne!« sprach Mohegan mit Festigkeit – »alle dahin! – alle dahin! Ich habe keinen Sohn als den jungen Adler, und in seinen Adern fließt das Blut eines weißen Mannes.«

»Sagt mir, John«, entgegnete Elisabeth, die seine Gedanken auf andere Gegenstände zu lenken wünschte, indem sie zugleich der Macht der Neugierde nachgab: »Wer ist dieser Herr Edwards? Warum liebt Ihr ihn so, und woher kommt er?«

Der Indianer fuhr bei dieser Frage, welche augenscheinlich seine Gedanken nach der Erde zurückführte, zusammen. Er ergriff die Hand des Mädchens, zog sie an seine Seite nieder und deutete auf das Land unter ihnen. –

»Sieh, Tochter«, sagte er, ihre Blicke gen Norden lenkend; »so weit dein junges Auge sehen kann, war es das Land seines ––«

In diesem Augenblicke rollten ungeheure Rauchmassen über ihren Köpfen weg und verhüllten in kreiselnden Wirbeln die Aussicht nach dem Gebirge. Erschrocken ob dieser Erscheinung, sprang Miß Temple auf ihre Füße und wandte ihre Augen nach dem Gipfel des Berges, den sie gleichfalls mit einer dichten Rauchwolke bedeckt sah, während sich ein heulender Ton, ähnlich dem Brausen des Windes, in dem Forst über ihr vernehmen ließ.

»Was bedeutet das, John?« rief sie. »Wir sind von Rauch eingehüllt, und ich fühle eine Hitze, ähnlich der Glut eines Ofens.«

Ehe der Indianer antworten konnte, ließ sich das Rufen einer Stimme durch die Wälder vernehmen.

»John! Wo bist du, alter Mohegan? Der Wald steht in Flammen, und du hast nur noch eine Minute Zeit zur Flucht!«

Der Häuptling legte die Hand vor seinen Mund und brachte mit den Lippen denselben Ton hervor, welcher Elisabeth nach der Stelle gelockt hatte, als plötzlich ein schneller hastiger Schritt durch das Gebüsch und Unterholz rauschte und unmittelbar darauf Edwards mit entsetzten Zügen an ihre Seite trat.

Siebenunddreißigstes Kapitel

Die Liebe herrscht ob Hof und Feld und Hain.
Lied des letzten Minstrels

»Es wäre in der Tat traurig gewesen, dich auf eine solche Weise zu verlieren, mein alter Freund«, rief Oliver, sobald er so weit zu Atem gekommen war, um sprechen zu können. »Auf und fort! Vielleicht ist es jetzt schon zu spät. Die Flammen ziehen sich im Kreise um die Felsenspitze, und wenn wir hier nicht durch können, bleibt uns kein anderer Ausweg als über den Absturz hinunter. Auf! Auf! Schüttle deine Schlaffheit ab, John! Der Augenblick drängt!«

Mohegan deutete auf Elisabeth, welche, sobald sie die Töne von Edwards Stimme erkannt, die Gefahr vergessen und sich hinter einen Felsenvorsprung zurückgezogen hatte, und sprach mit neu erwachendem Leben:

»Rette sie – laß John sterben!«

»Sie? Wen meinst du?« rief der Jüngling, indem er sich rasch nach der von dem Indianer angedeuteten Stelle umwandte; – als er aber Elisabeths Gestalt sah, in deren Haltung sich sowohl der Schreck als auch ein Mißbehagen ausdrückte, mit dem jungen Manne an einem solchen Orte zusammenzutreffen, fühlte er sich vor Entsetzen fast der Sprache beraubt.

»Miß Temple!« rief er, als er wieder Worte fand. »Sie hier? Ach, daß Ihnen ein solcher Tod vorbehalten sein mußte!«

»Nein, nein, nein – kein Tod, hoffe ich, für irgend jemand von uns, Herr Edwards«, versetzte sie, indem sie sich bemühte, ruhig zu sprechen. »Es ist nur Rauch vorhanden, kein Feuer, das uns beschädigen könnte. Versuchen wir's zu fliehen!«

»Nehmen Sie meinen Arm«, entgegnete Edwards, »es muß irgendwo noch eine Lücke sein, um uns durchzuhelfen. Aber sind Sie auch der Anstrengung gewachsen?«

»Gewiß. Doch ich glaube nicht, daß die Gefahr so groß ist, Herr Edwards. Führen Sie mich nach der Richtung, wo Sie herkamen.«

»Ich will – ich will«, rief der Jüngling mit einer Art verzweifelter Entschlossenheit. »Ja, ja – dort ist keine Gefahr, ich habe Sie unnötig beunruhigt.«

»Aber sollen wir den Indianer verlassen? – Können wir ihn, wie er sagt, sterben lassen?«

Ein Ausdruck schmerzlicher Erregung flog über das Gesicht des jungen Mannes; er hielt an und warf einen wehmütigen Blick auf Mohegan zurück, ohne jedoch seine Gefährtin loszulassen, die er mit gewaltigen Schritten vorwärts zog, um in der Richtung, in welcher er hergekommen, einen Weg durch den Flammenkreis zu suchen.

»Nehmen Sie keine Rücksicht auf ihn«, sprach er mit der Ruhe der Verzweiflung. »Er ist an die Wälder und an solche Szenen gewöhnt und entkommt vielleicht auf den Berg – über den Felsen – oder bleibt auch wohl, wo er ist, ohne daß seine Sicherheit gefährdet würde.«

»Sie waren eben erst noch anderer Ansicht, Edwards! – Lassen Sie ihn nicht dort, um eines solchen Todes zu sterben«, rief Elisabeth und heftete dabei auf das Antlitz des Jünglings einen Blick, welcher die Gesundheit der Sinne ihres Führers zu bezweifeln schien.

»Ein Indianer und verbrennen! Wer hat je gehört, daß ein Indianer im Feuer gestorben wäre? Ein Indianer kann nicht verbrennen, der Gedanke ist lächerlich. Eilen Sie, eilen Sie, Miß Temple! – Der Rauch könnte Ihnen gefährlich werden.«

»Edwards! Ihr Blick, Ihr Auge erschreckt mich! Sagen Sie mir aufrichtig, ist die Gefahr größer, als sie scheint? Und wenn es das Äußerste wäre, – ich bin darauf gefaßt.«

»Wenn wir jene Felsenspitze erreichen können, ehe sich die Feuermasse ihrer bemächtigt, so sind wir geborgen, Miß Temple!« rief der junge Mann mit einer Stimme, welche alle Schranken seiner erzwungenen Fassung niederbrach. »Fliehen Sie, was Sie können! – Es gilt Ihr Leben!«

Der Ort, wo Miß Temple den Indianer getroffen, war, wie bereits gesagt, eine jener Felsenplattformen, welche in den Gebirgen dieser Gegend eine Art von Terrassen formieren und nach vorn tief und senkrecht abschießen. Sie bildete nahezu einen natürlichen Kreisbogen, dessen Enden sich in weniger steilen Anstiegen mit dem Gebirge vereinigten. Über eine derselben war Edwards herabgekommen, und ebendahin drängte er Elisabeth mit verzweifelter Hast zurück.

Ungeheure Wolken weißen Rauches umlagerten die Spitze des Berges und verbargen das Umsichgreifen des wütenden Elements; aber ein prasselnder Ton zog die Augen der an Edwards Seite über den Grund fliehenden Miß Temple gegen die Grenzen des Rauches, wo sie bereits die wehenden Flammen dem Dunstgewölke voranschießen sah, bald hoch in die Luft auflodernd, bald wieder zur Erde sinkend, wo sie jeden Strunk und jedes Gesträuch, das ihrem glühenden Hauche nahe kam, zu verzehren schienen. Dieser Anblick rüttelte die beiden Flüchtlinge zu verdoppelter Kraftanstrengung auf, aber unglücklicherweise lag ein Haufen alter dürrer Baumwipfel quer über ihrem Wege, und in demselben Augenblicke, als sie sich schon gerettet glaubten, warfen die warmen Luftströmungen eine doppelte Flammenzunge nach dem Holzstoße, welcher im Augenblicke der Berührung auch Feuer fing, und als sie den Ort erreichten, fanden sie ihren Weg durch eine prasselnde Lohe, ähnlich der in einem Ofen hell auflodernden, versperrt. Sie bebten zurück und flüchteten nach einer Felsenspitze, von wo aus sie betäubt in die Flammen blickten, welche rasch weitergriffen und bald die ganze Seite des Berges in ein wogendes Feuermeer verwandelten. Elisabeths leichter und luftiger Anzug machte es sogar gefährlich, sich auch nur in die Nähe des wütenden Elements zu wagen, und dieselben fliegenden Gewänder, welche ihrer Gestalt soviel Weichheit und Anmut verliehen, schienen nun bestimmt zu sein, die Werkzeuge ihrer Vernichtung zu werden.

Die Dorfbewohner pflegten auf diesem Berge ihr Brenn- und Bauholz zu holen, wobei sie jedoch immer nur die Stämme nahmen und Wipfel und Zweige zurückließen, um sie an Ort und Stelle verwittern zu lassen. Der Berg war daher mit Massen solchen leichten Brennstoffes bedeckt, der unter der sengenden Sonne der letzten zwei Monate bei der leichtesten Berührung mit Feuer entzündet werden konnte. In der Tat schien es auch in einzelnen Fällen der Berührung gar nicht zu bedürfen; denn es war, als ob die Flammen von Haufen zu Haufen schössen, wie das fabelhafte Feuer, welches die vernachlässigte Flamme des heidnischen Tempels wieder anzündete.

Der Anblick war ebenso schön wie schrecklich, und Edwards schaute nebst Elisabeth auf die fortschreitende Verheerung mit einem seltsamen Gemisch von Entsetzen und Teilnahme. Er erwachte jedoch bald wieder zu neuen Kraftanstrengungen und zog seine Gefährtin an dem Saume des Rauches vorbei, wobei er oft, aber stets erfolglos, in den dichten Wolken einen Durchgang suchte. Sie hatten in dieser Weise einen Halbkreis um den oberen Teil der Terrasse beschrieben, bis sie, an dem anderen Ende derselben angelangt, zu der schrecklichen Überzeugung kamen, daß sie vollständig von dem Feuer umgeben seien. Solange noch ein einzelner Paß, auf- oder abwärts im Gebirge, nicht erspäht war, durfte man doch noch hoffen; sobald aber jedes Entkommen durchaus unmöglich schien, erfaßten Elisabeth die Schrecken ihrer Lage ebensosehr, als sie bisher, die Gefahr leichtzunehmen, geneigt gewesen war.

»Dieser Berg trägt die Bestimmung, mir verderblich zu werden!« flüsterte sie, »wir werden hier unser Grab finden!«

»Sprechen Sie nicht so, Miß Temple; noch ist die Hoffnung nicht verloren«, entgegnete der Jüngling in dem gleichen Tone, obgleich der starre Ausdruck seines Auges diesen Worten widersprach. »Wir wollen zu der Spitze des Felsens zurückkehren; dort ist, – dort muß noch eine Stelle sein, wo wir hinabsteigen können.«

»So führen Sie mich hin«, rief Elisabeth. »Wir wollen nichts unversucht lassen.«

Sie wartete die Antwort nicht ab, sondern flog dem Rande des Absturzes zu, während sie in unterdrücktem, krampfhaftem Schluchzen vor sich hinmurmelte: »Mein Vater! mein armer, mein unglücklicher Vater!«

Edwards war im Augenblick an ihrer Seite und sah sich in den Spalten der Klippen fast die Augen aus, um eine Öffnung zu erspähen, welche die Flucht hätte erleichtern können. Aber schon die obere Fläche des Felsens war so glatt, daß sie dem Fuß kaum sicher aufzutreten gestattete; wieviel weniger war nun daran zu denken, sich der schwachen Vorsprünge zu bedienen, um etwa hundert Fuß hinabsteigen zu können! Edwards sah bald ein, daß auch hier nichts zu hoffen war, und mit einer Art von fieberhafter Verzweiflung, die ihn zu erneuter Tätigkeit drängte, schritt er zu einem weiteren Versuche.

»Es bleibt uns nichts übrig, Miß Temple«, sagte er, »als Sie von hier aus auf den unten liegenden Felsen hinabzulassen. Wenn Natty hier wäre, oder wenn nur dieser Indianer aus seiner Erstarrung aufgeweckt werden könnte, so würden ihr Scharfsinn und ihre lange Erfahrung leicht Wege finden; ich bin jedoch für den gegenwärtigen Augenblick in allem andern, nur nicht in meinem Mute, wie ein Kind. Wo finde ich einen Ausweg? Mein Anzug ist so leicht und ungenügend, – doch Mohegans Decke! Wir müssen es versuchen, – wir müssen es versuchen, – was es auch sei, alles ist besser, als Sie das Opfer eines solchen Todes werden zu sehen!«

»Und was soll aus Ihnen werden?« versetzte Elisabeth. »Nein, weder Sie noch John sollen meiner Rettung zum Opfer fallen!«

Er hörte sie nicht, sondern war bereits an Mohegans Seite, der sich ohne Widerrede die Decke nehmen ließ, indem er dabei mit indianischer Würde und Fassung seinen Sitz beibehielt, obgleich seine eigene Lage gefährlicher als die der andern war. Die Decke wurde in Streifen geschnitten, und die Bruchstücke aneinander geknüpft, wobei auch noch die Linnenjacke des Jünglings und Elisabeths leichter Musselinschal Beihilfe leisten mußten. Die Leine wurde mit Blitzesschnelle über den Felsen hinabgeworfen, aber sie reichte nicht zur Hälfte zu, um den Boden zu erreichen.

»Es geht nicht, – es geht nicht!« rief Elisabeth. »Für mich ist keine Hoffnung! Das Feuer greift zwar langsam, aber sicher um sich. Sehen Sie, es verzehrt sogar den Boden vor sich her.«

Hätten sich die Flammen an dieser Stelle nur halb so schnell verbreitet, als es an andern Teilen des Berges der Fall war, wo sie von Busch zu Baum lecken konnten, so wäre unser peinliches Geschäft bereits geendet, da die Eingeschlossenen ihnen schon längst hätten zum Raube werden müssen. Aber die Eigentümlichkeit ihrer Lage gewährte Elisabeth und ihrem Gefährten so viel Aufschub, daß sie die erwähnten Versuche noch machen konnten.

Die dünne Erdrinde, welche den Felsen bedeckte, barg nur einige welke Kräuter, und die meisten Bäume, die in den Spalten Wurzel gefaßt hatten, waren infolge der heißen Temperatur, welche mehrere Sommer zuvor geherrscht hatte, bereits hingestorben. Die einzigen noch erkennbaren Lebensäußerungen daran bestanden aus etlichen dürren und welken Blättern, während die übrigen bloß tote Stümpfe von Fichten, Eichen und Ahornbäumen waren. Ein besseres Material zur Nahrung für das Feuer hätte nicht aufgefunden werden können, wenn es mit den Flammen in Berührung gekommen wäre; der Boden entbehrte jedoch ganz und gar des Gebüsches, durch welches das zerstörende Element, einem Waldstrome gleich, den übrigen Berg entlang fortgepflanzt wurde. Neben diesem Mangel an Brennstoff brach auch eine der großen Quellen, von denen es in diesem Bezirke wimmelt, über dem Abhange hervor, die, nachdem sie eine Weile träg auf dem ebenen Lande fortgeflossen, die Moosdecke des Felsens befeuchtete und um die Basis des kleinen Kegels rann, welchen die Spitze des Berges bildete; sie rieselte unter dem Rauchgewölk in der Nähe eines Endes der Terrasse vorbei und fand ihren Weg nach dem See durch die geheimen Kanäle der Erde, ohne von Feld zu Fels zu stürzen. In nassen Jahreszeiten bildete sie wohl hin und wieder ein Bächlein, aber in trockenen Sommern ließ sie sich nur an dem moosigen, sumpfigen Grunde erkennen, welcher die Nähe von Wasser anzeigt. Als das Feuer diese Barriere erreichte, mußte es innehalten, bis eine Konzentration der Hitze die Feuchtigkeit überwand, einer Armee gleich, die nur das Heranrücken ihres Nachtrabs erwartet, um den Weg der Zerstörung weiterzugehen.

Der verhängnisvolle Augenblick schien nun gekommen zu sein; denn die zischenden Dämpfe der Quelle waren beinahe erschöpft, und das Moos der Felsen kräuselte sich bereits unter der sengenden Hitze, während die Rindenreste, welche noch an den toten Bäumen hingen, sich von ihren Stämmen zu trennen begannen und als gerollte Massen zur Erde fielen. Die Luft schien unter den Hitzestrahlen zu beben und mit den vertrockneten Zweigen ihr Spiel zu treiben. Hin und wieder fegten dunkle Rauchwolken über die kleine Terrasse weg und erhöhten, während sie das Auge trübten, die Empfänglichkeit der übrigen Sinne für die Schrecken der Szene. In solchen Augenblikken vereinigte sich das Rauschen der Flammen, das Prasseln des wütenden Elements mit dem Knistern der fallenden Zweige, auch hin und wieder mit dem donnernden Widerhall irgendeines gestürzten Baumes, um die Angst der dem Tode Verfallenen zu steigern. Von den dreien war jedoch der Jüngling augenscheinlich der Aufgeregteste. Elisabeth hatte die Hoffnung des Entkommens ganz aufgegeben und sah dem Ausgang mit jener gefaßten Ruhe entgegen, welche man nicht selten sogar bei den Zartesten ihres Geschlechtes in der Lage eines unabwendbaren Übels antrifft, während Mohegan, der sich der Gefahr am nächsten befand, mit der durch nichts zu bewältigenden Resignation eines indianischen Kriegers seinen Sitz beibehielt. Ein- oder zweimal wandte sich das Auge des betagten Häuptlings, das gewöhnlich in der Richtung nach den fernen Bergen starrte, nach dem jungen Paar, welches zu einem so frühen Tode verurteilt zu sein schien, und ein leichter Zug von Mitleid durchlief seine gefaßten Züge; dann aber kehrte er wieder zu seinen Bergen zurück, als blicke er bereits in den Schoß der Zukunft. Meist sang er dabei eine Art von Totenlied in der Sprache der Delawaren und in den tiefen eigentümlichen Kehllauten seines Volkes.

»In einem solchen Augenblicke, Herr Edwards, hat aller Erdenunterschied ein Ende«, flüsterte Elisabeth. »Überreden Sie John, näher zu kommen, damit wir zusammen sterben können.«

»Unmöglich – er wird sich nicht von der Stelle bewegen«, versetzte der Jüngling in den gleichen, grausig leisen Tönen. »Er betrachtet dies als den glücklichsten Augenblick seines Lebens. Siebzig Winter sind über ihn hingegangen, und in der letzten Zeit hat er schnell abgenommen; auch erhielt er bei der Verfolgung des Unglückstieres auf dem See eine Verletzung. Ach, Miß Temple! das war in der Tat eine unglückliche Jagd; sie hat, wie ich fürchte, auch diese entsetzliche Szene herbeigeführt.«

Auf Elisabeths Antlitz strahlte ein Himmelslächeln, während sie sprach:

»Warum erwähnen Sie jetzt diese Kleinigkeit? In solchen Augenblicken ist das Herz tot für alle irdischen Gefühle.«

»Wenn etwas dem Menschen mit einem solchen Tode versöhnen kann«, rief der Jüngling, »so ist es der Gedanke, ihn in solcher Gesellschaft zu erleiden!«

»Reden Sie nicht so, Edwards, reden Sie nicht so«, unterbrach ihn Miß Temple. »Ich kenne meinen Unwert, und Sie selbst tun sich unrecht. Wir müssen sterben, ja, – ja, – wir müssen sterben, – es ist der Wille Gottes und deshalb unsere Pflicht, uns demselben wie gehorsame Kinder zu unterwerfen.«

»Sterben!« lautete der Entsetzungsruf des Jünglings. »Nein – nein – es *muß* noch Hoffnung da sein, – Sie wenigstens sollen, – *dürfen* nicht sterben.«

»Wie wäre es zu ändern?« fragte Elisabeth, indem sie mit der Ruhe der Verklärung auf das Feuer zeigte. »Sehen Sie! Die Flamme überschreitet die Grenzlinie des feuchten Grundes; sie kommt langsam, aber sicher näher. Ah! dort! Der Baum! Der Baum lodert bereits auf!«

Sie hatte nur zu wahr gesprochen. Die sengende Hitze war endlich Herr geworden über die widerstrebende Quelle, und das Feuer stahl sich langsam auf dem halbtrockenen Moose fort, während eine abgestorbene Fichte bei der Berührung mit einer Flammenzunge, die sich nur einen Moment um den Stamm des Baumes schlängelte, unter dem Einflusse des Windes hoch aufloderte. All dies war das Werk eines Augenblicks. Die Flammen tanzten längs dem vertrockneten Stamme wie rasch sich folgende Blitze hin, und unmittelbar darauf wütete eine lebende Feuersäule auf der Terrasse. Sie schoß von Baum zu Baum, und die Szene näherte sich ihrem Ende. Der Stamm, auf welchem Mohegan saß, brannte bereits an seinem äußersten Ende, und der Indianer schien ganz von Feuer umgeben. Er bewegte sich nicht. Sein schutzloser Körper mochte wohl schwer leiden, aber die Seelenstärke des Mannes überwand allen Schmerz. Man konnte sogar mitten in diesem Graus seine Stimme noch hören.

Elisabeth wandte das Auge von dem schrecklichen Anblick ab und sah nach dem Tale hinunter. Die Hitze erzeugte wütende Wirbelwinde, und in dem nämlichen Augenblicke fegten sie die über dem Tale hängende Rauchwolke weg, um das friedliche Dorf unter ihren Füßen schauen zu lassen.

»Mein Vater! – Mein Vater!« schrie Elisabeth. »Ach, – warum konnte mir dies nicht erspart werden! – Doch ich ergebe mich.«

Die Entfernung war nicht so weit, um nicht die Gestalt des Richters Temple unterscheiden zu lassen, der auf einem seiner Güter stand, augenscheinlich nichts von der Gefahr seines Kindes ahnte und den brennenden Berg betrachtete. Dieser Anblick war noch peinlicher als die so nahe Gefahr, und Elisabeth wandte sich wieder nach dem Berge um.

»Meine ungezügelte Hitze ist an all diesem schuld«, rief Edwards verzweifelt. »Hätte ich nur die Hälfte Ihrer himmlischen Ergebung besessen, Miß Temple, so wäre vielleicht noch alles gutgegangen.«

»Nichts mehr davon, – nichts mehr davon!« versetzte sie. »Wozu soll es nützen? Wir müssen sterben, Edwards, wir müssen sterben, – und so wollen wir es denn als Christen tun. Doch – nein – Sie können vielleicht noch entkommen. Ihr Anzug ist Ihnen nicht so hinderlich wie mir der meinige. Fliehen Sie! Verlassen Sie mich, – doch halt! Sie werden meinen Vater sehen, meinen armen kinderlosen Vater! Sagen Sie ihm dann, Edwards, – sagen Sie ihm alles, was seinen Kummer beschwichtigen kann. Erzählen Sie ihm, daß ich glücklich und gefaßt starb, daß ich zu meiner lieben Mutter gegangen bin, daß die Stunden des Erdenlebens nichts sind, wenn sie in die Waagschale der Ewigkeit fallen. Sagen Sie ihm, daß wir uns wiedersehen werden. Und sagen Sie ihm«, fuhr sie fort, indem sie ihre Stimme, die sich mit ihren Gefühlen gesteigert hatte, dämpfte, als sei sie sich ihrer irdischen Schwäche bewußt, »wie innig, wie unaussprechlich innig meine Liebe zu ihm gewesen sei, – zu innig vielleicht, um nicht meiner Liebe zu Gott Eintrag zu tun!«

Der Jüngling horchte auf die rührenden Laute, jedoch ohne sich von der Stelle zu bewegen. Endlich fand er selbst die Sprache wieder und entgegnete:

»Sie wollen mir gebieten, Sie zu verlassen, – Sie am Rande des Grabes zu verlassen? Ach, Miß Temple! wie wenig haben Sie mich gekannt!«

Er sank jetzt vor ihr auf die Knie nieder und umfaßte ihr fliegendes Gewand mit seinen Armen, als wolle er dasselbe gegen die Gier der Flammen schützen.

»Ich wurde voll Verzweiflung in die Wälder getrieben, aber Ihre Gesellschaft hat den Löwen in mir gezähmt. Wenn ich meine Zeit in einer entwürdigenden Stellung verbrachte, so war es der Zauber Ihrer Person, der mich dazu veranlaßte. Wenn ich meines Namens und meiner Familie vergaß, so trat Ihre Gestalt an die Stelle der Erinnerung; wenn ich den Rückblick auf erlittenes Unrecht aus meiner Seele bannte, so waren Sie es, die mich Vergebung lehrte. Nein – nein – teuerste Elisabeth, ich kann mit Ihnen sterben, aber nimmermehr Sie verlassen!«

Elisabeth antwortete nicht und stand regungslos. Es war klar, daß ihre Gedanken nicht mehr auf der Erde weilten. Die Erinnerung an ihren Vater und der Schmerz des Scheidens waren durch ein heiliges Gefühl gemildert, welches sie über die Erdendinge erhob, und die Schwäche ihres Geschlechts schwand hin vor dem Blick in die nahe Ewigkeit. Noch einmal wurde sie jedoch Weib, als sie diese Worte hörte. Sie kämpfte gegen ihre Gefühle und lächelte; denn sie glaubte jetzt den letzten Rest zeitlicher Fesseln abgestreift zu haben, als plötzlich die Welt mit all ihren Reizen aufs neue in den durchbohrenden Tönen einer menschlichen Stimme zu ihrem Herzen drang.

»Mädchen, wo bist du, Mädchen? Erfreue das Herz eines alten Mannes, wenn du noch den Lebenden angehörst!«

»Horch!« sagte Elisabeth, »das ist Lederstrumpf! Er sucht mich!«

»Es ist Natty!« jauchzte Edwards. »Wir können vielleicht noch gerettet werden!«

Eine weite, im Kreise umher aufblitzende Flamme überstrahlte für einen Augenblick sogar das Feuer der Wälder, und ein lauter Knall folgte.

»Das ist die Büchse! Das ist das Pulver!« rief dieselbe Stimme, augenscheinlich in größerer Nähe. »Ach, es ist die Büchse, und das kostbare Kind ist verloren!«

Im nächsten Augenblick tauchte Natty aus den Dämpfen der Quelle auf und wurde auf der Terrasse sichtbar: er hatte keine Mütze, das Haar seines Hauptes war versengt, sein gewürfeltes Hemd schwarz und voll Löcher, – und sein rotes Gesicht erschien infolge der Hitze dunkler als je.

Achtunddreißigstes Kapitel

Selbst aus dem Schattenreiche kehrt
Des Vaters schreckenvoll Gespenst.
Gertrude von Wyoming

Eine Stunde lang, nachdem Luise Grant von Miß Temple in der bereits erwähnten Lage verlassen worden war, harrte sie in fieberhafter Angst auf die Rückkehr ihrer Freundin. Als jedoch nach Ablauf dieser Zeit Elisabeth nicht wiedererschien, nahmen Luises Besorgnisse in einem Grade zu, der ihre aufgeregte Phantasie jede Gefahr, die der Wald bergen mochte, – die wirkliche ausgenommen, – heraufbeschwören ließ. Der Himmel hatte sich allmählich umdüstert, und ungeheure Rauchwolken ergossen sich über das Tal; Luises Gedanken kehrten jedoch immer zu den wilden Tieren zurück, ohne daß sie sich etwas von der wahren Sachlage träumen ließ. Sie hatte sich längs des Saumes der niedrigen Fichten und Kastanien an der Außenseite des Forstes und unmittelbar über dem Winkel aufgestellt, wo die Straße von der geraden Richtung nach dem Dorfe abbog und sich seitwärts bergan zog. Sie konnte daher nicht nur das Tal, sondern auch den Weg unter sich überblicken. Die wenigen Vorübergehenden, deren sie ansichtig wurde, waren in ernste Gespräche vertieft und erhoben ihre Augen häufig nach dem Berge, bis sie endlich auch Leute ihre Höfe verlassen und gleichfalls in die Höhe schauen sah. Beunruhigt durch solche ungewöhnliche Bewegungen, zögerte sie, ihren Posten zu verlassen, obgleich sie sich auch zu bleiben fürchtete. Da wurde das Mädchen durch die dumpfen, knarrenden, aber vorsichtigen Tritte eines Mannes aufgeschreckt, der durch das Gebüsch herankam. Sie wollte eben fliehen, als Natty aus dem Versteck auftauchte und an ihre Seite trat. Der alte Mann lachte, während er ihr freundlich die vor Furcht bebende Hand schüttelte.

»Ich freue mich, Sie hier zu treffen, mein Kind«, begann er, »denn der Rücken des Berges steht in Flammen, und es würde gefährlich sein, jetzt hinaufzugehen, bis das Feuer darüber hinweggeleckt und das tote Holz aufgezehrt hat. Ich traf da oben einen einfältigen Mann, – einen Kameraden von dem Schufte, welcher mich in all diese Ungelegenheiten gebracht hat, – der auf der Ostseite nach Erz gräbt. Ich sagte ihm, die unachtsamen Wichte, welche einen erfahrenen Jäger nach Einbruch der Dunkelheit in den Wäldern zu fangen gedachten, hätten ihre Holzfackeln ins Gebüsch geworfen, und es würde wie Werg aufbrennen; er solle daher den Berg verlassen. Er war jedoch so auf sein Geschäft erpicht, daß ihn keine Gewalt von der Stelle zu bringen vermochte. Wenn er nicht verbrannt ist und sich in dem von ihm selbst aufgeworfenen Grabe begraben hat, so muß er eine Salamandernatur haben. Ei der Tausend, was fehlt dem Kinde! Sie gebärden sich ja so scheu, als ob Sie noch mehr Panther sähen! Ich wollte, es wären deren noch etliche vorhanden; ich könnte damit meine Schuld schneller abbezahlen als mit den Bibern. Aber wo ist das gute Kind eines schlimmen Vaters? Hat sie vergessen, was sie einem alten Mann versprochen?«

»Auf dem Berg! Auf dem Berg!« schrie Luise entsetzt. »Sie sucht Euch auf dem Berge!«

Natty bebte bei dieser unerwarteten Nachricht um etliche Schritt zurück.

»Herr, Gott im Himmel, sei ihr gnädig! Sie ist auf dem Visionsberge, der im gegenwärtigen Augenblicke nur *ein* Flammenmeer bildet. Kind, wenn Sie die Arme lieben und einen Freund zu finden hoffen, wann er Ihnen am meisten not tut, so eilen Sie in das Dorf und machen Sie Lärm! Eine gehörige Anzahl Menschen vermag das Feuer vielleicht zu bekämpfen, und so bleibt doch noch *eine* Hoffnung. Fliegen Sie! Ich bitte, fliegen Sie! Sie dürfen sich nicht einmal Zeit lassen, Atem zu schöpfen.«

Lederstrumpf hatte kaum diese Einschärfung erlassen, als er im Gebüsche verschwand, und Luise sah ihn letztmals, wie er den Berg hinaneilte, und zwar mit einer Hast, wie sie nur Männern zu Gebote steht, die an derartige Anstrengungen gewöhnt sind.

»Hab' ich Sie gefunden?« rief der alte Mann, als er sich durch den Rauch Bahn gebrochen. »Gott sei gelobt, daß ich Sie gefunden habe! Doch folgen Sie mir; jetzt ist keine Zeit zum Schwatzen.«

»Aber mein Anzug!« entgegnete Elisabeth. »Ich darf mich darin der Flamme nicht weiter nähern.«

»Ich dachte wohl an diese luftigen Dinger«, rief Natty, indem er die Falten einer hirschledernen Decke löste, die er um den Arm geschlungen trug, und das Mädchen auf eine Weise dareinhüllte, daß ihr ganzer Körper geschützt war. »Jetzt folgen Sie mir, unser aller Leben steht auf dem Spiele!«

»Aber John! Was soll aus John werden?« rief Edwards. »Können wir den alten Krieger dem sichern Tode preisgeben?«

Die Augen Nattys folgten der Richtung von Edwards Finger und erblickten den Indianer, der noch immer wie früher dasaß, obwohl sich bereits die Erde unter seinen Füßen im Feuer verzehrte. Der Jäger näherte sich unverzüglich der Stelle und sagte in der Sprache der Delawaren:

»Auf und fort, Chingachgook! Willst du hierbleiben und verbrennen wie ein Mingo am Pfahle? Die Mährischen Brüder haben dich hoffentlich etwas Besseres gelehrt. Gott steh mir bei, das Pulver ist zwischen seinen Beinen losgegangen und hat die Haut seines Rückens geröstet. Willst du kommen, frage ich? Willst du folgen?«

»Warum sollte Mohegan gehen?« erwiderte der Indianer düster. »Er hat die Tage eines Adlers gelebt, und sein Auge wird trübe. Er sieht in das Tal, er sieht auf das Wasser, er sieht in die Jagdgründe, – aber er sieht keinen Delawaren. Jeder hat eine weiße Haut. Meine Väter rufen aus dem fernen Lande: ›Komm!‹ Meine Weiber, meine jungen Krieger, mein Stamm, – alles ruft: ›Komm!‹ Der Große Geist sagt: ›Komm!‹ Laßt Mohegan sterben.«

»Aber du vergißt deinen Freund –« rief Edwards.

»Es ist nutzlos, zu einem Indianer zu sprechen, wenn er den Tod vor Augen hat, Junge«, unterbrach ihn Natty, indem er die Streifen der Decke ergriff und mit wunderbarer Gewandtheit den leidenden Häuptling auf seinen eigenen Rücken band. Dann wandte er sich um, und mit einer Kraft, die nicht allein seinen Jahren, sondern auch seiner Bürde Trotz zu bieten schien, ging er in derselben Richtung, in welcher er hergekommen war, voran. Kaum hatten sie die Terrasse verlassen, als einer der abgestorbenen Bäume, der schon seit einer Minute gewankt, auf die Stelle, wo sie eben gestanden hatten, stürzte und die Luft mit seinen Funken erfüllte.

Ein solches Ereignis war dazu angetan, die Schritte der Entweichenden zu beschleunigen, welche jetzt Lederstrumpf mit einer Hast, wie sie der Augenblick erforderte, folgten.

»Tretet auf den weichen Grund«, rief er, als sie von dem Gewölk so umhüllt waren, daß ihnen der Gesichtssinn nur wenig half, »und haltet euch in dem weißen Rauch! Schling dies Fell fest um sie, Junge; sie ist ein Schatz, wie so leicht nicht wieder einer gefunden wird.«

Der Anweisung des Jägers gehorsam, folgten die beiden seinen Tritten, und obgleich der enge Pfad, welcher die Windungen der Quelle andeutete, durch brennende Stämme und fallende Zweige führte, so fanden sie doch glücklich einen Ausweg. Nur ein durch lange Gewohnheit mit den Wäldern vertrauter Mann konnte diese Richtung durch einen Rauch auffinden, in welchem kaum das Atmen möglich und der Gesichtssinn fast nutzlos war. Nattys Erfahrung brachte sie jedoch zu einer Öffnung in dem Felsen, wo sie mit geringer Mühe zu einer andern Terrasse gelangten und in einer leidlich reinen Atmosphäre wieder auftauchten.

Edwards und Elisabeths Empfindungen, als sie diesen Ort erreichten, lassen sich wohl fühlen, aber nicht so leicht beschreiben. Niemand schien jedoch entzückter als ihr Führer, der – immer noch mit Mohegan auf dem Rücken – sich umwandte und mit seinem eigentümlichen Lachen sprach:

»Ich wußte, daß es des Franzosen Pulver war, Mädchen; denn es ging alles mit einemmal los, während das grobe Korn wohl eine Minute lang sprüht. Die Irokesen hatten nicht das beste Pulver, als ich unter Sir William gegen die Kanadastämme zu Felde zog. Hab' ich Euch die Geschichte schon erzählt, Junge? – Ich meine das Scharmützel mit ––«

»Um Gottes willen, erzählt mir jetzt nichts, Natty, bis wir ganz in Sicherheit sind. Wo gehen wir zunächst hin?«

»Ei, wohin sonst, als auf die Felsenplattform über der Höhle; Ihr werdet dort sicher genug sein. Oder wenn Ihr allenfalls Lust habt, so können wir auch hineingehen.«

Der junge Mann fuhr zusammen, und eine heftige Bewegung schien sein Inneres zu durchkreuzen; dann sah er sich ängstlich um und fragte rasch:

»Droht uns auf dem Felsen keine Gefahr? Kann uns das Feuer dort nicht erreichen?«

»Kann der Junge nicht sehen?« versetzte Natty mit der Ruhe eines Mannes, der an Gefahren, wie die eben bestandene, gewöhnt war. »Hättet ihr noch zehn Minuten oben gezögert, so wäret ihr beide jetzt zu Asche gebrannt; aber hier könnt ihr bleiben bis an den Jüngsten Tag, ohne daß euch das Feuer etwas anhaben wird, es sei denn, daß die Felsen ebensogut Feuer fingen wie das Holz.«

Nach dieser augenfällig wahren Versicherung begaben sie sich nach der Stelle, wo Natty seine Last ablegte, indem er den Indianer auf den Boden setzte und mit dem Rücken an ein Felsstück lehnte. Elisabeth sank zusammen und bedeckte ihr Gesicht mit den Händen, während ihr Herz unter einem Drang widerstreitender Gefühle schwoll.

»Lassen Sie sich bewegen, Miß Temple, etwas Stärkendes zu sich zu nehmen«, begann Edwards achtungsvoll. »Sie möchten sonst erliegen.«

»Oh, lassen Sie mich«, entgegnete sie, die strahlenden Augen für einen Moment zu dem jungen Manne erhebend, »ich empfinde zu viel, um es in Worten ausdrücken zu können! Mein Herz ist voll Danks, Oliver, für diese wunderbare Rettung, zuvörderst gegen Gott, dann gegen Sie.«

Edwards trat an den Rand des Felsens und rief: »Benjamin! wo seid Ihr, Benjamin?«

Eine heisere Stimme, die aus den Eingeweiden der Erde zu kommen schien, erwiderte:

»Hier, Meister, und zwar in dieses Stück Höhle gestaut, wo es so heiß ist wie in des Kochs Kessel. Ich bin dieser Koje herzlich müde, sehen Sie, und wenn jener Lederstrumpf noch viel zu überholen hat, ehe er nach besagten Bibern aussegelt, so will ich lieber in mein Dock zurückkehren und meine Quarantäne aushalten, bis dem Gesetz sein Recht geschehen und der Rest meiner Spanier alle ist.«

»Bringt ein Glas Quellwasser herauf«, fuhr Edwards fort, »und mischt etwas Wein darunter! Aber ich bitte, beeilt Euch!«

»Ich verstehe mich wenig auf Euer schwaches Getränk, Herr Oliver«, erwiderte der Hausmeister, dessen Stimme gerade aus der Höhle heraufkam, »und der Jamaika hielt nicht länger aus als bis zum Abschiedskusse von Billy Kirby, wie er mich in der letzten Nacht, da ich mich eurer Jagd anschloß, längs der Landstraße vor Anker legte. Aber hier ist etwas Rotes, das vielleicht einem schwachen Magen aushilft. Jener Meister Kirby gehört zwar nicht unter die Besten, wenn sich's um die Führung eines Boots handelt, aber er laviert seinen Karren so gut durch die Baumstümpfe wie ein Londoner Lotse die Kohlenschiffe durch den Pool.«

Der Hausmeister war während dieser Worte herangestiegen und zeigte sich bald auf dem Felsen mit der gewünschten Herzstärkung; in seinem Äußeren ließen sich jedoch die Spuren seiner eben eingenommenen Trünke nicht verkennen.

Elisabeth nahm aus Edwards' Hand den angebotenen Trank, worauf sie ihm durch einen Wink bedeutete, er möchte sie wieder allein lassen.

Der Jüngling entsprach ihrem Wunsche, und als er sich von ihr abwandte, bemerkte er, wie liebevoll Natty ohne Unterlaß um Mohegans Person beschäftigt war. Der Blick des alten Jägers begegnete dem seinigen.

»Seine Zeit ist gekommen, Junge«, sprach er bekümmert; »ich sehe es in seinen Augen. Wenn ein Indianer den Blick immer auf eine Stelle heftet, so will er damit sagen, daß er in dieser Richtung zu gehen gedenkt; und was sich diese eigensinnigen Menschen in den Kopf setzen, das führen sie auch sicherlich aus.«

Die rasche Annäherung von Fußtritten verhinderte eine Antwort, und zum Erstaunen der ganzen Gesellschaft sah man Herrn Grant an der Seite des Berges hinanklimmen, eifrig bemüht, den Ort zu erreichen, wo sie standen. Oliver sprang ihm bei, und durch ihre vereinten Anstrengungen gelang es bald, dem würdigen Geistlichen wohlbehalten in ihre Mitte zu helfen.

»Wie kommt es, daß wir Sie hier sehen?« rief Edwards. »Ist das jetzt wohl eine Zeit, den Berg zu besuchen?«

Die hastigen und frommen Dankgebete des Geistlichen waren bald beendet, und als es ihm gelungen war, seine verwirrten Sinne zu sammeln, versetzte er:

»Ich hörte, daß man mein Kind am Gebirge gesehen habe, und als das Feuer auf dem Gipfel ausbrach, trieb mich meine Unruhe ins Freie, wo ich Luise in Todesängsten um Miß Temple fand. Ich bin an diesen gefährlichen Ort gekommen, um sie aufzusuchen, und ich glaube, ohne den Schutz Gottes und ohne Nattys Hunde wäre ich wohl in den Flammen umgekommen.«

»Ja, den Hunden darf man nachgehen; denn wenn irgendwo

noch eine Öffnung da ist, so werden sie diese sicher auswittern«, entgegnete Natty. »Dem Hunde ist die Nase, was die Vernunft dem Menschen.«

»Ich machte es so, und sie führten mich an diese Stelle; aber Gott sei gelobt, daß ich euch alle wohl und sicher sehe!«

»Ei nein«, erwiderte der Jäger, »wir sind zwar sicher, aber was das Wohlsein betrifft, so läßt sich das auf John nicht anwenden, wenn Sie nicht allenfalls einen Abschied vom Irdischen darunter verstehen.«

»Der Mann hat recht«, sagte der Geistliche mit der heiligen Würde, mit welcher er sich Sterbenden zu nähern pflegte, – »ich bin schon zu oft an Sterbebetten gewesen, um nicht zu sehen, daß der große Sieger über das Leben Hand an diesen alten Krieger gelegt hat. Oh, wie tröstlich ist es, zu wissen, daß er den liebenden Arm der Gnade nicht zurückgewiesen hat in der Stunde der Kraft und der weltlichen Versuchung! Der Abkömmling eines heidnischen Stammes ist in Wahrheit wie ein Brand aus dem Feuer gerettet worden.«

»Nein, nein«, versetzte Natty, der allein mit ihm an der Seite des sterbenden Kriegers stand, »das Feuer ist's nicht, was ihm zu Herzen ging, denn um dessentwillen rührt sich ein Indianer nicht, es müßte denn das Feuer sein, was die bösen Gedanken von beinahe achtzig Jahren verzehren soll; aber seine Natur erliegt einer Jagd, die schon zu lange gedauert hat. Nieder mit dir, Hektor! Nieder mit dir! sage ich. – Fleisch ist nicht Eisen, daß ein Mensch ewig leben kann, zumal wenn er sieht, daß all die Seinigen in ein fernes Land getrieben worden sind und er allein zurückgeblieben ist, um zu klagen, ohne daß ihm jemand Gesellschaft leistete.«

»John«, sprach der Geistliche mit Zartgefühl, »hörst du mich? Wünschst du, in diesem Augenblicke der Prüfung die vorgeschriebenen Kirchengebete zu hören?«

Der Indianer wandte das gespenstische Antlitz dem Sprecher zu und heftete seine dunkeln Augen fest, aber mit leerem Ausdruck auf denselben. Er schien ihn nicht zu erkennen; dann bewegte er sein Haupt langsam wieder nach dem Tale und begann in den tiefen Kehllauten der Delawaren zu singen, wobei sich im Verlaufe seines Liedes die Worte immer bestimmter und bestimmter vernehmen ließen:

»Ich will kommen! Ich will kommen! Ins Land der Gerechten

will ich kommen! Ich hab' die Maquas erschlagen! Ich habe die Maquas erschlagen, und der Große Geist ruft seinem Sohne. Ich will kommen! Ich will kommen! Ins Land der Gerechten will ich kommen!«

»Was sagt er, Lederstrumpf?« fragte der Geistliche mit warmer Teilnahme. »Singt er das Lob des Erlösers?«

»Nein, nein, – er spricht jetzt von seinem eigenen Ruhme«, antwortete Natty, indem er sich trauernd von seinem sterbenden Freunde abwandte, »und er hat ein Recht dazu; denn ich weiß, daß jedes seiner Worte wahr ist.«

»Möge Gott eine solche Selbstgerechtigkeit ferne von seinem Herzen halten! Demut und Reue besiegeln den Bund der Christenheit, und wenn diese Gefühle nicht tief in der Seele wurzeln, so ist alle Hoffnung eitel. Wie kann er sich selbst rühmen, wenn Seele und Leib sich vereinigen sollen, den Schöpfer zu preisen? John, du hast den Segen des Evangeliums erfahren und bist aus einer Menge von Sündern und Heiden berufen worden, wie ich nicht zweifle, zu weisen und gnädigen Zwekken. Fühlst du jetzt, was es ist, gerechtfertigt zu sein durch den Tod unseres Heilandes; fühlst du, wie sehr uns die Zuversicht auf gute Werke im Stiche läßt, die aus dem Stolz und dem eitlen Ruhme des Menschen entspringt?«

Der Indianer antwortete nicht auf die Worte des Fragers und sprach mit leiser, aber deutlicher Stimme:

»Wer kann sagen, daß die Maquas Mohegans Rücken gesehen haben? Welcher Feind, der Vertrauen in ihn setzte, hat nicht den Morgen wiedergesehen? Welcher Mingo, dem er nachsetzte, sang je das Siegeslied? Hat Mohegan je gelogen? Nein, die Wahrheit lebte in ihm, und nichts anderes konnte aus seinem Munde kommen. In seiner Jugend war er ein Krieger, und seine Mokassins trieften von Blut. In seinem Alter war er weise; seine Worte am Beratungsfeuer wurden nicht vom Winde verweht.«

»Ach, er hat nun in seinem Gesange die eiteln Überreste des Heidentums aufgegeben!« rief der gute Geistliche. »Was spricht er jetzt? Erkennt er seinen verlorenen Zustand?«

»Ach, Gott, Mann«, entgegnete Natty, »er weiß so gut wie Sie oder ich, daß sein Ende nahe ist; aber weit entfernt, seinen Zustand für einen verlorenen zu halten, glaubt er vielmehr, dadurch viel zu gewinnen. Er ist alt und steif, und Ihr habt das

Wild so selten und scheu gemacht, daß sogar bessere Schützen als er es schwer finden, ihr Leben zu fristen. Er hofft jetzt, an einen Ort zu gehen, wo es immer gute Jagdgründe gibt, wo kein schlechter und ungerechter Indianer hinkommt, und wo er seinen ganzen Stamm wieder antrifft. Ein Mann, dessen Hände kaum noch Körbe flechten können, verliert nichts durch den Tod, und wenn von einem Verluste die Rede ist, so ist er auf meiner Seite. Ach, wenn er heimgegangen ist, wird mir wenig mehr übrigbleiben, als ihm zu folgen.«

»Sein Beispiel und Ende, das, wie ich demütig hoffe, noch herrlich sein wird«, erwiderte Herr Grant, »sollte Euren Geist auf die Betrachtung eines anderen Lebens führen. Ich fühle jedoch, daß es meine Pflicht ist, dem hinscheidenden Geiste den Weg zu ebnen. – Der Augenblick ist da, John, wo der Rückblick auf deine Hingabe an die Vermittlung deines Erlösers Balsam in deine Seele bringen muß. Verlaß dich nicht auf die Wirkungen deines früheren Lebens, sondern lege die Last deiner Sünden zu Seinen Füßen nieder, um dir die segensvolle Gewißheit zu erkaufen, daß er dich, seiner Verheißung gemäß, nicht verlassen werde.«

»Was Sie da sagen, ist wohl wahr und auf Worte des Evangeliums gegründet«, versetzte Natty. »Sie werden aber nichts mit dem Indianer anfangen können. Er hat seit dem Kriege keinen Mährischen Priester mehr gesehen, und es ist schwer, einen Indianer abzuhalten, auf seine ursprünglichen Wege zurückzukehren. Es wird daher besser sein, den alten Mann in Frieden hinscheiden zu lassen. Er ist jetzt glücklich, ich lese es in seinem Auge; das ist mehr, als sich von dem Häuptling sagen ließ, seit die Delawaren von den Quellen ihres Flusses aufbrachen und nach Westen zogen. Ach! das ist eine schmerzlich lange Zeit, und wir haben seitdem viele trübe Tage miteinander gesehen.«

»Hawk-eye!« sprach Mohegan, die letzten Lebensreste zusammenfassend. »Hawk-eye, höre auf die Worte deines Bruders!«

»Ja, John«, versetzte der Jäger in englischer Sprache, indem er sich, tief ergriffen von diesem Ausrufe, über ihn niederbeugte, »wir sind Brüder gewesen, Brüder in einem engeren Sinne, als es die Sprache der Indianer gewöhnlich versteht. Was willst du von mir, Chingachgook?«

»Hawk-eye! Meine Väter rufen mich in die glücklichen

Jagdgründe. Der Pfad ist offen, und die Augen Mohegans werden wieder jung. Ich blicke umher, – aber ich sehe keine weißen Häute; dort sind nur gerechte und brave Indianer. Leb wohl, Hawk-eye! – Du wirst mit dem Feueresser und dem jungen Adler in den Himmel der Weißen gehen; mich aber zieht es zu meinen Vätern. Laß den Bogen, den Tomahawk, die Pfeife und den Gürtel Mohegans in sein Grab legen; denn er wird wie ein Krieger auf dem Kriegspfade zur Nachtzeit aufbrechen und darf sich dann nicht aufhalten, um sie zu suchen.«

»Was sagt er, Nathanael?« rief Herr Grant angelegentlich und mit augenscheinlicher Beklemmung. »Beruft er sich auf die Verheißungen unseres göttlichen Mittlers? Und sucht er sein Heil in dem Felsen der Zeiten?«

Obgleich der Glaube des Jägers keineswegs ein klarer war, so waren die Früchte seines früheren Unterrichts doch in der Wildnis nicht ganz verlorengegangen. Er glaubte an einen einzigen Gott und einen einzigen Himmel, und sobald ihm das überwältigende Gefühl, welches ihn bei dem Abschied von seinem alten Freunde ergriff und sich in jeder Muskel seines verwitterten Gesichtes ausdrückte, zu reden gestattete, versetzte er:

»Nein, – nein, – er vertraut nur auf den Großen Geist der Wilden und auf seine eigenen guten Handlungen. Er glaubt wie alle seines Volkes, daß er nun wieder jung werde und jage und glücklich sei, bis an das Ende der Ewigkeit. Es ist fast das gleiche wie bei den Leuten von anderen Farben, Pfarrer. Ich kann mir zwar nicht denken, daß ich diese Hunde und mein Gewehr in einer anderen Welt wiedertreffen werde, aber doch überwältigen mich hin und wieder bei dem Gedanken, sie für immer verlassen zu müssen, bittere Gefühle, und ich klammere mich deshalb begieriger an das Leben an, als es sich wohl für einen Siebziger ziemen mag.«

»Möge Gottes Barmherzigkeit einen solchen Tod von denjenigen abwenden, welche mit dem Zeichen des Kreuzes besiegelt sind!« rief der Geistliche in heiligem Eifer. »John –«

Die Macht der Elemente gebot ihm jedoch innezuhalten. Während das eben Mitgeteilte stattfand, hatte sich ohne Unterlaß schwere düstere Wolken an dem Horizont aufgetürmt, und die ehrfurchtgebietende Stille, die jetzt in der Luft herrschte, verkündigte eine Krisis in dem Stand der Atmosphäre. Die

Flammen, welche noch immer an der Seite des Berges fortwüteten, wirbelten nicht länger in den selbst erzeugten, wechselnden Luftströmungen, sondern loderten hoch und stetig gen Himmel. Es lag sogar in den Verheerungen des feindseligen Elements eine Ruhe, als sehe es voraus, daß eine Hand, größer als seine eigene verderbenbringende Gewalt, im Begriffe sei, seinen Fortschritt zu hemmen. Die Rauchmassen, welche über dem Tale lagen, begannen aufzusteigen und sich rasch zu zerstreuen, und Blitze durchzuckten die über den westlichen Bergen hängenden Wolken. Während Herr Grant noch sprach, fuhr ein leuchtender Strahl durch das Dunkel, den ganzen gegenüberliegenden Horizont beleuchtend, und unmittelbar darauf folgte ein lautes Donnergetöse, welches schwer über die Berge hinrollte und die Erde in ihren Grundfesten zu erschüttern schien. Mohegan richtete sich auf, als nehme er dies für ein zu seinem Abscheiden gegebenes Zeichen, und streckte seine abgemagerten Arme gen Westen. Auf seinem dunkeln Gesichte leuchtete ein Blick der Freude, der sich jedoch allmählich in eine ausdruckslose Starrheit auflöste; seine Muskeln erschlafften, als er seine ruhende Stellung wieder einnahm – ein leichtes Zucken spielte leise um seine Lippen, und sein Arm sank langsam an der Seite nieder. Der Körper des toten Kriegers lag an den Felsen gelehnt, die gläsernen Augen weit offen und auf die fernen Berge geheftet, als ob die verlassene Hülle dem Fluge des Geistes nach seinem neuen Aufenthalt nachschaue.

Herr Grant war mit stummem Entsetzen Zeuge dieser Szene; als aber der letzte Widerhall des Donners dahinstarb, schlug er mit frommem Eifer seine Hände zusammen und sprach in den vollen, reichen Tönen eines überzeugten Glaubens:

»Oh, Herr! Wie unerforschlich sind deine Gerichte und wie unergründlich deine Wege! Ich weiß, daß mein Erlöser lebt und daß er wiederkommen wird am Tage des Gerichtes. Mögen auch die Würmer diesen Körper zerstören, so werde ich doch in meinem Fleische Gott schauen: ja, diese meine Augen werden ihn sehen, der meine Zuversicht hiernieden war.«

Als der Geistliche sein Gebet geschlossen, ließ er das Haupt demütig auf die Brust sinken, und in seinem ganzen Wesen sprach sich das ergebungsvolle Vertrauen aus, dem seine Begeisterung Worte geliehen hatte.

Sobald Herr Grant von der Leiche zurückgetreten war, näherte sich der Jäger seinem verblichenen Freunde, ergriff dessen welke Hand und sah ihm eine Weile stumm und nachdrücklich in das erstarrte Gesicht; dann machte er seinen Gefühlen Luft, indem er mit der wehmütigen Stimme eines Tiefergriffenen also begann:

»Rote Haut oder weiße, – es ist jetzt alles vorüber! Er wird einen gerechten Richter finden, der sich nicht an Gesetze bindet, welche die Menschen gemacht haben. Nun, jetzt braucht nur noch einer zu sterben, und die Welt steht dann mir und meinen Hunden offen. Freilich muß der Mensch harren, bis es Gott gefällt, aber ich fange an, des Lebens müde zu werden. Die Bäume, die ich kenne, werden niedergeschlagen, und es wird mir schwer, ein Gesicht zu finden, mit dem ich in jüngeren Tagen vertraut war.«

Jetzt begannen große Tropfen Regen zu fallen und den dürren Fels zu befeuchten, während das Gewitter sich mit reißender Schnelle der Stelle näherte. Die Leiche des Indianers wurde hastig nach der Höhle hinuntergeschafft, und die Hunde folgten winselnd; denn sie vermißten den Blick, mit dem der Häuptling stets ihre Begrüßungen hingenommen hatte.

Edwards entschuldigte sich hastig und verwirrt gegen Elisabeth, daß er sie nicht an denselben Ort, der jetzt vorn vollständig mit Holzpflöcken und Baumrinden geschlossen war, mitnehmen könne, indem er unverständlich etwas von dessen Dunkelheit und von der Unannehmlichkeit, sich mit einer Leiche in demselben Raum zu befinden, sprach. Miß Temple fand jedoch unter dem Felsenvorsprunge einen zureichenden Schutz gegen die Regengüsse. Aber lange, ehe das Gewitter vorüber war, ließen sich von unten Stimmen hören, welche laut nach Elisabeth riefen, und bald erschienen Männer, welche die hinsterbenden Funken des Gebüsches niederschlugen, während sie sich vorsichtig durch die noch nicht ganz erloschenen Brandstellen arbeiteten.

Sobald der Regen nachließ, führte Oliver Elisabeth nach der Straße, wo er sich von ihr trennte. Ehe sie jedoch schieden, erfaßte er die Gelegenheit, mit einer Wärme, welche das Mädchen jetzt recht wohl zu deuten wußte, zu sprechen:

»Der Augenblick des Geheimnisses ist vorüber, Miß Temple. Morgen um diese Zeit werde ich einen Schleier entfernen, den ich so lange um mich und meine Angelegenheiten zu hüllen schwach genug war. Doch wer hat nicht in seiner Jugend, wenn Leidenschaften in seinem Innern wühlen, seine romanhaften und törichten Schwächen? Gott behüte Sie! Ich höre die Stimme Ihres Vaters; er kommt den Weg herauf, und ich möchte jetzt nicht aufgehalten werden. Gott sei Dank, daß Sie gerettet sind! Dieser Gedanke allein wälzt die Last einer Welt von meiner Seele.«

Er wartete nicht auf Antwort, sondern enteilte in den Wald. Obgleich Elisabeth die Stimme ihres Vaters rufen hörte, so blieb sie doch stehen, bis der junge Mann unter den rauchenden Bäumen verborgen war; dann wandte sie sich um, und im Nu lag sie in den Armen ihres vor Angst halb wahnsinnigen Vaters.

Man hatte auf den Ruf, daß die Verlorene gefunden sei, einen Wagen herbeigeschafft, von welchem Miß Temple alsbald Gebrauch machte, und die Leute kehrten nach dem Dorfe zurück, zwar naß und schmutzig, aber neu belebt durch den Gedanken, daß die Tochter ihres Grundherrn einem so frühen und schrecklichen Ende entronnen sei[23].

Neununddreißigstes Kapitel

Selictar! Laß des Häuptlings Schwert erblinken!
Tambourgi! Ruf' zum Schlachtsignal die Zinken!
Ihr Berge, Zeugen unsres Landens hie,
Ihr seht uns siegreich wieder oder nie!

Byron

Die schweren Gewitterschauer, welche den Tag über fielen, taten dem Fortschreiten der Flammen vollständig Einhalt, obgleich man auch in der Nacht noch an verschiedenen Stellen des Berges, wo besonders viel Brennmaterial aufgehäuft war, glimmende Feuer bemerken konnte. Am anderen Morgen sah man die Wälder viele Meilen weit schwarz und rauchend und nirgends mehr auch nur eine Spur von Gebüsch oder abgestorbenem Holze; die Fichten und Tannen aber erhoben noch ihre stolzen Häupter auf den Bergen, und auch die kleineren Bäume des Forstes zeigten noch einige Merkmale von Leben und Vegetation.

Das tausendzüngige Gerücht war nach seiner Weise geschäftig gewesen, Elisabeths wunderbares Entkommen noch auszuschmücken, und es ging allgemein die Rede, daß Mohegan wirklich den Flammen zum Raub geworden sei. Man ließ sich diesen Glauben um so weniger nehmen, als sich zu gleicher Zeit die schreckliche Nachricht im Dorfe verbreitete, Jotham Riddel, der Bergmann, sei in seinem Loche halberstickt und auf eine Weise verbrannt gefunden worden, daß für sein Leben wenig zu hoffen sei.

Die Ereignisse der letzten Tage waren wohl geeignet, die allgemeine Aufmerksamkeit rege zu erhalten, um so mehr, als die verurteilten Falschmünzer sich den Wink Nattys zunutze gemacht, die Nacht nach dem Brande gleichfalls ihr Holzgefängnis durchbrochen und ihr Heil in den Wäldern gesucht hatten. Solche Neuigkeiten, im Verein mit Jothams Schicksal und den Übertreibungen, die man sich von dem, was sich auf dem Berge begeben, erzählte, waren wohl imstande, die öffentliche Meinung dafür zu stimmen, daß es zweckmäßig sein möchte, diejenigen Flüchtlinge, welche noch zu erreichen wären, aufzugreifen. Man sprach von der Höhle als dem geheimen Aufenthaltsorte der Schuldigen, und da man die wirren Gerüchte von Erzen und Metallen mit den Falschmünzern in Verbindung brachte, so wähnte die geschäftige Phantasie des Volkes dort den Inbegriff alles Verruchten, was den Frieden der Gesellschaft stören konnte, zu finden. Während sich der große Haufen in diesem Zustande der Aufregung befand, verlauteten auch Winke, daß Edwards und Lederstrumpf den Wald in Brand gesteckt hätten, und daß sie daher allein für den Schaden verantwortlich wären. Diese Beschuldigung, welche hauptsächlich durch Leute in Umlauf gesetzt wurde, die durch ihre eigene Unachtsamkeit das Unglück herbeigeführt hatten, fand bald allgemeinen Glauben, und es war nur *eine* Stimme, daß man versuchen müsse, die Verbrecher zur Strafe zu ziehen. Richard blieb nicht taub bei solchen Bewegungen, und noch desselben Nachmittags schickte er sich allen Ernstes an, sein Amt zu versehen.

Mehrere kräftige junge Männer wurden auserlesen und geheimnisvoll beiseite genommen, um, zwar angesichts der ganzen Dorfbevölkerung, aber außer dem Bereiche von deren Ohren die Aufträge des Sheriffs zu erhalten. Diensteifrig und mit einer Geschäftigkeit, als ob das Schicksal einer Welt von ihrer Tätigkeit abhinge, eilten diese Jünglinge in die Berge, indem sie zugleich so geheimnisvoll taten, als seien sie mit der allerwichtigsten Staatsangelegenheit betraut worden.

Punkt zwölf Uhr wirbelte eine Trommel vor dem »Kühnen Dragoner«, und Richard erschien in der Begleitung des Kapitäns Hollister, welcher sich in seiner Uniform als Kommandant der Templetoner leichten Infanterie präsentierte, um von diesem im Interesse der Gesetzeswahrung ein Aufgebot des Landsturms zu verlangen. Es fehlt uns hier an Raum, um die Reden mitzuteilen, welche bei dieser Gelegenheit von den genannten beiden Ehrenmännern gehalten wurden; sie sind aber aufbewahrt in den Spalten der kleinen blauen Zeitung, welche an Ort und Stelle zu finden ist, und sollen der Gesetzeskunde des einen und der militärischen Präzision des andern viel Ehre machen. Man hatte vorläufig bereits alles angeordnet, und da der rotröckige Tambour fortfuhr, seinen Wirbel zu schlagen, so traten bald ungefähr fünfundzwanzig Soldaten auf, welche sich sofort in Schlachtordnung aufstellten.

Dieses Korps bestand aus Freiwilligen und war von einem Manne kommandiert, welcher die ersten fünfunddreißig Jahre seines Lebens in Feldlagern und Garnisonen zugebracht hatte; es galt daher als das *non plus ultra* von militärischer Zucht auf viele Meilen im Umkreise, wie denn auch der einsichtsvollere Teil der Templetoner Gemeinde keinen Anstand nahm, es hinsichtlich seiner Tüchtigkeit allen Truppen in der bekannten Welt gleichzustellen, – was aber physische Begabung betraf, ihm hoch vor allen den Vorzug einzuräumen. Gegen diese Versicherung erhoben sich nur drei Stimmen und eine Meinung, welch letztere Marmaduke angehörte, der es jedoch nicht für nötig erachtete, sie zu veröffentlichen. Von den Stimmen ertönte eine – und zwar eine sehr laute – aus dem Munde der Gattin des Kommandeurs, die ihrem Gemahl oft Vorwürfe machte, daß er sich herablasse, eine solche unregelmäßige Soldatenbande anzuführen, nachdem er in den letzten Kriegsjahren die ehrenvolle Stellung eines Sergeantmajors in dem schmucken Korps der virginischen Reiterei ausgefüllt hatte.

Dann sprach sich der Geist des Widerspruchs, sooft die Kampanie Parade hielt, auch bei Meister Pump aus, und zwar stets in den bescheidenen Ausdrücken, wie sie ein Eingeborener der Insel unserer Vorfahren liebt, wenn er sich herabläßt, die Gewohnheiten und Charaktere ihrer unsteteren Nachkommen zu preisen.

»Möglich«, konnte er sagen, »daß sie etwas vom Laden und Abfeuern verstehen; aber was das Handhaben eines Schiffes anbelangt – ei, eine Korporalswache der Boadishey-Matrosen würde sie auf eine Weise aus der Schanze schlagen, daß sie sich gefangengeben müßten, ehe das Stundenglas zur Hälfte abgelaufen wäre.« Da nun niemand vorhanden war, der diese Behauptung Lügen strafen konnte, so wurde den Matrosen der Boadicea von ihrem Werte nichts genommen.

Der dritte Ungläubige war Monsieur Le Quoi, welcher übrigens nur dem Sheriff ins Ohr flüsterte: das Korps sei eines der schönsten, welche er je gesehen habe – die Musketiere des Bon Louis ausgenommen.

Da jedoch Frau Hollister glaubte, es habe nunmehr so ziemlich das Ansehen eines wirklichen Dienstes, weshalb sie sich emsig mit gewissen Vorbereitungen beschäftigte, um selbst auch ihr Schäflein zu scheren, – da ferner Benjamin abwesend und Monsieur Le Quoi zu glücklich war, um an irgend etwas einen Mangel zu finden, so entging das Korps an diesem wichtigen Tage, wo es gewiß des Selbstvertrauens mehr als bei irgendeiner Gelegenheit bedurfte, der Tadelsucht sowohl als der Vergleichung. Marmaduke hatte sich dem Vernehmen nach wieder mit Herrn Van der School eingeschlossen, und so erlitten die Truppenbewegungen von dieser Seite aus keine Unterbrechung. Punkt zwei Uhr schulterte das Korps die Gewehre, – eine Bewegung, welche auf dem rechten Flügel zunächst dem Veteranen ihren Anfang nahm und sich so mit großer Regelmäßigkeit nach dem linken fortpflanzte. Sobald jeder seine Muskete in die geeignete Lage gebracht hatte, erschallten die Kommandoworte »Links um« und »Vorwärts marsch«. Da dieses Manöver ungeübte Truppen mit einem Male dem Feinde entgegenführen sollte, so kann man sich denken, daß es nicht mit der gehörigen Genauigkeit ausgeführt wurde; sobald aber die Musik den begeisternden Yankee-doodle zu spielen anfing und Richard, von Herrn Doolittle begleitet, kühn die Straße hinab den Truppen voranging, begann auch der Zug – den Kapitän Hollister an der Spitze, welcher den mit einem niedrigen Eckenhut versehenen Kopf noch einmal so hoch trug und einen schrecklichen Dragonersäbel vor sich ausstreckte, während eine ungeheure stählerne Scheide kriegerisch genug hinter seinen Fersen nachklirrte. Es war ein etwas schwieriges Geschäft, alle Züge (es waren ihrer sechs) dahin zu bringen, daß sie in die gleiche Richtung blickten; doch befanden sich die Truppen, als sie endlich den Verhau der Brücke erreichten, in ziemlich guter Ordnung. In dieser Weise marschierten sie den Berg hinan, und es fand keine weitere Veränderung in der Verteilung der Streitkräfte statt, als daß der Sheriff und der Friedensrichter, denen ob der Anstrengung der Atem ausgehen wollte, allmählich hinter den Nachtrab gerieten. Wir halten es für unnötig, die weiteren Bewegungen näher zu detaillieren, und begnügen uns mit der Angabe, daß die zurückkehrenden Kundschafter die Meldung brachten, die Flüchtlinge hätten Wind von dem Angriffe erhalten; aber weit entfernt, sich zurückzuziehen, wie man doch hätte vermuten sollen, seien sie augenscheinlich im Begriffe, sich zu einem verzweifelten Widerstande zu befestigen. Diese Nachricht brachte einen wesentlichen Wechsel nicht nur in die Pläne der Führer, sondern auch in die Gesichter der Soldateska. Die Krieger warfen sich gegenseitig bedenkliche Blicke zu, und Richard fing an, sich mit Hiram beiseite zu beraten.

So standen die Sachen, als Billy Kirby, die Axt unter seinem Arme und seinem Gespanne ebensoweit voraus, als dies bei Kapitän Hollister seinen Truppen gegenüber der Fall war, auf der Straße daherkam. Der Holzfäller war über diese militärische Parade nicht wenig verwundert, aber der Sheriff ließ ihn nicht lange im unklaren, indem er ihn, eingedenk, wie vorteilhaft eine solche Verstärkung sein dürfte, zum Beistand in Vollstreckung des Gesetzes aufforderte. Billy hatte vor Herrn Jones zu große Achtung, um etwas dagegen einzuwenden, und es wurde sofort beschlossen, daß er, ehe man zum Äußersten schritte, die Garnison zur Übergabe auffordern solle. Die Truppen teilten sich jetzt, indem die eine Hälfte unter der Anführung des Kapitäns über den Visionsberg marschierte, um sich der Höhle von der linken Seite zu nähern, während die andere unter dem Befehle des Leutnants von rechts gegen den feindlichen Posten vorrückte. Herr Jones und Doktor Todd – denn natürlich gehörte auch der Wundarzt dazu – wählten ihren Standpunkt auf der Felsenplattform unmittelbar über den Häuptern der Belagerten, jedoch so, daß sie von denselben nicht gesehen werden konnten. Hiram hielt eine solche Nähe für gefährlich und begleitete daher Billy Kirby an der Seite des Berges hin, aber nur bis auf eine sichere Entfernung von der Festung, wo er hinter einem Baume Schutz suchte. Wunderbar war es, welch einen richtigen Blick die meisten Soldaten bei dieser Gelegenheit entfalteten, indem sie gar geschickt irgendeinen Gegenstand in die Linie zwischen sich und dem Feinde zu bringen wußten; denn die zwei einzigen Belagerer, welche sich den Augen der Gegner preisgaben, waren Kapitän Hollister auf der einen und der Holzfäller auf der andern Seite. Der Veteran stand kühn und beharrlich, den schweren Säbel erhoben, im Vordergrunde und faßte den Feind kühn ins Auge, während die ungeheure Gestalt Billys in größter Ruhe, die Hände in seinen Brusttaschen und die Axt unter seinem rechten Arme, im Stehen ruhte wie seine eigenen Ochsen. Bis jetzt war noch kein Wort zwischen den kriegführenden Mächten gewechselt worden. Die Belagerten hatten einen Haufen schwarzer Holzstämme und Baumzweige zusammengetragen und daraus eine Art Bollwerk gebildet, in welchem vor dem Eingange der Höhle ein kleiner zirkelförmiger Verhau angebracht war. Da der Boden in jeder Richtung um den Platz steil, abschüssig und schlüpfrig, und auf der einen Seite hinter den Werken Benjamin, auf der andern Natty aufgestellt war, so konnte man diese Verteidigungsmaßregeln durchaus nicht verächtlich nennen, namentlich da die Vorderseite durch ihre schwer zugängliche Lage schon hinreichenden Schutz hatte. Kirby hatte inzwischen seine Befehle erhalten; er klomm ganz ruhig und mit einer Nachlässigkeit, als gehe er seinem gewöhnlichen Geschäfte nach, den Berg hinauf. Als er sich den Werken ungefähr bis auf hundert Fuß genähert hatte, sah er Lederstrumpfs gefürchtete lange Büchse über der Böschung zum Vorschein kommen und hörte ihn laut rufen:

»Zurück, Billy Kirby, zurück! Ich möchte Euch nicht gerne ein Leid tun; wenn aber einer von Euren Leuten nur um einen Schritt näher kommt, so fließt Blut zwischen uns. Gott möge dem verzeihen, der uns zuerst dazu nötigt, aber es muß sein.«

»Pah, alter Knabe«, versetzte Billy gutmütig, »seid nicht rappelköpfig, sondern hört, was man Euch zu sagen hat. Ich habe bei der Sache nichts zu schaffen und will nur sehen, daß es ehrlich dabei zugehe; auch kümmere ich mich keinen Zimmerspan darum, wer den Sieg davonträgt; aber Squire Doolittle, der hinter jener Buche steht, hat mich ersucht mitzugehen und Euch aufzufordern, daß Ihr Euch dem Gesetz fügen sollt – das ist alles.«

»Ich sehe das Gewürm! Ich sehe seine Kleider«, rief der entrüstete Natty, »und wenn er nur so viel Fleisch zeigt, daß ich eine Büchsenkugel, dreißig aufs Pfund, darin begraben kann, so soll er meine Hand fühlen. Packt Euch fort, Billy, sage ich Euch; Ihr wißt, wie ich ziele, und ich habe keinen Groll gegen Euch.«

»Ihr überschätzt Eure Geschicklichkeit«, entgegnete der andere, indem er hinter eine in der Nähe stehende Fichte trat, »wenn Ihr glaubt, einen Mann durch einen drei Fuß dicken Baum treffen zu können. Ich bin imstande, Euch diesen Stamm in weniger als zehn Minuten auf den Kopf zu stürzen; deshalb seid höflich, – ich will nichts weiter, als was recht ist.«

Nattys Züge waren umwölkt, und man konnte wohl sehen, daß es ihm mit der Sache Ernst war; doch konnte man ebensowenig verkennen, daß er nur ungern Menschenblut vergoß. Er antwortete daher auf die Prahlerei des Holzfällers:

»Ich weiß, daß Ihr diesen Baum hinfallen lassen könnt, wohin Ihr wollt, Billy Kirby; wenn Ihr aber bei solch einem Geschäfte eine Hand oder einen Arm zeigt, so wird es Knochen einzurichten und Blut zu stillen geben. Wenn Ihr bloß in die Höhle wollt, so wartet noch zwei Stunden, und es soll Euch kein Hindernis in den Weg gelegt werden, aber jetzt darf es durchaus nicht geschehen. Es liegt bereits *eine* Leiche auf diesem kalten Felsen, und da ist noch ein anderer, von dem man kaum sagen kann, wie lange es mit ihm dauern wird; wollt *Ihr* jedoch hereinkommen, so wird es Tote innen und außen geben.«

Der Holzfäller trat furchtlos aus seinem Verstecke hervor und rief:

»Das nenne ich ehrlich, und was ehrlich ist, ist recht. Er verlangt, daß Ihr noch zwei Stunden zuwartet, und das ist nichts Unbilliges. Ist einer im Unrecht, so mag er allenfalls nachgeben, wenn man ihm nur nicht zu stark zusetzt; tut man aber dies, so geht's wie mit einem störrischen Ochsen – je mehr man darauf losschlägt, desto weniger ist mit ihm auszurichten.«

Die etwas schroffen Begriffe von Unabhängigkeit, welche Billy hierdurch an den Tag legte, paßten weder für das Dringliche des Falles, noch sagten sie der Ungeduld des Sheriffs zu, der vor Sehnsucht brannte, die Geheimnisse der Höhle zu erforschen. Er unterbrach daher diese freundliche Zwiesprache durch seine eigene Stimme.

»Ich befehle Euch, Nathanael Bumppo, Eure Person dem Gesetze zu übergeben. Und ich befehle Euch, meine Herren, mir in Ausübung meiner Pflicht Beihilfe zu leisten. Benjamin Penguillan, ich arretiere Euch und gebiete Euch kraft dieses Verhaftbefehls, mir in das Gefängnis des Bezirks zu folgen.«

»Ich würde Ihnen folgen, Squire Dickens«, versetzte Benjamin, die Pfeife aus seinem Mund nehmend (denn während des ganzen Auftritts hatte der Exmajordomo in größer Ruhe fortgeraucht), »ja, ich würde hinter Eurem Kielwasser dreinsegeln bis an das Ende der Welt, wenn es ein solches gäbe, was aber nicht der Fall ist wegen ihrer Rundung. Vielleicht, Meister Hollister, wißt Ihr das nicht, weil Ihr euer ganzes Leben auf dem Lande zugebracht habt; seht also ––«

»Ergebt Euch!« unterbrach ihn der Veteran mit einer

Stimme, ob der jeder Hörer erschrak, und die auch in der Tat zur Folge hatte, daß seine eigenen Truppen um einige Schritte zurückbebten, »ergebt Euch, Benjamin Penquillum, oder erwartet keinen Pardon.«

»Zum Teufel mit Eurem Pardon!« entgegnete Benjamin, indem er von dem Holzblocke, auf welchem er saß, aufstand und über den Lauf der Feldschlange wegschielte, welche in der Nacht auf den Berg gebracht worden und nun ihm zur Bedienung anvertraut war, um mittelst derselben die Werke zu verteidigen. »Seht Euch vor, Herr oder Kapitän. Es ist mir zwar zweifelhaft, ob Ihr den Namen eines anderen Taues kennt als dessen, an dem Ihr einst hängen werdet, demungeachtet habt Ihr aber durchaus nicht nötig, so zu schreien, als ob Ihr einen tauben Mann auf einer Toppsegelrahe anpreitet. Ihr mögt vielleicht glauben, meinen wahren Namen auf Eurem Schafsfelle zu haben; aber welcher britische Matrose, der in diesen Seen segelt, würde sich nicht die Mühe nehmen, für den Notfall eine falsche Flagge an seinem Stern auszustecken? Wenn Ihr mich Penquillan heißt, so nennt Ihr mich beim Namen des Mannes, auf dessen Grund und Boden ich das Tageslicht antat. Dieser Mann war ein Gentleman, und das ist mehr, als je mein ärgster Feind einem von der Familie des Benjamin Stubbs nachsagen wird.«

»Gebt mir den Haftbefehl herüber, und ich will ein Alias beisetzen«, rief Hiram aus seinem Verstecke heraus.

»Setzt ein Aas bei, und Ihr habt Euch selbst darin abkonterfeit, Meister Tunurwenig«, brüllte Benjamin, indem er mit großer Beharrlichkeit über das kleine Eisenrohr wegschielte.

»Ich gebe Euch nur noch einen Augenblick Bedenkzeit«, rief Richard. »Benjamin! Benjamin! Einen solchen Dank hätte ich von Euch nicht erwartet.«

»Ich sage Ihnen, Richard Jones«, entgegnete Natty, der des Sheriffs Einfluß auf seinen Kameraden fürchtete, »daß wir Pulver genug in der Höhle haben, um den Fels, auf dem Sie stehen, in die Luft zu sprengen, wenngleich die Büchse, welche das Mädchen brachte, verlorenging. Ich will mein Dach abdecken, wenn Sie uns nicht in Frieden lassen.«

»Es ist unter der Würde meines Amtes, weiter mit den Gefangenen zu parlamentieren«, bemerkte der Sheriff gegen seine Gefährten, worauf beide sich mit so großer Hast zurückzogen, daß Kapitän Hollister dieselbe irrigerweise für das Zeichen für den Angriff hielt.

»Das Bajonett gefällt!« brüllte der Veteran. »Marsch!«

Obgleich ein solches Signal zu erwarten stand, so überraschte es doch die Belagerten ein wenig, und der Veteran näherte sich den Verschanzungen mit dem Rufe: »Mut, meine braven Jungen! Gebt keinen Pardon, wenn sie sich nicht ergeben!« Dabei führte er einen wütenden Hieb mit seinem Säbel, der notwendig den Hausmeister in zwei Hälften geteilt haben müßte, wenn nicht zum Glück die Mündung der Feldschlange diesem Äußersten vorgebeugt hätte. Diese ging in demselben Augenblicke, als Benjamin mit seiner Pfeife in die Nähe des Zündloches kam, los und schleuderte fünf oder sechs Dutzend Büchsenkugeln fast senkrecht in die Luft. Die Physik lehrt uns, daß die Atmosphäre kein Blei zu tragen imstande ist, weshalb zwei Pfund dieses Metalls in der Form von Kugeln, dreißig aufs Pfund, nach einer in der Luft beschriebenen Parabel wieder zur Erde zurückkehrten und die Baumzweige unmittelbar über den Häuptern der Truppen, welche hinter ihrem Kapitän Posto gefaßt hatten, durchrasselten. Bei dem Erfolg eines Angriffs, der von unregelmäßigen Soldaten gemacht wird, hängt viel von der Richtung ab, welche man ihrer ersten Bewegung gibt. In dem gegenwärtigen Falle war es eine rückläufige, und das Bellen der Feldschlange war kaum eine Minute unter den Felsen und Grotten verhallt, als sich die Streitkräfte des ganzen linken Flügels auf den tapfern Arm des Veteranen beschränkt sahen. Benjamin hatte von dem Zurückprallen seines Geschützes eine schwere Kontusion erhalten, infolge deren der Exhausmeister eine Weile besinnungslos auf der Erde lag. Kapitän Hollister benutzte diesen Umstand, um über die Böschung zu klimmen und auf der Bastei festen Fuß zu fassen, – denn so mochte man allenfalls die mit der Höhle verbundenen Festungsteile benennen. Sobald der Veteran sich innerhalb der feindlichen Werke befand, trat er an den Rand derselben, schwang seinen Säbel über dem Kopfe und brüllte: »Viktoria! Heran, meine braven Jungen! Die Werke sind unser.«

All dies war vollkommen militärisch, und als tapferer Offizier war er gewissermaßen verpflichtet, seiner Mannschaft ein solches Beispiel zu geben; aber eben dieser Ruf war die unglückliche Ursache, die den Befehlshaber von der Glanzhöhe seines Triumphes stürzte. Natty, der bisher ein wachsames Auge auf den Holzfäller und den unmittelbar vor ihm stehenden Feind gehabt, wandte sich bei diesem Lärm um und erschrak nicht wenig, als er seinen Kameraden auf der Erde liegen und den Veteranen innerhalb des Bollwerkes stehen sah, der fort und fort Viktoria rief. Die Mündung der langen Büchse wandte sich augenblicklich nach dem Kapitän. Es war ein Augenblick, in dem das Leben des alten Kriegers in großer Gefahr stand; aber das Ziel war für Lederstrumpf sowohl zu groß als zu nahe, weshalb er, statt den Drücker zu berühren, den Kolben seines Gewehres gegen den Feind brauchte und ihn mittelst eines mächtigen Rucks weit schneller aus den Werken hinausspedierte, als er hereingekommen war. Kapitän Hollister langte ganz vorn wieder auf dem Boden an, und die steile und schlüpfrige Seite des Berges schien unter seinen Füßen nachzugeben. Es erfolgte daher jetzt eine äußerst schnelle und unregelmäßige Bewegung, die wohl imstande war, den alten Soldaten ganz außer Fassung zu bringen. Im Verlaufe derselben kam es ihm vor, als sitze er zu Pferde und sprenge durch die feindlichen Reihen. Dabei erschienen ihm natürlich die Bäume als feindliche Infanterie, weshalb er nach jedem, dem er begegnete, einen Hieb führte, und als er eben eine halbverbrannte Fichte wie der heilige Georg erlegen wollte, langte er auf dem Fahrwege und zu seinem nicht geringen Erstaunen unmittelbar vor den Füßen seiner eigenen Ehehälfte an. Sobald Frau Hollister, welche sich im Geleit von wenigstens zwanzig neugierigen Knaben mit ihrem gewöhnlichen Gehstabe in der einen und einem leeren Sacke in der anderen Hand den Berg heraufgearbeitet hatte, diese Heldentat ihres Gatten gewahrte, gewann der Unwille nicht allein über ihre Frömmigkeit, sondern auch über ihre Philosophie die Oberhand.

»Zum Henker, Sergeant! Du fliehst?« rief sie. »Mußte ich's erleben, einen meiner Männer dem Feind und noch obendrein einem solchen Feinde den Rücken kehren zu sehen? Ich erzähle eben den Jungen da, die mich begleiten, von der Belagerung der Stadt York, wie du dabei verwundet wurdest, und wie du dich damals so wacker gehalten; und nun muß ich Zeuge sein, wie du schon nach dem ersten Schuß Reißaus nimmst. Ja, da darf ich wohl meinen Sack wegwerfen; denn wenn's ans Plündern geht, so kommt es natürlich nicht an das Weib eines solchen

Kerls, wie du bist. Man sagt noch obendrein, es sei mächtig viel Gold und Silber an dem Platze – der Herr vergebe mir, daß ich mein Herz an so weltliche Dinge hänge, aber was man in der Schlacht abfangen kann, ist nach dem Ausspruche der Schrift das gerechte Eigentum des Siegers.«

»Ich hätte Reißaus genommen?« rief der verwundete Veteran, »Wo ist mein Pferd? Es ist unter mir erschossen worden. Ich ––«

»Ist der Mensch toll?« unterbrach ihn sein Weib. »Der Teufel mag wohl dein Gaul gewesen sein, Sergeant, denn du bist ja nichts als ein schäbiger Kapitän der Miliz. Ja, wenn der rechte Kapitän hier wäre! Da hättest du einen andern Weg reiten müssen, wenn du's nämlich deinem Führer nachgetan hättest!«

Während sich das würdige Ehepaar in dieser Weise über die Ereignisse verbreitete, begann die Schlacht über ihnen heftiger als je zu wüten. Sobald Lederstrumpf sah, daß sein Feind, wie Benjamin sich ausgedrückt haben würde, mit vollen Segeln davonsteuerte, richtete er seine Aufmerksamkeit wieder auf den rechten Flügel der Belagerer. Es wäre für Kirbys kräftigen Körper ein leichtes gewesen, die Gelegenheit zur Ersteigung der Bastei zu benutzen, und seine Riesenkräfte hätten wohl die beiden Verteidiger dem Veteranen nachschicken können: Feindseligkeit schien jedoch eine Leidenschaft zu sein, die dem Holzfäller in dem gegenwärtigen Augenblick am allerwenigsten zu Sinne kam; denn er jauchzte mit einer Stimme, welche sogar der fliehende linke Flügel hörte:

»Hurra! Hurra! Brav gehalten, Kapitän! Nur fortgemacht! Wie er seinen Buschhaken handhabt! er macht sich nichts aus einem Schößling!«

Mit solchen und anderen ermutigenden Ausrufen begleitete er den fliegenden Veteranen, bis er sich endlich, ganz hingenommen von seiner Heiterkeit, auf den Boden setzte, vor Freude mit den Füßen auf die Erde stampfte und ein schallendes Gelächter nach dem andern ausstieß. Natty stand diese ganze Zeit über in drohender Haltung, die Büchse auf der Bastei aufgelegt, da und bewachte mit raschem und vorsichtigem Auge jede, auch die geringste Bewegung der Angreifenden. Unglücklicherweise führten Kirbys Rufe Hirams unüberwindliche Neugierde in Versuchung, hinter dem Versteck hervorzusehen, um sich die Schlachtverhältnisse zu betrachten. Er vollzog dieses Manöver zwar mit großer Behutsamkeit; indem er aber seine Front deckte, gab er wie mancher bessere Befehlshaber die hintere Seite den Angriffen des Feindes preis. Herrn Doolittles anatomische Verhältnisse gehörten jener Klasse seiner Landsleute an, denen die Bildungskraft der Natur alle gekrümmten Linien versagt hat. Alles an ihm war entweder gerade oder eckig. Aber sein Schneider war eine Frau, welche trotz einem Uniformlieferanten nach Regeln arbeitete, denen zufolge sie bei der ganzen menschlichen Spezies die gleiche Formation annahm. Als sich daher Herr Doolittle in der erwähnten Weise vorwärts beugte, kam ein Stückchen losen Zeugs hinter dem Baume zum Vorschein, auf welches sich Nattys Büchse mit Blitzesschnelle richtete. Ein weniger erfahrener Mann würde auf das fliegende Gewand gezielt haben, welches wie eine Girlande halb zur Erde hinunterhing; Lederstrumpf kannte jedoch sowohl den Mann als dessen weiblichen Schneider zu gut, und als sich der rasche Knall der Büchse vernehmen ließ, sah Kirby, der das ganze Manöver in atemloser Erwartung beobachtet hatte, die Rinde von der Buche fliegen und zu gleicher Zeit das Kleid in einiger Entfernung über den losen Falten aufwärts fahren. Nie wurde eine Batterie schneller demaksiert, als Hiram nach dieser Begrüßung aus seinem Verstecke hervortrat.

Er bewegte sich mit großer Bestimmtheit zwei oder drei Schritte vorwärts, legte eine Hand auf den verletzten Teil, streckte die andere mit drohender Gebärde gegen Natty aus und rief laut:

»Der Teufel gesegne es Euch! Das soll nicht so leicht hingehen. Ich will gegen Euch klagbar werden und durch alle Instanzen.«

Eine solche herzbrechende Verwünschung aus dem Munde eines Beamten, wie Squire Doolittle, in Vereinigung mit der Furchtlosigkeit, womit der Mann hervorgetreten, und vielleicht auch mit der Zuversicht, daß Nattys Büchse noch nicht wieder geladen sein konnte – ermutigte die hinten stehenden Truppen, welche jetzt laut zu schreien begannen und eine volle Salve nach den Baumwipfeln entsandten, wo ihre Kugeln mit dem Inhalte der Feldschlange Kameradschaft machen konnten. Durch ihr eigenes Geschrei angefeuert, stürmte die Mannschaft bald allen Ernstes vorwärts, und Billy Kirby, welcher denken mochte, der

Spaß, so gut er auch sei, führe doch zu weit, war eben im Begriff, die Werke zu ersteigen, als Richter Temple von der anderen Seite erschien und rief:

»Ruhe und Frieden! Warum wollt Ihr hier Blut vergießen? Reicht das Gesetz nicht hin, sich selbst Schutz zu verleihen, daß man, wie in Krieg und Aufruhr, Bewaffnete versammelt, um die Gerechtigkeit zu handhaben?«

»Es ist der Landsturm«, schrie der Sheriff von einem fernen Felsen, »der ––«

»Sag lieber ein Teufelssturm. Ich gebiete Frieden!«

»Halt! Kein Blutvergießen!« rief eine Stimme von der Spitze des Visionsberges herab. »Um Gottes willen – Halt! schießt nicht mehr! Wir geben nach! Ihr könnt in die Höhle gehen!«

Das Erstaunen brachte jetzt die gewünschte Wirkung hervor. Natty, der sein Gewehr wieder geladen hatte, setzte sich ruhig auf die Baumstämme und ließ den Kopf auf seine Hand sinken, während die leichte Infanterie ihre militärischen Bewegungen einstellte und in größter Spannung den Ausgang abwartete.

In weniger als einer Minute stürzte Edwards den Berg herunter, und Major Hartmann folgte ihm mit einer für seine Jahre überraschenden Schnelligkeit. Sie hatten bald die Terrasse erreicht, von wo aus der Jüngling in die Höhle voranging, während die Außenstehenden stumm und verwundert nachblickten.

Vierzigstes Kapitel

Ich verstumme,
Wart Ihr der Doktor, und ich kannt' Euch nicht?
Shakespeare

Während der fünf oder sechs Minuten, welche zwischen dem Wiedererscheinen des Jünglings und des Majors verflossen, hatten der Richter Temple, der Sheriff und die meisten Freiwilligen die Terrasse erstiegen, wo die letzteren sich in Vermutungen über das, was jetzt kommen könne, ergingen und die verschiedenen Dienste, die sie im Kampfe geleistet, zu erzählen begannen. Aber die Rückkehr der Friedensstifter aus der Höhle schloß jedem den Mund. Sie brachten auf einem rohen mit ungegerbten Hirschhäuten bedeckten Stuhle die Gestalt eines Greises zum Vorschein, welchen sie sorgfältig und achtungsvoll in der Versammlung niedersetzten. Sein Haupt war mit langen, weichen, silberweißen Locken bedeckt. Der ungemein saubere und reinliche Anzug bestand aus Stoffen, wie sie nur die vermöglichsten Klassen zu tragen pflegten, obgleich er jetzt abgetragen und geflickt war, und seine Füße staken in einem Paar Mokassins, so schön, wie sie nur der indianische Kunstfleiß zu schaffen vermochte. Die Züge seines Antlitzes waren ernst und würdevoll, obgleich das ausdruckslose Auge, welches sich der Reihe nach die umherstehenden Gesichter betrachtete, nur zu deutlich bekundete, die Periode sei gekommen, in der das Alter die geistigen Schwächen der Kindheit wiederbringt.

Natty folgte den Trägern dieser unerwarteten Erscheinung, lehnte sich inmitten seiner Verfolger und etwas hinter dem Stuhle, auf seine Büchse und legte dabei eine Furchtlosigkeit an den Tag, welche zeigte, daß jetzt wichtigere Interessen als die ihn selbst berührenden zur Entscheidung kommen sollten. Major Hartmann stand mit unbedeckten Haupte an der Seite des alten Mannes, und in seinen Augen, die sonst nur von Fröhlichkeit und Heiterkeit strahlten, sprach sich jetzt die ganze Seele des Veteranen aus. Edwards ließ die eine Hand mit zärtlicher

Vertraulichkeit auf dem Stuhle ruhen, während sein Herz von Bewegungen schwoll, die er nicht auszusprechen vermochte.

Die gespannteste Erwartung herrschte in der Mitte der stummen Zuschauer. Endlich versuchte der abgelebte Fremde, nachdem er die Anwesenden mit leeren Blicken betrachtet, von seinem Sitze aufzustehen, und ein schwaches Lächeln – der Ausdruck der Höflichkeit – flog über seine verfallenen Züge, als er mit hohler, bebender Stimme sprach:

»Ist es gefällig, Platz zu nehmen, meine Herrn? Der Kriegsrat wird sogleich beginnen. Jeder, der den guten und tugendhaften König liebt, wünscht, daß diese Kolonien ihre Treue bewahrten. Setzen Sie sich, setzen Sie sich – ich bitte, meine Herrn. Die Truppen brauchen für heute nicht weiterzumarschieren.«

»Das ist das Irrereden des Wahnsinns«, sagte Marmaduke. »Wer erklärt uns diese Szene?«

»Nicht doch, Sir«, entgegnete Edwards mit Festigkeit, »es ist nur die Hinfälligkeit der Natur, und uns bleibt allein noch übrig, zu zeigen, wer für diesen bedauerndwürdigen Zustand verantwortlich ist.«

»Wollen die Herren mit uns speisen, mein Sohn?« fragte der alte Fremde, indem er sich der Stimme zuwandte, die er kannte und liebte. »Laß ein geeignetes Mahl für die Offiziere Seiner Majestät bereiten. Du weißt, es steht uns immer das beste Wildbret zu Gebot.«

»Wer ist dieser Mann?« fragte Marmaduke hastig; denn mit dem Anteil, welchen er an dem Auftritte nahm, schien sich eine Ahnung der Wahrheit zu verbinden.

»Dieser Mann?« erwiderte Edwards ruhig, obgleich sich seine Stimme im Verlaufe der Rede steigerte, »dieser Mann, Sir, den Sie in Höhlen versteckt und alles dessen beraubt sehen, was das Leben wünschenswert machen kann, war einst der Gefährte und Ratgeber derjenigen, welche dieses Land beherrschten. Der Mann, den Sie hier schwach und hilflos sehen, war einst ein so braver und furchtloser Krieger, daß selbst die unerschrockenen Eingeborenen ihm den Namen des Feueressers gaben. Der Mann, den Sie hier obdachlos sehen, war einst der Besitzer großer Reichtümer, – ja, Richter Temple, und noch dazu der rechtmäßige Eigentümer des Bodens, auf dem wir stehen. Dieser Mann war der Vater von –«

»So ist er also«, – rief Marmaduke in heftiger Bewegung, – »so ist er also der verloren geglaubte Major Effingham?«

»Jawohl, verloren«, entgegnete der Jüngling, einen durchbohrenden Blick auf den Richter heftend.

»Und Sie? Und Sie?« fuhr der Richter kaum verständlich fort.

»Ich bin sein Enkel.«

Eine tiefe Pause erfolgte. Aller Augen hafteten an den Sprechern, und selbst der alte Deutsche schien den Ausgang in höchster Spannung abzuwarten. Aber der Augenblick der Erregung war bald vorüber. Marmaduke erhob sein Haupt, das – nicht aus Scham, sondern in demütigem Danke – auf die Brust gesunken war, und große Tränen fielen über sein schönes Gesicht, während er die Hand des Jünglings mit vieler Wärme ergriff und sprach:

»Oliver, ich vergebe dir all deine Härte – all deinen Argwohn. Ich vergebe dir alles, nur nicht, daß du diesen Greis an einem solchen Orte weilen ließest, während nicht bloß meine Wohnung, sondern mein ganzes Vermögen dir und ihm zu Gebote gestanden hätten.«

»Er ist treu wie Stahl!« rief Major Hartmann. »Hab' ich's dir nicht gesagt, Junge, daß Marmaduke Temple keiner von denen sei, die einen Freund zur Zeit der Not verlassen?«

»Es ist wahr, Richter Temple, daß meine Ansichten über Sie durch das, was mir dieser würdige Mann erzählt hat, zum Wanken gebracht worden sind. Da es mir unmöglich war, meinen Großvater dahin zurückzubringen, woher ihn die Liebe dieses alten Mannes geführt hat, ohne eine Entdeckung befürchten zu müssen, so begab ich mich an den Mohawk, um einen seiner früheren Kameraden aufzusuchen, auf dessen Gerechtigkeitssinn ich vertraute. Er ist Ihr Freund, Richter Temple; wenn aber das, was er sagt, wahr ist, so haben mein Vater und ich Sie zu hart beurteilt.«

»Sie nennen Ihren Vater?« entgegnete Marmaduke gefühlvoll. »Ist er wirklich mit dem Paketboot verunglückt?«

»Ja. Er hatte mich nach mehrjährigen fruchtlosen Bewerbungen und in verhältnismäßiger Armut in Neuschottland zurückgelassen, – um eine Entschädigung für seine Verluste zu erwirken, die endlich auch von der britischen Krone bewilligt wurde. Nachdem er ein Jahr in England verbracht, kehrte er auf seinem Wege nach Westindien, wo er eine Statthalterstelle übernehmen sollte, nach Halifax zurück, um den Ort aufzusuchen, wo mein Großvater seit dem Kriege geweilt hatte – um uns beide mit sich zu nehmen.«

»Aber du?« versetzte Marmaduke mit warmer Teilnahme. »Ich glaubte, du wärst mit ihm umgekommen.«

Der junge Mann errötete, als er die verwunderten Gesichter der Umstehenden gewahr wurde, gab jedoch keine Antwort. Marmaduke wandte sich jetzt an Kapitän Hollister, der sich eben wieder seiner Mannschaft angeschlossen hatte, und sprach:

»Führe deine Soldaten wieder zurück und entlasse sie! Der Eifer des Sheriffs hat ihn über die Grenzen seiner amtlichen Wirksamkeit hinausgeführt. Doktor Todd, ich werde Euch Dank wissen, wenn Ihr nach der Beschädigung seht, welche Hiram Doolittle bei dieser unangenehmen Geschichte davongetragen hat. Richard, du wirst mich verbinden, wenn du den Wagen heraufschickst. Benjamin, Ihr kehrt zu Eurem Dienst in meiner Familie zurück!«

So ungelegen auch diese Befehle den meisten Anwesenden kamen, so bewirkten doch die Besorgnis, den heilsamen Zwang des Gesetzes zu weit getrieben zu haben, und die gewohnte Achtung vor den Geboten des Richters schleunigen Gehorsam. Als sie sich entfernt hatten und der Fels nur noch im Besitz derjenigen war, für welche die Entwicklung der Sache einen besondern Wert hatte, deutete Marmaduke auf den alten Major Effingham und sagte zu dessen Enkel:

»Wäre es nicht besser, deinen Großvater dem Luftzuge zu entziehen, bis mein Wagen ankommt?«

»Verzeihung, Sir, die Luft tut ihm gut, und er hat sich stets an ihr gelabt, sooft keine Entdeckung zu besorgen war. Ich weiß nicht, wie ich mich zu benehmen habe, Richter Temple; darf ich – kann ich zugeben, daß der Major Effingham in Ihr Haus ziehe?«

»Das magst du selbst beurteilen«, entgegnete Marmaduke. »Dein Vater war mein Jugendfreund. Er vertraute mir sein Vermögen an. Als wir uns trennten, setzte er eine so große Zuversicht in mich, daß er weder Empfangschein noch sonstige Sicherheit von mir nehmen wollte, selbst wenn ich Zeit oder Gelegenheit gehabt hätte, letztere zu leisten. – Du mußt hiervon wohl gehört haben?«

»Allerdings, Sir«, versetzte Edwards oder vielmehr Effingham, wie wir ihn jetzt nennen müssen.

»Wir hatten verschiedene politische Ansichten. Siegte die Sache Amerikas, so wußte niemand von unserer Übereinkunft, und deines Vaters Vertrauen war mir heilig; blieb aber die Herrschaft der Krone bestehen, so mußte es ein leichtes sein, einem so loyalen Untertanen, wie Oberst Effingham war, sein Eigentum zurückzuerstatten. – Ist dies nicht klar?«

»Die Einleitung ist gut, Sir«, entgegnete der Jüngling mit demselben ungläubigen Blicke wie früher.

»Höre ihn vollends an, höre ihn vollends an, junger Mensch«, sagte der Deutsche. »Es ist kein Haar auf dem Kopfe des Richters, das er nicht ehrlich meinte.«

»Wir alle kennen den Ausgang des Kampfes«, fuhr Marmaduke fort, ohne die Worte der beiden zu beachten. »Dein Großvater blieb in Connecticut, wo ihn dein Vater mit den Mitteln versah, die für einen anständigen Unterhalt nötig waren. Ich weiß dies, obgleich ich selbst in unsern glücklichsten Tagen nie einen Verkehr mit ihm hatte. Dein Vater zog mit den Truppen ab, um seine Ansprüche an die Krone zu verfolgen. Jedenfalls muß sein Verlust groß gewesen sein; denn seine Liegenschaften fielen dem Fiskus anheim, und ich wurde ihr gesetzlicher Käufer. War es etwa ein unnatürlicher Wunsch, daß der rechtmäßigen Wiedererwerbung derselben von seiner Seite kein Hindernis im Wege stehen möchte?«

»Es war überhaupt keines vorhanden als die Schwierigkeit, für so viele Ansprüche zu sorgen.«

»Aber ein unüberwindlicher Riegel wäre vorgeschoben worden, wenn ich der Welt verkündigt hätte, daß ich diesen Grundbesitz, welcher durch die Zeit und meinen Fleiß um das Hundertfache in seinem Wert gestiegen ist, nur als ein mir anvertrautes Gut betrachte. Es kann dir nicht unbekannt sein, daß ich deinen Vater unmittelbar nach dem Kriege mit beträchtlichen Summen versah.«

»Das taten Sie, bis ––«

»Meine Briefe unerbrochen zurückkamen. Dein Vater hatte viel von deinem Charakter, Oliver. Er war bisweilen ungestüm und vorschnell.« Der Richter fuhr jetzt in dem Tone der Selbstrüge fort. »Vielleicht liegt der Fehler an mir, der ich zuviel rechnete und zu weit in die Zukunft blickte. Es war gewiß eine herbe Prüfung für mich, den Mann, den ich am meisten liebte, sieben Jahre übel von mir denken zu lassen, um mir seinerzeit eine ehrliche Rückerstattung möglich zu machen. Hätte er übrigens meine letzten Briefe geöffnet, so würdest du die ganze Wahrheit erfahren haben. Diejenigen, welche ich nach England schickte, hat er, wie mir mein Agent mitteilt, gelesen. Er hat vor seinem Tode noch alles erfahren und ist als mein Freund gestorben; ich glaubte jedoch, dich habe ein gleich trauriges Verhängnis ereilt.«

»Unsere Armut gestattete uns nicht, die Überfahrt für zwei Personen zu bezahlen«, versetzte der Jüngling mit jener ungewöhnlichen Bewegung, die er immer an den Tag legte, sooft er den herabgekommenen Zustand seiner Familie berühren mußte. »Ich blieb in der Provinz, um seine Rückkehr zu erwarten, und als die traurige Nachricht, daß er mir für immer entrissen sei, an mich gelangte, war ich fast von allen Geldmitteln entblößt.«

»Und wie brachtest du dich fort, Junge?« fragte Marmaduke mit bebender Stimme.

»Ich lenkte meinen Wanderstab hierher, um meinen Großvater aufzusuchen; denn ich wußte, daß mit dem halben Solde meines Vaters auch seine Hilfsquellen versiegt waren. Als ich seine Wohnung aufsuchte, erfuhr ich, daß er sie heimlich verlassen hatte, obgleich mir der Mietling, der um dieser Armut willen aus seinen Diensten getreten war, auf mein dringendes Flehen bedeutete, er glaube, ein alter Mann, der früher sein Diener gewesen, habe ihn mit sich fortgenommen. Das konnte niemand anders als Natty gewesen sein; denn mein Vater hat oft ––«

»War Natty ein Diener deines Großvaters?« rief der Richter.

»Wie? und das wußten Sie nicht?« entgegnete der Jüngling in augenscheinlicher Überraschung.

»Wie hätte ich es wissen sollen? Ich traf nie mit dem Major zusammen, und auch Bumppos Name wurde nie in meiner Gegenwart erwähnt. Ich kannte ihn nur als einen Jäger, der in den Wäldern lebte. Solche Leute kommen einem zu oft vor, als daß sie größere Aufmerksamkeit erregen sollten.«

»Er war in der Familie meines Großvaters erzogen, diente

ihm viele Jahre in seinen Feldzügen im Westen, wo er eine Vorliebe für die Wälder faßte, und blieb dann hier als eine Art von *locum tenens* in dem Lande, welches auf Veranlassung des alten Mohegan meinem Großvater, weil er demselben einmal das Leben gerettet, von den Delawaren überlassen worden war. Letztere hatten ihn auch als Ehrenmitglied ihrem Stamme zugezählt.«

»Daher rührt also dein indianisches Blut?«

»Nicht anders«, erwiderte Edwards lächelnd. »Major Effingham wurde von Mohegan, welcher damals der größte Mann seiner Nation war, an Sohnes Statt angenommen, und mein Vater, welcher diese Leute einmal in seiner Jugend besuchte, erhielt von ihnen den Namen des Adlers – um der Form seines Gesichtes willen, wie ich mir sagen ließ. Sie haben seinen Titel auch auf mich ausgedehnt. Ich habe keine anderen indianischen Ahnen, obgleich es in meinem Leben Stunden gegeben hat, Richter Temple, wo ich wünschte, meine Abstammung und Erziehung diesem Volke zu verdanken.«

»Fahre weiter in deiner Erzählung«, sagte Marmaduke.

»Ich habe nicht mehr viel mitzuteilen, Sir. Ich verfügte mich nach dem See, wo Natty, wie ich oft gehört hatte, wohnte, und fand, daß dieser insgeheim für seinen alten Herrn Sorge trug; denn nicht einmal er konnte es ertragen, einen Mann, auf den ehedem ein ganzes Volk mit Achtung geblickt, der Welt in seiner Armut und Geistesschwäche zu zeigen.«

»Und was begannst du?«

»Ich? Je nun, ich gab mein letztes Geld aus, um eine Büchse zu kaufen, hüllte mich in ein grobes Gewand und bildete mich an Lederstrumpfs Seite zum Jäger aus. Das übrige ist Ihnen bekannt, Richter Temple.«

»Und warum wollte man nichts von dem alten Fritz Hartmann?« sprach der Deutsche vorwurfsvoll. »Hast du nie den Namen des alten Fritz Hartmann aus dem Munde deines Vaters gehört, Junge?«

»Ich mag wohl unrecht getan haben, meine Herrn«, entgegnete der Jüngling, »aber ich besaß zuviel Stolz, um unser Unglück zur Schau zu stellen, das auch an dem heutigen Tage gegen meinen Willen ans Licht gefördert wurde. Ich hatte Pläne, die vielleicht träumerisch waren; ich gedachte aber immer, meinen Großvater, wenn er den Herbst erleben sollte, nach

Neuyork mitzunehmen, wo noch einige entfernte Verwandte leben, die wohl im Laufe der Zeit vergessen haben müssen, daß er Tory war. Aber er schwindet rasch dahin«, fuhr er wehmütig fort, »und wird bald an der Seite des alten Mohegan ausruhen.«

Die Luft war rein, der Tag schön, und so blieb die Gesellschaft auf dem Felsen, bis man die Räder von Richter Temples Wagen an der Seite des Berges heraufrasseln hörte. Die Unterhaltung wurde in der Zwischenzeit mit lebhaftem Interesse fortgeführt, und jeder Augenblick warf auf irgendeine zweideutige Handlung ein günstigeres Licht, so daß der Widerwille des Jünglings gegen Marmaduke sichtlich schwächer wurde. Er hatte nicht länger etwas gegen die Entfernung seines Großvaters einzuwenden, der eine kindische Freude an den Tag legte, als er sich wieder einmal in einem Wagen sitzen sah. In der weiten Halle des Herrenhauses angelangt, ließ der Greis seine Augen langsam über die Ausstattung des Raumes hingleiten und durch das peinliche Irrereden, womit er den Umstehenden ohne Unterlaß irgendeine nutzlose Höflichkeit anbot, schien für Momente ein und der andere Lichtblick des Geistes seine Züge zu überfliegen. Die Anstrengung und die Veränderung seiner Lage hatten bald eine solche Erschöpfung zur Folge, daß man ihn zu Bett bringen mußte, wo er viele Stunden liegenblieb, zwar erfreut über die neue Bequemlichkeit, die sich ihm jetzt darbot, aber auch ein schmerzliches Bild der menschlichen Natur, in welchem sich deutlich aussprach, daß die tierischen Neigungen fortwähren, selbst wenn der edlere Teil unseres Wesens entschwunden ist.

Effingham verließ seinen Großvater nicht, bis derselbe zur Ruhe gebracht worden war, worauf Natty an seiner Seite Platz nahm. Dann erst entsprach er den Aufforderungen des Richters, ihm in das Bibliothekzimmer zu folgen, wo dieser nebst Major Hartmann seiner harrte.

»Lies dieses Papier, Oliver«, begann Marmaduke, als der Jüngling eingetreten war, »und du wirst finden, daß es mir nicht entfernt in den Sinn kam, deiner Familie bei meinen Lebzeiten Unrecht zu tun, da ich mir's im Gegenteil zur Aufgabe machte, Sorge zu tragen, daß ihr auch nach meinem Tode noch Gerechtigkeit widerfahre.«

Der Jüngling nahm das Blatt, und der erste Blick sagte ihm, daß es das Testament des Richters sei. Trotz seiner Aufregung entging es ihm doch nicht, daß das Datum genau mit der Zeit zusammentraf, da er an Marmaduke jene ungewöhnliche Niedergeschlagenheit wahrgenommen hatte. Während des Lesens begannen seine Augen feucht zu werden, und die Hand, welche das Dokument hielt, zitterte heftig.

Das Testament begann mit den gewöhnlichen Förmlichkeiten, die durch den Scharfsinn des Herrn Van der School noch weitläufig ausgesponnen waren; nach der Einleitung ließ sich jedoch Marmadukes Stil nicht verkennen. Er berichtete in klarer, bestimmter, männlicher und sogar beredter Sprache seine Verbindlichkeiten gegen Oberst Effingham, die Natur ihrer Verbindung und die Umstände, durch welche sie getrennt worden. Er ging sodann auf die Gründe seines langen Schweigens über, ohne dabei die großen Summen zu vergessen, die er seinem Freunde zugeschickt, aber in den uneröffneten Briefen wieder zurückerhalten hatte. Ferner sprach er von seinen Bemühungen, den Großvater, der auf eine rätselhafte Weise verschwunden, aufzusuchen, und von seinen Besorgnissen, der nächste Erbe der ihm anvertrauten Güter möchte mit seinem Vater in den Wellen des Ozeans umgekommen sein.

Nach einer kurzen deutlichen Nebeneinanderstellung der Ereignisse, deren Zusammenhang der Leser jetzt herausfinden wird, waren die Summen aufgeführt, welche Oberst Effingham seinem Freunde anvertraut hatte. Dann kam eine Teilung von Marmadukes ganzem Besitztum in zwei gleich Hälften, deren Vollziehung an bestimmte verantwortliche Kuratoren verwiesen war. Vermöge derselben sollte der eine Teil an seine Tochter, der andere an Oliver Effingham, früher Major in der britischen Armee, seinen Sohn Eduard Effingham und den Sohn dieses letzteren oder deren Nachkommen fallen. Dieses Testament sollte bis 1810 in Kraft bleiben: wenn in dieser Frist niemand erschien oder nach hinreichender Veröffentlichung aufgefunden werden könne, um genannte Hälfte in rechtmäßigen Anspruch zu nehmen, so sollte eine gewisse Summe im Betrag der Kapital- und Zinsenschuld an den gesetzlichen Erben der Effinghamschen Familie ausbezahlt werden und die Gesamtmasse des Grundbesitzes seiner Tochter oder ihren Erben verbleiben.

Tränen entfielen den Augen des jungen Mannes, während er dieses unzweifelhafte Zeugnis von Marmadukes Redlichkeit las, und sein wirrer Blick haftete noch immer auf dem Papier, als eine Stimme, bei deren Tönen jeder Nerv in ihm bebte, in seiner Nähe sprach:

»Zweifeln Sie noch immer an uns, Oliver?«

»An *Ihnen* habe ich nie gezweifelt«, rief der Jüngling, indem er sich aufraffte und auf Elisabeth zueilte, um ihre Hand zu ergreifen. »Nein, mein Glaube an Sie hat keinen Augenblick gewankt.«

»Und mein Vater ––«

»Gottes Segen über ihn!«

»Ich danke dir, mein Sohn«, versetzte der Richter, indem er den warmen Händedruck des Jünglings erwiderte. »Wir waren jedoch beide auf einem Irrwege: du bist zu hastig gewesen, und ich war zu langsam. Die eine Hälfte meines Besitztums ist dein Eigentum, sobald es auf dich übertragen werden kann, und wenn mich meine Ahnungen nicht trügen, so vermute ich, daß ihr die andere wohl auch bald folgen wird.«

Er nahm die Hand, welche er noch immer festhielt, und vereinigte sie mit der seiner Tochter, worauf er dem Major nach der Türe winkte.

»Ich will dir was sagen, Mädel!« sprach jetzt der alte Deutsche gutgelaunt. »Wenn ich noch wäre, was ich war, als ich mit seinem Großvater an den Seen Dienste leistete, so sollte mir der träge Hund da den Preis nicht so mir nichts dir nichts vor der Nase wegschnappen.«

»Komm, komm, alter Teufel!« rief der Richter; »du bist siebzig, nicht siebzehn. Richard hat für uns in der Halle eine Bowle Eierpunsch parat.«

»Richard? Ei, der Teufel!« rief der andere, aus dem Zimmer eilend, »der macht seinen Punsch für die Pferde. Ich muß es dem Sheriff eigenhändig zeigen. Zum Teufel, er wäre imstande, ihn mit Yankeesirup zu zuckern!«

Marmaduke lächelte, nickte dem jungen Paare freundlich zu und schloß die Türe hinter sich; wenn indes der geneigte Leser glaubt, daß wir, ihm zu Gefallen, sie wieder eröffnen werden, so ist er im Irrtume.

Das *tête-à-tête* währte eine geraume Zeit: wie lange, können wir nicht sagen; denn es ist uns nur bekannt, daß es um sechs Uhr abends durch die Ankunft Monsieur Le Quois unterbrochen wurde, welcher, der Übereinkunft des vorangehenden

Tages zufolge, sich bei Miß Temple eine Audienz erbat. Er wurde vorgelassen und trug sofort der Dame in den zierlichsten Ausdrücken seine Hand an, wobei er es nicht unterließ, auf seine einflußreichen *amis*, seinen *père*, seine *mère* und seine *Sucre-plantage* aufmerksam zu machen. Elisabeth mußte wohl bereits irgendeine bindende Verpflichtung gegen Oliver eingegangen sein; denn sie lehnte das zarte Anerbieten zwar in höflichen, aber doch vielleicht in entschiedeneren Ausdrücken ab, als es gestellt worden war.

Der Franzose begab sich nun zu dem Deutschen und dem Sheriff in die Halle, wo er eingeladen wurde, an dem Tische Platz zu nehmen, und mit Beihilfe des Weins und Eierpunsches hatte man dem gefälligen Monsieur Le Quoi den Zweck seines Besuches bald entlockt. Es war augenscheinlich, daß er seinen Antrag nur als ein Kompliment betrachtet hatte, welches ein Mann von Erziehung einer Dame an einem so abgelegenen Orte vor seiner Abreise gleichsam schuldig war, und daß seine Gefühle nur wenig oder gar nicht dabei ins Spiel kamen. Nach etlichen Libationen überredete das neckische Paar den heitern Franzosen, daß es eine nicht zu entschuldigende Parteilichkeit wäre, wenn er diese Höflichkeit nur der einen Dame erweise und sie nicht auch auf die andere ausdehne, weshalb Monsieur Le Quoi sich auch um neun Uhr nach der Rektorei verfügte, um Miß Grant ein ähnliches Anerbieten zu machen, welches jedoch keinen besseren Erfolg als das erste hatte.

Als er um zehn Uhr nach dem Herrenhause zurückkehrte, saßen der Major und Richard noch immer an dem Tische. Sie suchten nun den Gallier, wie ihn der Sheriff nannte, zu bewegen, daß er den Versuch bei Remarkable Pettibone machen solle. Aber trotz der Weinlaune des also Bedrängten waren doch die zwei Stunden, welche die losen Vögel auf ihre Demonstrationen verwandten, verlorene Zeit; denn er lehnte ihren Rat mit einer Hartnäckigkeit ab, die für einen so höflichen Mann wahrhaft erstaunlich war. Als Benjamin Monsieur Le Quoi nach der Türe leuchtete, sagte er beim Scheiden:

»*Mon schür,* wenn Sie neben Mistreß Prettibones beigelegt hätten, wie Squire Dickens Sie zu bereden suchte, so müßte Sie, nach meiner Ansicht, der Teufel geritten haben; denn sehen Sie, Sie würden Mühe gehabt haben, wieder klar von ihr abzukommen. Freilich Miß Lizzy und des Pfarrers Töchterlein sind ein paar zierliche Schifflein, die man wohl im Winde neben sich herlaufen lassen kann, aber Mistreß Remarkable hat so etwas von einer Galeere an sich; wenn Sie diese einmal ins Schlepptau nehmen, so wird sie sich nicht so leicht wieder abschütteln lassen.«

Einundvierzigstes Kapitel

Ja, weiter denn! – Wir wollen nicht
Ob Froher den, dem's Herze bricht,
Verlassen. Jene Flotte
Ist lustig toll, Gelächters voll –
Doch bei dem Nachen hier
Verweilt des Sängers Lied.

Der Herr der Inseln

Der Gang unserer Erzählung hat uns durch den Sommer geführt, und nachdem wir beinahe den Kreislauf eines Jahres durchgemacht haben, müssen wir unsern Bericht in dem herrlichen Monat Oktober schließen. Manche wichtige Ereignisse haben sich jedoch in der Zwischenzeit zugetragen, von denen wir einige nicht übergehen dürfen.

Die zwei Hauptbegebnisse waren die Vermählung Olivers mit Elisabeth und der Tod des Majors Effingham. Beides fand in der ersten Hälfte des Septembers statt, und der letztere war von der ersteren nur durch ein paar Tage getrennt. Der alte Mann schwand dahin wie ein erlöschendes Licht, und obgleich sein Verscheiden die Familie in Trauer versetzte, so konnte es doch nach einem solchen Lebensabend keinen Anlaß zu einem nachhaltigen Schmerze geben.

Marmaduke ließ sich's vorzugsweise angelegen sein, seine Stellung als Obrigkeit mit seinen natürlichen Gefühlen gegen die Verbrecher in Einklang zu bringen, weshalb den Tag nach dem Brande Natty und Benjamin wieder in das Gefängnis wandern mußten, und dort verblieben sie gutwillig bei guter Kost und sonstiger Bequemlichkeit, bis ein Expresser von Albany mit einem Pardon des Gouverneurs für Lederstrumpf zurückkehrte. In der Zwischenzeit wurden auch die geeigneten Mittel angewendet, um Hiram wegen des Angriffs auf seine Person zu beschwichtigen, und an dem gleichen Tage erschienen die beiden Kameraden wieder in der Gesellschaft, ohne daß man sie wegen ihrer Verhaftung scheel angesehen hätte.

Herr Doolittle begann zu entdecken, daß weder seine architektonischen noch seine Geisteskenntnisse länger dem wachsenden Reichtum und der zunehmenden Einsicht der Ansiedler entsprachen; nachdem er den letzten Heller, der sich auf dem Wege des Vergleichs erzielen ließ, eingezogen hatte, zog er, um uns des Provinzialausdrucks zu bedienen, »seine Pfähle heraus«, um sich weiter nach dem Westen zu begeben, wo er nun sein technisches und juridisches Wissen durch das Land verbreitete, wie denn auch noch bis auf den heutigen Tag Spuren von beiden in der Richtung seiner Wanderung zu entdecken sind.

Der arme Jotham, der seine Torheit mit dem Leben büßen mußte, bekannte noch vor seinem Tode, daß die Gründe für seine Annahme des Vorhandenseines einer Mine von den Lippen einer Wahrsagerin stammten, welche mittelst eines Zauberspiegels verborgene Schätze in der Erde entdecken zu können vorgab. Dieser Aberglaube war in den neuen Ansiedlungen häufig, und als die erste Überraschung vorüber war, geriet die Sache bei dem besseren Teile der Gemeinde bald in Vergessenheit. Während jedoch die Entwicklung des Ganzen jeden noch weilenden Verdacht über das Tun und Treiben der drei Jäger aus Richards Brust verbannte, diente sie ihm zugleich als eine nachdrückliche Lehre, – ein Umstand, der für die Zukunft seinem Vetter sehr zustatten kam, indem sich Richard fortan hütete, denselben mit seinen abenteuerlichen Plänen allzusehr zu belästigen. Wir müssen dabei noch bemerken, daß Richard vor Austragung der Sache seinen damaligen Entwurf mit der größten Zuversicht als »einen keineswegs träumerischen« bezeichnet hatte, und das Entgegenhalten dieses einzigen Wortes genügte, ihm für die nächsten zehn Jahre bei jeder Gelegenheit die Lippen zu schließen. Monsieur Le Quoi, den wir unsern Lesern vorgeführt haben, weil ein Gemälde jenes Landes ohne die Darstellung eines solchen Charakters nicht treu sein würde, fand die Insel Martinique und seine *sucre-plantage* im Besitz der Engländer. Marmaduke und seine Familie wurden jedoch bald durch die Nachricht erfreut, daß er in sein Büro nach Paris zurückgekehrt sei, von wo aus später jährliche Bulletins über das Glück des Franzosen, nebst Versicherungen fortwährender Dankbarkeit gegen seine Freunde in Amerika einliefen.

Nach dieser kurzen Abschweifung müssen wir zum Gange unserer Erzählung zurückkehren.

Der Leser denke sich einen unserer mildesten Oktobermorgen – freilich setze ich dabei einen amerikanischen Leser voraus, – wenn die Sonne wie ein Ball von silberglänzendem Feuer am Himmel steht und die elastische Luft dem Atmenden Kraft und Leben in alle Gefäße gießt; – dabei ein Wetter, weder zu warm noch zu kalt, sondern von jener glücklichen Temperatur, welche das Blut in rascheren Strömen kreisen läßt, ohne die Erschlaffung des Frühlings mit sich zu führen.

An einem solchen Morgen, ungefähr um die Mitte des Monats, war es, als Oliver in die Halle trat, wo Elisabeth ihre gewöhnlichen Tagesbefehle erließ, um die Dame zu bitten, ihn auf einem kurzen Spaziergange nach dem Seeufer zu begleiten. Die zarte Schwermut in dem Benehmen des Gatten fiel Elisabeth auf; sie verließ daher sogleich ihre häuslichen Geschäfte, warf einen leichten Schal über ihre Schulter, verbarg ihre rabenschwarzen Locken unter einem Strohhut, nahm seinen Arm und überließ sich, ohne eine Frage zu stellen, seiner Führung. Sie gingen über die Brücken und waren bereits von der Landstraße ab nach dem See eingebogen, ehe ein Wort gewechselt wurde. Elisabeth erkannte aus den eingeschlagenen Richtungen den Zweck des Spaziergangs und achtete die Gefühle ihres Gatten zu sehr, um eine unzeitige Unterhaltung einleiten zu wollen. Als sie jedoch in den offenen Feldern anlangten und ihr Auge über den lieblichen See streifte, wo bereits die wilden Zugvögel, von den nördlichen Gewässern scheidend, eine wärmere Sonne suchten, oder wo sie weilten, um in dem spiegelklaren Wasser des Otsego und an den Seiten des Gebirges zu spielen, die sich, als geschähe es ihrem jungen Ehestande zu Ehren, in die tausend heiteren Farben des Herbstes gekleidet hatten, da konnte das schwellende Herz der jungen Gattin den Ausbruch ihrer Gefühle nicht länger zurückhalten.

»Das ist keine Zeit zum Schweigen, Oliver«, sagte sie, indem sie sich zärtlicher an seinen Arm anschmiegte. »Jede Kreatur scheint sich zum Preise des Schöpfers zu erheben; warum sollten wir, die wir für so vieles dankbar zu sein Ursache haben, stumm bleiben?«

»So sprich!« entgegnete ihr Gatte lächelnd; »ich liebe den Ton deiner Stimme. Du wirst dir denken können, weshalb ich dich hierherführe; denn ich habe dir meine Pläne mitgeteilt: wie gefallen sie dir?«

»Ich muß mich zuvor durch den Augenschein überzeugen«,

versetzte die junge Frau. »Ich habe mich jedoch ebenfalls mit Entwürfen getragen, und ich glaube, es ist jetzt Zeit, damit hervorzutreten.«

»Du? Ah, vermutlich im Interesse meines alten Freundes Natty?«

»Für Natty wird allerdings gesorgt werden; aber wir haben noch andere Freunde außer Lederstrumpf, die unserer Dienste bedürfen. Hast du Luise und ihren Vater vergessen?«

»Nicht doch; habe ich dem guten Geistlichen nicht eine der besten Meiereien des Bezirks gegeben? Was Luise anbelangt, so möchte ich sie immer in unserer Nähe haben.«

»Wirklich?« erwiderte Elisabeth, ihre Lippen leicht zusammendrückend. »Aber die arme Luise hat wohl andere Absichten; sie wünscht vielleicht, meinem Beispiele zu folgen und zu heiraten.«

»Das glaube ich kaum«, erwiderte Effingham nach einem kurzen Nachdenken. »Ich wüßte in der Tat nicht, wer in dieser Gegend für sie passen könnte.«

»Vielleicht in dieser Gegend nicht; es gibt aber noch andere Orte und andere Kirchen als die neue Sankt-Pauls-Kirche.«

»Kirchen, Elisabeth? Unmöglich kannst du Herrn Grant zu verlieren wünschen; denn ungeachtet seiner Einfachheit ist er ein vortrefflicher Mann: ich werde nie einen zweiten finden, der nur halb soviel Achtung vor meiner Rechtgläubigkeit hätte. Willst du mich etwa von einem Heiligen zu einem gemeinen Sünder herabdemütigen?«

»Es muß sein, mein Lieber«, entgegnete die Dame mit einem halb unterdrückten Lächeln, »und solltest du dabei von einem Engel zu einem gewöhnlichen Menschen herabsinken.«

»Aber du vergißt die Meierei?«

»Er kann sie nach dem Beispiele anderer verpachten. Außerdem – wäre es wirklich dein Wunsch, daß sich ein Geistlicher mit Feldarbeit abgäbe?«

»Und wohin sollte er gehen? Du vergißt Luise.«

»Nein, ich vergesse Luise nicht«, versetzte Elisabeth, abermals ihre schönen Lippen zusammendrückend. »Du weißt, Effingham, daß mein Vater dir sagte, ich hätte ihn beherrscht, und ich würde auch dich beherrschen. Ich bin nun im Begriffe, von meiner Gewalt Gebrauch zu machen.«

»Du sollst ganz deinen Willen haben, liebe Elisabeth, nur

nicht da, wo es auf unser aller Unkosten und auf Unkosten deiner Freundin geschieht.«

»Wie kannst du wissen, daß ich meine Freundin dadurch zu beeinträchtigen wünsche?« sprach die Dame, indem sie ihre Augen mit einem spähenden Blick auf das Antlitz ihres Gatten heftete, ohne jedoch etwas anderes als den unverdächtigen Ausdruck des Bedauerns darin zu finden.

»Wie ich das wissen kann? Je nun, ist es nicht natürlich, daß sie uns sehr vermissen würde?«

Es ist unsere Pflicht, gegen unsere natürlichen Gefühle anzukämpfen«, erwiderte die Dame, »auch glaube ich, daß wenig

Ursache vorhanden ist zu besorgen, Luises Geist werde sich nicht darein zu finden wissen.«

»Nun, und dein Plan?«

»Höre, und du sollst alles erfahren. Mein Vater hat für Herrn Grant eine Stelle in einer der Städte am Hudson ausgewirkt, wo er mehr nach seiner Gemächlichkeit leben kann und nicht durch diese Wälder zu wandern braucht; wo er imstande ist, den Abend seines Lebens in Ruhe und Bequemlichkeit zu verbringen, und wo vielleicht seine Tochter Gesellschaft und Verbindungen trifft, die für ihre Jahre und ihren Charakter passen.«

»Beß, du setzest mich in Erstaunen! Ich hätte solche Schritte von dir nicht erwartet.«

»Oh, meine Schritte gehen weiter, als du dir denken magst«, sagte Elisabeth mit einem schalkhaften Lächeln. »Es ist aber einmal mein Wille, und so kommt es dir zu, dich zu unterwerfen, – vorderhand wenigstens.«

Effingham lachte; als sie sich aber dem Ende ihres Spaziergangs näherten, brachen sie den Gegenstand ab.

Der Ort, an den sie jetzt anlangten, war der kleine ebene Grund, wo Lederstrumpfs Hütte so lange gestanden hatte. Elisabeth fand den Schutt hinweggeräumt und mit schönem Rasen belegt, der unter dem Einflusse der häufigen Regenschauer so schön wie die ganze umliegende Gegend ergrünte, fast als hätte ein neuer Frühling das ganze Land heimgesucht. Der Platz war mit einer kreisförmigen Mauer umgeben, in welcher sich eine kleine Tür befand; in der Nähe der letzteren lehnte zur großen Überraschung des jungen Paares Nattys Büchse. Hektor und die Slut ruhten zu ihrer Seite in dem Grase, als wüßten sie, daß sie sich trotz der vorgefallenen Veränderungen an einem Orte befänden, mit dem sie vertraut waren. Der Jäger selbst lag auf der Erde hingestreckt vor einem Grabsteine von weißem Marmor und drückte mit seinen Händen das lange Gras beiseite, welches bereits aus dem üppigen Boden an der Basis desselben aufgeschossen war, augenscheinlich, um die Inschrift frei zu machen. An der Seite dieses Steines, der nur aus einer einfachen Platte bestand, befand sich ein reiches, mit einem Aschenkruge geziertes Denkmal mit eingehauenen Ornamenten.

Oliver und Elisabeth näherten sich mit leichten Tritten den Gräbern, so daß sie von dem alten Jäger nicht gehört wurden, dessen sonnverbrannte Züge Spuren innerer Aufregung zeigten und dessen Augen blinzelten, als ob irgend etwas die Schärfe ihrer Sehkraft hemme. Nach einer Weile erhob sich Natty langsam vom Boden und sprach laut:

»Nun, nun, ich denke wohl, daß alles recht ist! Es muß doch nichts Übles ums Lesen sein; so aber weiß ich mir nichts aus der Sache zu machen, obgleich die Pfeife, der Tomahawk und die Mokassins nicht übel – gar nicht übel sind, um so mehr, da der Mann, welcher sie ausmeißelte, diese Gegenstände wahrscheinlich nie gesehen hat. Ach! da liegen sie Seite an Seite, und ihnen ist wohl! Aber wer wird einst da sein, um meine Gebeine in die Erde zu legen, wenn meine Zeit kommt?«

»Wenn diese unglückliche Stunde eintritt, Natty, so wird es Euch an Freunden nicht fehlen, die Euch diesen letzten Dienst leisten«, sprach Oliver, etwas ergriffen von dem Selbstgespräch des Jägers.

Der alte Mann wandte sich um, ohne eine Überraschung an den Tag zu legen; denn er hatte sich in dieser Beziehung ganz nach den Gewohnheiten der Indianer gebildet, und während er mit der Hand unter seiner Nase wegfuhr, schien er zugleich jede Spur von Kummer wegzuwischen.

»Ihr seid gekommen, um die Gräber zu besuchen, Kinder, nicht wahr?« sagte er. »Nun, nun, es ist ein heilsamer Anblick für alt und jung.«

»Ich hoffe, sie sind nach Eurem Geschmack«, versetzte Effingham. »Niemand hat ein besseres Recht, in der Sache zu Rate gezogen zu werden, als Ihr.«

»Je nun, da ich nicht sonderlich an den Anblick schöner Gräber gewöhnt bin«, entgegnete der alte Mann, »so kommt mein Geschmack wenig in Betracht. Sie haben doch den Kopf des Majors nach Westen und den Mohegans nach Osten legen lassen?«

»Es ist Eurem Wunsche gemäß so gehalten worden.«

»Dann ist's recht«, erwiderte der Jäger. »Sie meinten, sie hätten verschiedene Wege zu gehen, obgleich es einen gibt, der über allen steht, der seiner Zeit die Gerechten zusammenbringen wird, der auch die Haut des Mohren bleichen und ihn auf eine Höhe mit Fürsten stellen kann.«

»Es ist kein Grund vorhanden, dies zu bezweifeln«, versetzte Elisabeth, die ihren frühern entschiedenen Ton in einen weichen, wehmütigen umgewandelt hatte. »Ich lebe der zuversichtlichen Hoffnung, daß wir uns alle wiedersehen und glücklich sein werden.«

»Werden wir das, werden wir das, Kind?« rief der Jäger mit ungewöhnlicher Wärme. »Ja, es liegt ein Trost in diesem Gedanken. Doch ehe ich gehe, möchte ich wohl wissen, was diese Grabsteine den Leuten, welche wie die Tauben im Frühjahr dieses Land bedecken, von dem alten Delawaren und von dem wackersten weißen Manne, der je diese Berge betreten hat, erzählen.«

Effingham und Elisabeth waren über die ungewöhnliche Feierlichkeit in Lederstrumpfs Benehmen überrascht; da sie jedoch den Grund davon nur in der Nähe der Freundesgräber suchten, so trat der junge Mann alsbald an das Denkmal und las laut:

»›Dem Andenken
Oliver Effinghams
vormaligen Majors im Sechzigsten Infanterie-Regiment
Seiner Majestät des Königs von Großbritannien.

Er war ein Krieger von erprobter Tapferkeit, der mit ritterlicher Treue an seinem König hing, ein Mann von dem biedersten Charakter und ein wahrer Christ. Den Morgen seines Lebens verbrachte er in Ehre Reichtum und Macht; aber der Abend wurde durch Armut, Mangel und Krankheit getrübt, die ihm nur durch die zarte Sorgfalt seines alten treuen, aufrichtigen Freundes und Dieners, des Nathanael Bumppo, erträglich gemacht wurden. Um die Tugenden des Herrn zu ehren und ihren Dank gegen den Diener bleibend auszudrücken, errichteten dieses Denkmal *Die Hinterbliebenen.*‹«

Lederstrumpf fuhr zusammen, als er seinen eigenen Namen nennen hörte, und ein freudiges Lächeln überflog seine runzligen Züge.

»Und das steht wirklich hier, Junge?« fragte er. »Ihr habt also den Namen des alten Mannes an der Seite seines Herrn in den Stein gegraben? Gott segne euch, meine Kinder! Es war ein freundlicher Gedanke, und er tut dem Herzen um so wohler, je näher die letzte Stunde rückt.«

Elisabeth wandte sich von den Sprechern ab, und Effingham begann mit erstickter Stimme:

»Er steht hier in einfachem Marmor; er sollte aber mit goldener Schrift eingegraben sein!«

»Zeigt mir den Namen, Junge«, versetzte Natty mit kindischer Neugierde, »laßt mich sehen, wo meinem Namen solche Ehre widerfahren ist. Es ist ein edelmütiges Geschenk für einen Mann, der keinen seines Namens und seiner Familie zurückläßt in einem Lande, wo er so lange geweilt hat.«

Effingham führte seine Finger an die Stelle, und Natty folgte mit tiefstem Interesse bis ans Ende, worauf er sich von dem Grabe erhob und sprach:

»'s wird wohl recht sein, und jedenfalls ist's ein freundlicher Gedanke! Doch was habt Ihr über die Rothaut schreiben lassen?«

»Ihr sollt es hören:

›Dieser Stein gilt dem Gedächtnis eines Indianerhäuptlings aus dem Stamme der Delawaren, bekannt unter den verschiedensten Namen: John Mohegan; Mohican‹« –

»Moheecan, Junge, so sprechen sie es selbst aus! 'heecan.«

»Mohican und Chingagook« –

»Gach, Junge; –' gachgook; Chingachgook, was in unserer Sprache Große Schlange bedeutet. Der Name muß recht dahin; denn ein indianischer Name trägt immer eine Bedeutung in sich.«

»Es soll geändert werden.«

»›Er war der letzte seines Volkes, der fortfuhr, dieses Land zu bewohnen; und man kann von ihm sagen, daß seine Fehler die eines Indianers und seine Tugenden die eines Menschen waren.‹«

»Ihr habt nie ein wahreres Wort gesprochen, Herr Oliver. Ach! wenn Ihr ihn gekannt hättet, wenn Ihr ihn, wie ich, in seiner Jugend und zur Zeit jener Schlacht gekannt hättet, als der alte Herr, der an seiner Seite ruht, ihm das Leben rettete, nachdem die Diebe, die Irokesen, ihn bereits an den Pfahl gebunden hatten, so würdet Ihr dasselbe und noch mehr sagen. Ich schnitt mit eigener Hand seine Riemen durch und gab ihm mein Messer und meinen Tomahawk; denn die Büchse war von jeher meine Lieblingswaffe. Nun schlug er wieder um sich wie ein Mann. Als er von diesem Zuge heimkehrte, traf ich ihn mit elf Mingoskalpen an seinem Gürtel. Sie brauchen nicht zu schaudern, Madame Effingham, denn sie kamen alle von geschorenen Köpfen und von Kriegern. Wenn ich aber jetzt diese Berge betrachte, wo ich sonst hin und wieder zwanzig Rauchsäulen von den Lagern der Delawaren über den Baumwipfeln aufsteigen sah, so erfüllt es mein Herz mit Trauer, denken zu müssen, daß von ihnen allen auch nicht *eine* Rothaut übriggeblieben ist. Höchstens trifft man noch einen betrunkenen Landstreicher von den Oneidas oder etliche von den Yankee-Indianern, welche dem Vernehmen nach von der Meeresküste heraufkommen und die, wie mir scheint, eigentlich zu keinen von Gottes Geschöpfen gehören, da sie weder Fleisch noch Fisch sind – weder Weiße noch Wilde. Doch sei's drum. Die Zeit ist endlich gekommen, und ich muß gehen.«

»Gehen?« wiederholte Edwards. »Und wohin wolltet Ihr gehen?«

Lederstrumpf, der, ohne es zu wissen, vieles von den Eigenschaften der Indianer angenommen hatte, obgleich er sich den Delawaren gegenüber stets als ein zivilisierteres Wesen betrachtete, wandte sein Gesicht ab, um die Bewegung seiner Muskeln zu verbergen, indem er sich zugleich bückte, um einen großen Pack hinter dem Grabe hervorzuholen, den er ganz bedächtig auf seine Schultern legte.

»Gehen?« rief Elisabeth, indem sie ihm rasch an die Seite trat. »Ihr solltet Euch als einzelner Mann nicht mehr so weit in die Wälder wagen; es ist in der Tat nicht klug. Er hat wohl im Sinne, Effingham, irgendeinen weiten Jagdzug zu machen?«

»Was meine Frau Euch sagt, ist wahr, Lederstrumpf«, sprach Edwards, »Ihr habt's ja durchaus nicht nötig, Euch jetzt noch solchen Mühseligkeiten auszusetzen. Werft daher Euren Pack ab und beschränkt Eure Jagd auf die Berge in unserer Nähe, wenn Ihr ja nicht zu Hause bleiben mögt.«

»Mühseligkeiten? Es ist eine Lust, Kinder, und die größte die mir noch diesseits des Grabes blüht.«

»Nein, nein; Ihr dürft nicht so weit fort«, rief Elisabeth, ihre zarte, weiße Hand auf seinen hirschledernen Pack legend. – »Es ist, wie ich sagte! Ich fühle seinen Feldkessel und seine Pulverbüchse. Wir dürfen nicht zugeben, daß er so weit von uns fortzieht, Oliver; bedenke, wie schnell Mohegan dahinstarb!«

»Ich wußte wohl, daß das Scheiden schwer werden dürfte, Kinder, ich wußte es wohl«, entgegnete Natty. »Ich wollte daher nur noch nach den Gräbern sehen und dachte, wenn ich euch das Andenken zurückließe, welches mir der Major gab, als wir uns das erstemal in den Wäldern trennten, so würdet ihr mir es nicht übelnehmen; denn ihr wißt ja, daß das Herz des alten Mannes bei euch zurückbleibt, mag auch sein Körper hingehen, wohin er will.«

»Dem liegt etwas Ungewöhnliches zugrunde!« rief der Jüngling. »Wohin gedenkt Ihr zu gehen, Natty?«

Der Jäger trat ihm zutraulich und mit einer Miene näher, als denke er, Gründe vorzubringen, die jeden weiteren Einwurf beschwichtigen müßten, indem er antwortete:

»Ei nun, Junge, ich habe gehört, daß es an den Großen Seen die beste und ausgedehnteste Jagd gibt, ohne daß man auf einen andern Weißen als auf meinesgleichen träfe. Ich bin's müde, in Lichtungen zu leben, wo der Hammer von Sonnenaufgang bis zum Sonnenuntergang in meinen Ohren tönt. Ich hänge zwar sehr an euch, Kinder – wenn's nicht wahr wäre, so würde ich's nicht sagen –, ich sehne mich aber, wieder in die Wälder zu gehen.«

»In die Wälder?« wiederholte Elisabeth im Übermaße ihres Gefühls. »Nennt Ihr diese endlosen Forsten keine Wälder?«

»Ach, Kind! Das ist nichts für einen Mann, der an die Wildnis gewöhnt ist. Ich habe keine behagliche Stunde mehr gehabt, seit Ihr Vater seine Ansiedler hierherführte; ich konnte aber nicht weit gehen, solange noch Leben in dem Körper war, der hier unter dem Rasen liegt. Doch jetzt ist er heimgegangen; auch Chingachgook ist dahin, und ihr beide seid jung und glücklich. Ja, in den vergangenen Monaten hat Heiterkeit in dem großen Hause geherrscht, und ich dächte, es wäre jetzt Zeit, auch mir für den Rest meiner Tage zu einem bißchen Behaglichkeit zu verhelfen. Jawohl da, Wälder! Wie kann ich das Wälder nennen, Madame Effingham, wo ich mich jeden Tag meines Lebens in den Lichtungen verliere?«

»Wenn Euch noch etwas zu Eurer Bequemlichkeit fehlt, so nennt es, Lederstrumpf; wenn es herbeizuschaffen ist, so sollt Ihr es haben.«

»Ich weiß, daß Ihr es gut mit mir meint, Junge, und auch von Ihnen bin ich's überzeugt, Madame; aber eure Wege sind nicht meine Wege. Es geht uns da ganz wie den Toten hier, welche zu ihren Lebzeiten glaubten, der eine müsse nach Osten, der andere nach dem Westen gehen, um seinen Himmel zu finden;

am Ende treffen sie aber doch wieder zusammen, und so wird es auch bei uns gehen, Kinder. Ja, macht fort, wie ihr angefangen habt, und wir werden uns endlich im dem Lande der Gerechten wiedersehen.«

»Das kommt so neu, so unerwartet«, sagte Elisabeth in fast atemloser Aufregung. »Ich dachte, Ihr hättet im Sinne, bei uns zu leben und zu sterben, Natty!«

»Worte verfangen hier nicht«, rief Effingham. »Vierzigjährige Gewohnheiten lassen sich nicht durch die Verbindung eines Tages umwandeln. Ich kenne Euch zu gut, um weiter in Euch zu dringen, Natty; wollt Ihr uns aber nicht gestatten, daß wir Euch auf einem der fernen Berge eine Hütte bauen lassen, wo wir Euch hin und wieder besuchen und erfahren können, ob Euch nichts abgeht?«

»Habt keine Sorge um Lederstrumpf, Kinder! Ich bin in Gottes Hand, der mich wohl zu einem glücklichen Ende führen wird. Ich verkenne eure gute Absicht nicht, doch unsere Weisen passen nicht zusammen. Ich liebe die Wälder, und ihr habt Freude an der Gesellschaft der Menschen; ich esse und trinke, wenn mich hungert oder dürstet, und ihr habt dafür bestimmte Stunden und Regeln. Ja, ja, Junge, Ihr überfüttert aus purem Wohlmeinen sogar die Hunde, und ein Jagdhund muß mager sein, wenn er gut laufen soll. Das geringste von Gottes Geschöpfen hat eine Bestimmung, und ich bin für die Wildnis geschaffen; wenn Ihr mich also liebt, so laßt mich hinziehen, wohin meine Seele verlangt!«

Diese Berufung war entscheidend, und kein Wort der Bitte wurde mehr gesprochen, um ihn zum Bleiben zu veranlassen. Elisabeth senkte zwar ihr Haupt auf ihre Brust, während ihr Gatte einige Tränen in seinem Auge zerdrückte und mit Händen, die ihm fast den Dienst versagten, sein Taschentuch hervorzog, aus dem er ein Päckchen Banknoten nahm und sie dem Jäger überreichte.

»So nehmt dies«, sagte er, »so nehmt wenigstens dies! Verwahrt sie gut auf Eurem Körper, sie werden Euch in der Stunde der Not gute Dienste tun.«

Der alte Mann nahm das Papier und betrachtete es mit neugierigen Augen.

»Das ist also von dem neumodischen Geld, das sie in Albany aus Papier machen? Aber dem, der es nicht zu lesen versteht, kann es von keinem sonderlichen Wert sein. Nein, nein. Junge, – steckt es nur wieder zu Euch; denn mir würde es nichts nützen. Ehe der Franzose abreiste, hab' ich seinen Pulvervorrat an mich gebracht, und wo ich hingehe, soll dem Vernehmen nach das Blei wachsen; ich brauche daher nichts weiter als Kugelpflaster, und dazu habe ich von jeher Leder genommen. Madame Effingham, lassen Sie einen alten Mann Ihre Hand küssen! Gottes bester Segen möge Sie und die Ihrigen begleiten!«

»Laßt mich Euch noch einmal bitten, hierzubleiben!« rief Elisabeth. »Geht nicht fort, Lederstrumpf; bringt mich nicht in Sorge wegen des Mannes, der mir zweimal das Leben rettete und der denen, welche ich liebe, so treue Dienste geleistet hat. Wenn Ihr's nicht um Euretwillen tun wollt, so bleibt wenigstens um meintwillen! Die schrecklichen Träume, welche noch immer meine Nächte beunruhigen, werden Euch mir zeigen, sterbend in Kummer und Armut, an der Seite der schrecklichen Tiere, die Ihr getötet habt. Meine Einbildungskraft wird mir hinsichtlich Eures Schicksals alle Übel, welche Krankheit, Mangel und Einsamkeit möglicherweise begleiten können, heraufbeschwören. Bleibt bei uns, alter Mann – wenn nicht um Eurer selbst, so doch um unsertwillen!«

»Solche Gedanken und so bittere Träume, Madame Effingham«, erwiderte der Jäger feierlich, »werden eine unschuldige Person nicht lange beunruhigen und mit Gottes Beistand bald verschwinden. Kommt Euch noch allenfalls so eine Pantherkatze im Schlaf vor Augen, so geschieht es nicht meinetwegen, sondern deshalb, um Sie auf die Macht zu verweisen, die es mir möglich machte, Sie zu retten. Vertrauen Sie auf Gott, Madame, und auf Ihren braven Gatten, so können die Gedanken an einen alten Mann, wie ich bin, weder lange noch schmerzlich sein. Ich will beten, daß der Herr Ihrer gedenke – der Herr, der sowohl über den Lichtungen als über der Wildnis waltet – und Sie nebst allem, was zu Ihnen gehört, segne, von nun an bis zu dem großen Tage, wo sich weiße und rote Häute vor seinem Richterstuhle treffen und wo das Gesetz der Gerechtigkeit, nicht das der Gewalt gilt.«

Elisabeth erhob das Haupt und bot ihm ihre farblose Wange zum Kusse, die er auch mit abgenommener Mütze achtungsvoll berührte. Dann ergriff der Jüngling mit krampfhafter Glut seine Hand, ohne daß er zu sprechen vermochte. Der Jäger zog seinen Gürtel fester an und traf seine Vorbereitungen zur Abreise, obgleich man nicht verkennen konnte, daß auch ihm der Abschied schwer wurde. Ein- oder zweimal versuchte er zu sprechen, aber die Laute blieben ihm in der Kehle stecken. Endlich warf er seine Büchse auf die Schulter und rief mit lauter Jägerstimme, die weithin durch die Wälder hallte:

»Herein, herein, Jungen! – fort, fort, Hunde! – Ihr werdet müde Füße kriegen, ehe ihr an dem Ziele unserer Reise anlangt!«

Die Hunde sprangen bei diesem Ruf von der Erde auf, beschnupperten die Gräber und das schweigende Paar, als wüßten sie, was ihnen nunmehr bevorstehe, und folgten dann gehorsam ihrem Herrn auf der Ferse. Eine kurze Pause war eingetreten, während welcher sogar der Jüngling sein Gesicht an dem Grabsteine seines Großvaters verbarg. Sobald jedoch der Stolz des Mannes die Gefühle der Natur bewältigt hatte, wandte er sich, um seine Bitten zu erneuern, bemerkte aber alsbald, daß er und seine Gattin allein an der Grabesstätte waren.

»Er ist fort«, rief Effingham.

Elisabeth erhob ihr Antlitz und sah den alten Jäger an dem Rande des Waldes stehen, wie er noch einen Moment zurückblickte. Sobald er wahrnahm, daß man ihm nachschaute, fuhr er sich mit der rauhen Hand hastig über die Augen und winkte ein Lebewohl, worauf er aufs neue seine Hunde rief, die sich an seine Füße schmiegten, und in dem Forste verschwand.

Es war das letztemal, daß sie Lederstrumpf gesehen hatten,

obgleich Richter Temple nach ihm spähen ließ und sogar in eigener Person an den Nachforschungen teilnahm. Er war weiter nach Westen gezogen, – der erste in der Schar der Ansiedler, welche der Volkswanderung den Weg quer durch unser Festland zeigten.

Anhang

Vorrede Coopers

Da sich diese Schrift bereits auf dem Titelblatt als ein Zeitgemälde ankündigt, so wird es denen, welche sich die Mühe nehmen, dieselbe zu lesen, nicht unwillkommen sein zu erfahren, was von ihrem Inhalt buchstäbliche Wahrheit, und was die Beigabe des darstellenden Dichters ist. Der Verfasser fühlt wohl, daß er ein weit besseres Buch hätte zustande bringen können, wenn er sich ausschließlich auf die letztgenannte Tätigkeit beschränkt hätte, da bei solchen literarischen Erscheinungen das freie Walten der Phantasie immer die lebhaftesten Eindrücke hervorbringt. Aber bei der Schilderung von Szenen und vielleicht auch von Charakteren, die ihm in seiner Jugend vertraut geworden waren, konnte er der Versuchung nicht widerstehen, lieber das zu zeichnen, was er mit leiblichen Augen gesehen, als das, was vielleicht nur der geistige Blick geschaut haben mochte. Ein allzu starres Festhalten an der Wahrheit, so unerläßlich sie auch für die Geschichte und für Reisebeschreibungen ist, zerstört den Zauber der Poesie; denn was dem Geiste durch die letztere vorgeführt werden soll, nimmt sich weit besser in Entwicklung von Grundsätzen und Charakteren aus, welche ihrem Bereiche entnommen sind, als in einem allzu ängstlichen Haften an wirklichen Vorbildern.

Da Neuyork nur *einen* Bezirk Otsego und der Susquehanna nur *eine* eigentliche Quelle hat, so kann hinsichtlich des Schauplatzes dieser Erzählung kein Irrtum stattfinden. Seine Geschichte, soweit sie auf die Ansiedlungen der Weißen Bezug hat, läßt sich in kurze Worte fassen.

Otsego, wie überhaupt der größte Teil des Innern der Provinz Neuyork, gehörte vor dem Unabhängigkeitskriege zu der Grafschaft Albany und fiel bei einer späteren Teilung des Gebietes an Montgomery, bis es endlich infolge der Zunahme seiner Bevölkerung kurz nach dem Frieden von 1783 zu einem eigenen Bezirke erhoben wurde. Es liegt zwischen den niedrigen Ausläufern des Alleghany-Gebirges, welche die mittleren Teile des Staates Neuyork durchziehen, etwas östlich von einem durch den Mittelpunkt des Staates gezogenen Meridian. Die

Flüsse von Neuyork haben ihren Ablauf entweder nach Süden in das Atlantische Meer oder nach Norden in den Ontario und seine Ausmündungen. Der Otsego ist die Quelle des Susquehanna und liegt daher begreiflicherweise in den Hochlanden. Die Gestalt des Landes, das Klima, wie es von den Weißen getroffen wurde, und die Sitten der Ansiedler sind in unserer Erzählung mit einer Ausführlichkeit geschildert, die der Autor nur mit der Lebhaftigkeit seiner Rückerinnerungen entschuldigen kann.

Der Name Otsego ist gebildet aus den Worten Ot, was einen Versammlungsort bedeutet, und Sego oder Sago, der unter den Indianern üblichen Begrüßungsformel. Einer Überlieferung zufolge pflegten die benachbarten Stämme an den Ufern des Sees Zusammenkünfte zu halten, um Verträge zu schließen und ihre Bündnisse auf sonstige Weise zu kräftigen, woraus sich die genannte Zusammenstellung erklärt. Da indes der indianische Agent von Neuyork ein Blockhaus an den Ufern des Sees besaß, ist es nicht unmöglich, daß der Name seinen Ursprung von den Versammlungen hat, welche dort bei seinen Beratungsfeuern gehalten wurden. Bei dem Ausbruche des Kriegs mußte der Agent nebst anderen Beamten der Krone den Strich verlassen, und seine unscheinbare Wohnung stand bald verödet. Der Verfasser erinnert sich, sie einige Jahre nachher in der bescheidenen Eigenschaft eines Rauchhauses gesehen zu haben.

Im Jahre 1779 wurden Truppen gegen die feindlichen Indianer gesandt, welche ungefähr hundert Meilen westlich von Otsego an den Ufern des Kayugasees hausten. Der ganze Strich war damals eine Wildnis, weshalb es nötig wurde, die Bagage der Mannschaft auf den Flüssen fortzuschaffen, – allerdings ein Umweg, aber jedenfalls das Beste, was man tun konnte. Eine Brigade zog am Mohawk aufwärts, bis sie eine Stelle erreichte, welche den Quellen des Susquehanna am nächsten liegt und von wo aus ein Engpaß durch den Urwald zu dem oberen Ende des Otsego führt. Die Boote und das Gepäck wurden über den »Trageplatz« gebracht, während die Truppen über den See setzten, an dem untern Ende desselben landeten und ein Lager aufschlugen. Der Susquehanna, ein an seinem Ursprunge schmaler, aber reißender Strom, war voll von Treibholz oder entwurzelten Bäumen, und die Truppen mußten ein neues Mittel ersinnen, um sich ihren ferneren Marsch zu erleichtern. Der

Otsego ist ungefähr neun englische Meilen lang und wechselt in der Breite von einer bis zu anderthalb Meilen: sein tiefes klares Wasser erhält von vielen hundert Quellen seinen Zuwachs. Unten sind die Ufer fast dreißig Fuß hoch, während sie an den übrigen Stellen durch Berge, Niederungen und Vorsprünge gebildet werden. Sein Abwasser oder der Susquehanna fließt durch einen Einschnitt der erwähnten niedrigen Ufer in einer Breite von gegen zweihundert Fuß ab. Dieser Einschnitt wurde mit Dämmen versehen, die Abwasser des Sees gesammelt und der Susquehanna in dieser Weise zu einem stärkeren Gewässer umgewandelt. Als diese Vorkehrungen getroffen waren, schifften sich die Truppen ein; der Damm wurde durchstochen, und der Otsego ergoß seinen Strom, auf dem die Boote alsbald lustig abwärts fuhren.

General James Clinton, der Bruder George Clintons, damals Gouverneur von Neuyork, der Vater De Witt Clintons, der als Gouverneur desselben Staates im Jahre 1827 starb – kommandierte die mit diesem Zuge beauftragte Brigade. Während die Truppen an dem unteren Teile des Otsego lagerten, wurde ein Soldat wegen Desertion erschossen. Das Grab dieses unglücklichen Mannes war die erste Grabstätte, die der Autor je gesehen, wie das erwähnte Rauchhaus die erste von ihm erblickte Ruine war. Die in unserer Schrift erwähnte Feldschlange wurde bei diesem Anlasse von den Truppen zurückgelassen und verscharrt; man fand sie später auf, als man in des Verfassers elterlicher Wohnung die Keller grub.

Bald nach Beendigung des Krieges besuchte Washington mit einem Gefolge vieler ausgezeichneter Männer den Schauplatz unserer Erzählung, dem Vernehmen nach, um das Terrain daraufhin zu untersuchen, ob sich hier eine Kommunikation zu Wasser mit andern Punkten des Landes bewerkstelligen ließe; er blieb jedoch nur wenige Stunden.

Im Jahre 1785 erschien der Vater des Autors in dieser Wildnis, um dieselbe vermessen zu lassen, da er einen bedeutenden Strich derselben anzukaufen gedachte. Welchen Eindruck sie auf ihn machte, haben wir durch den Richter Temple schildern lassen. Zu Anfang des folgenden Jahres begann die Ansiedlung, und von dieser Zeit an bis auf die gegenwärtige kam der Strich fortwährend in blühendere Verhältnisse. Es ist ein eigentümlicher Zug in dem amerikanischen Leben, daß es einem reichen

Manne, der zu Anfang dieses Jahrhunderts Gelegenheit hatte, Ansiedlern eine neue Niederlassung in einem entfernteren Landesteile anzubieten, möglich war, solche trotz der günstigen Verhältnisse, deren sie sich in ihrer früheren Kolonie erfreuen mochten, nach sich zu ziehen.

Obgleich die Niederlassung an dem Otsego einige Jahre vor der Geburt des Autors stattfand, so war jene zu *der* Zeit doch noch nicht so weit vorgerückt, daß man es für rätlich erachtet hätte, ein für ihn selbst so wichtiges Ereignis in der Wildnis stattfinden zu lassen. Vielleicht hegte seine Mutter ein gegründetes Mißtrauen in die Erfahrung des Doktor Todd, der damals noch in dem Noviziat seiner ärztlichen Praxis gestanden haben muß. Doch dem sei, wie ihm wolle, der Autor wurde noch als Kind wieder in das Tal gebracht, welchem er die ersten Eindrücke seiner Jugend verdankt. Er wählte auch in späteren Jahren zuweilen seinen Aufenthalt daselbst und glaubt daher, für die Treue seines Gemäldes einstehen zu können.

Otsego ist nun einer der bevölkertsten Distrikte von Neuyork, entsendet seine Auswanderer so gut als irgendeiner der älteren und steht wegen seines Gewerbfleißes und Unternehmungsgeistes in gutem Rufe. Seine Manufakturen blühen, und es ist bemerkenswert, daß eine der sinnreichsten Maschinen, welche die europäische Kunst kennt, von dem Scharfsinne, welcher in dieser abgelegenen Gegend heimisch ist, ihre Entstehung ableitet.

Um Mißverständnissen zu begegnen, wird es am Orte sein zu bemerken, daß der gegenwärtigen Erzählung keine wirklichen Begebenheiten zugrunde liegen und daß die buchstäblich wahren Tatsachen sich nur auf die örtlichen Verhältnisse und die Sitten und Gebräuche der Einwohner beziehen. Die Akademie, das Gerichtshaus, das Gefängnis, das Wirtshaus und die meisten andern Staffagen der Art existierten wirklich, haben aber seitdem andern Gebäuden von anspruchsvollerem Charakter Platz gemacht. Bei der Schilderung des Herrenhauses erlaubten wir uns einige Freiheit; denn das eigentliche Gebäude hatte keinen »ersten und zweiten Teil«. Es bestand aus Ziegeln, nicht aus Steinen, und zeigte keine von den eigentümlichen Schönheiten der »zusammengesetzten Ordnung«, indem es in einer zu frühen Periode errichtet wurde, um sich bereits aller Vorteile dieser so hoch anstrebenden Schule der Architektonik erfreuen zu können. Das Innere desselben ist jedoch ganz nach Rückerinnerungen gezeichnet, und hier trifft alles mit der Wirklichkeit zusammen, sogar Wolfs zertrennter Arm und der Aschenkrug der Königin Dido.

Obwohl noch Wälder die Berge von Otsego krönen, sind doch Bär, Wolf und Panther kaum mehr dort zu finden. Selbst das unschuldige Rotwild springt nur noch selten unter den Baumgewölben herum; denn das Gewehr und die Tatkraft der Pflanzer haben es an andere Orte getrieben. Zu diesem Wechsel – der in mancher Beziehung dem, der das Land im Urzustande gekannt hat, traurig erscheinen muß – kommt noch hinzu, daß der Otsego selbst mit seinem Reichtum zu knausern beginnt.

Der Verfasser hat bereits anderswo erklärt, daß Lederstrumpfs Charakter ein Gebilde ist, welches durch Hilfsmittel, wie sie zu Hervorbringung des Effekts nötig waren, Wahrscheinlichkeit gewinnt. Hätte er ihn mit noch mehr Liebe gezeichnet, so würden die Freunde der Poesie nicht so viel Anlaß haben, gegen diese Arbeit Einwendungen zu machen. Das Gesamtgemälde wäre jedoch sicher ohne wirkliche Vertreter für die meisten übrigen Personen weniger treu ausgefallen. Der große Grundbesitzer, der auf seinen Ländereien wohnt und denselben seinen Namen gibt, statt ihn, wie es in Europa üblich ist, von ihnen zu erhalten, kommt in Neuyork häufig vor. Der Arzt mit seiner Theorie, die er sich durch Experimente am menschlichen Körper eher schafft als verbessert; der fromme, selbstlose, tätige und schlechtbelohnte Missionar; der halbgebildete, streitsüchtige, neidische und wenig achtbare Advokat mit dem Gegengewichte eines Kollegen von besserem Schlage und anderem Charakter; der unstete, handeltreibende, mißvergnügte Verkäufer seiner »Verbesserungen«; der beliebte Zimmermann und die meisten übrigen Charaktere sind allen bekannt, die je einen »neuen« Bezirk besucht haben.

Es empfiehlt sich, hier nochmals hervorzuheben, daß es nicht unsere Absicht war, wirkliche Charaktere in allen Einzelheiten in diesem Buche zu beschreiben. Man hat häufig, auch in veröffentlichten Darstellungen, gesagt, die Heldin dieses Buches sei ein Abbild der Schwester des Verfassers, die vor einem halben Jahrhundert infolge eines Sturzes vom Pferd starb. Man war so erfinderisch in seinen Vermutungen, daß man sogar eine persönliche Ähnlichkeit zwischen der erdichteten Persönlichkeit und der toten Verwandten entdeckte. Es ist schwerlich möglich, zwei weibliche Wesen der gleichen Gesellschaftsschicht zu schildern, die weniger verwandte Züge haben als Elisabeth Temple und die Schwester des Autors, die das erwähnte traurige Ende fand. Mit einem Wort, sie waren in dieser Beziehung so verschieden wie in ihrer Geschichte, ihrem Charakter und ihren Schicksalen.

Umstände machten dem Autor diese Schwester besonders teuer. Ihr Tod liegt ein halbes Jahrhundert zurück, aber dieser Absatz verursacht ihm solche Qual, daß er versucht wäre, ihn zu streichen, wenn ihn nicht noch mehr die Meinung quälte, er habe ein Wesen, das er mit einer Verehrung betrachtet, die mehr als brüderliche Liebe ist, in die Heldin einer Dichtung verwandeln können.

Nach den angeführten Umständen ist es augenfällig, daß der Autor bei Abfassung der »Ansiedler« mehr Vergnügen genossen, als sein Werk wohl je dem Leser zu gewähren imstande sein wird. Er weiß, daß die Schrift zahlreiche Fehler enthält, von denen er in dieser Ausgabe auch einige zu verbessern bemüht war: da er sich aber wenigstens redlich bestrebt hat, das Seinige zur Unterhaltung der Leserwelt beizutragen, so vertraut er darum auch ruhig auf ihre wohlwollende Nachsicht, wenn er für sich selbst irgend zuviel in Anspruch genommen haben sollte.

Paris, im März 1832

Anmerkungen

1 »Die Ansiedler« wurden im Jahr 1823 geschrieben.

2 1831 betrug die Einwohnerzahl von Neuyork zwei Millionen.

3 Sleigh ist der in allen Teilen der Vereinigten Staaten übliche Ausdruck für eine Art von Schlitten und rührt wahrscheinlich aus dem Westen Englands her, wo diese Bezeichnung hin und wieder gebraucht wird. Die Amerikaner machen einen Unterschied zwischen Sleigh und Schlitten; denn die Läufe des Sleighs sind mit Metall beschlagen. Auch gibt es zwei- und einspännige Sleighs. Von letzterer Art sind die Cutter und die Pungs oder Zweipungs, von denen die einen mit einfachen, die andern mit Gabeldeichseln versehen sind: desgleichen die Gumper, rohe, für den schnellen Gebrauch zusammengezimmerte Fuhrwerke in den neuen Gebieten.
Viele amerikanische Sleighs sind sehr elegant, obgleich ihre Benutzung durch das Milderwerden des Klimas infolge der Lichtung der Urwälder allmählich mehr und mehr in Abgang kommt.

4 Seit undenklichen Zeiten haben die Zuschauer beim Umschlagen eines Schlittens das Recht zu lachen, – ein Recht, dessen sich der Richter in seinem vollen Umfange bediente, sobald er sah, daß niemand zu Schaden gekommen war.

5 Die periodischen Besuche des heiligen Nikolaus oder Santaklaus blieben bei den Bewohnern Neuyorks im Schwange, bis die Einwanderungen aus Neu-England auch die Sitten und Ansichten der Puritaner in diese Gegenden verpflanzten. Er kommt wie der *»bon homme de Noël«* jeden Weihnachtsabend.

6 Die Überlassungen von Land geschahen sowohl von seiten der Krone als von seiten der Vereinigten Staaten durch mit großen Siegeln versehene Urkunden, die Patente hießen, – ein Name, der denn auch den in dieser Weise abgetretenen größeren Distrikten beigelegt wurde. Zur Zeit der englischen Oberherrschaft hafteten an der Erwerbung von

Grund auch Manorial- (grundherrliche) Rechte, weshalb in den alten Landen noch häufig der Ausdruck »*Manor*« Rittergut gebraucht wird. So gibt es zum Beispiel in Neuyork viele Manors, obgleich alle politischen und Gerichtbarkeitsrechte aufgehört haben.

7 Die Freilassung der Sklaven in Neuyork ging nur allmählich vor sich. Sobald sich die öffentliche Meinung für dieselbe erklärte, wurde es üblich, die Dienste eines Sklaven auf acht oder zehn Jahre unter der Bedingung zu erkaufen, daß derselbe nach Ablauf dieser Periode in Freiheit gesetzt werde. Dann traf das Gesetz die Verfügung, daß alle auf dem amerikanischen Kontinent geborenen Neger nach einer bestimmten Frist – die Männer im achtundzwanzigsten, die Weiber im dreiundzwanzigsten Jahre – frei sein sollten. Der Eigentümer mußte sie später lesen und schreiben lernen lassen, ehe sie das achtzehnte Jahr erreicht hatten, und endlich wurden alle noch vorhandenen Sklaven durch eine im Jahr 1826 erlassene Akte – also erst nach Veröffentlichung der gegenwärtigen Erzählung – für Freie erklärt. Bei Leuten, welche mehr oder weniger mit Quäkern, bei denen das Sklavensystem schon viel früher abgeschafft war, in Berührung kamen, war die erste von diesen Methoden die üblichste.

8 Der Ausdruck »Yankee« hat in Amerika bloß eine lokale Bedeutung und mag wohl in der Art, wie die Indianer in Neu-England das Wort »*English*« oder »*Yangeese*« aussprechen, seiner Entstehung ableiten. Da Neuyork ursprünglich eine holländische Provinz war, so kannte man ihn dort natürlich nicht, und weiter im Süden haben wahrscheinlich die verschiedenen Dialekte unter den Eingeborenen selbst eine verschiedene Pronunziation veranlaßt. Marmaduke und sein Vetter, als eingeborene Pennsylvanier, waren keine Yankees in der amerikanischen Bedeutung des Worts.

9 So heißen Leute, die Land urbar machen und nach dem Acker oder »Job« (zugeteiltem Stück) bezahlt werden.

10 Möglich, daß der Leser ob dieser Erklärung Benjamins erstaunt; aber wer sich eine Zeitlang in den neuen Ansiedlungen Amerikas aufgehalten hat, ist zu sehr daran gewöhnt,

von solchen europäischen Kraftstückchen zu hören, um sie zu bezweifeln.

11 Ein Gemisch aus Bier, Branntwein und Zucker.

12 Die Geistlichen der bischöflichen Kirche in den Vereinigten Staaten nennen alle einem andern Bekenntnisse Angehörigen »Dissenters«, obgleich sich diese in ihrem Lande nie als eine eigene Kirche erklärten.

13 *Susquehanna* heißt »gekrümmter Fluß«, wie überhaupt *hannah* oder *hannock* in vielen Dialekten der Eingeborenen einen Fluß bedeutet. So finden wir weiter südlich in Virginien einen Rappehannock.

14 Regulären

15 Falkenauge

16 Doolittle, Tuwenig, wird hier von dem spaßhaft gestimmten Richard Doonothing, Tunichts, genannt.

17 Vor der Revolution hatte jede Provinz ihre eigene Rechnungsmünze, obschon in denselben nichts als Kupfergeld geprägt wurde. In Neuyork teilte man den spanischen Dollar in acht Schillinge, die etwas über sechs Pence englischer Münze betrugen. Gegenwärtig gilt das von der Union eingeführte Dezimalsystem, nach welchem auch die Münzen ausgeprägt sind.

18 Der Autor kann die abschweifende Einflechtung solcher Dialoge mit nichts anderem entschuldigen als damit, daß sie sich auf Tatsachen beziehen. Da übrigens so viele Jahre seitdem entschwunden sind, so gibt er gerne zu, daß solche Anspielungen den gerechten Anforderungen des Lesers im allgemeinen nicht entsprechen. Eines dieser Erlebnisse ist in dem Beginne des gegenwärtigen Kapitels leicht berührt. Vor mehr als dreißig Jahren nämlich starb eine sehr nahe und teure Verwandte des Autors – eine ältere Schwester, die ihm eine zweite Mutter war – an den Folgen eines Sturzes vom Pferde, als sie über das in unserer Erzählung beschriebene Gebirge ritt. Wenige Damen von ihrem Alter waren bekannter und wurden mehr geliebt als die bewunderungswürdige Frau, die ein Opfer der Gefahren der Wildnis wurde.

19 Alles dies gründet sich buchstäblich auf Tatsachen.

20 Von allen Fischen, die der Verfasser jemals gekostet hat, hält er den erwähnten für den besten.

21 Der zehnte Teil eines Dollars oder zehn Cents.

22 Prettybones heißt »hübsche Knochen«.

23 Die Wahrscheinlichkeit eines Waldbrandes, wie der hier beschriebene, ist in Zweifel gezogen worden. Der Verfasser weiß hierauf nichts zu erwidern, als daß er einmal in einem andern Teile von Neuyork ein solches Feuer mitansah, welches einen Mann zwang, seinen Wagen und seine Pferde auf der Straße stehenzulassen, wo diese auch ihren Untergang fanden. Um über die Möglichkeit eines solchen Ereignisses ein richtiges Urteil zu fällen, muß man die Wirkungen einer langen Dürre in diesem Klima und die Menge toten Holzes mit in Rechnung bringen, welche sich in einem Forste, wie der hier erwähnte, vorfand. Die Waldbrände in Amerika sind oft so wütend, daß ihr Einfluß auf die Luftströmung fünfzig Meilen weit fühlbar wird, und gewöhnlich werden ihnen auch Häuser, Scheunen und Zäune, welche sie in ihrem Laufe berühren, zum Raube.

Erläuterungen

Abtrift, Abweichung vom Kurs
Achterdeck, Hinterdeck
Acker, etwas über 4000 Quadratmeter
Allston, Washington (1779-1843), amerikanischer Maler, Klassizist
Arrowhead, Pfeilspitze
Assiniboin, Stamm der Dakotas

back, zurück
Back, Aufbau auf dem Vorderdeck
Backbord, linke Schiffsseite
Bake, festes Seezeichen
Berkeley, George (1685-1753), englischer Philosoph
Besansegel, das Gaffelsegel am hintersten Mast
Beting, Gerüst zur Befestigung der Ankerketten
Big Serpent, Große Schlange
Billen, innere Planken am Heck
Bö, heftiger Windstoß
bonne bouche, Nachtisch
Bonnet, Streifen zur Verlängerung des unteren Segels
Bram, die von oben zweite Verlängerung der Segel
Brasse, Tau zum Stellen der Segel
Brigg, zweimastiges Segelschiff, das mit Rahen aufgetakelt wird
Buffon, Graf von (1707-1788), französischer Zoologe, berühmt durch seinen glänzenden Stil. Von ihm stammt das Wort: »*Le style, c'est l'homme.*« (Wie einer schreibt, so ist er.)
Bugspriet, der Baum, der über den Schiffsbug hervorragt
Bukanier, Freibeuter

chiente (Mischdialekt, halbfranzösisch), »Hundeloch«, schlechte Hütte
Chingachgook, Große Schlange
compos mentis, seiner Sinne mächtig, bei Verstande
Corbeau rouge, rote Krähe

deinsen, rückwärts gehen
Della crusa, Academia. florentinische Sprachreinigungsgesellschaft
Dénouement, Lösung des Knotens
Dew-of-June, Junitau
Ducht, Querbank im Boote; auch das Kabelgarn, woraus die Taue zusammengedreht sind.
Dünung, Hochgehen der Wogen

Eau-douce, Süßwasser
Erin, Irland

Fallen, Taue
fieren, Tau ablaufen lassen, Segel niederlassen
Flip, Warmbier mit Branntwein und Zucker
Floating, Schwimmend: Floating Tom = schwimmender Tom (s. Wildtöter)
Fock, Vormast

Gaffel, Segelstange hinter dem Mast, dient oft dazu, die Flagge zu tragen
Gallone, Maß von viereinhalb Liter
Gatt, enger Durchgang
geien, Segel zusammenschnüren
gieren, vom geraden Kurs abweichen
Greenough, Horatio (1805-1852), amerikanischer Bildhauer, Schüler Thorwaldsens, stellte Washington als antike Gottheit dar. *Cooper* war der erste, der seine hohen Fähigkeiten erkannte und ihn seinen Landsleuten bekannt machte, Greenoughs letztes Werk war eine Büste Coopers.
Guinee, Goldmünze im Werte von etwa zwanzig Mark.

Hawk-eye, Falkenauge
Heck, Schiffshinterteil
Helm, Ruderpinne, Steuer
Hieling, hinteres Ende des Kieles
Hintersteven, die Balken hinten am Schiff

Indianersommer, Spätsommer, warme Tage bei Herbstfärbung
Jolle, Boot mit einem Mast

June, s. *Dew-of-June*
Jury, Schwurgericht

Kabellänge, hundert Faden, etwas weniger als zweihundert Meter
Kaje, Deich: Mauerwerk zur Einfassung eines Hafens.
Kalash, Damenkopfputz
Kalme, Windstille
Kastor, Biberhut
katten, den Anker hochziehen
Ketsche, Geschirr
Killdeer, Töter des Wildes
Killen, Flattern der ungefüllten Segel
Klüse, Öffnung im Bug für die Ankerkette
Klüver, dreieckiges Vorsegel
Koje, Schlafstelle
Kühlte, frischer Wind

Lalla Rookh, Tulpenwange, Gedicht von Thomas Moore
La Longue Carabine, die Lange Büchse
Lateinisches Kreuz, ein solches, bei dem der untere Teil länger ist als die drei anderen Arme
Le Balafré, der Benarbte, Beiname des Herzogs Franz von Guise (1519-1563) und seines ältesten Sohnes Heinrich (1550 bis 1588). In der »Prärie« Name eines alten Sioux-Häuptlings.
Lecke, Stelle, wo Tiere Salz lecken
Lee, Seite, wohin der Wind weht
Legerwall, die bei stürmischen Winde im Lee vom Schiffe befindliche Küste
lenzen, mit gerefften Segeln vor dem Sturme laufen
Liek,Einfassung des Segels
Lily, Lilie
Log, Instrument zur Bestimmung der Fahrtgeschwindigkeit
Logbuch, Schiffstagebuch
Lomme oder Lumme, Vogel der Regenpfeiferart
Loup-cervier, der Luchs
Lugger, Küstensegelschiff
Luv, Windseite, Gegensatz von Lee
luvwärts, dem Winde zugekehrt

Mährische Brüder, eine böhmische Sekte, die Kriegsdienst und Eid verweigerte
Majordomo, der Verwalter
Marlpfriem, Eisenstab zum Splissen von Tauwerk
Mars (Mastkorb), ein Gerüste an den Mastbäumen zum Halten gewisser Taue und zur Bequemlichkeit der auf den Masten befindlichen Matrosen
Meile, englische, etwas mehr als anderthalb Kilometer
Mêlée, Handgemenge
Minstrel, Spielmann, Sänger
Mokassin, lederner Halbschuh der Indianer

Nahten, Fugen zwischen den Planken
Nock, Ende der Rahe

Paley, William, Verfasser der Grundsätze der Moralphilosophie (1785)
Patois, Mundart
Pool, Teil der Themse unterhalb Londons
preien, ein Schiff anrufen

rara avis, seltener Vogel, Seltenheit
Reep, Seil
Renard Subtil, Schlauer Fuchs
Reni, Guido (1575-1642), italienischer Maler
Rivenoak, gespaltene Eiche
Rodney (1719-1792), englischer Admiral, Eroberer der französischen Besitzungen in Westindien
Rosa, Salvator (1615-1673), italienischer Maler

Sachem, Häuptling
Sanglier, Eber
Schandeck, Plankengang an der Bordwand
scheren, mit dem Vorderteil aus der Kursrichtung kommen
Schlup, Segeljacht; kleines, zum Rudern eingerichtetes Fahrzeug
Schnau, zweimastiges Fahrzeug
Schoner, zweimastiges Segelschiff
Schote, Segelleine
Schotten, hölzerne Scheidewände

Schwabber, Schiffsbesen
Scud, Windwolke
Seising, Tau
sobriquet, Spitzname
Solander, Daniel (1736-1782), schwedischer Botaniker, der Cook auf seiner Weltumseglung begleitete
Spake, Hebebaum
Spiere, Rundholz, Ersatzrahe
Spill, Ankerwinde
spleißen, Tauenden verflechten
Spring, zum ausgeworfenen Anker führende Trosse
Squaw, Indianerfrau
Stenge, Verlängerung des Mastes
Stern, Schiffshinterteil
Steuerbord, rechte Schiffsseite
Stopper, Tauende
Sumach, Essigbaum
Supererogation, übergebührliche Leistung

Tachechana, Hindin
taljen, aufwinden
Taljereep, dünnes Tau am unteren Ende der Wanten, um stärkere straffer anzuspannen
Tomahawk, Streitaxt
Topp, oberes Ende des Mastes
Totem, Bild des Tieres, von dem eine indianische Sippe ihre Abstammung herleitet
Trageplatz, Stelle, wo die Boote über die Stromschnellen getragen werden
Trageweg, s. Trageplatz
triftig, treibend
»Tristram Shandy«, humoristischer Roman von Lawrence Sterne (1713-1768)
Troß, starkes Tau

überholen, nachprüfen
Unze, Jaguar

vis inertiae, Macht der Trägheit
Vorsteven, Balken vorn am Schiff

Wah-ta!-Wah, Still, oh! Still!
Wakonda, Gott der Indianer; anderer Name für Manitu
Wampum, Schnur mit aufgereihten kleinen Muschelscheiben
Wanten, Stütztaue
warpen, durch Schleppanker fortbewegen
Wish-ton-wish, Ziegenmelker (Vogel)

Yahoos, Rasse in Swifts satirischem Roman »Gullivers Reisen«
Yengeese, Engländer

Inhalt

Kulturgeschichte im insel taschenbuch

Alt-Kräuterbüchlein. Von der Kraft und Wirkung der Kräuter. Nach dem »New-Kreüterbüchlein« des Leonhart Fuchs (1543). Herausgegeben von Alexander von Bernus. Mit einem biographischen Text zu Leonhart Fuchs von Hans Franke und einem Nachwort von Elmar Mittler und Holzschnitten. it 456

Jost Amman: Frauentrachtenbuch. Mit kolorierten Holzschnitten der Erstausgabe von 1586 und einem Nachwort von Manfred Lemmer. it 717

Egon Caesar Conte Corti: Geschichte des Rauchens. »Die trockene Trunkenheit«. Ursprung, Kampf und Triumph des Rauchens. Mit zahlreichen Abbildungen. it 904

Feiern und Feste. Ein Lesebuch. Herausgegeben von Hans-Joachim Simm. it 738

Christian Garve: Über die Moden. Herausgegeben von Thomas Pitroff. Mit farbigen Illustrationen. it 989

Detlef Hoffmann: Gemalte Spielkarten. Ihre Geschichte an handgemalten Beispielen von Detlef Hoffmann. it 912

Christoph Wilhelm Hufeland: Makrobiotik oder die Kunst, das menschliche Leben zu verlängern. Mit einem Brief Immanuel Kants an den Autor sowie einem Nachwort von Rolf Brück. it 770

Adolph von Knigge: Über den Umgang mit Menschen. Herausgegeben von Gert Ueding mit Illustrationen von Chodowiecki und anderen. it 273

Dagmar Müller-Staats: Klagen über Dienstboten. Eine Untersuchung über Dienstboten und ihre Herrschaften. Mit zahlreichen Abbildungen. it 683

George Ordish: Geschichte eines Gartens. Vom 16. Jahrhundert bis zur Gegenwart. Aus dem Englischen von Matthias Müller. Mit Zeichnungen von Alison Claire Darke. it 1143

Ewald Gerhard Seeliger: Handbuch des Schwindels. Mit einem Vorwort von Jürgen Lodemann und einem Nachwort von Max Heigl. it 919

Urgroßmutters Hausmittel. Aus dem Hausbuch der Frau Rath Schlosser. Herausgegeben von Alexander von Bernus. Mit einem Nachwort von Elmar Mittler und alten Illustrationen. it 561

Wie ein Mann ein fromm Weib soll machen. Mittelalterliche Lehren über Ehe und Haushalt. Herausgegeben, ins Neuhochdeutsche übertragen und mit einem Nachwort versehen von Michael Dallapiazza. it 745

Gabrielle Wittkop-Ménardeau: Unsere Kleidung. Aus der Geschichte der Moden bis zum Jahr 1939. Mit zahlreichen Abbildungen. it 774

166/1/7.88